Schritte zur Urteilsbildung mit dem Operator „bewerten“

VOM ANALYSIEREN ZUR URTEILSBILDUNG

Schritt 1: Analyse des Konflikts

- Welches politische Problem / welche Streitfrage soll bewertet werden?
- Welche Akteure sind beteiligt und welche Interessen haben sie?
- Über welche politische Maßnahme wird gestritten und welche Positionen gibt es in der Debatte?

Schritt 2: Perspektiven anwenden

- Welche Auswirkungen hat das Problem bzw. die politische Maßnahme auf mich (individuelle Perspektive), auf andere Akteure (öffentliche Perspektive) und auf das gesamte System (systemische Perspektive)?

Schritt 3: Wechselwirkungen berücksichtigen

- Welche Wechselwirkungen könnte die politische Entscheidung zwischen den „Subsystemen“ Politik-Wirtschaft-Gesellschaft auslösen?
- Welche positiven Auswirkungen gibt es und wie können negative Auswirkungen vermieden werden?

Schritt 4: Kriterien

- Welche Kriterien (z. B. Legitimität vs. Effekti um die gesammelten Argumente zu kategori

Schritt 5: Urteil formulieren

- Kriterien gewichten und ein Urteil formulieren
- Wie positionieren Sie sich zum politischen Problem / zur politischen Streitfrage?
- Welche Entscheidungen würden Sie treffen und was soll (politisch) geschehen?

Ausführliche Anleitung zur Urteilsbildung

Mediencode: 72068-15

Interessen und Gemeinwohl

- Was ist „gute“ Politik?
- Nach welchen Werten und Interessen soll unsere Gesellschaft gestaltet werden?
- Worin besteht das Gemeinwohl und wie kann man es messen?
- Welche Bedeutung haben demokratische Konfliktlösungsverfahren für die Gesellschaft?

Privatheit und Öffentlichkeit

- Welche Bereiche des Lebens muss der Staat regulieren und welche nicht?
- Welche Formen des privaten Zusammenlebens werden besonders gefördert?
- Was unterscheidet Handeln im privaten Raum von Handeln im öffentlichen Raum?
- Wie kann Privatheit im Zeitalter der Digitalisierung geschützt werden?
- Welche Bedeutung haben Medien für den öffentlichen Diskurs?

Ordnung und Struktur

- Nach welchen Strukturprinzipien kann man politische Systeme gestalten?
- Wie wirken politische Institutionen zusammen?
- Welche unterschiedlichen Wirtschafts- und Gesellschaftsordnungen gibt es?

Grundsätzliche politische Fragen und Probleme: Womit beschäftigt sich Politik?

Macht und Entscheidung

- Welche Instanzen entscheiden mit welchen Verfahren?
- Wer kann mit welcher Legitimation Entscheidungen treffen?
- Welche Möglichkeiten haben die Bürgerinnen und Bürger, auf den politischen Willensbildungsprozess und den politischen Entscheidungsprozess Einfluss zu nehmen?

Regeln und Recht

- Welche rechtlichen Regelungen bestimmen den politischen und ökonomischen Handlungsrahmen?
- Wie werden Regelverstöße geahndet und gesellschaftliche Konflikte gelöst?
- Wie wird über Regeln Verhalten gesteuert?

Knappheit und Verteilung

- Wie kann und soll der Umgang mit knappen Gütern gestaltet und politisch geregelt werden?
- Wie kann in einer Welt der Knappheit die Versorgung der Menschen effizient organisiert und gerecht gestaltet werden?

Hilfestellungen zur Urteilsbildung

Welche unterschiedlichen Perspektiven gibt es?	
individuelle Perspektive	Sie bezeichnet den subjektiven Blick eines Individuums bzw. der sozialen Gruppe, der es angehört, auf eine politische Streitfrage. Die individuelle Perspektive ist die eigene persönliche Wahrnehmung und Einschätzung eines Problems.
öffentliche Perspektive	Sie bezeichnet die Interessen und Werte anderer Akteure. Um einen politischen Konflikt zu verstehen, müssen wir auch die Interessen und Einschätzungen anderer in unsere Analyse und Bewertung einbeziehen. Andere Perspektiven können im Einklang oder auch im Widerspruch zu unseren eigenen Interessen stehen.
systemische Perspektive	Sie ist sehr abstrakt und beschäftigt sich mit der Frage, wie eine politische Entscheidung sich auf ein ganzes System auswirkt. Man betrachtet nicht mehr einzelne Interessen oder Blickwinkel, sondern untersucht, wie ein großer Teilbereich durch eine Entscheidung verändert wird.

Urteilskriterien im Überblick			
Effektivität			Ist die Problemlösung geeignet, um das angestrebte Ziel zu erreichen?
Effizienz			Rechtfertigt das Ziel die angewandten Mittel? Stehen die Kosten in einem vertretbaren Verhältnis zum angestrebten Nutzen?
Legalität			Ist der Lösungsvorschlag mit den bestehenden Gesetzen und den Normen der Verfassung zu vereinbaren?
Nachhaltigkeit			Ist der Lösungsvorschlag geeignet, das Problem dauerhaft zu lösen?
Legitimität	Menschenwürde		Inwiefern werden Menschenwürde und -rechte berücksichtigt?
	Freiheit		Inwieweit finden individuelle und öffentliche Freiheit Berücksichtigung?
	Partizipation (Teilhabe)		Findet Partizipation statt? Wird Partizipation berücksichtigt?
	Solidarität		Wird Solidarität berücksichtig/gefährdet?
	Frieden		Inwieweit wird Frieden umgesetzt/gefährdet?
	Gerechtigkeit	Bedarfsgerechtigkeit	Werden die unterschiedlichen Bedürfnisse der Akteure berücksichtigt?
		Gleichheitsgrundsatz	Werden alle Akteure gleich behandelt?
		Leistungsgerechtigkeit	Wird die individuelle Leistung berücksichtigt?
		Chancengerechtigkeit	Haben alle Akteure die gleichen Chancen?
		Generationengerechtigkeit	Werden die Interessen und Bedürfnisse zukünftiger Generationen berücksichtigt?
	Verursacherprinzip		Kommen die Verursacher für die Schäden auf?

Kolleg Politik und Wirtschaft

Gemeinschaftskunde 11/12

Internationale Beziehungen und politisches System

Kursstufe zweistündig

Herausgegeben von
Erik Müller

Bearbeitet von
Stephan Benzmann
Erik Müller
Tina Rehm
Petra Reiter-Mayer
Kersten Ringe

Baden-Württemberg

C.C.BUCHNER

Kolleg Politik und Wirtschaft – Baden-Württemberg

Gemeinschaftskunde 11/12 – Internationale Beziehungen und politisches System
Kursstufe zweistündig

Herausgegeben von Erik Müller
Bearbeitet von Stephan Benzmann, Erik Müller, Tina Rehm, Petra Reiter-Mayer, Kersten Ringe

Zu diesem Lehrwerk sind erhältlich:

- Digitales Lehrermaterial **click & teach** Einzellizenz, Bestell-Nr. 720711
- Digitales Lehrermaterial **click & teach Box** (Karte mit Freischaltcode), ISBN 978-3-661-72071-5

Weitere Materialien finden Sie unter www.ccbuchner.de.

Dieser Titel ist auch als digitale Ausgabe **click & study** unter www.ccbuchner.de erhältlich.

1. Auflage, 1. Druck 2021
Alle Drucke dieser Auflage sind, weil untereinander unverändert, nebeneinander benutzbar.

Dieses Werk folgt der reformierten Rechtschreibung und Zeichensetzung. Ausnahmen bilden Texte, bei denen künstlerische, philologische oder lizenzrechtliche Gründe einer Änderung entgegenstehen.

Die Mediencodes enthalten ausschließlich optionale Unterrichtsmaterialien. Auf verschiedenen Seiten dieses Buches finden sich Verweise (Links) auf Internetadressen. Haftungshinweis: Trotz sorgfältiger inhaltlicher Kontrolle wird die Haftung für die Inhalte externer Seiten ausgeschlossen.

Redaktion: Daniel Adler
Layout und Satz: Wildner + Designer GmbH, Fürth
Druck und Bindung: Firmengruppe Appl, aprinta Druck, Wemding

www.ccbuchner.de

ISBN 978-3-661-**72068**-5

Inhaltsverzeichnis

Politisches System

Anhang

Methoden und Urteilsbildung

METHODEN für das Fach Gemeinschaftskunde

METHODEN für die Bearbeitung der Aufgaben

Anleitungen zur Urteilsbildung

Urteilsbildung

Zur Arbeit mit dem Buch

Der Band Gemeinschaftskunde 11/12 – Internationale Beziehungen und politisches System aus der Reihe Kolleg Politik und Wirtschaft wurde nach den Vorgaben des Bildungsplans des Gymnasiums 2016 für das Fach Gemeinschaftskunde in Baden-Württemberg neu konzipiert. Es ermöglicht Ihnen, liebe Schülerinnen und Schüler, die zentralen Inhalte und Kompetenzen des Faches anhand vieler Beispiele aus Ihrem Leben und Ihrer Umgebung zu erwerben. Für die Lehrerinnen und Lehrer ist das Buch eine Hilfe, einen modernen und binnendifferenzierten Unterricht zu verwirklichen.

1 Kapitelauftaktseiten

Jedes Kapitel beginnt mit einer Auftaktdoppelseite. Eine Materialseite und offene Aufgaben ermöglichen Ihnen eine erste Annäherung an die Inhalte des neuen Kapitels. Dabei können Sie auch zeigen, was Sie bereits über das Thema wissen. Ein kurzer Einführungstext hilft ihnen außerdem, einen Überblick zu erhalten. Schließlich erfahren Sie, welche Kompetenzen Sie am Ende des Kapitels erworben haben sollten.

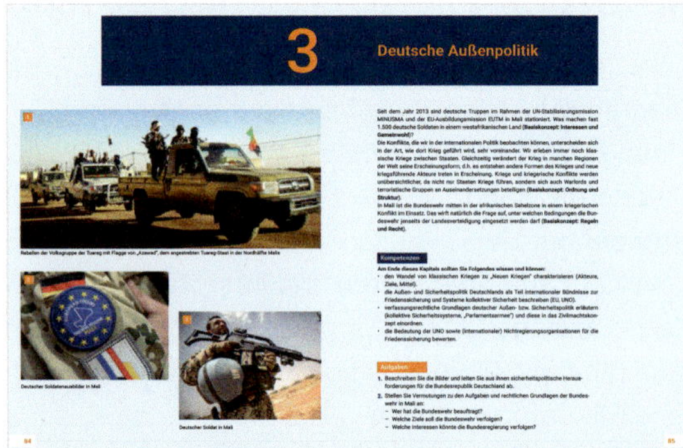
3 Deutsche Außenpolitik

Rebellen der Volksgruppe der Tuareg mit Flagge von „Azawad", dem angestrebten Tuareg-Staat in der Nordhälfte Malis

Deutscher Soldatenausbilder in Mali

Deutscher Soldat in Mali

Seit dem Jahr 2013 sind deutsche Truppen im Rahmen der UN-Stabilisierungsmission MINUSMA und der EU-Ausbildungsmission EUTM in Mali stationiert. Was machen fast 1.500 deutsche Soldaten in einem westafrikanischen Land (**Basiskonzept: Interessen und Gemeinwohl**)?
Die Konflikte, die wir in der internationalen Politik beobachten können, unterscheiden sich in der Art, wie dort Krieg geführt wird, sehr voneinander. Wir erleben immer noch klassische Kriege zwischen Staaten. Gleichzeitig verändert der Krieg in manchen Regionen der Welt seine Erscheinungsform, d.h. es entstehen andere Formen des Krieges und neue kriegsführende Akteure treten in Erscheinung. Kriege und kriegerische Konflikte werden unübersichtlicher, da nicht nur Staaten Kriege führen, sondern sich auch Warlords und terroristische Gruppen an Auseinandersetzungen beteiligen (**Basiskonzept: Ordnung und Struktur**).
In Mali ist die Bundeswehr mitten in der afrikanischen Sahelzone in einem kriegerischen Konflikt im Einsatz. Das wirft natürlich die Frage auf, unter welchen Bedingungen die Bundeswehr jenseits der Landesverteidigung eingesetzt werden darf (**Basiskonzept: Regeln und Recht**).

Kompetenzen
Am Ende dieses Kapitels sollten Sie Folgendes wissen und können:
- den Wandel von klassischen Kriegen zu „Neuen Kriegen" charakterisieren (Akteure, Ziele, Mittel).
- die Außen- und Sicherheitspolitik Deutschlands als Teil internationaler Bündnisse zur Friedenssicherung und Systeme kollektiver Sicherheit beschreiben (EU, UNO).
- verfassungsrechtliche Grundlagen deutscher Außen- bzw. Sicherheitspolitik erläutern (kollektive Sicherheitssysteme, „Parlamentsarmee") und diese in das Zivilmachtskonzept einordnen.
- die Bedeutung der UNO sowie (internationaler) Nichtregierungsorganisationen für die Friedenssicherung bewerten.

Aufgaben
1. Beschreiben Sie die Bilder und leiten Sie aus ihnen sicherheitspolitische Herausforderungen für die Bundesrepublik Deutschland ab.
2. Stellen Sie Vermutungen zu den Aufgaben und rechtlichen Grundlagen der Bundeswehr in Mali an:
   - Wer hat die Bundeswehr beauftragt?
   - Welche Ziele soll die Bundeswehr verfolgen?
   - Welche Interessen könnte die Bundesregierung verfolgen?

84 85

2 Einführung in die Unterkapitel

Jedes Unterkapitel beginnt mit einer knappen Einführung. In der Rubrik **„Zum Thema"** werden Sie an das jeweilige Thema herangeführt. Hier erfahren Sie, was das zu behandelnde Problem auf den nachfolgenden Seiten ist und mit welchen Themen es bearbeitet werden kann. Im Anschluss an die thematische Hinführung beginnt jedes Unterkapitel mit einem Einstiegsmaterial und entsprechenden Einstiegsaufgaben. Diese gewährleisten einen motivierenden und problemorientierten Auftakt für den Unterricht.

48 2 Frieden und Sicherheit

2.2 (Wie) Kann die NATO für Frieden und Sicherheit sorgen?

2.2.1 Wie haben sich Ziele und Zusammensetzung der NATO entwickelt?

Zum Thema: Die NATO (North Atlantic Treaty Organization) ist 1949 gegründet worden als Verteidigungsbündnis von zwölf Staaten. Kern des Vertragsschlusses war, sich gegenseitig bei Angriffen auf ein Mitglied militärischen Beistand zu leisten. Aber wie hat sich die NATO hinsichtlich ihrer Zielsetzungen und ihrer Mitglieder in den vergangen gut 70 Jahren entwickelt?

M1 NATO-Entwicklung karikiert

Karikatur: Harm Bengen, 03.09.2014

Einstiegsaufgabe
Analysieren Sie die Karikatur (→ Methodenglossar).

M2 Der Nordatlantikvertrag

a) Gründungsakte der NATO

Artikel 1
Die Parteien verpflichten sich, in Übereinstimmung mit der Satzung der Vereinten Nationen, jeden internationalen Streitfall, an dem sie beteiligt sind, auf friedlichem Wege so zu regeln, dass der internationale Friede, die Sicherheit und die Gerechtigkeit nicht gefährdet werden, und sich in ihren internationalen Beziehungen jeder Gewaltandrohung oder Gewaltanwendung zu enthalten, die mit den Zielen der Vereinten Nationen nicht vereinbar sind.

3 Aufbau der Unterkapitel

Durch die Arbeit mit dem Materialienteil und den speziell ausgewiesenen Methodenkarten sowie Urteilsbildungsseiten schulen Sie Ihre Analyse-, Urteils-, Handlungs- und Methodenkompetenzen. Die sorgfältig ausgewählten Quellen zeigen unterschiedlichste Perspektiven und vertiefen die zentralen Themenaspekte. Die Aufgaben am Ende jedes Unterkapitels zeigen Ihnen, wie Sie das Thema mittels der Materialien erarbeiten können, wobei jede Aufgabe eine konkrete Handlungsanweisung (Operator) enthält. Angebote in der Rubrik H Hilfen zu den Aufgaben zum Helfen und zum F Fordern in der Randspalte unterstützen die Binnendifferenzierung des Unterrichts.

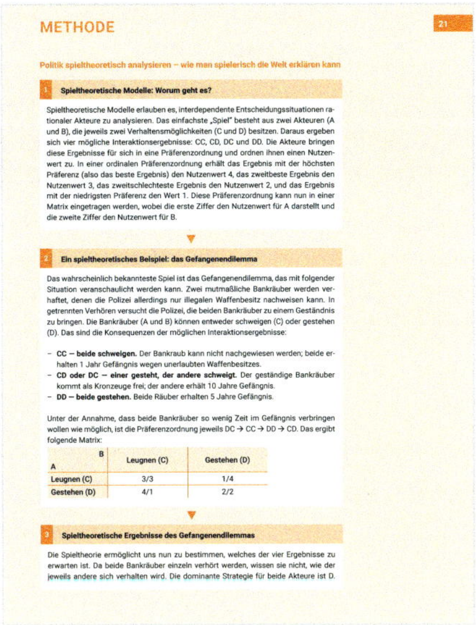
METHODE 21

Politik spieltheoretisch analysieren – wie man spielerisch die Welt erklären kann

1 Spieltheoretische Modelle: Worum geht es?

2 Ein spieltheoretisches Beispiel: das Gefangenendilemma

B / A	Leugnen (C)	Gestehen (D)
Leugnen (C)	3/3	1/4
Gestehen (D)	4/1	2/2

3 Spieltheoretische Ergebnisse des Gefangenendilemmas

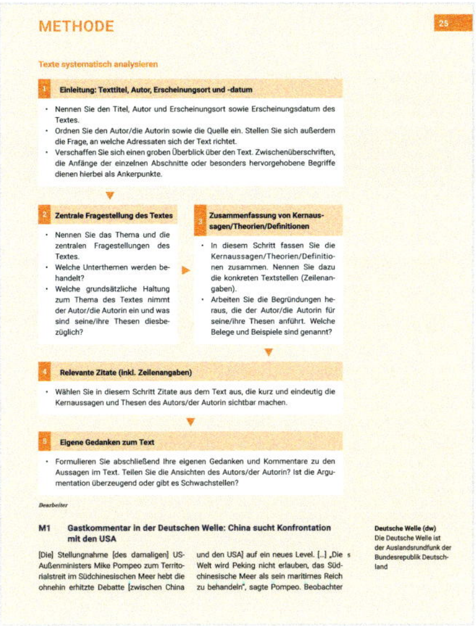
METHODE 25

Texte systematisch analysieren

1 Einleitung: Texttitel, Autor, Erscheinungsort und -datum

2 Zentrale Fragestellung des Textes

3 Zusammenfassung von Kernaussagen/Theorien/Definitionen

4 Relevante Zitate (inkl. Zeilenangaben)

5 Eigene Gedanken zum Text

M1 Gastkommentar in der Deutschen Welle: China sucht Konfrontation mit den USA

4 Methoden

Methodenseiten nehmen für das jeweilige Thema zentrale Fachmethoden und Arbeitsweisen auf und stärken so die Methodenkompetenz.

5 Urteilsbildung

Die Rubrik „Urteilsbildung" ermöglicht es Ihnen, politische, wirtschaftliche und gesellschaftliche Sach-, Konflikt- und Problemlagen zu analysieren und eigene Positionen zu entwickeln. Sie erlernen dabei, wie Sie kriterienorientiert zu einem Urteil gelangen und werden sich der Interessengebundenheit Ihres Standpunktes bewusst.

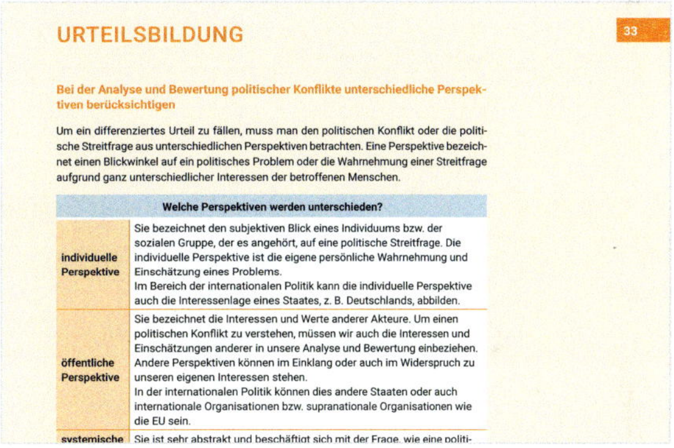
URTEILSBILDUNG 33

Bei der Analyse und Bewertung politischer Konflikte unterschiedliche Perspektiven berücksichtigen

Um ein differenziertes Urteil zu fällen, muss man den politischen Konflikt oder die politische Streitfrage aus unterschiedlichen Perspektiven betrachten. Eine Perspektive bezeichnet einen Blickwinkel auf ein politisches Problem oder eine Streitfrage aufgrund ganz unterschiedlicher Interessen der betroffenen Menschen.

Welche Perspektiven werden unterschieden?	
individuelle Perspektive	Sie bezeichnet den subjektiven Blick eines Individuums bzw. der sozialen Gruppe, der es angehört, auf eine politische Streitfrage. Die individuelle Perspektive ist die eigene persönliche Wahrnehmung und Einschätzung eines Problems. Im Bereich der internationalen Politik kann die individuelle Perspektive auch die Interessenlage eines Staates, z. B. Deutschlands, abbilden.
öffentliche Perspektive	Sie bezeichnet die Interessen und Werte anderer Akteure. Um einen politischen Konflikt zu verstehen, müssen wir auch die Interessen und Einschätzungen anderer in unsere Analyse und Bewertung einbeziehen. Andere Perspektiven können im Einklang oder auch im Widerspruch zu unseren eigenen Interessen stehen. In der internationalen Politik können dies andere Staaten oder auch internationale Organisationen bzw. supranationale Organisationen wie die EU sein.
systemische	Sie ist sehr abstrakt und beschäftigt sich mit der Frage, wie eine politi-

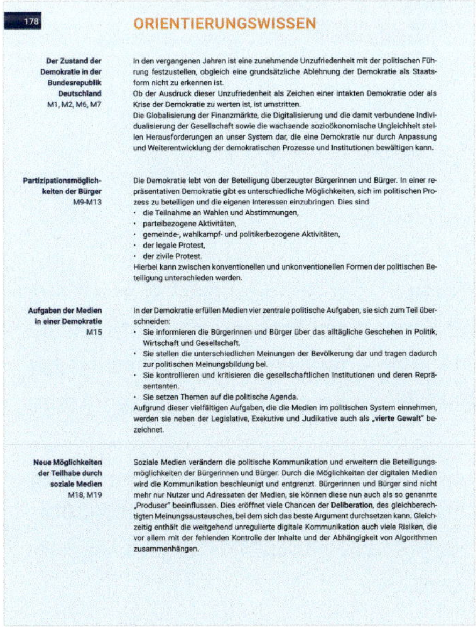
178 ORIENTIERUNGSWISSEN

Der Zustand der Demokratie in der Bundesrepublik Deutschland M1, M2, M6, M7

Partizipationsmöglichkeiten der Bürger M9–M13

Aufgaben der Medien in einer Demokratie M15

Neue Möglichkeiten der Teilhabe durch soziale Medien M18, M19

6 Orientierungswissen

Die Rubrik „Orientierungswissen" am Ende der Unterkapitel hilft Ihnen, das erworbene Wissen konzentriert zu sichern, und ermöglicht eine Wiederholung zentraler Inhalte.

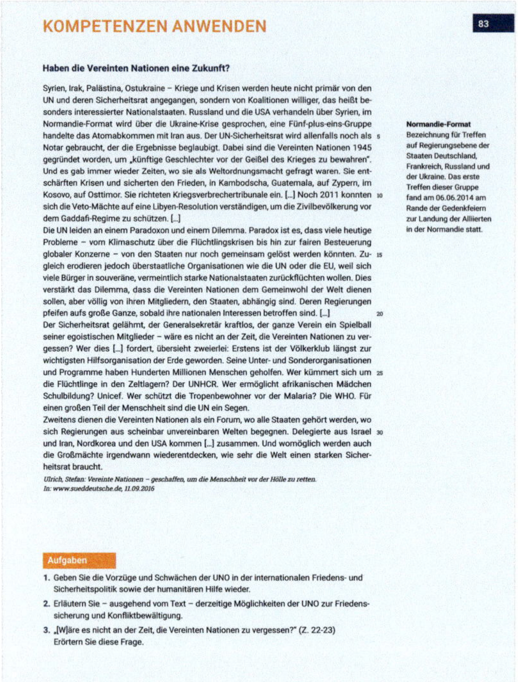

KOMPETENZEN ANWENDEN

83

Haben die Vereinten Nationen eine Zukunft?

Syrien, Irak, Palästina, Ostukraine – Kriege und Krisen werden heute nicht primär von den UN und deren Sicherheitsrat angegangen, sondern von Koalitionen williger, das heißt besonders interessierter Nationalstaaten. Russland und die USA verhandeln über Syrien, im Normandie-Format wird über die Ukraine-Krise gesprochen, eine Fünf-plus-eins-Gruppe handelte das Atomabkommen mit Iran aus. Der UN-Sicherheitsrat wird allenfalls noch als Notar gebraucht, der die Ergebnisse beglaubigt. Dabei sind die Vereinten Nationen 1945 gegründet worden, um „künftige Geschlechter vor der Geißel des Krieges zu bewahren". Und es gab immer wieder Zeiten, wo sie als Weltordnungsmacht gefragt waren. Sie entschärften Krisen und sicherten den Frieden, in Kambodscha, Guatemala, auf Zypern, im Kosovo, auf Osttimor. Sie richteten Kriegsverbrechertribunale ein. [...] Noch 2011 konnten sich die Veto-Mächte auf eine Libyen-Resolution verständigen, um die Zivilbevölkerung vor dem Gaddafi-Regime zu schützen. [...]

Die UN leiden an einem Paradoxon und einem Dilemma. Paradox ist es, dass viele heutige Probleme – vom Klimaschutz über die Flüchtlingskrisen bis hin zur fairen Besteuerung globaler Konzerne – von den Staaten nur noch gemeinsam gelöst werden könnten. Zugleich erodieren jedoch überstaatliche Organisationen wie die UN oder die EU, weil sich viele Bürger in souveräne, vermeintlich starke Nationalstaaten zurückflüchten wollen. Dies verstärkt das Dilemma, dass die Vereinten Nationen dem Gemeinwohl der Welt dienen sollen, aber völlig von ihren Mitgliedern, den Staaten, abhängig sind. Deren Regierungen pfeifen aufs große Ganze, sobald ihre nationalen Interessen betroffen sind. [...]

Der Sicherheitsrat gelähmt, der Generalsekretär kraftlos, der ganze Verein ein Spielball seiner egoistischen Mitglieder – wäre es nicht an der Zeit, die Vereinten Nationen zu vergessen? Wer dies [...] fordert, übersieht zweierlei: Erstens ist der Völkerklub längst zur wichtigsten Hilfsorganisation der Erde geworden. Seine Unter- und Sonderorganisationen und Programme haben Hunderten Millionen Menschen geholfen. Wer kümmert sich um die Flüchtlinge in den Zeltlagern? Der UNHCR. Wer ermöglicht afrikanischen Mädchen Schulbildung? Unicef. Wer schützt die Tropenbewohner vor der Malaria? Die WHO. Für einen großen Teil der Menschheit sind die UN ein Segen.

Zweitens dienen die Vereinten Nationen als ein Forum, wo alle Staaten gehört werden, wo sich Regierungen aus scheinbar unvereinbaren Welten begegnen. Delegierte aus Israel und Iran, Nordkorea und den USA kommen [...] zusammen. Und womöglich werden auch die Großmächte irgendwann wiederentdecken, wie sehr die Welt einen starken Sicherheitsrat braucht.

Ulrich, Stefan: Vereinte Nationen – geschaffen, um die Menschheit vor der Hölle zu retten. In: www.sueddeutsche.de, 11.09.2016

Normandie-Format
Bezeichnung für Treffen auf Regierungsebene der Staaten Deutschland, Frankreich, Russland und der Ukraine. Das erste Treffen dieser Gruppe fand am 06.06.2014 am Rande der Gedenkfeiern zur Landung der Alliierten in der Normandie statt.

Aufgaben

1. Geben Sie die Vorzüge und Schwächen der UNO in der internationalen Friedens- und Sicherheitspolitik sowie der humanitären Hilfe wieder.
2. Erläutern Sie – ausgehend vom Text – derzeitige Möglichkeiten der UNO zur Friedenssicherung und Konfliktbewältigung.
3. „[W]äre es nicht an der Zeit, die Vereinten Nationen zu vergessen?" (Z. 22-23) Erörtern Sie diese Frage.

7 Kapitelabschluss

Großkapitel schließen mit der Rubrik „Kompetenzen anwenden": Hier können Sie die am Kapitelanfang formulierten Kompetenzen an komplexen Aufgabenstellungen zeigen und weiter ausbauen.

Aktualitätendienst für Schaubilder, Tabellen und Diagramme

Mediencode: 72068-01

8 Aktualitätendienst für Schaubilder, Tabellen und Diagramme

- Erstmals in einem Schulbuch werden aktualisierbare Schaubilder, Tabellen und Diagramme regelmäßig angepasst. Der nebenstehende QR- und Mediencode bietet immer alle aktuellen Versionen zum Download als JPEG oder PDF.

Die Zusammensetzung des Bundesrates (Stand: Mai 2021)

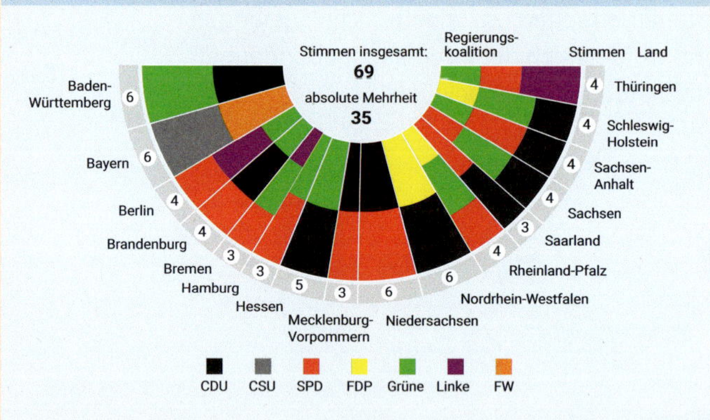

Nach: © Bundesrat, 2020, Stand: Mai 2021

- Ein Beispiel: Das Schaubild „Die Zusammensetzung des Bundesrates" stammt aus dem Jahr 2021. Die Mehrheiten im Bundesrat können sich mit jeder Landtagswahl ändern. Oftmals finden in einem Jahr mehrere Landtagswahlen statt, daher wird das Schaubild regelmäßig aktualisiert. So können Sie immer mit dem neuesten Stand arbeiten.
- Das Design der im Schulbuch dargestellten Schaubilder, Tabellen und Diagramme wird übernommen und auf Ihrem digitalen Endgerät (z. B. Whiteboard, Notebook, Tablet oder Smartphone) mithilfe des in der Randspalte gesetzten QR- und Mediencodes in jeweils aktueller Version verfügbar sein.

9 Methodenglossar und Register

- Das Methodenglossar am Ende des Buches bietet Ihnen wichtige Methoden, um die Aufgaben besser bearbeiten zu können.
- Das Register zum Auffinden von Querverweisen kann ein wichtiges Hilfsmittel sein und das selbstständige Arbeiten mit dem Buch erleichtern.

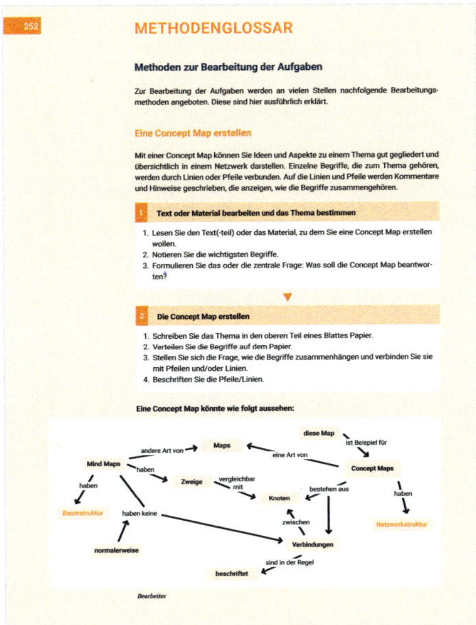

252

METHODENGLOSSAR

Methoden zur Bearbeitung der Aufgaben

Zur Bearbeitung der Aufgaben werden an vielen Stellen nachfolgende Bearbeitungsmethoden angeboten. Diese sind hier ausführlich erklärt.

Eine Concept Map erstellen

Mit einer Concept Map können Sie Ideen und Aspekte zu einem Thema gut gegliedert und übersichtlich in einem Netzwerk darstellen. Einzelne Begriffe, die zum Thema gehören, werden durch Linien oder Pfeile verbunden. Auf die Linien und Pfeile werden Kommentare und Hinweise geschrieben, die anzeigen, wie die Begriffe zusammengehören.

1 Text oder Material bearbeiten und das Thema bestimmen

1. Lesen Sie den Text(-teil) oder das Material, zu dem Sie eine Concept Map erstellen wollen.
2. Notieren Sie die wichtigsten Begriffe.
3. Formulieren Sie das oder die zentrale Frage: Was soll die Concept Map beantworten?

2 Die Concept Map erstellen

1. Schreiben Sie das Thema in den oberen Teil eines Blattes Papier.
2. Verteilen Sie die Begriffe auf dem Papier.
3. Stellen Sie sich die Frage, wie die Begriffe zusammenhängen und verbinden Sie sie mit Pfeilen und/oder Linien.
4. Beschriften Sie die Pfeile/Linien.

Eine Concept Map könnte wie folgt aussehen:

Bearbeiter

262

Register

Register

10 Allgemeine Hinweise

- Eigens für das Lehrbuch erstellte Zusatzmaterialien oder Erklärfilme (drei bis fünf Minuten) können Sie auf der Verlagshomepage (www.ccbuchner.de) kosten- und werbefrei jederzeit abrufen. Mithilfe von Mediencodes können Sie sie entweder direkt (Quick-Response-Code ↔ Smartphone/Tablet) oder über die Eingabe des jeweiligen Mediencodes in das Suchfeld der Verlagshomepage beziehen.
- Geschlechtergerechte Sprache: Die Reihe Kolleg Politik und Wirtschaft Baden-Württemberg lebt Vielfalt und Gleichheit unabhängig von Alter, Herkunft, Handicap, sexueller Orientierung, Geschlecht und individueller Identität. Wenn in Texten entweder lediglich die weibliche oder männliche Form verwendet wird, dient dies in der Regel ausschließlich der besseren Lesbarkeit. Sie bezieht aber selbstverständlich stets alle Menschen mit ein.
- Materialien ohne Quellenangaben sind von den Bearbeiterinnen und Bearbeitern verfasst.
- Sofern bei Materialien aus dem Internet kein Verfasserdatum ermittelt werden konnte, wird das „Abrufdatum“ genannt.
- Die URL/vollständigen Internetadressen aller verwendeten Materialien aus dem Internet können Sie über den nebenstehenden QR- und Mediencode einsehen.

QR- und Mediencodes in Gemeinschaftskunde 11/12 – Wirtschaftspolitik und internationale Beziehungen

Mediencode: 72068-02

URL aller verwendeten Materialien aus dem Internet

Mediencode: 72068-03

1

1 Uiguren-Vorwürfe von Özil

Die Äußerungen des früheren deutschen Fußballnationalspielers Mesut Özil zur Uiguren-Verfolgung in China sorgen weiter für Diskussionen. In China warnte die „Global Times", ein Sprachrohr der Kommunistischen Partei, die Kommentare Özils würden „ernsthafte Folgen" für seinen englischen Verein FC Arsenal haben.

© ARD-aktuell/tagesschau.de: „Gefühle des chinesischen Volkes verletzt". In: www.tagesschau.de, 16.12.2019

2 Brexit

Die neue Ära beginnt konfliktreich: Drei Tage nach dem Austritt Großbritanniens aus der EU stellten der britische Premier Boris Johnson und EU-Chefunterhändler Michel Barnier ihre Ziele für die künftigen Beziehungen vor. [...] Streitpunkte sind vor allem Fischerei-Rechte sowie die Frage, ob und wie sehr sich das Vereinigte Königreich weiter an EU-Regeln halten soll, um unfaire Vorteile für britische Firmen zu verhindern.

Finke, Björn: London kündigt harte Verhandlungen an. In: www.sueddeutsche.de, 03.02.2020

3 Wieder Weltmeister – kein Land exportiert so viel wie Deutschland, trotz Handelsstreit

Deutschland hat dem Ifo-Institut zufolge 2019 bereits das vierte Jahr in Folge den weltweit größten Überschuss in der Leistungsbilanz erzielt. Er betrage umgerechnet etwa 293 Milliarden Dollar, berichtete Ifo-Ökonom Christian Grimme. [...] Mit weitem Abstand auf dem zweiten Platz folgt Japan (194 Milliarden Dollar) vor China (183 Milliarden Dollar).

Süddeutsche Zeitung/Reuters: Wieder Weltmeister. In: www.sueddeutsche.de, 04.02.2020

4 Eurovision Song Contest

Es wäre DER Kracher: Fährt Helene Fischer für Deutschland zum Eurovision Song Contest 2020? Der NDR hält sich bedeckt.

tz.de/lin: Helene Fischer beim ESC: Tritt sie 2020 für Deutschland an?. In: www.tz.de, 12.06.2020

5 Tesla

Tesla will in Grünheide ein Werk bauen, in dem ab Juli 2021 in der letzten Ausbaustufe jährlich bis zu 500.000 Fahrzeuge der Typen Model 3 und Y sowie künftiger Modelle vom Band rollen sollen.

© Rundfunk Berlin-Brandenburg: Tesla will Waldameisen umsiedeln und Nistkästen aufhängen. In: www.rbb24.de, 12.02.2020

6 Russland besiegelt Krim-Anschluss

Gegen alle Strafmaßnahmen und Proteste des Westens hat Russland im Eiltempo den umstrittenen Anschluss der Krim perfekt gemacht. Der Föderationsrat in Moskau stimmte der Aufnahme der zur Ukraine gehörenden Schwarzmeer-Halbinsel zu. Nach der Abstimmung erhoben sich die Mitglieder und spendeten Applaus – die Russen bezeichnen den Krim-Anschluss als Wiedervereinigung.

© ARD-aktuell/tagesschau.de: Russland besiegelt Krim-Anschluss. In: www.tagesschau.de, 15.03.2019

Was ist internationale Politik?

Internationale Politik unterscheidet sich ganz fundamental von Politik, so wie wir sie auf nationaler Ebene kennen. In der nationalen Politik werden in Demokratien politische Entscheidungen von Parlamenten getroffen, die durch Wahlen legitimiert sind. In der internationalen Politik hingegen treffen souveräne Staaten aufeinander. Eine übergeordnete Institution oder gar einen Weltstaat, der die Zusammenarbeit der Staaten regeln könnte, gibt es nicht. Internationale Politik findet demnach in einem ganz anderen Ordnungsrahmen statt (**Basiskonzept: Ordnung und Struktur**).
Aber auch in der internationalen Politik werden andauernd Entscheidungen getroffen. Nur werden diese Entscheidungen nicht in Parlamenten getroffen, sondern von anderen Akteuren. Wer sind diese Akteure und über welche Legitimation verfügen sie (**Basiskonzept: Macht und Entscheidung**)?
Auch wenn es keine Parlamente gibt, die verbindliche Entscheidungen treffen können, ist es nicht so, dass Staaten in der internationalen Politik nicht zusammenarbeiten würden. Sie tun dies durchaus, nur eben nicht nach den Regeln, die innerhalb von Nationalstaaten gelten (**Basiskonzept: Regeln und Recht**). Staaten haben oft ganz unterschiedliche Interessen und auch sehr unterschiedliche Machtmittel, um ihre Interessen durchzusetzen. Die spannende Frage ist nun, unter welchen Rahmenbedingungen kooperieren sie und wann nehmen sie internationale Fragen nur als Machtkampf wahr (**Basiskonzept: Interessen und Gemeinwohl**).

Kompetenzen

Am Ende dieses Kapitels sollten Sie Folgendes wissen und können:

- die Struktur des internationalen Systems beschreiben.
- Akteure der internationalen Beziehungen beschreiben und ihre Handlungsmotive charakterisieren.
- Rahmenbedingungen der Politik im Nationalstaat mit denen der internationalen Politik vergleichen.

Aufgaben

1. Untersuchen Sie die einzelnen Meldungen und entscheiden Sie, ob es sich um Beispiele internationaler Politik handelt.
2. Bestimmen Sie Kriterien, mit denen internationale Politik definiert werden kann. Achten Sie dabei auch auf folgende Leitfragen:
   a) Womit befasst sich internationale Politik (Probleme, Konflikte)?
   b) Wer betreibt internationale Politik (Akteure)?
   c) Wie können internationale Konflikte gelöst werden?

1.1 Der Konflikt im Südchinesischen Meer

Zum Thema: Internationale Politik ist sehr vielschichtig: Staaten tauschen sich ökonomisch aus oder sie fördern Programme, damit Studentinnen und Studenten an ausländischen Universitäten studieren können. Es läuft aber nicht immer harmonisch ab und der Konflikt gehört auch zur internationalen Politik. Manchmal geht es auch so weit, dass sich Staaten militärisch bedrohen.

M1 Chinas Expansionskurs im Südchinesischen Meer

Der Aufstieg Chinas zur wirtschaftlichen Großmacht wird von den übrigen Staaten der Region zunehmend als Bedrohung wahrgenommen. Denn Peking setzt seine wachsende Wirtschaftskraft seit einigen Jahren verstärkt für die Aufrüstung seiner Seestreitkräfte ein und tritt bei der Formulierung seiner Gebietsansprüche im Ost- und Südchinesischen Meer immer bestimmter auf. [...] Im Südchinesischen Meer spielt neben Fischbeständen und vermuteten Öl- und Gasvorkommen auch die Kontrolle strategischer Seewege eine Rolle, denn der Großteil der Rohstofflieferungen nach Ostasien passiert diese Gewässer. China legte 2009 eine Karte vor, in der fast das gesamte Südchinesische Meer beansprucht wird. [...] Größter Konkurrent Chinas ist [...] Vietnam. Zu militärischen Auseinandersetzungen mit Hanoi kam es 1974 über die Paracel-Inseln, die in der Folge von Peking besetzt wurden, und zuletzt 1988 über die Spratly-Inseln. Wiederholte Spannungen gab es auch mit den Philippinen, die neben Teilen der Spratly-Inseln das Scarborough Riff als Hoheitsgebiet betrachten. Die Spratly-Inseln werden zum Teil auch von Malaysia und Brunei beansprucht.

Territorialkonflikt im Chinesischen Meer (Stand: 2017)

Text und Abbildung: © Bergmoser + Höller Verlag AG, Zahlenbilder 878 551

Einstiegsaufgabe

Wenden Sie Ihre Definition von internationaler Politik (→ S. 13) auf den Konflikt an. Handelt es sich um einen internationalen Konflikt?

M2 Wie können sich Staaten in der internationalen Politik zur Wehr setzen?

Im Mai hat der russische Konzern Rosneft, der eine vietnamesische Lizenz im Gasfeld Lan Do hält, eine japanische Plattform gechartert, um ein neues Förderloch zu bohren. Lan Do ist für Vietnam von großer Wichtigkeit, deckt die dortige Förderung doch zehn Prozent des Energiebedarfs des Landes. Doch seit Mitte Juni patrouilliert ein chinesisches Küstenwachschiff in der Gegend, das die Plattform und ihre Versorgungsschiffe bedrängt und behindert. [...] Experten des amerikanischen Center for Strategic and International Studies (CSIS) haben die Daten ausgewertet. Nach ihren Angaben sind die Chinesen provokativ nahe an vietnamesische und auch malaysische Schiffe herangefahren. [...] Das Recht zur Ausbeutung der Rohstoffe, das Peking in den umstrittenen Gebieten anderen Ländern abspricht, nimmt es für sich selber in Anspruch. Seit Anfang Juli ist nordöstlich der Vanguard Bank ein chinesisches Forschungsschiff daran, großflächig den Meeresgrund nach Öl- und Gasvorkommen zu erkunden. Aus vietnamesischer Sicht befindet sich das Gebiet aber in der eigenen exklusiven Wirtschaftszone.

Das Forschungsschiff wird geschützt von mindestens vier chinesischen Küstenwachschiffen. Dazu gehört die „Haijing 3901", mit 12 000 Tonnen Verdrängung und einer Länge von rund 165 Metern eines der größten Küstenwachschiffe der Welt. Die „Haijing 3901" hat mehrere Kanonen, ein Helikopterdeck, das große Helikopter aufnehmen kann, und ist größer als die Lenkwaffenzerstörer vieler Kriegsmarinen. [...] Der Konflikt blieb wochenlang so gut wie unbeachtet, weil Hanoi und Peking sich ausschweigen. Vietnam versucht zwar seine territorialen Ansprüche zu verteidigen. Doch gegenüber dem übermächtigen Nachbarn China, der auch der wichtigste Handelspartner ist, hat Hanoi eine schwierige Position.

Zoll, Patrick: Katz-und-Maus-Spiel im Südchinesischen Meer. In: www.nzz.ch, 29.07.2019, Rechtschreibung vom Bearbeiter angepasst

Vanguard Bank
eine Untiefe im Südchinesischen Meer, die sich südwestlich der Spratly-Inseln und ca. 400 Kilometer vor der Küste Vietnams befindet

Aufgaben

1. Analysieren Sie den Konflikt mithilfe folgender Leitfragen (**M1, M2**):

Dimension	Leitfragen
1. Konfliktinhalt	• Worum geht es in dem Konflikt? (Konfliktgegenstand) • Welche Streitfragen und welche Konfliktebenen gibt es?
2. Konfliktakteure	• Welche unterschiedlichen Akteure gibt es? • Welche Interessen verfolgen die Akteure? • Welche Machtmittel (wirtschaftliche, militärische, rechtliche) stehen den Akteuren zur Verfügung?

2. Vietnam sieht die Aktivitäten Chinas in der Region sehr kritisch. Wie kann sich Vietnam gegen die Expansion Chinas wehren? Erläutern Sie mögliche Folgen dieser Handlungsalternativen.

1 Militärische Präsenz zeigen und im Notfall auch Militär gegen die Schiffe Chinas einsetzen

2 Diplomatische Verhandlungen: Gespräche mit China und anderen Anrainerstaaten suchen

3 Internationale Organisationen anrufen und um Vermittlung im Konflikt bitten

4 Diplomatischen und militärischen Schutz starker Verbündeter einfordern

5 Wirtschaftliche Sanktionen gegen China erlassen

F zu Aufgabe 2
Bewerten Sie die Handlungsalternativen aus Aufgabe 2. Mögliche Kriterien: Effektivität, Nachhaltigkeit, Legitimität

1.2 Unter welchen Bedingungen läuft internationale Politik ab?

Zum Thema: Wenn die Menschen an Politik denken, dann denken sie v. a. an das, was sie tagtäglich in ihrem Umfeld erleben. Das ist aber Politik in einem Staat und die verläuft nach ganz anderen Regeln als Politik zwischen Staaten. Wie funktioniert demgegenüber internationale Politik?

M3 Sind die Ansprüche Chinas gerechtfertigt?

Die Richter [des Internationalen Schiedshofes] in Den Haag haben [...] [im Jahr 2016 den Einwänden gegen die Expansionspolitik Chinas] größtenteils Recht gegeben. Demnach gebe es keine Grundlage dafür, dass China historische Rechte auf die Ressourcen in dem Seegebiet beanspruche. China bezeichnet das Urteil als „null und nichtig". [...] Die Entscheidung werde „weder akzeptiert noch anerkannt", schrieb das Außenministerium [...] in einer Mitteilung. Pekings territoriale Souveränität und maritime Rechte im Südchinesischen Meer dürften unter keinen Umständen infrage gestellt werden. Präsident Xi Jinping sagte, das Land wolle „keine Handlungen akzeptieren", die auf Grundlage der Entscheidung des Haager Schiedshofes zum Südchinesischen Meer getroffen werden. China sei seit jeher „ein Hüter der internationalen Rechtsstaatlichkeit und von Fairness und Gerechtigkeit" gewesen und werde immer an dem Weg der friedlichen Entwicklung festhalten.

Steinmetz, Vanessa: Insel oder Felsen? Worum es beim Streit im Südchinesischen Meer geht. In: www.spiegel.de, 12.07.2016

Eine Sandinsel im südchinesischen Meer, auf der China bereits Gebäude errichtet hat, um seinen Territorialanspruch zu untermauern.

Einstiegsaufgaben

1. Fassen Sie die Reaktion Chinas auf das Urteil des Den Haager Schiedsgerichts zusammen.
2. Erläutern Sie, wie ein Rechtsstreit um eine Eigentumsfrage innerhalb Deutschlands verlaufen und wie das Urteil durchgesetzt werden würde.

M4 Internationale Politik als Politik im anarchischen Raum

[Internationale Politik überschreitet staatliche Grenzen und findet im Vergleich zu staatlicher Politik unter ganz anderen Bedingungen statt.] Internationale Politik ist Politik unter den Bedingungen der Anarchie. Anarchie ist ein Ordnungsprinzip sozialer Systeme; sie ist das Gegenteil von Hierarchie oder Herrschaft. Herrschaft beruht auf einem Verhältnis von Über- und Unterordnung, Befehl und Gehorsam, zwischen sozialen Akteuren. In einem anarchischen System stehen die Akteure hingegen in einem formell gleichrangigen Verhältnis zueinander; [...] keiner von ihnen ist berechtigt zu befehlen; keiner ist verpflichtet zu gehorchen [...].

Das internationale System ist ein System *territorial differenzierter Herrschaft*. Herrschaft besteht im internationalen System innerhalb der Territorien [der Staaten], nicht aber außerhalb. Die Einheiten dieser territorialen Herrschaft sind die Staaten. Staaten besitzen *interne und externe Souveränität*. Zum einen verfügen die Staaten auf ihrem Territorium (also innerhalb ihrer Grenzen) über das Herrschafts- oder Gewaltmonopol: allein der Staat ist befugt, innerhalb des Staatsgebiets verbindliche Entscheidungen zu treffen und verbindliche Regeln zu setzen und diese – notfalls mit Gewalt – auch durchzusetzen. [...] [Es gibt] keine legitime Herrschaft neben der vom Staat direkt ausgeübten oder delegierten, und die Regeln und Entscheidungen des Staates [sind] für alle verbindlich. [...]

Zum anderen gibt es im internationalen System keine Herrschaft außerhalb oder oberhalb der Staaten – geschweige denn ein internationales Gewaltmonopol. Mit anderen Worten, es gibt keinen Weltstaat. Herrschaft endet an den territorialen Grenzen der Staaten. Keine andere politische Instanz ist den Staaten übergeordnet und befugt, ihnen vorzuschreiben, wie sie die Herrschaft in ihrem Territorium zu ordnen und auszuüben haben. Ebenso wenig unterliegen die Staaten herrschaftlich (durch)gesetzten Regeln für ihre Beziehungen untereinander. Es liegt allein an den einzelnen Staaten zu entscheiden, wie sie sich gegenüber anderen Staaten verhalten und welche internationalen Regeln sie vereinbaren und anerkennen. [...]

Kann es in einem anarchischen System überhaupt [...] verbindliche Entscheidungen und Regeln geben? Das ist durchaus möglich, wenn Staaten z. B. einer internationalen Konferenz oder Organisation diese Kompetenz [...] ausdrücklich übertragen und internationale Entscheidungen und Regeln durch die Zustimmung aller Staaten zustande kommen, für die sie gelten sollen. Dabei bleibt das Prinzip der staatlichen Souveränität gewahrt. Anarchie ist also nicht mit Regellosigkeit oder Unverbindlichkeit gleichzusetzen. Herrschaftliche Regelsetzung und Regeldurchsetzung durch Zwang sind zwar in einem anarchistischen System definitionsgemäß nicht möglich; das gilt aber nicht für die *freiwillige Vereinbarung und Befolgung von Regeln*.

Schimmelfennig, Frank: Internationale Politik. 3. Auflage. Paderborn: Schöningh 2013, S. 23 f.

Ordnungsprinzipien nationaler Politik

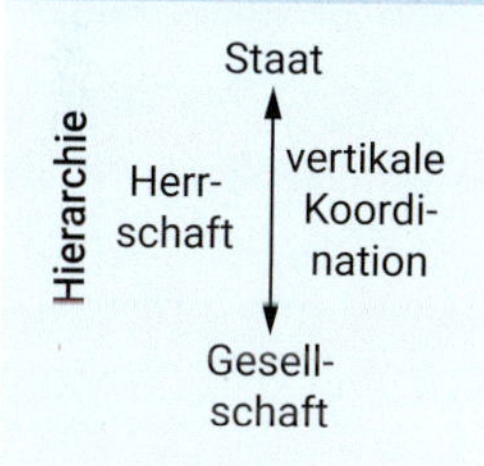

Nach: Schimmelfennig, Frank: Internationale Politik. 3. Auflage. Paderborn: Schöningh 2013, S. 26

Aufgaben

1. Vergleichen Sie Politik innerhalb eines Nationalstaats mit der internationalen Politik (Vergleichskriterien: Gewaltmonopol, Gesetzgebung, Durchsetzung von Entscheidungen) (**M4**).
   Fertigen Sie dann ein Modell an, das die Ordnungsprinzipien der internationalen Politik verdeutlicht.
2. Erklären Sie die Reaktion Chinas (**M3**) auf das Urteil des Gerichts in Den Haag mithilfe Ihrer Ergebnisse.

1.3 Streben Staaten eigentlich immer nach mehr Macht?

Zum Thema: Die internationale Anarchie zwingt die Staaten dazu, nach Macht zu streben, um ihre Sicherheit zu gewährleisten. Das allseitige Streben nach Macht mündet in einen Prozess der Machtkonkurrenz, der das Wesen der internationalen Politik bestimmt.

M5 Alleine auf dem Meer

Das Gemälde zeigt ein Seegefecht zwischen einem Schiff der britischen königlichen Marine und einem französischen Schiff.

Stellen Sie sich Folgendes vor: Sie kommandieren im 17. Jahrhundert ein Kriegsschiff und befinden sich gerade mitten auf dem Atlantik. Der Ausguck meldet Ihnen ein Schiff einer rivalisierenden Macht. Sie haben zwei Möglichkeiten:

a) Sie nähern sich dem feindlichen Schiff und vertrauen auf die friedlichen Absichten des anderen Kapitäns.
b) Sie machen Ihr Schiff gefechtsklar und feuern eine erste Salve Ihrer Kanonen auf das gegnerische Schiff ab, sobald Sie in Position sind.

Einstiegsaufgaben

1. Entscheiden Sie sich zuerst alleine und ohne mit jemandem zu sprechen, wie Sie sich als Kapitän entscheiden würden.
2. Tauschen Sie sich mit einem Mitschüler, der das andere Boot repräsentiert, aus. Analysieren Sie das Ergebnis.
   Wie haben sich die beiden Kapitäne entschieden?
   Wie lautet das Ergebnis des Aufeinandertreffens?
   Wie bewerten Sie Ihre eigene Strategie im Nachhinein?

M6 Das Dilemma mit der Sicherheit

a) Das Sicherheitsdilemma nach John Herz

„Die tragische Lage, in der sich eine zwiegespaltene und mit Atombomben gesegnete Welt derzeit befindet, spiegelt lediglich in äußerster Zuspitzung ein Dilemma wider, mit dem sich menschliche Gesellschaften von Anbeginn ihrer Geschichte auseinanderzusetzen hatten. Das Dilemma entspringt einer grundlegenden Sozialkonstellation, der zufolge eine Vielzahl miteinander verflochtener Gruppen politisch letzte Einheiten darstellen, d. h. nebeneinander bestehen, ohne in ein noch höheres Ganzes integriert zu sein. Wo und wann auch immer eine solche ‚anarchische' Gesellschaft existiert hat – und in den meisten Epochen der uns bekannten Geschichte hat sie das auf irgendeiner Ebene –, ergab sich für Menschen, Gruppen, Führer eine Lage, die sich als ‚Sicherheitsdilemma' bezeichnen lässt. Gruppen oder Individuen, die in einer derartigen, eines Schutzes ‚von oben' entbehrenden Konstellation leben, müssen um ihre Sicherheit vor Angriffen, Unterwerfung, Beherrschung oder Vernichtung durch andere Gruppen oder Individuen fürchten, eine Besorgnis, die sich aus der Sachlage selber ergibt. Und in dem Streben nach Sicherheit vor solchen Angriffen sehen sie sich gezwungen, immer mehr Macht zu akkumulieren, nur um der Macht der anderen begegnen zu können. Dies wiederum macht die anderen unsicherer und zwingt sie, sich auf ‚das Schlimmste' vorzubereiten. Da sich in einer Welt derart konkurrierender Einheiten niemand je ganz sicher fühlen kann, ergibt sich ein Wettlauf um die Macht, und der Teufelskreis von Sicherheitsbedürfnis und Machtanhäufung schließt sich."

Herz, John: Idealistischer Internationalismus und das Sicherheitsdilemma. In: Herz, John: Staatenwelt und Weltpolitik. Aufsätze zur internationalen Politik im Nuklearzeitalter. Hamburg: Hoffmann und Campe 1974, S. 39-56 (übersetzt von Lili Flechtheim)

John Herz
1908-2005, war ein deutsch-amerikanischer Politikwissenschaftler. Herz begründete die Theorie des Sicherheitsdilemmas.

akkumulieren
anhäufen

b) Bietet Kooperation einen Ausweg aus dem Sicherheitsdilemma?

Für John Herz ist die Machtkonkurrenz zwischen autonomen Einheiten, für uns in erster Linie zwischen den Staaten, also kein biologisches oder anthropologisches, sondern ein soziales Problem. Kooperation und Solidarität sind gleichermaßen mögliche Handlungsweisen für Menschen. Was ihnen entgegensteht oder was sie erschwert, ist eben das „Sicherheitsdilemma", das Problem, dass die Versuche einer Gruppe, ihre Sicherheit zu gewährleisten, von einer anderen Gruppe als Gefährdung ihrer Sicherheit wahrgenommen werden oder werden können. Das heißt, das Sicherheitsdilemma besteht auch – oder genauer gesagt – gerade und nur dort, wo keine Seite aggressive Absichten verfolgt. Die Angst voreinander, nicht die Herrschsucht der Menschen, treibt sie in die Machtpolitik. Das aber böte sehr viel mehr Spielraum für Kooperation. Denn wenn die Staaten wirklich nur Sicherheit voreinander suchten, dann müssten sie über Metakommunikation, d. h. durch Kommunikation über die Art und Weise, wie sie miteinander kommunizieren, das Sicherheitsdilemma beeinflussen und die Machtpolitik in gemeinsame Verabredungen, in Versicherungen über die wechselseitigen defensiven Absichten überführen können.

Krell, Gert: Weltbilder und Weltordnung. Einführung in die Theorie der internationalen Beziehungen. 3. Auflage. Baden-Baden: Nomos 2004, S. 157-159

Zweitschlagskapazität
Fähigkeit, in einem mit Nuklearwaffen geführten Krieg nach einem Angriff einen „Vergeltungsschlag" ausführen zu können

Cordon sanitaire
Sicherheitszone

M7 Raketen-Schach

Chinas Raketen haben ein vorrangiges Ziel, und das liegt im Osten des riesigen Reiches, im Pazifik. Die Gefahr, der aus Pekings Sicht zu begegnen ist, kommt aus dieser Richtung, mit dem Ostwind, von den USA und ihren Stützpunkten. Denn China [...] möchte nicht nur seine Grenzen verteidigen, sondern beansprucht auch einen Sicherheitsgürtel vor seiner Küste. Und diesen Cordon sanitaire garantieren nun die Raketen unterschiedlichster Bauart. Dort ist, neben dem Streit über Handel und Technologieführerschaft, ein weiterer wichtiger Schauplatz der amerikanisch-chinesischen Rivalität.

In den USA ist es Pflicht, dass die Regierung regelmäßig Kongress und Öffentlichkeit über die Bedrohung des Landes und die sicherheitspolitische Lage in aller Welt informiert. Der jüngste Bericht des Pentagons zu China hat es dabei in sich. Kühl stellen die Analysten anhand von Satellitenaufklärung und Testbeobachtungen fest, dass die Volksrepublik ein gewaltiges Raketenarsenal aufgebaut hat. Vor allem in der Langstrecke bis 5000 Kilometer, aber auch in der Mittelstrecke bis 1500 Kilometer haben die Chinesen ihre Arsenale zum Teil verdoppelt. Viel wichtiger aber ist, dass die Zielsteuerung der Waffen deutlich verbessert wurde und auch Mittelstreckenraketen mit nuklearen Gefechtsköpfen bestückt werden können. [...]

Übersetzt aus der Sprache der US-Marine-Strategen heißt das: Amerikas Pazifik-Flotte, die Verbündeten in Chinas unmittelbarer Nähe wie Japan und selbst der US-Pazifikstützpunkt Guam sind jederzeit im Fadenkreuz chinesischer Waffen. Wirklich gefährlich wird die Lage, weil China inzwischen auch eine veritable Zweitschlagskapazität aufgebaut hat. Auf U-Booten, die sich im Südchinesischen Meer versteckt halten, sind nukleare Langstreckenraketen stationiert. Die Logik der amerikanischen Dominanz funktioniert also nicht mehr zwingend. China begegnet den USA auf Augenhöhe. [...]

Das bedeutet, dass China nun in der Lage ist, Amerikas Bewegungsfreiheit im Pazifik deutlich einzuschränken. Sollte etwa China eines Tages Taiwan militärisch angreifen oder die Schifffahrtsrouten im Südchinesischen Meer schließen, wird kein amerikanischer Flugzeugträgerverband so ohne Weiteres ins Krisengebiet steuern können. Wie dynamisch sich die Gewichte im Pazifik verschieben, zeigt die wachsende Zahl der Zwischenfälle im Südchinesischen Meer, das China trotz anderslautender völkerrechtlicher Urteile zu fast 90 Prozent als sein Hoheitsgewässer beansprucht. Auf künstlichen Inseln hat es dort Militärstützpunkte geschaffen. [...] Momentan liegt der US-Flugzeugträger USS Ronald Reagan mit seinem Verband in der Bucht von Manila und sendet so die Botschaft aus: Es gibt uns auch noch.

Kornelius, Stefan: Raketen-Schach zwischen China und den USA. In: www.sueddeutsche.de, 11.08.2019

Aufgaben

1. Erklären Sie das Ergebnis der Einstiegsaufgabe mithilfe des Sicherheitsdilemmas (**M6**).
2. Wenden Sie, das Sicherheitsdilemma auf die geostrategische Lage im Pazifik an (**M7**).
3. Erläutern Sie unter welchen Bedingungen das Aufeinandertreffen der beiden Schiffe friedlich und kooperativ verlaufen wäre (**M5**). Diskutieren Sie die Frage mit Ihrer Spielpartnerin oder Ihrem Spielpartner und formulieren Sie anschließend Hypothesen, wie Kooperation in der internationalen Politik ermöglicht werden kann.

Politik spieltheoretisch analysieren

1 Spieltheoretische Modelle: Worum geht es?

Spieltheoretische Modelle erlauben es, interdependente Entscheidungssituationen rationaler Akteure zu analysieren. Das einfachste „Spiel" besteht aus zwei Akteuren (A und B), die jeweils zwei Verhaltensmöglichkeiten (C und D) besitzen. Daraus ergeben sich vier mögliche Interaktionsergebnisse: CC, CD, DC und DD. Die Akteure bringen diese Ergebnisse für sich in eine Präferenzordnung und ordnen ihnen einen Nutzenwert zu. In einer ordinalen Präferenzordnung erhält das Ergebnis mit der höchsten Präferenz (also das beste Ergebnis) den Nutzenwert 4, das zweitbeste Ergebnis den Nutzenwert 3, das zweitschlechteste Ergebnis den Nutzenwert 2, und das Ergebnis mit der niedrigsten Präferenz den Wert 1. Diese Präferenzordnung kann nun in einer Matrix eingetragen werden, wobei die erste Ziffer den Nutzenwert für A darstellt und die zweite Ziffer den Nutzenwert für B.

▼

2 Ein spieltheoretisches Beispiel: das Gefangenendilemma

Das wahrscheinlich bekannteste Spiel ist das Gefangenendilemma, das mit folgender Situation veranschaulicht werden kann. Zwei mutmaßliche Bankräuber werden verhaftet, denen die Polizei allerdings nur illegalen Waffenbesitz nachweisen kann. In getrennten Verhören versucht die Polizei, die beiden Bankräuber zu einem Geständnis zu bringen. Die Bankräuber (A und B) können entweder schweigen (C) oder gestehen (D). Das sind die Konsequenzen der möglichen Interaktionsergebnisse:

- **CC — beide schweigen.** Der Bankraub kann nicht nachgewiesen werden; beide erhalten 1 Jahr Gefängnis wegen unerlaubten Waffenbesitzes.
- **CD oder DC — einer gesteht, der andere schweigt.** Der geständige Bankräuber kommt als Kronzeuge frei; der andere erhält 10 Jahre Gefängnis.
- **DD — beide gestehen.** Beide Räuber erhalten 5 Jahre Gefängnis.

Unter der Annahme, dass beide Bankräuber so wenig Zeit im Gefängnis verbringen wollen wie möglich, ist die Präferenzordnung jeweils DC → CC → DD → CD. Das ergibt folgende Matrix:

B A	Leugnen (C)	Gestehen (D)
Leugnen (C)	3/3	1/4
Gestehen (D)	4/1	2/2

▼

3 Spieltheoretische Ergebnisse des Gefangenendilemmas

Die Spieltheorie ermöglicht uns nun zu bestimmen, welches der vier Ergebnisse zu erwarten ist. Da beide Bankräuber einzeln verhört werden, wissen sie nicht, wie der jeweils andere sich verhalten wird. Die dominante Strategie für beide Akteure ist D.

Nur wenn sie D spielen, können sie zum einen das schlechteste Ergebnis vermeiden (1, 10 Jahre Gefängnis) und haben zum anderen die Chance, das beste Ergebnis zu erreichen (4, Freilassung). Wenn beide D spielen, erreichen sie nur ihre dritte Präferenz (DD mit dem Nutzenwert 2,2, 5 Jahre Gefängnis). Dieses Ergebnis ist aber stabil (ein sogenanntes Nash-Gleichgewicht), weil kein Spieler seine Wahl bereut, nachdem er die Wahl des anderen erfahren hat. Wissend, dass der andere D gewählt hat, sind beide froh, ebenfalls D gewählt zu haben, weil sie sonst mit CD sogar nur ihre vierte Präferenz erreicht hätten. Das Ergebnis mit dem höchsten Gesamtnutzen wäre jedoch CC gewesen. CC ist pareto-optimal, weil es kein Ergebnis gibt, das eine Seite besser stellen würde, ohne gleichzeitig die andere Seite schlechter zu stellen. Individuell rationales Verhalten führt also im Gefangenendilemma zu einem kollektiv suboptimalen Ergebnis.

Individuell bestes Ergebnis:	4/1
Kollektiv bestes Ergebnis:	3/3
Wahrscheinliches Ergebnis:	2/2

Schimmelfennig, Frank: Internationale Politik. 3. Auflage. Paderborn: Schöningh 2013, S. 78 f.

Aufgaben

Erklären Sie das Sicherheitsdilemma mithilfe der Spieltheorie.

1. Erstellen Sie eine Präferenzordnung zu **M5**.
2. Übertragen Sie die Matrix in Ihr Heft und füllen Sie sie aus.
3. Analysieren Sie das Ergebnis.
4. Wenden Sie das Sicherheitsdilemma auf die Beziehungen zwischen den USA und China an. Ordnen Sie dazu die nachfolgenden Begriffe den vier Feldern der unten stehenden Matrix zu:
   - Machtgewinn
   - Stabilität
   - Machtkonkurrenz
   - Machtgewinn

B A	Status quo (C)	Machtpolitischer Vorteil (D)
Status quo (C)		
Machtpolitischer Vorteil (D)		

Status quo
Festhalten an der Situation, so wie sie ist

1.4 In welchen Bereichen arbeiten Staaten häufiger zusammen?

Zum Thema: Wenn man analysiert, in welchen Bereichen Staaten miteinander kooperieren, dann stellt man fest, dass es erhebliche Unterschiede gibt. In vielen Bereichen sind die Staaten eng miteinander verbunden und in anderen Bereichen stehen sich die gleichen Staaten fast feindselig gegenüber.

M8 Beispiele internationaler Politik

Ein chinesisches Containerschiff im Hamburger Hafen

Ein Flugzeugträger der USA im pazifischen Ozean

Menschenrechtsverletzungen in China: Angehörige der Uiguren, einer Minderheit, werden in Lagern interniert.

Einstiegsaufgabe

Untersuchen Sie die drei Beispiele internationaler Politik. Klären Sie zuerst, um welche Fragen und Probleme es inhaltlich geht. In welchem Bereich erwarten Sie eine anhaltende intensive Zusammenarbeit zwischen Staaten? Begründen Sie Ihre Entscheidung.

M9 Die Sachbereiche der internationalen Politik

Die Aktivitäten von Staaten und Internationalen Organisationen lassen sich analytisch in drei verschiedene Sachbereiche unterteilen: Sicherheit, Wohlfahrt und Freiheit.

1 Sicherheit

Der Sachbereich „Sicherheit“ umfasst alle Problemfelder, die die physische Existenz von Staaten tangieren. Die herausragende Eigenschaft des Sachbereichs „Sicherheit“ stellt das Sicherheitsdilemma der Staaten dar. Staaten sind zur Gewährleistung ihrer eigenen Sicherheit auf sich selbst gestellt. Da sich alle Staaten im Sicherheitsdilemma befinden, besteht die Gefahr, dass alle versuchen, dieser Situation gemäß dem Prinzip der Selbsthilfe (z. B. Aufrüstung, Bildung von Allianzen, ...) zu ihrem Vorteil zu entkommen. Als dem Sicherheitsdilemma eigentümliches Kooperationshindernis stellt sich die Nicht-Unterscheidbarkeit von offensiven und defensiven Maßnahmen dar. Des Weiteren hemmt die Tatsache, dass die Staaten ihre Sicherheit relativ zu anderen sehen, die Kooperationsbereitschaft. Die Sicherheitsgewinne anderer Staaten werden oftmals als Bedrohung wahrgenommen.

Beispiele für Kooperationsstrukturen im Sachbereich Sicherheit sind Rüstungsbegrenzungen, das Abkommen zur Nichtverbreitung von Atomwaffen oder Friedensmissionen.

unilateral
Handeln eines Staates im eigenen Interesse ohne Rücksicht auf die Interessen anderer. Dies wird auch als Unilateralismus bezeichnet.

bilateral
Kooperation, die ausschließlich zwischen zwei verschiedenen Staaten stattfindet

multilateral
Kooperation zwischen mehreren Staaten. Dies wird auch als Multilateralismus bezeichnet.

Prinzip der Selbsthilfe
unilaterales Handeln eines Staates

Prinzip der Kooperation
Zusammenarbeit mehrerer Staaten

Trittbrettfahrer
Jemand, der von einer Leistung profitiert, ohne selbst etwas dafür zu tun.

2 Wohlfahrt

Im Sachbereich „Wohlfahrt" werden die Problemfelder zusammengefasst, die sich auf die Entfaltung materieller Lebenschancen der Menschen in unterschiedlichen Staaten beziehen. Auch in diesem Sachbereich besteht das Problem, dass die Staaten gewillt sind ihren Wohlstand auf Kosten anderer zu vergrößern, d. h. unilateral handeln und als Trittbrettfahrer auftreten (Wohlfahrtsdilemma). Im Sachbereich Wohlfahrt können allerdings offensive und defensive Maßnahmen besser unterschieden werden (z. B. Strafzölle). Die Neigung, die Beurteilung eigener Gewinne davon abhängig zu machen, ob und gegebenenfalls welche Gewinne andere Akteure erzielen, ist hier gering. Allerdings enthält auch der Sachbereich Wohlfahrt einen Dissens über die Verteilung der erzielten Wohlfahrtsgewinne. Insgesamt sind die Chancen internationaler Kooperation im Sachbereich Wohlfahrt höher als im Sachbereich Sicherheit. Beispiele sind hier die WTO, Handelsabkommen und Freihandelszonen oder der Binnenmarkt innerhalb der EU.

3 Freiheit

Die Problemfelder, die mit den Freiheits- und Partizipationschancen für den einzelnen Menschen in verschiedenen Staaten zu tun haben, werden dem Sachbereich „Freiheit" zugeordnet.
Eigentlich kann jeder Staat unabhängig von anderen Staaten seine Menschenrechtssituation regeln. Es besteht fast keine gegenseitige Abhängigkeit (Interdependenz). Erst die Existenz einer universal gültigen Moral macht den Sachbereich zu einem Problem der Internationalen Beziehungen. Die Staaten fühlen sich verpflichtet, die Menschenrechte weltweit zu fördern und versuchen mit ihrer Außenpolitik, andere Staaten langfristig zu beeinflussen. Vergeltung kann nur in Form von Wirtschaftssanktionen erfolgen. Die eigene Menschenrechtssituation zu verschlechtern, gewissermaßen als Form der Selbsthilfe (vergleichbar mit einer Aufrüstung im Sachbereich Sicherheit), ist sinnlos. Kooperation ist hier unwahrscheinlich und mühsam zu errichten.
Beispiele sind die Menschenrechtskommission der VN und deren Charta sowie der Europarat, der über die Einhaltung der Menschenrechte wacht.

Rittberger, Volker: Internationale Organisationen, Opladen: Leske und Budrich 1994, S. 153 f.

Aufgaben

1. Fassen Sie die zentralen Aussagen von **M9** zusammen.
2. Überprüfen Sie Ihre Entscheidung zur Kooperationswahrscheinlichkeit von Staaten (**M8**) mithilfe von **M9**.
3. Erläutern Sie die Gründe, weshalb die Intensität der Kooperation in den Sachbereichen so unterschiedlich ist (**M9**).
4. Erklären Sie, weshalb China und Vietnam intensiv Handel betreiben, sich aber gleichzeitig im Südchinesischen Meer feindselig gegenüberstehen.

Texte systematisch analysieren

1 Einleitung: Texttitel, Autor, Erscheinungsort und -datum

- Nennen Sie den Titel, Autor und Erscheinungsort sowie Erscheinungsdatum des Textes.
- Ordnen Sie den Autor/die Autorin sowie die Quelle ein. Stellen Sie sich außerdem die Frage, an welche Adressaten sich der Text richtet.
- Verschaffen Sie sich einen groben Überblick über den Text. Zwischenüberschriften, die Anfänge der einzelnen Abschnitte oder besonders hervorgehobene Begriffe dienen hierbei als Ankerpunkte.

2 Zentrale Fragestellung des Textes

- Nennen Sie das Thema und die zentralen Fragestellungen des Textes.
- Welche Unterthemen werden behandelt?
- Welche grundsätzliche Haltung zum Thema des Textes nimmt der Autor/die Autorin ein und was sind seine/ihre Thesen diesbezüglich?

3 Zusammenfassung von Kernaussagen/Theorien/Definitionen

- In diesem Schritt fassen Sie die Kernaussagen/Theorien/Definitionen zusammen. Nennen Sie dazu die konkreten Textstellen (Zeilenangaben).
- Arbeiten Sie die Begründungen heraus, die der Autor/die Autorin für seine/ihre Thesen anführt. Welche Belege und Beispiele sind genannt?

4 Relevante Zitate (inkl. Zeilenangaben)

- Wählen Sie in diesem Schritt Zitate aus dem Text aus, die kurz und eindeutig die Kernaussagen und Thesen des Autors/der Autorin sichtbar machen.

5 Eigene Gedanken zum Text

- Formulieren Sie abschließend Ihre eigenen Gedanken und Kommentare zu den Aussagen im Text. Teilen Sie die Ansichten des Autors/der Autorin? Ist die Argumentation überzeugend oder gibt es Schwachstellen?

Bearbeiter

M1 Gastkommentar in der Deutschen Welle: China sucht Konfrontation mit den USA

[Die] Stellungnahme [des damaligen] US-Außenministers Mike Pompeo zum Territorialstreit im Südchinesischen Meer hebt die ohnehin erhitzte Debatte [zwischen China und den USA] auf ein neues Level. [...] „Die Welt wird Peking nicht erlauben, das Südchinesische Meer als sein maritimes Reich zu behandeln", sagte Pompeo. Beobachter

Deutsche Welle (dw)
Die Deutsche Welle ist der Auslandsrundfunk der Bundesrepublik Deutschland

weisen darauf hin, dass die USA damit zum ersten Mal Partei ergriffen haben und sich nicht mehr nur als Schlichter gegen Chinas Ansprüche stellen. Die Ankündigung der USA sind keine leeren Drohungen. US-Kriegsschiffe fahren regelmäßig durch die umstrittenen Gewässer [...]. China und die USA haben aufgerüstet – nicht nur materiell, sondern auch bezüglich des Willens zur Kollision. Die Kriegserklärung steht zwischen den Zeilen. Peking zeigt in dieser Lage keine Schwäche und reagiert mit Sanktionen gegen US-Politiker [...]. Sanktionen betreffen auch den Rüstungskonzern Lockheed Martin, der kürzlich Waffenverkäufe an Taiwan angekündigt hatte. [...] Doch das alles ist trotz aller Dramatik immer noch Symbolpolitik.

Die schärfsten Maßnahmen, die China bisher ergriffen hat, ist die beschlossene Wirtschafts- und Sicherheitszusammenarbeit mit dem Iran. [...] In den kommenden 25 Jahren will das kommunistische Regime Dutzende Milliarden US-Dollar im Iran investieren. Als Gegenleistung erhält China Erdöl. [...] Mit den Einnahmen aus dem Reich der Mitte käme der Iran aus der internationalen Isolation heraus, in die das Land wegen seines umstrittenen Atomprogramms von den Vereinten Nationen und den USA gebracht worden war. Bei der Drohkulisse, die die USA für den Iran aufrechterhalten, wählt Peking mit der Partnerschaft mit Teheran die Konfrontation mit Washington, ja riskiert einen frontalen Zusammenstoß. [...]

Das gilt auch für die Wirtschaft. Nach der Einführung des umstrittenen „Nationalen Sicherheitsgesetzes für Hongkong" am 1. Juli [2020] hatte US-Präsident Trump ein Sanktionsgesetz unterschrieben, das praktisch alle chinesischen Banken vom Clearing mit dem US-Dollar ausschließen könnte, da diese sanktionierten Individuen und Firmen Finanzdienstleistung anbieten. Als der größte Konsummarkt der Welt sitzen die USA mit der stärkeren Position im Welthandel am längeren Hebel. Doch Peking bleibt gelassen. Im Bunker der chinesischen Zentralbank werden drei Billionen US-Dollar als Devisenreserve gehalten. Die chinesische Regierung ist nach Auskunft des US-Finanzministeriums im Juli 2020 der größte Gläubiger der USA mit ca. 1,2 Billionen Dollar. Schneiden die USA China und Hongkong vom Abrechnungssystem des Dollars ab, wäre das auch ein enormer Schaden für sich selbst und ein Schub für die Internationalisierung der chinesischen Währung Renminbi, die auch Yuan genannt wird.

Fu Ying, ehemalige Vizeaußenministerin Chinas, nahm vor Kurzem auf einem Symposium Stellung zu dem schwierigen Verhältnis beider Länder. China werde „proaktiv" seine eigenen Karten spielen, so Fu. Proaktiv soll heißen, dass China nicht nur dabei ist, die USA als Supermacht der Welt herauszufordern, sondern auch das US-Machtmonopol zu brechen und eine neue Weltordnung nach seiner Vorstellung zu gestalten. Die Abrechnung grenzüberschreitenden Handels mit Renminbi wäre dabei nur der erste Schritt. Ein weiterer wäre das langfristige Geschäft mit dem Iran, einer Schachfigur in einem Stellvertreterkrieg, die die Ambitionen hat, eigene Atomwaffen zu entwickeln. Es droht ein neuer, bisher noch gewaltfreier Konflikt. Fest steht allerdings schon jetzt: Keine Partei scheut die Konfrontation. Beide suchen das Duell und warten nur auf den richtigen Zeitpunkt.

Deng, Yuwen: Gastkommentar: China sucht Konfrontation mit den USA. In: www.dw.com, 20.07.2020
Yuwen Deng ist Politologe am "China Strategic Analysis" Think Tank und Mitherausgeber des „China Strategic Analysis Magazine".

Taiwan
ist ein Inselstaat in Ostasien. Seine völkerrechtliche Stellung ist umstritten. China betrachtet Taiwan als Bestandteils seines Territoriums und sieht die Insel als abtrünnige Provinz an.

Clearing
der Abrechnungsverkehr internationaler Bank- und Handelsgeschäfte

Tabelle „Texte analysieren" zum ausfüllen

Mediencode: 72068-04

Aufgabe

Wenden Sie die Methode „Texte systematisch analysieren" auf den Gastkommentar von Yuwen Deng an.

1.5 Wie ist die Macht in der internationalen Politik verteilt?

Zum Thema: In der Geschichte der Menschheit war die Macht in der internationalen Politik auf ganz unterschiedliche Weise verteilt. Großmächte kamen und gingen. Ein System mit nur einer Großmacht wird als unipolar bezeichnet; ein System mit zwei Großmächten als bipolar; gibt es mehrere Großmächte, dann spricht man von einem multipolaren System. Doch wie kann man das System der internationalen Politik heute beschreiben?

M10 Das britische Empire – eine Weltmacht

Großbritannien erlangte Ende des 16. Jahrhunderts die Vorherrschaft auf den Weltmeeren und errichtete im Verlauf der folgenden Jahrhunderte sein koloniales Weltreich, das British Empire. Aus Siedlungskolonien und Handelsstützpunkten entwickelten sich Kolonien in Amerika, Afrika, Asien, Australien und Ozeanien. Im 19. Jahrhundert entwickelte sich im Britischen Weltreich die Organisationsform der „Dominions“: Diese gehen auf das Streben der Kolonien nach Selbstverwaltung zurück, sind also sich selbst verwaltende Gebiete unter britischer Hoheit. Nach dem Ersten Weltkrieg erreichte das British Empire [im Jahr 1922] seine größte Ausdehnung. Etwa ein Viertel der Landfläche der Erde und ebenfalls ein Viertel der Erdbevölkerung unterstanden der britischen Regierung.

phoenix Dossier Team: British Empire & Commonwealth. Dossier „Vereinigtes Königreich“ (3/4). In: www.phoenix.de, 29.05.2018

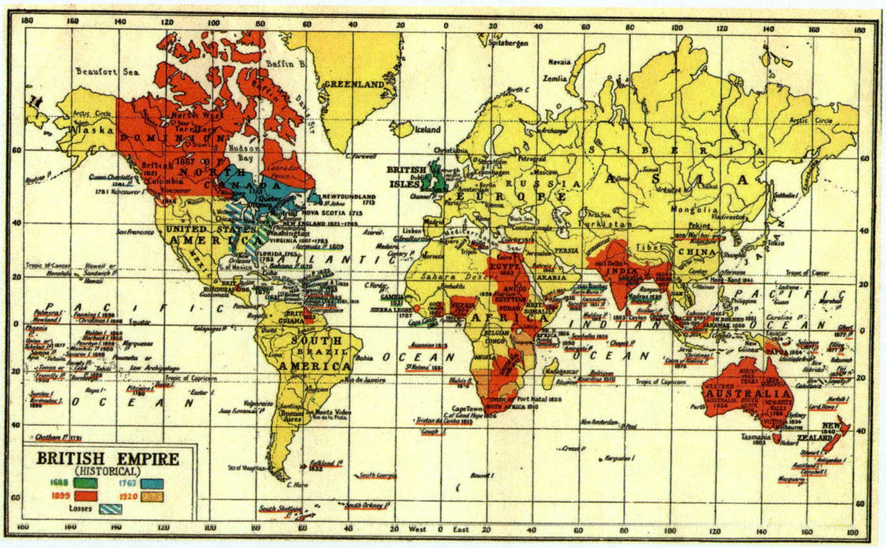

Karte des britischen Empire bis zum Jahr 1920

Einstiegsaufgaben

1. Erläutern Sie, weshalb man das britische Empire 1922 als Weltmacht bezeichnen konnte.
2. Wie kann man die heutige Welt des frühen 21. Jahrhunderts beschreiben? Entwerfen Sie dazu eine Skizze, die die Machtverteilung zwischen den Staaten verdeutlicht. Achten Sie dabei u. a. auf folgende Akteure: USA, Russland, China, EU, NATO.

M11 (Wie) Wirkt sich die Machtverteilung im internationalen System auf die Effekte der Anarchie aus?

Im europäischen Staatensystem der Neuzeit war eine multipolare Machtverteilung der Normalfall. Die Identität der Großmächte hat sich im Verlauf der Geschichte geändert: Spanien und Schweden, die in der frühen Neuzeit Großmächte waren, fie-

Machtprojektion
Fähigkeit eines Staates, durch die Androhung oder Anwendung von militärischer Gewalt seine Interessen durchzusetzen

Hegemon
Vorherrschaft eines Staates über andere Staaten

len später zurück. Dafür stiegen unter anderem Preußen und Russland auf. Es gab aber immer mehr als zwei Großmächte. Erst mit dem Übergang zu einem globalen bipolaren System mit den „Supermächten" USA und Sowjetunion nach dem Zweiten Weltkrieg ereignete sich ein Systemwandel. Ob nach dem Ende der Sowjetunion erneut ein solcher Wandel stattgefunden hat, hängt von der verwendeten Definition des Begriffs „Großmacht" ab. (Manche) sahen einen „unipolaren Moment" in der Geschichte des internationalen Systems mit den USA als einziger verbleibender Großmacht – was plausibel erscheint, wenn man das Kriterium globaler Machtprojektion zugrunde legt. Andererseits verfügt Russland nach wie vor über eine gesicherte nukleare Zweitschlagsfähigkeit – nach diesem Kriterium hätten wir es also immer noch mit einem bipolaren System zu tun. Schließlich verbindet sich mit dem Aufstieg Chinas und vielleicht anderer Mächte die Erwartung einer Rückkehr zur Multipolarität.

Eine andere Kategorisierung der Machtverteilung unterscheidet hegemoniale und nicht-hegemoniale Systeme. Hegemonie gründet sich auf Übermacht: der Hegemon besitzt größere Machtressourcen als alle anderen Staaten zusammen. [...]

Unipolarität und Hegemonie schwächen die negativen Auswirkungen der Anarchie ab, denn sie gehen in die Richtung der Zentralisierung und Monopolisierung von Macht, die die Entstehung des Staates auszeichnete. Weil der Hegemon nicht mit effektiver Gegenmacht konfrontiert ist, vermag er für Sicherheit und Ordnung im internationalen System zu sorgen. Er kann Aggressoren in die Schranken weisen, Regeln setzen und durchsetzen und damit als ein „Proto-Weltstaat" fungieren. Ist der Hegemon hinreichend übermächtig, werden es andere Staaten gar nicht erst wagen, sich auf eine offene Machtkonkurrenz mit ihm einzulassen. Hegemonie dämpft daher auch das Machtstreben im System. Weiterhin sind Staaten in einem hegemonialen Umfeld, in dem für Sicherheit und Ordnung gesorgt wird, eher bereit, sich auf die absoluten Gewinne in ihren Beziehungen mit anderen Staaten zu konzentrieren und relative Verluste und Abhängigkeiten in Kauf zu nehmen. Schließlich ermöglicht die Hegemonie dadurch, dass sie die internationale Bedrohung mindert, ein höheres Maß an innerstaatlicher Freiheit. Auch wenn Hegemonie die Anarchie formell nicht abschafft (also durch Hierarchie ersetzt), mildert sie ihre Wirkungen doch zumindest vorübergehend ab.

Eine mittlere Position nimmt die Bipolarität ein. Da es nur zwei Großmächte gibt, sind die Fronten klar. Die kleineren Staaten sortieren sich in starre „Blöcke" unter der Führung der Großmächte (oder bleiben neutral). Die Großmächte müssen jeweils nur die Machtentwicklung eines Konkurrenten beobachten und einschätzen.

In einem multipolaren System hingegen sind ganz unterschiedliche Allianzen möglich; Bündniswechsel sind häufig. Die Großmächte müssen nicht nur die Machtentwicklung mehrerer Konkurrenten im Auge behalten, sondern auch der Möglichkeit Rechnung tragen, dass sich die Bündnisse neu sortieren könnten. Multipolarität schafft daher größere Unsicherheit als Bipolarität. Fehleinschätzungen der Machtentwicklung im System sind wahrscheinlicher. Bipolare Systeme sind daher stabiler und weniger anfällig für Kriege zwischen den Großmächten, und sie begünstigen die Kooperation zwischen den Großmächten, weil diese ihre relative Gewinnentwicklung und Abhängigkeit leichter kalkulieren und im Auge behalten können.

Schimmelfennig, Frank: Internationale Politik. 3. Auflage. Paderborn: Schöningh 2013, S. 74 ff.

M12 US-Truppen verlassen Syrien

Die USA wollen ihre Streitkräfte vollständig aus Syrien abziehen. „Wir haben begonnen, US-Soldaten nach Hause zu holen, während wir in die nächste Phase dieses Einsatzes übergehen", erklärte die Sprecherin des Weißen Hauses [...]. Sie bestätigte damit Medienberichte, wonach die derzeit rund 2000 US-Soldaten in Syrien schon bald das Land verlassen sollen. Der Sender CNN hatte zuvor unter Berufung auf Regierungsangaben berichtet, es sei ein „schneller" und „vollständiger" Rückzug geplant. Präsident Donald Trump schrieb auf Twitter, die USA hätten mit dem Sieg über die Terrormiliz „Islamischer Staat" (IS) ihr Ziel in Syrien erreicht. [...] Trump hatte bereits im März einen baldigen Abzug der Truppen aus Syrien in Aussicht gestellt, die seit vier Jahren in dem Land gegen den IS kämpfen. Dem „Wall Street Journal" zufolge betrifft der Abzug den Nordosten Syriens, wo die US-Soldaten den Kampf der kurdischen YPG-Miliz gegen den IS unterstützen.

Schäuble, Juliane/Böhme, Christian: Trump ordnet Rückzug aus Syrien an. In: www.tagesspiegel.de, 19.12.2018

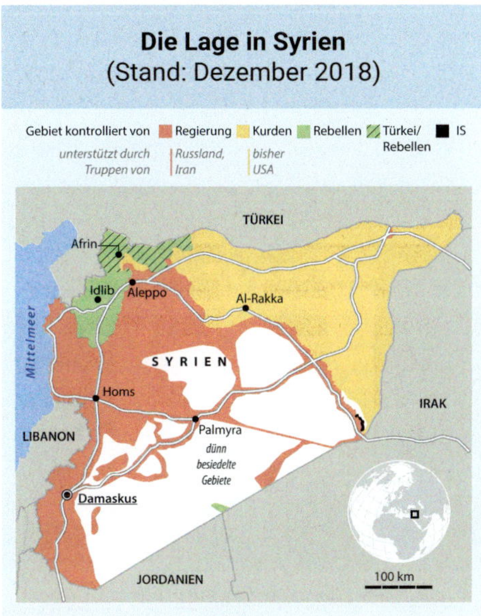

Nach: picture-alliance/dpa-infografik 29542; Quellen: ISW, reliefweb, OCHA

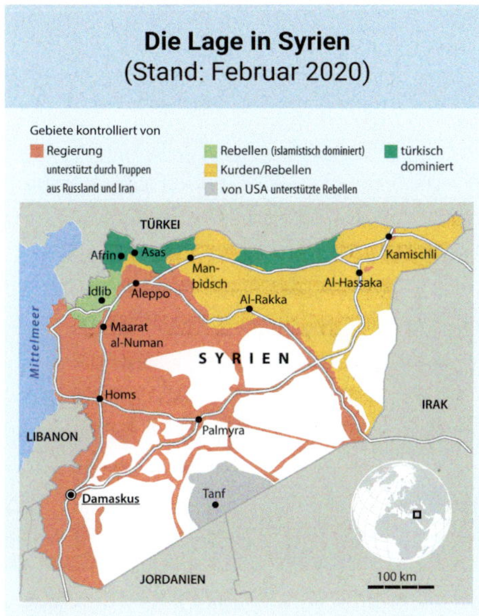

Nach: picture-alliance/dpa-infografik 100640; Quellen: ISW, reliefweb, OCHA, Etana, dpa

Aufgaben

1. Erläutern Sie, wie sich die verschiedenen Formen der Machtverteilung in der internationalen Politik auf das Machtstreben der Staaten auswirkt (**M11**).
2. Überprüfen Sie, welche Form der Machtverteilung Sie in Ihrer Skizze dargestellt haben (**M10**).
3. Mit den USA hat eine starke Militärmacht das Kriegs- und Krisengebiet Syrien verlassen (**M12**). Analysieren Sie mithilfe von **M11**, wie sich die Machtverteilung in Syrien verändern wird. Formulieren Sie eine Hypothese.
4. Erläutern Sie, wie in der internationalen Politik Kooperation und Ordnung geschaffen werden können.

1.6 Kann die Anarchie in der internationalen Politik überwunden werden?

Zum Thema: Theorien der internationalen Politik wollen erklären, wie internationale Politik funktioniert. Dabei geht es im Kern um die Frage, ob die Anarchie im internationalen System überwunden oder eingeschränkt werden kann oder ob dies nicht möglich ist. Das ist deshalb wichtig, weil die Anarchie viele problematische Folgen für die Weltgemeinschaft hat. Was treibt also Staaten in ihrem außenpolitischen Verhalten an und gilt dies für alle gleichermaßen?

M13 Nordkorea provoziert erneut mit Raketentest

Die nordkoreanische Nachrichtenagentur KCNA veröffentlichte ein Foto des ersten Tests der neuen ballistischen Rakete Pukguksong-3 am 02.10.2019.

Am Mittwoch hatte Nordkorea nach eigenen Angaben eine ballistische Waffe getestet. Die neuartige U-Boot-Rakete vom Typ Pukguksong-3 sei aus den Gewässern vor der Bucht von Wonsan abgefeuert worden, berichtete die amtliche Nachrichtenagentur KCNA. Der Test erfolgte kurz nach der Bekanntgabe, dass es erneut Atomverhandlungen mit den USA geben solle. Bereits in der Vergangenheit hatte Pjöngjang derartige Waffentests vor Gesprächen mit den USA durchgeführt. Experten zufolge wolle das Land damit Stärke demonstrieren.

© ARD-aktuell/tagesschau.de: Atomgespräche zwischen USA und Nordkorea. In: www.tagesschau.de, 05.10.2019

Einstiegsaufgabe

Der nordkoreanische Diktator Kim Jong-un provoziert die Weltgemeinschaft immer wieder durch Raketentests. Es wird vermutet, dass Nordkorea an einer Atombombe baut. Erläutern Sie, weshalb Kim Jong-un nach Atomwaffen strebt und warum er mit Raketentests provoziert.

M14 Theorien der internationalen Politik

a) Der Realismus: alles nur Machtkonkurrenz?

Für den Realismus ist die zentrale Wirkung der anarchischen Struktur des internationalen Systems die existenzielle Unsicherheit der Staaten. Wie groß die Unsicherheit ist, hängt von zwei weiteren Strukturmerkmalen ab: der Machtverteilung und der verfügbaren Technologie. Eine hohe Machtkonzentration und eine Technologie, die die Defensive gegenüber der Offensive stärkt, verringern die Unsicherheit – allerdings nur leicht und temporär. Die Akteure sind im Realismus egoistisch-zweckrationale Staaten, die unter den Bedingungen der Anarchie und der Sorge um ihre Existenz nach Macht streben. Daraus resultiert als zentraler Prozess der internationalen Politik eine Machtkonkurrenz, die durch die Interaktionsmechanismen des Sicherheitsdilemmas und des Gleichgewichts in Bewegung gehalten wird und dafür sorgt, dass Anarchie, Machtstreben und Machtkonkurrenz immer wieder reproduziert werden.

Schimmelfennig, Frank: Internationale Politik. 3. Auflage. Paderborn: Schöningh 2013, S. 66

b) Der Institutionalismus: Führt die wechselseitige Abhängigkeit der Staaten zu Kooperation?

Der Institutionalismus unterscheidet sich vom Realismus im Wesentlichen dadurch, dass Interdependenz und Regime als wirkmächtige Strukturmerkmale des internationalen Systems zur internationalen Anarchie hinzutreten. Die Interdependenz – die wechselseitige Abhängigkeit der Staaten voneinander – verringert zum einen den Nutzen militärischer Gewalt und damit die Bedrohung der Staaten; zum anderen erhöht sie den Bedarf an internationaler Kooperation. Internationale Regime (Regelwerke) und die mit ihnen verbundenen internationalen Organisationen ermöglichen, dass dieser Kooperationsbedarf auch befriedigt werden kann, indem sie Regeln festlegen, die Regeleinhaltung der Staaten überwachen und Regelverletzungen bestrafen. Unter den Bedingungen der Interdependenz sind egoistisch-zweckrationale Staaten nicht nur stark an internationaler Kooperation und an einem friedlichen Miteinander interessiert; sie streben auch nicht in erster Linie nach Macht, sondern nach (absoluten) Gewinnen. Daraus resultiert ein Prozess der Wohlfahrtskonkurrenz. Dank des „langen Schattens der Zukunft", der durch die Interdependenz hervorgebracht wird, und die Kontrollfunktionen internationaler Regime kann das Dilemma kollektiven Handelns in der Wohlfahrtskonkurrenz überwunden und stabile Kooperation gewährleistet werden. [...]. Die stabile Kooperation festigt und verstärkt wiederum die Interdependenz und die Institutionalisierung der internationalen Politik. Im Zeitverlauf wird die internationale Anarchie damit zwar nicht abgeschafft, aber doch zivilisiert.

Schimmelfennig, Frank: Internationale Politik. 3. Auflage. Paderborn: Schöningh 2013, S. 90

Internationale Regime
international anerkannte Regelwerke, die Konflikte zwischen Nationalstaaten bearbeiten, z. B. Nichtverbreitung von Nuklearwaffen

c) Der Konstruktivismus: Führen gemeinsame Überzeugungen zu Kooperation?

In internationalen Gemeinschaften besteht eine gemeinsame Kultur, die einen Werte- und Normenkonsens sowie ein freundschaftliches Verhältnis unter den Gemeinschaftsmitgliedern hervorbringt. Die Akteure orientieren sich an den gemeinsamen

Werten, befolgen die gemeinsamen Normen und verhalten sich freundschaftlich und solidarisch zueinander. In diesem Kontext finden Sozialisationsprozesse statt, in denen die Gemeinschaftsmitglieder ihre Kultur vertiefen, verbreiten und Konflikte auf der Basis ihrer gemeinsamen Werte und Normen argumentativ lösen. In internationalen Gemeinschaften lassen sich daher auf der Basis von ideellem Konsens und angemessenem Verhalten die Probleme der Anarchie prinzipiell überwinden. Über die konkreten Politikergebnisse entscheidet die Argumentationsmacht der Akteure. Außerhalb von und zwischen gegnerischen internationalen Gemeinschaften hingegen regieren Wertekonflikte und Feindschaften, durch die die Probleme der internationalen Anarchie noch weiter verschärft werden. Sozialisations- und Argumentationsprozesse scheitern und führen zu wechselseitiger Abgrenzung und Verhärtung der Positionen. Das internationale System entwickelt sich daher über Prozesse der [...] Gemeinschaftsbildung.

Schimmelfennig, Frank: Internationale Politik. 3. Auflage. Paderborn: Schöningh 2013, S. 161

Aufgaben

1. Wie versuchen die Theorien die internationale Politik zu erklären? Vergleichen Sie die drei Theorien der internationalen Politik anhand der folgenden Leitfragen (**M14**).
   - Akteure: Welche Akteure sind für die internationale Politik bedeutsam?
   - (Disposition): Was bestimmt das Handeln der Staaten? Egoismen, Zweckrationalität, Normen?
   - Strukturen der internationalen Politik: Kann die Anarchie eingeschränkt werden?
   - Unter welchen Bedingungen kommt es zu Frieden und Kooperation?
   - Dynamik der Entwicklung: Was treibt die internationale Politik an?
2. Erklären Sie das Verhalten von Kim Jong-un (**M13**) mithilfe der Theorien in **M14**. Welche Theorie passt am besten?
3. Ordnen Sie die folgenden politischen Ereignisse den Theorien zu und begründen Sie Ihre Entscheidung:
   a) Viele Staaten innerhalb der EU haben ihre Hoheitsrechte in der Geldpolitik an die EZB abgegeben. Sie ordnen sich damit einer supranationalen Institution unter und betreiben keine eigenständige Währungspolitik mehr.
   b) Die USA verstärken ihre militärische Präsenz im Pazifik. Damit wollen sie deutlich machen, dass sie das militärische Aufrüsten Chinas nicht akzeptieren werden.
   c) Durch die europäische Integration entwickelt sich eine tiefgreifende gemeinsame Kultur und eine gemeinsame Identität. Dies treibt die weitere Kooperation voran.
   d) Nach langen Verhandlungen einigen sich die Staaten der Erde darauf, einen Vertrag mit umfassendem Regelwerk zu verabschieden, der die Herstellung von FCKW verbietet. FCKW wird für die Zerstörung der Ozonschicht verantwortlich gemacht.
4. Lesen Sie in einer überregionalen Tageszeitung alle Artikel zur internationalen Politik durch. Was glauben Sie bestimmt das Verhalten von Staaten: die Durchsetzung von Eigeninteressen oder die Einhaltung von Normen?
   Wählen Sie dazu Konflikte aus und präsentieren Sie Ihre Ergebnisse in ihrem Kurs.

Bei der Analyse und Bewertung politischer Konflikte unterschiedliche Perspektiven berücksichtigen

Um ein differenziertes Urteil zu fällen, muss man den politischen Konflikt oder die politische Streitfrage aus unterschiedlichen Perspektiven betrachten. Eine Perspektive bezeichnet einen Blickwinkel auf ein politisches Problem oder die Wahrnehmung einer Streitfrage aufgrund ganz unterschiedlicher Interessen der betroffenen Menschen.

Welche Perspektiven werden unterschieden?	
individuelle Perspektive	Sie bezeichnet den subjektiven Blick eines Individuums bzw. der sozialen Gruppe, der es angehört, auf eine politische Streitfrage. Die individuelle Perspektive ist die eigene persönliche Wahrnehmung und Einschätzung eines Problems. Im Bereich der internationalen Politik kann die individuelle Perspektive auch die Interessenlage eines Staates, z. B. Deutschlands, abbilden.
öffentliche Perspektive	Sie bezeichnet die Interessen und Werte anderer Akteure. Um einen politischen Konflikt zu verstehen, müssen wir auch die Interessen und Einschätzungen anderer in unsere Analyse und Bewertung einbeziehen. Andere Perspektiven können im Einklang oder auch im Widerspruch zu unseren eigenen Interessen stehen. In der internationalen Politik können dies andere Staaten oder auch internationale Organisationen bzw. supranationale Organisationen wie die EU sein.
systemische Perspektive	Sie ist sehr abstrakt und beschäftigt sich mit der Frage, wie eine politische Entscheidung sich auf ein ganzes System auswirkt. Man betrachtet nicht mehr einzelne Interessen oder Blickwinkel, sondern untersucht, wie ein großer Teilbereich durch eine Entscheidung verändert wird. Diese Veränderungen können sich auf die ökonomische, aber auch sicherheitspolitische Zusammenarbeit beziehen.

M1 EU-Sondergipfel – Ankaras aggressive Außenpolitik

Bei seinem historischen Besuch vor drei Jahren in Athen schockierte der türkische Staatspräsident Erdogan seine griechischen Gastgeber mit der Ankündigung, der Vertrag von Lausanne, der nach dem Zusammenbruch des osmanischen Reiches 1923 die Grenzen der neuen türkischen Republik festlegte, müsse geändert werden. Er entspreche nicht mehr den neuen Realitäten. Was griechisch ist, bleibt griechisch, so die kühle Antwort seiner Gesprächspartner. Aufgegeben hat Erdogan aber keineswegs. [...]

In den letzten Wochen ließ er den Konflikt mit den Griechen und Zyprioten um Erdgasbohrungen vor deren Küsten im östlichen Mittelmeer immer weiter eskalieren. Begleitet von der üblichen schrillnationalistischen Rhetorik. „Wenn es ums Kämpfen geht, sind wir bereit, Märtyrer zu werden", so Erdogan. Eine drohende militärische Auseinandersetzung wurde dann doch vorerst abgewendet. Beide Seiten wollen demnächst Sondierungsgespräche führen. Die Nato teilte am Nachmittag zudem mit, Griechenland und die Türkei hätten sich auf einen Mechanismus zur Vermeidung militärischer Zwischenfälle im östlichen Mittelmeer geeinigt. [...] Eine Kompromissmöglichkeit, so Nele Matz-Lück, Professorin für Seerecht an der Uni Kiel, könnte die gemeinsame Ausbeutung der Ressourcen sein. Bis zur endgültigen Klärung der Grenzziehung. Doch bislang halten beide

Seiten an ihren Maximalforderungen fest. Das türkische Vorgehen im Mittelmeer ist dabei nur Teil einer neuen, aggressiven Außenpolitik der türkischen Führung unter Erdogan. Er ließ seine Armee in Nordsyrien einmarschieren und kontrolliert dort mehrere Gebiete, türkische Truppen gehen im Nordirak gegen Kurden vor, entgegen internationaler Abkommen liefert er Waffen und unterstützt die libysche Regierung in Tripolis und er kündigt Unterstützung für Aserbaidschan im jüngsten, blutigen Konflikt mit Armenien um Bergkarabach an. [...] Dabei nutzt Erdogan die Lücken, die US-Präsident Trump durch die Verringerung des US-Engagements in der Region geschaffen hat. Ähnlich wie Russlands Präsident Putin das macht. Die EU ist dabei, ebenso wie die NATO, deren Mitglied die Türkei ist, für den türkischen Staatspräsidenten kein Hindernis. Ankara weiß um die Zerstrittenheit der Europäer. Und Erdogan schreckt auch nicht davor zurück, Flüchtlinge als Waffe einzusetzen und an den Grenzzaun zu Griechenland zu treiben, um Brüssel Zugeständnisse abzupressen. Nicht erst seit der medienwirksamen Umwandlung der Hagia Sophia in Istanbul vom Museum zur Moschee inszeniert sich der türkische Staatspräsident bei alledem als wahrer Erbe des Osmanischen Reiches. [...]

Auch wenn zuhause die Wirtschaft dahinsiecht und die Zustimmung der Bürger für seine Regierungskoalition nach jüngsten Umfragen stark gesunken ist. Dieser zur Schau gestellte „Neo-Osmanismus", so die Einschätzung von Kristian Brakel von der Heinrich-Böll-Stiftung in Istanbul, „ist aber eher die Ideologie, die man der Bevölkerung verkauft. Tatsächlich geht es um knallharte Sicherheitsinteressen." Die Türkei wolle sich nicht mehr an irgendein Bündnis wie die Nato, die EU, oder den Westen binden, sondern immer genau aussuchen, welcher Bündnispartner der Türkei am meisten bringe. Erdogan will eine möglichst eigenständige und starke Türkei. Auf Washington, Berlin oder Brüssel wird er dabei nur noch bedingt Rücksicht nehmen. Für die EU-Staats- und Regierungschefs, die schon bislang keine schlüssige Strategie zum Umgang mit Ankara entwickeln konnten, dürfte das die Aufgabe nicht leichter machen.

Walpot, Luc: Ankaras aggressive Außenpolitik. In: www.zdf.de, 01.10.2020

Aufgaben

Analysieren Sie den Konflikt zwischen der EU und der Türkei mithilfe der unterschiedlichen Perspektiven. Orientieren Sie sich dabei an folgenden Leitfragen:

1. Um welches Problem geht es?
2. Welche Akteure muss man bei einer Analyse des Konflikts berücksichtigen?
3. Unterschiedliche Perspektiven:
   - Was sind die Interessen Deutschlands (individuelle Perspektive)?
   - Welche Interessen verfolgen andere Staaten und Organisationen (öffentliche Perspektive)?
   - Wie wirkt sich das Problem auf das gesamte System (ökonomisch, gesellschaftlich, sicherheitspolitisch) und auf das Zusammenleben der Menschen in Europa und im Nahen Osten aus (systemische Perspektive)?
   - Sollen die EU-Beitrittsverhandlungen mit der Türkei beendet werden?

   Diskutieren Sie, inwieweit die Analyse der unterschiedlichen Perspektiven Ihr politisches Urteil beeinflusst.

Internationale Politik
M4

Im Gegensatz zur Politik im Nationalstaat findet internationale Politik unter den Bedingungen der Anarchie statt. Im internationalen System gibt es keinen Staat, der über ein Gewaltmonopol verfügt und autoritativ Regeln durch Gesetze festlegen kann. Über das Herrschafts- und Gewaltmonopol verfügen die Staaten lediglich nach innen, d. h. innerhalb ihres eigenen Territoriums. Nach außen stehen sich die Staaten in einem anarchischen System gleichrangig gegenüber. Dennoch ist Anarchie nicht grundsätzlich mit Regellosigkeit gleichzusetzen. Staaten arbeiten in vielen Bereichen zusammen, da sie durch Kooperation bessere Ergebnisse erzielen können. Dabei bleibt das Prinzip der staatlichen Souveränität jedoch gewahrt.

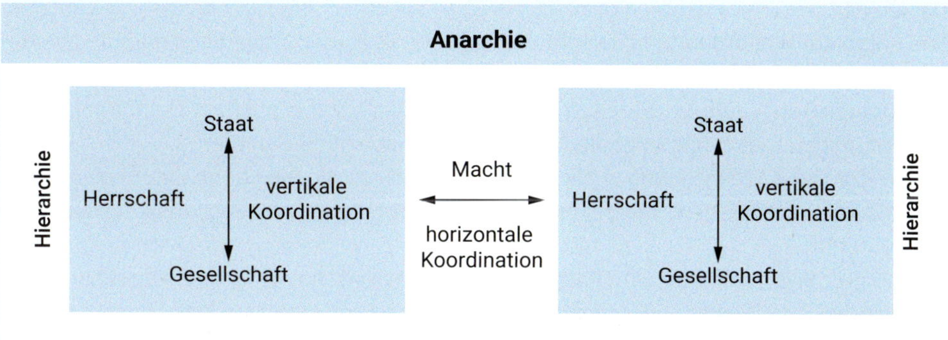

Nach: Schimmelfennig, Frank: Internationale Politik. 3. Auflage. Paderborn: Schöningh 2013, S. 26

Sicherheitsdilemma
M6

Erschwert wird Kooperation in der internationalen Politik durch das Sicherheitsdilemma, einer Theorie des deutsch-amerikanischen Politikwissenschaftlers John Herz. Sorge um die physische Existenz führt dazu, dass Staaten sich gegenseitig misstrauen und nach mehr Macht streben, um ihre Sicherheit zu gewährleisten. Das Machtstreben eines Staates erzeugt jedoch weitere Unsicherheit bei anderen Staaten, die sich so gezwungen sehen, ebenso ihre Macht auszubauen. So kommt ein Teufelskreis von Sicherheitsbedürfnis und Machtanhäufung in Gang. Häufig wird so eine Rüstungsspirale ausgelöst.

Sachbereiche der internationalen Politik
M9

Kooperation findet in verschiedenen Politikbereichen auf ganz unterschiedlichem Niveau statt. Analytisch lassen sich die Aktivitäten von Staaten in drei konkrete Sachbereiche unterteilen: Sicherheit, Wohlfahrt, Freiheit.

Sicherheit: Der Sachbereich Sicherheit ist geprägt von der Theorie des Sicherheitsdilemmas. Staaten versuchen hier, nach dem Prinzip der Selbsthilfe zu agieren: Sie rüsten auf, bilden Allianzen und streben nach ihrem eigenen Vorteil. Kooperation wird durch das gegenseitige Misstrauen gehemmt. Sicherheitsgewinne anderer Staaten werden in der Regel als Bedrohung empfunden. Kooperationsinhalte im Sachbereich Sicherheit sind z. B. Rüstungsbegrenzungen.

Wohlfahrt: In wirtschaftlicher Hinsicht ist eine zwischenstaatliche Kooperation wahrscheinlicher, da die Staaten ihre eigenen Gewinne nicht in einem so hohen Maße relativ zu anderen Staaten beurteilen wie im Sachbereich Sicherheit. Beispiele sind Handelsabkommen oder Freihandelszonen.

Freiheit: Freiheits- und Partizipationschancen der Menschen sind in den einzelnen Staaten prinzipiell unabhängig voneinander geregelt. Am Beispiel der Menschenrechtssituation ist dies erkennbar: Jeder Staat kann sie selbstständig regeln. Allerdings ist die weltweite Verwirklichung der Menschenrechte ein Teil der Außenpolitik vieler Staaten. Sie versuchen, andere Staaten dementsprechend zu beeinflussen. Kooperation ist in diesem Sachbereich unwahrscheinlich, nicht zuletzt, da es außer wirtschaftlichen Sanktionen wenig Eingriffsmöglichkeiten gibt. Ein Beispiel ist die Menschenrechtskommission der Vereinten Nationen.

Machtverteilung in der internationalen Politik
M11

Die Machtverteilung im internationalen System kann unterschiedliche Formen annehmen. Dominiert eine einzige Großmacht das Geschehen, so spricht man von einer unipolaren Weltordnung, sind es zwei Staaten, ist die Weltordnung bipolar, und bei vielen Staaten multipolar.
Eine **unipolare Weltordnung** schwächt die negativen Auswirkungen der Anarchie tendenziell ab: Eine alleinige Großmacht ist in der Lage, Regeln zu setzen und durchzusetzen. Andere Staaten treten aufgrund ihrer offenkundigen Unterlegenheit nicht in Machtkonkurrenz zur Großmacht. Dies begünstigt die Kooperation zwischen den Staaten.
In einer **bipolaren Weltordnung** schließen sich Staaten zu Blöcken unter Führung von zwei Großmächten zusammen. Machtkonkurrenz besteht dabei zwischen den beiden Führungsstaaten.
Multipolare Weltordnungen sind hingegen durch eine größere Unsicherheit gekennzeichnet, da es viele um Macht konkurrierende Staaten gibt. Die Gefahr von Fehleinschätzungen der Machtentwicklung ist hier höher. Die zwischenstaatliche Kooperation ist unter diesen Bedingungen gehemmt.

Realismus
M14a

In der Denkschule des Realismus orientieren sich die Staaten als Akteure der internationalen Politik vor allem an ihrem Eigeninteresse. Die anarchische Struktur des internationalen Systems zwingt die Staaten dazu, Macht aufzubauen, um die eigene Existenz zu sichern. Die Machtkonkurrenz zwischen den Staaten sowie das Sicherheitsdilemma bestimmen die Interaktion der Staaten.

Institutionalismus
M14b

Der Institutionalismus verwirft die Grundannahmen des Realismus nicht. So sind die Staaten die zentralen Akteure, die innerhalb eines anarchischen Umfelds primär ihre eigenen Interessen verfolgen. Allerdings geht der Institutionalismus davon aus, dass eine zunehmende Interdependenz innerhalb des internationalen Systems einen Bedarf an internationaler Kooperation schafft, die dann zustande kommt, wenn die beteiligten Akteure gemeinsame Interessen haben und eine Zusammenarbeit für alle gewinnbringend ist. Internationale Regime, d. h. international anerkannte Regelwerke, dienen dazu, die Regeln der Kooperation festzuhalten, deren Einhaltung zu überwachen und Regelverletzungen zu sanktionieren.

Konstruktivismus
M14c

Der Konstruktivismus sieht die aus einer gemeinsamen Kultur hervorgegangenen Normen und Werte als Grundlage für die Entstehung von internationalen Gemeinschaften. Auf dieser Basis wird Kooperation innerhalb der Gemeinschaft wahrscheinlich. Außerhalb von und zwischen gegnerischen internationalen Gemeinschaften regieren Wertekonflikte und Feindschaften, mithin bestehen die Probleme der Anarchie fort.

Was ist internationale Politik?

Die Rahmenbedingungen und Abläufe internationaler Politik unterscheiden sich auf ganz fundamentale Weise von den Rahmenbedingungen und Abläufen nationaler Politik. Um internationale Politik verstehen zu können, müssen wir in anderen Kategorien denken und andere Fragen beantworten.

Bearbeiter

Aufgaben

1. Überprüfen Sie, ob die angegebenen Kategorien ausreichen, um internationale Politik zu analysieren.
2. Formulieren Sie zu jeder Kategorie Leitfragen, mit denen Sie im Laufe des Schuljahres internationale Konflikte analysieren können, z. B. Wie beeinflusst die Anarchie im Bereich der internationalen Politik das Verhalten von Staaten?

Kategorie	Leitfragen	Fachbegriffe
Anarchie	• Wie beeinflusst die Anarchie im Bereich der internationalen Politik das Verhalten von Staaten? • ...	• Macht • ...

3. Gestalten Sie dann Ihre eigene Konfliktanalyse.

2

1 Die Republik A ist ein sehr junger Staat. Obwohl es bereits seit fast 200 Jahren eine Nationalbewegung und vor knapp 100 Jahren erste kurze Phasen der Souveränität gegeben hatte, konnte der Staat erst vor ungefähr 25 Jahren gegründet werden. Vorher war er ca. 70 Jahre Teil des noch heute deutlich größeren Nachbarstaates. Die Republik A ist in ihren Grenzen von der Völkergemeinschaft anerkannt.

2 Der Nachbarstaat – die Föderale Republik B – ging hervor aus einem noch größeren Land, das fast 70 Jahre Bestand hatte. Vor allem aus dieser Zeit stammt eine B-Bevölkerungsminderheit, die verstärkt in einem bestimmten Gebiet der Republik A an der Grenze zur Föderalen Republik B zu Hause ist. Große Teile dieser Minderheit fühlen sich eher der Föderalen Republik B als der Republik A zugehörig.

3 In diesen Gebieten bildeten vor einigen Jahren Teile der Bevölkerung Milizen, um gegen die Republik A zu kämpfen und eine Abspaltung der Gebiete und den Anschluss an die Föderalen Republik B zu erzwingen. Sie werden dabei – zunächst verdeckt, später immer offensichtlicher – von der Föderalen Republik B mit Waffen und Ausrüstung versorgt und auch von deren regulären Truppen im Kampf unterstützt.

4 Ungefähr zur selben Zeit entsandte der Präsident der Föderalen Republik B Truppen in einen weiteren Randteil der Republik A. Sich dagegen wehrende Abgeordnete des Regionalparlaments wurden abgesetzt und kritische Fernseh- und Radiosender sowie Internetformate abgeschaltet. Die Föderale Republik B erzwang ein Referendum darüber, ob sich diese Region von der Republik abspalten und der Föderalen Republik B anschließen solle. Angeblich fast die gesamte Bevölkerung stimmte für den Anschluss an B, der dann rasch vollzogen wurde. Die Regierung der Republik A fordert vehement, diesen Landesteil zurückzuerhalten.

Frieden und Sicherheit

Viele Menschen haben das Gefühl, dass sich die Sicherheitslage auf der Welt verschlechtert und dass die internationalen Bedrohungen in den vergangenen Jahren zugenommen haben. Und dies, obwohl einige Beobachter mit dem Zusammenbruch der Sowjetunion und des Warschauer Pakts um 1990 die Meinung vertreten haben, dass internationale Sicherheitsbedrohungen von nun an nicht mehr vorhanden seien und sich eine dauerhafte Friedensordnung herausbilden würde (**Basiskonzept: Ordnung und Struktur**).
Am Beispiel des 2014 begonnenen Ukraine-Kriegs kann man erkennen, dass sogar auf dem europäischen Kontinent die Sicherheit international anerkannter Grenzen nicht mehr ausnahmslos gewährleistet ist. Dies ist auch für das transatlantische Verteidigungsbündnis, die NATO, von großer Bedeutung (**Basiskonzept: Interessen und Gemeinwohl**).
Sicherheit und Frieden weltweit schaffen soll die UNO (Vereinte Nationen Organisation). Diese fast weltumspannende Organisation hat sich zwar seit Ihrer Gründung 1945 auf 193 Mitgliedsstaaten erweitert, aber die Entscheidungsverfahren sind noch fast die gleichen wie zu Zeiten ihrer Gründung (**Basiskonzept: Macht und Entscheidung**). Welche Chancen und Probleme dies aufwirft, ist politisch umstritten, ebenso die Frage, ob der relativ neue UN-Menschenrechtsrat in der Lage ist, Menschenrechte weltweit wirksam durchzusetzen.
Die beiden Großorganisationen UNO und NATO haben in ihrer jeweils verschiedenen Ausrichtung faktisch deutlich umfangreichere Betätigungsfelder als früher. Diese Anforderungen werden seit geraumer Zeit mit dem Begriff „erweiterter Sicherheit“ umschrieben (**Basiskonzept: Interessen und Gemeinwohl**).

Kompetenzen

Am Ende dieses Kapitels sollten Sie Folgendes wissen und können:
- Territorialkonflikte als Bedrohung für die internationale Sicherheit erläutern.
- den erweiterten Sicherheitsbegriff beschreiben.
- die Ziele und Handlungsmöglichkeiten der NATO und der UNO erläutern.
- Maßnahmen der NATO und UNO bewerten, Sicherheit, Frieden und Menschenrechte zu verteidigen bzw. herzustellen.

Aufgaben

1. Arbeiten Sie Probleme für Sicherheit und Frieden heraus, die sich aus dem Szenario ergeben. Berücksichtigen Sie dabei die lokale Ebene, die Weltregion, in der sich die beiden Staaten befinden, und ggf. auch Probleme, die sich für die Staatenwelt als Ganze ergeben.
2. Stellen Sie dar, was geschehen müsste, um zu einem friedlichen und sicheren Zustand zurückzukehren.
3. Entwerfen Sie erste Vorschläge für internationale Institutionen, die dafür Sorge tragen können, dass ein friedlicher und sicherer Zustand gewahrt bleibt bzw. wiederhergestellt wird.

2.1 Internationale Sicherheit im 21. Jahrhundert

2.1.1 Der Konflikt in der Ukraine – Gefahr für Frieden und Sicherheit?

Zum Thema: Die heutige Ukraine war bis zu deren Auflösung Teil der Sowjetunion. Zunächst blieb der neue Staat eng mit Russland verbunden. Diese Verbindung löste sich aber im 21. Jahrhundert zusehend zugunsten einer Annäherung der Ukraine an die Europäische Union und an die NATO – als „den Westen". Allerdings erhebt die russische Regierung Ansprüche auf Einfluss in der Ukraine. Aber wie sehen diese Ansprüche konkret aus?

M1 Worum streiten sich die Ukraine und Russland?

Der Osten der Ukraine (Stand: April 2021)

Ukraine und Russland in der Gegenüberstellung

Rüstungsausgaben (Stand: 2020)
Ukraine: 5,9 Mrd. US-Dollar
Russland: 61,7 Mrd. US-Dollar
Quelle: SIPRI Military Expenditure Database, 2020

Anzahl Atomsprengköpfe (Stand: 2019):
Ukraine: 0
Russland: 6.375
Quelle: SIPRI Yearbook 2020

Streitkräfte
(aktive Soldaten, Stand: 2021):
Ukraine: 255.000
Russland: 1.014.000
Quelle: Global Firepower

Nach: © picture-alliance/dpa-infografik 102289; Quellen: dpa, OSZE, ISW

Separatisten
Staatsbürger, die politisch und/oder militärisch dafür kämpfen, dass sich ein Teil des Staatsgebiets abspaltet und unabhängig wird

Einstiegsaufgaben

1. Beschreiben Sie die Karte.
2. Arbeiten Sie mögliche Interessen der (un-)mittelbar beteiligten Akteure heraus.

M2 Ukraine-Konflikt – Zustandekommen und Verlauf

2010

7. Februar 2010
Demokratische Wahl des prorussischen Politikers Wiktor Janukowytsch zum ukrainischen Präsidenten; politische Teilung des Landes deutlich: Süd- und Ostukraine stimmten mehrheitlich für Janukowytsch, der Westen mehrheitlich für Julija Tymoschenko

2013

August 2013
Russlands Präsident Putin droht mit Handelserschwernissen (insbesondere beim Import ukrainischer Güter und beim Export von Gas), falls das Abkommen mit der EU unterzeichnet wird.

seit dem 21. November 2013
„Euromaidan“: von der politischen Opposition angeführte Massenproteste vor allem auf dem Maidanplatz in der Hauptstadt Kiew gegen die Politik Janukowytschs

21. November 2013
Stilllegung des Assoziierungsabkommens mit der EU vonseiten der ukrainischen Regierung

2014

18. Februar 2014
Gewalttätige Auseinandersetzungen im Rahmen der Proteste mit über 80 Toten; Bürgerkriegsgefahr

22./23. Februar 2014
Absetzung Janukowytschs als Präsident (Asyl in Russland) und Freilassung Tymoschenkos; Übergangsregierung

ab 27. Februar 2014
Aufstand auf der südukrainischen Halbinsel Krim: Machtübernahme der „Regierung der Autonomen Republik Krim“, abgeschirmt von durch Russland unterstützte oder sogar entsandte paramilitärische Einheiten ohne Hoheitszeichen

Ende Februar 2014
Aufmarsch großer russischer Truppenverbände an der Grenzregion zur Ukraine

ab 1. März 2014
Erstürmung der Regierungs-, Verwaltungs- und Mediengebäude in mehreren ostukrainischen Städten (Donezk, Charkiw, Slowjansk, ...) durch prorussische Aktivisten; Forderungen nach weitergehender politischer Autonomie

März 2014
Verbot mehrerer russischer Fernsehsender im ukrainischen Staatsgebiet; Einreisebeschränkungen für russische Männer

16. März 2014
Die Halbinsel Krim sagt sich nach einem – völkerrechtlich illegalen – Referendum von der Ukraine los und stellt einen Beitrittsantrag in die Russische Föderation.

21. März 2014
Der russische Präsident Putin und das russische Parlament erklären die Krim und die Stadt Sewastopol zu russischem Staatsgebiet; die UN-Vollversammlung erklärt die Abtrennung für ungültig.

ab 15. April 2014
Einsatz des ukrainischen Militärs gegen die Aufständischen in der Ostukraine; maßgebliche Beratung der sog. „Antiterroroperation“ durch US-Geheimdienste FBI und CIA

2. Mai 2014
Tod von 46 prorussischen Bürgern Odessas, als nach Straßenschlachten ein Gewerkschaftshaus durch proukrainische Kräfte in Brand gesetzt wird

25. Mai 2014
Wahl des prowestlichen Multimillionärs Petro Poroschenko zum ukrainischen Präsidenten

17. Juli 2014
Abschuss eines malayischen Verkehrsflugzeugs in der Ostukraine durch prorussische Separatisten mit einer russischen Luft-Boden-Rakete (298 Tote, darunter 154 Niederländer, 4 Deutsche)

31. Juli 2014
Verstärkte EU-Sanktionen gegen Russland wegen dessen (angeblicher) Unterstützung der ostukrainischen Separatisten, u. a.: Waffenembargo, Einreiseverbote und Kontosperrung für 95 regierungsnahe russische Geschäftsleute

2014

5. September 2014
Übereinkunft von Minsk: beidseitige Waffenruhe, Entwaffnung von Milizen, Ankündigung von Autonomierechten für Ostukraine; durch Wahlboykott und russische Militärhilfe unterlaufen

1. November 2014
Inkrafttreten des politischen Teils des EU-Assoziierungsabkommens; Freihandel auf russischen Druck bis 1.1.2016 verschoben

2015

12. Februar 2015
Erneute Waffenstillstandsvereinbarung („Minsk II"), die u. a. Abzug aller schweren Waffen, Wahlen in der Ostukraine und Verpflichtung zur Verfassungsreform mit Autonomierechten für die Regionen Donezk und Luhansk beinhaltet; trotzdem bis einschließlich 2020 viele einzelne Kämpfe mit Verletzten und Toten

7. Dezember 2015
Die EU unterstützt die Reformen in der Ukraine mit weiteren 100 Millionen Euro.

2016

1. Januar 2016
Das Freihandelsabkommen, Teil des Assoziierungsabkommens zwischen der EU und der Ukraine, tritt in Kraft. Russland reagiert darauf mit der Wiedereinführung von Importsteuern auf verschiedene ukrainische Waren und führt ein Lebensmittelembargo ein.

Ende April 2016
Aufflammende Kämpfe in der Ostukraine. Seit Ausbruch des Kriegs sind knapp 10.000 Menschen getötet und 21.000 verletzt worden.

2018

Mai 2018
Russland nimmt eine Brücke vom Festland zur annektierten Halbinsel Krim in Betrieb und sperrt damit faktisch – gegen internationales Seerecht – den Seezugang zum Asowschen Meer.

2019

20. Mai 2019
Wahl des vormaligen Fernsehstars Wolodymyr Selenskyj zum neuen ukrainischen Präsidenten; weiterhin hohe Militärhilfe durch die USA

9. Dezember 2019
Verhandlungen zwischen Wolodymyr Selenskyj, Wladimir Putin, Angela Merkel und Emmanuel Macron in Paris; Ergebnisse: Rückzug weiterer Truppen, Gefangenenaustausch, Autonomiestatus der beiden ostukrainischen Regionen angestrebt

Bearbeiter

M3 Welche Interessen verfolgt Russland mit seiner Ukrainepolitik?

Seit [...] Jahren zögert Russland [...] nicht mehr, bestimmte Konflikte mit Waffengewalt zu lösen. [...] Nach den Ereignissen in Kiew übernahm Russland im März 2014 zunächst die militärische Kontrolle über die Krim, um sie anschließend nach einem hastig anberaumten Referendum zu annektieren.

Der Kreml bemüht sich erst gar nicht, die Gründe für den neuerlichen Einsatz von Gewaltmitteln zu verschleiern. Die Herausforderung, die er damit an die ganze Welt richtet, geht über das Problem in der Ukraine weit hinaus. Im Grunde fordert er, alle Regeln bezüglich der internationalen Sicherheit neu zu definieren. Diese Position hat Wladimir Putin schon bei der 43. Internationalen Sicherheitskonferenz in München im Februar 2007 ganz klar formuliert: Moskau werde die Doppelzüngigkeit [hier: Verlogenheit] bestimmter westlicher Staaten nicht mehr hinnehmen, die auf die absolute Gültigkeit der internationalen Regeln pochen, diese aber bedenkenlos brechen, wann immer es ihnen in den Kram passt. In den USA glaubten einige Politiker, die Schwächung Russlands nach dem Ende der Sowjetunion und der Auflösung des Warschauer Pakts ausnutzen zu können, um ihr Land als einzige Weltmacht zu etablieren. Aber in der Zwischenzeit hat sich die Welt verändert, und es wäre an der Zeit, die Grundlagen der Sicherheitsarchitektur neu zu verhandeln; insbesondere angesichts der Entstehung neuer Machtzentren, wie der Brics-Staaten (Brasilien, Russland, Indien, China und Südafrika). Und natürlich muss man auch Russland zubilligen, dass es legitime strategische Interessen hat und verteidigen darf, was ja auch die USA und die großen europäischen Länder in ihren Einflusssphären seit jeher für sich beanspruchen.

2008 bot der Westen der Ukraine und Georgien den Eintritt in die Nato an, Ende 2013 verhandelte die Europäische Union mit Kiew über ein Assoziierungsabkommen. Dies waren Schritte mit dem Ziel, die russische Einflusssphäre bis an die russischen Grenzen zurückzudrängen. Und die Politiker in Washington und in Europa waren sich darüber auch völlig im Klaren. [...]

Ein Nato-Beitritt der Ukraine würde bedeuten, dass die westliche Allianz den Hafen von Sewastopol kontrollieren könnte. Daher müsse Russland, so erläutert Putins außenpolitischer Berater Sergei Karaganow, jede Expansion der Nato „mit eiserner Faust stoppen" [...]. Mit der Annexion der Krim und der Konzentration von Truppen an der Ostgrenze der Ukraine signalisiert Moskau dem Westen, dass es seine Schwächephase überwunden hat und seine strategischen Interessen verteidigen wird, egal wie hoch der diplomatische und wirtschaftliche Preis ist. Aber ist Russland dazu wirklich in der Lage? Bis vor Kurzem hat Russland in Europa seinen wichtigsten Partner gesehen, auf kultureller und personeller Ebene ebenso wie in wirtschaftlicher Hinsicht. Noch 2013 war die Europäische Union der wichtigste russische Außenhandelspartner, und zwar bei Exporten wie bei Importen. Doch schon seit Längerem demonstriert Russland – das wie die Türkei den Vorteil hat, sowohl zu Europa als auch zu Asien zu gehören –, dass es bestrebt ist, die Balance zwischen seiner Westorientierung Richtung Europa und seinem Blick nach Osten Richtung Pazifik neu auszutarieren. [...]

Ein [...] entscheidender Faktor ist die Tatsache, dass die EU nie bereit war, offen über die doch so essenzielle Beziehung zu ihrem großen Nachbarn im Osten zu diskutieren, weil sie in dieser Frage tief gespalten ist. Sie hat also nie eine umfassende Entwicklungs- und Sicherheitsstrategie für ein „Großeuropa" unter Einschluss Russlands ins Auge gefasst. Brüssel kritisierte immer nur be-

Ethnische und sprachliche Grenzen in der Ukraine (Stand: 2013)

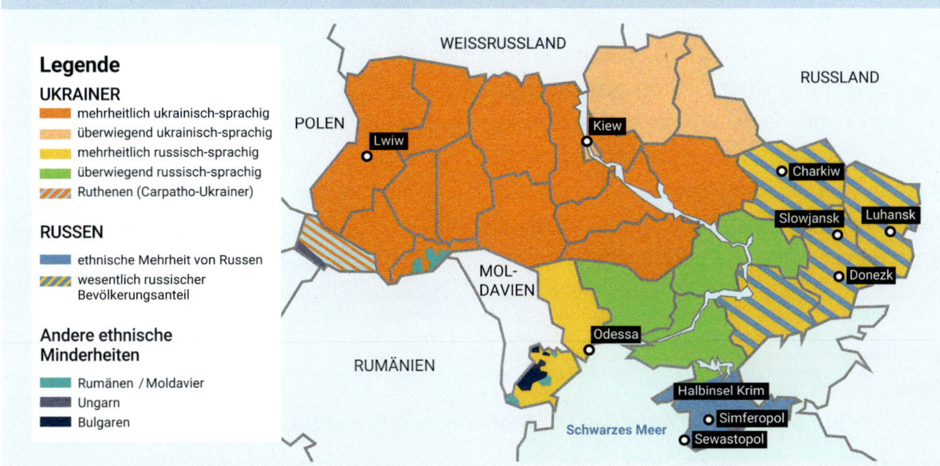

Bearbeiter

stimmte Äußerungen Moskaus und blieb ansonsten auf Distanz. Gleichzeitig wird das Misstrauen des Kreml noch dadurch verstärkt, dass der Nato, die immer stärker in die US-Strategie eingebunden ist, eine neue Rolle zugeschrieben wird. Dass die EU diese Position ausgerechnet in einer Zeit bezogen hat, als die europäischen Institutionen und die europäische Wirtschaft in eine schwere Krise schlitterten, hat den Kräften in Russland Auftrieb gegeben, die für eine beschleunigte Annäherung an die aufstrebenden Mächte in Asien plädierten. Was zugleich bedeutete, die Beziehungen zu einer geschwächten EU zurückzufahren, die außerstande scheint, eine eigene, von Washington unabhängige Strategie zu entwickeln. [...]
Putin hat es für richtig befunden, parallel zur Annexion der Krim eine beispiellose Kampagne zu starten, mit der er die Verteidigung der russischen Landsleute beschwört, die seit dem Zerfall der Sowjetunion außerhalb des Mutterland leben. Mit ihren verbalen Attacken auf Oppositionelle, die wie in den schlimmsten Zeiten der Sowjetunion als „ausländische Spione" denunziert werden, ruft die im ganzen Land lancierte Medienkampagne düstere Erinnerungen wach. [...] [L]angfristig könnten die Folgen verheerend sein, und zwar im Lande selbst wie jenseits seiner Grenzen.
In mehreren russischen Regionen – wie im Kaukasus und an der Wolga, aber auch in Sibirien – gibt es aktive Minderheiten, die den zentralistischen Tendenzen des Regimes höchst kritisch gegenüberstehen. Das Spektrum dieser moskaukritischen Gruppen reicht vom radikalen Islamismus bis zu regionalen Autonomiebewegungen. Niemand kann voraussagen, wie sich die Welle des Nationalismus auf diese Gruppen auswirken wird. Derzeit sieht es so aus, als sei das autoritäre Regime gegen diese zentrifugalen [= auseinandertreibenden] Kräfte gefeit. Aber was geschieht, wenn es eine neuerliche Schwächung erlebt, etwa [...] im Gefolge der nächsten Wirtschaftskrise? Als bedrohlicher könnten sich jedoch die Reaktionen erweisen, die durch die Annexion der Krim in anderen Ländern ausgelöst wurden. In Estland und Lettland liegt der Anteil der Russen an der Bevölkerung immer noch bei fast 25 Prozent (viele von ihnen sind Staatenlose). In beiden Staaten wurde das Krim-Referendum als Bedrohung empfunden; und dasselbe gilt für Moldawien – wo der Konflikt um Transnistrien schwelt – und für Kasachstan, das im Norden eine überwiegend russischsprachige Bevölkerung hat.
Der kasachische Präsident Nasarbajew [war] seit 1991 ein unverbrüchlicher Verbündeter Moskaus, aber werden seine Nachfolger das auch sein? Nachdem Georgien 2008 aus der GUS ausgetreten ist und die Ukraine am 19. März 2014 den Austritt beschlossen hat, wäre schon eine schlichte Distanzierung Kasachstans für Russland ein harter Schlag: Die mehr als zwanzig Jahre währenden Bemühungen, im „nahen Ausland", wie man in Moskau zu Anfang der 1990er Jahre die 14 übrigen ehemaligen Sowjetrepubliken nannte, eine Neuordnung nach russischen Vorstellungen durchzusetzen, wären gescheitert.
Erstes Anzeichen einer diplomatischen Isolierung Moskaus war die Abstimmung in der UN-Vollversammlung am 27. März [2014]. Gegen eine Verurteilung der Annexion der Krim stimmten von den „befreundeten" Staaten lediglich Armenien und Weißrussland. China enthielt sich ebenso wie Kasachstan. Kirgisien und Tadschikistan nahmen an der Abstimmung erst gar nicht teil.

Radvanyi, Jean: Putins großes Spiel. In: Le Monde diplomatique, 08.05.2014

H zu Aufgabe 2
Berücksichtigen Sie die ukrainische Regierung und die Separatisten, die russische Regierung sowie ggf. die NATO und die EU.

H zu Aufgabe 3
Berücksichtigen Sie dabei die Perspektiven der Ukraine, Russlands, mittelosteuropäischer Staaten wie Polen und mitteleuropäischer Staaten wie Deutschland.

F zu Aufgabe 3
Berücksichtigen Sie dabei das Völkerrecht.

Aufgaben

1. Geben Sie den Konfliktverlauf in der Ostukraine in Grundzügen wieder (**M2**).
2. Analysieren Sie die Interessen der (un-)mittelbar beteiligten Akteure (**M3**).
3. Bewerten Sie die Ukraine-Politik Russlands.

2.1.2 Was heißt „Wahrung internationaler Sicherheit" heute? Der erweiterte Sicherheitsbegriff

Zum Thema: Zu Zeiten der Gründung der UNO hat man internationale Sicherheit ganz anders verstanden als heute. Damals ging es um die Sicherheit (der Grenzen) jedes Mitgliedsstaates – und zwar vor (unmittelbaren) militärischen Bedrohungen durch andere Staaten. Doch wie hat sich der Sicherheitsbegriff seitdem geändert? Und welche Folgen hat das auf eine effektive internationale Friedenssicherung?

M4 Der Begriff „internationale Sicherheit" im Wandel

Enger/traditioneller Begriff internationaler Sicherheit		Erweiterter Begriff internationaler Sicherheit
Abwehr militärischer Bedrohungen eines Staates durch andere Staaten	▶	???

Einstiegsaufgabe

Was könnte unter dem erweiterten Sicherheitsbegriff alles gefasst werden? Führen Sie in Ihrem Kurs ein Blitzlicht durch und ordnen Sie Ihre Ergebnisse.

M5 Dimensionen der Erweiterung des Sicherheitsbegriffs

[Es] müssen vier Dimensionen der Erweiterung [des Sicherheitsbegriffs] unterschieden werden. Die erste Dimension betrifft die Sachdimension, also die Frage, in welchem Problembereich die politischen Sicherheitsgefahren gesehen werden. Im Laufe der letzten 50 Jahre sind neben militärischen auch ökonomische und ökologische, zuletzt auch humanitäre Aspekte unter den Sicherheitsbegriff subsumiert worden. Die zweite Dimension betrifft die Referenzdimension, also die Frage, wessen Sicherheit gewährleistet werden soll. Auch hier hat eine Bedeutungsverschiebung stattgefunden und zwar vom Staat über die Gesellschaft zum Individuum als Referenzobjekt der Sicherheitspolitik. Die dritte Dimension betrifft die Raumdimension, also die Frage, für welches geographische Gebiet Sicherheit angestrebt wird. Hier lässt sich eine Ausdehnung des Verständnisses von Sicherheit feststellen, insofern zunächst von territorial-staatlicher, dann von regionaler und internationaler und schließlich von globaler Sicherheit die Rede war. Die vierte Dimension bezieht sich schließlich auf die Gefahrendimension, also die Frage, wie das Problem konzeptualisiert [hier: verstanden] wird, auf das die Sicherheitspolitik antworten soll. Ist es eine konkrete Bedrohung, die eigene Verwundbarkeit oder sind es diffuse Risiken, die als Herausforderung für die Sicherheitspolitik angesehen werden?

In gewisser Weise hängen diese Dimensionen natürlich zusammen. Während früher mit einem „engen Sicherheitsbegriff" vor allem die militärische Bedrohung nationaler Territorialität thematisiert wurde, kann heute mit einem „erweiterten Sicherheitsbegriff" auch das individuelle Risiko globaler Menschenrechtsverletzungen erfasst werden. Gleichzeitig lassen sich Sicherheitsaspekte aber auch kombinieren, so dass etwa die regionale Verwundbarkeit von Staaten angesichts ökologischer Katastrophen oder die Risiken globaler Wirtschaftskrisen für das Wohlergehen der Menschen in den Blick genommen werden können. Das deutet darauf hin, dass die genannten Dimensionen hinreichend unabhängig voneinander sind [...].

Daase, Christopher: Der erweiterte Sicherheitsbegriff. In: Working Paper 1/2010. Hg. vom Projekt Sicherheitskultur im Wandel an der Goethe-Universität Frankfurt, S. 2 f.

Dimensionen des erweiterten Sicherheitsbegriffs (Stand: 2010)

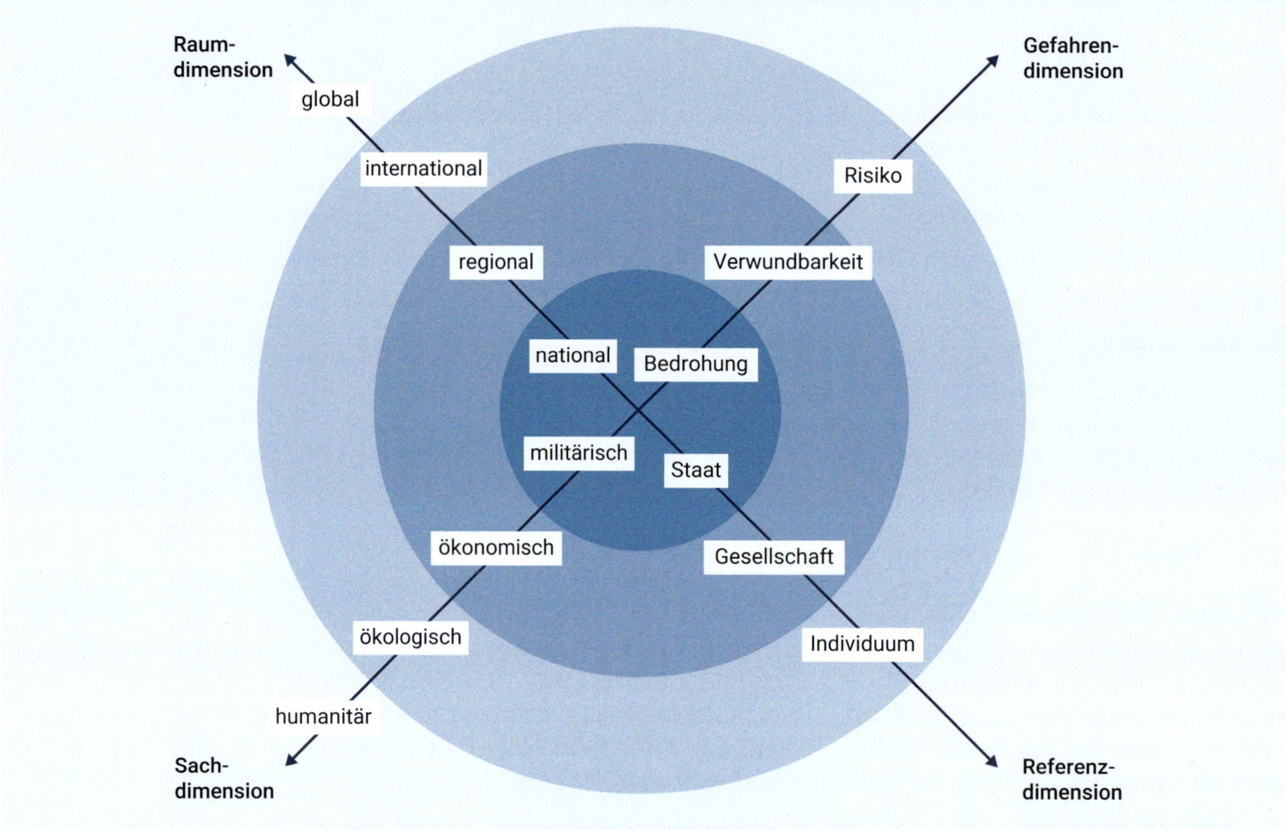

Daase, Christopher: Der erweiterte Sicherheitsbegriff. In: Working Paper 1/2010. Hg. vom Projekt Sicherheitskultur im Wandel an der Goethe-Universität Frankfurt, S. 2 f.

H zu Aufgabe 2
Unterscheiden Sie dabei die vier Dimensionen von Sicherheit.

Aufgaben

1. Erläutern Sie, was unter dem „erweiterten Sicherheitsbegriff" zu verstehen ist (**M5**).
2. Erklären Sie die Erweiterung des Sicherheitsbegriffs seit Gründung der UNO an einem eigenen Beispiel.

Der Ukraine-Konflikt
M1-M3

Nach der Präsidentschaftswahl 2010 bemühte sich die ukrainische Führung um eine stärkere ökonomische und politische Bindung an westliche Staaten. Das Ziel war, ein Assoziierungsabkommen zu schließen, d. h. ein vertraglich festgehaltenes enges wirtschaftliches Kooperationsverhältnis zwischen der EU und der Ukraine, das allerdings keine Mitgliedschaft in der EU bedeutet.
Ende November 2013 kam es zu Massenprotesten in der Ukraine, nachdem die Regierung das geplante Assoziierungsabkommen gestoppt hatte. Anfang 2014 gab es in der Ostukraine Aufstände von Teilen des russischstämmigen Bevölkerungsteils, die – zunächst verdeckt, später offen – vom russischen Militär unterstützt wurden. Die Halbinsel Krim wurde sogar im März 2014 völkerrechtswidrig durch ein Referendum von der Ukraine abgespalten und ans russische Hoheitsgebiet angeschlossen. Waffenstillstandsabkommen („Minsk I", „Minsk II") wurden wiederholt gebrochen. Der Konflikt gilt als „eingefroren", er ist also lediglich zum Stocken gebracht, aber keineswegs gelöst oder für die eine oder andere Seite entschieden. Nach UN-Angaben starben bisher mehr als 13.000 Menschen in diesem Konflikt, 800.000 Menschen sind auf der Flucht.

Der erweiterte Sicherheitsbegriff
M6

Traditionell verstand man unter staatlicher Sicherheit die Abwehr militärischer Angriffe von anderen Staaten. Der Begriff erweiterte Sicherheit berücksichtigt Entwicklungen in vier Dimensionen:

1. Bezogen auf die Sachdimension werden nun neben militärischen auch wirtschaftliche, ökologische und humanitäre Bedrohungen berücksichtigt.
2. Hinsichtlich der Referenzdimension ist nicht mehr nur der Staat als bedroht angesehen, sondern es werden Risiken für Gesellschaften und Individuen beachtet.
3. In der Raumdimension weitet sich das Territorium, in dem Sicherheit hergestellt werden muss, weltweit aus. Es lässt sich eine Ausdehnung des Verständnisses von Sicherheit von territorial-staatlicher hin zu regionaler und internationaler und schließlich zu globaler Sicherheit feststellen.
4. Im Rahmen der Gefahrendimension werden nicht nur unmittelbare Bedrohungen, sondern auch prinzipiell vorhandene Risiken sicherheitspolitisch in den Blick genommen.

2.2 (Wie) Kann die NATO für Frieden und Sicherheit sorgen?

2.2.1 Wie haben sich Ziele und Zusammensetzung der NATO entwickelt?

Zum Thema: Die NATO (North Atlantic Treaty Organization) ist 1949 gegründet worden als Verteidigungsbündnis von zwölf Staaten. Kern des Vertragsschlusses war, sich gegenseitig bei Angriffen auf ein Mitglied militärischen Beistand zu leisten. Aber wie hat sich die NATO hinsichtlich ihrer Zielsetzungen und ihrer Mitglieder in den vergangen gut 70 Jahren entwickelt?

M1 NATO-Entwicklung karikiert

Karikatur: Harm Bengen, 03.09.2014

Einstiegsaufgabe

Analysieren Sie die Karikatur (→ Methodenglossar).

M2 Der Nordatlantikvertrag

a) Gründungsakte der NATO

Artikel 1
Die Parteien verpflichten sich, in Übereinstimmung mit der Satzung der Vereinten Nationen, jeden internationalen Streitfall, an dem sie beteiligt sind, auf friedlichem Wege so zu regeln, dass der internationale Friede, die Sicherheit und die Gerechtigkeit nicht gefährdet werden, und sich in ihren internationalen Beziehungen jeder Gewaltandrohung oder Gewaltanwendung zu enthalten, die mit den Zielen der Vereinten Nationen nicht vereinbar sind.

Artikel 5

Die Parteien vereinbaren, dass ein bewaffneter Angriff gegen eine oder mehrere von ihnen in Europa oder Nordamerika als ein Angriff gegen sie alle angesehen wird; sie vereinbaren daher, dass im Falle eines solchen bewaffneten Angriffs jede von ihnen in Ausübung des in Artikel 51 der Satzung der Vereinten Nationen anerkannten Rechts der individuellen oder kollektiven Selbstverteidigung der Partei oder den Parteien, die angegriffen werden, Beistand leistet, indem jede von ihnen unverzüglich für sich und im Zusammenwirken mit den anderen Parteien die Maßnahmen, einschließlich der Anwendung von Waffengewalt, trifft, die sie für erforderlich erachtet, um die Sicherheit des nordatlantischen Gebiets wiederherzustellen und zu erhalten.

Artikel 6[1]

Im Sinne des Artikels 5 gilt als bewaffneter Angriff auf eine oder mehrere der Parteien jeder bewaffnete Angriff

- auf das Gebiet eines dieser Staaten in Europa oder Nordamerika, auf das Gebiet der Türkei oder auf die der Gebietshoheit einer der Parteien unterliegenden Inseln im nordatlantischen Gebiet nördlich des Wendekreises des Krebses;
- auf die Streitkräfte, Schiffe oder Flugzeuge einer der Parteien, wenn sie sich in oder über diesen Gebieten oder irgendeinem anderen europäischen Gebiet, in dem eine der Parteien bei Inkrafttreten des Vertrags eine Besatzung unterhält oder wenn sie sich im Mittelmeer oder im nordatlantischen Gebiet nördlich des Wendekreises des Krebses befinden.

www.nato.int, 25.03.2019

[1] In der anlässlich des Beitritts Griechenlands und der Türkei 1952 durch Artikel 2 des Protokolls zum Nordatlantikvertrag geänderten Fassung.

Erklärfilm NATO

Mediencode: 72068-05

b) Mitgliederentwicklung der NATO

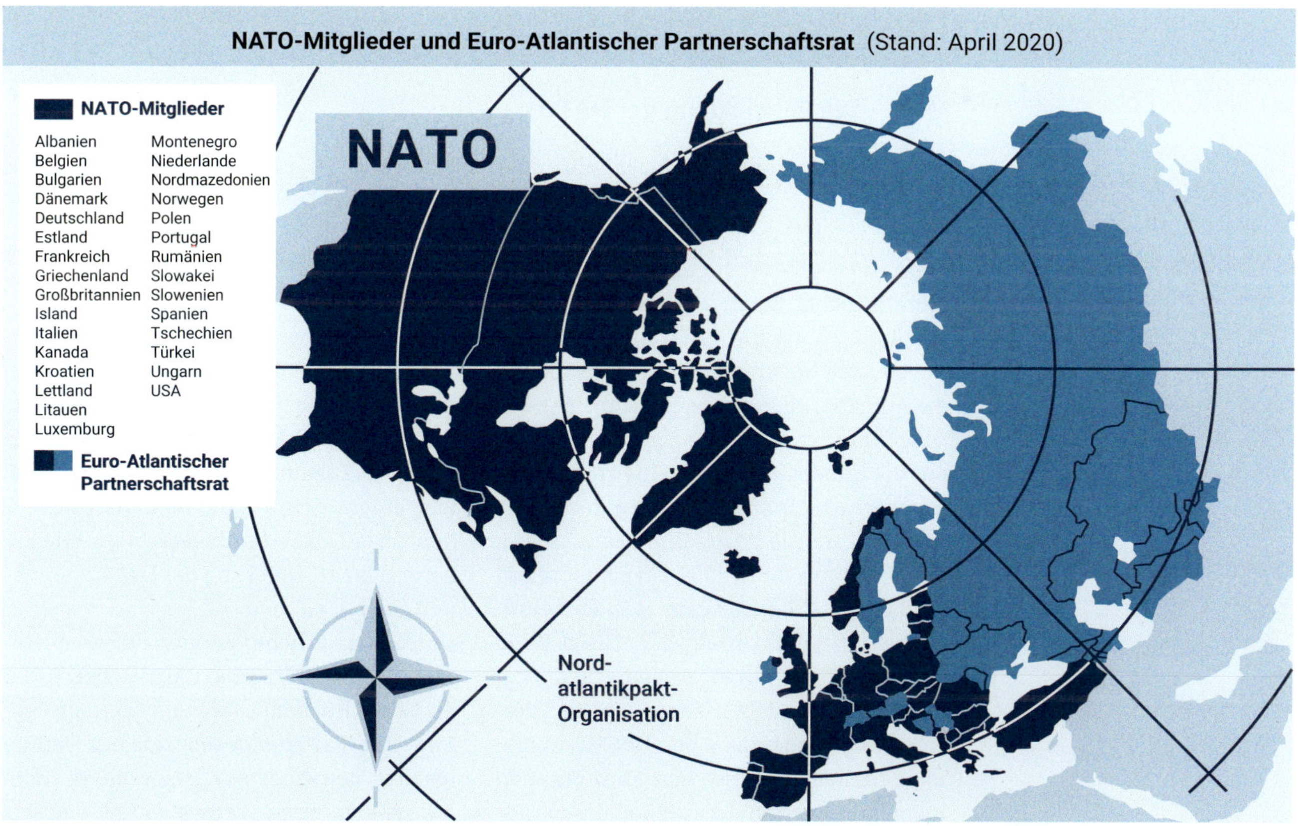

Nach: © Bergmoser + Höller Verlag AG, Zahlenbilder 621 100

M3 Welche Strategie verfolgt die NATO (offiziell)?

Bearbeiter

M4 Die Entwicklung der NATO

[Phase 1: Gründung und Blockkonfrontation]

Gegründet im Jahre 1949 als Ausdruck gemeinsamer Bedrohungen demokratisch-pluralistischer Staaten gegenüber der Sowjetunion, hatte die NATO in den Worten ihres ersten Generalsekretärs Baron Ismay die Aufgabe, „to keep the Russians out, the Americans in, and the Germans down". Für die Bundesrepublik drehte sich die ihr zugedachte Funktion insofern rasch ins Gegenteil, als sie durch ihre Aufnahme in die NATO im Jahre 1955 eine Integration in das Sicherheitssystem des demokratischen Westens erfuhr [...]. Gleichzeitig bot die Allianz ihren europäischen Mitgliedern eine sicherheitspolitische „Versicherung" gegenüber der UdSSR, zumal im Zeitalter der Ost-West-Konfrontation niemand ernsthaft daran zweifeln konnte, dass der Artikel 5 des NATO-Vertrages (gegenseitige Beistandsverpflichtung) allein dem Zweck der nuklearen Schutzgarantie durch die NATO-Führungsmacht USA dienen sollte. [...]

[Phase 2: Osterweiterung]

Nach der Überwindung der Blockkonfrontation [1990/91] prophezeiten sowohl amerikanische als auch europäische Analytiker mit dem Hinweis auf den historisch belegten Zusammenhang zwischen dem Sieg einer Allianz und ihrem anschließenden Zerfall, dass zumindest langfristig sogar mit einer Auflösung der NATO zu rechnen sei. [...]

Umso erstaunlicher wirkt vor diesem Hintergrund die Tatsache, dass es der NATO im Laufe des ersten Jahrzehntes nach dem Ende des Kalten Krieges trotz des Verlustes des gemeinsamen Feindbildes nicht nur gelang, ihren Fortbestand zu sichern, sondern dass sie die existenziell bedeutsame Herausforderung der Suche nach einer neuen, die Partnerschaft tragenden Existenzberechtigung durch ihre systematische Transformation von einem Bündnis kollektiver Verteidigung zu einem Bündnis der kollektiven Sicherheit konstruktiv begann. Gleichzeitig stellte sie sich der gewaltigen Aufgabe ihrer (Ost-)Erweiterung sowie der langfristigen Neubewertung ihrer Beziehungen zu Russland und bewies bei ihren Einsätzen in Bosnien und im Kosovo ihre militärische Funktionsfähigkeit.

[Phase 3: out of area]

Vor diesem Hintergrund der Entwicklung des Bündnisses in den 1990er-Jahren hatte man erwarten können, dass eine neue, auf beiden Seiten des Atlantiks gemeinsam erkannte Bedrohung der Wertegemeinschaft der westlichen Zivilisation, wie sie die Terrorattacken vom 11. September 2001 darstellten, der atlantischen Allianz als Instrument der Verteidigung der pluralistischen Demokratien gegen Angriffe von außen neue Dynamik und zusätzliche Relevanz verschaffen würde. Tatsächlich erklärte die NATO wenige Tage nach dem 11. September zum ersten Mal seit ihrer Gründung feierlich den Bündnisfall nach Artikel 5 des Nordatlantikvertrages. Danach wurde es allerdings ruhig um Brüssel. Die NATO wurde von Washington de facto aufs Abstellgleis bugsiert und die USA schmiedeten sich ihr Anti-al-Qaida-Bündnis selbst [...]. Die Relativierung der NATO, dem vormals sozusagen „obligatorischen" Sicherheits- und Verteidigungsinstrument der Atlantischen Gemeinschaft, zugunsten ad hoc zusammengestellter „Koalitionen der Willigen" durch die USA irritierte Washingtons europäische Partner und mündete in eine Sinnkrise des Bündnisses, die durch die transatlantischen Zerwürfnisse im Zuge des in Europa heftig umstrittenen Irak-Krieges im Jahre 2003 noch zusätzlich verschärft wurde. [...] Gleichzeitig reflektierte dieser Kurswechsel [der US-Amerikaner] aber auch die nicht unberechtigte Sorge der USA über einen wachsenden „capability gap" innerhalb des Bündnisses infolge zum Teil drastisch sinkender Verteidigungsausgaben auf Seiten der europäischen Bündnispartner. Während die USA, so die Kritik der Transatlantik-Expertin Helga Haftendorn von der Freien Universität Berlin, „im Begriff waren, ihre Streitkräfte neuen Anforderungen anzupassen und mit elektronischen Waffensystemen auszurüsten, hatten die Europäer die militärtechnologische Revolution weitgehend verschlafen beziehungsweise waren nicht bereit, die dafür erforderlichen Finanzmittel aufzubringen". Daneben müssen die Erfahrungen der USA während des Kosovo-Krieges im Frühjahr 1999 berücksichtigt werden. Damals hatten die europäischen NATO-Staaten ein hohes Maß an Mitsprache

NATO Response Force und „Speerspitze"
Die schnelle Eingreiftruppe der NATO (NATO Response Force, NRF) besteht aus ca. 40.000 Soldatinnen und Soldaten aller drei Waffengattungen (Heer, Luftwaffe, Marine), die sich in einem Rotationsverfahren aus den Armeen der Mitgliedstaaten zusammensetzen. Sie soll im Krisenfall in fünf bis längstens 30 Tagen voll einsatzbereit sein. Dafür führen Truppenteile regelmäßig gemeinsame Manöver durch.
Die auch als „Speerspitze" bezeichnete Very High Readiness Joint Task Force (VJTF; Einsatzgruppe mit sehr hoher Einsatzbereitschaft) der NATO wurde im Zuge der Ukraine-Krise um das Jahr 2015 von der NATO eingerichtet. Sie ist ein Teil der NATO Response Force und wird jährlich von einem Offizier aus einem anderen Mitgliedstaat kommandiert. Dieser Staat stellt dann auch den Großteil der bis zu 8.000 Soldatinnen und Soldaten, die innerhalb von fünf bis sieben Tagen verlegbar sein müssen. Vorauskräfte der VJTF müssen in 48 bis 72 Stunden einsatzbereit sein. Deutschland hatte zuletzt 2019 das Kommando über die VJTF und wird es 2023 wieder übernehmen.
Über den Einsatz von NRF und VJTF entscheidet der NATO-Rat, in dem das Einstimmigkeitsprinzip gilt.

Bearbeiter

al-Qaida
islamistische Terrororganisation, die u. a. für die Anschläge auf das World Trade Center und das Pentagon am 11. September 2001 verantwortlich ist

Unilateralismus
Agieren eines Staates im eigenen (wirtschaftlichen, sicherheitspolitischen, ...) Interesse ohne Berücksichtigung der Interessen anderer Staaten (auch von Bündnispartnern)

Multilateralismus
wenn mehrere Staaten ihre Politik miteinander abstimmen und gleichberechtigt handeln

und Abstimmung gefordert, was den USA wegen des damit verbundenen Zeitaufwandes als überflüssig erschien [...] und was sie angesichts der begrenzten militärischen Kräfte der Europäer für wenig gerechtfertigt hielten. [...]

[Phase 4: out of defense]

Nach dem Abtreten der Hauptantagonisten in der Irak-Krise (Präsident Bush auf amerikanischer, Präsident Chirac und Bundeskanzler Schröder auf europäischer Seite) konnten die transatlantischen Sicherheitsbeziehungen allmählich wieder verbessert werden. Bushs Nachfolger Obama korrigierte den Unilateralismus seines Vorgängers und versicherte den Verbündeten Washingtons stärkere Einbindung im Zuge seines Ansatzes eines außenpolitischen Multilateralismus. [...] Vor diesem Hintergrund konnte die NATO [...] 2010 in Lissabon ein neues Strategisches Konzept [...] verabschieden, das drei gleichrangige „essenzielle Kernaufgaben" des Bündnisses formulierte: Erstens „Kollektive Verteidigung" gemäß Art. 5 des Washingtoner Vertrages, zweitens „Krisenmanagement" bzw. Krisenintervention außerhalb des Bündnisgebietes und drittens „Kooperative Sicherheit" durch ein ganzes Bündel von Maßnahmen, darunter Abrüstung, Rüstungskontrolle, Partnerschaften und die Erweiterung des Bündnisgebietes [vgl. M3].

Zu einer geradezu dramatischen Verschlechterung [...] [der] Beziehungen [zu Russland] führten [...] die Eskalation der Ukraine-Krise und die Annexion [= einseitig erzwungene Eingliederung eines Territoriums] der Krim durch Russland im März 2014. Diese Krise und die damit einhergehende Verschärfung der Spannungen mit Moskau bewirkten signifikante Veränderungen innerhalb der NATO und führten das Bündnis gleichzeitig in eine ambivalente Situation. Einerseits offenbart sich das Paradox, dass die häufig konstatierte Sinnkrise des Bündnisses seit dem Ende der Sowjetunion und des Warschauer Paktes ausgerechnet durch den [...] völkerrechtswidrigen Kurs Moskaus (zumindest auf absehbare Zeit) überwunden werden konnte und insofern „mancher die Ukraine-Krise als eine Art Frischzellenkur für die NATO" [Karl-Heinz Kamp] sehen konnte. Andererseits hat die Kombination der Ukraine-Krise mit den ernüchternden Erfahrungen der NATO aus ihrem Auslandseinsatz in Afghanistan einen Wandel des westlichen Bündnisses herbeigeführt, der in einer graduellen Gewichtungsänderung der Kernelemente des Strategischen Konzepts Ausdruck fand.

Zwar wurden die drei „core tasks" des Strategischen Konzepts [2014] auf dem NATO-Gipfel [...] erneut hervorgehoben. Die ursprüngliche Gleichrangigkeit der drei Kernfunktionen wich allerdings einer deutlichen Prioritätenverschiebung zugunsten der „klassischen" sicherheitspolitischen Aufgabe der Kollektiven Verteidigung.

Meier-Walser, Reinhard: Von der „Legitimationskrise" über die „Frischzellenkur" in die „Glaubwürdigkeitskrise". In: Politische Studien 67 (2016) H. 470. Hg. von der Hanns-Seidel-Stiftung e. V., S. 12-22, hier S. 14-18
Die Hanns-Seidel-Stiftung ist die parteinahe Stiftung der CSU.

Aufgaben

1. Vergleichen Sie Ziele bzw. Aufgaben der NATO sowie die Mitgliederzusammensetzung zur Zeit ihrer Gründung und heute (**M2, M3**).
2. Beschreiben Sie die unterschiedlichen Entwicklungsphasen der NATO (**M4**).
3. Bei der NATO kam es spätestens mit der Ukraine-Krise zu „einer deutlichen Prioritätenverschiebung zugunsten der ‚klassischen' sicherheitspolitischen Aufgabe der Kollektiven Verteidigung" (**M4**). Erklären Sie vor diesem Hintergrund die Gründung der „NATO-Speerspitze" (**Infobox zu M4**).

H zu Aufgabe 1
Geben Sie die zentralen Elemente des Nordatlantikvertrags und der NATO-Strategie von 2010 wieder.

2.2.2 NATO – schlagkräftiges oder gelähmtes Sicherheitsbündnis?

Zum Thema: Die NATO besteht aus 28 Staaten und verfügt über eine vereinbarte strategische Grundlage, doch das heißt keineswegs, dass alle Mitglieder exakt die gleichen sicherheitspolitischen Interessen verfolgen bzw. Prioritäten setzen. Das wäre auch verwunderlich bei den teils deutlichen Unterschieden hinsichtlich Größe, Militär- und Wirtschaftskraft und geografischer Lage. Doch sind die Interessenunterschiede überbrückbar, sodass das Bündnis schlagkräftig bleibt?

M5 Der NATO zum 70. Geburtstag

Karikatur: Jürgen Janson, 04.12.2019

Recep Tayyip Erdoğan (*1954) war von 2003 bis 2014 Ministerpräsident und ist seit 2014 Präsident der Türkischen Republik.

Einstiegsaufgabe

Analysieren Sie die Karikatur: Warum könnte der Zustand der NATO „so lala" sein?

M6 Welche Interessen haben NATO-Mitgliedstaaten?

1 USA

Die USA sind Gründungsmitglied der NATO und haben sich lange als (noch immer) wirtschaftlich und militärisch stärkster Staat als Weltordnungsmacht verstanden. Während die USA versuchen, sich aus Konflikten im Nahen Osten zurückzuziehen (Syrien, Afghanistan, Irak), haben sie die NATO-Osterweiterung z. B. um Polen und um die baltischen Staaten in den 1990er und den 2000er-Jahren stark mit vorangetrieben. Der Anteil des Verteidigungsbudgets liegt bei 3,7 % des BIPs und damit deutlich über der Zielmarke der NATO-Staaten von 2 %. Damit leisten allein die USA über ein Drittel der weltweiten Militärausgaben.

2-Prozent-Ziel der NATO
Beim Nato Gipfel in Wales 2014 haben die NATO-Staaten verbindlich vereinbart, dass alle bis zum Jahr 2024 ihre Verteidigungsausgaben auf (mindestens) 2 % des Bruttoinlandsprodukts heraufsetzen. Kritiker bemängeln, dass dies erstens bei unterschiedlichem BIP-Wachstum zu ungleichen Anforderungen führe und dass zweitens unterschiedliche Staaten ganz verschiedene Bereiche aus dem Militärhaushalt bezahlen (in Frankreich z. B. auch die Berufsfeuerwehr).

2 Deutschland

Die alte Bundesrepublik hat von der NATO-Mitgliedschaft (seit 1955) sicherheitspolitisch profitiert, da das Militärbündnis einen starken Pol gegen den damaligen Warschauer Pakt um die Sowjetunion herum darstellte. Nach der deutschen Wiedervereinigung 1990 übernahm auch Deutschland mehr Initiative bei NATO-Auslandseinsätzen (so in Afghanistan ab 2001). Allerdings gilt die deutsche Bundeswehr als schlecht ausgerüstet und nur bedingt einsatzbereit. Zu Russland hat Deutschland ein ambivalentes Verhältnis. Einerseits befürwortet Deutschland die Osterweiterung der NATO und auch der EU. Andererseits versucht man – u. a. über energiepolitische Entscheidungen (Gaslieferungen), einen konstruktiven Dialog mit Russland zu führen. Die deutschen Verteidigungsausgaben liegen bei rund 1,4 % des BIPs.

3 Lettland

Lettland wurde – wie die beiden anderen baltischen Staaten Estland und Litauen – erst nach dem Zusammenbruch der Sowjetunion 1991 selbstständig. Von den knapp zwei Millionen Einwohnern des kleinen Landes gehören ca. 27 % der russischen Minderheit an. Seit 2004 ist Lettland Mitglied der NATO und der Europäischen Union. Die Verteidigungsausgaben belaufen sich auf ca. 2,3 % des BIP. Seit dem Kaukasuskrieg in Georgien 2008 und spätestens seit dem Krieg in der Ostukraine 2014 fühlt sich Lettland von russischer Seite latent bedroht.

4 Türkei

Die 1952 der NATO beigetretene Türkei ist das einzige Mitglied, das (fast vollständig) in Asien liegt. Mit seinen Grenzen/seiner Nähe u. a. zu Syrien, zum Irak, zum Iran und zu Afghanistan ist die Türkei überdies geostrategisch sehr bedeutsam, um Einfluss auf Staaten des Nahen Ostens auszuüben bzw. um Militärstützpunkte dort zu unterhalten. Allerdings verfolgt die Türkei in den vergangenen Jahren gegenüber der NATO eine uneinheitliche Politik. Einerseits fordert sie z. B. militärische Unterstützung bei der militärischen Schaffung einer „Sicherheitszone" vor der eigenen Grenze auf syrischem Boden und bringt dabei sogar den Bündnisfall nach Art. 5 des Nordatlantikvertrags ins Spiel. Andererseits kauft die Türkei schwere Waffen (z. B. Flugabwehrraketen) von Russland. Die Verteidigungsausgaben der Türkei belaufen sich auf ca. 2,8 % des BIPs.

Bearbeiter

M7 Vor welchen Herausforderungen steht die NATO in Europa?

[Die] gegenwärtige Kernproblematik der NATO [...] besteht [darin], dass innerhalb der Allianz ein Konsens hinsichtlich der drängendsten Herausforderungen, mit denen das Bündnis konfrontiert ist, nur äußerst schwierig zu erreichen scheint. [...]

[Wenn] die Konsensfindung als Messlatte für „Entschlossenheit“ erwogen wird, präsentiert sich die NATO noch weniger kohärent. „Die Konsensfindung innerhalb der Allianz verläuft so zäh und mit so vielen Nebengeräuschen, dass von einem Bild der Einheit keine Rede sein kann“ [Andreas Rüesch]. Die NATO mag ihre Identitätskrise überwunden haben, aber steckt sie nun [...] in einer „Glaubwürdigkeitskrise“?

Fest steht, dass die NATO mit einem Bündel von komplexen Herausforderungen konfrontiert ist und die Glaubwürdigkeit der Allianz daran gemessen werden wird, wie sie auf diese Herausforderungen reagiert:

- Erstens stellt sich in diesem Zusammenhang die Frage, wie die NATO die angesichts der Ukraine-Krise in den Hintergrund gerückten beiden anderen „gleichrangigen“ Kernfunktionen ihres Strategischen Konzepts wieder stärker berücksichtigen kann, um ihrem hohen Anspruch („Aktives Engagement, moderne Verteidigung“) [...] in einer Welt voller Krisen und Konflikte gerecht zu werden.
- Zweitens steht die NATO vor der Notwendigkeit, dem infolge der Ukraine-Krise (insbesondere bei ihren osteuropäischen Mitgliedern) akut gewachsenen Bedarf an gegenseitigen Beistandsleistungen im Sinne kollektiver Verteidigung und Abschreckung angemessen Rechnung zu tragen.
- Damit ist drittens aber die in der gegenwärtigen Situation zweifellos heikelste Aufgabe untrennbar verknüpft: die Frage der Strategie der NATO gegenüber Russland. [...] [D]ie NATO [hat] sich für eine Doppelstrategie von „Abschreckung und Dialog“ entschieden [...].

Einigkeit herrscht [...] darüber, dass [...] unter den gegebenen Umständen „NATO cannot successfully defend the territory of its most exposed members“ – gemeint sind hier insbesondere Estland und Lettland, deren Hauptstädte Tallin bzw. Riga die russische Armee in höchstens 60 Stunden erreichen könnte. [...] Insofern ist auch die beschlossene Stationierung rotierender multinationaler Truppenverbände in den drei baltischen Staaten und in Polen zusammen mit der [...] „Very High Readiness Joint Task Force“, der „Speerspitze“ der Schnellen Eingreiftruppe der NATO, als ein charakteristisches Signal im Sinne der Doppelstrategie „Abschreckung und Dialog“ zu sehen: Einerseits soll den NATO-Verbündeten an der Grenze zu Russland ein deutliches Zeichen der Solidarität gesendet und gleichzeitig durch eine Kombination militärisch-materieller Maßnahmen und politisch-symbolischer Gesten ein „Stolperdraht“ für Russland gezogen werden. Andererseits setzt die NATO auf Deeskalation, indem sie an mehreren Stellen ihrer Schlusserklärung des Warschauer Gipfels [2014] ihre grundlegenden Ziele wie Freiheit, Frieden und Sicherheit unterstreicht und explizit sogar das nach wie vor vorhandene Interesse an einer „Partnerschaft zwischen der NATO und Russland“ betont

Meier-Walser, Reinhard: Von der „Legitimationskrise“ über die „Frischzellenkur“ in die „Glaubwürdigkeitskrise“. In: Politische Studien 67 (2016) H. 470. Hg. von der Hanns-Seidel-Stiftung e. V., S. 19 ff.

Aufgaben

1. Analysieren Sie die sicherheitspolitischen Interessen (Prioritäten, Übereinstimmungen, Gegensätze) der aufgeführten NATO-Staaten (**M6**).
2. Geben Sie die Herausforderungen der NATO in Europa nach Reinhard Meier-Walser wieder (**M7**).
3. Die NATO ist als Sicherheits- und Verteidigungsbündnis gelähmt. Überprüfen Sie diese Aussage.

H zu Aufgabe 1
Visualisieren Sie die Interessenkonstellationen der NATO-Staaten in einem Schaubild (Concept Map, → Methodenglossar).

H zu Aufgabe 3
Berücksichtigen Sie neben den Interessen der Mitgliedstaaten auch das Entscheidungsverfahren im Nordatlantikrat.

Die NATO – Entwicklung und Ziele
M2-M4

Die NATO wurde 1949 als Bündnis kollektiver Verteidigung nordatlantischer Staaten gegen die Sowjetunion und deren Verbündete gegründet. Nach Art. 5 des Nordatlantikvertrags verpflichten sich alle Bündnispartner zum Beistand, wenn ein Mitgliedstaat angegriffen wird. Nach dieser Gründungsphase folgte bis zum Ende der Sowjetunion und Auflösung des Warschauer Paktes (1989/90) eine lange Phase der Abschreckung in der Blockkonfrontation („Kalter Krieg"). Obwohl die NATO 2001 nach den Terroranschlägen u. a. auf das World Trade Center erstmals den Bündnisfall ausrief, traten ohne starken äußeren Gegner die inneren Interessengegensätze deutlich zu Tage – zumal viele neue Mitglieder in (Mittel)Osteuropa aufgenommen wurden. Dies führte zu einer Phase der Sinnkrise. Diese wurde 2010 mit dem Beschluss einer neuen, deutlich ausgeweiteten Strategie beendet. Seitdem ist – zumindest in Europa – die Territorialverteidigung und Abschreckung für die NATO wieder prioritär.

Die NATO – Konflikte und Probleme
M7

Zwei wesentliche interne Herausforderungen muss die NATO meistern, um schlagkräftig zu bleiben. Zum einen ist es wichtig, die **Interessenunterschiede** (bzw. im Fall von Griechenland und der Türkei sogar Interessengegensätze) der seit 1990 deutlich ausgeweiteten Mitgliederbasis in Grenzen zu halten. Beispielsweise interessieren sich die mittelosteuropäischen Staaten für eine Abschreckung gegenüber Russland, Deutschland hingegen möchte dort Einfluss behalten. Zum anderen besteht die Gefahr der **Überdehnung der Zielsetzungen**, wenn neben den militärischen Absichten z. B. auch zivile(r) Konfliktregulierung und Wiederaufbau auf der Agenda stehen.
Die militärischen Absichten müssen zudem mit den entsprechenden militärischen Fähigkeiten in den Mitgliedstaaten zu erfüllen sein. Die auf dem NATO-Gipfel 2014 geschlossene Vereinbarung, dass alle Mitglieder bis zum Jahr 2024 zwei Prozent ihres Bruttoinlandsprodukts für Verteidigung bereitstellen, ist noch nicht in allen Staaten erfüllt. Diese Zielmarke ist in einigen Staaten weiterhin Gegenstand innenpolitischer Kontroversen (z. B. in Deutschland).
Nach außen stellt der Umgang mit Russland weiterhin eine Herausforderung für die NATO dar. Vor allem die NATO-Staaten Estland und Lettland fühlen sich durch Russland bedroht. Insofern ist es essenziell, dass die NATO im Hinblick auf ihre strategischen Kernziele der Territorialverteidigung und Abschreckung die nötige Glaubwürdigkeit besitzt.

2.3 Die UNO – (keine) Garantin für Frieden und Sicherheit?

2.3.1 Über welche Mittel verfügt die UNO zur Wahrung internationaler Sicherheit?

Zum Thema: Die United Nations Organization (UNO) wurde 1945 auch als Folge des Zweiten Weltkriegs gegründet. Damals gehörten ihr 51 Staaten an, heute umfasst die Organisation 193 Mitgliedsländer. Hauptziele sind die Wahrung des Weltfriedens und der internationalen Sicherheit. Doch mit welchen Prinzipien, Organen und Mitteln versucht die UNO, diese umfassende und komplexe Zielsetzung zu erreichen?

M1 Weltfrieden und internationale Sicherheit

Die Skulptur „Non Violence“, auch bekannt als „The Knotted Gun“ (Die verknotete Pistole) des schwedischen Künstlers Carl Fredrik Reuterswärd vor dem Sitz der UNO in New York

Einstiegsaufgabe

Führen Sie in Ihrem Kurs eine Kartenabfrage (→ Methodenglossar) zu folgenden Fragen durch und ordnen Sie im Anschluss Ihre Ergebnisse gemeinsam.

- Wozu müsste sich jeder einzelne Mitgliedsstaat verpflichten, um einen Beitrag zu Weltfrieden und internationaler Sicherheit zu leisten?
- Nehmen Sie an, dass ein (militärischer) Konflikt zwischen zwei Mitgliedsstaaten auszubrechen droht. Welche Mittel bräuchte die UNO, um den Ausbruch des Konflikts (dauerhaft) zu verhindern?

M2 Ziele und Grundsätze der UNO

Die Charta [der Vereinten Nationen] ist das Gründungsdokument der UN und besteht aus 19 Kapiteln sowie der Präambel. Die Präambel kündigt an, die Menschheit von der „Geißel des Krieges“ befreien zu wollen. Die Ziele der UN und ihre Handlungsmaxime werden in Art. 1 dargelegt. So soll „der Weltfrieden und die internationale Sicherheit“ gewahrt werden, wozu auch Kollektivmaßnahmen getroffen werden können. Zudem sollen freundschaftliche Beziehungen auf Grundlage der Gleichberechtigung und Selbstbestimmung der Völker gefördert und die Menschenrechte geachtet werden. Hauptziel der UN ist also der Frieden [...]. Die Mitgliedstaaten verpflichten sich, auf gegenseitige Gewalt zu verzichten. Dieses Gewaltverbot erfährt nur zwei Einschränkungen. Zum einen hat jeder Staat das Recht, sich selbst gegen einen militärischen Angriff zu verteidigen (Selbstverteidigungsrecht, Art. 51). Zum anderen kann der Sicherheitsrat Gewaltmaßnahmen androhen oder gar beschließen (Kap. VII der Charta). [...] Art. 2 legt die Grundsätze fest, mit denen die Ziele der UN erreicht werden

Erklärfilm Vereinte Nationen

Mediencode: 72068-06

sollen. Dazu wird die Stellung der Mitgliedstaaten sowie deren Rechte und Pflichten festgelegt, die Grundstruktur der UN geklärt und die Kompetenzen der Organisation gegenüber den Staaten definiert. Die wichtigsten Punkte umfassen:

- die Gleichheit der Mitglieder, Achtung der Souveränität
- die Verpflichtung zur friedlichen Streitbeilegung
- das Verbot der Androhung und Anwendung von Gewalt
- die Beistandspflicht bei Maßnahmen der UN
- das Interventionsverbot bei inneren Angelegenheiten

Die UN-Charta schreibt mit der Achtung der Souveränität ein Prinzip weltweit fest [...]. Hiernach wird einem Staat die innere Herrschaft und die äußere Repräsentanz für ein bestimmtes Territorium und eine bestimmte Bevölkerung zugesprochen. Das Interventionsverbot leitet sich aus dem Souveränitätsprinzip ab. Staaten ist es grundsätzlich untersagt, sich in die inneren Angelegenheiten eines anderen Staates einzumischen. [...] Nur die UN selbst, respektive der Sicherheitsrat, dürfen hiervon abweichen.

Stahl, Bernhard: Internationale Politik verstehen. Eine Einführung. Bonn: Bundeszentrale für politische Bildung 2017, S. 69 f.

M3 Die wichtigsten Organe der Vereinten Nationen

Die Vereinten Nationen in der Übersicht (Stand: 2018)

Hauptorgane

Generalversammlung	Sicherheitsrat	Wirtschafts- und Sozialrat	Sekretariat	Internationaler Gerichtshof	Treuhandrat
Sitz in New York	*New York*	*New York*	*Hauptsitz New York*	*Den Haag*	*New York*
193 Mitgliedstaaten	15 Mitglieder	54 Mitglieder	mit Generalsekretär	15 Richter/innen	5 Mitglieder

Ausgewählte Fachorganisationen und Nebenorgane

Sonderorganisationen*

Auswahl

		Sitz in
UNESCO	Bildung, Kultur	*Paris*
ILO	Arbeitsorganisation	*Genf*
WHO	Weltgesundheitsorganisation	*Genf*
FAO	Ernährungsorganisation	*Rom*
IWF	Internationaler Währungsfonds	*Washington*
Weltbankgruppe		*Washington*

Spezialorgane

Auswahl

UNCTAD	Handel	*Genf*
UNHCR	Flüchtlingshilfe	*Genf*
WFP	Welternährungsprog.	*Rom*
UNICEF	Kinderhilfswerk	*New York*
UNDP	Entwicklung	*New York*
UNFPA	Bevölkerungsfonds	*New York*
UNEP	Umwelt	*Nairobi*
Habitat	Wohnungsprog.	*Nairobi*
UNU	UN-Universität	*Tokio*

Verwandte Organisationen

Auswahl

WTO	Welthandel	*Genf*
IAEA	Atomenergie	*Wien*
OPCW	Verbot chemischer Waffen	*Den Haag*

**rechtlich und finanziell selbstständig*

Nach: © Globus Grafik 12311

M4 Wer ist zuständig? Die Hauptorgane der Vereinten Nationen

1 Generalversammlung

Die Generalversammlung ist das Herzstück der UN. Es herrscht das Prinzip „ein Staat – eine Stimme" [...]. Entscheidungen bedürfen in der Regel einer einfachen Mehrheit. Ausnahmen sind die Wahl der nicht-ständigen Mitglieder des Sicherheitsrats und die Aufnahme eines neuen Mitgliedstaates, für die eine 2/3-Mehrheit notwendig ist. Die Generalversammlung hat interne und externe Kompetenzen: Intern fungiert sie als Legislative, nach außen fehlt ihr diese Kompetenz. Hier haben Resolutionen lediglich den Charakter von Empfehlungen. Doch hat sie das Recht, sich mit jedem beliebigen Thema von internationaler Bedeutung auseinanderzusetzen. [...]

2 Sicherheitsrat

Der Sicherheitsrat setzt sich aus 15 Mitgliedern zusammen, wobei die fünf ständigen Mitglieder (die sogenannten Permanent Five – P5 China, Frankreich, Vereinigtes Königreich, Russland und USA) mit einem Vetorecht ausgestattet sind. Die übrigen zehn werden für zwei Jahre von der Generalversammlung gewählt, wobei jedes Jahr fünf neue bestimmt werden. Die Verteilung der Sitze erfolgt nach einem Regionalschlüssel. Beschlüsse kommen zustande, wenn 9 der 15 Mitglieder zustimmen und keines der fünf ständigen Mitglieder ein Veto einlegt. Vom Sicherheitsrat beschlossene Resolutionen sind völkerrechtlich bindend. [...] Die Funktion des Sicherheitsrats besteht hauptsächlich in der Wahrung des Weltfriedens. Dazu ist er auch befähigt, gemäß Kapitel VII Gewalt anzuwenden, wobei er die Durchführung der Zwangsmaßnahmen an andere Organisationen übertragen kann. [...]

3 Verwaltung

Die Verwaltung der UN ist beim Sekretariat angesiedelt. Der Generalsekretär wird auf Vorschlag des Sicherheitsrates von der Generalversammlung gewählt. Seine Amtszeit beträgt fünf Jahre, wobei die Möglichkeit einer einmaligen Wiederwahl besteht. Der Generalsekretär koordiniert die Arbeit zwischen den Hauptorganen (mit Ausnahme des IGH), er stellt Haushaltspläne auf, registriert völkerrechtliche Verträge und repräsentiert die UN nach außen. Zu seinen Aufgaben gehört es laut Art. 99, die Aufmerksamkeit des Sicherheitsrates auf relevante Themen zu lenken.

Stahl, Bernhard: Internationale Politik verstehen. Eine Einführung. Bonn: Bundeszentrale für politische Bildung 2017, S. 71 f.

António Guterres ist seit dem 1.1.2017 Generalsekretär der Vereinten Nationen; zuvor war er Premierminister Portugals (1995-2002) und Hoher Flüchtlingskommissar der Vereinten Nationen (2005-2015).

Nach: © Bergmoser + Höller Verlag AG; Zahlenbilder 615 124

Notstandssondersitzung
Im Falle einer Blockade des Sicherheitsrates kann die Generalversammlung einberufen werden, um sich mit einem Konflikt zu befassen. Dies kann auf zwei Weisen erfolgen: Entweder auf Verlangen einer einfachen Mehrheit oder durch eine Mehrheit von mindestens neun der 15 Mitglieder des Sicherheitsrates. Bei einem solchen Beschluss hätten etwaige Nein-Stimmen der fünf ständigen Ratsmitglieder USA, Russland, China, Frankreich und Großbritannien keine Vetowirkung. Auch in Notstandssondersitzungen kann die Generalversammlung nur Empfehlungen aussprechen.

M5 Mittel der UNO zur Konfliktbewältigung

Die Charta der Vereinten Nationen eröffnet ihren Mitgliedstaaten unterschiedliche, hinsichtlich ihres Drohpotentials gestufte Instrumente der Konfliktprävention und -intervention. Eine entsprechende Entscheidung obliegt dem UN-Sicherheitsrat, dessen Beschlüsse für alle UN-Mitgliedstaaten bindend sind.

Instrumente der Konfliktprävention und -intervention (Stand: 2020)

Friedliche Beilegung von Konflikten (Kapitel VI)	**Zwangsmaßnahmen bei Bedrohung oder Bruch des Friedens (Kapitel VII)**
Konkrete Maßnahmen der Vereinten Nationen	
• Vermittlungsvorschlag des Sicherheitsrates (Art. 38) auf Ersuchen der Konfliktparteien	• nicht-militärische Sanktionen (Art. 41) wie Wirtschaftsboykott, Unterbrechung von Verkehrswegen und diplomatischen Beziehungen • militärisches Handeln zur Wiederherstellung (Erzwingung) des Friedens (Art. 42 ff.): „Demonstrationen, Blockaden und sonstige Einsätze“
„Durchschlagskraft“ des UN-Sicherheitsrates	
	• Weisungs- und Entscheidungsbefugnis gegenüber Konfliktparteien unter Voraussetzung • der Feststellung seiner Zuständigkeit aufgrund von Friedensbedrohung, Friedensbruch oder Angriffshandlung (Artikel 39)
Grundlegende Prinzipien	
• Primat der staatlichen Souveränität • sowie zwischenstaatlicher Lösungen auf dem Verhandlungsweg	• Primat der kollektiven Sicherheit

von der Prävention → zur → Intervention

- **Das Recht auf individuelle bzw. kollektive Selbstverteidigung aller Mitgliedstaaten gemäß Art. 51 bleibt unberührt.**

Bearbeiter

Aufgaben

1. Stellen Sie die Ziele und Grundsätze der Vereinten Nationen dar (**M2**).
2. a) Beschreiben Sie den Aufbau der Vereinten Nationen sowie deren Handlungsmöglichkeiten hinsichtlich internationaler Friedenssicherung (**M3, M4, M5**).
   b) Analysieren Sie darauf aufbauend die Möglichkeiten des Sicherheitsrats zur Friedenssicherung und Konfliktbewältigung am Beispiel des Ukraine-Konfliktes (**M4, M5, Kap. 2.1.1, S. 40-44**).

2.3.2 Das Ringen um ein internationales Mandat: der Ukraine-Konflikt vor dem UN-Sicherheitsrat

Zum Thema: Der fünfköpfige Sicherheitsrat der Vereinten Nationen (auch: Weltsicherheitsrat) ist das mächtigste Organ der UNO und dafür zuständig, Maßnahmen zur Wahrung des Weltfriedens und der internationalen Sicherheit zu beschließen, die für alle Mitgliedstaaten verbindlich sind. Doch (wie) können im Sicherheitsrat solche weitreichenden Entscheidungen problemlos getroffen werden?

M6 „Frankreich beruft Sondersitzung des UN-Sicherheitsrates ein"

Vor dem Hintergrund der dargestellten politischen Entwicklungen, der nach wie vor drohenden Gewalt sowie der Abtrennung der Krim-Halbinsel von der Ukraine und dem Anschluss an die Russische Republik hat Frankreich in seiner Funktion als amtierender Vorsitzender des UN-Sicherheitsrates eine Sondersitzung des Gremiums einberufen. Die Außenminister der Mitgliedstaaten werden dem Vernehmen nach anwesend sein. Erklärtes Ziel des französischen Außenministers ist es, die Einigung auf eine Resolution voranzubringen, die geeignete Maßnahmen zur Befriedung des Konfliktes unter dem Dach der Vereinten Nationen ermöglicht.

Bearbeiter

Einstiegsaufgabe

Entwickeln Sie Möglichkeiten für den UN-Sicherheitsrat, den Konflikt in der Ostukraine bzw. den um die Krim-Halbinsel zu lösen.

M7 Die USA, Russland, China, Frankreich und Deutschland im UN-Sicherheitsrat

1 USA

In den Jahren nach der Auflösung des Warschauer Paktes (1989/1990) und dem Ende der Blockkonfrontation haben die USA massiv weltpolitischen Einfluss gewonnen. Sie gelten als die derzeit einzig verbliebene militärische, politische und wirtschaftliche Weltmacht. Allerdings ist diese Position fragiler geworden: die Kampfeinsätze in Afghanistan und im Irak haben die USA finanziell und militärisch stark belastet, und der Aufstieg Chinas bedroht die Vormachtstellung der USA im pazifischen Raum. Trotz dieser Probleme sind die USA weiterhin bemüht, ihren Machteinfluss u. a. in Osteuropa zu sichern. Dazu unterstützen die USA insbesondere die mittelosteuropäischen NATO-Partner, deren Aufnahme in die NATO sie auch sehr vorangetrieben hatten.
Zumindest in den offiziellen Verlautbarungen treten die USA immer wieder vehement für das Selbstbestimmungsrecht der Völker ein, dass die Unverletzlichkeit der territorialen Grenzen voraussetzt.

2 Russland

In den Jahren nach Auflösung des Warschauer Paktes als militärischem Gegenbündnis zur NATO (1989/1991) hat Russland deutlich weltpolitischen Einfluss eingebüßt. Die EU und die NATO wurden um Staaten erweitert, die zuvor zum sowjetischen Einflussbereich gehörten. Die USA bzw. die NATO haben zwar ihre Absicht aufgegeben, in Polen und Tschechien Raketenabwehrstationen einzurichten, jedoch zieht die russische Führung die engere Kooperation der USA bzw. des Westens mit osteuropäischen Staaten (Ukraine, Georgien), wie vorher schon die schnelle Ausweitung der NATO und der EU nach Mittel-Osteuropa als unangemessenen Eingriff in die eigene Einflusssphäre. Ein Dorn im Auge ist auch die militärische NATO-Präsenz im Baltikum – also nahe der russischen Grenze.
Die russische Regierung ist der Überzeugung, dass die Krim-Halbinsel legitimerweise ins russische Staatsgebiet integriert worden ist. Schließlich habe eine Volksabstimmung dort eine überdeutliche Mehrheit für den Anschluss ergeben.

3 China

China ist das bevölkerungsreichste Land der Erde und hat seinen weltpolitischen Einfluss in den vergangenen 15 Jahren auf der Grundlage eines enormen Wirtschaftswachstums erheblich steigern können. Gewachsen ist dadurch das Selbstvertrauen in internationalen Verhandlungen und der Wunsch, den weltpolitischen Einfluss der USA und der EU zu begrenzen, ohne diese Räume als wichtige Handelspartner (Export) zu verlieren.
Nicht zuletzt aufgrund des eigenen Umgangs mit politischer Opposition und religiösen Minderheiten verfolgt China die außenpolitische Doktrin der Nichteinmischung in innere Angelegenheiten souveräner Staaten. Gleichzeitig ist China – auch aus wirtschaftlichen Gründen – an guten Beziehungen zu seinem Nachbarstaat Russland interessiert, zu dem das Verhältnis allerdings nicht immer konfliktfrei ist. China ist das wichtigste Exportziel für russische Waren.

4 Frankreich

Frankreich ist Gründungsmitglied und Kernland der EU und tritt für eine verstärkte gemeinsame Außen- und Sicherheitspolitik ein. Dabei setzt Frankreich auf Beschlüsse des Sicherheitsrates der Vereinten Nationen, ist aber auch bereit, militärische Mittel einzusetzen, wenn die eigenen Interessen betroffen sind (wie etwa bei Konflikten in Staaten, die ehemals Kolonien Frankreichs waren).
Anders als etwa der Nachbarstaat Deutschland hat Frankreich keine sehr starken Wirtschaftsbeziehungen zu Russland – u. a. deshalb, weil es auch kaum Erdgas aus Russland bezieht.

5 Deutschland

Deutschland ist Gründungsmitglied und Kernland der EU und tritt für eine gemeinsame Außen- und Sicherheitspolitik ein, die sich eng an der Charta der Vereinten Nationen (militärische Einsätze nur mit UN-Mandat) und an den Menschenrechten orientiert. Alleingänge auf internationaler Ebene werden demgegenüber abgelehnt. Trotz der traditionellen Verbundenheit mit den USA (Westbindung nach 1945) wird eine Ausweitung des Einflusses der USA, aber auch Russlands und Chinas auf die UN-Institutionen abgelehnt.
Zu Russland hat Deutschland ein ambivalentes Verhältnis. Einerseits lehnt die Regierung eine enge Bindung an Russland ab und unterstützt(e) die Osterweiterungen von NATO und EU. Andererseits sind die Staaten wirtschaftlich und vor allem energiepolitisch eng verflochten, da u. a. ein großer Teil des in Deutschland verbrauchten Erdgases über Land- und Seepipelines aus Russland stammt und Deutschland für Russland das drittgrößte Exportziel ist.
Deutschland ist in der Simulation nicht-ständiges Mitglied des UN-Sicherheitsrates, strebt aber mittelfristig einen ständigen Sitz an.

Bearbeiter

Aufgaben

1. Simulieren Sie die Sondersitzung des UN-Sicherheitsrates. Sie übernehmen dabei die Rolle der Außenminister der teilnehmenden Staaten sowie weiterer Delegationsmitglieder (**M7**).
2. Überprüfen Sie im Anschluss Verlauf und Ergebnis Ihrer Simulation hinsichtlich ihrer Plausibilität.
3. Im Zusammenhang mit dem Ukraine-Konflikt sind mehrere Resolutionsentwürfe im UN-Sicherheitsrat gescheitert, die eine Verurteilung der russischen Regierung und die Ergreifung von Sanktionsmaßnahmen vorsahen. Erläutern Sie die damit zum Ausdruck kommenden Schwierigkeiten einer Einigung im UN-Sicherheitsrat.

Vorlage eines Resolutionsentwurfs des UN-Sicherheitsrates

Mediencode: 72068-07

2.3.3 (Wie) Sollte der UN-Sicherheitsrat reformiert werden?

Zum Thema: Viele Kritiker sehen in der Konstruktion des Sicherheitsrates (Veto-Recht der fünf ständigen Mitglieder) das Hauptproblem für effektive Friedensschaffung durch die Vereinten Nationen. Doch wie sollte dieses Problem behoben werden? Und ist überhaupt ein Reformvorschlag durchsetzbar?

M8 Ist der UN-Sicherheitsrat reformbedürftig?

Vetos im Sicherheitsrat (Stand: August 2020)

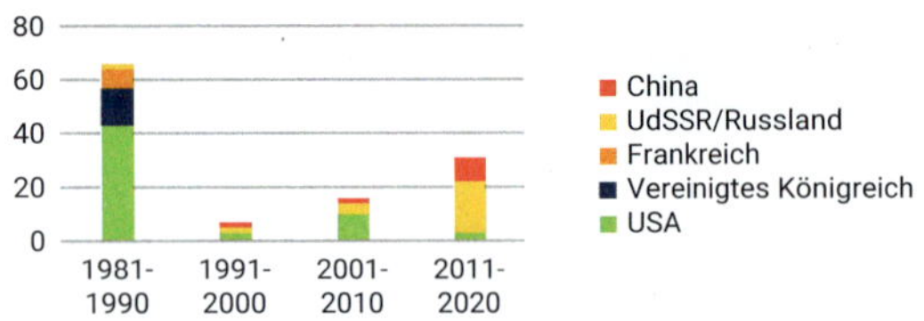

Nach: © Statista, 2021; Daten: UN-Sicherheitsrat

„Der UN-Sicherheitsrat ist ein effizientes und legitimes Organ zur Friedenssicherung und Konfliktbewältigung."

Koordinatenkreuz zur Urteilsbildung

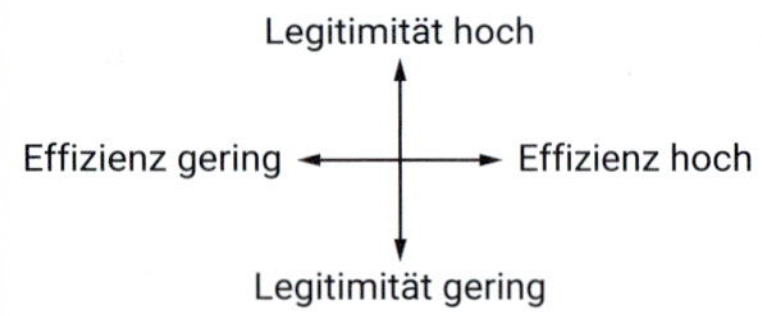

Zum Vergleich: In der Zeit von 2011 bis Ende 2020 wurden insgesamt 595 Resolutionen verabschiedet.

Einstiegsaufgabe

Positionieren Sie sich zur Aussage (**M8**) im Klassenraum. Formulieren Sie ggf. erste Ansatzpunkte für eine Reform des Sicherheitsrates.

M9 Modelle einer institutionellen Reform des UN-Sicherheitsrates

Vertragsänderung der Vereinten Nationen
Aus der Charta der Vereinten Nationen:
Kapitel XVIII: Änderungen Artikel 108: Änderungen dieser Charta treten für alle Mitglieder der Vereinten Nationen in Kraft, wenn sie mit Zweidrittelmehrheit der Mitglieder der Generalversammlung angenommen und von zwei Dritteln der Mitglieder der Vereinten Nationen einschließlich aller ständigen Mitglieder des Sicherheitsrates nach Maßgabe ihres Verfassungsrechts ratifiziert [= angenommen, in Kraft gesetzt] worden sind.

Im Dezember 2004 hat eine hochrangig besetzte Reformkommission einen Abschlussbericht über Bedrohungen, Herausforderungen und Wandel der UN vorgelegt, in dem auch Vorschläge zur Reform des Sicherheitsrats unterbreitet wurden. Diese Vorschläge dominieren bis heute die weltweite Diskussion um eine institutionelle Reform der UN.

a) Sie sollten, im Sinne des Artikels 23 [...], diejenigen stärker an den Entscheidungen beteiligen, die finanziell, militärisch und auf diplomatischem Gebiet die größten Beiträge zu den Vereinten Nationen leisten [...];
b) sie sollten Länder, die repräsentativer für die gesamte Mitgliedschaft der Vereinten Nationen sind, insbesondere Entwicklungsländer, in den Entscheidungsprozess einbeziehen;
c) sie sollten die Wirksamkeit des Sicherheitsrats nicht beeinträchtigen;
d) sie sollten den Rat demokratischer und rechenschaftspflichtiger machen. [...]

Die Hochrangige Gruppe ist der Auffassung, dass eine Entscheidung über die Vergrößerung des Rates, die diesen Kriterien Rechnung trägt, jetzt geboten ist. [...]

Bei beiden Modellen würde dadurch ein Anreiz für die Mitgliedstaaten geschaffen, größere Beiträge zum Weltfrieden und zur internationalen Sicherheit zu leisten, dass die Generalversammlung, unter Berücksichtigung der feststehenden Praxis regionaler Konsultationen, bei der Wahl von Mitgliedern des Sicherheitsrats für ständige beziehungsweise längerfristige Sitze denjenigen Staaten den Vorzug geben würde, die in ihrer Region entweder zu den drei größten Beitragszahlern zum ordentlichen

Haushalt, zu den drei größten freiwilligen Beitragszahlern oder zu den drei größten truppenstellenden Staaten für Friedenssicherungsmissionen der Vereinten Nationen gehören.

Vereinte Nationen: 59. Tagung der Generalversammlung. Bericht der Hochrangigen Gruppe für Bedrohungen, Herausforderungen und Wandel. In: www.un.org, 02.12.2004

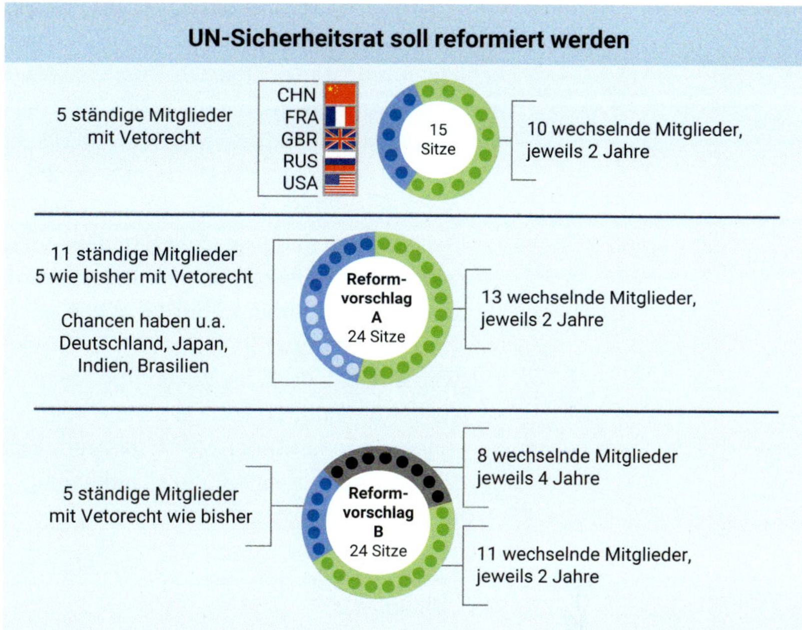

Nach: picture-alliance/dpa-Infografik; Quelle: dpa

M10 Die UN-Generalversammlung als Ausweg aus der Pattsituation?

[Die UN hat] die Möglichkeit, [im Falle einer Blockade des Sicherheitsrates] mit einer Mehrheit der Stimmen des Sicherheitsrats oder mit einer Mehrheit der Mitgliedstaaten innerhalb von 24 Stunden eine Notstandssondertagung der Generalversammlung einzuberufen. Damals [1950] traf die Generalversammlung den Beschluss, „dass in allen Fällen, in denen eine Bedrohung oder ein Bruch des Friedens oder eine Angriffshandlung vorzuliegen scheint und in denen der Sicherheitsrat mangels Einstimmigkeit der ständigen Mitglieder seine Hauptverantwortung für die Wahrung des Weltfriedens und der internationalen Sicherheit nicht wahrnimmt, die Frage unverzüglich von der Generalversammlung behandelt wird, mit dem Ziel, den Mitgliedern geeignete Empfehlungen für Kollektivmaßnahmen zur Wahrung oder Wiederherstellung des Weltfriedens und der internationalen Sicherheit zu geben, die im Falle eines Friedensbruchs oder einer Angriffshandlung erforderlichenfalls auch den Einsatz von Waffengewalt einschließen können". [...] Auf einer solchen Sondersitzung dürfen keine rechtsverbindlichen Beschlüsse gefasst, aber Empfehlungen an den Sicherheitsrat formuliert werden – bis hin zum Vorschlag, militärische Zwangsmaßnahmen in einer Situation der Gefährdung des Friedens und der Sicherheit zu veranlassen. Für eine solche Empfehlung bedarf es allerdings einer Zweidrittelmehrheit in der Generalversammlung.

Erler, Gernot: Vergesst den UN-Sicherheitsrat!. In: www.ipg-journal.de, 01.11.2016

Aufgaben

1. Stellen Sie ausgehend von **M8** die strukturellen Probleme dar, die sich aus der Konstruktion des UN-Sicherheitsrates (Zusammensetzung, Mehrheitsregel, Zuständigkeit für die „Wahrung des Weltfriedens") ergeben.
2. a) Analysieren Sie die Reformvorschläge der Kommission hinsichtlich der anvisierten Ziele und Maßnahmen (**M9**).
   b) Überprüfen Sie die Reformvorschläge im Hinblick auf die selbst gesetzten Ziele (**M9**).
3. Angesichts der Blockadesituation des UN-Sicherheitsrates ist von zahlreichen Staaten der Ruf laut geworden, den Syrien-Konflikt durch Beschlüsse der UN-Generalversammlung zu befrieden. Erörtern Sie diese friedenspolitische Strategie (**M10**).

H zu Aufgabe 2b
Berücksichtigen Sie dabei das Kriterium der Repräsentativität (Kategorie Legitimität).

F
Analysieren und bewerten Sie die Position, die die gegenwärtige Bundesregierung sowie ihre Vorgänger hinsichtlich einer institutionellen Reform der Vereinten Nationen vertritt bzw. vertreten haben.

URTEILSBILDUNG

Anwendung von Kriterien bei der Analyse und Bewertung politischer Konflikte

Wenn man ein politisches Problem bewerten will, dann sammelt man in einem ersten Schritt Argumente, die die politische Maßnahme oder Streitfrage betreffen. Dies ist aber nur der erste Schritt. In einem zweiten Schritt muss man die Argumente dann kategorisieren und auf einer abstrakteren Ebene unterscheiden. Das erfolgt mithilfe von Kategorien. Ein Beispiel: Der Bau des neuen Bahnhofs in Stuttgart ist sehr umstritten und sorgt für Schlagzeilen in der ganzen Republik. Viele sagen, er wäre zu teuer und würde den Zugverkehr nicht beschleunigen. Diese Position kann man nun mithilfe von Kriterien untersuchen: Um zu überprüfen, ob etwas effektiv ist, muss man wissen, welches Ziel verfolgt wird. Bei Stuttgart 21 ist es u. a. die Verkürzung der Fahrzeit, z. B. nach Ulm. Dieses Ziel wird erreicht, denn die zukünftige Fahrzeit wird deutlich kürzer sein. Um zu untersuchen, ob der Bahnhof zu teuer ist, muss man schauen, ob die Mittel, die eingesetzt werden, in einem angemessenen Verhältnis zum Ergebnis stehen. Das ist das Kriterium „Effizienz". Ob man nun für eine Fahrzeitverkürzung viele Milliarden investieren muss, darüber kann man streiten.

Urteilskriterien im Überblick			
Effektivität			Ist die Problemlösung geeignet, um das angestrebte Ziel zu erreichen?
Effizienz			Rechtfertigt das Ziel die angewandten Mittel? Stehen die Kosten in einem vertretbaren Verhältnis zum angestrebten Nutzen?
Legalität			Ist der Lösungsvorschlag mit den bestehenden Gesetzen und den Normen der Verfassung zu vereinbaren?
Nachhaltigkeit			Ist der Lösungsvorschlag geeignet, das Problem dauerhaft zu lösen?
Legitimität	Menschenwürde		Inwiefern werden Menschenwürde und -rechte berücksichtigt?
	Freiheit		Inwieweit finden individuelle und öffentliche Freiheit Berücksichtigung?
	Partizipation (Teilhabe)		Findet Partizipation statt? Wird Partizipation berücksichtigt?
	Solidarität		Wird Solidarität berücksichtig/gefährdet?
	Frieden		Inwieweit wird Frieden umgesetzt/gefährdet?
	Gerechtigkeit	Bedarfsgerechtigkeit	Werden die unterschiedlichen Bedürfnisse der Akteure berücksichtigt?
		Gleichheitsgrundsatz	Werden alle Akteure gleich behandelt?
		Leistungsgerechtigkeit	Wird die individuelle Leistung berücksichtigt?
		Chancengerechtigkeit	Haben alle Akteure die gleichen Chancen?
		Generationengerechtigkeit	Werden die Interessen und Bedürfnisse zukünftiger Generationen berücksichtigt?
	Verursacherprinzip		Kommen die Verursacher für die Schäden auf?

M1 Unreformierbarer UN-Sicherheitsrat?

„Das Verhältnis zwischen den drei wichtigsten Mächten Russland, den USA und China war noch nie so dysfunktional wie heute" – an dieser vernichtenden Analyse von UN-Generalsekretär António Guterres aus dem vergangenen Jahr hat sich nichts geändert. Die Fragmentierung lähmt vor allem den Sicherheitsrat, und die Lähmung des wichtigsten Gremiums schwächt naturgemäß die gesamte Organisation. Die Atommächte USA, China, Russland, Großbritannien und Frankreich gehören zu den fünf ständigen Mitgliedstaaten, den permanent five oder kurz P5. Nur sie haben ein Vetorecht, mit dem sie Beschlüsse des Sicherheitsrates verhindern können – ein ehernes System, entstanden nach dem Zweiten Weltkrieg. Reformbedürftig ist es – darin sind sich viele Staaten einig, weil es die Bedeutung aufstrebender Schwellenländer wie Indien oder Brasilien nicht berücksichtigt, weil es afrikanische Staaten gar nicht repräsentiert, weil es eben sehr nach der alten Weltordnung von 1945 konstruiert ist, und nicht viel mit 2020 zu tun hat.

Im besten Fall wäre der Sicherheitsrat ein Forum, in dem sich die Weltmächte treffen und Konflikte diplomatisch austragen statt gegeneinander Krieg zu führen. Im schlechtesten Fall wird er von ihnen instrumentalisiert. [...] Doch die P5 müssten einer Reform zustimmen – damit würden sie allerdings ihre Macht beschneiden. Vor allem mit China gestalten sich die Gespräche schwierig. [...]. Dabei ließ es sich Chinas Präsident Xi Jin-ping nicht nehmen, in seiner Rede vor der Generalversammlung, den Multilateralismus und „das internationale System mit den UN im Kern" hochzuhalten. [...] Doch den Worten lässt Peking keine Taten folgen: Wie Russland hatte China im Juli sein Veto gegen eine Resolution eingelegt, mit der die Genehmigung für grenzüberschreitende Hilfslieferungen nach Syrien verlängert werden sollten. Die übrigen Staaten des Sicherheitsrates hatten dafür gestimmt. [...] „Das mehrfache Vetieren von Sicherheitsratsresolutionen, die zum Ziel hatten, die notleidende syrische Bevölkerung über eine größtmögliche Anzahl von humanitären Zugängen zu erreichen", sei ein Beispiel dafür, wie einige Vetomächte in den vergangenen Jahren ihre Macht ausgenutzt haben [, sagt Deutschlands Botschafter bei den Vereinten Nationen, Christoph Heusgen].

Und so lässt sich das Wirken des Sicherheitsrates relativ knapp zusammenfassen: Er ist kaum noch handlungsfähig, nationale Rivalitäten und der starke Hang zum Unilateralismus machen aus einem einst gut gemeinten Gremium ein meist in sich verkeiltes Organ. Seinen laut UN-Charta zentralen Auftrag, Frieden und die Sicherheit zu erhalten, haben einige Mitgliedstaaten aus den Augen verloren. Immer stärker drängt auch die Frage der Legitimität in den Fokus: Nicht einmal zehn Prozent der UN-Mitgliedstaaten sind vertreten. Immer wieder hat es Versuche gegeben, ihn an neue Gegebenheiten anzupassen. Mit Ausnahme der Aufnahme von vier neuen nichtständigen Mitgliedern im Jahr 1965 ist die Konstellation seit der Gründung der UN unverändert geblieben.

Reuß, Anna: Der Unreformierbare. In: www.sueddeutsche.de, 30.09.2020

Aufgaben

1. Erläutern Sie, mit welchen Problemen der UN-Sicherheitsrat zu kämpfen hat.
2. Bewerten Sie die Frage, ob der UN-Sicherheitsrat reformiert werden soll.
3. Entwerfen Sie auf der Grundlage Ihrer Bewertung ein Modell, wie der UN-Sicherheitsrat reformiert werden könnte.

2.3.4 Wie wandeln sich Ziele und Prinzipien der UNO? Das Konzept der „Schutzverantwortung"

Zum Thema: Die UNO „beruht auf dem Grundsatz der souveränen Gleichheit ihrer Mitglieder" (Kap. 1, Art. 2 (1) der Charta der Vereinten Nationen). Das bedeutet, dass jeder Mitgliedsstaat, so klein und wenig militärisch mächtig er auch sein mag, seine inneren Angelegenheiten selbst und ohne Einmischung von außen regeln darf. Doch was geschieht, wenn der Staat bzw. dessen Regierung selbst nach innen drastisch gegen internationale Regeln verstößt?

M11 Prinzipien der UNO-Charta

„[Zentrales Ziel der UNO ist es,] den Weltfrieden und die internationale Sicherheit zu wahren und zu diesem Zweck wirksame Kollektivmaßnahmen zu treffen, um Bedrohungen des Friedens zu verhüten und zu beseitigen, Angriffshandlungen und andere Friedensbrüche zu unterdrücken [...]."

(Art. 1 (1) Charta der Vereinten Nationen)

„Aus dieser Charta kann eine Befugnis der Vereinten Nationen zum Eingreifen in Angelegenheiten, die ihrem Wesen nach zur inneren Zuständigkeit eines Staates gehören, oder eine Verpflichtung der Mitglieder, solche Angelegenheiten einer Regelung auf Grund dieser Charta zu unterwerfen, nicht abgeleitet werden [...]."

(Art. 2 (7) Charta der Vereinten Nationen)

Einstiegsaufgabe

Stellen Sie sich folgendes Szenario vor, dass es seit der Gründung der UNO immer wieder gegeben hat: In einem Staat brechen Proteste gegen die Regierung aus, die sich zu sozialen Unruhen steigern. Die Regierung bekämpft diese Unruhen mit extremer Gewalt. Unterschiedslos werden Protestierende und unbeteiligte Zivilisten Opfer von flächendeckenden Angriffen der Regierungstruppen. Sogar Schulen und Krankenhäuser in Gebieten der Opposition werden bombardiert. (Vermeintliche) Aufständische werden gefangengenommen und vom Geheimdienst brutal gefoltert. Es finden Vertreibungen statt, „ethnische Säuberungen" werden befürchtet.
Begründen Sie vor dem Hintergrund der Auszüge der Charta der Vereinten Nationen, wie die UNO in einem solchen Fall handeln sollte.

M12 Das Konzept der Schutzverantwortung („R2P")

a) Grundlagen und Entstehung der Schutzverantwortung

Was kann die ‚Völkergemeinschaft' tun, um den offenbar grassierenden Trend zu Staatszerfall und Bürgerkriegen in vielen Regionen zumindest einzudämmen und den gravierendsten Auswüchsen wirkungsvoll zu begegnen? Eines der Haupthindernisse stellt – das mag in diesem Zusammenhang merkwürdig klingen – das internationale Recht dar. Zu den Grundprinzipien der zwischenstaatlichen Beziehungen gehört – neben dem Gewaltverbot – das „Interventionsverbot als

Konkretisierung des Grundsatzes der souveränen Staatengleichheit". Damit steht das klassische Völkerrecht vor allem auf zwei Säulen: 1) der Anerkennung der inneren und äußeren Souveränität von Staaten und damit 2) dem Verbot der Einmischung von außen in die inneren Angelegenheiten dieser Staaten. Diese Grundsätze, die nicht zuletzt auf den Erfahrungen der beiden Weltkriege des vergangenen [Jahrhunderts] fußen, begrenzen eine legale internationale Handlungsfähigkeit. [...] Seit dem Epochenbruch 1989/90 hat auf der Grundlage des Konzepts der ‚menschlichen Sicherheit' ein rechtlicher und moralischer Normenwandel eingesetzt. Bereits mit dem somalischen Bürgerkrieg 1992, aber spätestens nach dem Genozid von Ruanda 1994 begann eine Debatte, ob und wie in extremen Fällen – z. B. Völkermord, Verbrechen gegen die Menschlichkeit, ethnische Säuberungen – auch von dem oben genannten Nichteinmischungsgebot abgewichen werden darf.

Man glaubt nun ein Konstrukt zum Eingreifen von außen gefunden zu haben – und zwar unter dem Begriff einer internationalen [Schutzverantwortung] (responsibility to protect – R2P). Diesen – noch keineswegs allgemein anerkannten – Ansatz kennzeichnen vier Merkmale:

- Neben die nationale Verantwortung zum Schutz der betroffenen Menschen tritt die internationale, wenn der Staat seine Verpflichtung nicht erfüllt.
- Diese internationale Verantwortung zielt nicht nur auf Reaktion, sondern insbesondere auch auf Prävention und ggf. Wiederaufbau.
- Das Schwellenkriterium – also die notwendige Voraussetzung für die Aktivierung der Schutzverantwortung – ist allgemein der ‚Verlust von Menschenleben in großem Maßstab'.
- Als Vorsorgeprinzipien gegen Missbrauch gelten unter anderem die rechte Absicht des Eingreifens, die Ausschöpfung aller nicht-militärischen Maßnahmen und die Verhältnismäßigkeit.

Das klingt alles sehr vernünftig. In der Praxis gibt es allerdings auch Stolpersteine. Einer der größten ist die Frage, welche Instanz ein Eingreifen legitimieren darf (im Grundsatz der Sicherheitsrat der VN – aber was passiert, wenn er wegen eines Vetos handlungsunfähig ist [...]?) und wie im Einzelfall ein Missbrauch verhindert werden kann (Intervention unter dem Deckmantel R2P, aber mit weiterreichenden geopolitischen Eigeninteressen der Eingriffsmächte [...]).

Lahl, Kersten / Varwick, Johannes: Sicherheitspolitik verstehen. Handlungsfelder, Kontroversen und Lösungsansätze, Bonn: Bundeszentrale für politische Bildung 2019, S. 75 f.

ethnische Säuberung zumeist durch gewaltsame Vertreibung, Umsiedlung, Deportation oder Mord vorgenommene Entfernung einer ethnischen oder religiösen Gruppe aus einem Territorium

Zentrale Stationen der responsibility to protect (R2P)

2001 Das Prinzip der R2P wird von der *International Commission on Intervention and State Sovereignty (ICISS)* entwickelt und präsentiert. Grundgedanke: Verletzt ein Staat seine Schutzverantwortung gegenüber den eigenen Bürgern, indem er schwerste Menschenrechtsverletzungen begeht oder zulässt, fällt der internationalen Gemeinschaft diese Verantwortung zu, die sie im Extremfall mit militärischen Mitteln wahrnehmen kann.

2004 Das Konzept der R2P findet Unterstützung durch ein von UN-Generalsekretär Kofi Annan eingesetztes *High Level Panel on Threats, Challenges and Change*, mit der Aufgabe, die wichtigsten Sicherheitsbedrohungen zu identifizieren und Möglichkeiten der Prävention und Bearbeitung aufzuzeigen.

2005 *World Summit Declaration:* Die Mitgliedstaaten der UN-Generalversammlung stimmen dem Prinzip der R2P einstimmig zu.

2006 R2P findet Eingang in Resolutionen des UN-Sicherheitsrats zum Schutz von Zivilpersonen in bewaffneten Konflikten und zum Darfur-Konflikt.

2009 UN-Generalsekretär Ban Ki-moon stellt einen Bericht vor (Implementing the Responsibility to Protect), der Maßnahmen für Staaten, regionale und internationale Organisationen vorschlägt, die R2P umzusetzen. Mit Ausnahme einer kleinen Gruppe von Staaten findet der Bericht breite Unterstützung in der UN-Generalversammlung.

2011 In den Resolutionen 1970 und 1973, in welchen zunächst Sanktionen verhängt werden und schließlich ein militärisches Eingreifen in Libyen zum Schutz der Zivilbevölkerung autorisiert wird, stützt sich der UN-Sicherheitsrat erneut auf das Prinzip.

Nach: Debiel, Tobias u. a. (Hg.): Globale Trends 2013. Frieden – Entwicklung – Umwelt. Frankfurt am Main: Fischer 2013, S. 101

b) Was bedeutet die Schutzverantwortung konkret?

Durch die Doktrin der Schutzverantwortung werden alle Staaten der Weltgemeinschaft zu einem dreifachen Schutz verpflichtet:

- Prävention („responsibility to prevent"): Wirtschaftliche und politische Unterstützungsmaßnahmen, die der Entstehung von Gewaltkonflikten vorbeugen,
- Intervention („responsibility to react"): Eingreifen in Gewaltkonflikte zur Verhinderung humanitärer Katastrophen,
- Nachsorge („responsibility to rebuild"): Statebuilding und ökonomischer Wiederaufbau als Grundlage einer nachhaltig friedlichen Gesellschaftsordnung.

Bearbeiter

M13 Können Kriege gerecht sein?

Marcus Tullius Cicero (106-43 v. Chr.) war ein Politiker, Anwalt, Schriftsteller und Philosoph im antiken Rom.

Wann ist es legitim, Krieg gegen einen souveränen Staat zu führen, wenn es sich dabei nicht um einen Verteidigungskrieg handelt? [...] Noch für Cicero war ein gerechter Krieg – *bellum iustum* – ein Verteidigungskrieg. [...] In der Renaissance dann entstand das Konzept des gerechten Krieges aus humanitären Motiven. Der spanische Rechtsphilosoph Francisco de Vitoria forderte in seinen Vorlesungen zur Entdeckung Amerikas von 1539, die Menschenopfer der Azteken durch ein europäisches Einschreiten zu beenden. [...] Für ihn bestand ein Verantwortungszusammenhang der Menschheit, der nicht an den Grenzen eines Staats halt macht. Das wesentliche Kriterium des gerechten Kriegs ist für ihn eine Unrechtmäßigkeit, die eine Zivilbevölkerung erleidet – etwa, wenn ihr das Recht auf körperliche Unversehrtheit genommen wird oder ihre ökonomische und politische Teilhabe am Gemeinwesen. Wenn ein solches Unrecht systematisch ist, etwa weil eine Regierung den Bürgern grundsätzlich die politische und ökonomische Teilhabe verweigert, ist es nach Vitoria Pflicht, diese Regierung von außen zu stürzen. [...] Vitoria schränkte [seine Definition] ein: Ein gerechter Krieg dürfe ausschließlich dazu dienen, Unrecht zu beheben. Es dürfe die Macht der Akteure nicht vergrößern. [...] In den Jahrhunderten nach Vitoria mehrten sich in Europa Zweifel, die er selbst schon angeführt hatte: Kann ein Krieg nicht auch von beiden Seiten aus als gerecht begründet werden? Besonders die konfessionellen Kriege des 16. und 17. Jahrhunderts führten die Idee eines einseitig gerechten Kriegs ad absurdum. Katholische und protestantische Mächte nahmen für sich in Anspruch, ihren Anhängern in den Territorien der verfeindeten Konfession beizustehen.

Aus den bitteren Erfahrungen des Dreißigjährigen Krieges entwickelte sich die Ordnung des Westfälischen Friedens von 1648: Ein internationales System souveräner Staaten, die sich die Einmischung in ihre inneren Angelegenheiten verbaten. Der Verteidigungskrieg wurde in den Augen der meisten die einzige Form des legitimen Kriegs. Seither wird das Prinzip der Nicht-Einmischung von vielen vertreten.

Auch Kant wies in seiner Friedensschrift von 1795 darauf hin, dass die humanitäre Intervention kein geeignetes Mittel sei, um den Weltfrieden zu erreichen. Die Idee eines gerechten Kriegs setze eine Rechtsordnung voraus, die über dem Einzelstaat stehe. Die aber gebe es nicht. Sie entstand mit Inkrafttreten der Charta der Vereinten Nationen 1945. Zwar setzte die UN-Charta vor allem auf diplomatische Mittel, um den Weltfrieden dauerhaft zu sichern. Doch hatte das Vorgehen gegen Deutschland und Japan auch gezeigt, dass Kriege sehr wohl notwendig und gerecht sein konnten. Deswegen räumt die Charta dem Sicherheitsrat ein, erforderliche militärische Maßnahmen gegen Staaten zu beschließen. Vitorias Idee des gerechten Kriegs war zurück auf der Bildfläche.

Thumfart, Johannes: Die Idee des gerechten Krieges. In: www.zeit.de, 01.04.2011

M14 Schutzverantwortung als neues Machtinstrument?

Auf den ersten Blick scheint sich R2P mit den schwersten Verstößen der Menschheit zu befassen. Es geht darum, gemeinsam gegen die Möglichkeit von „Völkermord, Kriegsverbrechen, Verbrechen gegen die Menschlichkeit und ethnischen Säuberungen" vorzugehen, wie es das Ergebnisdokument des Weltgipfels der Vereinten Nationen (VN) 2005 präzise formuliert. [...] [Diese Doktrin] wird [jedoch] ihrem eigenen Auftrag nicht gerecht [...].

Erstens agiert R2P politisch gesehen nicht im luftleeren Raum. Sie stellt sich als neutrales Bemühen um Wiederherstellung der Menschlichkeit auf schlimmen Kriegsschauplätzen dar. Aber in Wirklichkeit ist sie zwangsläufig in der Parteipolitik der Großmächte verhaftet. Wenn viel auf dem Spiel steht [...], versuchen die Großmächte, die Rahmenbedingungen eines Schauplatzes zu ändern, und leiten manchmal – weit über ihr Mandat hinaus – einen „Regimewechsel" ein. Wenn wenig auf dem Spiel steht, reagieren sie gleichgültig oder ablehnend. [...]

Zweitens mutet der Anspruch, bis zu einem gewissen Grad allgemeingültig zu sein, verdächtig an. Die gegenwärtige Konstellation des VN-Sicherheitsrats [...] lässt vermuten, dass es keinen Konsens darüber gibt, welche Bedingungen für die Geltendmachung von R2P eintreten müssen. Selbst [Befürworter von R2P] [...] geben zu, dass die „Selektivität" des Engagements ein kontroverses politisches Thema ist und bleibt. China, Russland, Brasilien, Deutschland und Indien enthielten sich bei der Abstimmung zur VN-Resolution 1973 im Jahr 2011. Sie gaben so ihrem Unbehagen angesichts der „Begeisterung" der USA, Großbritanniens und Frankreichs Ausdruck, mit der diese Länder R2P im Falle Libyens geltend machen wollten. Mehrfach wird vertreten, dass die Intervention in Libyen 2011 offensichtlich weit über das genehmigte Mandat hinausging.

Drittens generiert die Neutralitäts- und Universalitätskrise grundlegende Legitimitätsprobleme für die R2P-Doktrin. Im R2P-Arsenal gibt es ein interessantes Sprachrepertoire an gestaffelten Reaktionen auf humanitäre Krisen. Die Anwendung von Gewalt wird als allerletztes Mittel betrachtet. Die Versuchung, die militärische Option früher als gerechtfertigt zu nutzen, wenn viel auf dem Spiel steht, ist jedoch sehr hoch. Auch tiefer liegende Ängste um Wohl und Sicherheit ausgewählter Mächte im internationalen System können solche verfrühten Geltendmachungen hervorrufen und stellen eine ernsthafte Herausforderung dar, wenn es um die [Konkretisierung] der Doktrin geht.

Mallavarapu, Siddharth: Schutzverantwortung als neues Machtinstrument?. In: Aus Politik und Zeitgeschichte 37/2013. Hg. v. d. Bundeszentrale für politische Bildung, S. 3 f. (Übersetzung: Jeanne Lätt)

Siddharth Mallavarapu ist Professor für Internationale Beziehungen an der South Asian University in Neu Delhi/Indien.

Aufgaben

1. Stellen Sie das Konzept der „Responsibility to Protect" (R2P) als Weiterentwicklung des Völkerrechts dar (**M12**).
2. Erläutern Sie, warum es sich bei der Schutzverantwortung um eine Weiterentwicklung des Völkerrechts handelt.
3. Ordnen Sie das Prinzip der Schutzverantwortung in die Dimensionen des erweiterten Sicherheitsbegriffs (→ **S. 45-46**) ein.
4. Schutzverantwortung – eine sinnvolle Weiterentwicklung des Völkerrechts? Nehmen Sie Stellung zu dieser Frage (**M12, M13, M14**).

H zu Aufgabe 3
Führen Sie eine „strukturierte Kontroverse" in 4er-Gruppen durch (→ Methodenglossar).

2.3.5 UN-Menschenrechtsrat – energischer Wahrer von Menschenrechten in der Weltgemeinschaft?

Zum Thema: Der Menschenrechtsrat der Vereinten Nationen ist 2006 aus der sogenannten Menschenrechtskommission hervorgegangen. Diese war 1946 gegründet worden und erwarb sich erhebliche Verdienste u. a. bei der Erarbeitung der Allgemeinen Erklärung der Menschenrechte (1948). Jedoch spätestens um die Jahrtausendwende wurde sie massiv kritisiert, da Mitgliedsstaaten sie immer wieder politisch missbrauchten. 2006 wurde die Kommission schließlich durch den Menschenrechtsrat ersetzt. Doch wird durch ihn Menschenrechtsschutz wirksamer durchgesetzt?

M15 Der UN-Menschenrechtsrat karikiert

Karikatur: Silvan Wegmann, 22.10.2020

Einstiegsaufgabe

In der Karikatur wird der Menschenrechtsrat der Vereinten Nationen kritisiert. Nach welchen Kriterien und auf welche Weise sollten Ihrer Meinung nach Mitglieder und Vorsitz eines Gremiums für Menschenrechtsschutz (aus)gewählt werden? Tragen Sie die Ergebnisse im Kurs zusammen.

M16 Mitglieder und Aufgaben des UN-Menschenrechtsrats

[Die] 47 Mitglieder [des 2006 gegründeten Menschenrechtsrats] sind nach dem Prinzip geografischer Ausgewogenheit verteilt: 13 Sitze erhält die Gruppe der afrikanischen Staaten, 13 die der asiatischen Staaten, acht die der lateinamerikanischen und karibischen Staaten, sechs stehen der Gruppe der osteuropäischen Staaten und sieben der Gruppe der westeuropäischen und anderen Staaten zur Verfügung. Die Mitglieder werden für je drei Jahre gewählt. Dafür ist eine absolute Mehrheit der Mitgliedstaaten der UN-Generalversammlung erforderlich; die Mitgliedschaft im MRR kann auf sechs Jahre verlängert werden; für die folgende Amtszeit darf der Mitgliedstaat nicht wiedergewählt werden. Die Generalversammlung kann Mitglieder des Rates suspendieren, falls sie der Ansicht ist, dass diese systematisch und in großem Umfang gegen Menschenrechte verstoßen. So wurde im März 2011 wegen Gewalt gegen die Zivilbevölkerung Libyens Mitgliedschaft im MRR ausgesetzt. Der MRR hat ein breites Mandat: Er soll sich für die Verbreitung der Menschenrechte weltweit einsetzen und Ratschläge und Empfehlungen zu deren Umsetzung erteilen; außerdem soll er der Generalversammlung Vorschläge machen, wie menschenrechtliche Normen weiterentwickelt werden können. [Der MRR ist ein Nebenorgan der UN-Generalversammlung. Er tritt mindestens dreimal im Jahr für jeweils zehn Wochen zusammen.]

Bundeszentrale für politische Bildung: 10 Jahre UN-Menschenrechtsrat. In: www.bpb.de, 14.03.2016

Kofi Annan (1938-2018), siebter Generalsekretär der UNO, in dessen Amtszeit (1997-2006) und auf dessen Betreiben der Menschenrechtsrat gegründet wurde; Friedensnobelpreisträger 2001

M17 Welche Instrumente kann der UN-Menschenrechtsrat nutzen?

[Im] Rahmen des Menschenrechtsrates [wurde] ein bisher einmaliger globaler Überwachungsmechanismus geschaffen, das Universal Periodic Review (UPR). Dabei reicht der jeweilige Staat einen 20-seitigen Bericht ein, der die aktuelle Menschenrechtslage im eigenen Territorium zusammenfasst. Dieser Bericht wird ergänzt durch jeweils zehn Seiten mit Informationen von UN-Organisationen und unabhängigen, externen Organisationen. Im Rahmen des UPR können also NGOs und nationale Menschenrechtsinstitutionen Beschwerden über Menschenrechtsverletzungen beim UN-Hochkommissariat einreichen, die dann im Berichtsverfahren berücksichtigt werden. [...] Bis zum Jahr 2011 wurde jeder UN-Mitgliedstaat diesem Überwachungsverfahren einmal unterzogen, seitdem folgen weitere Überprüfungen.

2007 wurde zudem ein Beschwerdemechanismus (complaint procedure) im Menschenrechtsrat eingeführt, an den sich Individuen und zivilgesellschaftliche Organisationen im Fall von Menschenrechtsverletzungen wenden können, wenn alle nationalen Verfahren ausgeschöpft sind. Dieser Beschwerdemechanismus ist vertraulich und wird als intransparent und extrem langwierig kritisiert, da es Jahre dauern kann, bevor der Rat über eine Beschwerde entscheidet. [...] Ein weiterer wichtiger Überwachungsmechanismus sind die UN-Sonderberichterstatter und Experten im Rahmen der „special procedures“, die schon zu Zeiten der früheren Menschenrechtskommission existierten. Dabei werden unabhängige Experten vom Rat zur Überwachung der Menschenrechte in bestimmte Länder und Regionen entsandt oder damit beauftragt, zu einem festgelegten Thema (wie z. B. Rechte von Migranten) zu ermitteln. [...] Die Berichte der Sonderberichterstatter stellen allerdings nur Empfehlungen dar. Die jeweiligen Staaten können sich daran halten – oder auch nicht. [...] Unterstützt wird der Menschenrechtsrat in seiner Arbeit außerdem durch das UN-Hochkommissariat für Menschenrechte (OHCHR). [...] Das Hochkommissariat kann eigenständig gegen Regierungen vorgehen, ohne von einem anderen Gremium damit beauftragt zu werden. Bei allem Respekt für staatliche Souveränität ist es die Aufgabe des Hochkommissars, Staaten im Dialog auf ihre menschenrechtlichen Pflichten hinzuweisen. Er übernimmt es, die Missachtung von Menschenrechten öffentlich anzuprangern und innerhalb der UN in Berichten an den Menschenrechtsrat und die Generalversammlung darauf hinzuweisen.

Hirschmann, Gisela: Menschenrechte. In: www.bpb.de, 15.04.2015

M18 Kontrovers diskutiert: Pro und Kontra Menschenrechtsrat

a) Kritik an der Zusammensetzung des Rates

[I]n Genf, sitzt ein Rat, der das höchste Gut der Vereinten Nationen schützen soll. Die Menschenrechte. Ein international hochgelobtes Gremium – doch oft loben ausgerechnet die, die Menschenrechte mit Füßen treten. [...]

[V]or dem UN-Gebäude. Iraner demonstrieren, gegen staatliche Gewalt und Unterdrückung der Meinungsfreiheit in ihrer Heimat. Mit Fotos von Toten appellieren sie an den UN-Menschenrechtsrat, auf die katastrophale Lage im Iran einzugehen. [...] Der Menschenrechtsrat setzt andere Prioritäten: 26 Resolutionen mit Kritik an Israels Politik ergingen in den vergangenen fünf Jahren, aber nur 17 gegen Syrien, 5 gegen Nordkorea und den Iran und eine gegen Venezuela, so eine Auswertung der NGO UN Watch. [...] Warum ist das nicht längst geändert? Warum werden Diktaturen nicht härter angefasst? [...] Diktatoren und Potentaten werden oft milde behandelt, weil der UN-Menschenrechtsrat in Teilen wirkt wie ein Rat der Menschenrechtsverletzer. [...] Auch Venezuela ist seit kurzem Mitglied. Obwohl dort in den vergangenen Jahren immer wieder Proteste gewaltsam niedergeschlagen wurden. Millionen Menschen haben Venezuela verlassen und sich im Ausland ein neues Leben aufgebaut. [...] Dass Venezuela nun Mitglied des Menschenrechtsrats ist, empfinden sie wie Hohn. Doch Venezuela und andere Länder, wo massiv Menschenrechtsverletzungen vorgeworfen werden, stimmen hier mit ab. Ist das ein gutes System?

Wolf, Sabina: Freibrief für Folterstaaten. Der UN-Menschenrechtsrat. In: www.br.de, 11.02.2020

b) Menschenrechtsrat zum Hauptorgan der UNO machen

Während der Reformdebatte schlug der [damalige] Generalsekretär vor, den Menschenrechtsrat [MRR] in eine höhere Position zu bringen als die Menschenrechtskommission und schlug dafür den Status als Hauptorgan [...] vor. [...] Würde der MRR einen Status als Hauptorgan erhalten, dann würden die Menschenrechte auch formell als ein Hauptpfeiler im VN-System verankert: So wie der Sicherheitsrat für Frieden und Sicherheit die Hauptverantwortung trägt, [...] könnte der Menschenrechtsrat ein Hauptorgan für die unmittelbar mit Frieden und Entwicklung verknüpfte Achtung der Menschenrechte werden. Zur Stärkung einer Frühwarnfunktion des MRR wäre es wünschenswert, die Möglichkeit der direkten Anträge an den Sicherheitsrat ohne den Umweg über die Generalversammlung zu schaffen [...]. [...] 2007 stellte die damalige Hochkommissarin [Louise] Arbour ihre Idee eines „institution-building in the UN by intelligent design“ für eine responsibility to protect [= Schutzverantwortung] vor. Für die drei Komponenten sollten jeweils drei unterschiedliche Organe zuständig sein: dabei sollte der Verantwortungsbereich für die duty to prevent [= Verpflichtung zur Prävention] beim MRR angesiedelt sein, die responsibility to react [= Pflicht zur (nicht-)militärischen Reaktion] beim Sicherheitsrat und die responsibility to rebuild [= Pflicht zum Wiederaufbau] bei Internationalen Strafgerichtshof bzw. der Peacebuilding Commisson verortet sein. Denkbare Maßnahmen einer duty to prevent sind etwa die präventive Stationierung von Friedenstruppen [...]. Würde man den MRR als Frühwarnsystem einsetzen wollen, käme die Aussendung von Beobachtern oder die Anrufung des Sicherheitsrats in Betracht.

Karrenstein, Daniela: Der Menschenrechtsrat der Vereinten Nationen. Tübingen: Mohr Siebeck 2011, S. 263 f.

F zu Aufgabe 3
Überprüfen Sie die Aktualität der Kritik in **M18a**, indem Sie die derzeitige Zusammensetzung des Menschenrechtsrats recherchieren und bewerten.

Aufgaben

1. Stellen Sie Aufgaben, Zusammensetzung und Instrumente zum Menschenrechtsschutz des UN-Menschenrechtsrats dar (**M16, M17**).
2. Arbeiten Sie heraus, welche Durchsetzungschancen und -schwierigkeiten der Menschenrechtsrat aufweist.
3. Erörtern Sie die Frage, ob der Menschenrechtsrat zum siebten Hauptorgan der UNO aufgewertet werden sollte (**M18**).

Bei der Analyse und Bewertung politischer Konflikte Spannungsverhältnisse berücksichtigen

„Politisches Handeln geschieht in ständigen, sich wiederholenden oder erneuernden Spannungen. Es gibt Konflikte über die gemeinsam zu gestaltende Ordnung, Konflikte sogar zwischen den [...] Grundwerten oder Zielen der Politik." Diese Spannungen können analytisch durch Begriffspaare veranschaulicht werden. Die Begriffspaare zeigen eine „Polarität von Prinzipien, die sich gegenseitig bedingen und zugleich begrenzen; die also in einer unaufhebbaren Spannung zueinander stehen."

Legitimität vs. Effektivität: „Politik muss nicht nur unseren moralischen Überzeugungen entsprechen, sie muss auch Erfolg haben im Sinne der Wahrung des inneren und äußeren Friedens, der Sicherung der Freiheiten aller und der Mehrung sozialer Gerechtigkeit."

Macht vs. Recht: „Macht ohne Recht wird unmenschlich. Recht ohne Macht bleibt unwirksam. Politik soll dem Recht zur Macht verhelfen und zugleich soll Macht durch Recht gebändigt werden."

Interessen vs. Gemeinwohl: Politik bezieht sich auf Vorstellungen, worin „gute" Politik besteht. Es geht hierbei um Wertvorstellungen und den normativen Kern von Politik, zum Beispiel die Suche nach Gerechtigkeit. Gemeinwohl bezeichnet eine Vorstellung davon, was am besten für eine Gesellschaft ist. Das Gemeinwohl kann im Spannungsverhältnis zu Einzelinteressen stehen, sodass beide Ziele nicht gleichzeitig erreicht werden können. Gleichwohl bleibt die Frage, ob es überhaupt ein Gemeinwohl gibt oder ob das Gemeinwohl erst im Rückblick als Ergebnis eines politischen Prozesses erkennbar wird.

Nach: Sutor, Bernhard: Politische Bildung als Praxis. Grundzüge eines didaktischen Konzepts. Schwalbach/Ts.: Wochenschau-Verlag 1992, S. 16 ff.

M1 Die Macht triumphiert über das Recht

Wer Menschenrechte verletzt, wird bestraft: Dafür ist der Internationale Strafgerichtshof da. Doch zunehmend bleiben Folter und Bomben ungesühnt, weil die Täter Verbündete des Westens sind.

Es müssten eigentlich fantastische Zeiten sein für all jene, die Kriegs- und andere Menschheitsverbrechen von der Weltgemeinschaft bestraft sehen wollen. Es gibt heute – das war bis in die 1990er-Jahre hinein ein ferner Traum – einen Internationalen Strafgerichtshof. Er ist mit viel Geld ausgestattet, um Menschenschinder auf dem ganzen Globus zu verfolgen. Es gibt eine Weltöffentlichkeit, die von den Gräueln der Regime in Syrien, im Irak oder auf der arabischen Halbinsel oft in Echtzeit erfährt – und die sich dann regt. Und es gibt Politiker im Westen, besonders in Deutschland, die in solchen Situationen scharfe Worte sprechen.

Aber es sind miserable Zeiten dafür. Es geschieht am Ende fast nichts, die Straflosigkeit grassiert, das internationale Recht erstarrt derzeit zu Papier. Gerade hat sich das Weltstrafgericht über die Verbrechen des mächtigsten Staates der Erde gebeugt, der USA, es ging um systematische Folter in Afghanistan. Zehn Jahre lang haben die Ermittler in Den Haag Beweise gesammelt. In ihrem Bericht beschreiben sie die Misshandlung von 61 Gefangenen durch US-Soldaten, zudem seien weitere 27 Fälle dokumentiert, in denen Afghanen durch Agenten der CIA gefoltert worden seien, nicht nur in Afghanistan, sondern bis 2008 auch in Geheimgefängnissen in Polen, Rumänien und Litauen. Konsequenzen hat das aber keine. Der Strafgerichtshof hat die Ermittlungen in dieser Sache eingestellt – was noch befremdlicher wird, wenn man die Gründe liest.

Die Haager Richter zeigen einen Pragmatismus, der frösteln lässt: Weil die USA – wenig überraschend – nicht mithelfen wollten bei der Aufklärung der möglichen Kriegsverbrechen, lasse man es lieber gleich bleiben. Ein Verfahren wäre, so schreiben die Richter, „zum Scheitern verdammt", also eine Verschwendung von Ressourcen. Das sendet eine Botschaft aus, die weltweit viele Regierende sehr genau registrieren werden: Es soll in Den Haag keine Ermittlungen geben gegen solche Verdächtige, die mächtige Freunde haben, sondern nur gegen Gestürzte, Besiegte, Verlassene. Die Macht triumphiert über das Recht, weil die Justiz kuscht. Überzogene Erwartungen an die internationale Justiz herrschen ohnehin nicht mehr. Sie ist schon deutlich bescheidener geworden in den vergangenen Jahren. Während in den Nürnberger Hauptkriegsverbrecher- und Folgeprozessen noch mehrere Hundert, in Jugoslawien mehr als 160 und in Ruanda immerhin noch 99 Personen zur Verantwortung gezogen wurden, sind es derzeit nur noch zwei oder drei Kommandeure, die pro afrikanischem Bürgerkrieg ins Visier genommen werden in Den Haag. Der Strafgerichtshof dort ist eine weitgehend symbolische Veranstaltung geworden. Auch Symbolik kann wichtig sein, wenn es darum geht, dass Geschichte nicht von den Siegern geschrieben wird, sondern von einer unabhängigen Instanz, die das Recht hochhält und den Opfern zuhört. Aber selbst dieser bescheidene Anspruch wird heute kaum eingelöst, stattdessen lassen die Staaten diese Justiz verhungern. […]

Noch frappierender ist das in Jemen, einem der größten Tatorte von Kriegsverbrechen derzeit. Das Land ist abgeriegelt, es wird ausgehungert und mit Bombenangriffen terrorisiert. Nebenan in Saudi-Arabien herrscht eine märchenhaft reiche und geradezu cartoonhaft brutale Monarchie, deren Sonnenkönig, pardon Kronprinz den einstigen Vasallenstaat abstrafen will wie ein ungezogenes Kind. Die von Saudi-Arabien geführten Armeen brechen in Jemen gerade sämtliche Tabus des humanitären Völkerrechts, darüber berichten laufend die UN-Ermittler: Folter, Verschleppung, Vergewaltigung, Haft in sogenannten Geistergefängnissen; Fliegerbomben auf Wohngebiete, Märkte, Beerdigungen, Hochzeiten, Gefängnisse, zivile Schiffe und Krankenhäuser. Der saudische Kronprinz hat inzwischen nicht weniger Verbrechen zu verantworten als seinerzeit Radovan Karadžić, der einstige Führer der bosnischen Serben, der […] in Den Haag zu lebenslanger Haft verurteilt worden ist.

Aber wo kein Kläger, da kein Richter: Dieselben europäischen Staaten, die in den 1990er-Jahren mit Eifer die Bestrafung von Balkanverbrechern wie Karadžić angeschoben haben, verhängen heute gegen den saudischen Prinzen nicht einmal Wirtschaftssanktionen. Sie können sich noch nicht einmal darauf einigen, ihre tätige Beihilfe zu seinen Kriegsverbrechen in Form von Waffenlieferungen zu beenden. Während die SPD viel davon redet, nichts mehr liefern lassen zu wollen, tut die Bundesregierung es weiterhin – bloß mit der Einschränkung, man arbeite „nur" noch die alten Bestellungen ab. Die weltweite Erosion des humanitären Völkerrechts, sie wird auch durch solche Scheinheiligkeit vorangetrieben.

Steinke, Ronen: Die Macht triumphiert über das Recht. In: www.sueddeutsche.de, 29.04.2019

Aufgaben

1. Wenden Sie das dialektische Kategorienpaar „Macht vs. Recht" auf die Arbeit des Strafgerichtshofs an.
2. Soll die EU Sanktionen gegen Länder verhängen, in denen Menschenrechte verletzt werden? Diskutieren Sie, inwieweit die dialektischen Kategorienpaare Ihr politisches Urteil beeinflussen.

2.3.6 Internationaler Strafgerichtshof (IStGH) – ein „Weltgericht"?

Zum Thema: Internationale Konflikte können durch Maßnahmen der UNO oder anderer Organisationen bearbeitet werden. Doch was passiert nach einem Krieg mit den Verantwortlichen? Wie soll mit Menschen umgegangen werden, die besonders schwere Verbrechen begangen haben?

M19 Ermittlungen zu möglichen Kriegsverbrechen in Afghanistan

1 Menschenrechtsorganisation Human Rights Watch berichtet

Afghanische Einheiten, die vom US-Geheimdienst CIA unterstützt werden, haben standrechtliche Hinrichtungen und andere schwere Menschenrechtsverletzungen verübt und wurden dafür nicht zur Rechenschaft gezogen, so Human Rights Watch in einem heute veröffentlichten Bericht. Bei ihren nächtlichen Kommandounternehmen verstießen sie gegen das Völkerrecht, indem sie Zivilisten töteten. Sie griffen zudem Gesundheitseinrichtungen an, in denen mutmaßlich aufständische Kämpfer behandelt wurden.

Human Rights Watch: Afghanistan: Von CIA unterstützte Einheiten verüben Gräueltaten. In: www.hrw.org, 30.10.2019

2 IStGH nimmt nun doch Ermittlungen auf

Chefanklägerin [des IStGH] Fatou Bensouda [...] darf [...] wegen mutmaßlich begangener Kriegsverbrechen und Verbrechen gegen die Menschlichkeit in Afghanistan ermitteln. [...] Von einer möglichen Strafverfolgung könnten somit neben afghanischen Militärs und Taliban-Milizen auch amerikanische Soldaten und CIA-Agenten betroffen sein. [...] Konkret [...] gehe es dabei um „Folter und die brutale und entwürdigende Behandlung von Gefangenen [...] in einer Reihe von Gefangenencamps in Afghanistan, aber auch in anderen Vertragsstaaten des Gerichts". [...] [D]ie USA [sollen] damals auch geheime Camps in Europa unterhalten haben, beispielsweise in Polen, Rumänien und Großbritannien – drei Länder, die vertraglich zur Zusammenarbeit mit dem Gericht verpflichtet sind.

Kazmierczak, Ludger: Nun doch Ermittlungen zu Afghanistan. In: www.tagesschau.de, 05.03.2020

Einstiegsaufgaben

1. Geben Sie in eigenen Worten wieder, was der Bericht von Human Rights Watch ergeben hat.
2. Beschreiben Sie, welche aktuelle Entscheidung im IStGH zum Afghanistankrieg gefällt wurde.
3. Verfassen Sie drei Thesen zu den möglichen Folgen der Entscheidung.

M20 Was ist der Internationale Strafgerichtshof?

a) Vertragliche Grundlagen und Zuständigkeit

Als ein ständiges internationales Strafgericht hat der Internationale Strafgerichtshof, IStGH, (International Criminal Court, ICC) seinen Sitz in Den Haag. Grundlage des Internationalen Strafgerichtshofs ist das Rom-Statut, das von einer Diplomatischen Bevollmächtigtenkonferenz der Vereinten Nationen für die Errichtung eines Internationalen Strafgerichtshofes am 17. Juli 1998 in Rom beschlossen worden ist. Mit In-Kraft-Treten des Rom-Statuts am 1. Juli 2002 (nach der Ratifikation

Gebäude des Internationalen Strafgerichtshofs in Den Haag

durch den 60. Staat) ist auch der Internationale Strafgerichtshof gegründet worden. Deutschland hat das Statut des Internationalen Strafgerichtshofes am 11. Dezember 2000 ratifiziert.

Am 11. März 2003 sind die ersten 18 Richter, aus denen der Internationale Strafgerichtshof besteht, vereidigt worden. Ihre Amtszeit beträgt neun Jahre, wobei alle drei Jahre jeweils 1/3 der Richter in geheimer Wahl von den Vertragsparteien des Rom-Statuts neu gewählt werden. Alle Richter müssen aus unterschiedlichen Ländern stammen und ausgewogen die hauptsächlichen Rechtssysteme der Welt vertreten. Die Richter üben ihr Amt unabhängig und hauptamtlich aus. Sie können nicht für eine zweite Amtszeit wiedergewählt werden. [...]

UN-Menschenrechtsabkommen: Internationaler Strafgerichtshof. In: www.menschenrechtsabkommen.de (Abruf am 01.05.2021)

Unterschied zwischen dem Internationalen Strafgerichtshof und dem Internationalen Gerichtshof

Während der Internationale Gerichtshof über Streitigkeiten zwischen verschiedenen Staaten entscheidet, verhandelt der Internationale Strafgerichtshof Akte des Völkermordes, Verbrechen gegen die Menschlichkeit und Kriegsverbrechen oder andere schwerwiegende Menschenrechtsverletzungen, die Individuen zur Last gelegt werden. Außerdem arbeitet der Internationale Gerichtshof als ein Hauptorgan und Teil der Vereinten Nationen. Dagegen ist der Internationale Strafgerichtshof eben kein Teil der Vereinten Nationen. Er stellt eine eigenständige internationale Organisation mit Völkerrechtspersönlichkeit dar.

UN-Menschenrechtsabkommen: Internationaler Strafgerichtshof. In: www.menschenrechtsabkommen.de (Abruf am 01.05.2021)

b) Welche Staaten erkennen die Gerichtsbarkeit des Internationalen Strafgerichtshofes an?

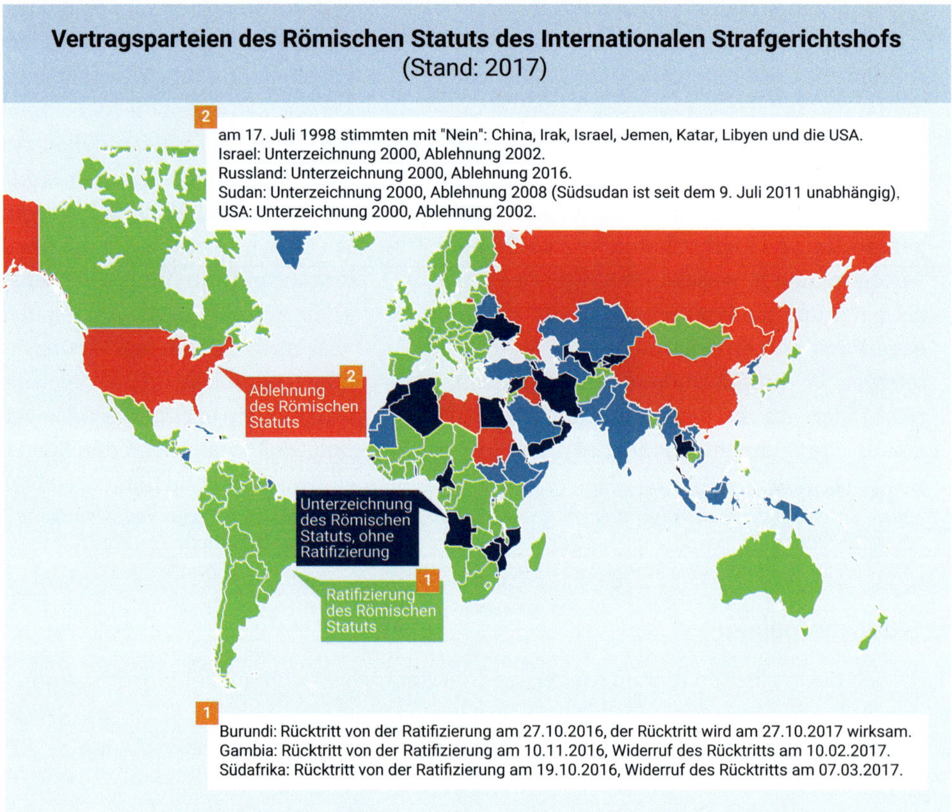

Nach: Bundeszentrale für politische Bildung: Internationale Gerichtsbarkeit, 19.07.2017; Quelle: International Criminal Court (ICC); Lizenz: cc by-nc-nd/3.0/de/

M21 Wann wird der Internationale Strafgerichtshof tätig?

Der Gerichtshof kann nur dann strafverfolgend tätig werden, wenn Staaten nicht willens oder nicht in der Lage sind, eine bestimmte schwere Straftat ernsthaft zu verfolgen (Grundsatz der Komplementarität, Artikel 17). Voraussetzung für die Ausübung der Gerichtsbarkeit des Gerichtshofs ist, dass entweder der Staat, in dessen Hoheitsgebiet sich das Verbrechen ereignet hat, oder der Staat, dessen Staatsangehörigkeit der mutmaßliche Täter besitzt, Vertragsstaat des Römischen Statuts ist oder dieser Staat die Gerichtsbarkeit des Gerichtshofs anerkannt hat. Der Gerichtshof wird entweder aufgrund der Unterbreitung einer Situation an den Gerichtshof durch einen Vertragsstaat, einer Verweisung durch den Sicherheitsrat der Vereinten Nationen oder aufgrund eigener Initiative des Anklägers [...] tätig. Die Gerichtsbarkeit ist auf vier besonders schwere Verbrechen beschränkt, welche die internationale Gemeinschaft als Ganzes berühren: Völkermord, Verbrechen gegen die Menschlichkeit, Kriegsverbrechen und das Verbrechen der Aggression. Die Gerichtsbarkeit erstreckt sich nur auf Verbrechen, welche nach dem Inkrafttreten des Römischen Statuts (01.07.2002) begangen wurden.

© 1995-2020 Auswärtiges Amt: Völkerstrafrecht. In: www.auswaertiges-amt.de, 17.07.2020

M22 Wie arbeitet der Internationale Strafgerichtshof?

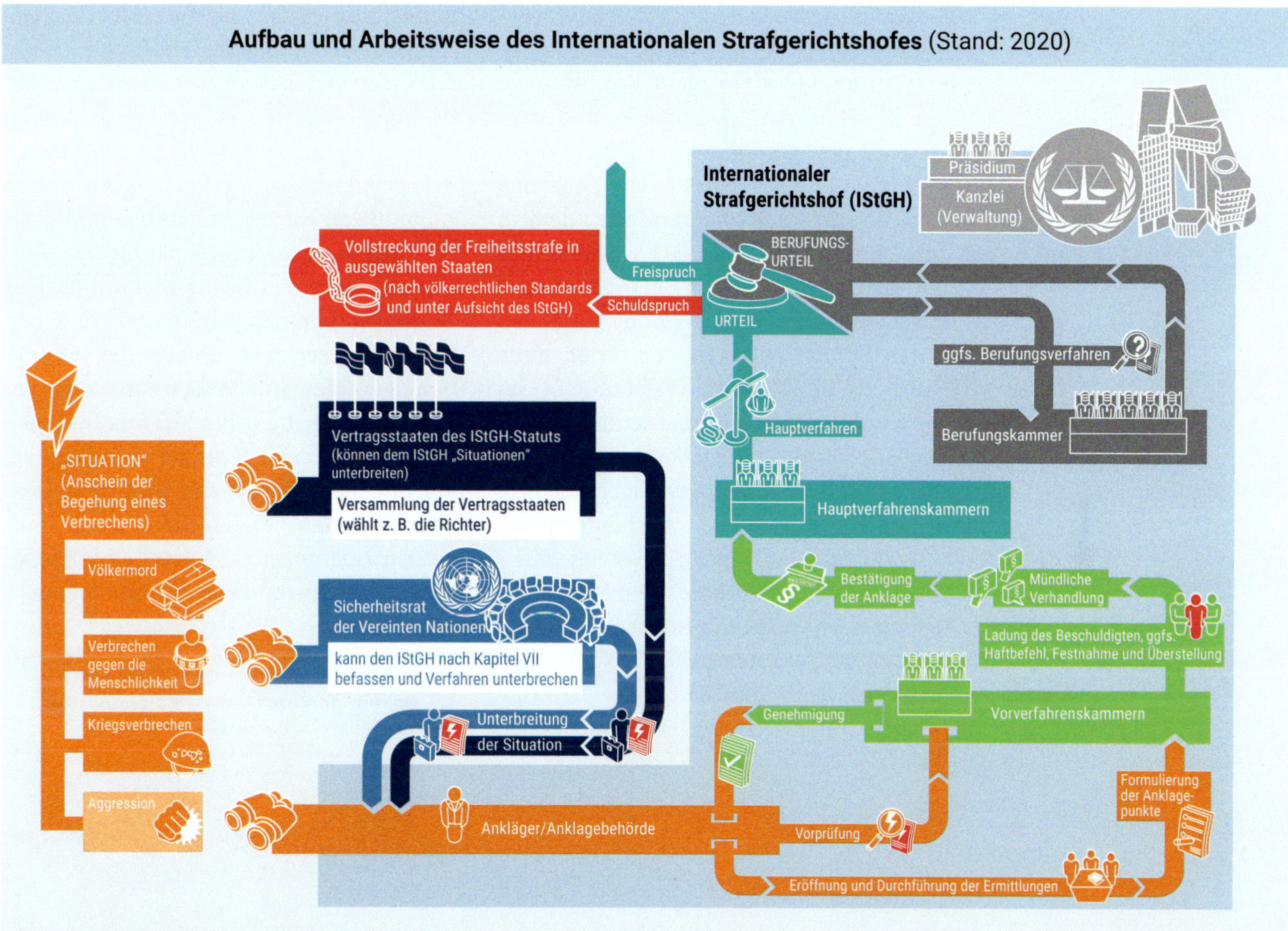

Nach: Bundeszentrale für politische Bildung, 2018; Lizenz: cc by-nc-nd/3.0/de/

Aufgaben

1. Erläutern Sie die Aufgaben und Funktionen des IStGH (**M20-M22**).
2. Diskutieren Sie, inwiefern der IStGH einen Beitrag zur Konfliktbewältigung und gesellschaftlichen Versöhnung in Afghanistan leisten kann (**M19-M22**).

URTEILSBILDUNG

Soll der Internationale Strafgerichtshof nur Ermittlungen gegen Vertragsstaaten führen?

M1 USA entziehen der Chefanklägerin des Internationalen Strafgerichtshofs das Einreisevisum

Die USA weiten ihre Sanktionen gegen den Internationalen Strafgerichtshof (IStGH) in Den Haag aus. Der Chefanklägerin der Institution, Fatou Bensouda, sei das Einreisevisum entzogen worden, teilte ihr Büro mit. Sie dürfe aber noch nach New York reisen, wenn sie dem UN-Sicherheitsrat Bericht erstatten solle. [...]

Hintergrund des Visaentzugs ist der Antrag Bensoudas auf offizielle Ermittlungen des IStGH gegen US-Soldaten und Mitarbeiter des US-Geheimdienstes wegen möglicher Kriegsverbrechen. Bensouda wirft den Beschuldigten vor, vor allem in den Jahren 2003 und 2004 während des Einsatzes in Afghanistan Gefangene brutal misshandelt und gefoltert zu haben. Einen ersten Bericht zu ihren Vorwürfen hatte Bensouda bereits 2016 veröffentlicht, im vergangenen Jahr hatte sie schließlich die offiziellen Ermittlungen beantragt.

Die USA lehnen Untersuchungen, die sich gegen US-Bürger oder Verbündete der USA richten, vehement ab. Bereits im [...] September [2018] drohte US-Sicherheitsberater John Bolton mit Konsequenzen, im März [2019] machten die USA schließlich ernst und verhängten erste Einreiseverbote gegen Mitarbeiter des IStGH, die mit den Ermittlungen zu den möglichen Kriegsverbrechen betraut sind. [...]

Der Gerichtshof verwies daraufhin auf seine politische Unabhängigkeit und kündigte an, seine Untersuchungen trotz Strafmaßnahmen der USA fortsetzen zu wollen. Ähnlich äußerte sich nun auch eine Sprecherin Bensoudas: Der IStGH arbeite „unparteiisch und unabhängig". [...]

Die USA sind jedoch kein Vertragsstaat. US-Bürger könnten aber trotzdem belangt werden, wenn sie in Afghanistan schwere Kriegsverbrechen begangen haben – denn Afghanistan ist Vertragsstaat. [Im April 2021 hat die neue US-Regierung von Präsident Joe Biden die unter Ex-Präsident Trump verhängten Sanktionen und den Visaentzug gegen Mitarbeiter des Internationalen Strafgerichtshofs zurückgenommen. Die Aufhebung der Strafmaßnahmen ändert jedoch nichts an der grundsätzlich ablehnenden Haltung der USA gegenüber dem Vorgehen des Internationalen Strafgerichtshofs gegen US-Bürger wegen möglicher Kriegsverbrechen in Afghanistan.]

© ARD-aktuell/tagesschau.de: USA entziehen Chefanklägerin Visum. In: www.tagesschau.de, 05.04.2019

Aufgaben

1. Erläutern Sie, warum die USA der Chefanklägerin das Visum entzogen haben.
2. Nehmen Sie Stellung zum Vorgehen der USA. Gehen Sie dabei auf die Frage ein, ob der IStGH nur gegen Staaten vorgehen sollte, die auch Vertragspartner sind.

Die UNO – Ziele, Grundsätze und organisatorischer Aufbau
M2, M4

Die United Nations Organization (UNO), gegründet 1945 und bestehend aus 193 Mitgliedstaaten, hat die Ziele, den Weltfrieden und die internationale Sicherheit zu wahren. Dazu verpflichten sich die Mitglieder u. a. zu den Grundsätzen, Konflikte untereinander friedlich beizulegen, keinen Angriffskrieg zu führen, sich nicht in die inneren Angelegenheiten anderer Staaten einzumischen und sich zu Verteidigungszwecken einander Beistand zu leisten.
Die wichtigsten drei der sechs Hauptorgane der Vereinten Nationen sind die Generalversammlung, das UN-Sekretariat und der Sicherheitsrat. In der Generalversammlung sind alle Staaten vertreten und entscheiden z. B. über die Aufnahme neuer Mitglieder sowie über den Etat. Sie ist überdies sozusagen das Forum der Diplomatie innerhalb der UNO. Das Sekretariat organisiert Konferenzen, bereitet den Haushaltsplan vor und repräsentiert insbesondere mit dem UN-Generalsekretär die Organisation nach außen. Das mächtigste Organ ist der UN-Sicherheitsrat, der über Weltfrieden und internationale Sicherheit wachen soll und dazu als einziges friedenssichernde und -erzwingende Maßnahmen beschließen darf. Er besteht aus den fünf ständigen Mitgliedern USA, Russland, China, Großbritannien und Frankreich sowie zehn nichtständigen Mitgliedern, die in einem zweijährigen Turnus von der Generalversammlung gewählt werden (immer drei aus Afrika, je zwei aus Lateinamerika/der Karibik sowie Westeuropa und eines aus Osteuropa). Entscheidungen im UN-Sicherheitsrat werden mit Mehrheit gefällt, wobei die ständigen Mitglieder ein Vetorecht haben – wenn nur eines gegen den Antrag stimmt, ist dieser automatisch abgelehnt (eine Enthaltung wird allerdings nicht als Veto gewertet).
Zwar finden die meisten Resolutionen Zustimmung im UN-Sicherheitsrat. Aber wenn unter den ständigen Mitgliedern manifeste Interessengegensätze herrschen, werden Beschlüsse nicht selten durch Vetos blockiert (wie z. B. zum Bürgerkrieg in Syrien oder zur Annexion der ukrainischen Krim). Daher fordern nicht wenige eine Reform dieses Gremiums, z. B. die Abschaffung des Vetorechts bzw. eine Aufstockung der ständigen Mitglieder.

Responsiblity to Protect – das Konzept der Schutzverantwortung
M12

Die beiden in Artikel zwei der Charta der Vereinten Nationen festgeschriebenen Paradigmen, einerseits für Weltfrieden (und Menschenrechtsschutz) zu sorgen und sich andererseits nicht in die inneren Angelegenheiten von Mitgliedstaaten einzugreifen, können im Widerspruch (oder zumindest in einem Spannungsverhältnis) zueinander stehen – wenn nämlich die Regierung eines Staates entweder nicht in der Lage ist, die Zivilbevölkerung vor Angriffen zu schützen oder sogar selbst gegen sie vorgeht. Für diese immer wiederkehrende Situation ist das Völkerrecht erweitert worden um das Prinzip der Schutzverantwortung (eines Staates gegenüber seinen Einwohnern). Kommt der Staat dieser Verantwortung nicht nach und droht ein Verlust von Menschenleben „im großen Maßstab“, ergibt sich daraus die Verpflichtung der UNO, zum Schutz der Bevölkerung zu intervenieren. Dieses Prinzip ist seit 2005 von der Generalversammlung anerkannt und bereits mehrfach angewendet worden.
Aber es ist nicht unumstritten, da von manchen die Gefahr gesehen wird, dass Staaten auf Interventionen in anderen Ländern aus Eigeninteresse drängen (oder sogar ganz ohne Sicherheitsratsresolution eingreifen). Außerdem ist das Entscheidungskriterium, wann ein Responsibility to Protect-Fall vorliegt, nicht ganz eindeutig,

Der UN-Menschenrechtsrat
M16-M18

Der 2006 aus einem recht wirkungslosen Vorgängerorgan hervorgegangene UN-Menschenrechtsrat hat die Aufgabe, (u. a. durch Ratschläge und Empfehlungen) zu einer weltweiten Verbreitung der Menschenrechte erkennbar beizutragen. Die 47 Mitgliedstaaten (je 13 afrikanische und asiatische, acht lateinamerikanische bzw. karibische, sechs osteuro-

päische und sieben westeuropäische und andere) werden für jeweils drei Jahre von der Generalversammlung gewählt (einmalige Verlängerung auf sechs Jahre möglich).
Der Rat verfügt über drei Instrumente zur Überwachung und zum Schutz der Menschenrechte. Erstens müssen Regierungen im sog. Universal Periodic Review öffentlich Rechenschaft über die Lage der Menschenrechte in ihrem Staat abgeben. Diese Berichte werden ergänzt durch Informationen von UN- und externen Organisationen. Zweitens existiert ein offizieller Beschwerdemechanismus: Personen oder Organisationen können (vermeintliche) Menschenrechtsverletzungen melden, wenn der Rechtsweg im Staat selber ausgeschöpft ist. Drittens können UN-Sonderberichterstatter in Mitgliedstaaten entsandt werden, um dort die (vermutet prekäre) Menschenrechtssituation zu ermitteln.
Kritiker meinen zum einen, dass die Verfahren im Menschenrechtsrat oftmals zu lange dauern, und zum anderen, dass es widersinnig sei, auch Staaten, die offenkundig (systematisch) Menschenrechtverletzungen begehen, als Mitglieder zuzulassen und ihnen – wie im Fall von Saudi-Arabien – sogar den Vorsitz zu übergeben.

Der Internationale Strafgerichtshof
M20-M22

Der am 1. Juli 2002 in Den Haag errichtete Internationale Strafgerichtshof (IStGH) ist die erste internationale und ständige Rechtsinstanz, die Einzelpersonen für schwere Menschenrechtsverletzungen wie Völkermord, Verbrechen gegen die Menschlichkeit oder Kriegsverbrechen zur Verantwortung ziehen kann. Der IStGH ist zuständig, wenn Staaten die genannten schweren Straftaten nicht auf nationaler Ebene verfolgen können oder wollen. Weitere Voraussetzungen sind, dass das Verbrechen sich innerhalb des Hoheitsgebietes eines Vertragsstaates des Römischen Statuts ereignet hat oder der mutmaßliche Täter die Staatsangehörigkeit eines Vertragsstaates besitzt.
Der IStGH ist kein Organ der Vereinten Nationen, sondern wurde von den beteiligten Staaten als unabhängige Instanz errichtet und ausgestattet; sie üben die Kontrolle aus. Die Richter und der Chefankläger werden auf neun Jahre gewählt (keine Wiederwahl möglich).

Haben die Vereinten Nationen eine Zukunft?

Syrien, Irak, Palästina, Ostukraine – Kriege und Krisen werden heute nicht primär von den UN und deren Sicherheitsrat angegangen, sondern von Koalitionen williger, das heißt besonders interessierter Nationalstaaten. Russland und die USA verhandeln über Syrien, im Normandie-Format wird über die Ukraine-Krise gesprochen, eine Fünf-plus-eins-Gruppe handelte das Atomabkommen mit Iran aus. Der UN-Sicherheitsrat wird allenfalls noch als Notar gebraucht, der die Ergebnisse beglaubigt. Dabei sind die Vereinten Nationen 1945 gegründet worden, um „künftige Geschlechter vor der Geißel des Krieges zu bewahren". Und es gab immer wieder Zeiten, wo sie als Weltordnungsmacht gefragt waren. Sie entschärften Krisen und sicherten den Frieden, in Kambodscha, Guatemala, auf Zypern, im Kosovo, auf Osttimor. Sie richteten Kriegsverbrechertribunale ein. [...] Noch 2011 konnten sich die Veto-Mächte auf eine Libyen-Resolution verständigen, um die Zivilbevölkerung vor dem Gaddafi-Regime zu schützen. [...]

Die UN leiden an einem Paradoxon und einem Dilemma. Paradox ist es, dass viele heutige Probleme – vom Klimaschutz über die Flüchtlingskrisen bis hin zur fairen Besteuerung globaler Konzerne – von den Staaten nur noch gemeinsam gelöst werden könnten. Zugleich erodieren jedoch überstaatliche Organisationen wie die UN oder die EU, weil sich viele Bürger in souveräne, vermeintlich starke Nationalstaaten zurückflüchten wollen. Dies verstärkt das Dilemma, dass die Vereinten Nationen dem Gemeinwohl der Welt dienen sollen, aber völlig von ihren Mitgliedern, den Staaten, abhängig sind. Deren Regierungen pfeifen aufs große Ganze, sobald ihre nationalen Interessen betroffen sind. [...]

Der Sicherheitsrat gelähmt, der Generalsekretär kraftlos, der ganze Verein ein Spielball seiner egoistischen Mitglieder – wäre es nicht an der Zeit, die Vereinten Nationen zu vergessen? Wer dies [...] fordert, übersieht zweierlei: Erstens ist der Völkerklub längst zur wichtigsten Hilfsorganisation der Erde geworden. Seine Unter- und Sonderorganisationen und Programme haben Hunderten Millionen Menschen geholfen. Wer kümmert sich um die Flüchtlinge in den Zeltlagern? Der UNHCR. Wer ermöglicht afrikanischen Mädchen Schulbildung? Unicef. Wer schützt die Tropenbewohner vor der Malaria? Die WHO. Für einen großen Teil der Menschheit sind die UN ein Segen.

Zweitens dienen die Vereinten Nationen als ein Forum, wo alle Staaten gehört werden, wo sich Regierungen aus scheinbar unvereinbaren Welten begegnen. Delegierte aus Israel und Iran, Nordkorea und den USA kommen [...] zusammen. Und womöglich werden auch die Großmächte irgendwann wiederentdecken, wie sehr die Welt einen starken Sicherheitsrat braucht.

Ulrich, Stefan: Vereinte Nationen – geschaffen, um die Menschheit vor der Hölle zu retten.
In: www.sueddeutsche.de, 11.09.2016

Normandie-Format
Bezeichnung für Treffen auf Regierungsebene der Staaten Deutschland, Frankreich, Russland und der Ukraine. Das erste Treffen dieser Gruppe fand am 06.06.2014 am Rande der Gedenkfeiern zur Landung der Alliierten in der Normandie statt.

Aufgaben

1. Geben Sie die Vorzüge und Schwächen der UNO in der internationalen Friedens- und Sicherheitspolitik sowie der humanitären Hilfe wieder.
2. Erläutern Sie – ausgehend vom Text – derzeitige Möglichkeiten der UNO zur Friedenssicherung und Konfliktbewältigung.
3. „[W]äre es nicht an der Zeit, die Vereinten Nationen zu vergessen?" (Z. 22-23)
Erörtern Sie diese Frage.

3

Rebellen der Volksgruppe der Tuareg mit Flagge von „Azawad“, dem angestrebten Tuareg-Staat in der Nordhälfte Malis

Deutscher Soldatenausbilder in Mali

Deutscher Soldat in Mali

Deutsche Außenpolitik

Seit dem Jahr 2013 sind deutsche Truppen im Rahmen der UN-Stabilisierungsmission MINUSMA und der EU-Ausbildungsmission EUTM in Mali stationiert. Was machen fast 1.500 deutsche Soldaten in einem westafrikanischen Land (**Basiskonzept: Interessen und Gemeinwohl**)?
Die Konflikte, die wir in der internationalen Politik beobachten können, unterscheiden sich in der Art, wie dort Krieg geführt wird, sehr voreinander. Wir erleben immer noch klassische Kriege zwischen Staaten. Gleichzeitig verändert der Krieg in manchen Regionen der Welt seine Erscheinungsform, d.h. es entstehen andere Formen des Krieges und neue kriegsführende Akteure treten in Erscheinung. Kriege und kriegerische Konflikte werden unübersichtlicher, da nicht nur Staaten Kriege führen, sondern sich auch Warlords und terroristische Gruppen an Auseinandersetzungen beteiligen (**Basiskonzept: Ordnung und Struktur**).
In Mali ist die Bundeswehr mitten in der afrikanischen Sahelzone in einem kriegerischen Konflikt im Einsatz. Das wirft natürlich die Frage auf, unter welchen Bedingungen die Bundeswehr jenseits der Landesverteidigung eingesetzt werden darf (**Basiskonzept: Regeln und Recht**).

Kompetenzen

Am Ende dieses Kapitels sollten Sie Folgendes wissen und können:

- den Wandel von klassischen Kriegen zu „Neuen Kriegen“ charakterisieren (Akteure, Ziele, Mittel).
- die Außen- und Sicherheitspolitik Deutschlands als Teil internationaler Bündnisse zur Friedenssicherung und Systeme kollektiver Sicherheit beschreiben (EU, UNO).
- verfassungsrechtliche Grundlagen deutscher Außen- bzw. Sicherheitspolitik erläutern (kollektive Sicherheitssysteme, „Parlamentsarmee“) und diese in das Zivilmachtskonzept einordnen.
- die Bedeutung der UNO sowie (internationaler) Nichtregierungsorganisationen für die Friedenssicherung bewerten.

Aufgaben

1. Beschreiben Sie die Bilder und leiten Sie aus ihnen sicherheitspolitische Herausforderungen für die Bundesrepublik Deutschland ab.
2. Stellen Sie Vermutungen zu den Aufgaben und rechtlichen Grundlagen der Bundeswehr in Mali an:
   - Wer hat die Bundeswehr beauftragt?
   - Welche Ziele soll die Bundeswehr verfolgen?
   - Welche Interessen könnte die Bundesregierung verfolgen?

3.1 Was macht die Bundeswehr in Mali? Einsatz im Auftrag von UNO und EU in einem neuen Krieg

3.1.1 Warum und wie „streiten" die malischen Konfliktakteure?

Zum Thema: Weitgehend unter der Schwelle der öffentlichen Wahrnehmung findet seit 2013 im westafrikanischen Staat Mali einer der größten und vor allem der verlustreichste und damit gefährlichste Einsatz einer UN-Schutztruppe statt. Aber warum sind die Vereinten Nationen (sowie die Europäische Union) – auch mit deutschen Kräften – vor Ort?

M1 Mali – ein Lagebild

Mali im Human Development Index (HDI*)
(Stand: 2020)

Platz	Land	HDI
1	Nor-wegen	0,957
2	Irland	0,955
2	Schweiz	0,955
4	Hong Kong	0,949
91	Algerien	0,748
184	**Mali**	**0,434**
189	Niger	0,394

Quelle: United Nations Development Programme: Human Development Report Report Office 2020

** Human Development Index = Index für menschliche Entwicklung, der anhand der Lebenserwartung, der Dauer des Schulbesuchs und des Lebensstandards gemessen wird*

Die Angreifer hatten Ort und Stunde geschickt gewählt. Die Sonne war noch nicht aufgegangen über Aguelhok, tief im Osten der malischen Wüste, und so konnten an die hundert islamistische Kämpfer an die Außenposten der UN-Blauhelme herankommen. Sie legten das Mobilfunknetz mit Störelektronik lahm, schickten den LKW vor. Dann feuerten sie mit Mörsern und Raketen auf das Camp, in dem UN-Soldaten aus dem Tschad untergebracht waren. Der LKW-Fahrer raste in die Sperren am Eingangstor und zündete die Sprengladung. Der Wag war frei, die Islamisten stürmten mit Geländewagen ins Lager. Die Blauhelme aus Tschad waren überrascht und nicht gut ausgerüstet, aber sie wehrten sich tapfer, verteidigten das Camp. Dabei verloren sie zehn Soldaten, mindestens 25 wurden verletzt. Die Verluste der Islamisten sollen auch hoch gewesen sein. [...] Der Überfall Mitte Januar [2019] zeigt einmal mehr: MINUSMA ist die verlustreichste Mission der Vereinten Nationen seit Langem. Fast 200 Blauhelme sind bisher in Mali ums Leben gekommen, auch zwei Deutsche, die 2018 mit ihrem Kampfhubschrauber abstürzten, [aufgrund eines technischen Defekts]. [...]

Es ist noch nicht lange her, da war Mail ein Traumreiseziel. Hier lebten viele Kulturen friedlich miteinander, die Landschaft war grandios, die uralte Wüstenstadt Timbuktu ein Sehnsuchtsort. Mali war seit 1992 eine der wenigen halbwegs funktionierenden Demokratien der Region. [...]

Längst sind nicht mehr die [...] Islamisten das Hauptproblem. [...] Viel schwerer haben sie es mit den Völkern, die in den künstlichen Kolonialgrenzen leben [...], etwa die Tuareg-Nomaden des Nordens und die schwarzafrikanischen Bauern des Südens. [Der deutsche] Oberst Wachter sieht die Lage so: „Die Masse der bewaffneten Konflikte in Mali wird [...] durch Spannungen und Konflikte innerhalb der Ethnien des Landes [verursacht]."

Käppner, Joachim: Himmel über der Wüste. In: Süddeutsche Zeitung, 11.03.2019 (Reihenfolge geändert)

Einstiegsaufgabe

Arbeiten Sie aus dem kurzen Lagebild mögliche Konfliktparteien und Konfliktursachen heraus. Halten Sie diese Ergebnisse in Ihrem Kursraum fest, um sie im weiteren Verlauf zu ergänzen bzw. zu überprüfen.

M2 Wie entwickelt(e) sich die Sicherheitslage in Mali? Konfliktgenese und Konfliktverlauf

2012

ab Januar 2012

Bewaffnete Tuareg-Gruppen, die islamistische Ansar Dine und die säkular-nationalistische MNLA eroberten zusammen mit der islamistischen Organisation al-Qaida im Islamischen Maghreb (AQIM) weite Teile Nord- und Ostmalis sowie die Städte Gao, Kidal und Timbuktu. Dabei kommt es zu Massakern an malischen Soldaten. Die Rebellen rufen den unabhängigen Staat „Azawad" aus.

März 2012

Dürrebedingte Missernten und Hungergefahr in weiten Teilen der Sahelzone (wie bereits 2008 und 2010)

21./22. März 2012

Erfolgreicher Militärputsch gegen den demokratisch gewählten Präsidenten Amandou Toumani Touré. Die Putschisten warfen ihm u. a. Unfähigkeit bei der Bekämpfung organisierter Kriminalität vor. Die internationale Gemeinschaft friert Kooperationshilfen ein.

Mitte 2012

Ansar Dine und AQIM drängen die säkulare MNLA aus der Koalition. Es bilden sich aufständische Splittergruppen. Ca. 400.000 Malier fliehen aus den besetzten Gebieten.

2013

Mitte Januar 2013

Operation Serval: Militäreinsatz auf Ersuchen der malischen Regierung (Frankreich: 4.000 Soldaten, Tschad: 2.000, malisches Militär): Gao, Kidal, Timbuktu zurückerobert; Ansar Dine und AQIM nehmen strategisch wichtige Stadt Mopti ein.

Januar 2013

Die Europäische Union beschließt die Entsendung einer Ausbildungsmission (EUTM) für Teile der malischen Armee mit dem Hauptquartier in Bamako und einem Trainingsgebiet bis max. zum Niger.

1. Juli 2013

Die UN-Stabilisierungsmission MINUMSA (max. 11.000 Soldaten, 1.500 Polizisten) in Mali beginnt. Bundeswehrbeteiligung an MINUSMA: max. 1.100 Soldaten

November/Dezember 2013

Präsidentschaftswahlen: Ibrahim Boubakar Keïta löst als Präsident mit seinem Kabinett eine zwischenzeitlich gebildete Übergangsregierung ab.

2014

Trotz des Einsatzes bis heute sehr instabile Sicherheitslage vor allem in der Landesmitte (u. a. vielfach Anschläge auf MINUSMA-Soldaten)

1. August 2014

Operation Barkhane folgt auf Operation Serval: 3.000 französische Soldaten (davon 1.200 in Mali) sollen Aufstände in der Sahelzone bekämpfen (Burkina Faso, Tschad, Mauretanien, Niger).

2015

Mai 2015

In Algier (Algerien) unterzeichnen Vertreter der malischen Regierung und einiger Rebellenorganisationen unter Beteiligung der EU und 22 afrikanischer Staaten ein Friedensabkommen.

ab Mai 2015

Das Abkommen wurde sofort von wichtigen Tuareg-Organisationen, die nicht beteiligt waren, nicht anerkannt, u. a. da es ihnen für Nordmali nicht genügend Autonomierechte enthielt.

2017

August 2017

Planungen eines im Friedensabkommen vereinbarten Referendums über eine Verfassungsreform scheitern aufgrund von öffentlichem Druck (u. a. Großdemonstrationen in Bamako). Große Teile der Bevölkerung trauen den etablierten Politikern einen politischen Richtungswechsel nicht zu.

2018

August 2018

Präsidentschaftswahlen: Ibrahim Boubakar Keïta wird mit deutlicher Mehrheit im Amt bestätigt. Der Oppositionsführer wirft ihm massiven Wahlbetrug vor.

2019

ab Januar 2019

Bei mehreren Angriffen auf Dörfer in Zentralmali werden mindestens 200 Menschen durch Maschinengewehrschüsse getötet.

2020

August 2020

Militärputsch: Erzwungener Rücktritt von Präsident Keita. Zivile Übergangsregierung für 18 Monate und Vorbereitung von Neuwahlen.

Bearbeiter

Mali – allgemeine Informationen (Stand: 2020)

- **Größe:** ca. 1,2 Mio. km² (ca. 3,5-mal größer als Deutschland)
- **Einwohnerzahl:** ca. 20 Mio. (Bevölkerungswachstum: ca. 3 % pro Jahr)
- **Staatsform:** seit 1960 Republik (aktuelle Verfassung von 1992)
- **Hauptstadt:** Bamako (ehem. Französische Kolonialhauptstadt)
- **Religionen:** sunnitische Muslime (min. 90 %), katholische Christen (max. 5 %)
- **Amtssprache:** Französisch

Bearbeiter (Text und Grafik)

M3 Bevölkerung und landwirtschaftliche Versorgung in Mali

Ethnische Gruppen und landwirtschaftliche Versorgung in Mali (Stand: 2020)

Fulbe
auch Peulh; insg. ca. 17 % der Gesamtbevölkerung Malis; ehemals nomadisches, heute meist sesshaftes Hirtenvolk

Tuareg
insg. ca 10 % der Gesamtbevölkerung Malis; in Teilen noch halbnomadisch lebendes Volk mit Weidegebieten u. a. in Algerien, Niger, Libyen; Hauptsprachen: Arabisch, Songhai

Sudanvölker
ca. 20 % der Gesamtbevölkerung Malis; ethnische Gruppen u. a. Soninke, Songhai, Dogon

Volta-Völker
ca. 12 % der Gesamtbevölkerung; Hauptsprachen: Senufo, Songhai

Mande
insg. ca 40-45 % der Gesamtbevölkerung Malis; ethnische Gruppen u. a. Bambara, Malinke; Hauptsprache: Bambara

M4 Die Altersverteilung in Mali

Bevölkerungsverteilung in Mali nach Alter und Geschlecht (Stand: 2019)

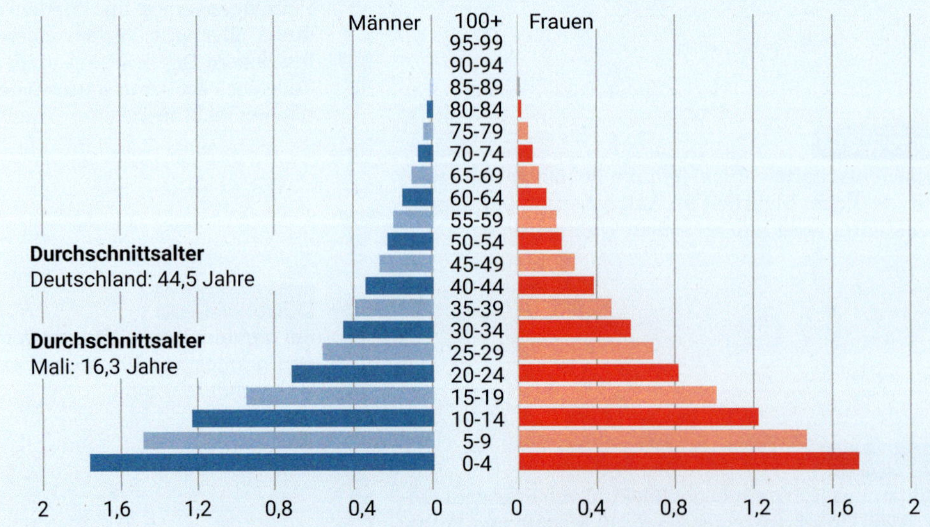

Zahlen: U.S. Census Bureau

M5 Welche (neueren) Ursachen hat die Krise in Mali?

Staatliche Grenzen in der Sahelzone [und in der Sahara] sind traditionell porös. Die Auswirkungen der internationalen Intervention und des Umsturzes in Libyen zeigen dies einmal mehr: Zum einen sind seit diesem Konflikt deutlich mehr Waffen unkontrolliert im Umlauf und in Libyen bewaffnete Tuareg-Kämpfer kehrten bewaffnet in ihre Heimatregion, in den Norden Malis zurück. Zum anderen sind auch viele ehemalige Gastarbeiter aus der westlichen Sahelregion nun in Libyen beschäftigungslos. Über 200.000 Rückkehrer müssen deshalb in die Gesellschaften der Sahelzone integriert werden. Diese von Libyen ausgehenden Entwicklungen zeigen die grenzüberschreitenden Verschränkungen im Sahel-Gebiet, aber sie zeitigen nur deshalb große Effekte, weil im Norden Malis und in dessen unmittelbarer Nachbarschaft eine ohnehin schon prekäre Situation herrschte. [...]

[D]ie strategische[n] Ziele der [einzelnen] Rebellengruppen [im Norden und Osten] Malis sind bis zum heutigen Tag nur wenig kongruent [= übereinstimmend] und vor allem die Sezessionsbemühungen einzelner Tuareg-Gruppen reichen historisch lange zurück. [Sie rebellierten mit Waffengewalt bereits 1957 (noch gegen die französische Kolonialregierung), 1962 (u. a. wegen der Einführung bestimmter Zölle) sowie 1990.] Nur wenn sich die taktischen Interessen zufällig überlappen, kommt es punktuell zu einer Kooperation. So ist beispielsweise die Gründung eines eigenen Staates, der die jetzigen nordmalischen Regionen Timbuktu, Gao und Kidal umfasst, nur von den direkten Angehörigen der MNLA [...] gewünscht. Die Ansar Dine [...] schloss sich zwar zu Beginn dem Aufstand der MNLA an, doch ihre Ziele waren zu unterschiedlich, da nicht Staatsgründung, sondern die Etablierung der Sharia das Ziel war. [...]

Neben den politischen Zielen geht es bei diesen Gruppen immer auch um handfeste wirtschaftliche Interessen. Wichtige Routen für Waffen- und Drogenschmuggel sowie generelle Rückzugsräume für organisierte Kriminalität verlaufen durch die südliche Sahara. Mali ist also zunehmend zu einer Drehscheibe für grenzüberschreitende Kriminalität und Teil eines terroristischen Korridors vom Atlantik [...] [bis zum] Roten Meer geworden. Weiterhin werden umfangreiche Ölvorkommen im Grenzgebiet zu Algerien vermutet, deren Erschließung auf algerischer Seite schon begonnen hat. Es ist wohl kein Zufall, dass die Aufstände im Norden zu einem Zeitpunkt erfolgten, an dem die Regierung in Mali weitergehende Schritte zur Kontrolle des Nordens umzusetzen begann.

Insgesamt zeigt sich, dass die Regierung Malis den vielen Minderheiten im Norden auch nach mehreren Rebellionen niemals ausreichende politische und gesellschaftliche Teilhabe garantieren konnte. [...] Neben der mangelnden Beteiligung am Gemeinwesen spielt hierbei das schwierige wirtschaftliche Umfeld eine Rolle. Schon vor dem Militärputsch [2012] stieg die Jugendarbeitslosigkeit seit Jahren und es gab humanitäre Krisen.

Junk, Julian: Strategische Untiefen und Gestaltungswillen. Eine Analyse der deutschen Unterstützung des französischen Mali-Einsatzes. In: Brüne, Stefan et al. (Hg.): Frankreich, Deutschland und die EU in Mali. Chancen, Risiken, Herausforderungen. Baden-Baden: Nomos 2015, S. 79-95; hier S. 82-84

Sahelzone
streifenförmige, semiaride Übergangszone zwischen der Sahara und der afrikanischen Trockensavanne; ca. 250 mm/qm Niederschlag pro Jahr, allerdings mit einer Variabilität von bis zu 50 %

Sharia
Bezeichnung für alle religiösen und rechtlichen Normen und deren Interpretationsvorschriften des Islam. Allah wird darin als einziger Gesetzgeber anerkannt. Islamische Fundamentalisten haben oft zum Ziel, dieses „göttliche Recht" auf dem von ihnen gehaltenen Territorium anzuwenden.

H zu Aufgabe 2
Unterscheiden Sie dabei gesellschaftliche, politische und ökonomische Ursachen voneinander und berücksichtigen Sie auch die historische Konfliktdimension.

H zu Aufgabe 2
Gehen Sie bei der Analyse von **M3**, **M4** und **M5** in arbeitsteiliger Partnerarbeit vor und führen Sie Ihre Ergebnisse anschließend in einer Gruppe zusammen.

Aufgaben

1. Stellen Sie den Verlauf des Mali-Konflikts 2012/13 dar (**M2**).
2. Arbeiten Sie Ursachen für die Konflikte in Mali heraus (**M3-M5**).
3. Überprüfen Sie die Aussage des Bundeswehrobersts Wachtner (**M1**) zu den Ursachen der gewaltsamen Konflikte in Mali.

3.1.2 Mali ein gescheiterter Staat? Sicherheitspolitische Konstellationen

Zum Thema: Zweifellos sind (weite) Teile des malischen Territoriums unfriedlich und gefährlich. Doch ist der malischen Staat deswegen schon gescheitert? Was macht einen scheiternden bzw. gescheiterten Staat überhaupt aus? Und was hat das alles mit dem Westfälischen Frieden (von 1648) zu tun?

M6 Mali – ein Zukunftsbild?

Für Mali besteht die Gefahr, dass „der Staat zerfällt [...], zugunsten einer Herrschaft der Bewaffneten und des organisierten Verbrechens, und [dass] aus Mali [...] ein bloßes Territorium [wird], von, Drohnen überflogen."

Wiedemann, Charlotte: Viel Militär, wenig Sicherheit. Mali - fünf Jahre nach Beginn der Intervention. Berlin: Heinrich-Böll-Stiftung 2018, S. 25 f.

Einstiegsaufgaben

1. Wie sieht aus Sicht von Bürgerinnen und Bürgern ein funktionierender Staat aus? Nennen Sie konkrete Elemente eines solchen Staates.
2. Führen Sie diese Elemente zu wenigen Dimensionen funktionaler Staatlichkeit zusammen.
3. Skizzieren Sie – ausgehend von dem Zitat – demgegenüber einen „zerfallenden" und einen „zerfallenen" Staat.

M7 Wie entwickelt(e) sich die Sicherheitssituation in Mali?

Die Journalistin und Autorin Charlotte Wiedemann hielt sich im Dezember 2017 in Mali auf. Ihre Darstellung zur Situation in Mali beruht auf ca. 40 Interviews u. a. mit Politikern, Militärs, UN-Angehörigen und religiösen Würdenträgern.

Nordmali

[...] [D]er Zuschnitt des [im Jahr 2015 ausgehandelten] Friedensvertrags [wurde] zur Ursache vielerlei Übel. So lohnt es sich nun, bewaffnet zu sein, denn nur Bewaffneten steht in Aussicht, nach einem Entwaffnungsprozess einen Job bei den Sicherheitskräften zu erhalten und auch bei der Einrichtung neuer politischer Regionalstrukturen Berücksichtigung zu finden. Die Zahl der Milizen vergrößert sich zugleich ständig, teils durch Aufsplitterungen, teils durch Neugründungen. [...]

Die Ausrichtung des Friedensprozesses begünstigt nicht nur den Drogenhandel, sondern auch die Straflosigkeit für alltägliche Gewaltkriminalität, unter der die Bevölkerung zunehmend leidet. „Die großen Banditen sind alle bekannt", sagt ein UN-Polizist in Gao. „Aber wenn jemand verhaftet wird, stehen eine Stunde später hundert Leute von einer der bewaffneten Gruppen vor der Gendarmerie und verlangen seine Freilassung unter Hinweis darauf, dass sie ‚compliant' seien. Und derjenige, der für die Verhaftung den Tipp gegeben hat, zahlt dann den Preis."

Weil der Friedensprozess für sie Vorteile bringt, haben die bewaffneten Gruppen ein Interesse daran, ihn aufrechtzuerhalten – aber nicht daran, ihn zu einem erfolgreichen Abschluss zu bringen. [...]

Zentralmali

Seit 2015 ist das geographische Zentrum des Landes zu einer neuen Zone der Unsicherheit geworden. Die Region wird von einer Bewegung erschüttert, die zwischen islamistischem Terror und sozialer Revolte changiert. Sie rekrutiert sich oftmals aus jungen Hirten der Peulh-Ethnie; sie vertreiben die Repräsentanten eines Staates, den sie nur als Unterdrücker kennen, richten Steuereintreiber und Bürgermeister hin.

Dieses Phänomen als pure Ausweitung der Krise Nordmalis zu betrachten, wäre falsch. Im Norden waren die natürlichen Gegebenheiten (große aride Räume, dünne Besiedlung) immer ein Hemmschuh für Prosperität [= Wohlstand] und staatliche Infrastruktur. Anders Zentralmali mit dem fruchtbaren Binnendelta des Niger: Hier leben Bauern, Viehzüchter und Fischer in einem uralten und früher harmonischen Geflecht multiethnischer Beziehungen, das allerdings durch Klimawandel und Bevölkerungswachstum unter Druck gerät. [...]

Korruption und Willkür sind chronisch in der Region, insbesondere in ihrer ökonomischen Herzkammer, dem „Office du Niger“, einer bewässerten Anbauzone von hunderttausend Hektar. [...]

Bamako

Der Kampf gegen Dschihadisten dient der Regierung als Vorwand, Bürgerrechte einzuschränken. Der Ausnahmezustand, 2015 nach einem Terroranschlag auf das Radisson-Hotel in Bamako verhängt, ist mittlerweile Dauerzustand und erlaubt nach Gutdünken das Verbot von Demonstrationen. Auch in Bamako kam es dabei 2016 zu ein oder zwei Toten. Anfang 2018 wurden sogar Frauenmärsche mit Tränengas beschossen. Zugleich werden manche Proteste militanter. [...] Überall zeigt sich eine Tendenz, die Dinge selbst in die Hand zu nehmen [...]; und die Grenzen zwischen engagiertem Bürger-Sein und Selbstbewaffnung sind fließend.

Wiedemann, Charlotte: Viel Militär, wenig Sicherheit. Mali - fünf Jahre nach Beginn der Intervention. Berlin: Heinrich-Böll-Stiftung 2018, S. 6 f., 9 f., 14 f. (Zwischenüberschriften hinzugefügt)

M8 Was geschieht, wenn ein Staat nicht mehr funktioniert?

a) Welche Funktionen hat ein Staat?

Staatsfunktionen im Überblick			
	Sicherheitsfunktion (ab 17. Jh.)	**Wohlfahrtsfunktion (ab 18. Jh.)**	**Legitimitäts- und Rechtsstaatsfunktion (ab 19. Jh.)**
Zweck	Gewährleistung physischer Sicherheit für die Bürger	Verteilung materieller Ressourcen zur Unterstützung der Bürger	Politische Partizipation der Bürger und Rechtsstaatlichkeit
Mittel (Auswahl)	Staatliches Gewaltmonopol • Entwaffnung privater Gewaltakteure • Befriedung von Konflikten • Verteidigung der Außengrenzen • Staatliche Verwaltung zur Ressourcenkontrolle • Erhebung von Steuern u. Ä.	• Sozial- und Arbeitsmarktpolitik • Bildungspolitik • Gesundheitspolitik • Umweltpolitik • Öffentliche Infrastruktur • finanziert durch Steuern, Zölle, Gebühren, Abgaben	• Wahrung der Menschenrechte • Unabhängige Justiz • Unbestechliche, effiziente Verwaltung Hohes Maß politischer Freiheiten (Vereinigungs-, Versammlungsfreiheit...) • Wahlen, Abstimmungen

Nach: Schneckener, Ulrich: Transnationaler Terrorismus. Frankfurt a. M.: Suhrkamp 2006, S. 182 f.

Kontinuum fragiler Staatlichkeit

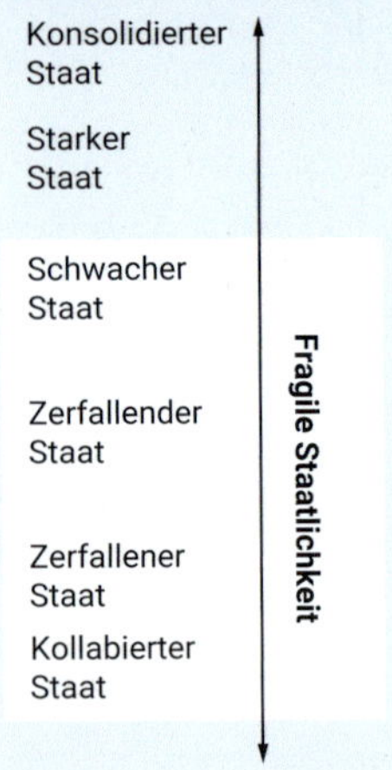

Lambach, Daniel: Fragile Staatlichkeit: Begriffe, Theorien und politische Diskurse. In: Meyer, Günter et al. (Hg.): Staatlichkeit in der Dritten Welt. Mainz: Interdisziplinärer Arbeitskreis Dritte Welt 2013, S. 39 f.

Westfälischer Friede
Friedensschlüsse von Münster und Osnabrück im Jahr 1648, die den Dreißigjährigen Krieg und den Niederländischen Unabhängigkeitskrieg beendeten. (Historisch gesehen gehören mindestens der Pyrenäenfrieden (1659) sowie der Frieden von Oliva (1660) ebenso in diesen Kontext.)
Die Annahme, dass sich durch den Westfälischen Frieden mit einem Schlag staatliche Souveränität im heutigen Sinne herausbildete, ist geschichtswissenschaftlich nicht haltbar.

b) Wie lassen sich nicht funktionierende Staaten einordnen?

Typologie fragiler Staatlichkeit

	Schwache Staaten (weak states)	Versagende oder verfallende Staaten (failing states)	Gescheiterte Staaten (failed state)
Sicherheitsfunktion	• staatliches Gewaltmonopol noch weitgehend existent	• staatliches Gewaltmonopol stark eingeschränkt • daher: Gewährleistung von Sicherheit durch den Staat stark beeinträchtigt	• nicht mehr durch den Staat erfüllt • teilweise Anarchie • teilweise Staatsfunktionen durch nichtstaatliche Akteure wie Warlords übernommen, deren Herrschaft auf Gewalt und Unterdrückung aufbaut
Wohlfahrtsfunktion	• Defizite	• staatliche Dienstleistungen und Infrastruktur eingeschränkt	
Legitimitäts-/Rechtsstaatsfunktion	• Defizite		

Auf der Grundlage von: Schneckener, Ulrich: Transnationaler Terrorismus. Frankfurt a. M.: Suhrkamp 2006, S. 183 f.

M9 Sicherheitspolitische Konstellationen: vom prä- zum post-Westfälischen Modell

Spätestens seit Ende der 1990er Jahre zeichnet sich im Bereich der Sicherheitspolitik eine Koexistenz verschiedener „Welten“ oder „Konstellationen“ ab, die jeweils anders gelagerte Sicherheitsprobleme aufwerfen. [...] Die hier gewählte Terminologie westfälisch, prä-westfälisch und postwestfälisch [...] setzt den Akzent [...] auf die Rolle staatlicher Souveränität im Bereich der Sicherheitspolitik. Die Wahl dieser Begrifflichkeit ist nicht unproblematisch, da sie die Gefahr falscher historischer Analogien birgt. Die Begriffe sind daher nicht als historische Beschreibungen, sondern als analytische Kategorien zu verstehen [...].
Zugespitzt kann man zusammenfassen: Während bei der westfälischen Konstellation Sicherheitspolitik primär eine Domäne des Nationalstaates ist und bleibt, verweist Prä-Westfalia auf die Privatisierung und Entstaatlichung von Sicherheit, verbunden mit dem Verlust an staatlicher Kontroll- und Handlungsfähigkeit. Post-Westfalia ist hingegen durch Tendenzen zur Internationalisierung und Multilateralisierung von Sicherheit geprägt, bei der staatliche Akteure Aufgaben an internationale Organisationen oder multilaterale Gremien delegieren und damit bewusst de facto-Einschränkungen in ihrer Souveränität in Kauf nehmen. Diese Entwicklungen verlaufen nicht unabhängig voneinander. Zwischen den drei Konstellationen bestehen auch und gerade in Zeiten der Globalisierung erhebliche politische, ökonomische und militärische Interdependenzen. Insbesondere die Tendenzen von Privatisierung und Entstaatlichung werden nicht selten durch die direkte Einmischung westfälischer Mächte oder post-westfälischer Regime, teils beabsichtigt, teils nicht intendiert, befördert.

a) Westfälische Konstellation

Diese bezieht sich auf das moderne Staatensystem mit seinem Kernkonzept der staatlichen Souveränität nach innen und außen, das sich im staatlichen Gewaltmonopol niederschlägt. Gestützt wird dieses System durch internationale Normen wie dem Prinzip der Gleichheit aller Staaten, dem Prinzip der Nicht-Einmischung in innere Angelegenheiten und dem Schutz territorialer Integrität, allesamt niedergelegt in Art. 2 der Charta der Vereinten Nationen (UN). Konflikte sind hier vor allem durch das klassische Sicherheitsdilemma gekennzeichnet, bei dem ein Staat den Angriff eines anderen fürchtet und daher zu eigenen Verteidigungsmaßnahmen greift, die wiederum regionale Rüstungswettläufe induzieren [= auslösen]. Der Kalte Krieg selbst folgte [...] der Logik der westfälischen Konstellation, dazu kamen seit 1945 eine Reihe von zwischenstaatlichen Krisen oder Kriegen [...]. Heute sind empirisch betrachtet nur noch wenige Teile der Welt durch eine solche Situation charakterisiert [...]. [Nur] wenige Staaten [sind] aufgrund ihrer wirtschaftlichen und militärischen Potentiale in der Lage [...], sicherheitspolitisch souverän und eigenmächtig handeln zu können. Ausnahmen sind Groß- und Regionalmächte wie die USA, Russland, China, Brasilien, Pakistan, Indien, Iran, Nordkorea oder Israel, die im Prinzip nicht auf Koalitionen oder internationale Organisationen angewiesen sind, um ihre Sicherheit, zumindest mit Blick auf ihre Nachbarstaaten, gegenüber potentiellen oder tatsächlichen Aggressoren zu garantieren. Diese Staaten sind in ihrer Außen- und Sicherheitspolitik [...] in der Tendenz wenig geneigt, im Rahmen multilateraler Aktivitäten Souveränitätsverzicht zu üben. Bei diesem Modell fungieren als Gewaltakteure die Staaten bzw. ihre regulären Armeen; die typische Gewaltform ist der zwischenstaatliche Krieg, idealiter gebunden an humanitäres Kriegsvölkerrecht (ius in bello), darunter fallen auch offene oder verdeckte militärische Interventionen, die zu Gunsten einer „befreundeten" Partei unternommen werden, wie dies während des Ost-West-Konflikts die USA, die Sowjetunion oder China praktizierten.

Multilateralismus
(außenpolitisches) Prinzip, wonach ein Staat seine Interessen international immer unter Berücksichtigung der Interessen anderer Staaten verfolgt; Orientierung dabei an einem geteilten Werterahmen

Interdependenz
wechselseitige Abhängigkeit

ius in bello
lat.: Recht im Krieg; humanitäres Völkerrecht zum Umgang mit gegnerischen Kämpfern, Zivilisten, Kulturgütern u. a. im Krieg; heute im Wesentlichen festgelegt in der Haager Landkriegsordnung (1899, 1907) und der Genfer Konvention (1949, 1977, 2005).

b) Prä-Westfälische Konstellation

Damit sollen Länder oder Regionen beschrieben werden, in denen ein staatliches Gewaltmonopol nicht oder nicht mehr existiert oder zumindest durch eine Reihe von Entwicklungen auf signifikante Weise unterminiert wird. Die zentralen Institutionen sind nicht oder nicht mehr in der Lage, das gesamte Land inklusive seiner Außengrenzen zu kontrollieren, ein Minimum an öffentlicher Sicherheit zu garantieren und/oder bestimmte elementare Dienstleistungen zu erbringen. Stattdessen treten privatisierte (ehemals staatliche) oder private Akteure an ihre Stelle, sie eignen sich die staatlichen Ressourcen (z. B. Bodenschätze, Zoll- oder Steuereinnahmen) an, besetzen oder untergraben die Institutionen und bedrohen die Zivilbevölkerung bzw. bestimmte Gruppen mit Gewalt, die bis hin zu Terror und Bürgerkriegen führen kann. Gleichzeitig mischen sich vermehrt externe Akteure in die inneren Verhältnisse eines Landes ein. [...] Gleichwohl ist diese Konstellation keinesfalls mit Chaos, Anarchie oder Ordnungslosigkeit gleichzusetzen, sondern in den meisten Fällen bestehen, zumindest temporär, Ordnungen unterhalb oder neben der formalen, staatlichen Struktur. [...] In einigen Fällen kann man auch von Gewaltoligopolen sprechen, bei denen der Staat unter verschiedenen Clans, Kriegsherren oder kriminellen Banden aufgeteilt ist, die entweder miteinander in Konkurrenz stehen oder gemeinsam eine

Beispiele für Staaten in prä-Westfälischer Konstellation
Somalia, Afghanistan, Sierra Leone, Liberia, DR Kongo

Art Kartell bilden. Der entscheidende Punkt ist, dass es sich dabei nicht um rechtgebundene, sondern um auf Gewalt und politischer Willkür basierende Ordnungen handelt. Im Unterschied zu Westfalia zeichnet sich die prä-westfälische Konstellation durch eine Vielzahl von gewaltkompetenten Akteuren aus: staatliche, halbstaatliche und private Akteure. Die typische Gewaltform ist der innerstaatliche Konflikt (Bürgerkrieg), der jedoch rasch regionale Dimensionen annehmen kann und in der Regel externe Akteure mit einbezieht.

c) Post-Westfälische Konstellation

Diese betrifft Staaten, die sich an der Idee der kollektiven Sicherheit orientieren, sich in internationale bzw. multilaterale Aktivitäten und Entscheidungsprozesse einbinden lassen und damit zum (partiellen) Souveränitätsverzicht bereit sind. Verstärkt wird dieser Prozess nicht zuletzt durch Globalisierungstendenzen in anderen Politikbereichen. Merkmale dieser Konstellation sind [...] „die Aufhebung der Trennung zwischen innen- und außenpolitischen Angelegenheiten; gegenseitige Einmischung in (traditionell) innenpolitische Angelegenheiten, gegenseitige Überwachung; die Ablehnung von Gewalt als Konfliktlösung; die wachsende Irrelevanz von Grenzen; Sicherheit beruht auf Transparenz, gegenseitiger Offenheit, Interdependenz und gegenseitiger Verletzlichkeit". Zu diesem Zweck werden internationale Sicherheitsinstitutionen und -regime gegründet. Diese gehen zwar allesamt auf die Initiative von Regierungen zurück, entwickeln aber über die Zeit ein Eigengewicht, das wiederum staatliches Verhalten beeinflusst und im Ergebnis zu einem Transfer von Sicherheitspolitik auf eine überstaatliche Ebene fuhrt, um gemeinsame Probleme lösen zu können. [...] Von zentraler Bedeutung ist daneben die wachsende Rolle von internationalen NGOs im Sicherheitsbereich [...], insbesondere in Nachkriegsgebieten (z. B. Anti-Landminen-Kampagne, humanitäre Hilfe). Auf diese Weise entstehen neue Formen von Security Governance, bei denen nicht mehr allein der einzelne Staat für Sicherheit nach innen und außen zuständig ist, sondern unterschiedliche Akteurstypen beteiligt sind und miteinander kooperieren müssen. Die externen Akteure [...] setzen Standards und Normane, sie binden unter Umständen Ressourcen und Kapazitäten von Staaten. Insbesondere die EU-Staaten sind in ihrem Außenverhalten durch Post-Westfalia geprägt, ähnliches gilt für traditionelle „Multilateralisten" wie Kanada, Norwegen, die Schweiz oder Neuseeland. [...] Bei der Gewaltform handelt es sich demzufolge um multilaterale Interventionen, die von militärisch gestützten Sanktionen über regelrechte Militäreinsätze bis hin zur Stationierung von internationalen Friedenstruppen reichen können.

Schneckener, Ulrich: Post-Westfalia trifft Prä-Westfalia. Die Gleichzeitigkeit dreier Welten. In: Jahn, Egbert/ Fischer, Sabine/Sahm, Astrid (Hg.): Die Zukunft des Friedens. Bd. 2: Die Friedens- und Konfliktforschung aus der Perspektive der jüngeren Generationen. Wiesbaden: VS Verlag 2005, S. 191- 193.

Beispiel für internationale Sicherheitsinstitutionen und -regime
Vereinte Nationen, Europäische Union, NATO, Vertrag über Konventionelle Streitkräfte in Europa (KSE-Vertrag)

F
Erläutern Sie die Bedeutung erfüllter Staatsfunktionen für die Menschen an eigenen (Negativ-) Beispielen (**M8a**).

H **zu Aufgabe 3**
Erschließen Sie die Konstellationen zunächst arbeitsteilig und verarbeiten Sie Ihre Ergebnisse dann in einer Gruppe weiter.

Aufgaben

1. Beschreiben Sie die Situation des Staates Mali um das Jahr 2018 (**M2-M7**).
2. Ordnen Sie Mali in die Typologie fragiler Staatlichkeit ein (**M8b**).
3. a) Vergleichen Sie die drei sicherheitspolitischen „Konstellationen" miteinander (**M9**).
   b) Ordnen Sie die Vorgänge in Mali in die sicherheitspolitischen Konstellationen ein.

3.1.3 Mali und die Sahelzone – neuer Hort für transnationalen islamistischen Terrorismus?

Zum Thema: Nicht erst seit den Terroranschlägen in Frankreich, Deutschland und Belgien 2015/16, die auch von eingereisten Terroristen ausgingen bzw. an denen solche federführend beteiligt waren, bestehen große Befürchtungen vor transnationalem islamistischen Terrorismus. Denn bereits seit (spätestens) den Attentaten am 11. September 2001 auf das World Trade Center und das Pentagon in den USA steht Terrorismusbekämpfung ganz oben auf der Agenda internationaler Sicherheitspolitik.

M10 Islamistische Terroranschläge in Europa und der Sahel-Zone

a) Mitteleuropa seit 2015

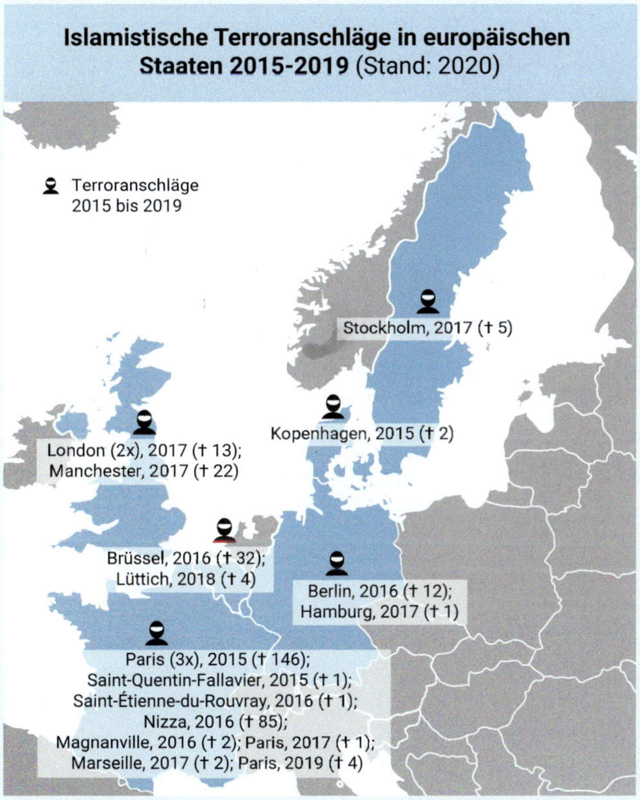

b) Sahelzone 2019

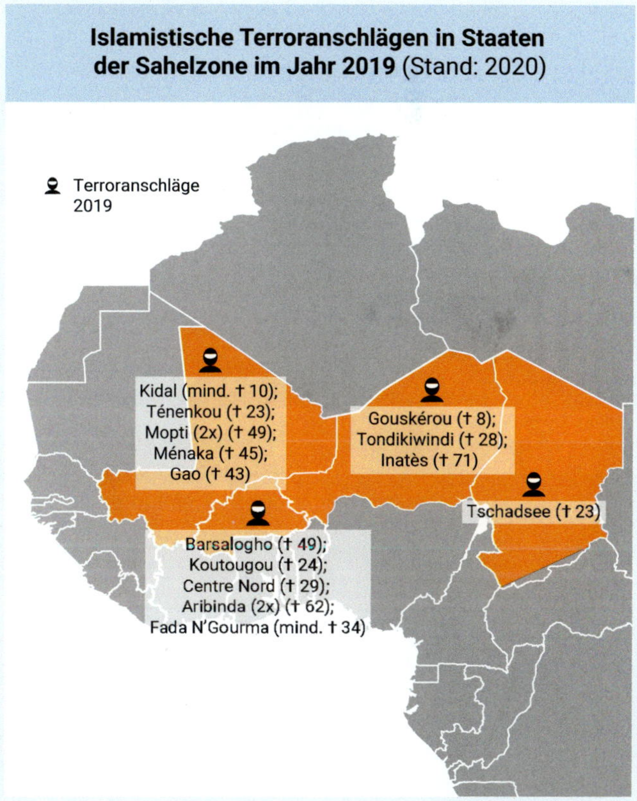

Dargestellt sind islamistische Terroranschläge mit Todesopfern.
Bearbeiter

Einstiegsaufgaben

1. Vergleichen Sie die Karten zu den islamistischen Terroranschlägen in Mitteleuropa und der Sahelzone miteinander.
2. Leiten Sie daraus Hypothesen ab einerseits über Ursachen von islamistischem Terrorismus und andererseits über die Interessen Frankreichs und Deutschlands am Einsatz in der Sahelzone.

M11 Warum gibt es islamistischen Terrorismus in der Sahelzone?

Am Tag nach dem Anschlag von Ouagadougou [der Hauptstadt Burkina Fasos] kommt eine Bankangestellte zur Arbeit. Genau in der Straße, in der Terroristen am Abend zuvor 18 Menschen ermordet und viele weitere verletzten. Ihre Reaktion: „Man darf ihnen nicht den Gefallen tun und sich von der Angst lähmen lassen. Ouagadougou lebt weiter, als wäre nichts passiert." Die Bankangestellte weigert sich, dem nachzugeben, was die Terroristen erreichen wollen: Panik hervorrufen, Angst erzeugen, Gesellschaften spalten.

Jihadismus (auch: Dschihadismus)
Der Jihadismus ist eine Sonderform des islamistischen Terrorismus, die seit den 1970er Jahren in der arabischen Welt und in Südasien entstanden ist. Im Unterschied zu anderen islamistischen Terroristen (wie beispielsweise der palästinensischen Hamas, den Taliban in Afghanistan oder der libanesischen Hizbullah) verstehen Jihadisten den „Jihad" genannten bewaffneten Kampf nicht nur als Mittel, um ein politisches Ziel zu erreichen, sondern erheben ihn zu einer zentralen Glaubenspflicht des Islam. Ihr Kampf ist somit Teil einer größeren Auseinandersetzung, die erst mit der Niederlage aller [vermeintlichen] Feinde ihrer Religion endet.

Perthes, Volker: Jihadismus. In: www.swp-berlin.org (Abruf am 01.05.2021)

Im Norden von Burkina Faso, im Grenzgebiet zu den Nachbarstaaten Mali und Niger, sieht die Lage anders aus. Seit Anfang des Jahres hat es dort schon über zwanzig Attentate gegeben, mehr als 50 Menschen wurden getötet. Dazu kommen noch Überfälle auf Dörfer, bei denen einfach geplündert wurde. Schulen sind geschlossen, Menschen ziehen aus der Gegend weg – die Angst ist zu groß.

Bakary Sambe forscht seit Langem zum Extremismus in Westafrika. Burkina Faso war [...] ein weißer Fleck auf der Landkarte des Terrorismus in der Region. Dann gab es 2015 den ersten Anschlag: „Burkina Faso war bis dahin eine Ausnahme. Dieses erste Attentat beendete diese Phase. Seitdem beginnt das Land sich an das Phänomen des Dschihadismus zu gewöhnen. Und das geschieht in einem Land, dass bisher stabil war und einen gesellschaftlichen Zusammenhalt hatte."

Das Nachbarland Niger erlebt im Westen seines Staatsgebietes Anschläge und Überfälle von Al Kaida-nahen Gruppen. Im Südosten attackieren Boko Haram-Terroristen. Davon sind auch der Tschad, Kamerun und Nigeria betroffen. Boko Haram kümmert sich nicht um Staatsgrenzen. Deshalb formten die fünf von Boko Haram betroffenen Länder eine gemeinsame Truppe von Soldaten, etwa 9.000 Mann stark. [...]

Burkina Faso, Niger, Mali, Mauretanien und Tschad [...] haben sich zur Gruppe der G5-Sahel-Staaten zusammengeschlossen. Sie alle sind von Angriffe durch Dschihadisten und bewaffnete Banden betroffen. Die fünf Staaten wollen eine mindestens 5.000 Soldaten umfassende Truppe, um den Dschihadismus zu bekämpfen. Denn bisher, sagt Extremismusforscher Bakary Sambe, sieht die Lage allein Burkina Faso so aus: „In Burkina Faso sind es mindestens sechs Gruppen, die sich an den Attacken beteiligen: Ansar Dine, die Front zur Befreiung von Macina, der Islamische Staat der größeren Sahara, Ansarul Islam gehören dazu. Gleichzeitig erlebt Burkina Faso unterschiedlichste Militäroperationen, um dagegen anzukämpfen. Im Osten und im Norden des Landes, teilweise auch in Zusammenarbeit mit Truppen aus Togo."

Eine gemeinsame Spezialeinheit der G5-Sahel-Staaten soll diese Zersplitterung im Anti-Terror-Kampf beenden. Deutschland und Frankreich unterstützen das. [...] [Die] Regierungen Frankreichs und Deutschlands [versuchen] Geldgeber zu finden. Denn die grenzüberschreitende Anti-Terror-Einheit für den Sahel kostet schätzungsweise 400 Millionen Euro pro Jahr. Die fünf beteiligten Sahel-Staaten sagen, sie können gemeinsam nur 50 Millionen pro Jahr aufbringen, die Europäische Union will ebenfalls 50 Millionen Euro dazu geben. Woher der Rest des Geldes kommen soll – das ist unklar. Im Sicherheitsrat der Vereinten Nationen wurde das Projekt gut geheißen. Finanzielle Unterstützung werde es aber nicht geben. [...]

Laurent Bigot hat mal als französischer Di-

Al-Kaida
(auch al-Qaida) weltweit operierendes islamistisches Terrornetzwerk (mit Schwerpunkt auf der arabischen Halbinsel), das u. a. für die Terroranschläge am 11. September 2001 verantwortlich ist

Boko Haram
islamistische Terrororganisation in Nigeria und dessen Nachbarstaaten Tschad, Niger und Kamerun, die u. a. mit großen Anschlägen auf christliche Gemeinden auf sich aufmerksam macht

plomat in Mali gearbeitet. Dann sagte er öffentlich Dinge, die in Paris überhaupt nicht gerne gehört wurden: Der malische Staat „sei korrupt bis hinauf in den Präsidenten-Palast" [...]. Das beendete seine Diplomaten-Laufbahn, heute arbeitet er als Forscher und Berater. Über die internationalen Sicherheitsoperationen im Sahel im Allgemeinen und in Mali im Besonderen, fällt Laurent Bigot ein vernichtendes Urteil: „Die Wirklichkeit ist: Die gesteckten Ziele wurden nie erreicht. Weder im Norden von Mali noch in der Sahelzone. Der Norden und das Zentrum von Mali sind quasi außer Kontrolle. Die Operationen, die diese Zonen sichern sollten, sind fehlgeschlagen. Noch nie gab es ein derartiges Niveau an Gewalt in Mali wie heute."

Bigot meint, dass Frankreich und andere Staaten der Internationalen Gemeinschaft die Bedrohung in der Sahelzone zumindest in der Öffentlichkeit falsch diagnostizieren: als Bedrohung fanatischer Islamisten.

Laurent Bigot verortet die Ursachen für den Extremismus aber zu einem großen Teil in der Politik, die die Machthaber dort selbst betreiben: Korruption, Patronage, kaum Dienstleistungen für die Bürger, zu geringe Investitionen in Bildung und Gesundheit. Die Bosse aus dem Drogen-, Waffen- und Menschenhandel seien vielerorts die Finanziers einer politischen Klasse, die sich nur um ihre eigenen Interessen kümmere. Nicht um die Bedürfnisse der Bevölkerung. Untersuchungen zeigen: Weil die Menschen keine Fortschritte durch ihre Regierungen spüren, setzen sie auf Dschihadisten und Mafias. Die versprechen wenigstens konkreten Verdienst: Entweder mit Bargeld oder einem paradiesischen Jenseits. [...] Tatsache ist auch: Hinter vorgehaltener Hand wird schon lange über die Verbindungen zwischen Politik und organisiertem Verbrechen in der Sahelzone gesprochen.

In Dakar beobachtet das Büro der Vereinten Nationen für Drogen und Kriminalität die Region. Pierre Lapaque leitet es. Er sieht seit Jahren, was sich dort zusammenbraut. Die Lage lässt sich längst nicht mehr nur mit fanatisiertem Islamismus erklären. Das ist der Deckmantel. Pierre Lapaque zeichnet ein komplexes und erschreckendes Bild der Lage in Westafrika. Entwicklungshilfe ohne einschneidende Veränderungen der Sicherheitslage – das werde nichts bringen: „Das bedeutet, Geld zum Fenster rauszuwerfen. Nichts bringt das, gar nichts. Hier muss stabilisiert werden. Hier muss man gegen die Korruption kämpfen, dagegen, dass sich Geld in Luft aufzulösen scheint. Man muss für effektive Kontrollmechanismen sorgen. Die notwendige Arbeitskraft muss in den Ländern bleiben und nicht auswandern. Die Menschen müssen wieder Vertrauen in ihre Staaten und Regierungen bekommen. Das gilt auch für ausländische Investoren, die müssen der Justiz in diesen Ländern vertrauen können. Und all das muss ineinandergreifen."

Borchers, Jens: Fatale Verbindung von Politik und organisiertem Verbrechen. In: www.deutschlandfunk.de, 19.8.2017

Patronage
gezielte Förderung/Bevorzugung von Menschen auch mit geringerer Eignung („Klient") durch Personen mit politischem und/oder wirtschaftlichem Einfluss („Patron"), wodurch Aufstiegschancen sehr ungerecht verteilt werden

M12 Was ist Terrorismus, was nicht?

a) Terrorismus – Definition und Merkmale

Terrorismus bedeutet einfach, für politische Zwecke planmäßig und gewaltsam gegen Zivilisten vorzugehen. Er zeichnet sich durch sieben entscheidende Merkmale aus. Erstens: Ein Terrorakt ist politisch motiviert. Wenn nicht, handelt es sich einfach um ein Verbrechen. [...]

Zweitens: Wenn nicht gewaltsam vorgegangen wird und auch keine Gewalt angedroht wird, handelt es sich nicht um Terrorismus. Der Begriff „Cyberterrorismus" ist nicht sinnvoll. [...]

Drittens: Zweck von Terrorismus ist nicht, den Feind zu besiegen, sondern eine Botschaft zu verkünden. Zu den Attentaten vom 11. September erklärte ein Sprecher von al-Qaida: „Die Wiederherstellung arabischer und islamischer Größe wurde eingeläutet."

Viertens: Der Terrorakt und die Opfer haben in der Regel symbolische Bedeutung. Bin Laden bezeichnete die Zwillingstürme als „Ikonen" der „militärischen und wirtschaftlichen Macht" Amerikas. Die Schockwirkung eines Terrorakts wird durch die Symbolik des Angriffsziels enorm gesteigert. Es kommt darauf an, dass die psychologische Wirkung größer ist als der tatsächliche physische Schaden. [...]

Fünftens ist – und das ist umstritten – Terrorismus die Vorgehensweise von Gruppen auf substaatlicher Ebene, nicht von Staaten. Das soll nicht heißen, dass Staaten nicht Terrorismus als Instrument ihrer Außenpolitik benutzen. Wir wissen, dass sie das tun. [...]

Das sechste Merkmal des Terrorismus ist, dass die Opfer der Gewalt und das Publikum, das die Terroristen zu erreichen versuchen, nicht identisch sind. Opfer sind Mittel, um das Verhalten eines größeren Publikums zu beeinflussen, in der Regel einer Regierung. [...] Das ist ein Unterschied zu den meisten anderen Formen politischer Gewalt, die auf Sicherheitskräfte oder Repräsentanten von Staaten zielt, um einen Gegner zu schwächen.

Das letzte und wichtigste Merkmal des Terrorismus ist, dass er sich bewusst gegen Zivilisten richtet. Das unterscheidet ihn von anderen Formen politischer Gewalt, auch von eng verwandten wie dem Guerillakrieg.

Richardson, Louise: Was Terroristen wollen. Die Ursachen der Gewalt und wie wir sie bekämpfen können. Frankfurt a. M./New York: Campus-Verlag 2007, S. 28-30 (übersetzt von Hartmut Schickert)
Louise Richardson war Harvard-Professorin für Politikwissenschaft und ist seit 2009 Vizekanzlerin der Universität St. Andrews, Schottland

b) Terrorismus – eine Typologie

Die bekannteste Typologisierung von Terrorismus ist die nach Motivgruppen. Danach lässt sich jede terroristische Organisation mehr oder weniger genau einer dieser vier Typen zuordnen:

1 Sozialrevolutionärer Terrorismus
- gewaltsamer Versuch nicht-staatlicher Organisationen, Besitz- und Herrschaftsverhältnisse grundlegend umzuwälzen
- z. B. RAF (Deutschland), Brigate Rosse (Italien)

2 Ethnisch-nationalistischer Terrorismus
- gewaltsamer Versuch nicht-staatlicher Organisationen von Minderheitenpopulationen (oft mit eigener Sprache und Kultur), ein eigenes Staatsgebiet (durch Abspaltung) zu erhalten
- z. B. baskische ETA (Spanien)

3 Religiöser Terrorismus
- gewaltsame Verfolgung von Zielen durch nicht-staatliche Organisationen, aus einem fundamentalistischen Religionsverständnis abgeleitet
- z. B. al-Qaida, Aum-Sekte (Japan)

4 Vigilantischer Terrorismus
- im Gegensatz zu Terroristengruppen anderer Motivtypen Ziel der Stärkung staatlicher Autorität durch gewaltsames Vorgehen nicht-staatlicher Organisationen (in ihrem ideologischen Sinne)
- z. T. parapolizeilicher/-militärischer Aufbau
- z. B. Todesschwadronen in El Salvador (1980er Jahre), Ku-Klux-Klan (USA)

Es existieren aber auch Mischformen, wie z. B. die „al-Aksa-Märtyrer-Brigaden", die aufgrund ihrer islamistisch-antisemitischen Ideologie dem religiösen Terrorismus, aufgrund ihres Ziels, einen palästinensischen Nationalstaat errichten zu wollen, eher dem ethnisch-nationalistischen Terrorismus zuzuordnen wären.

Angelehnt an: Waldmann, Peter/Malthaner, Stefan: Terrorismus. In: Nohlen, Dieter/Grotz, Florian (Hg.): Kleines Lexikon der Politik, Bonn: Bundeszentrale für politische Bildung 2008, S. 573-578

M13 (Transnationaler) Terrorismus als Kommunikationsstrategie

Unter anderem die beiden bekannten Terrorismusforscher Ulrich Schneckener und Peter Waldmann stellten fest, dass Terroristen, die Anschläge auf die Zivilbevölkerung verüben, ihre Ziele gar nicht durch die Anschläge an sich erreichen möchten. Vielmehr seien die Attentate und ihre anschließende massenmediale Verbreitung als Kommunikationsstrategie gegenüber verschiedenen Adressaten zu verstehen:

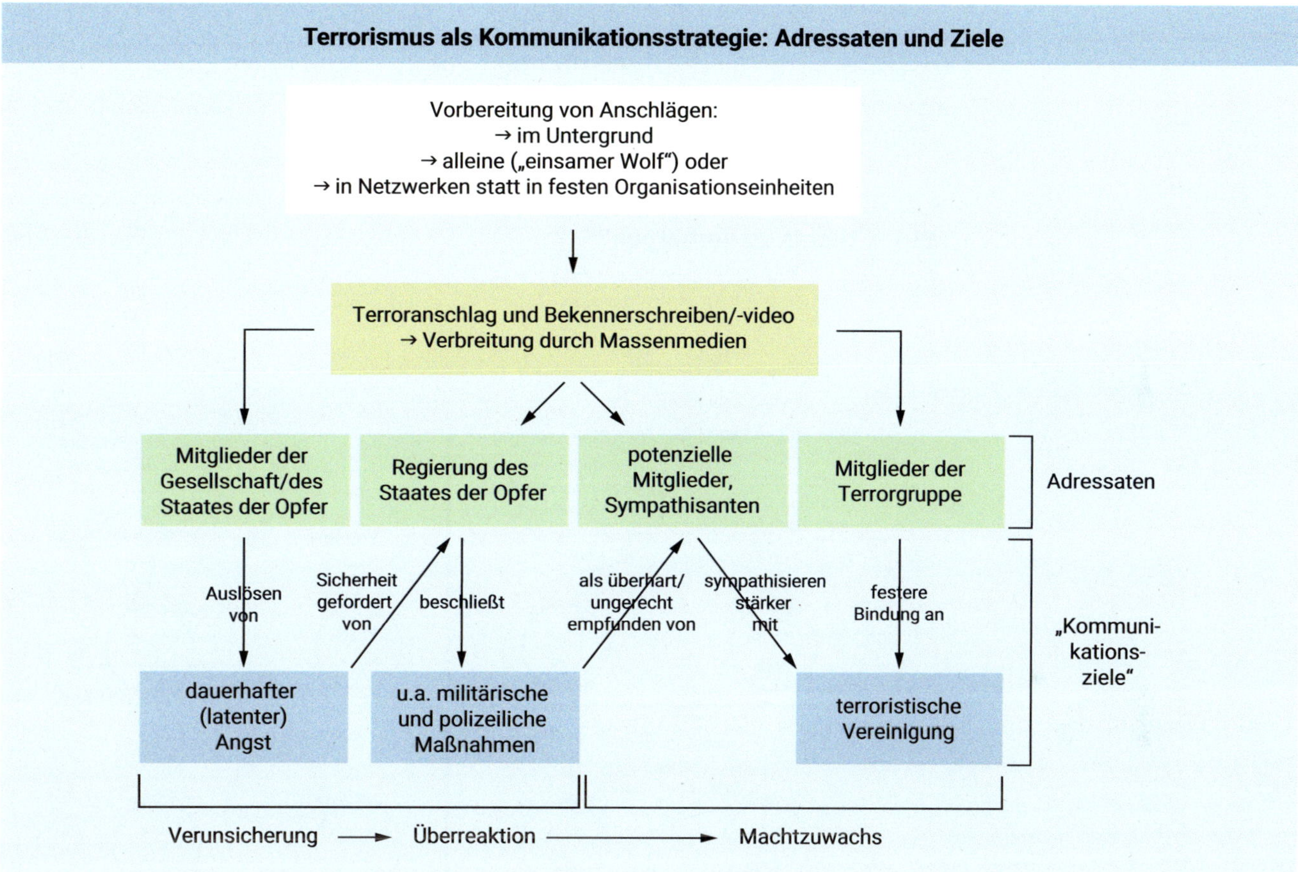

Bearbeiter

Aufgaben

1. Arbeiten Sie Dimensionen und Ursachen des Terrorismus' in der Sahel-Zone heraus (**M10b**, **M11**).
2. Erläutern Sie, warum es sich insbesondere bei Terrorismus, der sich gegen die Zivilbevölkerung richtet, um eine „Kommunikationsstrategie“ handelt (**M13**).
3. Sollten Deutschland, Frankreich und die Europäische Union die G5-Sahel-Truppe zur Bekämpfung islamistischer Terroristen mit mehr Geld unterstützen? Erörtern Sie diese Frage.

3.1.4 Der Bundestrojaner – legitimes und effizientes Mittel zur Terrorismusbekämpfung?

Zum Thema: Terrorismus wird nicht nur mit militärischen, geheimdienstlichen und politischen Mitteln im Ausland bekämpft, sondern auch mit sicherheitspolitischen Maßnahmen, die sich nach innen richten. Seit den Anschlägen am 11. September 2001 hat sich – nicht nur, aber auch – in Deutschland die Antiterrorgesetzgebung erheblich verschärft. Kritiker und teils sogar das Bundesverfassungsgericht bemängeln aber, dass durch solche Gesetze Bürgerrechte in unverhältnismäßiger Weise eingeschränkt werden. Es stellt sich also immer wieder die Frage, ob ein Sicherheitsgesetz als legitim und wirksam betrachtet werden kann.

M14 Nichts zu verbergen?!

Bearbeiter

Einstiegsaufgaben

1. Nehmen Sie an, eine dritte Person hätte vollen Zugriff auf die in Ihrem Smartphone gespeicherten Daten (u. a. Kommunikationsverläufe und -inhalte aus Messenger-Diensten und sozialen Netzwerken, Bilder, Videos, Musik, Browserhistorie, Suchmaschinenabfragen, Online-Einkäufe etc.). Stellen Sie dar, welcher Einblick sich dieser Person ergeben würde.
2. Diskutieren Sie im Kurs die Frage, inwieweit staatliche Ermittlungsbehörden vor dem Hintergrund einer terroristischen Bedrohungslage Einblick in ein privates Smartphone erhalten sollten.

M15 Wie funktioniert der Bundestrojaner?

Was ist ein Trojaner?

Als Trojaner wird eine Software bezeichnet, die mithilfe eines anderen Programms ohne Wissen und Zustimmung der Benutzer:innen auf Computer, Smartphones oder Tablets installiert wird, um im Hintergrund unbemerkt Funktionen auszuführen. Als Staats- oder Bundestrojaner werden Programme genannt, die staatliche Ermittlungsbehörden einsetzen.

Online-Durchsuchung und Quellen-TKÜ

Bei der sogenannten Quellen-Telekommunikationsüberwachung (Quellen-TKÜ) wird ausschließlich der Datentransfer im Überwachungszeitraum erhoben. Anders als bei der Vorratsdatenspeicherung, werden hier die Inhalte von E-Mails, Messenger-Chats, Audio- und Videogesprächen gespeichert und ausgewertet. Da viele dieser Kommunikationsmittel, wie z. B. Whats App und Skype, mittlerweile standardmäßig verschlüsselt werden, müssen die Ermittler auf die Endgeräte der Verdächtigen Zugriff besitzen, um die Informationen vor der Verschlüsselung bzw. nach der Entschlüsselung mitlesen zu können. Dies ist bei Telefonaten oder SMS nicht notwendig. Darüber hinaus zielt die Online-Durchsuchung auf eine möglichst umfassende Ausforschung des gesamten Systems eines Verdächtigen (Festplatten, Smartphone, Server...). Dies umfasst dann bspw. auch die vollständige Einsicht in gespeicherte Chatverläufe und Bilderalben. Technisch gesehen handelt es sich bei diesen Verfahren – wenn sie Sicherheitssysteme aushebeln – um Hacking.

Trojanisches Pferd
bezeichnet ein hölzernes Pferd der griechischen Mythologie, welches die Bewohner von Troja in ihre Stadt holten, nachdem es von ihren vermeintlich abgezogenen griechischen Feinden zurückgelassen worden war. Die im Bauch des Pferdes versteckten griechischen Soldaten öffneten in der folgenden Nacht die Stadttore, wodurch die Griechen den trojanischen Krieg für sich entscheiden konnten.

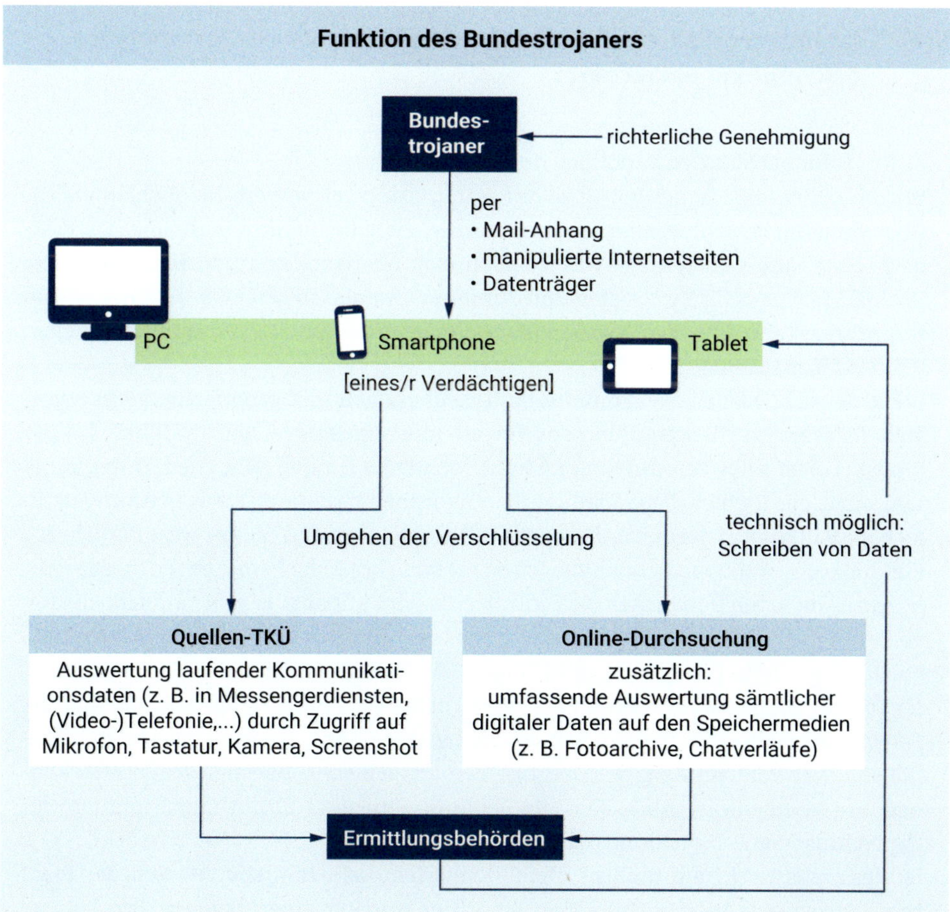

Bearbeiter (Text und Grafik)

M16 Welche gesetzlichen Regeln bestehen für den Einsatz des Bundestrojaners?

Im Jahr 2008 setzte das Bundesverfassungsgericht der Online-Durchsuchung sehr enge Grenzen: Sie ist nur bei einer konkreten Gefahr für überragend wichtige Rechtsgüter zulässig, etwa für Leib und Leben, oder wenn es um staatsgefährdende Straftaten geht. Dazu zählt insbesondere die Abwehr von Terrorismus und organisierter Kriminalität. Gleichzeitig definierte das Gericht ein „Grundrecht auf Gewährleistung der Vertraulichkeit und Integrität informationstechnischer Systeme" („IT-Grundrecht"), das in IT-Systemen gespeicherte persönliche Daten unter strengen Schutz stellt. Die Quellen-TKÜ erklärte das Bundesverfassungsgericht 2016 grundsätzlich für grundgesetzkonform. In jedem Fall ist eine Überwachung durch ein Gericht anzuordnen. Der Einsatz eines Bundestrojaners zur Quellen-TKÜ war zunächst dem Bundeskriminalamt vorbehalten. Doch seit einer Gesetzesänderung im Jahr 2017 kann die Polizei mit der Software auch andere Formen der Kriminalität verfolgen, so z. B. beim Verdacht auf Subventionsbetrug, Sportwettenbetrug oder Steuerhinterziehung. Nach einem Gesetzentwurf des Innenministeriums aus dem Jahr 2019 soll jedoch auch für die nationalen Nachrichtendienste (Bundesnachrichtendienst (BND) und Verfassungsschutz) die Möglichkeit geschaffen werden, Trojaner einzusetzen.

Bearbeiter

M17 Kontrovers diskutiert: Sollte der Staat Trojaner zur Terrorismusbekämpfung einsetzen?

Joachim Herrmann, CSU, ist seit 2007 Bayerischer Innenminister und in dieser Funktion zuständig für innere Sicherheit sowie den Verfassungsschutz im Freistaat. Herrmann vertritt dezidiert die Position eines starken Staates in Sicherheitsfragen und fordert mehr Rechte der Ermittlungsbehörden bei der Strafverfolgung.

a) Ermittlungsbehörden benötigen den Bundestrojaner

Wir brauchen gerade bei der Strafverfolgung dringend bessere Möglichkeiten zur Überwachung verschlüsselter Nachrichten. Es reicht heute nicht mehr aus, den Festnetz- oder Handy-Anschluss von Verdächtigen überwachen zu dürfen. Nach alter Rechtslage war es für Terroristen und Straftäter oftmals ein Leichtes, unbehelligt von Ermittlungsbehörden über Messenger wie WhatsApp oder Skype ihre kriminellen Pläne auszuhecken. [...]

[V]on der [...] „Quellen-Telekommunikationsüberwachung" erhoffen wir uns wertvolle Hinweise zur Bekämpfung des Terrorismus und schwerster Straftaten. [...] Der Einsatz [...] ist selbstverständlich an hohe rechtliche Hürden gebunden. Unter anderem muss ein Richter diese Maßnahmen anordnen beziehungsweise bestätigen. In keinem Fall geht es darum, unbescholtene Bürgerinnen und Bürger auszuforschen.

Für umso unverantwortlicher halte ich so manche kritische Parole gegen diese wichtigen zusätzlichen Befugnisse für Ermittler. Es wird offenbar gezielt versucht, die Bevölkerung zu verunsichern und Angst vor einem „datenfressenden Überwachungsstaat" zu schüren. Das geht aber völlig an der Realität vorbei: Die wahren Gefahren für unsere Bürgerinnen und Bürger gehen nicht vom Rechtsstaat aus. Es sind die Schwerverbrecher, die ganz genau wissen, wie sie dank modernster Kommunikationstechnik vor dem Auge des Gesetzes verborgen bleiben und sich abschotten können. Entscheidend ist doch, dass die Befugnisse unserer Ermittlungsbehörden mit der technischen Entwicklung Schritt halten können. [...]

Ist denn das Recht auf größtmögliche Sicherheit kein Bürgerrecht? Soll der Staat etwa Augen und Ohren verschließen, wenn der Verdacht einer schweren Straftat wie

Totschlag, Vergewaltigung oder die Bildung einer terroristischen Vereinigung besteht? Für mich ist klar: Wir müssen unsere Bürgerinnen und Bürger bestmöglich vor Kriminalität schützen – konsequent und mit Augenmaß.

Herrmann, Joachim: Die Debatte: Ist es richtig, dass der Staat bei WhatsApp mitliest?. In: www.focus.de, 01.07.2017

b) Massiver Eingriff in die Privatsphäre

Der vom Bundestag beschlossene Bundestrojaner [...] ist in jeder Hinsicht problematisch und der bisher grundrechtsinvasivste heimliche Eingriff überhaupt. Die Begründung der Befürworter des neuen Gesetzes ist so einfach wie falsch: Die Behörden sollten in der digitalen Welt endlich das können und dürfen, was sie in der analogen Welt schon längst könnten und dürften. Dies sei notwendig, um den neuen Herausforderungen durch den internationalen Terrorismus zu begegnen. Doch der beschriebene Nachholbedarf besteht gar nicht, stattdessen wird die mögliche Überwachung der Bürger auf ein bisher ungekanntes Maß ausgeweitet.

Durch ein infiziertes Smartphone können sich Ermittler Einblicke verschaffen, die durch analoge Überwachung undenkbar wären: Sie können nicht nur die Kommunikation mitlesen, sondern sich beispielsweise auch Zugriff zu Mikrofon und Kamera verschaffen. Das ermöglicht eine neue Dimension von Überwachung [...]. Natürlich, versichern die Befürworter der Neuregelung, werde sich die Überwachung im Rahmen des Gesetzes bewegen. Doch niemand kann garantieren, dass die Ermittler auch wirklich nur die Mittel nutzen, die sie nutzen dürfen, wenn die technischen Möglichkeiten zur Überwachung praktisch unbeschränkt sind.

Moderne Messenger-Apps wie WhatsApp verschlüsseln ihre Kommunikation. [...] Daraus ergibt sich technisch für die Ermittler die Notwendigkeit, die Geräte zuvor mit Schadsoftware zu infizieren. Um dies zu ermöglichen, müssen Sicherheitslücken auf Rechnern und Smartphones identifiziert oder von vornherein vorgesehen werden. Dazu muss sich der Staat mit Kriminellen einlassen, die den Zugang zu diesen Sicherheitslücken auf dem Schwarzmarkt anbieten. Wer diese Sicherheitslücken kennt, kann außerdem nicht nur ein Gerät übernehmen, sondern alle.

Ein Staat, der sich als Panzerknacker betätigt, darf sich dann auch nicht wundern, wenn durch die offenen Türen andere nachkommen. Beim neuen Bundestrojaner handelt es sich um den bisher tiefsten Eingriff in die Privatsphäre der Bürger.

Leutheuser-Schnarrenberger, Sabine: Die Debatte: Ist es richtig, dass der Staat bei WhatsApp mitliest?. In: www.focus.de, 01.07.2017

Sabine Leutheusser-Schnarrenberger ist ehemalige Bundesjustizministerin (1992-1996 und 2009-2013) und Mitglied der FDP. Thematischer Schwerpunkt in ihrer politischen Karriere ist die Bewahrung bürgerlicher Freiheitsrechte.

invasiv
unerwünschtes Eindringen

Aufgaben

1. Beschreiben Sie den Einsatz eines „Trojaners“ als Maßnahme zur Terrorismusabwehr (**M15, M16**).
2. Erläutern Sie die Grenzen, die das Bundesverfassungsgericht für den Einsatz von Spionagesoftware durch den Staat setzt (**M15, M16**).
3. a) Arbeiten Sie die Argumente für und gegen den Einsatz eines Bundestrojaners heraus (**M17**).
   b) Nehmen Sie Stellung zum Einsatz des Bundestrojaners für die Terrorismusabwehr.

H zu Aufgabe 2
Unterscheiden Sie die Online-Durchsuchung und die Quellen-TKÜ.

H zu Aufgabe 3a
Stellen Sie die Argumente unter Berücksichtigung geeigneter Kriterien/Grundwerte in einer Vergleichstabelle gegenüber.

H zu Aufgabe 3b
Beziehen Sie sich auf das Spannungsverhältnis zwischen den Grundwerten Freiheit und Sicherheit.

3.1.5 Die Situation in Mali – ein neuer Krieg?

Zum Thema: Insbesondere in Europa, aber auch anderswo auf der Welt war das Kriegsgeschehen im 20. Jahrhundert wesentlich davon geprägt, dass die regulären Armeen von zwei oder mehr Staaten gegeneinander (um Territorien, natürliche Ressourcen...) kämpften. Kriege solcher Art kann es auch heute noch geben, aktuell dominieren aber ganz andere Kriegsformen. Doch welche Merkmale haben diese „neuen Kriege“?

M18 Kriegsformen im Bild

1

Eine Panzerschlacht im Zweiten Weltkrieg

2

Rebellen der Volksgruppe der Tuareg auf einem Pickup in Mali

Einstiegsaufgabe

Leiten Sie aus den Bildern Unterschiede der abgebildeten Kriege ab.

M19 Was ist neu an den „neuen Kriegen“?

Herfried Münkler (*1951), deutscher Politikwissenschaftler, der durch das Theorem der Neuen Kriege sowie eine Imperialismustheorie bekannt geworden ist

Die Entwicklung des Kriegsgeschehens während der letzten drei Jahrzehnte bietet ein verwirrendes, zutiefst widersprüchliches Bild. Einerseits ist es zu einer weiteren Verrechtlichung des Gebrauchs kriegerischer Gewalt gekommen, andererseits ist in vielen Kriegen die Gestalt des Soldaten durch die eines Kriegers abgelöst worden, der sich [...] [keineswegs den] Bestimmungen des Kriegsvölkerrechts verpflichtet fühlt, sondern Gewalt anwendet, wie ihm dies gerade zweckmäßig und zielführend erscheint. Einerseits haben sich weltpolitische Regionen herausgebildet, in denen der Krieg kein ernstlich in Erwägung gezogenes Instrument der Politik mehr darstellt, wie das im größten Teil Europas der Fall ist, andererseits gibt es Gebiete, in denen der Krieg im Gefolge von Staatszerfall endemisch geworden ist. Ursächlich für die fehlende Friedensperspektive sind die Vielzahl der am Krieg beteiligten Akteure, ihre organisatorische Diffusität und schließlich die für die Neuen Kriege typischen Verbindungen zwischen Kriegsfinanzierung und internationaler Kriminalität. Viele der Neuen Kriege dauern aufgrund dieser Kriegsökonomie nicht Monate oder Jahre, sondern Jahrzehnte. [...]

[Es finden sich] drei Merkmale der neuen Kriege, die als deren Charakteristika gelten können:

1 Die schrittweise Privatisierung des Krieges, die zur Folge hat, dass die Staaten nicht länger die Monopolisten des Krieges sind.
Das mögen sie faktisch nie gänzlich gewesen sein, aber kriegsvölkerrechtlich und politisch ist seit dem 17. Jahrhundert in Europa stets mit der Annahme gearbeitet worden, dass sie es seien. Diese Annahme, Grundlage für viele Formeln des Völkerrechts, ist inzwischen in vielen Fällen nicht mehr aufrechtzuerhalten; para- und substaatliche Akteure haben einen mindestens ebenso großen Einfluss auf das Kriegsgeschehen gewonnen wie die Staaten und das von ihnen eingesetzte reguläre Militär. Die Vorstellung von der Westfälischen Ordnung, die vielen modellanalytischen Arbeiten der amerikanischen Politikwissenschaft zugrunde lag, ist, sofern sie auf der Annahme vom Staat als Monopolisten des Krieges beruht, obsolet geworden. Es sind Warlords unterschiedlicher Provenienz, die in den letzten zwei Jahrzehnten entscheidenden Einfluss auf das Kriegsgeschehen gewonnen haben.

2 Die Entstehung unüberwindbarer militärischer Asymmetrien und in Reaktion darauf die Asymmetrierung der Kriegsgewalt durch ansonsten unterlegene und kaum kampffähige Akteure.
Um die Dimension dessen zu begreifen, ist ein Blick in die Militär- und Kriegsgeschichte vonnöten, der zeigt, dass nicht Symmetrie, sondern Asymmetrie der Normalzustand des Krieges ist; Symmetrie konnte erst durch die Vereinbarungen und Konventionen der Krieger und später durch das Kriegsvölkerrecht in Verbindung mit dem Territorialstaat hergestellt werden. Die Entstehung von Asymmetrien gehört zur Evolutionsdynamik von Krieg, während Symmetrien durch kriegsethische Konventionen oder eine nachholende Modernisierung des Militärs erreicht wurden. Symmetrie ist darum das zunächst Unwahrscheinliche in der Kriegsgeschichte. Asymmetrierung ist jedoch von einer gleichsam naturwüchsigen Entstehung von Asymmetrien zu unterscheiden: Sie ist das Ergebnis strategischer Kalküle, mit denen die Stärken des Gegners in Schwächen verwandelt werden sollen.

3 Die Demilitarisierung des Krieges, womit gemeint ist, dass das reguläre Militär nicht länger der Monopolist der Kriegführung ist.
Das zeigt sich mit Blick auf die kriegführenden Parteien, die immer häufiger aus Kriegern und nicht mehr aus Soldaten bestehen, wie auch den Zielen kriegerischer Gewaltanwendung, bei der es nur noch selten um genuin militärische Objekte geht; meist sind es Zivilisten und zivile Infrastruktur, die getroffen werden sollen. Die Folge dessen ist die Erosion der Unterscheidung zwischen Kombattanten [= Kämpfern] und Nonkombattanten, die eine der wichtigsten Errungenschaften des Kriegsvölkerrechts gewesen ist. Aber mit der Demilitarisierung des Krieges löst sich auch die klare Unterscheidung zwischen Krieg und Frieden auf, und an die Stelle des Kriegsparadigmas tritt zunehmend das Kriminalitätsparadigma.

Die Theorie der Neuen Kriege geht davon aus, dass diese drei Veränderungen eng miteinander zusammenhängen und keine ohne die anderen verstanden und nachgezeichnet werden kann. Das ist die entscheidende Pointe der Theorie: Es ist das Zusammentreffen aller drei Veränderungen, welches das wesentlich Neue der Kriege ausmacht. Jeder einzelne dieser Stränge kann dagegen schon früher beobachtet werden […].

Das entscheidend Neue liegt also nicht in Einzelentwicklungen, sondern im Zusammenwirken von Privatisierung, Asymmetrierung und Demilitarisierung der Kriegsgewalt. Das klassische europäische Kriegsmodell hat seine frühere Präge- und Orientierungskraft verloren. Es gibt freilich keinen Grund, diesem Modell nachzutrauern. Der klassische Staatenkrieg hatte schon vor seiner Blockierung durch die Atombombe eine solche Zerstörungskraft entwickelt, dass er für hochentwickelte Industriegesellschaften nicht mehr führbar war, jedenfalls nicht in der direkten Konfrontation gegeneinander, also als symmetrischer Krieg. Das hatten der Erste und spätestens der Zweite Weltkrieg gezeigt. Die Staatenkriege, die nach 1945 noch geführt wurden, waren allesamt Kriege an der Peripherie der Wohlstandszonen, in denen Staaten gegeneinander kämpften, die ohne die Lieferung von Waffen und Material aus den fortgeschrittenen Industrieländern nicht kriegführungsfähig gewesen wären.

Münkler, Herfried: Kriegssplitter. Die Evolution der Gewalt im 20. und 21. Jahrhundert. Berlin: Rowohlt 2015, S. 210 f., 223 f., 227

M20 Hybride Kriege – neue Strategien von Staaten in Territorialkonflikten?

Die Begrifflichkeit der „Hybridität" entstammt den Naturwissenschaften und bezeichnet die Mischform von vorher getrennten Systemen. Diese Kombination von einem oder mehreren Komponenten führt zu einer neuen Form bzw. einer neuen Art. Diese Begrifflichkeit wurde in die Sicherheitspolitik übernommen und bezeichnet Bedrohungsformen, die aus einer Kombination aus bisher getrennten Formen der Gewaltanwendung zusammengeführt und kombiniert werden. [...]
Mit hybriden Bedrohungen kann ein staatlicher Akteur durch einen multidimensionalen Einsatz von Instrumenten aus einem „Werkzeugkasten" der hybriden „Kampfmittel" die Durchsetzung und Erzwingung seiner Interessen gegenüber einem anderen Staat bzw. einem Teilgebiet eines anderen Staates anstreben. Der Einsatz von nicht-militärischen Instrumenten wird meist in jenen Fällen erfolgen, in welchen eine direkte militärische Konfrontation wenig erfolgversprechend erscheint bzw. wenn dies zu einer internationalen Ächtung durch das Kriegsvölkerrecht führen würde. [...] Grundsätzlich können zwölf unterschiedliche Dimensionen von hybriden Instrumenten klassifiziert werden. Diese sind:

1 **Militärische Gewalt**, welche sowohl „offen" als auch „verdeckt" erfolgen kann. Gerade die verdeckten Operationen spielen oft eine zentrale Rolle in solchen Konflikten. Wie zum Beispiel die „Kleinen grünen Männchen" im Rahmen der Okkupation der Krim durch die Russische Föderation im Jahr 2014.

2 **Politische und justizielle Gewalt**, durch welche es zu einem direkten Nachteil für die Bürger und die Wirtschaft eines bestimmten Staates kommen kann. Durch legislative Änderungen kann in der Folge mit Mitteln des Rechtsstaates (z. B. Justiz) zu gezielter Verfolgung von bestimmte Personengruppen kommen (z. B. durch Enteignungen, Haftbefehle etc.)

3 **Informations- und Nachrichtendienste**, diese können neben der passiven Aufklärung und Informationsbeschaffung auch für offensive Operationen, wie die Manipulation von Informationen, Propaganda und Sabotage, eingesetzt werden. [...]

4 **Cyberraum**, in dieser Dimension sind die Möglichkeiten vielseitig und reichen vom Einsatz bestimmter Viren zur direkten Manipulation über Identitätsdiebstahl, Datenüberwachung und -manipulation bis hin zur Unterdrückung von Web-Diensten und der Veränderung von Inhalten auf Web-Seiten.

5 **Private Akteure**, diese umfassen private Militär- und Sicherheitsfirmen, paramilitärische Freiwilligenverbände und Milizen, aber auch kriminelle Organisationen. Diese privaten Konfliktakteure decken sich weitgehend mit den Akteuren in den neuen Kriegen, verfolgen oft eigene Ziele und tendieren zu einem grundsätzlich schwachen Staat. Gleichzeit kann es in hybriden Konfliktsituationen zu einer strategischen Partnerschaft mit einem Staat kommen, um einen gewissen Staat im Sinne der Zielsetzung des angreifenden Staates weiter zu schwächen.

6 **Volksbewegungen**, diese bestehen meist aus einer mobilisierbaren Masse aus Unzufrieden oder Marginalisierten, welche sich durch einen hybrid angreifenden Staat instrumentalisieren lassen und in Folge als bewaffnete Aufständische, politische oder religiöse Extremisten in Erscheinung treten. Diese setzen in weiterer Folge auch strategische Interessen eines hybrid offensiven Staates durch. Gerade die Aufwiegelung der Bevölkerung ist in vielen Fällen ein zentraler Moment des hybriden Konflikts.

7 **Terrorakte**, durch spektakuläre Terror- und Sabotageaktionen soll der Widerstandswille der Bevölkerung nachhaltig gestört werden. Der hybrid offensiv agierende Staat kann dafür sowohl Terrororganisationen passiv durch reine Gewährung der Handlungsfreiheit als auch aktiv direkt unterstützen.

8 **Diplomatie**, diese kann dazu genutzt werden, durch diplomatische Initiativen einen bestimmten Staat innerhalb der Staatengemeinschaft zu isolieren bzw. auch Allianzen und Staatenbündnisse zu destabilisieren und einen „Keil" zwischen deren Mitgliedsstaaten zu treiben.

9 **Realwirtschaft**, diese kann durch einen Lieferstopp von strategischen Rohstoffen und Energieträgern bzw. durch deren gezielter Aufkauf und andere Formen der Handelshemmnisse nachhaltig gestört werden. Aber auch die Kontrolle von bestimmten internationalen Verkehrswegen und wirtschaftliche Sanktionsmaßnahmen von Staaten oder Staatengruppen können Teil einer hybriden Bedrohungskulisse sein.

10 **Finanzwirtschaft**, diese kann durch das Abschneiden von internationalen Finanztransaktionssystemen, gezielte Wechselkursbeeinflussung, die Verschuldung der Staaten, verbunden mit den internationalen Ratings, aber auch durch den strategischen Einsatz von Staatsfonds nachhaltig gestört werden. [...]

11 **Wissenschaft & Technologie**, diese beiden Bereiche sind per se kein Instrument der hybriden Bedrohungen, haben aber unter Umständen eine indirekte Auswirkung auf hybride Konflikte. Beispielsweise kommt es zu einem gezielten grenzüberschreitenden Abwerben von Fachkräften und Akademikern in zentralen Forschungs- und Unternehmensbereichen (auch „brain-drain" genannt) [...].

12 **Medien** stellen eine weitere Dimension der hybriden Bedrohungsansätze dar. Der freie Gedanken- und Meinungsaustausch ist eine der zentralen Grundlagen der liberalen Demokratien. Medien sind substanzielle Mittel der Meinungsbildung in Gesellschaften, allerdings hat sich der Medienmarkt durch die modernen Informations- und Kommunikationstechnologien stark diversifiziert. [...] [E]ine mögliche Beeinflussung und Kontrolle der multimedialen „Konfiguration" einer Gesellschaft [ist] auch heute ein zentraler Machtfaktor. Medienkontrolle ist daher auch in hybriden Bedrohungen zu berücksichtigen, auf allen Medienebenen, im Internet (inklusive Soziale Netzwerke), aber auch den Massenmedien (Fernsehen, Radio etc.).

Bittner, Lukas: Die Entwicklung des Kriegsvölkerrechts und seine Herausforderungen durch Neue Kriege und hybride Konflikte. Masterarbeit. Universität Wien 2016, S. 74-78

Aufgaben

1. Beschreiben Sie die zentralen Elemente des Modells der „neuen Kriege" (**M19**).
2. Vergleichen Sie die Konzepte „neue" und „hybride Kriege" miteinander (**M19**, **M20**).
3. Charakterisieren Sie das Konfliktgeschehen in Mali als neuen Krieg.
4. Ordnen Sie das Führen „neuer Kriege" einer der sicherheitspolitischen Konstellationen zu ((prä-/post-)westfälisch) (**M9**, **M12**).

H **zu Aufgabe 2**
Fassen Sie die Vorstellung „hybrider Krieg" zusammen.

F **zu Aufgabe 3**
Ordnen Sie den Ukraine-Konflikt (und weitere Ihnen bekannte internationale Konflikte) in die Kriegstypologie ein.

ORIENTIERUNGSWISSEN

Mali-Konflikt – Ursachen und Akteure
M5, M7

Die gewaltsamen Konflikte im westafrikanischen Mali haben im Wesentlichen **sozioökonomische und politische Ursachen**. Die Versorgung ist in Mali außerordentlich ungleich verteilt: Während in Südmali und in unmittelbarer Umgebung des Nigers fruchtbare Gegenden existieren, ist der Rest der Landesteile in der Sahelzone und in der Sahara nur recht dünn besiedelt und sehr prekär versorgt. Dazu kommt noch die weit verbreitete Korruption bei den staatlichen Behörden und die politische Marginalisierung der Bevölkerungsgruppe der Tuareg. Das **starke Bevölkerungswachstum** trägt dazu bei, dass sich immer mehr junge Menschen als ökonomisch perspektivlos empfinden.

Zerfallende Staatlichkeit als sicherheitspolitisches Problem
M8, M9

(Modernen) Staaten werden die **Sicherheits**-, die **Rechtsstaats**- und die **Wohlfahrtsfunktion** zugewiesen. Insbesondere dann, wenn der Staat die Sicherheitsfunktion (zum Teil) nicht mehr erfüllen kann, weil sein **Gewaltmonopol** verloren geht, droht ein Staat zu scheitern. Aber auch bei erkennbaren Einschränkungen in der Rechtsstaats- und vor allem der Wohlfahrtsfunktion kann ein Staat als zerfallend bezeichnet werden.
Bei zerfallenen Staaten kann man auch von einer **prä-westfälischen Konstellation** sprechen, denn der Staat hat weder nach innen noch nach außen Kontrolle (u.a. seiner Grenzen und seines Territoriums).

Transnationaler (islamistischer) Terrorismus und Sicherheitsgesetzgebung
M11-M13, M15-M17

Terrorismus ist das gezielte, gewaltsame Vorgehen (auch) gegen Zivilisten zu politischen Zwecken. Dschihadistische Terrororganisationen gehen von der Vorstellung aus, dass ihre radikale Auslegung islamischer Glaubens- und Rechtsvorstellungen in islamisch geprägten Staaten gelten sollten. Dazu sollen Andersgläubige verfolgt und zum Verlassen der Länder bewegt werden.
Manche Terrororganisationen handeln nicht nur regional, sondern ihre Anhänger verüben auch Anschläge in westlichen Staaten (transnational). Dabei werden die Attentäter zunehmend nicht mehr von den Organisationen entsandt, sondern sie radikalisieren sich im Westen und verüben Attentate teils mit einfachen „Waffen" (z. B. Automobile). Anschläge werden wissenschaftlich als Kommunikationsversuche verstanden, die Regierungen zu „überharten" Gegenmaßnahmen provozieren sollen, welche wiederum zur weiteren Radikalisierung beitragen.
Innenpolitische Anti-Terrormaßnahmen, wie z. B. die Möglichkeit der Online-Durchsuchung oder die viel diskutierte Vorratsdatenspeicherung, müssen stets daraufhin überprüft werden, ob die Beschränkungen von Freiheit und Selbstbestimmung aller Bürgerinnen und Bürger gerechtfertigt sind, um möglicherweise einen Sicherheitszuwachs zu erhalten (Verhältnismäßigkeit).

Alte und neue Kriege
M19-M20

Als alte Kriege bezeichnet man die militärischen Auseinandersetzungen von zwei oder mehr Staaten mittels Waffengewalt. Neue Kriege weisen dagegen drei davon abweichende Merkmale aus:

- **Privatisierung:** Nicht mehr nur Staaten, sondern vermehrt auch Privatakteure (Warlords, Terroristen...) sind Kriegsparteien.
- **Asymmetrie:** Die Kriegsparteien sind oft nicht nur sehr unterschiedlich militärtechnisch ausgerüstet, sondern auch völkerrechtlich asymmetrisch. Staaten (und deren Armeen) sind Völkerrechtssubjekte mit bestimmten Rechten und Pflichten im Krieg, bei den oben genannten Akteuren gilt das so nicht.
- **Demilitarisierung:** Sowohl die Unterscheidung zwischen Kämpfern und Zivilisten wird schwieriger als auch die Grenzziehungen zwischen Krieg und Nicht-Krieg (z. B. keine Kriegserklärung) sowie Kampf und Kriminalität verschwimmen.

3.2 Beitrag zur Sicherheit oder Anheizer von Konflikten? Die Bundeswehr im Ausland

3.2.1 Was wollen „wir" in Westafrika? Auftrag und verfassungsrechtliche Grundlagen der Bundeswehr in Mali

Zum Thema: Obwohl es zwischen Deutschland und Mali erst einmal nur sehr wenige Berührungspunkte zu geben scheint, sind bis zu 1.450 deutsche Bundeswehrsoldatinnen und -soldaten nach Mali entsandt. Aber von wem, mit welchem Auftrag und rechtlichen Hintergrund und mit welchem Erfolg?

M1 Welches/Wessen Interesse verfolgt der Mali-Einsatz?

Mali-Einsatz: Deutschlands riskanter Freundschaftsdienst

In Mali kämpft Frankreichs Luftwaffe, um islamistische Kräfte zurückzuschlagen. Die Bundesregierung will den Verbündeten beistehen und bietet Paris logistische Hilfe an.

Gebauer, Matthias/Weiland, Severin: Deutschlands riskanter Freundschaftsdienst. In: www.spiegel.de, 14.01.2013

Einstiegsaufgabe

Als ein „riskanter Freundschaftsdienst" wurde der Einsatz der deutschen Bundeswehr in Mali an der Seite Frankreichs im Jahr 2013 in einem Zeitungsartikel bezeichnet. Leiten Sie vor dem Hintergrund dieser Formulierung mögliche Interessen für den Bundeswehreinsatz ab.

M2 Bundeswehr in Mali – in wessen und mit welchem Auftrag?

a) Im Auftrag der UNO

Die Bundeswehr unterstützt mit bis zu 1.100 Soldaten die vom Sicherheitsrat der Vereinten Nationen beschlossene Friedensmission MINUSMA („United Nations Multidimensional Integrated Stabilization Mission in Mali").

Es handelt sich für die Bundeswehr nicht um einen Kampfeinsatz. Die Bundeswehrsoldaten, die überwiegend im Camp Castor in der Stadt Gao sowie in der Hauptstadt Bamako stationiert sind, haben u. a. folgende Aufträge:

- Führungs-, Beobachtungs- und Beratungsaufgaben,
- Aufklärung und Beitrag zum Bild der Gesamtlage (z. B. mit Drohnen),
- Lufttransport,
- Einsatzunterstützung (z. B. Luftbetankung von Flugzeugen der Partner).

Bearbeiter

b) Im Auftrag der Europäischen Union

Neben einer kleineren Mission zur Ausbildung von Polizeikräften beschloss die Europäische Union (EU) im Jahr 2013 auf Ersuchen der malischen Regierung die EUTM Mali („European Union Training Mission Mali"). Dabei sollen

- malische Streitkräfte ausgebildet und
- das malische Verteidigungsministe-

MINUSMA
2013 vom UN-Sicherheitsrat beschlossene UN-Friedensmission (Resolution 2100) mit bis zu 13.289 Blauhelmsoldaten und 1.920 Polizisten (Stand: 2020). Aufgaben sind u. a.: Unterstützung der Waffenruhe, Schutz von Zivilpersonen, Herstellung der staatlichen Autorität, Schutz der Menschenrechte, humanitäre Hilfe.

rium beraten werden, damit das malische Militär in die Lage versetzt wird, künftig selbst Stabilität und Sicherheit im Land zu gewährleisten.

Deutschland entsendet im Rahmen dieser Mission bis zu 350 Bundeswehrsoldaten. Die Soldaten der EUTM Mali beteiligen sich nicht an Kampfeinsätzen oder anderen militärischen Operationen.

Bearbeiter

M3 Deutschlands sicherheitspolitische Grundsätze

Im sogenannten Weißbuch, das vom Bundesverteidigungsministerium erstellt und von der Bundesregierung verabschiedet wird, wird die sicherheitspolitische Lage Deutschlands beschrieben und es werden die Grundprinzipien sicherheitspolitischen Handels festgelegt.

Dabei wird ein enger Zusammenhang zwischen Krisen, Staatszerfall und humanitären Notlagen in anderen Staaten und der sicherheitspolitischen Lage in Deutschland gesehen. Insofern sei es geboten, präventiv, (militärisch) stabilisierend und nachsorgend Konflikte anzugehen. Nach dem „Ertüchtigungsansatz" sollen dabei primär die betroffenen Staaten „zur eigenständigen Übernahme von Sicherheitsverantwortung in einem umfassenden Sinne" befähigt werden.

Bearbeiter

Ertüchtigungsansatz [bedeutet,] einzelne Regierungen bzw. Regionalorganisationen zu befähigen, sicherheitspolitische Herausforderungen selbst zu bewältigen [...]. Etwa im Falle von EU-Missionen [ist] die Schwerpunktverlagerung vom „Sicherheitsanbieter" zum „Sicherheitsberater" unverkennbar. [...] [Z]wei grundlegende konzeptionelle Fragen [bestimmen] die Auseinandersetzung [um den Ansatz]: Inwieweit ist, erstens, die Befähigung von Konfliktparteien bzw. nichtstaatlichen Gewaltakteuren legitim, und in welchem Verhältnis steht, zweitens, Ertüchtigung zu direkter Stabilisierung durch militärisches Krisenmanagement?

Glatz, Rainer L. et al.: Auslandseinsätze der Bundeswehr im Wandel. In: SWP-Studie 7/2018, S. 14 f.

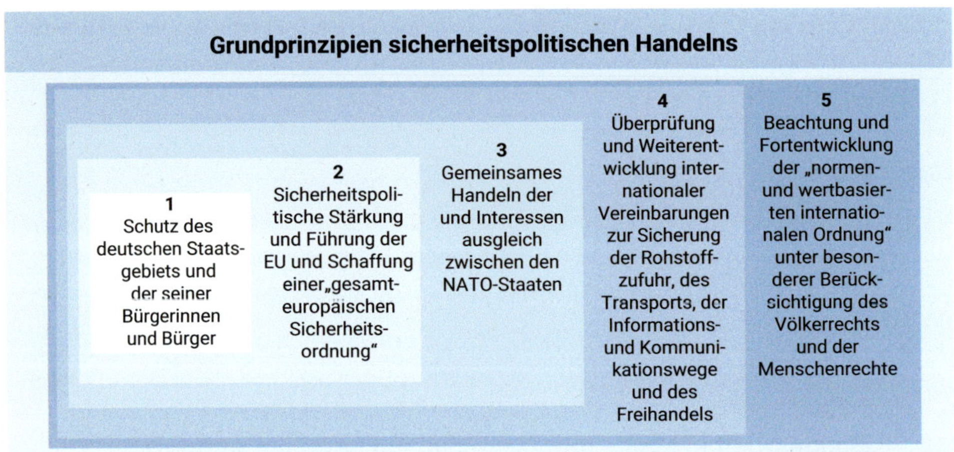

Bearbeiter, erstellt nach: Bundesministerium der Verteidigung (Hg.): Weißbuch 2016. Zur Sicherheitspolitik und zur Zukunft der Bundeswehr. Berlin: Bundesministerium der Verteidigung 2016, S. 48-52

M4 Verfassungsrechtliche Grundlagen deutscher Auslandseinsätze

a) Das Grundgesetz für die Bundesrepublik Deutschland zu Auslandseinsätzen

§ **Artikel 1: Menschenrechte**

(2) Das Deutsche Volk bekennt sich [...] zu unverletzlichen und unveräußerlichen Menschenrechten als Grundlage jeder menschlichen Gemeinschaft, des Friedens und der Gerechtigkeit der Welt.

§ **Artikel 26: Friedenssicherung**

(1) Handlungen, die geeignet sind und in der Absicht vorgenommen werden, das friedliche Zusammenlegen der Völker zu stören, insbesondere die Führung eines Angriffskrieges, sind verfassungswidrig. [...]

§ **Artikel 65a: Befehls- und Kommandogewalt**

(1) Der Bundesminister für Verteidigung hat die Befehls- und Kommandogewalt über die Streitkräfte.

§

Artikel 24: Übertragung von Hoheitsrechten – Kollektives Sicherheitssystem
(1) Der Bund kann durch Gesetz Hoheitsrechte auf zwischenstaatliche Einrichtungen übertragen. [...]
(2) Der Bund kann sich zur Wahrung des Friedens einem System gegenseitiger kollektiver Sicherheit einordnen; er wird hierbei in die Beschränkungen seiner Hoheitsrechte einwilligen, die eine friedliche und dauerhafte Ordnung in Europa und zwischen den Völkern der Welt herbeiführen und sichern.

§

Artikel 87a: Streitkräfte
(1) Der Bund stellt Streitkräfte zur Verteidigung auf. [...]
(2) Außer zur Verteidigung dürfen die Streitkräfte nur eingesetzt werden, soweit dieses Grundgesetz es ausdrücklich zulässt. [...]
(4) Zur Abwehr einer drohenden Gefahr für den Bestand oder die freiheitlich demokratische Grundordnung [...] kann die Bundesregierung, wenn die Voraussetzungen des Artikels 92 Abs. 2 vorliegen und die Polizeikräfte sowie der Bundesgrenzschutz nicht ausreichen, Streitkräfte zur Unterstützung der Polizei und des Bundesgrenzschutzes beim Schutze von zivilen Objekten und bei der Bekämpfung organisierter und militärisch bewaffneter Aufständischer einsetzen. [...]

b) Der Weg zum Mandat für einen Auslandseinsatz der Bundeswehr

Akteure und Prozesse der Mandatierung[1] von Auslandseinsätzen, nach Rechtsprechung des Bundesverfassungsgerichts (Stand: 2015)

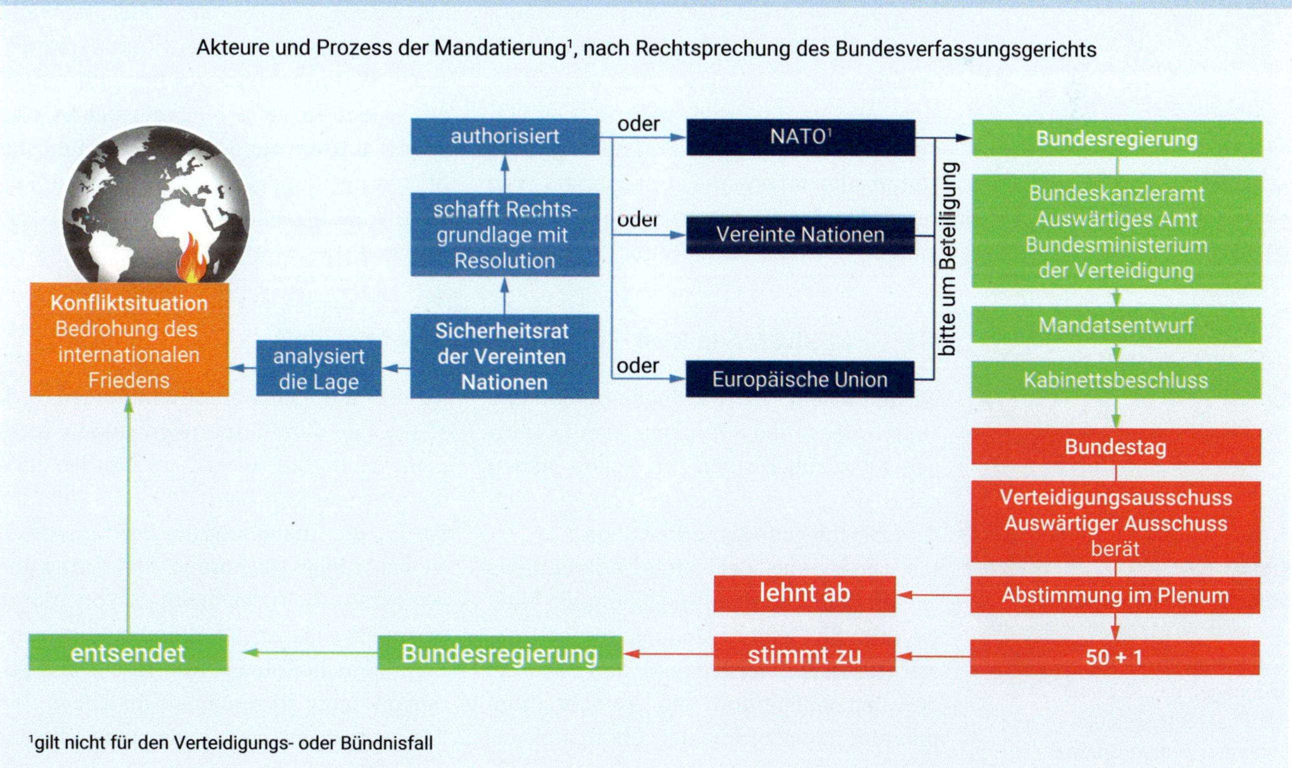

Nach: Bundeszentrale für politische Bildung, 2015; Lizenz: cc by-nc-nd/3.0/de/

c) Die Bundeswehr als Parlamentsarmee

Jeder Einsatz der deutschen Bundeswehr – ganz gleich ob im Ausland oder zur unmittelbaren Verteidigung des eigenen Territoriums – steht unter dem sogenannten „Parlamentsvorbehalt". Damit unterscheidet sich die Rechtslage in Deutschland deutlich von der vieler anderer Staaten. Das bedeutet, dass der Bundestag von der Bundesregierung konzipierte und beantragte Bundeswehreinsätze mit der absoluten Mehrheit der Stimmen beschließen muss, bevor Soldatinnen und Soldaten entsandt bzw. eingesetzt werden (s. u.). Der Parlamentsvorbehalt gründet in einem Urteil des Bundesverfassungsgerichts (BVerfG) aus dem Jahr 1994. Damals hatten die Bundestagsfraktionen von SPD und FDP eine verfassungsrechtliche Überprüfung dreier Bundeswehreinsätze beantragt. Das BVerfG stellte in diesem Zuge auch klar, dass eine Eingliederung deutscher Truppen in „Systeme gegenseitiger kollektiver Sicherheit" und damit ein zeitweises Abtreten von Hoheitsrechten (nach Art. 24 GG) grundsätzlich verfassungsgemäß ist. Das BVerfG ergänzte dieses Grundsatzurteil im Jahr 2015 anlässlich eines Antrags der Bundestagsfraktion von Bündnis 90/Die Grünen. Demnach gilt der Parlamentsvorbehalt – unabhängig von der Größe des Einsatzes – grundsätzlich immer. Zweitens ist die Bundesregierung aber bei „Gefahr im Verzug ausnahmsweise berechtigt", den „Einsatz vorläufig alleine zu beschließen". Sie muss aber so schnell wie möglich den Bundestag umfänglich informieren, damit der Bundestag über den Einsatz beschließen (ihn also ggf. auch umgehend wieder beenden) kann.

Gesetzlich umgesetzt wurde das BVerfG-Urteil von 1994 im „Parlamentsbeteiligungsgesetz" (2005). Danach hat der Bundestag zwar Entscheidungsgewalt über die Auslandseinsätze der Bundeswehr, formal aber keine Gestaltungsmacht bei deren Planung. Vielmehr ergreift die Bundesregierung die Initiative zur Entsendung deutscher Soldaten und gestaltet den Einsatz auch konkret aus. Sie informiert nach § 3 daraufhin den Bundestag über Art, Umfang (z.B. Höchstzahl der entsandten Truppen) und voraussichtliche Kosten des Einsatzes, bevor dieser zustimmt (oder nicht). Wenn die Verfügungsgewalt über Streitkräfte an intergouvernementale Instanzen (z. B. in der EU) oder an Sicherheitsbündnisse (z. B. NATO) ganz oder teilweise übertragen wird, können Bündnisinteressen und Parlamentsentscheidung einander möglicherweise entgegenstehen, was wiederum die militärische Handlungsfähigkeit der Bundesrepublik einschränken könnte.

Bearbeiter

M5 MINUSMA in Mali – eine erfolgreiche Mission?

CMA
Coordination des Mouvements de l'Azawad (Koordination der Bewegungen des Azawad), ein Zusammenschluss mehrerer Tuareg-Gruppen in Mali

[Die aktuellen] Entwicklungen in Mali [geben] Anlass, das Minusma-Mandat eingehend zu überprüfen. Im Fokus stehen dabei der Friedensprozess und die sich verschlechternde Sicherheitslage.

Die Umsetzung des Algier-Abkommens ist seit 2015 kaum vorangekommen, auch wenn in den letzten Monaten einige Fortschritte erzielt worden sind, und zwar bei der Demobilisierung von Kombattanten und der Einrichtung der Übergangsverwaltungen auf Distriktebene in Nordmali. Seit geraumer Zeit liegt der Konflikt im Norden auf Eis. Kampfhandlungen zwischen den Konfliktparteien finden nicht mehr statt. Die Gewalt im Norden geht überwiegend auf das Konto von Jihadisten [...], die unablässig die Vertragsparteien von Algier (Regierung und CMA) und Minusma ins Visier nehmen. So verloren beispielsweise am 20. Januar 2019 zehn Blauhelme bei einem Angriff auf das Minusma-Camp in Aguelhok ihr Leben. Der Friedensprozess, verstanden als politische und sicherheitspolitische Eingliederung nordmalischer Eliten in den Staat, ist fragil und umkehrbar, wird aber mittlerweile auf beiden Seiten als notwendig anerkannt. Finanzielle und materielle Anreize als sogenannte Friedensdividende tragen dazu bei, die Situation im Norden auf niedrigem Niveau zu stabilisieren. [...]

Bedenklicher als die Situation im Norden ist jene in den Regionen Mopti und Ségou in Zentralmali, wo sich die Gewalt zunehmend Richtung Südwesten ausweitet und die Grenzen zu Niger und Burkina Faso zudem längst überschritten hat. Vereinfacht lassen sich hier zwei Treiber unterscheiden, die eng miteinander verflochten sind: interethnische Gewalt sowie jihadistische Gewalt gegen den Staat und dessen Unterstützer. Der erste, wichtigste Typus ist Gewalt gegen Zivilisten, die vor allem Milizen der Volksgruppen Dogon und Peulh ausüben. Selbstschutz, Rache, Kriminalität und Konflikte um knappe lokale Ressourcen fachen diese Gewalt an. Seit etwa zwei Jahren kommt es in der Region Mopti regelmäßig zu Gräueltaten bei Angriffen auf Dorfgemeinschaften, bei denen nach VN-Angaben allein in den letzten 12 Monaten rund 600 Menschen zu Tode kamen und Tausende vertrieben wurden. Im Januar und Februar 2019 fanden 70 % aller malischen Menschenrechtsverletzungen in Zentralmali statt. [...]

Die zweite Kategorie von Gewalt geht von der jihadistischen Katiba Macina aus [...]. Sie richtet sich weniger gegen Zivilisten als vielmehr gegen die Sicherheitskräfte und die Minusma. Die Zahl der Attentate in Zentralmali, bei denen improvisierte Sprengfallen eingesetzt wurden, hat sich zwischen 2017 und 2018 auf 97 mehr als verdreifacht. Hinzu kommen Gewaltakte gegen Vertreter der staatlichen Ordnung (Administratoren, Lehrer, Dorfchefs etc.), mit denen die Jihadisten die bereits ausgedünnte und ineffektive staatliche Präsenz weiter zurückdrängen. In der Region Mopti sind nur noch zwischen 30 und 40 % der staatlichen Territorialverwaltung präsent, lediglich 1.300 Sicherheitskräfte sind in der weitläufigen Region (79.000 km²) stationiert, mehr als 500 Schulen geschlossen. Die Jihadisten instrumentalisieren lokale interethnische Konflikte, um Sympathisanten und Rekruten zu gewinnen. Dabei wird die Ethnisierung durchaus unterschiedlicher Konflikte forciert, die Stigmatisierung eines Teils der Gesellschaft (Peul) als „Jihadisten" vorangetrieben. Unterdessen kommt der Staat seinen Aufgaben nicht nach oder wird als repressiv und parteiisch wahrgenommen. [...]

Die öffentliche Meinung in Mali steht der Mission sehr kritisch gegenüber. Sie moniert [= bemängelt] deren Passivität und die Tatsache, dass den Blauhelmen die eigene Sicherheit wichtiger ist als der Schutz der Zivilbevölkerung.

Tull, Denis M.: VN-Peacekeeping in Mali. In: SWP-aktuell Nr. 23/April 2019, S. 2-4

Aufgaben

1. Stellen Sie die Ziele und die formale Legitimation des Bundeswehreinsatzes in Mali dar (**M2, M3**).
2. Ordnen Sie die Mali-Einsätze der deutschen Bundeswehr in die Sicherheitsstrategie der Bundesrepublik ein (**M2, M3**).
3. Arbeiten Sie die Bedeutung der einzelnen verfassungsrechtlichen Grundlagen für Auslandseinsätze der deutschen Bundeswehr heraus (**M4**).
4. Erklären Sie das Machtverhältnis von Bundestag und Bundesregierung bei Entscheidungen über Auslandseinsätze der Bundeswehr (**M4**).
5. Nehmen Sie Stellung zum Mali-Einsatz der Bundeswehr – auch vor dem Hintergrund der verfassungsrechtlichen Grundlagen.

F zu Aufgabe 2
Zwischen den verfassungsrechtlichen Grundsätzen für Bundeswehr-Auslandseinsätze und den Interessen der internationalen Sicherheitsorganisationen, in die Deutschland eingebunden ist, besteht nicht selten ein Spannungsverhältnis. Arbeiten Sie dieses Spannungsverhältnis heraus.

3.2.2 Sollte die Bundeswehr weiterhin im Ausland eingesetzt werden? Auslandsengagement im Lichte des Zivilmachtskonzepts

Zum Thema: In den vergangenen Jahren – auch verstärkt durch einen erkennbaren Rückzug der USA als militärische Ordnungsmacht etwa im Nahen Osten – haben sich die Forderungen intensiviert, vermehrt deutsche Soldaten im Ausland einzusetzen. Aber wäre eine Ausweitung der Auslandseinsätze der Bundeswehr überhaupt wirksam zur Konfliktbekämpfung? Und wie würde sich eine solche Entscheidung vertragen mit dem Selbstverständnis der Bundesrepublik Deutschland als Zivilmacht?

M6 Die Bundeswehr im Ausland – Einsatz in der ganzen Welt?

Ein Schaubild über die aktuellen Einsätze und Missonen der Bundeswehr (Stand: September 2020)

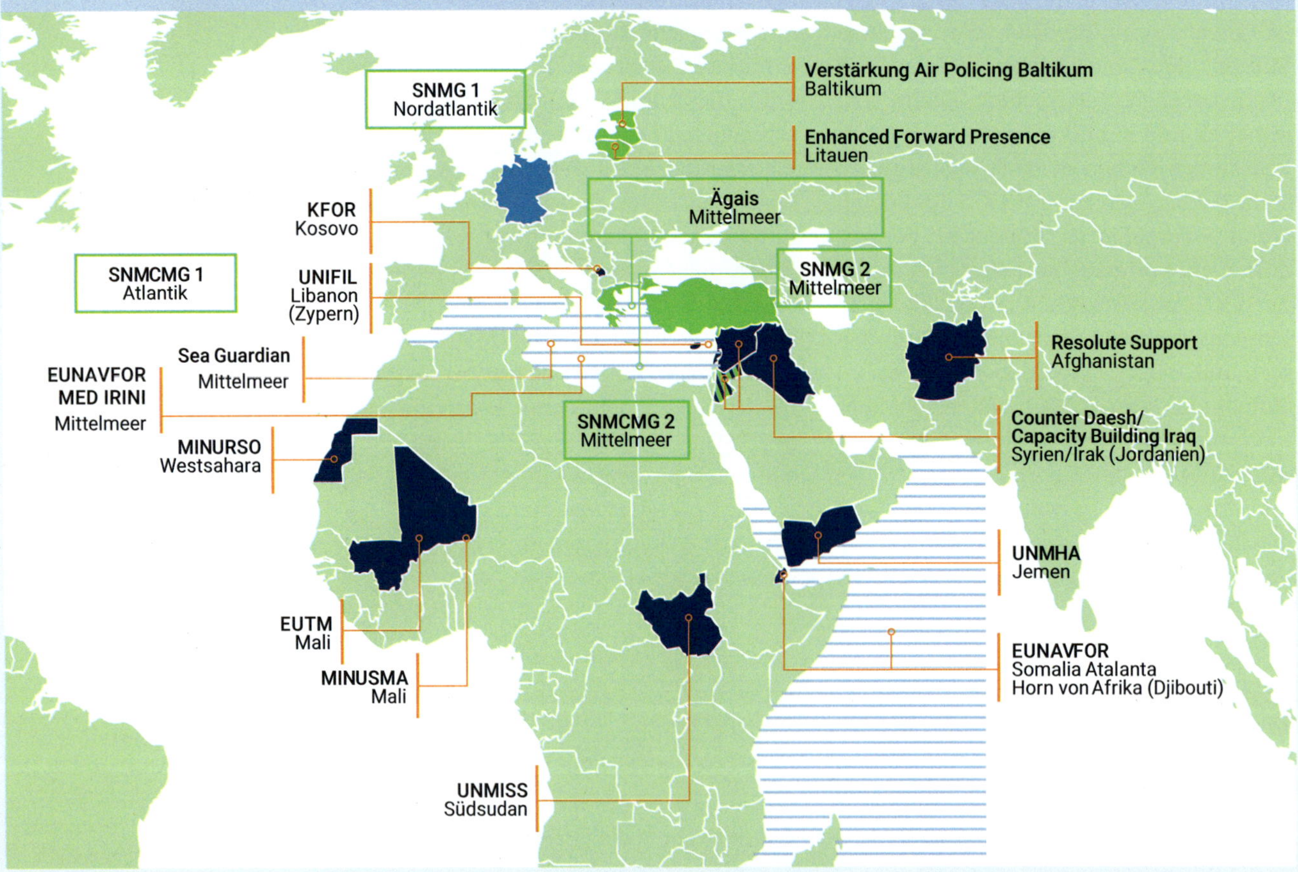

Bearbeiter

Einstiegsaufgabe

Sollte die Bundeswehr weiterhin im Ausland (außerhalb Europas) eingesetzt werden? Positionieren Sie sich zu dieser Frage auf einer Meinungslinie und begründen Sie Ihre Haltung.

M7 Wo ist die Bundeswehr aktuell im Einsatz?

Einsätze und Missionen der Bundeswehr im Detail (Stand: September 2020)		
Einsatz/Mission	**Einsatzgebiet**	**Stärke**
KFOR	Kosovo	bis zu 400 Soldaten
Enhanced Forward Presence	Litauen	500 Soldaten
Verstärkung Air Policing Baltikum (VAPB)	Baltikum	bis zu sechs Kampfflugzeuge
SNMG1	Nordatlantik	ein Schiff
SNMG2	Mittelmeer	ein Schiff
SNMCMG1	Nordatlantik	ein Schiff
SNMCMG2	Mittelmeer	ein Schiff
Ägäis	Ägäis	ein Schiff
EUNAVFOR MED IRINI	Mittelmeer	ein Seefernaufklärungsflugzeug, ein Schiff, bis zu 300 Soldaten
UNIFIL	Libanon (Zypern)	eine Korvette, 300 Soldaten
Resolute Support	Afghanistan	bis zu 1.300 Soldaten
Counter Daesh/ Capacity Building Iraq	Syrien/Irak (Jordanien)	bis zu 700 Soldaten
Sea Guardian	Mittelmeer	bis zu 650 Soldaten
UNMHA	Jemen	Bis zu 10 Beobachter (fünf Soldaten und fünf Polizeibeamte)
MINURSO	Westsahara	bis zu vier Soldaten
EUNAVFOR Somalia Atalanta	Horn von Afrika/Dschibuti	Schiffe (zum Beispiel eine Fregatte, ein Einsatzgruppenversorger, eine Korvette) und Flugzeuge (Seeaufklärungsflugzeug), bis zu 300 Soldaten
EUTM Mali	Mali	bis zu 350 Soldaten
MINUSMA	Mali	bis zu 1.100 Soldaten
UNMISS	Südsudan	bis zu 50 Soldaten

Bearbeiter; Quellle: www.bundeswehr.de

M8 Wann sind Staaten „Zivilmächte"?

Bei der Bildung des Idealtypus Zivilmacht wird davon ausgegangen, dass die zunehmenden Interdependenzen [= wechselseitige Abhängigkeiten] zwischen Staaten und zwischen Regierungen und Gesellschaften die den Entscheidungsträgern in den westlichen Industriestaaten (der sogenannten OECD-Welt) die Akkumulation [= Anhäufung] von Macht und Wohlfahrt durch unilaterale Strategien und Instrumente verwehren. [...] „[I]dealtypische Zivilmächte" [sind] Staaten oder In-

Transformation der Bundeswehr

1989
- Bundeswehr: Truppenstärke ca. 495.000 Soldaten (davon ca. 218.000 Wehrdienstleistende)
- Nationale Volksarmee der DDR (NVA): Truppenstärke ca. 155.000 Soldaten (zzgl. Grenztruppen)

1990
- Auflösung der NVA
- Verteidigungsetat (inkl. NVA): 57,54 Mrd. DM (29,42 Mrd. Euro) = 15,1 % des Bundeshaushalts
- 2 + 4-Verträge (zur deutschen Einigung) setzen maximale Truppenstärke auf 370.000 Soldaten fest
- Erster „Out-of-area-Einsatz": u. a. Minenräumung im Persischen Golf

1992
- Beginn der Unterstützungseinsätze im Rahmen der Staatenzerfallskriege Jugoslawiens

1994
- Truppenstärke: 370.000 Soldaten (davon ca. 150.000 Wehrdienstleistende)
- Bundesverfassungsgericht urteilt, dass der Bundestag allen Auslandseinsätzen der Bundeswehr (nach Art. 24 GG) zustimmen muss (Parlamentsarmee).

1999
- Erster Kampfeinsatz der NATO und der Bundeswehr, Bombardierung der jugoslawischen Armee zum

Schutz von verfolgten Kosovo-Albanern; kein UN-Mandat
- UN-Mandat zur Einrichtung einer ständigen NATOSchutztruppe im Kosovo (KFOR); Gesamtstärke 2012: 6.000 Soldaten (davon 1.230 deutsche)

2001
- Terroranschläge in den USA (11.9.); NATO ruft ersten Bündnisfall aus
- Zweiter Kampfeinsatz: im Rahmen des UN-Mandats ISAF sind deutsche Soldaten in Afghanistan zur Sicherung der Regierung sowie als zivile Aufbauhelfer im Einsatz

2011
- Truppenstärke: 221.000 Soldaten
- (davon ca. 9.300 Wehrdienstleistende)
- Verteidigungsetat: 31,55 Mrd. Euro = 10,3 % des Bundeshaushalts
- Aussetzung der Wehrpflicht zum 1. Juli 2013
- NATO-Einsatz an der syrischen Grenze des EU-Beitrittskandidaten Türkei
- Beginn des Auslandseinsatzes im westafrikanischen Mali 2014
- großteiliger Abzug aus Afghanistan

2019
- Pläne zur Stärkung der Landesverteidigung sowie Führung der schnellen Eingreiftruppe der NATO

stitutionen, die aktiv zur Zivilisierung der internationalen Beziehungen, i. e. zu deren Verregelung und Verrechtlichung beitragen. [...] Zivilmächte [streben] in ihren Außenbeziehungen danach, die gewaltsame Durchsetzung von Regeln (Politik durch Macht) durch die Internalisierung [= Verinnerlichung] sozial akzeptierter Normen (Politik durch Legitimität) zu ersetzen. [...] [B]ei der vergleichenden empirischen Analyse des außenpolitischen Verhaltens der USA und der Bundesrepublik [haben sich] drei Normen/Rollensegmente als [für eine Zivilmacht] zentral herausgestellt:

a) die Bereitschaft und Fähigkeit internationale Beziehungen durch die Initiierung [= Anstoßen] multilateralen Handelns zu zivilisieren;
b) die Bereitschaft durch den Transfer [= Übergabe] von Souveränität an internationale Institutionen als Unterstützer kollektiver Sicherheitsarrangements aufzutreten;
c) die Bereitschaft zur Realisierung einer zivilisierten internationalen Ordnung auch wenn dies gegen kurzfristige „nationale Interessen" verstößt. [...]

Wissenschaftlich betrachtet dient der „Idealtyp Zivilmacht" dem Ziel, als Maßstab (Kriterienkatalog) bei einer vergleichenden Analyse von Außenpolitiken zu dienen (Zivilmacht als Rollenkonzept und analytisches Instrument). Auf einer zweiten Ebene dient Zivilmacht als Begriff für eine besondere Form der sozialen Macht, die sich bei der Durchsetzung spezifischer Ziele (Zivilisierung der IB) besonderer Instrumente bedient, i. e. nicht-militärischen Instrumenten, Stärkung internationaler Institutionen und vertraglicher Verpflichtungen etc. (Zivilmacht als außenpolitisches Instrument). Drittens soll der Begriff der Zivilmacht eine spezifischen Akteur bezeichnen, der die Zivilisierung der Internationalen Beziehungen anstrebt.

Harnisch, Sebastian: Deutsche Außenpolitik nach der Wende: Zivilmacht am Ende?. Beitrag für den 21. DVPW-Kongress in Halle, 1.-5. Oktober 2000. Trier 2000, S. 3-5.

M9 Die Linke: Alle Auslandseinsätze beenden!

Seit 1991 entsendet die Bundeswehr Truppen in den Auslandeseinsatz, d. h. über das Territorium der Bundesrepublik hinaus. [...] [Die] Bundesrepublik [hat] bisher Soldaten in insgesamt 52 Auslandseinsätze geschickt [...], und dafür insgesamt 21 Mrd. Euro für Auslandseinsätze [ausgegeben]. 410.000 Soldaten wurden seitdem ins Ausland geschickt, 108 Bundeswehrsoldaten starben bisher in ihnen. [...] Zwei aktuelle Einsätze zeigen in besonderer Weise die Folgen der Auslandsengagements der Bundeswehr: Afghanistan und Mali.

Seit Beginn des Krieges in Afghanistan im Jahr 2001 sind 2,6 Millionen Afghaninnen und Afghanen ins Ausland geflohen. 1,2 Mio. Menschen sind innerhalb Afghanistans auf der Flucht. Die Zahl ziviler Opfer wird auf mehrere Hunderttausend geschätzt. Die Gegner der Regierung und der NATO, die Taliban, wurden indes nicht schwächer, sondern stärker: die Regierung in Afghanistan beherrscht heute nur noch 35 Prozent des Landes. Einzige Perspektive ist ein blutiges Patt bis zum St. Nimmerleinstag, und nur noch mehr Tote. Bisher hat die Gefolgschaft der Bundesrepublik in diesem Krieg 54 Bundeswehrsoldaten das Leben gekostet.

In Mali soll die Bundeswehr seit 2014 angeblich den Franzosen helfen, ein Friedensabkommen durchzusetzen. Jedoch ist das Land heute weiter von dieser Wunschvorstellung entfernt als je. Die Anwesenheit ausländischer, vor allem französischer Truppen hat entscheidend dazu beigetragen, dass sich der Konflikt zwischen verschiedenen Bevölkerungsgruppen immer weiter vertiefte, und war Wasser auf die Mühlen islamistischer Extremisten. Legitime Anliegen, wie die der Tuareg nach Autonomie und wirtschaftlicher Entwicklung, werden kriminalisiert. Zur gleichen Zeit gehört zur Wahrheit: Im Norden Malis, sowie im benachbarten Niger, gibt es Uranvorkommen, die französische Konzerne, allen voran der Konzern Areva, für ihre Kernkraftwerke abbauen, von denen Frankreichs Stromversorgung sehr abhängig ist. Diese ökonomischen Interessen sollen geschützt werden.

Das Land selbst versinkt weiter im Bürgerkrieg, die französische Armee wird durch ihr brutales Vorgehen in diesem Konflikt selber immer mehr zur Kriegspartei. Mit der Erweiterung des Auftrags für deutsche Bundeswehrsoldaten innerhalb der UN-Mission MINUSMA assistiert die Bundesrepublik Frankreich immer mehr in einem neokolonialen Militäreinsatz. Die ersten beiden toten Bundeswehrsoldaten in Mali waren am [26.07.2017] beim Absturz eines Kampfhubschraubers zu beklagen.

Nach 25 Jahren Auslandseinsatzpraxis ist es endlich an der Zeit, Schlussfolgerungen und Konsequenzen zu ziehen: Kein einziger der Auslandseinsätze hat das gehalten, was in den Mandaten, die der Bundestag zu ihrer Entsendung verabschiedete, versprochen wurde. Kein einziger hat das jeweilige Land wirklich befrieden können – und nun wird mit diesem Umstand wiederum die weitere Präsenz der Bundeswehr dort gerechtfertigt. Der seit Jahrzehnten von der Bundesregierung propagierte Ansatz der zivil-militärischen Zusammenarbeit wird von der Mehrheit aller entwicklungspolitischen Hilfsorganisationen abgelehnt: Im Endeffekt werden Soldaten immer als Besatzer gesehen, und nicht als Brunnenbauer oder Entwicklungshelfer. Die Linke fordert daher den Abzug der Bundeswehr aus allen [auch aus den UN-mandatierten] Auslandseinsätzen. Auch die sogenannte Sicherheitspolitische Kooperation der Bundesregierung mit verschiedenen Armeen in Asien und Afrika [...] lehnt DIE LINKE. ab. Für die ernste Situation in vielen Entwicklungsländern ist ein militärisches Engagement genau das falsche Mittel. Angesichts der kriegerischen Vergangenheit Deutschlands sollte sich die Bundesrepublik im Gegenteil bemühen, ein Vorreiter in der Entwicklungspolitik zu sein. Die Linke fordert gegenüber diesen Ländern vor allem eine gerechtere Welthandelspolitik, und vergrößerte Anstrengungen in der Entwicklungshilfe, die auf die wirklichen Bedürfnisse der Menschen in diesen Ländern ausgerichtet werden muss.

Fraktion DIE LINKE. im Bundestag: Bundeswehr-Auslandseinsätze. Themenpapier der Fraktion. In: www.linksfraktion.de (Abruf am 01.05.2021)

Aufgaben

1. Geben Sie die Argumente der Bundestagsfraktion „Die Linke" gegen (zukünftige) Auslandseinsätze der Bundeswehr wieder (**M9**).
2. Entwickeln Sie eine Gegenposition zur Haltung der Fraktion „Die Linke". Berücksichtigen Sie dabei mindestens die Werte „Sicherheit" und „Frieden" sowie das Kriterium „(internationales und Menschen-)Recht".
3. Arbeiten Sie heraus, inwieweit Deutschland sich in seiner Außen- und Sicherheitspolitik am „Zivilmachtskonzept" orientiert (**M8**).
4. Nehmen Sie Stellung, ob bzw. unter welchen Bedingungen die Bundeswehr weiterhin im Ausland eingesetzt werden sollte.

F zu Aufgabe 2
Formulieren Sie eine Gegenrede im Bundestag eines/einer Abgeordneten der CDU/CSU-Fraktion.

Die Transformation der Bundeswehr zur Armee out of area – Deutschland als Zivilmacht
M3, M8

War die Bundeswehr (genauso wie die Nationale Volksarmee der DDR) bis zur deutschen Wiedervereinigung noch im Wesentlichen ein stehendes Heer mit der Aufgabe der Landesverteidigung gegen unmittelbare Angriffe, hat sich die Funktionsbeschreibung ganz wesentlich geändert. Die aktuellen **sicherheitspolitischen Herausforderungen** sieht die Bundesregierung in der Bündnissolidarität (EU, NATO), dem Verhindern von bzw. Eingreifen in humanitäre(n) Krisen (auch um Flüchtlingsbewegungen nach Europa einzudämmen), in der Sicherung der Rohstoffzufuhr sowie in der Bekämpfung des internationalen Terrorismus. Dabei möchte Deutschland in Einklang mit der internationalen Gemeinschaft agieren (u. a. militärisches Vorgehen nur mit Mandat des UN-Sicherheitsrates).
Damit ist Deutschland als **Zivilmacht** zu bezeichnen. Das bedeutet, dass erstens multilaterales Handeln Vorzug vor unilateralem hat, auch wenn dafür kurzfristig Nachteile bezogen auf Eigeninteressen in Kauf genommen werden müssen; und dass zweitens Souveränitätsrechte (z. B. Entscheidung über Krieg) an internationale Organisationen (UNO) abgegeben werden.

Verfassungsrechtliche Grundlagen für Auslandseinsätze der Bundeswehr
M4

Nach **Artikel 87a des Grundgesetzes** (GG) stellt der Bund Streitkräfte zur Territorialverteidigung auf. Verfassungsrechtlich ist es nach **Art. 24 GG** möglich, dass der Bund seine eigenen Hoheitsrechte an ein „System gegenseitiger kollektiver Sicherheit" abgibt – allerdings ausschließlich zum Zweck, **eine friedliche Ordnung in Europa und der Welt** zu schaffen. Die Etablierung einer europäischen Armee mit deutscher Beteiligung wäre vor diesem Hintergrund möglich.
Die Bundeswehr wird heute als **„Parlamentsarmee"** bezeichnet, da der Bundestag – anders als in den meisten anderen Staaten – jeden Auslandseinsatz bzw. dessen Verlängerung zustimmen muss. Dies geht auf zwei Urteile des Bundesverfassungsgerichts aus den Jahren 1994 und 2015 zurück. Das Recht des Bundestags geht laut **Parlamentsbeteiligungsgesetz** aber nicht so weit, dass er auch an der Planung der Bundeswehreinsätze beteiligt wird. Für die Ausarbeitung der Bundestagsvorlage (Art des Einsatzes, Kontingent, Bewaffnung...) ist allein die Bundesregierung zuständig.
Die Tatsache, dass die Bundesregierung stets auf die Zustimmung des Parlaments in Fragen der Bundeswehr-Auslandseinsätze angewiesen ist, dass sie aber gleichzeitig über internationale Militäreinsätze verhandelt, führt zu einem **Spannungsverhältnis**. Kritiker der Zustimmungspflicht sehen dadurch das souveräne Agieren der Bundesrepublik in ihren sicherheitspolitischen Bündnissen gefährdet. Befürworter begrüßen hingegen die zusätzliche Regierungskontrolle sowie die Legitimitätssteigerung durch das direkt vom Volk gewählte Parlament. Die etwas verzögerte Entscheidungsfindung führe nicht zu einer sicherheitspolitischen Unzuverlässigkeit der Bundesrepublik.

Diskussion um Auslandseinsätze der Bundeswehr
M9

Im Spektrum der bei Wahlen erfolgreichen Parteien wendet sich lediglich Die Linke gegen Auslandseinsätze der Bundeswehr. Sie argumentiert, dass erfahrungsgemäß ausländisches Militär Staaten nur weiter destabilisiere und den Konflikt anheize. Die Konfliktfolgen würden dadurch verschlimmert. Militärische Konfliktlösungen gebe es nicht. Der letzten Aussage stimmen durchaus auch Befürworter von Auslandseinsätzen zu. Allerdings führen sie an, dass teilweise nur durch Militär Konfliktparteien getrennt und ziviler Aufbau abgesichert werden könne.

3.3 Aufbau und Schutz staatlicher Strukturen – komplexes Peacekeeping der UNO und Arbeit von Nichtregierungsorganisationen

3.3.1 Was bräuchte Mali auf dem Weg zu einem stabil friedlichen Staat?

Zum Thema: Wann ist ein Staat eigentlich als friedlich, eine Gesellschaft als zivilisiert einzustufen? Zur Beantwortung u. a. dieser Frage hat der Bremer Friedensforscher Dieter Senghaas das Modell des „Zivilisatorischen Hexagons" entwickelt.

M1 Was ist nötig für eine friedliche Gesellschaft?

Das Graffiti zeigt eine Friedenstaube in kugelsicherer Weste. Es ist in Bethlehem (Westjordanland) zu finden und wird dem Graffiti-Künstler Banksy zugeschrieben.

Einstiegsaufgabe

Wann lässt sich ein Staat im Inneren bzw. eine Gesellschaft als friedlich bezeichnen? Führen Sie ein Blitzlicht in Ihrem Kurs durch, ordnen Sie die Ergebnisse und stellen Sie Zusammenhänge zwischen den einzelnen Elementen von gesellschaftlicher Friedlichkeit her.

M2 Was fehlt Mali zur Friedlichkeit? Analyse mit dem Zivilisatorischen Hexagon

Dieter Senghaas (*1940) mehrfach preisgekrönter Professor für interkulturelle und internationale Studien an der Universität Bremen mit Schwerpunkt in der Friedensforschung

[Sechs] Bedingungen für eine zivilisierte, d. h. nachhaltig gewaltfreie Bearbeitung von unvermeidlichen Konflikten müssen hervorgehoben werden („zivilisatorisches Hexagon"):

Erstens: Da ist zunächst einmal das **legitime Monopol staatlicher Gewalt,** d. h. *die Sicherung der Rechtsgemeinschaft,* zu nennen, was für jede moderne Friedensordnung von grundlegender Bedeutung ist: Nur eine „Entwaffnung der Bürger", die Entprivatisierung von Gewalt, nötigt diese dazu, ihre Identitäts- und Interessenkonflikte mit Argumenten und nicht mit Gewalt auszutragen. Nur unter solchen Vorzeichen werden potentielle Konfliktparteien zur argumentativen Auseinandersetzung und damit zu deliberativer [hier: verhandlungsorientierter] Politik im öffentlichen Raum gezwungen. Die Bedeutung des Sachverhalts wird überall dort dramatisch erkennbar, wo das Gewaltmonopol zusammenbricht und es zu einer Wiederbewaffnung der Bürger kommt [...].

Das Gewaltmonopol bedarf aber, **zweitens**, der **rechtsstaatlichen Kontrolle**, soll es nicht einfach Ausdruck von Willkür sein. Ohne solche Kontrolle, die der Inbegriff des modernen Verfassungsstaates ist, wäre das Gewaltmonopol, rechtlich uneingehegt, nichts anderes als Diktatur, also pure Herrschaft des Stärkeren und damit des Faustrechts. Rechtsstaatlichkeit (*rule of law*) legt die Spielregeln des politischen Meinungs- und Willensbildungspozesses und der Entscheidungsfindung, auch der Rechtsdurchsetzung von einmal gesetzten Rechtsgeboten fest. [...] Rechtsstaatlich verfasste politische Ordnungen hegen das Gewaltmonopol ein; erst dadurch wird es legitim. [...]

Zu den einhegenden, kontrollierenden und das Gewaltmonopol transformierenden, insbesondere verrechtlichenden Prinzipien gehören u.a. der Schutz von Grundfreiheiten, die Gewährleistung von Menschenrechten durch Gesetze, die Gleichheit der Bürger und Bürgerinnen vor dem Gesetz; als einer der wesentlichsten Punkte: die Gewaltenteilung; ferner die freie Wahl und das Recht auf politische Partizipation; das verfassungsgemäße Handeln von Regierungen, die Rechtsgebundenheit von Regierung und Verwaltung, das Prinzip der Öffentlichkeit, [...] die Unabhängigkeit der Richter und der Staatsanwaltschaft, die Eindeutigkeit der vor dem Strafverfahren festgelegten Strafverfahrensregeln, das Recht auf Rechtsbeistand im Falle von Strafverfolgung, das Recht auf öffentliches und faires Gerichtsverfahren, das Recht auf Verteidigung, eine Strafverfolgung nur bezüglich gesetzlich festgelegter Tatbestände, die Unschuldsvermutung bis zum richterlichen Nachweis der Schuld usf. [...]

So verfasste politische Systeme lassen weiche und unfertige Problemlösungen auf Zeit entstehen, die einem Versuchs- und Irrtumsprozess unterliegen. Man könnte deshalb eine rechtsstaatliche Ordnung als institutionalisiertes Dauerlernen hinsichtlich der Bearbeitung von Konflikten, die für die Allgemeinheit von Bedeutung sind, interpretieren. [...]

Eine weitere wesentliche Bedingung für inneren Frieden besteht, **drittens**, in **Affektkontrolle**, die aus vielfältigen **Interdependenzen** erwächst: Die Entprivatisierung von Gewalt („die Entwaffnung der Bürger") und die Sozialisation in eine Fülle von institutionalisierten Konfliktregelungen implizieren [hier: bewirken] eine Kontrolle von Affekten. Solche Selbstkontrolle wird maßgeblich durch die Herausbildung von großflächig angelegten Verflechtungen [...] unterstützt, weil diese, zu beobachten vor allem in arbeitsteiligen Ökonomien, ein erhebliches Maß an Berechenbarkeit erfordern und in der Folge Erwartungsverlässlichkeit mit sich bringen. Moderne Gesellschaften sind vielgliedrig ausdifferenziert; die Menschen sind in ihnen vielfältige „Rollenspieler" mit aufgefächerten Loyalitäten. Vielfältige Rollenanforderungen [...] führen [...] zu einer Mäßigung des Konfliktverhaltens, zu einer Zähmung der Affekte, weil ohne letztere in komplexen Umwelten, wie sie modernisierende und moderne Gesellschaften darstellen, ein Zusammenleben gar nicht denkbar wäre.

Andererseits ist, **viertens**, aber **demokratische Teilhabe** erforderlich. Denn dort, wo Menschen sich nicht in öffentliches Geschehen einmischen können, sei es aus Gründen rechtlicher oder sonstiger Diskriminierung, entsteht „Rechtsunruhe" [...], schlimmstenfalls ein Konfliktstau, der in politisierbaren Gesellschaften zur Produktionsstätte von Gewalt werden kann. Demokratie als die Grundlage von institutionell geregelter Rechtsfortbildung ist also kein Luxus, sondern eine notwendige Voraussetzung für friedliche Konfliktbearbeitung. [...]

Jedoch ist, fünftens, solche Konfliktbearbeitung in politisierten Gesellschaften nur von Dauer, wenn es anhaltende **Bemühungen um soziale Gerechtigkeit** gibt. Sozial mobilisierte Gesellschaften mit einer sich ausweitenden demokratischen Partizipation sind Gesellschaften, die durch einen hohen Grad an lobbyistischer Organisation von vielen (wenn auch nicht immer allen) Interessen und demzufolge durch ein hohes Ausmaß an potentieller bzw. tatsächlicher Politisierung gekennzeichnet sind. [...]

In Gesellschaften mit einem erheblichen Politisierungspotential ist eine aktive Politik der *Chancen- und Verteilungsgerechtigkeit*, letztlich ergänzt um Maßnahmen der *Bedürfnisgerechtigkeit* (Sicherung der Grundbedürfnisse), unerlässlich, weil nur dann sich die Masse der Menschen in einem solchen politischen Rahmen *fair aufgehoben* fühlt. Die materielle Anreicherung [...] von Rechtsstaatlichkeit [...] ist vielmehr eine konstitutive [= grundlegende] Bedingung der Lebensfähigkeit von rechtsstaatlichen Ordnungen und damit des inneren Friedens von Gesellschaften. [...]

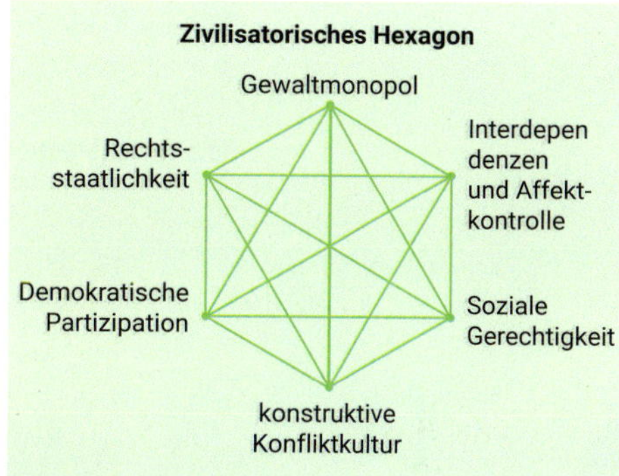

Sechstens: Gibt es im öffentlichen Raum faire Chancen für die Artikulation von Identitäten *und* den Ausgleich von unterschiedlichen Interessen, kann unterstellt werden, dass ein solches Arrangement der Konfliktbearbeitung verlässlich verinnerlicht wird und also kompromissorientierte Konfliktfähigkeit einschließlich der hierfür erforderlichen Toleranz zu einer selbstverständlichen Orientierung politischen Handelns wird. Das Gewaltmonopol, die Rechtsstaatlichkeit und die Demokratie – kurz: der demokratische Verfassungsstaat – verankern sich in der politischen Kultur. Die **Kultur konstruktiver Konfliktbearbeitung** wird darüber zur emotionalen Grundlage des Gemeinwesens. [...] [Es] entwickelt sich die Fähigkeit, im Hinblick auf eine weit größere Zahl von Menschen als diejenigen, die einem unmittelbar nahestehen, empathisch zu denken und zu handeln.

Senghaas, Dieter: Zum irdischen Frieden. Erkenntnisse und Vermutungen. Frankfurt a. M.: Suhrkamp 2004, S. 31-37, 43

Aufgaben

1. Erläutern Sie die einzelnen Elemente des Zivilisatorischen Hexagons an eigenen Beispielen sowie mögliche Funktionen des Modells (**M2**).
2. Arbeiten Sie heraus, für welche Dimensionen des Hexagons für Mali Entwicklungsbedarf besteht (und zu welchen Ihnen nicht genügend Informationen vorliegen).
3. Entwickeln Sie zentrale Elemente einer Strategie, den Staat Mali zu stabilisieren bzw. sogar zu befrieden.

H zu Aufgabe 1
Wenden Sie das Zivilisatorische Hexagon auf die Bundesrepublik Deutschland an.

H zu Aufgabe 3
Beachten Sie dabei die Dimensionen öffentliche Sicherheit, Wohlfahrt/soziale Sicherheit, politische Partizipation/Selbstbestimmung.

3.3.2 Wie hat sich das Peacekeeping der UNO entwickelt?

Zum Thema: Mit der – noch heute bestehenden – Mission UNTSO in Israel und den Palästinensergebieten begannen 1948 die Frieden bewahrenden Missionen der UNO. Die sogenannten UN-Blauhelmsoldaten wurden in defensiver Absicht zur Beobachtung und Überwachung eines Friedensabkommens eingesetzt. Doch in welche Richtung hat sich – auch und gerade nach dem Völkermord in Ruanda 1994 und den Massakern im zerfallenden Jugoslawien zwischen 1995 und 1999 – das Peacekeeping der UNO entwickelt? Und welche Probleme bringen diese Entwicklungen mit sich?

M3 „Peacekeeping" – was bedeutet es?

Eine Friedenstaube mit einem Olivenzweig

Das „Peace"-Symbol hat seinen Ursprung in der britischen Anti-Atomrüstungs-Bewegung.

Eine PACE-Regenbogen-Fahne, das Symbol der italienischen Friedensbewegung

Die Skulptur „Non Violence" vor dem Sitz der UNO in New York

Ein Olivenzweig gilt als ein Friedenszeichen.

Einstiegsaufgabe

Was verbinden Sie mit dem Begriff „Peacekeeping" – also: Bewahrung des Friedens? Beziehen Sie bei Bedarf die Bilder mit ein.

M4 Entwicklung der UN-Friedensmissionen

Die hier dargestellte der Entwicklung von UN-Friedenssicherungen ist zur besseren Verständlichkeit etwas vergröbert. So gab es bereits ab den 1900er Jahren (Kongo) erste Ansätze für ein robustes Peacekeeping und schon 1993 (Somalia) erste Bewegungen hin zum peace-enforcement. Aber die entsprechenden Konzepte wurden in der UNO erst deutlich später ausformuliert und handlungsleitend.

Entwicklungsstationen der UN-Friedensmissionen (Stand: 2020)

1948–1999

„klassisches peacekeeping"
- → Ziel: Überwachung eines bestehenden Friedensabkommens (auch als „Puffer" zwischen Konfliktparteien)
- → rein defensiver Einsatz von Gewalt durch neutrale UN-Blauhelmsoldaten zur Selbstverteidigung

seit 1999/2000

„(robustes) post-conflict peacebuilding"
(Friedenskonsolidierung)
- → Ziel: (Wieder-)Aufbau funktionierender staatlicher und gesellschaftlicher Strukturen zur langfristigen Konfliktverhinderung
- → multidimensionaler Einsatz: Zusammenarbeit der UNO mit staatlichen und (nationalen wie internationalen) nichtstaatlichen Akteuren in verschiedenen Funktionsbereichen (z.B. Polizei, Justiz, Verwaltung, Infrastruktur, Entwicklungshilfe)
- → auch offensiver Gewalteinsatz der UN-Soldaten zum Schutz
- → seit 2005 eigenes UN-Beratungsgremium zur Friedenskonsolidierung (*peacebuilding commission*)

seit 2013

„peace-enforcement"
(Friedensdurchsetzung)
- → Ziel: Durchsetzung politischer „Lösungen" auch durch militärische Unterstützung staatlicher Kräfte gegen nichtstaatliche Gewaltakteure
- → auch ohne vorher bestehendes Friedensabkommen

Bearbeiter

UN-Kräfte in Friedenseinsätzen (Stand: März 2021)
- 70.976 Soldatinnen und Soldaten
- 7.989 Polizistinnen und Polizisten

Quelle: United Nations Peacekeeping: Contribution of Uniformed Personnel to UN by Country and Personnel Type

Haupttruppensteller
(Stand: März 2021)
Bangladesch: 6.608
Ruanda: 6.335
Äthiopien: 6.245
Nepal: 5.674
Pakistan: 4.732
Ägypten: 3.074
Indonesien: 2.792

Quelle: United Nations Peacekeeping: Contribution of Uniformed Personnel to UN by Country and Personnel Type

M5 UN-Peacekeeping – ein Erfolgsmodell? Drei Erkenntnisse

1 Peacekeeping funktioniert – zumindest bis zu einem gewissen Grad. Friedensoperationen, das heißt vor allem die Entsendung von Friedenstruppen, können in vielen Fällen gewaltmindernd und gewaltverhindernd wirken: gewaltmindernd, wenn Friedenstruppen in noch „heiße" [= schwelende, in Teilen andauernde] Konflikte entsandt werden; gewaltverhindernd, insofern die Anwesenheit angemessen ausgestatteter und in ausreichender Stärke entsandter Friedenstruppen das Risiko reduzieren kann, dass es zur massenhaften Tötung von Zivilisten kommt; gewaltverhindernd auch, insofern sich das Risiko verringert, dass nach einer Verhandlungslösung später erneut ein Bürgerkrieg ausbricht. Peacekeeping ist jedoch eine eher kurzfristige Übergangslösung. Es geht dabei um das Behandeln von „Symptomen", nicht um die nachhaltige Befriedung gewalttätiger Gesellschaften. Dazu bedarf es inklusiver [= alle relevanten Akteure beteiligender] politisch-institutioneller Regelungen.

2 Friedenskonsolidierung im Sinne des „liberal peacebuilding" funktioniert selten. Die Herausbildung von Good Governance [= effektive Regierungsführung], Rechtsreformen und der Aufbau demokratischer Institutionen erfordern tiefe Eingriffe in politische Systeme. [...] Nur zwei der 19 bedeutenderen VN-Friedensaufbaumissionen nach 1989 trugen zur Entstehung liberaler Demokratien bei (nach den Kriterien von Freedom House), nämlich jene in Namibia und in Kroatien. Nimmt man die weniger anspruchsvolle Staatsform einer „electoral democracy" zum Maßstab, sind es neun. Dass die Chancen gering sind, über Peacebuilding auch eine funktionierende liberale Demokratie aufzubauen, hat [...] mit dem Umfang der Möglichkeiten, auf lokale Eliten Einfluss zu nehmen. Sind diese Eliten sehr stark von externen Akteuren abhängig, [...] sind die Chancen größer. Fehlen starke Druckmittel oder sehen Eliten ihre Interessen und ihre Position durch eine Demokratisierung gefährdet, ist wenig zu erreichen.

3 Stabilisierungseinsätze [...] haben viel mit der problematischen Idee [...] der sogenannten zivil-militärischen Aufstandsbekämpfung (Counterinsurgency, kurz COIN) gemein. Diese versteht sich als konzeptioneller Rahmen für einen asymmetrischen kriegerischen Konflikt zwischen einem staatlichen Akteur und einem oder mehreren nicht-staatlichen Akteuren, in dem militärische, wirtschaftliche, politische und propagandistische Mittel eingesetzt werden, um eine bedrohte Regierung an der Macht zu halten. [...] [In diesem Konzept lebt die] Annahme fort, bei ausreichendem Einsatz von Ressourcen und einem langen Atem lasse sich im Grunde überall ein effektiver, von der breiten Mehrheit der Bevölkerung als legitim anerkannter Staat aufbauen. Dieser Staat könne über die Bereitstellung öffentlicher Leistungen, insbesondere Sicherheit, [...] die Loyalität der Bevölkerung gewinnen. Doch wirtschaftliche und politische Modernisierungsprozesse, die als Allheilmittel für die Entschärfung angenommener Grundursachen eines Aufstands gelten, müssen keineswegs stabilisierend wirken; sie können vielmehr eine geradezu gegenläufige Dynamik in Gang setzen. Auch kann nicht zwangsläufig angenommen werden, dass externe Unterstützer und bedrohte Regierung ein Interesse an Reformen teilen. Wie COIN fußen auch militärgestützte Stabilisierungsoperationen auf der Prämisse [= grundlegenden Annahme], mit der richtigen Strategie und dem entsprechenden Einsatz von Ressourcen sei die Stabilisierung fragiler Staaten möglich – eine Hypothese, für die es kaum Belege gibt.

Rudolf, Peter: VN-Friedensmissionen und der Einsatz militärischer Gewalt. In: SWP-Studie S18/2017, S. 8 f.

M6 „Peace-Enforcement“ – Ein Dilemma?

[Es ist von zentraler Bedeutung,] das VN-Peacekeeping als eine von Kampf- und Kriegseinsätzen zu unterscheidende eigenständige Praxis des Konfliktmanagements zu bewahren. Die Androhung oder Anwendung militärischer Gewalt im Rahmen eines „robusten“ Peacekeeping mag unerlässlich sein, um die Zivilbevölkerung zu schützen und „Störer“ eines Friedensprozesses in Schach zu halten. Doch dem Wesen des Peacekeeping nach handelt es sich bei den Gruppen, gegen die sich der militärische Zwang richtet, nicht um Feinde, die es auszuschalten gilt, sondern um Mitglieder einer Gesellschaft, die in einen Friedensprozess einzubeziehen sind. Daher ist es problematisch, friedenserhaltende Missionen zu militarisieren und in eine in vielerlei Hinsicht fragwürdige, diffuse Stabilisierungslogik einzubinden. Ein solcher Ansatz lässt Blauhelme zur Partei in bewaffneten Konflikten werden und gefährdet die Rolle der VN als Vermittler. VN-Friedensmissionen sollten nicht mit Aufgaben überfrachtet werden, die [...] ihre Legitimität eher schwächen als stärken.

Rudolf, Peter: VN-Friedensmissionen und der Einsatz militärischer Gewalt. In: SWP-Studie S18/2017, S. 6

Aufgaben

1. a) Geben Sie die grundsätzliche Entwicklung der UN-Friedenseinsätze wieder (**M4**).
   b) Vergleichen Sie Ihre bisherigen Vorstellungen von „Friedensbewahrung“ mit den Konzepten der UNO.
2. Ordnen Sie den UN-Einsatz in Mali in die Formen der UN-Friedensmissionen ein (**M4**).
3. Arbeiten Sie Chancen und Grenzen bzw. Gefahren von UN-Friedenseinsätzen heraus (**M5, M6**).
4. Die Stiftung Wissenschaft und Politik berät u. a. die Vereinten Nationen in Fragen der Sicherheitspolitik. Erstellen Sie in dieser Funktion für den UN-Sicherheitsrat eine Empfehlung, wie die Mali-Mission in Zukunft ausgerichtet und ausgestattet sein sollte.

H zu Aufgabe 2
Berücksichtigen Sie dabei den Auftrag der UN-Soldaten sowie die Konfliktakteure in Mali (→ S. 86 ff.; S. 109 f.).

3.3.3 (Wie) Tragen Nichtregierungsorganisationen zu Frieden und zum Schutz von Menschenrechten bei?

Zum Thema: Nationale und internationale Nichtregierungsorganisationen genießen bei den Bürgerinnen und Bürgern Deutschlands einen sehr guten Ruf. Sie würden u. a. bei der humanitären (Erst-)Versorgung bedrohter Menschen helfen, für ein höheres Bildungsniveau sorgen und generell einen wichtigen Beitrag für die innere Befriedung in Postkonfliktländern leisten. Doch erfüllen sich diese Hoffnungen wirklich?

M7 Internationale Nichtregierungsorganisationen in Mali

Präsenz internationaler Nichtregierungsorganisationen im Norden und in der Mitte Malis (Stand: 2016)

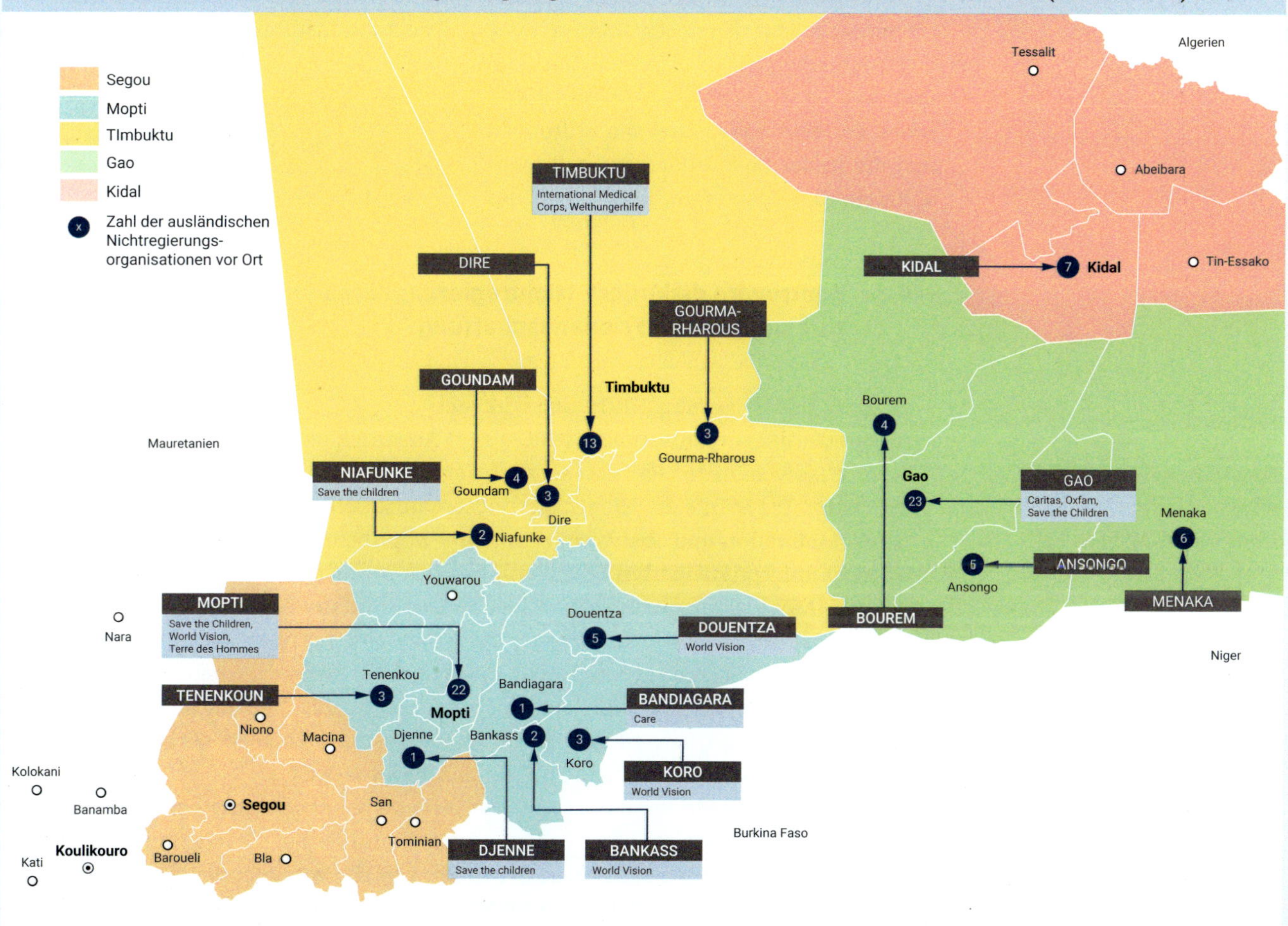

Nach: United Nations Office for the Coordination of Humanitarian Affairs (OCHA), 2016

Einstiegsaufgabe

Mit welchen übergeordneten Zielen befinden sich internationale Nichtregierungsorganisationen in den Konfliktgebieten Malis? Stellen Sie Hypothesen auf.

M8 Was sind (Internationale) Nichtregierungsorganisationen?

[(Internationale) Nichtregierungsorganisationen (NRO, auch: (International) Non-Governmental Organizations, (I)NGO) sind] nichtstaatliche Organisationen, [...] die international, national, regional oder lokal tätig sind. Sie sind heute als eigenständige Träger von Entwicklung international anerkannt und bilden ein wichtiges Element bei internationalen Konferenzen, insbesondere im Rahmen der UNO. Das Spektrum der NGO reicht von lokalen Gruppen und Initiativen bis zu weltweit tätigen Organisationen wie Ärzte ohne Grenzen, Greenpeace oder Amnesty International, von kirchlichen Hilfswerken wie Misereor und Brot für die Welt über die den politischen Parteien nahestehenden Stiftungen und die in der Solidaritätsbewegung verankerten Organisationen (z. B. Terre des hommes, Medico International, Weltfriedensdienst).

[Ziel einer NGO kann es sein, unmittelbares Leid abzumildern, sich an der Entwicklungszusammenarbeit zu beteiligen, die Natur zu bewahren oder soziale Basis-Dienstleitungen zu erbringen. Nichtregierungsorganisationen erhalten ggf. zwar Legitimität durch ihre Tätigkeiten bzw. ihre Ergebnisse, sind aber nicht durch ein öffentliches Mandat legitimiert. Sie finanzieren sich durch Spenden, Mitgliedsbeiträge sowie aus öffentlichen Mitteln, die ihnen zur Erfüllung bestimmter Aufgaben zur Verfügung gestellt werden.]

Bundeszentrale für politische Bildung: Das Lexikon der Wirtschaft: Nichtregierungsorganisationen. In: www.bpb.de (Abruf am 01.05.2021)

M9 Kontrovers diskutiert: Nichtregierungsorganisationen – wirksam bei der Friedensschaffung?

Entwicklungszusammenarbeit
kooperatives, gleichberechtigtes Bestreben von Entwicklungs- und Industrieländern, (fundamentale) globale Unterschiede in den Lebensbedingungen und der gesellschaftlichen wie wirtschaftlichen Entwicklung auszugleichen. Grundprinzip: Hilfe zur Selbsthilfe

a) Die Bundesregierung: NROs sind wirksam

Nichtregierungsorganisationen [NROs] sind Ausdruck zivilgesellschaftlichen Engagements sowohl in den Partner- als auch den Geberländern der Entwicklungszusammenarbeit. Die Stärke der Nichtregierungsorganisationen liegt unter anderem in der hohen Motivation und Sachkompetenz ihrer Mitarbeiter und Partner sowie in ihrer Nähe zu unterprivilegierten Bevölkerungsgruppen – einer wesentlichen Voraussetzung zur Mobilisierung von Selbsthilfe und Eigeninitiative.

Durch ihre langjährige Erfahrung vor Ort haben NROs oftmals tragfähige entwicklungsfördernde Strukturen und Netzwerke aufgebaut. Seit vielen Jahren findet daher ein intensiver Meinungs- und Erfahrungsaustausch zwischen der Bundesregierung und den NROs statt, sowohl über die großen politischen Themen, als auch über Verfahrensfragen und die konkrete Zusammenarbeit vor Ort. [...]

Ein gemeinsames Merkmal aller NROs ist, dass sie über keine staatlichen Machtmittel verfügen und dass der Staat keinen direkten Einfluss auf sie hat. Dennoch – oder gerade deshalb – ist die Akzeptanz der Arbeit von NROs bei der Bevölkerung und in den Medien weltweit groß. Denn viele NROs haben einen direkteren Zugang zu den Menschen vor Ort als staatliche Einrichtungen und ihnen wird häufig besonders viel Vertrauen entgegengebracht. Das ermöglicht es ihnen, auch in politisch sensiblen Situationen Kontakt zu halten. So können sie oft auch in jenen Ländern Menschen in Krisensituationen unterstützen, mit denen eine staatliche Zusammenarbeit aus politischen Gründen schwierig oder unmöglich ist.

Nichtregierungsorganisationen tragen entscheidend dazu bei, dass die Bedeutung der Entwicklungszusammenarbeit im Bewusstsein der breiten Öffentlichkeit verankert wird. Sie geben entscheidende Anstöße für die gesellschaftliche Diskussion – in Europa ebenso wie in Entwicklungsländern. Immer größere Bedeutung erlangen sie auch als „watchdogs", also als Mahner und „Anwälte" der Menschen, deren eigene Stimme im politischen Raum kein Gehör findet und als „change agents", das heißt als Wegbereiter für eine sozial-ökologische Transformation der Weltgesellschaft.

Bundesministerium für wirtschaftliche Zusammenarbeit und Entwicklung: Akteure der bilateralen Zusammenarbeit: Nichtregierungsorganisationen (Private Träger und Sozialstrukturträger). In: www.bmz.de (Abruf am 24.09.2020)

b) Patrice C. McMahon*: Das NGO-Spiel

In bestimmten Bereichen oder in einer bestimmten Phase kann ein sprunghafter, starker Anstieg der Zahl von NGOs positiv sein, weil diese Organisationen zur rechten Zeit humanitäre Hilfe leisten. [...] Doch der zahlenmäßige Zuwachs an Organisationen darf nicht missverstanden und überbewertet werden. Tatsächlich kann ein starker Anstieg bei der Zahl von NGOs auch genau das Gegenteil bedeuten [...]. Da so viele Akteur_innen vor Ort von den Menschen, für die sie angeblich arbeiten, weder gewählt wurden noch ihnen verpflichtet sind, stellen sich unvermeidlich überraschende und unerwünschte Konsequenzen ein. [...]

[Zum sogenannten NGO-Spiel gehört immer], dass in einem von einem Konflikt zerrissenen oder im Umbruch befindlichen Land Menschen aus dem Westen auftauchen mit viel Geld und [...] guten Absichten. Erstaunlicherweise wüssten jedoch viele von ihnen wenig über das Land und den Grund seiner Probleme. [...]

Es besteht kein Zweifel, dass die Menschen aus dem Westen Frieden, Demokratie und Entwicklung in die von Konflikten zerrissenen Länder bringen wollen. Doch wohlmeinende humanitär Engagierte haben andere dringende Dinge zu tun, die sich üblicherweise in den Vordergrund drängen. Erstens müssen sie ihre Anwesenheit sowie den akuten Bedarf an finanzieller und materieller Hilfe begründen. Außerdem müssen sie ihre Regierungen, ihre Beiräte oder Geldgeber_innen überzeugen, dass ihre Organisation oder ein bestimmtes Projekt Frieden und Wandel fördern wird. Nach einiger Zeit werden sie greifbare, wenn auch möglicherweise trügerische Beweise für den gewünschten Effekt vorlegen müssen. Das Land und die betroffenen Menschen sind zweifellos wichtig, aber wegen der strukturellen Gegebenheiten und weil jeder das Spiel spielen muss, geraten die Einheimischen, ihre Bedürfnisse und Wünsche ins Hintertreffen. [...] Zumindest am Anfang erhalten internationale Akteur_innen bei dem NGO-Spiel viel Geld, das sie an zivilgesellschaftliche Projekte und lokale Organisationen verteilen können. Aber die ausländische Hilfe hat ihren Preis.

Obwohl es sich immer um andere westliche „Partner_innen" handelte (teils Regierungen, teils internationale Organisationen oder private Stiftungen) und die Lage in den einzelnen [betroffenen] Ländern sich stark unterschied, tauchten im Verlauf weitgehend die gleichen Arten von Organisationen auf und agierten nach ähnlichen Daumenregeln. Und das Spiel ist wegen der Struktur der internationalen Hilfe, der Interessen der beteiligten Akteur_innen und der Vorstellungen von Postkonfliktländern und Transformationsländern im Prinzip leicht zu spielen. Um die westlichen Akteur_innen zufriedenzustellen, vor allem aber, um sie zu bewegen, dass sie ihre Brieftaschen öffneten, mussten die Menschen vor Ort sehr genau zuhören, was über die Ziele einer Regierung, INGO oder privaten Stiftung gesagt wurde. Mit dieser wichtigen Information mussten sie dann in Meetings gehen, Projekte auf die Beine stellen und Aktivitäten organisieren, die zu der Vision und Mission ihrer Geldgeber_innen passten. Die Dynamik, die Vorstellungen und das Verhalten waren im Wesentlichen immer gleich.

Die wohlmeinenden Menschen aus dem Westen zogen ihr Ding durch: Sie schufen zahlreiche „lokale" Partnerorganisationen, investierten in Hilfe zur Selbsthilfe und finanzierten zahllose wichtige Projekte – alles im Namen von Frieden, Demokratie und Stabilität. Unterdessen taten die Einheimischen, was nötig und rational war: Sie gingen zu Meetings, organisierten Aktivitäten und täuschten Interesse für die neuesten Lieblingstheorien der Geldgeber_innen vor. Mein Interviewpartner fasste das NGO-Spiel in einem Schlüsselsatz zusammen: Wir (die Leiter_innen der NGOs) verschwenden das Geld der Menschen aus dem Westen, und sie verschwenden unsere Zeit. Das war nicht kritisch oder zynisch gemeint; er beschrieb einfach ein komplexes, wichtiges Phänomen, das vielfältige Verhaltensweisen und Dynamiken erzeugte, die allerdings oft übersehen werden. Es befeuerte auch den Boom der NGOs. [...]

Obwohl zahlreiche Organisationen und unzählige Aktivitäten finanziert werden, entsteht daraus nur selten ein starkes Netzwerk nachhaltiger heimischer Organisationen und Bündnisse. Und weil die transnationalen Beziehungen nur vorübergehend, die Machtverhältnisse zwischen internationalen und einheimischen Aktivist_innen so ungleich sind und viel Geld an Letztere fließt, ist das Ergebnis „Projektfixierung", „NGO-Fixierung" und eine losgelöste Zivilgesellschaft. Mit anderen Worten: Der internationalen Rhetorik und dem Wust von Aktivitäten und Projekten zum Trotz wird das Versprechen der NGOs nur selten erfüllt, und der kurzfristige Nutzen ist nicht nachhaltig; nur ausnahmsweise entstehen daraus starke einheimische gesellschaftliche Organisationen. Kurzfristig nützt die dysfunktionale Beziehung zwischen internationalen und lokalen Aktivist_innen allen an dem Spiel Beteiligten, aber die Situation kann nicht von Dauer sein und sollte es auch nicht sein. Unweigerlich schwindet das internationale Interesse, die ausländischen Gelder versiegen. Die westlichen Akteur_innen werden ungeduldig, und die lokalen Partner_innen verlieren die Lust, weiter so zu tun, als würden die Aktivitäten in ihrem Leben oder in ihren Ländern wirklich etwas verändern.

McMahon, Patrice C.: Das NGO-Spiel. Zur ambivalenten Rolle von Hilfsorganisationen in Postkonfliktländern. Hamburg: Hamburger Edition 2019, S. 28-32 (übersetzt von Ursel Schäfer); Reihenfolge geändert.

** Die Autorin ist Professorin für Politikwissenschaft an der University of Nebraska-Lincoln, USA.*

H zu Aufgabe 1 und 2
Fassen Sie die Texte zunächst arbeitsteilig zusammen und vergleichen Sie sie anschließend in einer Partnerarbeit.

H zu Aufgabe 1
Visualisieren Sie die Grundannahmen der Bundesregierung sowie McMahons und die jeweiligen Folgen der Arbeit von NGOs in jeweils einem sich verzweigenden Flussdiagramm.

Aufgaben

1. a) Fassen Sie die Positionen der Bundesregierung bzw. Patrice McMahons zu den Zielsetzungen und zur Wirksamkeit von Nichtregierungsorganisationen in Postkonfliktländern zusammen (**M9**).
b) Erläutern Sie die mögliche Bedeutung und die möglichen unerwünschten Effekte von NGOs in Postkonfliktländern an einem Beispiel (etwa Mali).

2. Vergleichen Sie die beiden Positionen miteinander.

3. Sollten (I)NGOs weiterhin staatliche Mittel aus dem Bereich der Entwicklungszusammenarbeit erhalten? Bewerten Sie diese Frage.

Das Zivilisatorische Hexagon – wann sind Gesellschaften friedlich?
M2

Der Bremer Friedensforscher Dieter Senghaas entwickelte das zivilisatorische Hexagon, mit dem der Grad der Friedlichkeit von Staaten bzw. Gesellschaften analysiert werden kann. Für innerstaatliche Friedlichkeit müssen sechs ineinandergreifende Elemente gegeben sein:

1. staatliches Gewaltmonopol,
2. rechtstaatliche Kontrolle des Gewaltmonopols,
3. Interdependenz der Menschen (u. a. Aufeinanderangewiesensein durch Arbeitsteilung) und Kontrolle der eigenen Affekte (um Konflikte nicht gewaltsam auszutragen, sondern friedlich),
4. demokratische Beteiligung, also zumindest regelmäßige Wahlen,
5. soziale Gerechtigkeit, also materielle Mindestsicherung für alle und eine nicht zu große Spreizung der Einkommen und Vermögen durch Umverteilung,
6. konstruktive politische Konfliktkultur, also die Bereitschaft zu konstruktivem politischen Streit und Kompromissfähigkeit.

Entwicklung des Peacekeeping der UNO
M4-M6

In den ersten ca. 50 Jahren des Bestehens der UNO verstand man unter Peacekeeping die rein defensive Kontrolle von Friedensabkommen, indem leicht bewaffnete UN-Truppen („Blauhelme") einen Puffer zwischen den Konfliktparteien überwachten.
Ende der 1990er-Jahre wurde das **(robuste) Post-conflict Peacebuilding** ergänzt. Seither können die UN-Soldaten ihren jeweiligen Auftrag auch mit (stärkerer) Waffengewalt durchsetzen und vor allem sollen staatliche Strukturen wiederaufgebaut werden, um ein Wiederaufflammen der Konflikte zu verhindern. Dazu arbeitet die UNO mit staatlichen sowie nicht-staatlichen Akteuren zusammen.
Seit etwa 2013 ist auch das **Peace-Enforcement** ins UN-Portfolio aufgenommen, also die Erzwingung zumindest einer Waffenruhe durch gewaltsames Trennen bzw. Zurückdrängen von Konfliktparteien. Dazu ist kein vorheriges Friedensabkommen mehr notwendig.
Kritiker problematisieren erstens die in Teilen fehlende Wirksamkeit der friedensschaffenden Maßnahmen der UNO und zweitens die Vorstellung, dass mittels militärischer Gewalt(androhung) friedliche Zustände geschaffen werden können. Akteure würden aufgrund ihrer Konfliktbeteiligung häufig von Verhandlungen ausgeschlossen werden, obwohl sie Teil der Konfliktlösung sein müssten.

(Internationale) Nichtregierungsorganisationen
M8, M9

(International) Nongovernmental Organizations – (I)NGOs – können Stiftungen sein oder private Organisationen, die sich einem bestimmten (humanitären, medizinischen, ökologischen...) Zweck verschrieben haben. Oftmals haben sie durch langjährige Arbeit in Krisengebieten viel Expertenwissen über die lokalen und regionalen Strukturen angesammelt. Daher kooperieren Staaten(-Bündnisse) auch sehr häufig mit NGOs und statten diese (projektbezogen) mit Steuergeldern aus.
Kritik wird in zweierlei Hinsicht an (I)NGOs geübt: einerseits sind sie nicht demokratisch legitimiert (etwa durch Wahlen), staatliche Mittel zu verwenden, andererseits würden sie oft gar keine nachhaltigen Strukturen schaffen, da die Gegebenheiten vor Ort weniger interessieren als die ideologischen Motive der Geldgeber.

Annegret Kramp-Karrenbauer: Rede der Ministerin an der Universität der Bundeswehr München

Am 7. November 2019 hielt die Bundesverteidigungsministerin Annegret Kramp-Karrenbauer (CDU) vor Lehrenden und Studierenden der Universität der Bundeswehr München eine sicherheitspolitische Grundsatzrede.

[Bei] Lösung von Konflikten [...] sollte sich Deutschland, wie der damalige Bundespräsident Gauck gesagt hat, „früher, entschiedener und substantieller einbringen." [...] Ein Land unserer Größe und unserer wirtschaftlichen und technologischen Kraft, ein Land unserer geostrategischen Lage und mit unseren globalen Interessen, das kann nicht einfach nur am Rande stehen und zuschauen. [...] Wir müssen selbst Vorschläge machen, Ideen entwickeln, Optionen vorstellen. Wir Deutschen haben eine Pflicht und vor allem ein Interesse, uns in diese internationalen Debatten einzubringen, sie voranzutreiben. Daran mitzuwirken, die internationale Ordnung zu schützen und sinnvoll weiterzuentwickeln. Denn wir sind es doch, die wie kaum eine andere Nation von der liberalen Ordnung profitieren, die nach dem Zweiten Weltkrieg aufgebaut und ausgeweitet wurde. [...]

Annegret Kramp-Karrenbauer (CDU) war von 2011 bis 2018 Ministerpräsidentin des Saarlandes und ist seit 2019 Bundesministerin der Verteidigung.

Wir sind die Handelsnation, die von internationaler Verlässlichkeit lebt. Wir sind neben China führend in der internationalen Containerschifffahrt – und auf freie und friedliche Seewege angewiesen. Und wir sind in der Mitte eines Europas, das von sicheren Grenzen und gleichzeitig kraftvollem Miteinander lebt – nicht nur in der Wirtschaft, sondern auch in Wissenschaft und Kultur, unserem gesellschaftlichen Leben. Das gibt es nicht zum Nulltarif. Nicht bei uns und nicht anderswo.

Lange haben andere den Großteil der dafür erforderlichen Energie aufgebracht, allen voran die USA. [...] Ohne das Freiheitsversprechen Amerikas, ohne die Solidarität in der NATO [...], weiß ich nicht, ob wir all die Jahre durchgehalten hätten. [...] Derzeit schwinden aber in den USA der Wille und die Kraft, überproportionale Beiträge zu leisten. Und deswegen sind wir für die Zukunft gefordert, wie andere auch, die für eine verlässliche und freiheitliche Ordnung einstehen.

Ja: Deutschland leistet schon heute markante Beiträge. Auch im Feld der Sicherheit und Verteidigung. Wir brauchen uns dort nicht zu verstecken. Wir sind zum Beispiel der zweitgrößte Truppensteller bei der Mission in Afghanistan – und auch in der NATO insgesamt. [...] Wir unterstützen Partnerstaaten wie Mali und Irak bei der Ausbildung eigener Sicherheitskräfte – als Bollwerke gegen den internationalen Terrorismus.

Trotzdem wird unsere Rolle immer wieder in Frage gestellt, werden immer wieder Zweifel laut. Wenn diese Zweifel geäußert werden, liegt das sicher nicht allein daran, dass wir zu wenige Ergebnisse greifen können. [...] Worin liegen die Zweifel also begründet? Ich vermute in etwas Anderem.

Unsere Absichtserklärungen und strategischen Konzepte stimmen nicht immer und nicht vollständig mit unserem tatsächlichen Handeln überein. Wir Deutsche sind oft besser darin, hohe Ansprüche, auch moralisch hohe Ansprüche zu formulieren, an uns und an andere, als selbst konkrete Maßnahmen vorzuschlagen und umzusetzen. Das gilt insbesondere für unsere militärischen Beiträge, geht aber darüber hinaus. [...]

Wir sprechen von unserer „Kultur der Zurückhaltung", verweisen auf alle möglichen Rücksichtnahmen und Zwänge. Dabei haben wir allen Grund, mutiger zu handeln. Nicht nur, weil die strategische Lage ernster wird. Sondern auch, weil unser Deutschland fest in seiner demokratischen und rechtsstaatlichen Tradition steht – tief verwurzelt im transatlantischen Bündnis und in der Europäischen Union. Es ist an der Zeit, dass wir daraus die Kraft und das Selbstvertrauen schöpfen, gemeinsam mit unseren Partnern und Verbündeten die Welt und unsere Zukunft stärker zu gestalten. [...] Aber was heißt [...] „mehr tun"? „Mehr Verantwortung übernehmen"?

Es heißt zunächst einmal, dass Deutschland zu allen Fragen, die seine strategischen Interessen betreffen, eine Haltung entwickeln muss. Denn natürlich hat Deutschland wie jeder Staat der Welt eigene strategische Interessen. Zum Beispiel als global vernetzte Handelsnation im Herzen Europas. Wir vertreten jeden Tag unsere Interessen. Aber wir müssen endlich anfangen, das zuzugeben. Deshalb müssen wir aber auch etwas tun und Initiative ergreifen, damit aus Haltung und Interesse Wirklichkeit werden kann. Dazu gehört es auch, unseren gegenwärtigen sicherheitspolitischen Status quo [= aktueller Zustand] zu hinterfragen.

So liegt zum Beispiel die Bekämpfung des Terrorismus in der Sahelregion vor allem in den Händen unserer französischen Freunde – obwohl wir in Deutschland gleichermaßen vom Terror und seinen Folgen bedroht sind. Und obwohl unsere Verbündeten Ziele verfolgen, für die auch die Bundesregierung steht. Ich bin aber überzeugt davon, dass wir in Europa gemeinsam von Sicherheit und Stabilität profitieren und deswegen auch die Lasten gemeinsam tragen müssen. [...] Dazu gehört letztendlich auch die Bereitschaft, gemeinsam mit unseren Verbündeten und Partnern das Spektrum militärischer Mittel wenn nötig auszuschöpfen. [...]

Die Idee, wir bräuchten auch einen Sicherheitsrat auf nationaler Ebene, ist gewiss nicht neu. [...] Wir sollten den jetzigen Bundessicherheitsrat, mit eingeschränkten Aufgaben und Aufgabenstellungen, weiterentwickeln. Hin zu einem Ort, der die verlässliche Koordination unserer strategischen Instrumente gewährleistet. Ein Ort, an dem zusammengebracht wird, was zur Schaffung einer auf Humanität beruhenden Ordnung zusammengehört: Diplomatie, Militär, Wirtschaft und Handel, Innere Sicherheit und Entwicklungszusammenarbeit. Denn wenn wir unseren umfassenden, vernetzten Ansatz mit Leben füllen wollen, dann müssen wir das auch an herausgehobener Stelle organisieren. So ein Nationaler Sicherheitsrat würde unsere Beiträge zur internationalen Krisenbewältigung schneller und effektiver zur Wirkung bringen. Und auch durch vorausschauende Themensetzung einen wichtigen Beitrag zu unserer strategischen Kultur leisten. [...]

Entscheidungen über Einsätze der Bundeswehr würden und werden natürlich nach wie vor von einem Mandat des Deutschen Bundestags abhängen. Die öffentliche Beratung unseres Parlaments und sein eindeutiger Beschluss verschaffen den Einsätzen unserer Soldatinnen und Soldaten besondere demokratische Legitimität. Eine Legitimität, gerade mit Blick auf unsere Vergangenheit, der wir bedürfen, die ein wirklicher Vorteil ist. [...] Allerdings sehe ich auch, dass die Kommission zur Überprüfung der Beteiligungsrechte des Parlaments in der vergangenen Legislaturperiode einige Gedanken entwickelt hat, die noch nicht ausreichend zum Tragen gekommen sind.

Ich denke da an die Vereinfachung und Beschleunigung des Verfahrens der parlamentarischen Meinungsbildung. Mir ist wichtig, dass die Bundeswehr an völkerrechtlich legitimierten internationalen Operationen teilnehmen kann, ohne dass Verzögerungen und Unsicherheiten über unsere Leistungsbereitschaft entstehen – und zugleich die Rechte des Bundestags gewahrt bleiben. Wenn klar ist, dass es internationale Missionen sind, ob von der NATO geführt oder von den Vereinten Nationen, könnte das Verfahren im Parlament beschleunigt werden. Das sollte auch möglich sein, wenn wir mit europäischen Partnern zusammen tätig werden wollen. Eine Bundeswehr ohne Parlamentsvorbehalt kann ich mir und will ich mir aber nicht vorstellen.

Bundesministerium der Verteidigung (Hg.): Rede der Ministerin an der Universität der Bundeswehr München. In: www.bmvg.de, 07.11.2019

Aufgaben

1. Geben Sie die zentralen Aussagen Annegret Kramp-Karrenbauers zur Zukunft von Einsätzen der Bundeswehr wieder.
2. Arbeiten Sie heraus, inwieweit Kramp-Karrenbauers Position dem Zivilmachtskonzept entspricht.
3. Stellen Sie sich vor, Sie wären bei der Rede in der Universität dabei gewesen. Begründen Sie, welche kritischen Fragen Sie an die Bundesverteidigungsministerin gerichtet hätten.
4. Bewerten Sie Kramp-Karrenbauers Position.

4

Rede des Bundespräsidenten Frank-Walter Steinmeier auf der Münchner Sicherheitskonferenz am 14. Februar 2020

[W]ir werden heute Zeugen einer zunehmend destruktiven Dynamik der Weltpolitik. Vom Ziel internationaler Zusammenarbeit zur Schaffung einer friedlicheren Welt entfernen wir uns von Jahr zu Jahr weiter. Die Idee der „Konkurrenz der großen Mächte" bestimmt nicht nur die Strategiepapiere unserer Tage. Sie prägt auch von Neuem die Wirklichkeit rund um die Welt [...].

Russland [...] hat nicht nur ohne Rücksicht auf das Völkerrecht die Krim annektiert. Es hat militärische Gewalt und die gewaltsame Verschiebung von Grenzen auf dem europäischen Kontinent wieder zum Mittel der Politik gemacht. [...]

Bundespräsident Frank-Walter Steinmeier eröffnete die Münchner Sicherheitskonferenz 2020 mit seiner Rede.

China ist im Zuge seines eindrucksvollen Aufstiegs auch in den internationalen Institutionen ein wichtiger Akteur geworden, unverzichtbar für den Schutz globaler öffentlicher Güter. Zugleich akzeptiert es das Völkerrecht nur selektiv, wo es den eigenen Interessen nicht zuwiderläuft. Sein Vorgehen im Südchinesischen Meer verstört die Nachbarn in der Region. Sein Vorgehen gegen Minderheiten im eigenen Land verstört uns alle.

Und unser engster Verbündeter, die Vereinigten Staaten von Amerika, erteilen unter der jetzigen Regierung selbst der Idee einer internationalen Gemeinschaft eine Absage. Ein jedes Land solle selbst sehen, wo es bleibt, und seine eigenen Interessen über die aller anderen stellen. [...]

Die Großen tun, was sie können, die Kleinen erdulden, was sie müssen [...]. Sind das Recht und die Regeln also von überragender Bedeutung für die Kleinen, so sind sie für die Großen immer nur eine Option. Sie können auch anders bestehen. [...]

Ein solches Denken und Handeln schadet uns allen. Zum einen wirft es uns zurück in eine Zeit, in der jeder seine eigene Sicherheit auf Kosten der anderen sucht. [...] Wir fallen zurück in das klassische Sicherheitsdilemma. Mehr Misstrauen, mehr Rüstung, weniger Sicherheit sind die zwangsläufigen Folgen. Bis hin zu einem neuen nuklearen Rüstungswettlauf [...]. [...]

Darum muss es uns so tief beunruhigen, was [...] für alle sichtbar wird: dass die Institutionen und Autoritäten, die uns helfen, unsere verschiedenen Traditionen, Interessen und Prioritäten zu überbrücken und in tragfähige Kompromisse zu übersetzen, mutwillig geschwächt werden. Dass der Sicherheitsrat der Vereinten Nationen in zentralen Fragen blockiert ist. Dass vereinbarte und ratifizierte Abkommen einfach aufgekündigt werden. Dass Streitschlichtungsgremien gelähmt werden, indem keine neuen Richter ernannt werden. Kurz: dass Vertrauen aufs Spiel gesetzt und zerstört wird, das Jahre und Jahrzehnte braucht, um zu wachsen. Das ist kein neues Denken, sondern ein Rückfall in das Denken von vorgestern. Und es ist brandgefährlich.

Steinmeier, Frank-Walter: Rede zur Eröffnung der Münchner Sicherheitskonferenz. In: www.bundespraesident.de, 14.02.2020

Globales Regieren – die Welt von morgen

Wohin entwickelt sich die Welt? Momentan scheint es sehr schwer zu sein, diese Frage zu beantworten. Es zeichnet sich keine einheitliche Entwicklung der internationalen Beziehungen ab. Von einer einheitlichen internationalen Ordnung sind wir weit entfernt. Vielmehr erleben wir sehr unterschiedliche Tendenzen der Weltpolitik, die sich zum Teil auch widersprechen (**Basiskonzept: Ordnung und Struktur**).
Wer wird zukünftig mit welcher Legitimation Entscheidungen in der internationalen Politik treffen? Im Mittelpunkt dieser Debatte stehen immer wieder die Vereinten Nationen, die als Garant einer friedlichen Weltordnung gelten, deren politische Schwäche aber nicht zu übersehen ist (**Basiskonzept: Macht und Entscheidung**).
Für eine friedliche Weltordnung wird es von entscheidender Bedeutung sein, ob die Staaten sich auf gemeinsame Werte und Interessen einigen können. Nur wenn sie die internationale Zusammenarbeit als gewinnbringend ansehen, können friedliche Konfliktlösungsmuster dauerhaft etabliert werden. Dies gilt sowohl für ökonomische als auch für sicherheitspolitische Fragen und natürlich auch für die Frage, wie Menschenrechte weltweit gesichert werden können (**Basiskonzept: Interessen und Gemeinwohl**).

Kompetenzen

Am Ende dieses Kapitels sollten Sie Folgendes wissen und können:

- unterschiedliche Formen des Regierens in den internationalen Beziehungen erläutern.
- Tendenzen der Weltpolitik erläutern.
- die UNO als Akteur in den internationalen Beziehungen bewerten.

Aufgaben

1. In seiner Rede hat der Bundespräsident eindrücklich vor problematischen Entwicklungen in der internationalen Politik gewarnt. Stellen Sie dar, was der Bundespräsident kritisiert hat.
2. Wählen Sie den Aspekt aus, der Ihnen am bedeutsamsten erscheint, und begründen Sie Ihre Entscheidung.

Vollständige Rede des Bundespräsidenten Frank-Walter Steinmeier auf der Münchner Sicherheitskonferenz am 14. Februar 2020

Mediencode: 72068-08

4.1 Erleben wir eine Renaissance des Nationalstaats?

Zum Thema: Über viele Jahrzehnte gab es in der internationalen Politik Bemühungen, die Kooperation zwischen Staaten zu erhöhen. Viele versprachen sich davon mehr Wohlstand und Frieden. In jüngster Zeit gibt es immer mehr Staaten, die diese Entwicklung kritisieren. Warum tun sie das?

M1 Eine neue Weltordnung?

Karikatur: Gerhard Mester, 10.05.2018

Einstiegsaufgabe

Analysieren Sie die Karikatur (→ Methodenglossar).

Donald Trump während seiner Rede zur Inauguration als 45. Präsident der Vereinigten Staaten von Amerika am 20.01.2017

Inauguration
Amtseinführung des US-Präsidenten

M2 Donald Trumps Rede zur Inauguration als 45. US-Präsident am 20.01.2017

Der Amtseid, den ich heute ablegen werde, ist ein Treueeid gegenüber allen Amerikanerinnen und Amerikanern.

Jahrzehntelang haben wir die Industrie im Ausland auf Kosten der amerikanischen Wirtschaft reicher gemacht. Wir haben die Armeen anderer Länder subventioniert, während wir die traurige Auszehrung unseres eigenen Militärs zugelassen haben. Wir haben die Grenzen anderer Länder verteidigt, uns aber geweigert, unsere eigenen zu schützen. Und wir haben Billionen von Dollar im Ausland ausgegeben, während die amerikanische Infrastruktur baufällig wurde und verfiel. Wir haben andere Länder reich gemacht, während das Vermögen, die Stärke und das Selbstvertrauen unseres Landes am Horizont verschwunden ist. Eine Fabrik nach der anderen ließ die Rollläden herunter und wanderte ab, ohne auch nur einen Gedanken an die Millionen und Abermillionen von amerikanischen Arbeitnehmern zu verschwenden, die zurückblieben. Unserer Mittelschicht wurde das Vermögen entrissen und auf der ganzen Welt verteilt. Aber das ist Vergangenheit. Jetzt blicken wir nur in die Zukunft.

Wir haben uns heute hier versammelt, um ein neues Dekret zu erlassen, das in jeder Stadt, jeder ausländischen Hauptstadt und in jedem Machtzentrum gehört werden soll. Von diesem Tag an wird eine neue Vision unser Land leiten. Von diesem Augenblick an heißt es, Amerika zuerst.

Jede Entscheidung über Handel, Steuern, Einwanderung und auswärtige Angelegenheiten wird im Sinne amerikanischer Arbeiternehmer und amerikanischer Familien getroffen werden. Wir müssen unsere Grenzen vor den Verheerungen schützen, die andere Länder anrichten, wenn sie unsere Produkte herstellen, unsere Unternehmen stehlen und unsere Arbeitsplätze vernichten. [...]

Wir werden uns bei den Nationen der Welt um Freundschaft und Wohlwollen bemühen, aber wir tun dies in dem Verständnis, dass alle Nationen das Recht haben, ihre eigenen Interessen an erste Stelle zu stellen. Wir wollen niemandem unseren Lebensstil aufzwingen, er soll vielmehr als leuchtendes Beispiel dienen, dem alle folgen können. [...]

Gemeinsam werden wir Amerika wieder stark machen. Wir werden Amerika wieder wohlhabend machen. Wir werden Amerika wieder stolz machen. Wir werden Amerika wieder sicher machen. Und, ja, gemeinsam werden wir Amerika wieder großartig machen.

US-Botschaft und Konsulate in Deutschland (Hg.): Antrittsrede von Präsident Trump. In: https://de.usembassy.gov (Abruf am 01.05.2021)

M3 Ist der Multilateralismus am Ende?

Das Jahr 2016 war kein erfolgreiches für den Multilateralismus. Die Kraft nationalistischer Einstellungen, gerade auch in sogenannten konsolidierten Demokratien im Westen, wurde nachdrücklich demonstriert. Schon zuvor hatten fast überall in Westeuropa autoritär-populistische Parteien wie die FPÖ in Österreich oder die AfD in Deutschland einen festen Platz in der Parteienlandschaft gefunden. Nun entschieden sich zusätzlich die britischen Wählerinnen und Wähler mit einer knappen Mehrheit für den Ausstieg aus der Europäischen Union und in den USA wurde unter allgemeinem Staunen und Raunen Donald Trump zum Präsidenten der USA gewählt. Diese politischen Kräfte stellen sich einheitlich gegen offene Grenzen für Menschen und Güter, lehnen jeglichen Kompetenztransfer an politischen Institutionen jenseits des Nationalstaates ab und betonen die bedingungslose nationale Souveränität. [...] Die Krise des Multilateralismus ist also greifbar. Multilateralismus besagt, dass die Regierungen dieser Welt gemeinsam nach Lösungen in Foren suchen sollen, in denen alle betroffenen Länder ihre Positionen einbringen können [...]. Solche multilateralen Treffen stehen derzeit unter keinem guten Stern. Sie sind geprägt durch Spannungen und produzieren nur selten greifbare Ergebnisse. Dennoch treffen sich nach wie vor die Regierungschefs dieser Welt in multilateralen Foren wie etwa den G20-Gipfeltreffen.

Tiefgreifender ist die Krise des globalen Systems. Von einem globalen politischen System kann gesprochen werden, wenn drei Bedingungen erfüllt sind [...]: **Erstens** erkennen die Mitglieder des Systems an, dass es zumindest ein rudimentäres globales Gemeinwohl wie beispielsweise Frieden sowie zumindest einige Kollektivgüter wie beispielsweise ein nachhaltiges Ökosystem jenseits des nationalen gibt, deren Verwirklichung gemeinsam erreicht werden soll. Wer das leugnet, der kennt nur nationale Interessen. **Zweitens** existieren internationale Institutionen und Organisationen wie die Welthandels-

Michael Zürn ist Direktor der Abteilung „Global Governance" am WZB (Wissenschaftszentrum Berlin für Sozialforschung) und Professor für Internationale Beziehungen an der Freien Universität Berlin.

Unilateral
Handeln eines Staates im eigenen Interesse ohne Rücksicht auf die Interessen anderer. Dies wird auch als Unilateralismus bezeichnet.

Multilateral
Kooperation zwischen mehreren Staaten. Dies wird auch als Multilateralismus bezeichnet.

organisation oder die Vereinten Nationen, die im Zweifelsfall auch gegen die kurzfristigen Interessen einzelner Mitglieder das Gemeinwohl durchsetzen können. Die Durchsetzungsfähigkeit beruht dabei weitgehend auf einem zwanglosen Zwang, das heißt der Anerkennung solcher Institutionen als Autoritäten. Diese internationalen Autoritäten rechtfertigen sich **drittens** gegenüber denen, die von diesen Maßnahmen betroffen sind – egal ob mit guten Argumenten oder mit Manipulationsversuchen. Internationale Politiken müssen also vor einem breiten Publikum gerechtfertigt werden, zu dem sowohl nationale Öffentlichkeiten und Regierungen als auch eine imaginierte Weltgesellschaft gehören. Ein globales politisches System, das diese drei Merkmale aufweist, ist in Ansätzen nach dem Zweiten Weltkrieg, vollständig aber erst mit dem Fall der Berliner Mauer entstanden. Ein solches globales politisches System ist notwendig, um globale Problemlagen politisch effektiv bearbeiten zu können. Seine konkrete Ausgestaltung ist aber – wie alle real existierenden politischen Systeme – nicht notwendigerweise gerecht und friedlich. Es ist auch geprägt von Machtasymmetrien, ungleichen Beteiligungschancen, materiellen Ungleichheiten sowie daraus resultierender Kritik an vielen Politiken, welche sich in Protest und Widerstand äußern kann. Das globale politische System beruht aber auf der Anerkennung einer globalen Schicksalsgemeinschaft, die den Nationalismus transzendiert. Die Anerkennung des globalen Systems impliziert, dass das sogenannte nationale Interesse nicht der einzige und höchste normative Referenzpunkt sein darf.

Die Entstehung und Ausgestaltung des globalen politischen Systems wurde [...] maßgeblich durch die USA geprägt. Nach Ende des Zweiten Weltkrieges haben sie mit der Gründung der Bretton-Woods Institutionen und der Vereinten Nationen eine neue Weltordnung geschaffen, die dann in der kurzen Phase des Unilateralismus [...] nach Ende des Kalten Krieges ausgeweitet und vertieft wurde. Besonders bedeutsam war dabei die Bedeutungszunahme liberaler Elemente wie die Betonung von Menschenrechten und die Schaffung einer offenen Weltwirtschaft.

Die Radikalität, mit der [US-Präsident Trump] beispielsweise im Vorwort zur aktuellen „National Security Strategy“ (NSS) die normativen Grundlagen des globalen politischen Systems rhetorisch unterläuft, ist vor diesem Hintergrund besonders besorgniserregend und paradox. Seine Worte lassen die Putins, XiLinpings, Erdogans und Orbáns dieser Welt geradezu als Apologeten der Global Governance erscheinen. Trump stellt zielgenau die drei oben genannten normativen Grundlagen infrage. Zunächst wird die bloße Idee eines globalen Gemeinwohls schlicht zurückgewiesen. Trump sieht eine von Konkurrenz geprägte Weltordnung. Insbesondere China und Russland werden als „rivalisierende Mächte“ gebrandmarkt, die den Einfluss der USA gefährden. [...] Gemeinsame Interessen, Kollektivgüter und ein globales Gemeinwohl kommen gar nicht erst vor. Frieden wird so kurzerhand mit amerikanischer Dominanz gleichgesetzt. Dementsprechend sind also auch politische Institutionen zur Verwirklichung gemeinsamer Interessen überflüssig. Der Rückzug der USA aus dem Transpazifischen Handelsabkommen TPP sowie aus dem Klimavertrag von Paris werden von ihm daher als Erfolge seiner Politik gewertet. Und schließlich: Weder das Vorwort des Präsidenten noch das NSS-Papier als Ganzes vermitteln an irgendeiner Stelle den Eindruck, als würden sie sich an Menschen, Gruppen oder Regierungen außerhalb der USA wenden. Eine Rechtfertigung der Politik gegenüber all denen, die davon betroffen sind, findet nicht einmal versuchsweise statt. Vielmehr werden Maßstäbe der Politik entfaltet, die in ihrer Einseitigkeit die normative Grundierung des globalen politischen Systems unterminieren: der Schutz des amerikanischen Heimatlan-

Apologeten
Verteidiger, Rechtfertiger

Global Governance
System der Kooperation, um Probleme der internationalen Politik zu lösen

Machtasymmetrien
ungleiche Verteilung von Einfluss

transzendieren
hier: die Grenzen überwinden

implizieren
einschließen, beinhalten

normativer Referenzpunkt
hier: politisches Ziel

Bretton-Woods Institutionen
Internationaler Währungsfond (IWF) und Weltbank

des, die Förderung amerikanischen Wohlstands und wirtschaftlicher Sicherheit, die Verteidigung der amerikanischen Grenzen durch militärische Stärke und die weitere Steigerung des amerikanischen Einflusses in der Welt. Die Weltgemeinschaft [...] [kommt] konsequent nicht vor.

Zürn, Michael: Der Multilateralismus in der Krise – Legitimationsprobleme im globalen politischen System. In: Deutschland & Europa 78/2019, S. 8 f.

M4 Steckt die internationale Politik in einem Dilemma?

In einer Zeit, in der ein starkes globales politisches System besonders notwendig wäre, um die globale Klimakrise durch aktive Politik abzuwenden, um einen erneuten Crash der Finanzmärkte zu verhindern, um die neuen Giganten der digitalen Ökonomie einzuhegen, um neue Rüstungsspiralen zu vermeiden, um Handelskriege und Supermachtrivalitäten zwischen der USA und China zu begrenzen, genau in dieser Zeit werden die Institutionen der Global Governance fundamental angegriffen und deren normativen Grundlagen zurückgewiesen. Dabei lassen sich unterschiedliche Herausforderungen sowie Herausforderer des globalen politischen Systems unterscheiden:

1 **Autoritäre Potentaten** wie beispielsweise Putin, Erdogan und Orbán, die insbesondere die nationale Souveränität betonen und die konkrete Praxis internationaler Institutionen kritisieren;

2 **Autoritär-populistische Gruppierungen** in konsolidierten Demokratien (Le Pen, Trump, Wilders und Co.), die internationale Institutionen als ein Instrument einer kosmopolitischen Klasse porträtieren, das gegen die nationalen Interessen verstößt;

3 **Sogenannte „rising powers"** (aufstrebende Mächte) wie China, Brasilien, Indien, die zwar die prinzipiellen Notwendigkeiten internationaler Institutionen anerkennen, sie aber von der westlichen Dominanz befreien wollen;

4 **Fundamentalistische religiöse Bewegungen**, insbesondere im Mittleren Osten, die internationale Institutionen als Herrschaftsinstrument einer gottverlorenen westlichen Ordnung sehen;

5 **Transnationale Nichtregierungsorganisationen** wie ATTAC oder Occupy, die in kapitalismuskritischer Haltung zumeist andere, oft allerdings stärkere internationale Institutionen anstreben.

Zürn, Michael: Der Multilateralismus in der Krise – Legitimationsprobleme im globalen politischen System. In: Deutschland & Europa 78/2019, S. 9

Aufgaben

1. Erläutern Sie, unter welchen Bedingungen von einem globalen politischen System gesprochen werden kann (**M3**).
2. Überprüfen Sie, inwieweit Präsident Trump das globale politische System in Frage stellt (**M2, M3**).
3. Michael Zürn spricht von einem Dilemma, in dem sich die internationale Politik befindet (**M3**). Stellen Sie dieses Dilemma in einer Skizze dar.
4. Diskutieren Sie, welche Herausforderungen für das globale politische System besonders besorgniserregend sind (**M4**). Erstellen Sie dazu eine Rangliste.

4.2 Kann Regieren jenseits des Nationalstaats funktionieren?

Zum Thema: Die Welt von heute ist globalisiert und vernetzt. Viele Probleme, die wir in der internationalen Politik lösen müssen, stellen große globale Herausforderungen dar. Die Frage ist nun, ob Nationalstaaten die heutigen Probleme alleine lösen können.

M5 Vor welchen Herausforderungen Staaten stehen

Migration: Die Flucht über das Mittelmeer hält an.

Vor allem in den deutschen Großstädten kämpfen die Menschen mit steigenden Mieten.

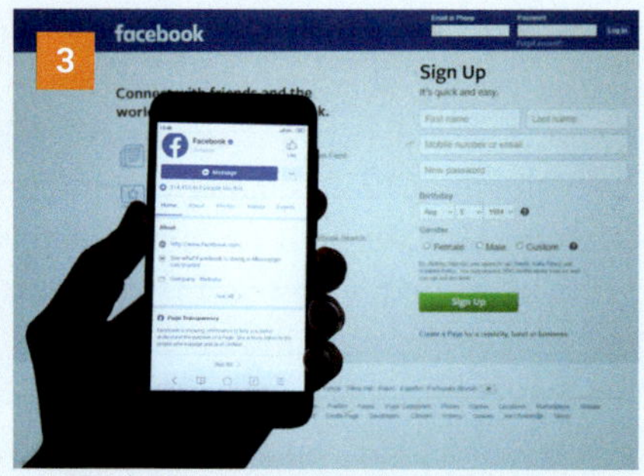

Europäische Rechtspopulisten organisieren sich auf Facebook.

Gletscherschmelze durch Klimawandel: Die Welt erwärmt sich immer mehr.

Im Pazifik haben sich Müllberge aus Plastik gebildet.

In Südamerika wird Regenwald gerodet, um Ackerflächen für den Sojaanbau zu gewinnen. Ein großer Teil der Ernte geht in den Export.

Einstiegsaufgabe

Diskutieren Sie, welche der dargestellten Probleme von Nationalstaaten (z. B. Deutschland) alleine gelöst werden können.

M6 Machen Probleme an Grenzen halt?

In der internationalen Politik gibt es Probleme, die Nationalstaaten alleine nicht lösen können. Als anschauliche Beispiele können Umweltprobleme dienen. Hier wird deutlich, dass es die Inkongruenz zwischen den Staatsgrenzen einerseits und den Grenzen von Ökosystemen andererseits ist, die das Problem der ökologischen Interdependenz bedingen. Ein Fluss fließt über Staatsgrenzen hinweg (z.B. der Rhein)

inkongruent
nicht deckungsgleich

und Luft verbreitet sich ungehindert über den ganzen Planeten (z. B. Emissionen aus der industriellen Produktion). Aufgrund dieser ökologischen Interdependenz ist der Schutz der natürlichen Lebensgrundlagen einzelner Staaten vom Umweltverhalten anderer Staaten abhängig. Diese gegenseitige Abhängigkeit zwingt die Staaten dazu, bei der Bearbeitung von grenzüberschreitenden – also transnationalen – Problemen zu kooperieren. Aber nicht nur Umweltprobleme haben eine transnationale Dimension. In einer globalisierten Welt ergeben sich auch im Bereich Wirtschaft (z. B. Welthandel) und im Bereich Sicherheit (z. B. internationaler Terror) Probleme mit transnationalem Charakter.

Bearbeiter

M7 Warum gemeinsames Handeln nicht immer funktioniert

Mancur Olson hat das Problem kollektiven Handelns beschrieben und dabei folgende Hypothese aufgestellt: Die Bereitstellung eines Gutes durch eine Gruppe wird immer unwahrscheinlicher, je größer diese betreffende Gruppe ist. Auch hier besteht ein Problem individuell-rationaler Logik. Stellt eine Staatengruppe ein bestimmtes Gut zur Verfügung, so ist es für einzelne Staaten sinnvoll, sich nicht an den Kosten zur Bereitstellung des Gutes zu beteiligen, allerdings vom Nutzen zu profitieren. Hier tritt das Problem der sogenannten „Trittbrettfahrer“ auf.

Bearbeiter

Mancur Olson (1932-1998)
war ein amerikanischer Wirtschaftswissenschaftler, der durch seine Erkenntnisse auch die Politikwissenschaft stark beeinflusste.

M8 Wie die Welt regieren? Global Governance

Globalisierung ist heute eine gesellschaftliche Tatsache und wird als solche kaum noch in Frage gestellt. Das Augenmerk richtet sich vielmehr auf den politischen Umgang mit ihr. Klimawandel, Verlust an Biodiversität, weltweit operierender Terrorismus, Banken-, Währungs- und Finanzkrisen – solche globalen Probleme sind nicht mehr von Nationalstaaten allein zu lösen. Eine mit Gewaltmonopol und Legitimität ausgestattete zentrale Weltregierung existiert nicht. Aber es entwickelt sich zunehmend ein System globalen Regierens, das die Politikwissenschaft als Global Governance bezeichnet. Es umfasst die Gesamtheit der kollektiven Regelungen, die auf globale Problemlagen oder Sachverhalte zielen. Governance umfasst dabei den zu regelnden Inhalt wie auch die Normen, die den Prozess beschreiben, über den eine Regelung zustande kommt und durchgesetzt wird. [...]

[N]ationale Regierungen spielen dabei nach wie vor eine wichtige Rolle. Sie koordinieren und harmonisieren ihre Politik, gegebenenfalls beziehen sie auch nichtstaatliche Akteure ein. Die wechselseitige Verpflichtung, auf eine diskriminierende Handelspolitik zu verzichten, ist ein Beispiel für dieses globale Regieren durch gemeinsames Regierungshandeln.

Es haben sich zunehmend auch andere Formen transnationalen Regierens entwickelt: Gesellschaftliche Gruppierungen wirken grenzüberschreitend zusammen und geben sich selbst Regeln, ohne dass die Staaten dabei eine wesentliche Rolle spielen. Die Domain-Namen im Internet zum Beispiel werden durch ICANN (Internet Corporation for Assigned Names and Numbers) vergeben – auch hier ohne die formale Beteiligung von Regierungen. [...] Es ist das Gesamtarrangement dieser verschiedenen Steuerungsformen, das Global Governance ausmacht. Mit der Entwicklung solcher Steuerungsformen hat sich die internationale Politik grundlegend gewandelt, es entsteht internationale politische Autorität: Staaten erkennen formal oder de facto an, dass Entscheidungen oder Interpretationen auf der internationalen Ebene getroffen werden können, die die eigene Jurisdiktion betreffen und selbst

Biodiversität
biologische Vielfalt

Jurisdiktion
Rechtsprechung

dann Bindekraft haben, wenn sie den eigenen national-staatlichen Regelungen und Prioritäten widersprechen. Das Delegieren einer Entscheidungskompetenz an den Internationalen Strafgerichtshof oder die Bereitschaft, Mehrheitsentscheidungen des UN-Sicherheitsrates zu akzeptieren, sind Beispiele für die Entstehung politischer Autorität jenseits des Nationalstaates. Freilich kann die Durchsetzung solcher internationaler Entscheidungen oder Urteile in der Regel nicht erzwungen werden.

Mit Global Governance wird das lange Zeit kennzeichnende Strukturmerkmal traditioneller internationaler Politik untergraben: Internationale Politik ist nicht mehr nur horizontale Politik zwischen Staaten, sondern besitzt nun auch vertikale Komponenten zwischen internationalen Institutionen einerseits und Staaten sowie Individuen andererseits. Global Governance wirkt damit tief und machtvoll in nationale Gesellschaften hinein, ohne dass dies durch die nationale Regierung einfach unterbunden werden kann.

Zürn, Michael: Globalisierung und Global Governance. In: Informationen zur politischen Bildung Nr. 325/2015, S. 7

M9 Wie werden in der internationalen Politik Entscheidungen getroffen?

Formen des Regierens in der internationalen Politik

► **Regieren mit Staaten**
Nach diesem Konzept des Regierens mit Staaten sind es auch andere Akteure, die die internationale Politik beeinflussen. Hierzu gehören internationale Organisationen (z.B. die Vereinten Nationen) oder auch transnationale Unternehmen. Regieren im internationalen System findet demnach in einem Zusammenspiel von Staaten und anderen Akteuren statt.

► **Regieren durch Staaten**
Nach dieser Vorstellung sind die Nationalstaaten die alleinigen Akteure der internationalen Politik. Sie bestimmen durch ihr Handeln, wie sich das internationale System entwickelt und wie politische Fragen bearbeitet werden.

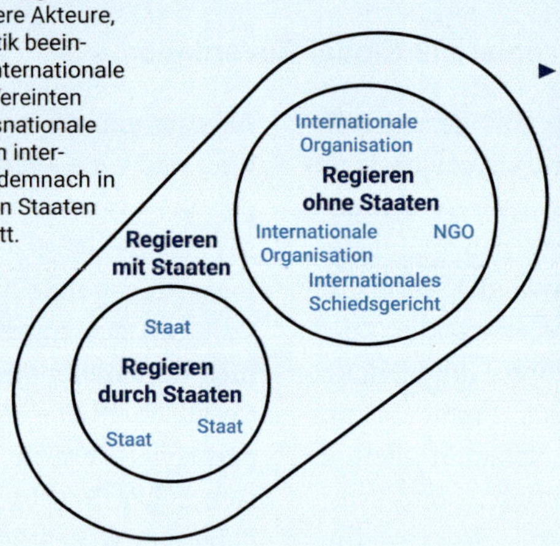

► **Regieren ohne Staaten**
Dieses Konzept geht davon aus, dass Bereiche der internationalen Politik ohne den Einfluss von Staaten regiert werden können. Akteure sind in diesem Bereich z.B. internationale Organisationen, Gerichte und Unternehmen, die selbstständig Entscheidungen treffen können.

Bearbeiter

Aufgaben

1. Erläutern Sie, was unter einem „transnationalen Problem“ verstanden wird (**M6**).
2. Überprüfen Sie, ob es sich bei den Beispielen aus **M5** um transnationale Probleme handelt (**M6**).
3. Erläutern Sie anhand eines Alltagsbeispiels (z. B. öffentliche Verkehrsmittel) das Problem der kollektiven Güter (**M7**).
4. Erklären Sie anhand des Klimawandels, weshalb das Problem der kollektiven Güter internationale Kooperation erschwert.
5. Ordnen Sie die Beispiele aus **M8** den unterschiedlichen Formen des Regierens zu (**M9**).

Textanalyse: Wie können politische Reden analysiert werden?

Das Halten von Reden durch Politiker ist bereits seit der Antike ein wesentlicher Bestandteil der Auseinandersetzung um politische Inhalte und Positionen. Politische Reden über Absichten, Appelle oder Vorhaben werden auch im politischen System der Bundesrepublik im Bundestag oder zu anderen Anlässen gehalten. Da ein Redner verschiedene sprachliche und rhetorische Mittel verwendet, um intendierte Ziele zu erreichen, können sie analysiert werden, um den Zweck einer Rede vertieft zu erfassen.

1 Lesen Sie die Rede durch und notieren Sie Ihren spontanen Eindruck.

▼

2 Erfassen Sie die formalen Merkmale der Rede.

- Wer hält die Rede?
- Wo wird die Rede gehalten?
- An wen richtet sich die Rede?
- Sind die Adressaten eine homogene oder heterogene Gruppe (z. B. unterschiedliche Parteien, Wählergruppen) und stellt sich der Redner darauf ein?
- Warum wird die Rede gehalten?
- Was ist das übergeordnete Thema der Rede?

▶

3 Beschreiben Sie den Inhalt der Rede.

- Welche Kernaussage hat die Rede?
- Welchen Rahmen hat die Rede (z. B. ein thematischer Anlass)?

▼

4 Analysieren Sie die Intention der Rede.

- Wie wird der Zweck der Rede vermittelt (z. B. informierend, attackierend, belehrend, vorwerfend)?
- Wie wird die Verbindung zwischen Redner und Publikum hergestellt?
- Hat der Redner eigene Interessen und wie werden diese deutlich?

▼

5 Untersuchen Sie die sprachlichen Mittel in der Rede.

- Sind die Argumente vollständig/schlüssig?
- Sind die Argumente subjektiv oder basieren sie auf Fakten?
- Werden Argumente belegt?
- Benutzt der Redner besondere sprachliche Mittel (z. B. Fragen, Wiederholungen, Steigerungen, Metaphern)?
- Beziehen sich die Sätze aufeinander?
- Benutzt der Redner politische Floskeln (z. B. „Wir schaffen das!“, „große Aufgaben“, „unbürokratisch helfen“, „Mit mir wird das nicht geschehen.“ „Alles muss bezahlbar bleiben.“)?
- Wie wird auf Zwischenrufe reagiert (z. B. beleidigt, belustigt, ernsthaft)?

▶

6 Ziehen Sie ein Fazit und beurteilen Sie die Rede.

- Was sind die wichtigsten Analyseergebnisse?
- Was fehlt Ihnen an der Rede?
- Ist die Rede für Sie überzeugend?
- Wie beurteilen Sie die Art der Kommunikation zwischen Redner und Publikum?

Bearbeiter

METHODE

Rede des Generalsekretärs der Vereinten Nationen António Guterres zur Sonderveranstaltung des Deutschen Bundestags am 18. Dezember 2020 in Berlin aus Anlass des 75. Jahrestags Bestehens der Vereinten Nationen.

„Meine Damen und Herren, die größte Bedrohung für unsere Sicherheit geht nicht von Kriegen aus, sondern vom selbstmörderischen Krieg gegen die Natur. [...] Wir sehen, wie die Gefahren täglich mehr werden. Die Biodiversität bricht ein, Ökosysteme verschwinden, Wüsten breiten sich aus, Ozeane versauern und sind überfischt, Korallenriffe sterben. Es gibt apokalyptische Brände und Überschwemmungen, Orkane und Wirbelstürme und sengende Temperaturen. Ohne koordinierte Aktionen ist bis zum Ende des Jahrhunderts mit einer Erderwärmung um mehr als 3 Grad zu rechnen. Das ist eine Katastrophe.

Wir müssen an drei Fronten aktiv sein: Abschwächung, Finanzierung und Anpassung. In allen Bereichen ist Deutschland weltweit eine treibende Kraft. Vor einem Jahr kam es im Bundestag zum Klimaschutzgesetz. [...] Erst vor wenigen Tagen hat die EU unter deutscher Präsidentschaft das gleiche ambitionierte Ziel für 2030 beschlossen. Zudem hat sich Deutschland zum graduellen Kohleausstieg verpflichtet. [...] Alle müssen ihrem Beispiel folgen und sich am Aufbau einer globalen Koalition für Kohlendioxid-Neutralität beteiligen. [...] Entwicklungsländer werden zudem viel Unterstützung brauchen. Deutschland hat als erstes Land 1,5 Milliarden Euro für den Grünen Klimafonds zugesagt. [...] Es gibt einen gemeinsamen Nenner für die Lösung: Globale Zusammenarbeit, und Deutschland ist sich dessen bewusst.

Wir haben Menschen zusammen mit den Parlamenten, so auch dem Deutschen Bundestag, befragt. 99 Prozent der in Deutschland Befragten betrachten die globale Zusammenarbeit als entscheidend – 99 Prozent. Wunderbar! Wenn wir in die Zukunft blicken, brauchen wir einen Multilateralismus, der Resultate liefert und zukunftsorientiert ist und nicht in der Welt von damals stecken bleibt. Sowohl der UN-Sicherheitsrat als auch die Bretton-Woods-Gremien sind beste Beispiele für diese Notwendigkeit. Der Multilateralismus in diesem Jahrhundert muss vernetzt und inklusiv sein. Er muss über Regierungen hinausgehen und die Rolle der Zivilgesellschaft und der Städte, der Privatwirtschaft und der akademischen Institutionen anerkennen. Darin liegt seine Zukunft. Mit der Unterstützung Deutschlands sind wir auf dem richtigen Weg.

Meine Damen und Herren, ich sehe Hoffnung. Das ist meine Botschaft an Sie – eine Botschaft, die auch durch das Leben eines großartigen Deutschen symbolisiert wird. [...] Ludwig van Beethoven hat uns gelehrt, dass wir trotz aller Schwere der Hoffnung Platz geben müssen, und ja, auch der Freude. Aus Anlass des Jahrestags von Beethovens Geburt wurde ein faszinierendes Projekt ins Leben gerufen: die „Globale Ode an die Freude". [...] Tausende Menschen in allen Teilen der Welt sangen Beethovens kraftvolle Musik, inspiriert von Schillers Text. Was für ein fantastisches Beispiel für unsere Zeit! Stimmen aus aller Welt, die sich innovativ vereinen, um neues zu schaffen – das ist der Weg zu den Lösungen dieses Jahrhunderts.

Lassen Sie uns gemeinsam die Hoffnung nähren und eine bessere Welt schaffen – mit einer Ode an die Freude. Ich danke ihnen.

Guterres, António: Rede zur Sonderveranstaltung des Deutschen Bundestags am 18.Dezember 2020 in Berlin aus Anlass des 75. Jahrestags der Gründung der Vereinten Nationen. In: www.bundestag.de (Abruf 01.05.2021)

Aufgabe

Analysieren Sie die Rede. Berücksichtigen Sie besonders die Positionierung von António Guterres zur Bedeutung des Multilateralismus.

4.3 Die Welt von morgen – wohin entwickelt sich die Welt?

Zum Thema: Die internationale Politik befindet sich in einem Zustand permanenter Veränderung. Doch wohin sich die Welt entwickeln wird, ist auch über 30 Jahre nach dem Ende des Kalten Krieges unklar. Widersprüchliche Entwicklungen erschweren zudem eine Prognose.

M10 Wie passen diese Ereignisse zusammen?

1 **„USA kündigen den Klimavertrag von Paris."**

2 **„EU schließt neue Freihandelsverträge mit Japan ab."**

3 **„USA verhängen Zölle auf chinesische Importe."**

4 **„Die Kommissionspräsidentin von der Leyen verkündet den Green Deal für Europa. Die EU soll bis 2050 klimaneutral sein."**

5

Im Frühjahr 2021 lief das Containerschiff Ever Given im Suezkanal auf Grund. Auf beiden Seiten des Kanals mussten über 400 Schiffe tagelang warten, bis der Durchgang freigeräumt war. Der entstandene ökonomische Schaden wird pro Woche auf ca. 7 Milliarden Dollar geschätzt, denn 10 % des Welthandels gehen durch den Suezkanal.

6 **Regierungschef Narendra Modi treibt die ökonomische Autarkie des Subkontinents voran – auch wegen der Rivalität zu China.**
Wirtschaftswoche, 28.02.2021

Einstiegsaufgabe

Erläutern Sie anhand der Meldungen, welche widersprüchlichen Entwicklungen es momentan in der internationalen Politik gibt.

Ordnen Sie die Entwicklungen den Prinzipien „Kooperation" und „Selbsthilfe" sowie den Theorien der internationalen Politik zu (→ S. 24 und S. 31 f.).

M11 Welche widersprüchlichen Tendenzen der Weltpolitik sind erkennbar?

1 **Entstaatlichung vs. Staatlichkeit**

Ein wesentliches Gegensatzpaar, das die heutige Weltpolitik maßgeblich prägt, bilden Anzeichen für Entstaatlichungsprozesse und Indikatoren für die Zählebigkeit des Staates als zentraler sozialer Einheit im globalen System. In verschiedenen Sachbereichen der Weltpolitik lässt sich beobachten, dass zu Beginn des 21. Jahrhunderts Staaten nicht mehr die

einzigen, mitunter auch nicht mehr die dominierenden Akteure darstellen. Staaten [...] haben erheblich an autonomer einzelstaatlicher Gestaltungsfähigkeit bei der Regulierung von grenzüberschreitenden Wirtschaftsprozessen verloren. In der Europäischen Union (EU) sind die Handels-, Finanz- und Geldpolitiken nationaler Regulierung weitgehend entzogen (durch den gemeinsamen Binnenmarkt und die Währungsunion). Auch in Bereichen, in denen national-staatliche Regulierung rechtlich möglich wäre, findet sie unter den Bedingungen des globalen Standortwettbewerbs häufig nicht statt. Staaten scheuen sich mitunter aufgrund realer oder wahrgenommener wirtschaftlicher und politischer Kosten, Wirtschafts- und Finanztransaktionen zu regulieren. [...] Noch viel grundlegender in Frage gestellt wird die Handlungsfähigkeit des Staates in Räumen begrenzter oder prekärer Staatlichkeit. Scheiternde oder gescheiterte Staaten („failing states"/ „failed states") stellen heute ein gewichtiges regionales und weltpolitisches Problem dar. In zahlreichen Ländern vor allem Afrikas südlich der Sahara hat der Staat sein Gewaltmonopol an konkurrierende Kriegsherren („warlords"), Rebellen oder private Gewaltunternehmer verloren (soweit er es jemals effektiv besessen hatte). Mangelhafte Kontrolle über die Gewaltmittel nach innen und außen sowie eine verminderte Fähigkeit, politische Entscheidungen der Zentralregierung durchzusetzen, charakterisieren weite Teile der heutigen Staatenwelt – mit gravierenden Folgen für innerstaatliche, regionale und globale Sicherheit.
Während also Integrität und Autonomie des Staates zunehmend unter Druck geraten, etablieren sich jenseits des Staates (oder auch im Schatten des Staates) gleichzeitig private Formen der Steuerung in den internationalen Beziehungen, die aus der Perspektive einer staatenzentrierten Konzeption der internationalen Beziehungen rätselhaft erscheinen müssen. Im Rahmen des transnationalen Handelsrechts etwa werden Streitigkeiten zwischen Unternehmen, aber auch zwischen Unternehmen und Staaten häufig durch Schiedssprüche privater Streitschlichtungsinstanzen ohne Einmischung staatlicher Hoheitsträger entschieden.
Doch diese Tendenzen der Entstaatlichung und der Ausdifferenzierung des Spektrums politikmächtiger Akteure vollziehen sich nicht ohne gleichzeitige gegenläufige Entwicklungen, die auf die Widerstandsfähigkeit oder gar eine Renaissance des Staates verweisen. Internationaler Währungsfonds (IWF) und Weltbankgruppe betonen in jüngerer Vergangenheit die Wichtigkeit staatlicher Institutionen für die sozioökonomische Entwicklung. Just jene wirtschafts- und finanzpolitischen internationalen Organisationen, die in den 1990er Jahren das Leitbild des Minimalstaates als Grundlage für Wachstum und Wohlstand vertraten, heben heute im Rahmen nationaler Strategien zur Armutsminderung die Notwendigkeit staatlicher Wirtschafts- und Sozialpolitik hervor. [...]
Staatlichkeit als soziale Ordnungskategorie ist und bleibt ein wichtiger Referenzpunkt politischen Handelns. Die Organisation der Welt in staatliche Einheiten prägt die internationalen Beziehungen weiter.

2 Globalisierung vs. Fragmentierung

Im ökonomischen Bereich verweisen zahlreiche Indikatoren auf die Existenz und die Zunahme von Globalisierungs- und Vernetzungsprozessen. Wirtschaftliche Indikatoren wie steigende Außenhandelsquoten, ein steigender Anteil importierter Zwischenprodukte, der Ausbau transnationaler Produktionsketten, die deutliche Zunahme grenzüberschreitender Kapitalströme, der wachsende Anteil ausländischer Direktinvestitionen verglichen mit inländischen Anlageinvestitionen sowie die steigende Zahl multinationaler Konzerne spiegeln die Entstehung integrierter globaler Märkte wider.
Globalisierungs- und Vernetzungsprozesse jenseits des Staates bleiben jedoch nicht auf

den ökonomischen Sektor beschränkt. Das Zusammenlegen und die Delegation von mitgliedstaatlicher Souveränität im Rahmen der EU verdeutlichen die Ausmaße politischer Integrationsprozesse, während die Ausbreitung der westlichen (und in erster Linie der US-amerikanischen) Konsumkultur die kulturelle Dimension gegenwärtiger Globalisierungsprozesse vor Augen führt. [...]
Doch ebenso wenig wie die Entstaatlichungsprozesse auf der Akteursebene sind diese [...] Entwicklungen frei von Widersprüchen. Im globalen ökonomischen Wettbewerb werden strukturschwache Regionen [...] oder bestimmte soziale Milieus (in erster Linie gering qualifizierte oder wenig mobile Bevölkerungsgruppen) nicht integriert, sondern vielmehr marginalisiert. Für viele Menschen sind Fernreisen oder die Nutzung moderner Kommunikationsmittel wie das Internet [...] unmöglich. Ihnen bleibt der Zutritt in eine globalisierte Welt einschließlich ihrer sozioökonomischen Chancen verwehrt. Auch auf politischer Ebene stehen (internationalen) Integrationstendenzen regionalistische Bewegungen insbesondere von wirtschaftlich starken Regionen (wie etwa Schottland) gegenüber, die für mehr Autonomie gegenüber oder gar für die Loslösung von ihrem Staat eintreten.

3 Verrechtlichung vs. Entrechtlichung

Die Komplexität des Wandels der Weltpolitik wird auch in der Gleichzeitigkeit von Prozessen der Verrechtlichung und der Entrechtlichung deutlich. Zum einen haben im Bereich der internationalen Sicherheitsbeziehungen gewandelte Bedrohungslagen die Einsicht wachsen lassen, dass bestmögliche Sicherheit nur durch multilaterale Kooperation und eine rechtsgestützte Weltordnung zu erreichen ist. So existiert mittlerweile eine Vielzahl von internationalen Konventionen, die sich mit [...] grenzüberschreitenden, einzelstaatlich nicht mehr erfolgreich zu bearbeitenden Problemen wie dem transnationalen Terrorismus oder der Verbreitung von Massenvernichtungswaffen befassen. Dazu gehören unter anderem Konventionen zur Eindämmung der Verbreitung von Atomwaffen, zur Abrüstung von chemischen oder biologischen Waffen oder gegen die Finanzierung des transnationalen Terrorismus. [...]
Im Sicherheitsbereich verweisen das unilaterale, vom VN-Sicherheitsrat nicht mandatierte Vorgehen der USA gegen den Irak (2003), aber auch der Luftkrieg der NATO gegen Serbien-Montenegro (1999) oder der Einmarsch Russlands in das Kerngebiet Georgiens (2008) (und die Annexion der Krim (2014)) auf eine gegenläufige Bewegung der Entrechtlichung. Auch die Übernahme militärischer Funktionen durch private Sicherheitsdienstleister mit unklarem völkerrechtlichem Status stellen die im humanitären Völkerrecht erreichte Verrechtlichung in Frage (z.B. russische Söldner in Syrien). Der Verlust des staatlichen Gewaltmonopols in fragilen Staaten und die Ausübung organisierter militärischer Gewalt durch nichtstaatliche Gewaltakteure (Rebellengruppen, private Kriegsherren) stellen Herausforderungen für das hergebrachte Kriegsvölkerrecht dar. [...] Doch auch innerhalb der nach wie vor von Staaten getragenen und sie verpflichtenden Rüstungskontroll- und Abrüstungsregime herrscht Stillstand oder es kommt gar zu Rückschritten wie der Aussetzung des Vertrags über konventionelle Streitkräfte in Europa (KSE-Vertrag) durch Russland (2007) oder dem Abschluss eines das nukleare Nichtverbreitungsregime schwächenden Nuklearabkommens zwischen den USA und Indien (2006) (oder die Kündigung des INF-Vertrags durch die USA (2019)).

Rittberger, Volker/Kruck, Andreas/Romund, Anne: Grundzüge der Weltpolitik. Theorie und Empirie des Weltregierens. Wiesbaden: VS Verlag für Sozialwissenschaften 2010, S. 20-25

M12 Wohin entwickelt sich die Welt?

1 Genf (Schweiz)

Schon seit Jahren verhindern die USA, dass in der Welthandelsorganisation neue Richter für die Streitschlichtung ernannt werden können. [...] Das Gremium wird handlungsunfähig. [...] Eine Lösung ist bislang nicht in Sicht.

Deutschlandfunk, 10.12.2019

2 London (Vereinigtes Königreich)

Der EU-Austritt des Vereinigten Königreichs erfolgte am 31. Januar 2020. Somit verlässt zum ersten Mal ein Staat die Europäische Union. Damit ist die Austrittsentscheidung vollzogen, die durch das Referendum am 23. Juni 2016 erfolgte.

3 Barcelona (Spanien)

In Barcelona sind am Mittwoch – zwei Jahre nach dem gescheiterten Abspaltungsversuch Kataloniens von Spanien – Hunderttausende für die Unabhängigkeit der Region auf die Straße gegangen. Laut Polizei beteiligten sich 600.000 Menschen an den Protesten.

© ARD-aktuell/tagesschau.de, 11.09.20219

4 Entwicklung des weltweiten Warenhandels

Von 1960 bis 2008 erhöhte sich der Warenexport real – also gemessen in konstanten Preisen – um den Faktor 15,6 und die Weltwarenproduktion um den Faktor 5,7. Der Export von Waren stieg dabei durchschnittlich um 5,9 Prozent, die Weltwarenproduktion um 3,7 Prozent pro Jahr. Als Folge erhöhte sich der Anteil der exportierten Waren am Welt-Bruttoinlandsprodukt (BIP) zwischen 1970 und 2008 von 9,3 auf 25,3 Prozent.

Bundeszentrale für politische Bildung, 12.10.2020

5 Libyen

Russland will die Zusammenarbeit mit Afrika ausbauen. Bislang liefert Moskau Waffen und geht Militärkooperationen ein. Beobachtern zufolge kommen auch Söldner zum Einsatz, so etwa in Libyen.

Deutschlandfunk, 14.02.2020

6 Frankfurt am Main (Deutschland)

Die Europäische Zentralbank (EZB) ist die Zentralbank der 19 Mitgliedstaaten der Europäischen Union, die den Euro eingeführt haben. Das vorrangige Ziel des Eurosystems ist vertraglich festgelegt:
„Das vorrangige Ziel des Europäischen Systems der Zentralbanken ist es, die Preisstabilität zu gewährleisten."
Eine eigenständige Währungspolitik führen die Mitgliedstaaten nicht mehr.

7 Kroatien

[Der] Exodus von jungen Fachkräften aus Osteuropa Richtung Nordwesten [hält] an. Die massive Abwanderung schwächt die Sozialsysteme und ganze Gesellschaften im östlichen Europa. Besonders drängend ist das Problem im jüngsten Mitgliedsland Kroatien.

Deutschlandfunk, 22.12.2018

8 Somalia

Somalia gilt als krasses Beispiel eines gescheiterten Staates. Seit dem Sturz von Diktator Siad Barre 1991 gibt es keine funktionierende Zentralregierung mehr. UN-Missionen blieben ohne Erfolg. Die Kämpfe zwischen den Warlords stürzten das Land in einen seitdem anhaltenden Bürgerkrieg.

© Focus online 1996-2021

Aufgaben

1. Stellen Sie die widersprüchlichen Tendenzen der Weltpolitik dar (**M11**).
2. Vergleichen Sie Ihre Ergebnisse aus **M10** mit den Tendenzen der Weltpolitik (**M11**). Wo haben sich Gemeinsamkeiten ergeben?
3. Ordnen Sie die Beispiele (**M12**) und die Konflikte, die Sie in diesem Kurshalbjahr bearbeitet haben (Mali, Ukraine, Konflikt im Südchinesischen Meer), den Tendenzen der Weltpolitik zu (**M11**) und begründen Sie Ihre Entscheidung.

Die Szenario-Technik

Alles Handeln und Planen ist auf die Zukunft gerichtet. Entscheidend bei der Zukunftsplanung im Privaten wie im Gesellschaftlichen ist es, dass man von prinzipiell möglichen Vorstellungen über die Zukunft ausgeht, um auf dieser Basis strategische Überlegungen anzustellen. Mithilfe der Szenario-Technik – einer Methode, die auf dem militärischen, politischen und wirtschaftlichen Sektor vielfach eingesetzt wird – kann man erkennen, wie Zukunft von Staaten, Gesellschaften oder der internationalen Gemeinschaft prinzipiell gestaltbar ist.
Die Szenario-Technik ist eine Methode, mit der mögliche „Zukünfte" ganzheitlich erfasst werden können, wodurch sie sowohl sinnlich als auch gedanklich nachvollziehbar werden. Szenarien sind also weder (genaue) Zukunftsprognosen auf der Grundlage quantitativer Informationen aus Gegenwart und Vergangenheit noch realitätsferne Utopien. Mit der Szenario-Technik werden vielmehr quantitative Daten und Informationen mit qualitativen Informationen, Einschätzungen und Meinungen verknüpft, so dass als Ergebnis detaillierte Beschreibungen oder plastische Schilderungen einer bzw. mehrerer möglicher Zukunftssituationen entstehen. Es werden zwei, manchmal drei Grundtypen von Szenarien entwickelt:

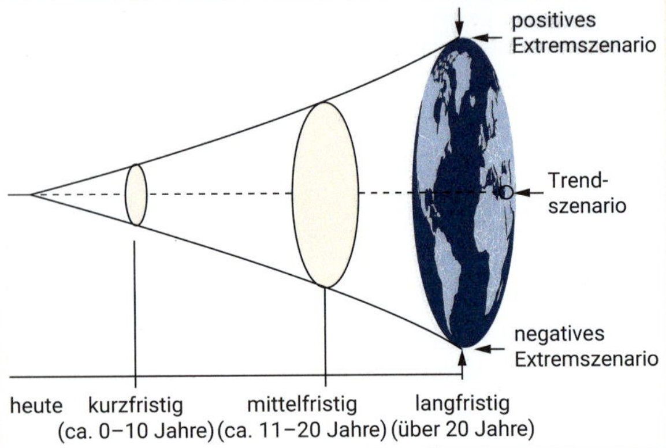

- ein positives Extremszenario: Dieses bezeichnet die bestmögliche Zukunftsentwicklung (best-case-scenario).
- ein negatives Extremszenario: Dieses bezeichnet den schlechtestmöglichen Entwicklungsverlauf (worst-case-scenario).
- u. U. ein Trend-Szenario: Dieses beinhaltet die Fortschreibung der heutigen Situation (Trend-Extrapolation).

1 Problemanalyse

Ausgangspunkt eines jeden Szenarios ist ein gesellschaftliches bzw. politisches Problem, d. h. ein von einer größeren Anzahl von Gesellschaftsmitgliedern als dringend lösungsbedürftig angesehener, genau definierter Sachverhalt. Dieses Problem wird sachlich, zeitlich und räumlich eingegrenzt. Besonders wichtig ist festzuhalten, wer von diesem Problem in welcher Weise (besonders) betroffen ist.

2 Einflussanalyse und Deskriptorenbestimmung

Nunmehr sind alle Einflussbereiche zu identifizieren, die unmittelbar auf das Untersuchungsfeld einwirken. Diese Bereiche werden durch die Bestimmung von Einflussfaktoren für jeden Bereich weiter ausdifferenziert. Um die Entwicklungsdynamik der Einflussfaktoren beschreiben zu können, sind sog. Deskriptoren bzw. Kenngrößen zu bestimmen. Dabei unterscheidet man zwischen quantitativen und qualitativen Deskriptoren:

- Beispiele für quantitative Deskriptoren: Entwicklung der Bevölkerung; Einkommensentwicklung, Menge der aufzufindenden Bodenschätze etc.
- Beispiele für qualitative Deskriptoren: Interessen von Staaten oder Konzernen und deren Durchsetzungsmacht; Wertehaltungen in einer Gesellschaft etc.

3 Szenarienentwicklung und -interpretation

Diese Phase ist der Höhepunkt der Szenariotechnik, da nun aus den durchgeführten Analysen aus dem Problembereich ausführliche Szenarien, d. h. ganzheitliche „Zukunftsbilder" erstellt werden, die in anschaulicher Weise mögliche Zukunftsentwicklungen und ihre Konsequenzen sichtbar machen. In die Szenarien sollen alle in den vorangegangenen Phasen entwickelten Einflussfaktoren und Deskriptoren eingehen. Diese Elemente werden fantasievoll (etwa mit Beispielen) angereichert und daraus stimmige Situationsbeschreibungen zweier möglicher Zukünfte erstellt, nämlich einer bestmöglichen und einer schlechtestmöglichen (Extremszenarien). Dabei müssen die Grenze zur Utopie erreicht werden, ohne diese Grenze zu überschreiten!

Die Szenarien präsentieren Sie allen Kursteilnehmer/inne/n möglichst lebendig. Sie müssen bei der Erstellung der Szenarien besonders darauf achten, dass diese nicht bei der Änderung eines Faktors in sich zusammenbrechen (Konsistenzprüfung).

▼

4 Gewichtung der Einflussfaktoren und Analyse von Wirkbeziehungen

In dieser Phase analysieren Sie, welche (Kombination von) Einflussfaktoren in besonderer Weise extrem positive bzw. extrem negative Entwicklungen in der Zukunft hauptsächlich bedingt haben. Wichtig ist es dabei, die Wechsel- bzw. Wirkbeziehungen in den Blick zu nehmen (z. B. Verstärkung, gegenläufige Tendenzen, Wirkungsneutralität).

▼

5 Maßnahmen und Handlungsmöglichkeiten

In der abschließenden Phase knüpfen Sie an die Gewichtung der Einflussfaktoren an. Dabei haben Sie die Aufgabe, nunmehr Konsequenzen aus den entwickelten Szenarien zu ziehen und Handlungs- bzw. Gestaltungsstrategien zu entwickeln, die dazu dienen, gewünschte Entwicklungslinien zu unterstützen sowie unerwünschten Entwicklungen entgegenzuwirken bzw. sie abzuschwächen. Sie erarbeiten also gemeinsam einen Maßnahmenkatalog, um sich möglichst dem positiven Extremszenario anzunähern. Dabei sollten Sie sich die Frage stellen, was gesellschaftliche Akteure zur Zielerreichung beitragen können, z. B.:

- Was kann ich, kann jeder Einzelne tun?
- Was können wir gemeinsam in Gruppen tun (Verbände, Parteien, Vereine, Bürgerinitiativen ...)?
- Was können/sollten Unternehmen tun?
- Was können/sollten die großen Verbände (z. B. Gewerkschaften, Wirtschaftsverbände ...) und Nichtregierungsorganisationen tun?
- Was kann/sollte der Staat tun?
- Was können/sollten supranationale Verbünde (z. B. die EU) und die internationale Staatengemeinschaft tun?

Bearbeiter

Aufgabe

Sie müssen zur Münchner Sicherheitskonferenz im kommenden Jahr für den Bundespräsidenten eine Analyse zum Zustand der Vereinten Nationen erstellen.
Wenden Sie in Gruppenarbeit die Szenario-Technik auf die Vereinten Nationen an.
Achten Sie dabei auf unterschiedliche Aufgaben der Vereinten Nationen (Konfliktlösung, Befriedung der internationalen Beziehungen, Schutz der Menschenrechte, Förderung nachhaltiger Entwicklung).
Präsentieren und diskutieren Sie die Szenarien in Ihrem Kurs.

ORIENTIERUNGSWISSEN

Krise des Multilateralismus
M3

Nicht nur Bundespräsident Frank-Walter Steinmeier spricht von einer beunruhigenden Entwicklung und einer zunehmend destruktiven Dynamik der heutigen Weltpolitik. Es gibt viele Indizien für eine Krise des Multilateralismus: eine zunehmende offene Rivalität der Großmächte; opferreiche Kriege im Mittleren Osten, die nicht enden wollen; eine nur noch selektive Wahrnehmung oder gar Ablehnung des Völkerrechts; der Einsatz militärischer Gewalt, um Grenzen zu verschieben.
Das klassische Sicherheitsdilemma zeigt sich wieder und die Staaten reagieren mit Aufrüstung, auch mit Nuklearwaffen. Grundsätzlich ist die Abkehr von kooperativen Lösungsmustern und die Renaissance des Nationalstaats in manchen Bereichen zu beklagen. Viele Politiker gehen davon aus, Probleme alleine mit den Mitteln des Nationalstaats lösen zu können. Diese Betonung bedingungsloser nationaler Souveränität steht im Widerspruch zu den Grundsätzen des Multilateralismus, der besagt, dass Regierungen gemeinsam nach Lösungen suchen und betroffene Länder ihre Positionen einbringen können.

Herausforderungen für das globale politische System
M3, M4

Noch tiefgreifender ist die momentane Krise des globalen politischen Systems. Drei Bedingungen müssen erfüllt sein, um von einem funktionierenden globalen politischen System zu sprechen.

1. Die Mitglieder des Systems müssen anerkennen, dass es ein gemeinsames Gemeinwohl auf internationaler Ebene gibt, das über die rein nationalen Interessen hinausgeht. Dazu zählen u. a. Frieden und die Erhaltung der natürlichen Lebensgrundlagen.
2. Es gibt internationale Organisationen, die das Gemeinwohl auch gegen die kurzfristigen Interessen der Nationalstaaten durchsetzen können. Diese Durchsetzung erfolgt durch die Anerkennung der Institutionen als Autoritäten.
3. Die Institutionen müssen sich gegenüber einer breiten internationalen Öffentlichkeit für ihre Entscheidungen rechtfertigen.

Ein solches globales politisches System ist notwendig, um transnationale politische Probleme zu lösen. Gleichwohl sind die Entscheidungen nicht immer gerecht und friedlich. Voraussetzung für ein dauerhaftes Funktionieren eines solchen Systems ist, dass das nationale Interesse nicht das einzige und höchste politische Ziel sein darf. Schwierig ist nun, dass gerade in einer Zeit, in der internationale Kooperation so wichtig wie nie ist, einige Nationalstaaten sich von den Prinzipien und Institutionen dieser Kooperation abwenden.

Dilemma der internationalen Politik

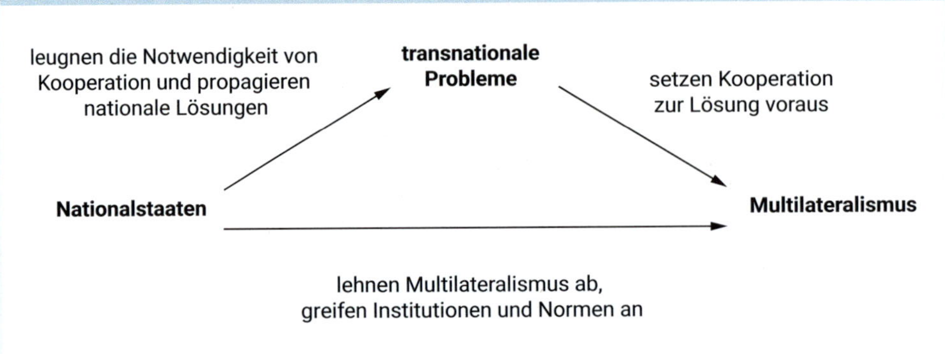

Bearbeiter

Regieren jenseits des Nationalstaats (Global Governance)
M6-M9

Globale Probleme können nicht alleine durch nationalstaatliches Handeln gelöst werden. Da eine mit Gewaltmonopol und Legitimität ausgestattete Weltregierung nicht existiert, hat sich ein System globalen Regierens entwickelt (Global Governance). Darunter werden alle kollektiven Regelungen verstanden, die auf die Lösung globaler Probleme zielen. Nationale Regierungen spielen in diesem Prozess immer noch eine wesentliche Rolle. Daneben wirken aber auch gesellschaftliche Gruppierungen über Grenzen hinweg und beeinflussen die internationale Politik. Auch internationale Organisationen bearbeiten internationale Probleme. Werden diese Entscheidungen von anderen Akteuren akzeptiert, dann entsteht Autorität jenseits des Nationalstaats.

Tendenzen der Weltpolitik
M11

Die internationale Politik verändert sich permanent. Eine eindeutige Richtung, in die sie sich entwickelt, ist aber noch nicht auszumachen. Vielmehr ist die aktuelle Politik durch zum Teil widersprüchliche Entwicklungen geprägt.

1. **Entstaatlichung und Staatlichkeit:** In manchen Bereichen sind Staaten nicht mehr die alleine dominierenden Akteure. In grenzüberschreitenden Wirtschaftsprozessen haben Einzelstaaten erheblich an Gestaltungsspielraum verloren (z. B. aufgrund der Globalisierung) oder selbst Souveränitätsrechte abgegeben (z. B. an die EU). Auch der Zerfall von Staatlichkeit ist in der gegenwärtigen Weltpolitik zu finden. Demgegenüber sind Staaten aber immer noch mächtige Akteure und die Organisation der Welt in Staaten ist nach wie vor prägend.
2. **Globalisierung und Fragmentierung:** Im ökonomischen Bereich zeigt sich deutlich, dass sich die Welt in einem extremen Vernetzungsprozess befindet. Globale Lieferketten verdeutlichen die wechselseitige Abhängigkeit. Gleichzeitig gibt es Fragmentierungsprozesse. Staaten beenden institutionelle Zusammenarbeit (z. B. der Brexit) oder weite Teile der Weltbevölkerung sind von der Globalisierung abgeschnitten.
3. **Verrechtlichung und Entrechtlichung:** Viele multilaterale Abkommen im Sicherheitsbereich verdeutlichen, dass die Einsicht gewachsen ist, dass nur Zusammenarbeit Sicherheit garantieren kann. Andererseits zeigt unilaterales Handeln und nicht-mandatiertes Eingreifen der Staaten, dass von einer Verrechtlichung der internationalen Politik noch längst nicht gesprochen werden kann.

Sind die Vereinten Nationen gescheitert?

Die Vereinten Nationen sind eine der bedeutendsten internationalen Institutionen. Sie stehen für die Einhaltung des Völkerrechts und für das Ziel des weltweiten Friedens. Die Vereinten Nationen werden daran gemessen, ob sie Konflikte friedlich lösen, Menschenrechte schützen und eine nachhaltige Entwicklung fördern können. Bei der Bekämpfung der Armut sind große Erfolge erzielt worden. Allerdings werden in anderen Bereichen die erzielten Erfolge durch zunehmend unilaterales Handeln einiger Nationalstaaten in Frage gestellt. Dies schwächt die multilaterale Weltordnung, auf der die Vereinten Nationen fußen.

Erleben wir ein Scheitern der Vereinten Nationen?

Interview mit Prof. Dr. Thomas Diez zum aktuellen Zustand der Vereinten Nationen

Thomas Diez ist Professor für Politikwissenschaft und Internationale Beziehungen an der Universität Tübingen.

„America first!", Handelskriege, die Annexion der Krim durch Russland. Im Gegensatz zum Unilateralismus, den wir heute erleben, galten die Vereinten Nationen lange Zeit als Garant einer regelbasierten Ordnung. Erleben wir gerade, wie die Vereinten Nationen scheitern?
Ganz so dramatisch würde ich das nicht sehen. Hier hilft die Perspektive der sogenannten Englischen Schule: Die Vereinten Nationen sind demnach Ausdruck einer internationalen Gesellschaft, einer Gesellschaft von Staaten, die zwischen einer „pluralistischen" und einer „solidaristischen" Konzeption schwankt. Im Pluralismus geht es um die Aufrechterhaltung einer Ordnung souveräner Staaten mit minimalem Eingriff von außen. Im Solidarismus hingegen übernehmen Staaten auch Verantwortung für Bürgerinnen und Bürger anderer Staaten, und Souveränität wird neu definiert nicht nur als Recht, sondern auch als Verpflichtung von Staaten gegenüber ihren Bürgerinnen und Bürgern.
Was wir seit Ende des Ost-West-Konfliktes erlebt haben, war eine Phase der Solidarisierung, in der Multilateralismus, aber auch Konzepte wie die Internationale Schutzverantwortung, die Responsibilty to Protect oder R2P, gestärkt worden sind. Mit dem Ansteigen des Populismus endet diese oft als „liberaler Moment" bezeichnete Phase. Die Vereinten Nationen sind damit nicht am Ende, sondern kehren zurück als Schauplatz und Forum für Nationalstaaten in einem traditionellen, pluralistischen Verständnis. Das ist natürlich eine Enttäuschung für alle, die sich eine weitere Solidarisierung gewünscht hätten, und auch ich sehe das als problematischen Rückschritt. Aber das Ende der Vereinten Nationen ist es nicht.

Im Syrienkonflikt ist über all die Jahre keine Einigung erzielt worden. Sind die Vereinten Nationen noch in der Lage, Konflikte zu lösen und Menschenrechte zu schützen?
Die Vereinten Nationen haben über den Generalsekretär zwar immer die Option der Konfliktvermittlung im Sinne von „peacemaking" angeboten, aber erfolgreich waren sie nur dann, wenn die Konfliktparteien auch bereit waren, sich darauf einzulassen. Das liegt in der Natur einer pluralistischen internationalen Gesellschaft. Das ist ein Problem, aber die Alternative wäre, mit Waffengewalt stärker im Sinne von „peace enforcement" in Konflikte einzugreifen. Das wünscht sich wohl auch niemand. Insofern ist die Erwartung, die Vereinten Nationen könnten Konflikte wie in Syrien lösen, überzogen. Wichtig ist hier erst einmal, dass Kommunikationskanäle offengehalten und Alternativen aufgezeigt werden.
Gleichermaßen sind Menschenrechte über die Vereinten Nationen nie garantiert worden; ihre Einhaltung liegt weiterhin im Zuständigkeitsbereich der Staaten selbst. Hier haben die R2P, die Einrichtung des Internationalen Strafgerichtshofs und die Einrichtung der Universal Periodic Review im Menschenrechtsrat zaghafte Schritte hin zu mehr Durchsetzungskraft unternommen. Aber solange wir keine Einklagbarkeit von Menschenrechten auf der Ebene der Vereinten Nationen haben, können deren Organe nur diskursiven Druck ausüben und vielleicht, wenn sich die R2P letztlich doch als allgemein akzeptierte Norm durchsetzt, in Ausnahmefällen auch gewaltsam gegen Menschenrechtsverletzungen der massiveren Art vorgehen.

Nach dem Ende des Ost-West-Konflikts war die Euphorie groß. Viele haben erwartet, dass eine regelbasierte multilaterale Ordnung in den internationalen Beziehungen entstehen würde. Warum ist dies in den letzten dreißig Jahren nicht wie erhofft eingetreten?
Das ist eine gute und zugleich schwierige Frage. Zum einen hat die liberale Ordnung der 1990er und 2000er Jahre übersehen, dass globales Regieren in multilateralen Institutionen

immer stärker auch in die Souveränität von Staaten, aber auch in den Alltag von Individuen eingreift. Nicht allen hat das gefallen, und so sind die Widerstände immer größer geworden. Das hatte zum Teil mit den wirtschaftspolitischen Implikationen dieser Ordnung zu tun, zum Teil mit Enttäuschungen aufgrund überzogener Erwartungen, aber auch mit dem vorherrschenden Denken in nationalen Kategorien, die uns von Kindesbeinen an vermittelt werden und aus denen wir uns nur schwer befreien können. Die Reaktionen auch der EU-Staaten in der Coronakrise von 2020 haben das in für mich erschreckender Weise wieder gezeigt.

Wenn Sie UN-Generalsekretär wären: Was würden Sie sagen, wenn man Sie nach den größten Erfolgen der Vereinten Nationen fragen würden?
Wir müssen sehen, dass die Vereinten Nationen nicht nur aus der Generalversammlung, dem Generalsekretariat und dem Sicherheitsrat bestehen, sondern ein komplexes System zahlreicher Unter-, Teil- und Nebenorganisationen darstellen. Und da gibt es eine Reihe von Regelungen von Nahrungsmittelstandards bis hin zum Weltkulturerbe, die wir im Alltag kaum wahrnehmen, die aber unglaublich wichtig sind. Auch das Pariser Abkommen zum Klimaschutz, trotz all seiner Defizite, wäre nicht zustande gekommen ohne die Arbeit von Expert*innen und Diplomat*innen im UN-Kontext, im Intergovernmental Panel on Climate Change, in der World Meteorological Organisation und dem United Nations Environmental Programme. Und ich halte auch die Einrichtung des Internationalen Strafgerichtshofs weiterhin für eine Errungenschaft, die es zu bewahren gilt.

Was kann Deutschland, was kann die Europäische Union unternehmen, um die Vereinten Nationen zu stärken?
Wir müssen konsequent den Weg des Multilateralismus weitergehen, dabei aber auch bedenken, dass es nicht sein kann, das Europa immer den Takt vorgibt. Das haben viele missverstanden, die die EU als „normative Macht" gesehen haben. Der viel gescholtene Begriff des „principled pragmatism" in der EU-Globalstrategie von 2016 scheint mir hier eher der richtige Weg zu sein: zu seinen Prinzipien zu stehen, gleichzeitig aber auch anzuerkennen, dass es andere Sichtweisen gibt, und daher einen pragmatischen Dialog mit anderen Staaten und regionalen Organisationen wie zum Beispiel ASEAN zu führen.

Trotz aller Kritik, die geäußert wird, gibt es denn überhaupt eine Alternative zu den Vereinten Nationen?
Eine solche Alternative sehe ich nicht. Außerdem ist die Zustimmung zu den Vereinten Nationen in den meisten Umfragen trotz aller Kritik weiterhin hoch. Noch einmal: Wir haben es hier ja nicht mit einer Weltregierung zu tun, sondern mit einem Forum der Mitgliedstaaten und einer Konfiguration ganz unterschiedlicher Organisationen, die versuchen, das Sicherheitsdilemma zu minimieren und es den Staaten zu ermöglichen, geteilte Probleme auch gemeinsam anzugehen. Dass das nicht immer und oftmals nur im Ansatz gelingt, ist nicht verwunderlich. Aber wollen wir uns alle einem globalen Hegemon unterwerfen, der am Ende mit Waffengewalt seine Ansichten durchsetzt? Ich vermute mal nein.

Interview des Bearbeiters mit Thomas Diez über den aktuellen Zustand der Vereinten Nationen am 28.02.2020

Aufgabe

Bewerten Sie ausgehend vom Interview mit dem Politikwissenschaftler Thomas Diez die Vereinten Nationen als Akteur in den internationalen Beziehungen.

5

Demonstranten sprechen sich 2016 in Villingen-Schwenningen gegen Gewalt aus und fordern mehr Sicherheit in Deutschland.

3

taz am wochenende

2.09.18

www.taz.de

Aufstehen?
Am Dienstag startet die „linke Sammlungsbewegung". Wer ist die Basis? Wo die Prominenz? Eine Analyse
8–9

„Sind wir uns darüber einig, dass der Hitlergruß nicht okay ist?"

Michael Kretschmer, 43, sächsischer Ministerpräsident, am Donnerstag um 20.32 Uhr beim Bürgerdialog in Chemnitz. Wie in Sachsen um ein Minimum an Demokratie gerungen wird und Aktivisten für ein Konzert gegen Fremdenfeindlichkeit mobilisieren
2, 4, 5, 10

Freie Fahrt für freie Bürger
7.000 Leute sitzen in deutschen Gefängnissen – weil sie ohne Ticket gefahren sind
20–22

„Denken ist immer elektrisch"
Niels Birbaumer, Neurobiologe, übers Gedankenlesen
26–27

Die Arbeitspartei
Die FPÖ sieht sich als Partei des kleinen Mannes. Jetzt hat sie in Österreich eine Reform beschlossen: Es darf 12 Stunden am Tag und 60 Stunden in der Woche gearbeitet werden
3

taz berlin
Sich beschweren? Das ist Ihr gutes Recht! Die Arbeit des Petitionsausschusses
41, 44–45

Hochstapler
Der Autor Maruan Paschen hat einen wilden, bösen Roman mit einem sanften Titel geschrieben: „Weihnachten"
12

Die Zeitung „taz" berichtet über einen Bürgerdialog in Chemnitz, der nach ausländerfeindlichen Ausschreitungen in der Stadt im August 2018 stattfand.

In Stuttgart demonstrieren junge Menschen für den Klimaschutz.

Politische Teilhabe

Seitdem es Demokratien gibt, wird darüber diskutiert, wie diese ausgestaltet werden sollen. Der Wille der Menschen, der z. B. bei Wahlen sichtbar wird, muss irgendwie zu konkretem Regierungshandeln führen. Dieses Regierungshandeln zeigt sich schlussendlich in Gesetzen und in der Ausgestaltung der Gesellschaft.
Dabei geht es um die Frage, welche Instanzen mit welchen Verfahren verbindliche Entscheidungen treffen dürfen. Es gibt unterschiedliche Vorstellungen darüber, welche Möglichkeiten die Bürgerinnen und Bürger haben sollten, um auf den politischen Entscheidungsprozess Einfluss nehmen zu können: indirekt über gewählte Vertreter in den Parlamenten oder direkt, indem sie selbst per Plebiszit abstimmen (**Basiskonzept: Macht und Entscheidung**). Das führt dazu, dass sich unterschiedliche politische Institutionen und Demokratien entwickelt haben. Die Demokratie in der Schweiz kennt andere Entscheidungswege als die Demokratie in Deutschland, trotzdem sind beide Demokratien (**Basiskonzept: Ordnung und Struktur**).
Was in allen Demokratien aber gleich ist, ist der politische Diskurs, der Streit um die richtige Politik. In allen Demokratien steht die Frage im Zentrum, nach welchen Werten und Interessen unsere Gesellschaft gestaltet werden soll (**Basiskonzept: Interessen und Gemeinwohl**).

Kompetenzen

Am Ende dieses Kapitels sollten Sie Folgendes wissen und können:

- die Frage erörtern, ob wir eine Krise der Demokratie erleben.
- die Bedeutung der Medien für die politische Teilhabe erläutern.
- demokratische, autoritäre und totalitäre Typen politischer Systeme vergleichen.
- den Zusammenhang von sozialem Status und Partizipation der Bürger erklären sowie die Folgen für die Demokratie bewerten.
- Möglichkeiten der Bürger, ihre Interessen in der repräsentativen Demokratie Deutschlands in den politischen Entscheidungsprozess einzubringen, bewerten.

Aufgabe

Sammeln Sie ausgehend von den Bildimpulsen Fragen, Kritik und Meinungen zum Zustand der Demokratie in Deutschland. Vergleichen Sie Ihre Gedanken mit einem Partner und strukturieren Sie diese in einer Mindmap (→ Methodenglossar) mithilfe von übergeordneten Kriterien.

H
Mögliche Kriterien sind zum Beispiel: Macht und Einfluss, Struktur des Zusammenlebens, Gerechtigkeit und Gemeinwohl.

5.1 Wie steht es um unsere Demokratie?

5.1.1 (Warum) Sind so viele Menschen unzufrieden mit der Demokratie in Deutschland?

Zum Thema: „Lügenpresse!“, „handfeste Krise der Demokratie“... kritische Äußerungen zum Zustand der Demokratie in Deutschland mehren sich. Warum wächst die Unzufriedenheit mit unserem demokratischen System und welche Bevölkerungsgruppen sind besonders betroffen? Diese Fragen sollen im Folgenden geklärt werden.

M1 Wie zufrieden sind die Deutschen mit ihrer Demokratie?

Zufriedenheit mit dem Funktionieren der Demokratie (in %) (Stand: 2019)

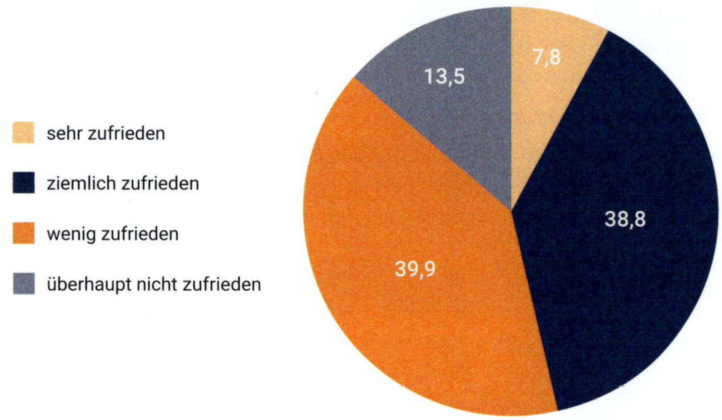

n = 2.495
Quelle: Umfrage FES / Universität Bonn 2019

Nach: © Friedrich-Ebert-Stiftung, 2019; Quelle: Decker, Frank u. a.: Vertrauen in die Demokratie. Bonn: Friedrich-Ebert-Stiftung 2019, S. 30

Einstiegsaufgabe

Wie zufrieden sind Sie mit dem Funktionieren der Demokratie in Deutschland? Führen Sie eine Blitzumfrage in Ihrem Kurs durch und vergleichen Sie das Ergebnis mit dem Umfrageergebnis in **M1**.

M2 Wachsende Unzufriedenheit mit der Demokratie in Deutschland

a) Folgt aus Unzufriedenheit eine Ablehnung der Demokratie?

Das vergangene Jahr [(2017)] hat Spuren hinterlassen. Die lange Regierungsbildung nach der Bundestagswahl, der Dauerstreit um die Asylpolitik und die Dauerklage über den Stillstand bei vielen sozialen Problemen – alles das hat das Vertrauen der Bundesbürger in die Demokratie nicht gerade gestärkt. Im Gegenteil: Nur noch

59 Prozent der Deutschen sind einer Umfrage zufolge mit dem Funktionieren der Demokratie zufrieden. Ein Jahr zuvor waren es noch knapp zehn Prozent mehr. Der Vertrauensverlust ist besonders groß bei denjenigen, die sowieso Zweifel an demokratischen Prozessen hegen: „Je populistischer die Menschen eingestellt sind, desto unzufriedener sind sie mit dem Zustand der Demokratie“, sagt Robert Vehrkamp, Politikexperte der Bertelsmann Stiftung und Mitautor des aktuellen „Populismusbarometers“. [...] Ärger über das aktuelle Erscheinungsbild der Demokratie hat bislang jedoch noch nicht zu einer grundsätzlichen Ablehnung [...] geführt. Das heißt: Unter den Bundesbürgern gibt es viele enttäuschte Demokraten – aber nur sehr wenige Feinde der Demokratie. Immerhin neun von zehn Deutschen halten die Demokratie nach wie vor für das beste politische System.

Emmrich, Julia: Wachsende Zahl der Deutschen unzufrieden mit der Demokratie. www.abendblatt.de, 01.10.2018

b) Wer ist unzufrieden mit dem Funktionieren der Demokratie in Deutschland?

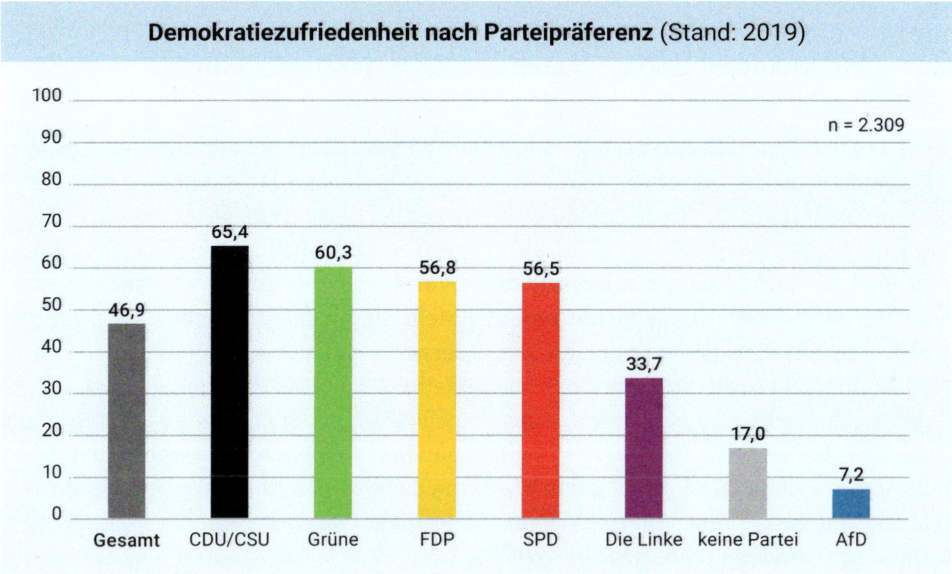

Nach: © Friedrich-Ebert-Stiftung, 2019; Quelle: Decker, Frank u. a.: Vertrauen in die Demokratie. Bonn: Friedrich-Ebert-Stiftung 2019, S. 32

M3 Bundespräsident besorgt über den Zustand der Demokratie

Herr Bundespräsident, einer Ihrer Vorgänger, Richard von Weizsäcker, hat einmal gesagt, die Weimarer Republik sei nicht an zu vielen Extremisten gescheitert, sondern an zu wenig aktiven Demokraten. Wie aktuell ist dieser Satz heute?

Ich habe [...] vom ersten Tag meiner Arbeit als Bundespräsident die Demokratie zu meinem Thema gemacht. Denn es zeigt sich seit geraumer Zeit, dass wir vieles als zu selbstverständlich nehmen. Wohlstand und Demokratie, Freiheit und Rechtsstaatlichkeit sind nicht vom Himmel gefallen und für ewig garantiert, sondern müssen ständig neu erstritten werden. Demokratie lebt nur, wenn wir uns für sie einsetzen. Sie einfach zu ertragen, reicht nicht.

Sehen Sie die Demokratie in Gefahr?

Frank-Walter Steinmeier ist seit 2017 Bundespräsident.

Die liberale Demokratie ist angefochten. Ihre Gegner werden mehr und sie werden lauter. Das ist kein allein deutsches Phänomen. Wir sehen in allen westlichen Demokratien, dass Fliehkräfte innerhalb der Gesellschaften wachsen, die Polarisierung zunimmt und eine neue Faszination des Autoritären Raum gewinnt. Das können wir nicht gelassen hinnehmen [...].

Ist die Gesellschaft aktiv genug?

[Es] muss das Gespräch der Gesellschaft mit sich selbst wieder in Gang kommen. Das verlangt Respekt und die Bereitschaft zum Zuhören. Nicht das Gespräch unter ohnehin Gleichgesinnten, aber die respektvolle Kontroverse zwischen Menschen unterschiedlicher Positionen. Eine, die in Kauf nimmt, dass der andere recht haben könnte – die müssen wir wieder einüben. [...] Ich wünsche mir, dass das an tausenden Orten in dieser Gesellschaft geschieht.

© 2020 Bundespräsidialamt: Interview mit dem RedaktionsNetzwerk Deutschland (RND). In: www.www.bundespraesident.de, 28.09.2018

M4 Wagenknecht beklagt „handfeste Krise der Demokratie“

Sahra Wagenknecht ist Bundestagsabgeordnete. Sie war bis November 2019 Fraktionsvorsitzende der Partei Die Linke.

Die Linken-Fraktionsvorsitzende Sahra Wagenknecht hat vor einer Verrohung der Gesellschaft in Deutschland gewarnt. [...] „Deutschland verändert sich in eine Richtung, die viele Menschen nicht wollen.“ Das Klima werde rauer, es werde teilweise aggressiver, und „der Zusammenhalt geht verloren“, beklagte Wagenknecht und sprach von einer „handfesten Krise der Demokratie“. Dies liege vor allem daran, dass nicht alle Menschen vom wirtschaftlichen Wohlstand des Landes profitierten. Die Wut, die sich aufstaue, bilde dann den Nährboden für Hass und Gewalt.

Daher werde nun das Projekt „Aufstehen“ ins Leben gerufen. Die Bewegung habe mehr als 80 Initiatoren, darunter Politiker von Linkspartei, Grünen und SPD, viele Schriftsteller, Künstler und Professoren, erläuterte Wagenknecht. Mehr als 100.000 Menschen seien mittlerweile dabei. Als Ziel von „Aufstehen“ hatte Wagenknecht bereits früher ausgegeben, mit der Bewegung linke Kräfte bündeln zu wollen, um damit mittelfristig die Weichen für linksgerichtete Bundesregierung zu stellen.

Reuters: Wagenknecht beklagt „handfeste Krise der Demokratie“. In: http://de.reuters.com, 04.09.2018

Aufgaben

1. Arbeiten Sie die in den Texten **M2** bis **M4** genannten Begründungen für die Unzufriedenheit mit der Demokratie heraus.
2. Ordnen Sie die unterschiedlichen Begründungen aus **M2-M4** übergeordneten Kriterien (siehe S. 155) zu.
3. Erläutern Sie, warum die einzelnen Akteure zu unterschiedlichen Einschätzungen über unsere Demokratie kommen.
4. Worin sehen Sie die größten Probleme unserer Demokratie? Erstellen Sie ein Ranking der größten Herausforderungen der Demokratie in Deutschland. Begründen Sie Ihre Einschätzungen.

5.1.2 Erleben wir in Deutschland eine Krise der Demokratie?

Zum Thema: Meldungen über die Unzufriedenheit mit dem demokratischen System häufen sich. Stimmen werden laut, die eine Krise der Demokratie konstatieren. Aber wann steckt eine Demokratie eigentlich in der Krise? Wie genau lässt sich eine Demokratiekrise beschreiben und messen? Welche Faktoren sind ausschlaggebend? Diese Fragen sollen im Folgenden geklärt werden.

M5 Krise oder Herausforderung?

1 **Rechte Demonstranten marschieren durch Chemnitz' Straßen**

2 **Mitgliederschwund bei den Parteien. Mitgliederzahlen sinken auf Rekordtief**

3 **Jeder dritte Deutsche will nicht mehr wählen**

4 **Hasskommentare gegenüber Politikern nehmen zu**

5 **Links- und rechtsgerichtete Demonstrationen eskalieren in Straßenkämpfen**

6 **Ungleichheit in Deutschland verstärkt sich**

7 **Abgeordnete beklagen sich über mangelnde Beteiligung des Bundestages an Entscheidungen**

Einstiegsaufgabe

Entscheiden Sie für die Beispiele in **M5** jeweils, ob es sich um ein Zeichen für eine Krise der Demokratie oder um eine Herausforderung innerhalb einer funktionierenden Demokratie handelt.

M6 Wann steckt die Demokratie in der Krise?

a) Herausforderungen oder Krise?

Demokratien sind dynamische Systeme. Sie werden konstituiert durch Institutionen, Verfahren, Organisationen und leben von der Mitwirkung der Bürgerinnen und Bürger. Alle Komponenten dieser Systeme sind interdependent und verändern sich über die Zeit hinweg. Diese Veränderungen werden durch Anreizstrukturen und Problemanforderungen der äußeren Umwelt oder durch interessengeleitete Veränderungsstrategien relevanter ökonomischer, gesellschaftlicher und politischer Akteure im Inneren der Demokratie ausgelöst. Tempo und Umfang der Anpassungsprozesse werden im Wesentlichen von den relevanten Akteuren bestimmt. Regierungen und Parteien spielen dabei die Haupt-, Parlamente, Justiz und die Zivilgesellschaft eher die Nebenrollen. Passen sich die Institutionen und Verfahren des demokratischen Staates nicht den funktionalen Erfordernissen ihrer Umwelt an, drohen sie dysfunktional zu werden. Die Performanz der Regierung und des gesamten demokratischen Systems nimmt ab und damit auch der subjektive Legitimitätsglauben des Demos, der sich teilweise aus dem Output und Outcome demokratischer Entscheidungen nährt. [...]

Herausforderungen der Demokratie sind von Krisenursachen zu unterscheiden. Externe Herausforderungen wie die neoliberale Globalisierung der Finanzmärkte, die Supranationalisierung politischer Entscheidungen, die wachsende sozioökonomische Ungleichheit oder interne Herausforderungen wie der Niedergang der Volksparteien und der Machtverlust der Parlamente werden erst zu Krisenerscheinungen, wenn das politische System keine funktionalen und normativen Äquivalente entwickelt, die die entstandenen Dysfunktionalitäten und normativen Defizite kompensieren können.

Zu einer Krise der Demokratie kann es dann unter mindestens einer von zwei Bedingungen kommen: zum einen, wenn Defizite sich verdichten und bestandsnotwendige Verfahren der Demokratie verdrängen und ihre grundsätzlichen normativen Gehalte – Freiheit, Gleichheit, Herrschaftskontrolle – auszuhöhlen beginnen; zum anderen, wenn die Bürger dies erkennen und nicht nur der jeweiligen Regierung, sondern dem demokratischen System selbst den Legitimitätsglauben entziehen.

Allerdings gibt es noch eine weitere Reaktionsmöglichkeit der Bürger: Sie erkennen autoritäre Regierungsweisen und äußern nicht Kritik, sondern ihre Zustimmung an den Wahlurnen. Dies ist die Stunde, in der gewählte Staatsoberhäupter, Regierungs- oder Parteichefs zu charismatisch-autoritären Führern werden können. Dies war und ist nach 2000 auf der politischen Linken in Venezuela, Ecuador und Bolivien ebenso zu beobachten wie auf der Rechten im Ungarn Viktor Orbáns nach 2014 oder in der Türkei Recep Tayyip Erdoğans. [...]

Ob von einer Krise der Demokratie gesprochen werden kann, hängt auch vom demokratischen Referenzmodell ab, an dem man die krisenhaften Veränderungen misst. Die Wahl des Referenzkonzepts ist eine analytisch bedeutsame Vorentscheidung: Wählt man einen Idealtyp, kann die Realität nur versagen. Es wird dann immer eine erhebliche Differenz gemessen, die als Zeichen einer (dauerhaften) Krise interpretiert wird. [...] Wählt man hingegen eine minimalistische Demokratiedefinition, gelangt man weit seltener zu einer Krisendiagnose. [Es] spricht manches für die Wahl eines „root concept" mittlerer Reichweite [...]. Ein solches „Basiskonzept" hat zudem den Vorteil, dass es [...] sehr präzise die definierenden Kriterien der Demokratie auflistet, sie begründet und in ihren wechselseitigen Zusammenhang stellt. Es versteht also die Demokratie als ein Gesamtsystem von interdependenten Teilregimen.

Merkel, Wolfgang: Krise der Demokratie? Anmerkungen zu einem schwierigen Begriff. In: www.bpb.de, 30.09.2016

normative Äquivalente
entsprechende Alternativen, die den Wünschen entsprechen.

normative Defizite
als negativ wahrgenommene Mängel

b) Die „eingebettete Demokratie“ als demokratisches Referenzmodell

Nach: Bundeszentrale für politische Bildung; Merkel, Wolfgang: Die Herausforderungen der Demokratie. In: ders. (Hg.): Demokratie und Krise. Zum schwierigen Verhältnis von Theorie und Empirie. Wiesbaden: VS Verlag 2015, S. 29

Hinweise zur Abbildung
Fünf Teilregime [A, B, C, D, E] definieren die eingebettete, rechtsstaatliche Demokratie [...]. [...] Die [...] Teilregime können ihre Wirkung für die Demokratie nur dann voll entfalten, wenn sie wechselseitig „eingebettet“ sind. Wechselseitige Einbettung heißt sowohl unverzichtbare „Zulieferdienste“ für ein anderes Teilregime zu leisten [...] als auch andere Teilregime an [...] Übergriffen in angrenzende Sphären zu hindern [...]. [...] Es ist also gerade die wechselseitige Einbettung der einzelnen Institutionen der Demokratie in ein Gesamtgeflecht institutioneller Teilregime, die erst die Demokratie funktions- und widerstandsfähig macht.

Merkel, Wolfgang: Die „eingebettete“ Demokratie. In: WZB-Mitteilungen Heft 106, S. 7 f.

M7 Wodurch wird unsere Demokratie gefährdet?

Warum, fragt [die Politikwissenschaftlerin Claudia] Ritzi, entfremden sich immer mehr Menschen vom klassisch-politischen Prozess? [...]

Die Politologin betont, sie wolle keineswegs sagen, früher sei alles besser gewesen. So habe es zum Beispiel für Gleichberechtigung und Emanzipation seit den 80er Jahren durchaus Fortschritte gegeben. Gleichzeitig aber hätten sich weite Teile der Bürgerschaft aus zentralen Debatten und der Partizipation am herkömmlichen Polit-Prozess verabschiedet. Dies sei hoch gefährlich. Denn Demokratie ist kein formales Geschehen. Sie lebt von der Beteiligung überzeugter Demokratinnen und deren Glauben an ihren grundsätzlichen Wert. Sie gründet also, wie der Verfassungsrechtler Böckenförde schrieb, auf „Voraussetzungen, die sie selbst nicht garantieren kann.“

Glaubt man der einschlägigen Literatur, ist es vornehmlich der Neoliberalismus, der der Verkümmerung der Demokratie Vorschub leistet. [...] Die vornehmlich auf Wachstum, Effizienz, Sozialstaatsschrumpfung, Privatisierung und Austerität gepolte Politik, die in Deutschland mit der Agenda 2010 verfolgt wurde, forcierte demnach eine bis heute wachsende Ungleichheit.

Zudem hat der starke Einfluss multinationaler Konzerne und anderer ökonomischer Großakteure laut Colin Crouch und Claudia Ritzi das Maß an undemokratischen Hinterzimmer-Politiken deutlich befördert. „So ist bei vielen Bürgern der Eindruck entstanden, ihre Stimme auf dem Wahlzettel

Austerität
eine strenge Sparpolitik des Staates

Neoliberalismus
Der Neoliberalismus ist eine wirtschaftstheoretische Denkrichtung, die eine freiheitliche, marktwirtschaftliche Wirtschaftsordnung anstrebt, in der staatliche Eingriffe auf ein Minimum beschränkt bleiben.

Primat
= Vorrangstellung

mache kaum mehr einen Unterschied", sagt Ritzi. Dass sich die klassischen politischen Parteien, was den Zuspruch und die Zahlen ihrer Mitglieder angeht, auf kontinuierlicher Talfahrt befinden, ist so nicht verwunderlich. Während die formalen demokratischen Prozesse, Wahlen und Ähnliches, gewahrt blieben, sei Politik häufig bloß mehr ein personalisiertes Spektakel, urteilen die postdemokratischen Denker. In den letzten Jahrzehnten sei Politik vornehmlich für die ökonomischen Eliten und wirtschaftlich Bessergestellten praktiziert worden. Die sozioökonomisch Unterprivilegierten seien weniger stark repräsentiert gewesen und damit mittelfristig zu frustrierten Nichtwählern avanciert. [...]

Ein weiterer zentraler Baustein des Strukturwandels der Öffentlichkeit ist nach Claudia Ritzi und anderen die Digitalisierung der Lebenswelt. Zwar habe das Internet neue demokratische Beteiligungsformen geschaffen [...], gleichzeitig würden sich [aber] immer mehr Menschen aus einer geteilten Öffentlichkeit in abgeschlossene Echokammern zurückziehen und sich durch einen algorithmisch zugeschnittenen Content mit Informationen versorgen, die zu ihrem Weltbild passten.

Nicht zuletzt trage der Liberalismus womöglich in sich selbst ein demokratiegefährdendes Entwicklungsmoment [...]. So leben wir Andreas Reckwitz zufolge in der „Gesellschaft der Singularitäten", die den „Primat des Allgemeinen" verdrängt habe. In einer hyperindividualisierten Welt hat gesellschaftliche Solidarität keinen hohen Stellenwert mehr. Diese, so Claudia Ritzi, müsse wieder massiv verstärkt werden, jedoch ohne dabei „zwanghaft zu rekollektivieren" und die große Errungenschaft der Freiheit zu schleifen.

Alles in allem provozieren Neoliberalismus, Filterblasen und Individualisierung einen schleichenden Entpolitisierungsprozess. Folgt man Ritzi, ist das Erstarken des rechten Populismus von Trump bis AfD als Symptom dieser Entwicklung zu lesen [...]. Dabei habe der artikulierte Protest, so die Politologin, – solange er demokratisch bleibe – durchaus auch sein Gutes, da er entfremdete Bevölkerungsschichten in die politische Arena zurückführe.

„In einer Demokratie soll, auch wenn es manchmal wehtut, die komplette Bürgerschaft repräsentiert sein. Demokratie ist fortwährender Streit um die besseren Lösungen und Argumente", sagt Ritzi. Eine faire Auseinandersetzung brauche normative Grundlagen und müsse vor allem die Achtung der Verfassung wahren. Zugleich aber dürften insgesamt nur wenige Tabus bestehen. Doch so fruchtbar der produktive Streit im Hinblick auf eine gemeinwohlorientierte Politik auch sein mag: Es braucht einen normativen Minimalkonsens als tragendes Fundament. Als linker Demokrat sollte man die migrationskritische Position eines rechten Demokraten, der sich trotzdem glaubwürdig zu Menschenrechten bekennt, also aushalten müssen und mit guten Argumenten dagegenhalten.

Piorkowski, Christoph David: Ja zum Streit und nein zur Hetze. In: www.tagesspiegel.de, 10.09.2018

Aufgaben

1. Erklären Sie, unter welchen Voraussetzungen von einer Krise der Demokratie gesprochen werden kann (**M6**).
2. Erläutern Sie mithilfe von **M7**, welche internen und externen Faktoren zu einer Entfremdung von immer mehr Menschen vom klassisch-politischem Prozess geführt haben.
3. Die Demokratie „gründet also [...] auf ‚Voraussetzungen, die sie selbst nicht garantieren kann'" (**M7, Z. 18-21**). Erklären Sie ausgehend von diesem Zitat den Zusammenhang zwischen Bürgerbeteiligung und dem Zustand der Demokratie.
4. Erörtern Sie die Leitfrage: Erleben wir eine Krise der Demokratie in Deutschland?

5.1.3 Unzufrieden mit „der Politik“ – was kann ich tun?

Zum Thema: Ob Krise der Demokratie oder „nur“ Unzufriedenheit mit politischen Entscheidungen, Veränderungen können nur durch die Beteiligung der Bürger am politischen Prozess gelingen. Wie können Bürgerinnen und Bürger teilhaben und welche Partizipationsmöglichkeiten werden besonders gerne genutzt?

M8 Demokratie zurück auf die Straße – die Fensterdemo

Nach den Vorfällen in Chemnitz soll der demokratische Protest nachhaltig sein. Aktivist Bastian Buchs Idee: Deutschlandweite Transparente in den Fenstern.

Wie entstand die Idee zur Organisation einer „Fensterdemo“?

Bastian Buch: Ich überlegte mit einem Freund, ob wir zur #wirsindmehr-Demo nach Chemnitz fahren sollten. Da dies aus verschiedenen Gründen nur schwer zu organisieren war, entstand am Freitagnachmittag die Idee, dass wir versuchen, so viele Menschen wie möglich davon zu überzeugen, in ihrer Nachbarschaft und ihren Büros Flagge zu zeigen: Die „Fensterdemo“ war geboren. Wir erstellten die Veranstaltung bei Facebook, riefen Freunde und Verwandte auf, zu teilen, haben ein paar eingängige Grafiken entworfen – und dann nahm es seinen Lauf. Wir wollten das Thema ins Lokale bringen – und mittlerweile haben sich mehr als 2.100 Leute zurückgemeldet. [...]

Welche Botschaft soll die Aktion vermitteln?

Mir ist es wichtig, dass sich die Demo nicht gegen etwas richtet. Natürlich gibt es das auch – „gegen Nazis, gegen Rassismus, gegen Hass“ –, aber entscheidender ist, dass wir für etwas sind, für Toleranz, Vielfalt, Demokratie und Anstand; für ein buntes, friedliches Deutschland. [...]

Was erhoffen Sie sich als Auswirkung der Fensterdemo?

Auf Demos ist es ja meistens so, dass die Menschen schon der gleichen Meinung sind. Unser Ziel ist aber das Lokale und die Nachbarschaft. Nur hier können Diskussionen außerhalb von Filterblasen entstehen. [...] Ich hoffe, die Aktion kann die Demokratie zurück auf die Straße, in die Nachbarschaften bringen. Das Netz ist Mittel zur Verbreitung, aber nicht der Ort des Diskurses.

Kohler, Sarah: „Demokratie zurück auf die Straße“. In: www.taz.de, 04.09.2018

Einstiegsaufgabe

Die Fensterdemo soll Demokratie zurück auf die Straße bringen (**M8**). Was halten Sie von dieser Maßnahme? Diskutieren Sie diese Frage mit einem Partner.

M9 Wie können sich Bürgerinnen und Bürger politisch beteiligen?

Möglichkeiten der politischen Teilhabe		
Dimension politischer Beteiligung	**Formen politischer Beteiligung**	**Konkrete Akte politischer Beteiligung**
konventionell bzw. verfasst	• Staatsbürgerrolle • parteienorientierte Partizipation	• Wahlteilnahme • Parteiarbeit
unkonventionell bzw. nicht verfasst a) legal	• problemorientierte Partizipation	• Unterschriftensammlung • Bürgerinitiativen
b) illegal • gewaltlos	• ziviler Ungehorsam	• verbotene Demonstrationen • Hausbesetzungen

Bearbeiterin

M10 Verfassungsrechtliche Rahmenbedingungen der Teilhabe

Art. 5 GG

(1) Jeder hat das Recht, seine Meinung in Wort, Schrift und Bild frei zu äußern und zu verbreiten und sich aus allgemein zugänglichen Quellen ungehindert zu unterrichten. Die Pressefreiheit und die Freiheit der Berichterstattung durch Rundfunk und Film werden gewährleistet. Eine Zensur findet nicht statt.

Art. 8 GG

(1) Alle Deutschen haben das Recht, sich ohne Anmeldung oder Erlaubnis friedlich und ohne Waffen zu versammeln.

Art. 9 GG

(1) Alle Deutschen haben das Recht, Vereine und Gesellschaften zu bilden.

(2) Vereinigungen, deren Zwecke oder deren Tätigkeit den Strafgesetzen zuwiderlaufen oder die sich gegen die verfassungsmäßige Ordnung oder gegen den Gedanken der Völkerverständigung richten, sind verboten.

Art. 17 GG

Jedermann hat das Recht, sich einzeln oder in Gemeinschaft mit anderen schriftlich mit Bitten oder Beschwerden an die zuständigen Stellen und an die Volksvertretung zu wenden.

Art. 20 GG

(1) Die Bundesrepublik Deutschland ist ein demokratischer und sozialer Bundesstaat.

(2) Alle Staatsgewalt geht vom Volke aus. Sie wird vom Volke in Wahlen und Abstimmungen und durch besondere Organe der Gesetzgebung, der vollziehenden Gewalt und der Rechtsprechung ausgeübt.

Art. 21 GG

(1) Die Parteien wirken bei der politischen Willensbildung des Volkes mit. Ihre Gründung ist frei. Ihre innere Ordnung muß demokratischen Grundsätzen entsprechen. Sie müssen über die Herkunft und Verwendung ihrer Mittel sowie über ihr Vermögen öffentlich Rechenschaft geben.

Art. 38 GG

(1) Die Abgeordneten des Deutschen Bundestages werden in allgemeiner, unmittelbarer, freier, gleicher und geheimer Wahl gewählt. Sie sind Vertreter des ganzen Volkes, an Aufträge und Weisungen nicht gebunden und nur ihrem Gewissen unterworfen.

M11 Welche Unterschiede gibt es bei der politischen Beteiligung in Deutschland?

a) Unterschiedliche Beteiligung der Bildungsgruppen

Nicht-institutionalisierte Beteiligung nach Bildung (in Prozent, Stand: 2018)

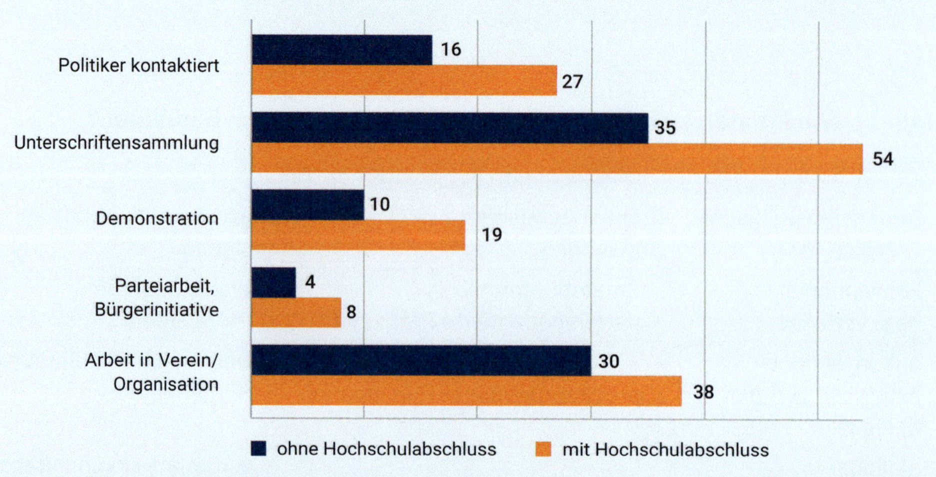

Nach: Bundeszentrale für politische Bildung, 2018, Lizenz: cc by-nc-nd/3.0/de/ (bpb); Datenbasis: European Social Survey, 2018 Datenbasis: European Social Survey, 2018

b) Unterschiedliche Beteiligung zwischen West- und Ostdeutschland

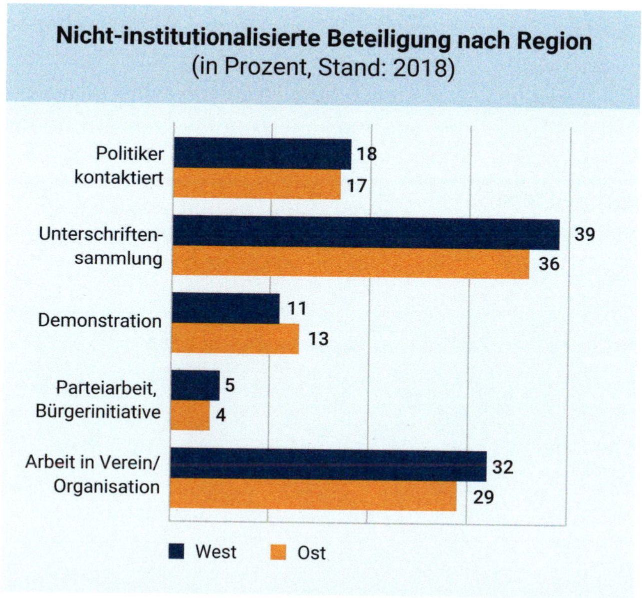

Nach: Bundeszentrale für politische Bildung, 2018, Lizenz: cc by-nc-nd/3.0/de/ (bpb); Datenbasis: European Social Survey, 2018

c) Unterschiedliche Beteiligung nach Altersgruppen

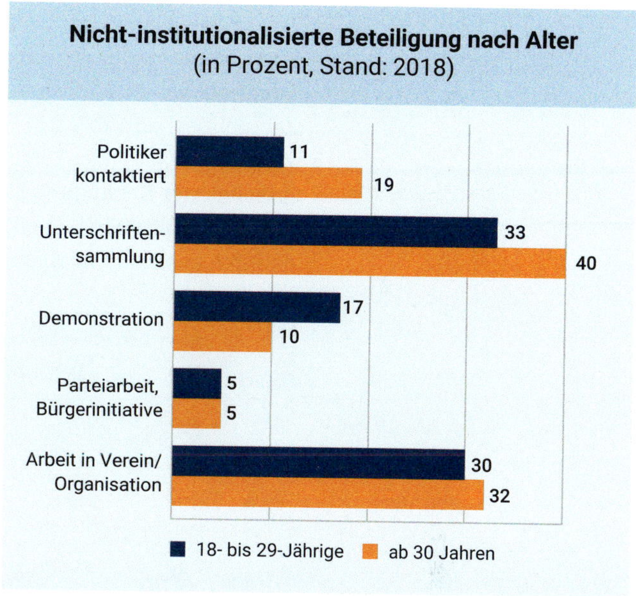

Nach: Bundeszentrale für politische Bildung, 2018, Lizenz: cc by-nc-nd/3.0/de/ (bpb); Datenbasis: European Social Survey, 2018

M12 Beteiligen sich junge Menschen weniger an der Politik?

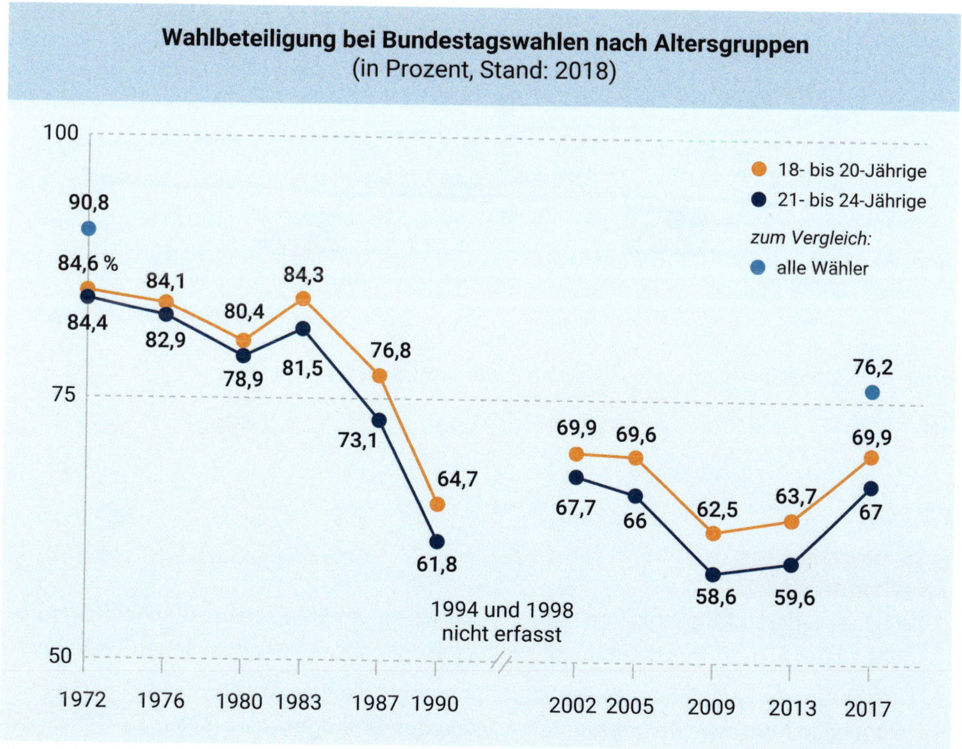

Nach: Globus Grafik 11880; Quelle: Bundeswahlleiter (Ergebnisse der Repräsentativen Wahlstatistik); von Bearbeiterin aktualisiert

M13 Welche Relevanz haben Parteien für die politische Beteiligung der Bürgerinnen und Bürger?

Die Mitgliedschaft in [...] politischen Parteien ist ein weiterer Indikator für die Integration der Bürgerinnen und Bürger in den politischen Prozess. [...] Anders als die Wahlbeteiligung oder Formen nicht institutionalisierter Beteiligung [...] zeichnen sich Mitgliedschaften in [...] politischen Parteien dadurch aus, dass sie in der Regel langfristig sind. [...] Nehmen die Mitgliedschaften jedoch in großem Umfang über viele Organisationen hinweg ab, weist dies [...] auf generelle Probleme der Interessenvermittlung in einem politischen Gemeinwesen hin.

Statisches Bundesamt (Destatis) / Wissenschaftszentrum Berlin für Sozialforschung (WZB) (Hg.): Datenreport 2018. Bonn 2018, S. 354

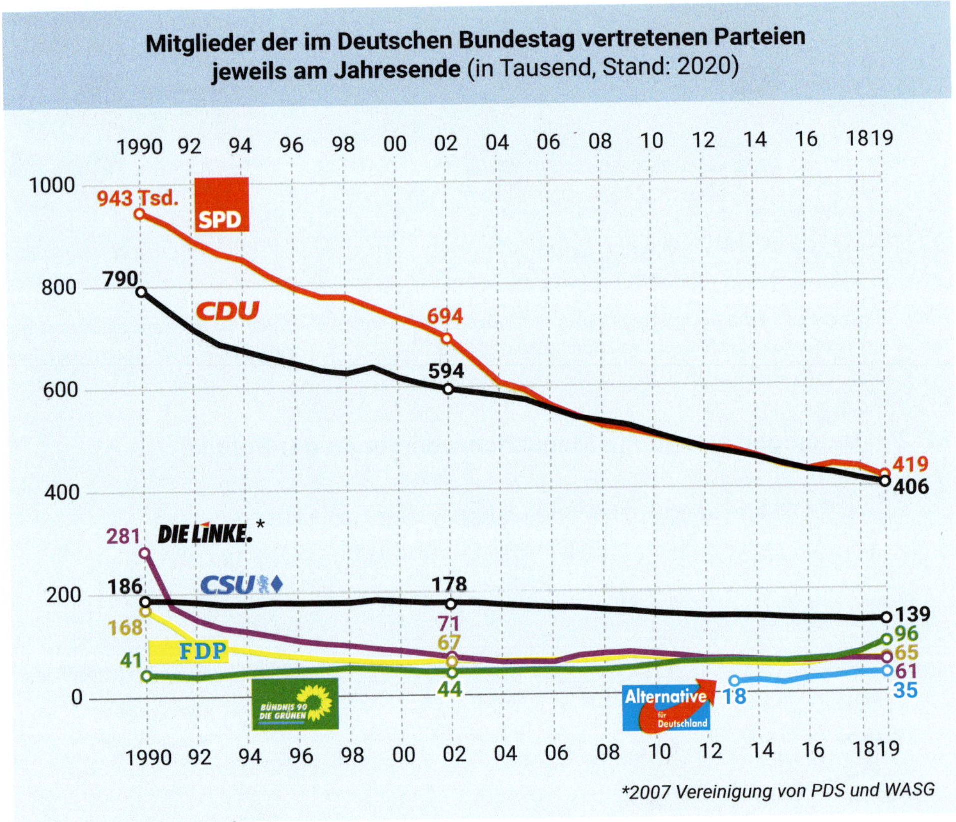

Nach: Globus Grafik 14079; Quelle: Zeitschrift für Parlamentsfragen, O. Niedermayer

Aufgaben

1. Welche weiteren Möglichkeiten haben Sie, um sich am politischen Entscheidungsprozess zu beteiligen? Beschreiben Sie weitere Möglichkeiten der politischen Teilhabe.
2. Ordnen Sie die verschiedenen Partizipationsmöglichkeiten den Formen politischer Beteiligung in **M9** sowie den relevanten Artikeln des Grundgesetzes (**M10**) zu.
3. Wer nutzt die Partizipationsmöglichkeiten? Charakterisieren Sie die Entwicklung der politischen Beteiligung in Deutschland mithilfe der Materialien **M11-M13**.

Anwendung von Kriterien bei der Analyse und Bewertung politischer Konflikte

Wenn man ein politisches Problem bewerten will, dann sammelt man in einem ersten Schritt Argumente, die die politische Maßnahme oder Streitfrage betreffen. Dies ist aber nur der erste Schritt. In einem zweiten Schritt muss man die Argumente dann kategorisieren und auf einer abstrakteren Ebene unterscheiden. Das erfolgt mithilfe von Kategorien.

Ein Beispiel: Der Bau des neuen Bahnhofs in Stuttgart ist sehr umstritten und sorgt für Schlagzeilen in der ganzen Republik. Vielen sagen, er wäre zu teuer und würde den Zugverkehr nicht beschleunigen. Diese Positionen kann man nun mithilfe von Kriterien untersuchen:

Um zu überprüfen, ob etwas effektiv ist, muss man wissen, welches Ziel verfolgt wird. Bei Stuttgart 21 ist es u. a. die Verkürzung der Fahrzeit, z. B. nach Ulm. Dieses Ziel wird erreicht, denn die zukünftige Fahrzeit wird deutlich kürzer sein. Um zu untersuchen, ob der Bahnhof zu teuer ist, muss man schauen, ob die Mittel, die eingesetzt werden, in einem angemessenen Verhältnis zum Ergebnis stehen. Das ist das Kriterium „Effizienz". Ob man nun für eine Fahrzeitverkürzung viele Milliarden investieren muss, darüber kann man streiten.

Urteilskriterien im Überblick			
Effektivität			Ist die Problemlösung geeignet, um das angestrebte Ziel zu erreichen?
Effizienz			Rechtfertigt das Ziel die angewandten Mittel? Stehen die Kosten in einem vertretbaren Verhältnis zum angestrebten Nutzen?
Legalität			Ist der Lösungsvorschlag mit den bestehenden Gesetzen und den Normen der Verfassung zu vereinbaren?
Nachhaltigkeit			Ist der Lösungsvorschlag geeignet, das Problem dauerhaft zu lösen?
Legitimität	Menschenwürde		Inwiefern werden Menschenwürde und -rechte berücksichtigt?
	Freiheit		Inwieweit finden individuelle und öffentliche Freiheit Berücksichtigung?
	Partizipation (Teilhabe)		Findet Partizipation statt? Wird Partizipation berücksichtigt?
	Solidarität		Wird Solidarität berücksichtig/gefährdet?
	Frieden		Inwieweit wird Frieden umgesetzt/gefährdet?
	Gerechtigkeit	Bedarfsgerechtigkeit	Werden die unterschiedlichen Bedürfnisse der Akteure berücksichtigt?
		Gleichheitsgrundsatz	Werden alle Akteure gleich behandelt?
		Leistungsgerechtigkeit	Wird die individuelle Leistung berücksichtigt?
		Chancengerechtigkeit	Haben alle Akteure die gleichen Chancen?
		Generationengerechtigkeit	Werden die Interessen und Bedürfnisse zukünftiger Generationen berücksichtigt?
	Verursacherprinzip		Kommen die Verursacher für die Schäden auf?

URTEILSBILDUNG

M1 Möglichkeiten zur Partizipation: Bewertung nach Kriterien

1 Blog
Einen **Blog** im Internet bietet die Möglichkeit, Informationen schnell einer großen Anzahl von Leuten zugänglich zu machen. Blogger berichten meist täglich über aktuelle Themen aus ihrer subjektiven Sicht, nicht nur über persönliche Erlebnisse, sondern auch über politische Vorgänge. Der Zweck kann dann darin bestehen, einen Schneeballeffekt zu erzeugen und so eine hohe Reichweite für sein Vorhaben zu erzielen. Mithilfe eines Blogs muss man nicht mehr warten, ob und wie herkömmliche Medien ein Problem aufgreifen und verkaufen, sondern kann selbst eine Debatte initiieren und die Berichterstattung darüber beeinflussen.

2 Demonstration
Jeder darf an einer **Demonstration** teilnehmen oder eine Demonstration veranstalten, sofern sie angemeldet wurde. Ziel einer Demonstration ist es, in der Öffentlichkeit Unmut oder Begeisterung für eine Sache zu zeigen: Anwohner, Passanten, Politiker und Medien werden damit vielleicht erstmals auf das Problem aufmerksam und es wird darüber berichtet.

3 Presse
Ein probates Mittel, um Öffentlichkeit für seine Belange zu schaffen, ist das Einschalten der **Presse**. In der Zeitung kann ein Artikel über einen Konflikt erscheinen, im Fernsehen und Radio können Beiträge darüber gesendet werden. Durch die Veröffentlichung wird bestenfalls Druck auf die Verantwortlichen ausgeübt, sodass sie zu Thema Stellung beziehen.

4 Sammeln von Unterschriften
Durch das **Sammeln von Unterschriften** wird um Unterstützung für ein Anliegen geworben. Unterstützer lassen sich beispielsweise durch Informationsstände an belebten Orten gewinnen (z.B. Marktplatz, vor einem beliebten Kaufhaus). Hier kann man Passanten ansprechen oder sie werden durch Plakate oder Flyer selbst auf den Stand aufmerksam. Sie haben dann die Möglichkeit, sich vor Ort zu informieren und sich mit Experten zu unterhalten. Neben diesem klassischen Weg gibt es auch die Möglichkeit zum digitalen Protest per Online-Petitionen, für die man z.B. in sozialen Netzwerken werben kann.

5 Bürgerinitiative
Eine **Bürgerinitiative** ist ein Zusammenschluss von Menschen auf kommunaler Ebene, die für oder gegen das gleiche Projekt kämpfen. Vom Zusammenschluss versprechen sie sich mehr Durchsetzungsfähigkeit als Einzelperson. Häufige Anlässe für die Gründung einer Bürgerinitiative sind Themenfelder, die die Interessen vieler Einwohner einer Stadt tangieren, wie z.B. Baumaßnahmen (Ausbau eines Flughafens, Bau einer Müllverbrennungsanlage).

6 Wählen
Wählen ist eine wichtige Voraussetzung für die Demokratie. Auf kommunaler Ebene gilt es vor allem den Bürgermeister und den Gemeinderat zu wählen. Auf Landes- und Bundesebene werden der Landtag und der Bundestag durch die Bürger gewählt.

Aufgaben

1. Wählen Sie passende Kriterien aus, um die verschiedenen Partizipationsmöglichkeiten zu untersuchen.
2. Bewerten Sie die verschiedenen Möglichkeiten der politischen Partizipation.

5.1.4 Lügenpresse oder neutrale Berichterstattung: Welche Rolle spielen die Medien in unserer Demokratie?

Zum Thema: Fakenews, Lügenpresse, Hassbotschaften – die Medien stehen zunehmend in der Kritik der öffentlichen Meinung. Wie bedeutend sind die Medien für unsere Meinungsbildung und welche Rolle spielen sie in unserer Demokratie?

M14 „Wahrheit statt Lügenpresse!" Vorwürfe an die Medien

Demonstranten halten am 26.01.2015 in Villingen-Schwenningen ein Schild mit der Aufschrift „Wahrheit statt Lügenpresse!" hoch.

Einstiegsaufgabe

Welche Vorwürfe verbergen sich hinter dem Begriff „Lügenpresse"? Versetzen Sie sich in die Lage des Demonstranten, der dieses Plakat hochhält, und entwerfen Sie eine kurze Rede, die seinen Unmut über die „Lügenpresse" beschreibt.

M15 Die Aufgaben der Medien in einer Demokratie

Medien tragen sowohl zur Stabilität des politischen Systems als auch zum stetigen Wandel der Gesellschaft aufgrund aktueller Entwicklungen bei. Dies geschieht, indem Medien über alle wichtigen Bereiche der Gesellschaft, d. h. insbesondere Politik, Wirtschaft sowie Kultur und Soziales

- so vollständig, sachlich und verständlich wie möglich informieren,
- in freier und offener Diskussion zur Meinungsbildung beitragen und
- mit Kritik und Kontrolle durch investigativen (nachforschenden und aufdeckenden) Journalismus begleiten.

Damit nehmen die Medien die **Rolle von Vermittlern und Hütern** ein.

Da die Bürger in einer Demokratie mitbestimmen können und sollen, müssen sie über die wichtigen politischen Abläufe und Inhalte informiert werden. Es gibt jedoch viele politische Ereignisse, die oftmals sehr komplex sind und auch abseits der Öffentlichkeit in speziellen Gremien stattfinden. Medien können darauf aufmerksam machen und die verschiedenen Positionen erläutern bzw. den Beteiligten Raum für Erläuterungen bieten. Damit eröffnen sich zugleich Möglichkeiten der **Kontrolle und Kritik**, da Vorgehensweisen und Inhalte der Politik hinterfragt werden. Investigativer (nachforschender und aufdeckender) Journalismus kann zugleich dazu beitragen, die Bürger frühzeitig über Entwicklungen zu informieren, d. h. diese auch vor möglichen Fehlentwicklungen zu warnen.

All diese Aspekte können dazu beitragen, die Demokratie lebendig zu halten und die Bürger trotz komplexer Sachverhalte zur aktiven Beteiligung an politischen Prozessen zu animieren. Vergleichbare Aufgaben bzw. Funktionen können die Medien auch für die Bereiche von Wirtschaft sowie Kultur und Soziales übernehmen. [...]

Abschließend ist darauf hinzuweisen, dass die Medien und die in ihnen tätigen Personen nicht automatisch neutral und ohne eigene Interessen agieren. Die Bürger sollten sich daher gegenüber den Medien und deren Berichterstattung eine kritische Haltung bewahren und bereit sein, nach Möglichkeit verschiedene Darstellungen zu vergleichen.

Bundeszentrale für politische Bildung: Funktionen der Medien in einer demokratischen Gesellschaft I und II. In: www.bpb.de, 22.11.2016, Hervorhebungen von Bearbeiter

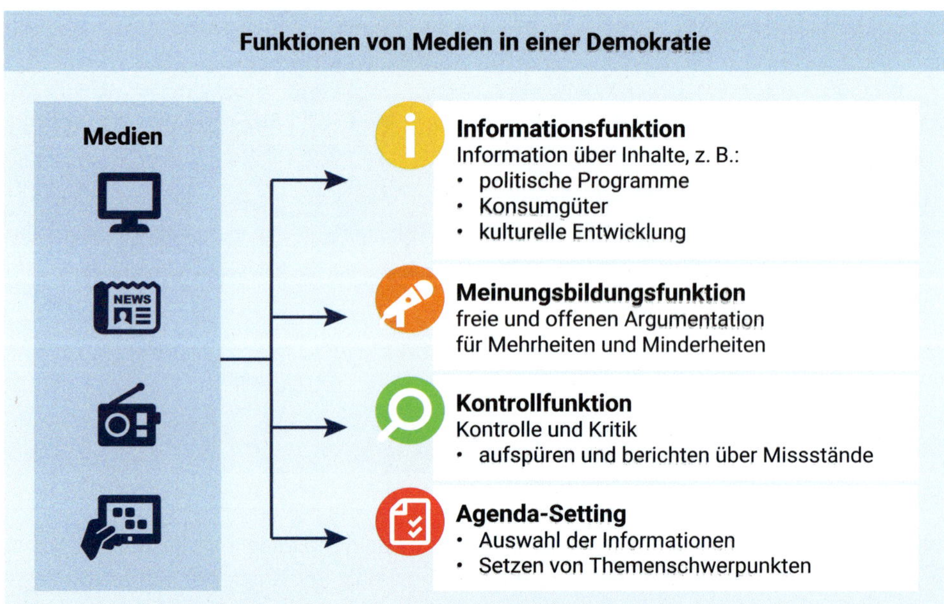

Selg, Olaf: Funktionen von Medien in einer Demokratie. In: www.bpb.de, 2014.

M16 Ist die Kritik an den Medien berechtigt?

a) „Dann nennt uns doch Lügenpresse!"

Deutschlands Medienlandschaft ist einzigartig. Wer hier „Lügenpresse" ruft, hat nicht verstanden, was Meinungsfreiheit bedeutet. Journalisten sollten sich davon nicht aus der Ruhe bringen lassen.

Als der türkische Präsident Erdogan letzte Woche nach Deutschland kam, flog ich gerade in die Türkei. In Istanbul habe ich mir ein paar Zeitungen gekauft und nicht schlecht gestaunt: Das Land steht wirtschaftlich am Abgrund, aber die Krise kommt in den Medien nicht vor. Ich sah Erdogan auf Fotos händchenhaltend mit Politikern aus ganz Europa, zuletzt auch mit Angela Merkel. Die Botschaft: Wir haben es im Griff. Es gibt keine Krise. [...]

Natürlich wissen alle in der Türkei, was los ist: Die Lira stürzt ab, viele haben ihren Job verloren. Aber das Internet ist zensiert, über 90 Prozent der türkischen Medien gehören regierungsnahen Unternehmen, also wird über alles, was der politischen Führung nicht passt, einfach nicht berichtet.

Ich dachte die ganze Zeit: Mann, geht es uns in Deutschland gut! Wir haben eine Medienlandschaft, die ihresgleichen in der Welt sucht. Über Deutschland verstreut finden sich unzählige, politisch unabhängige Zeitungen und Radiosender. Das Fernsehen besteht aus einem breit aufgestellten öffentlich-rechtlichen Rundfunk und Privatsendern, die politisch nicht zuzuordnen sind. [...]

Trotzdem bekommen alle die Informationen, die sie wollen, von links außen bis weit rechts. [...]

Meinungsfreiheit ist bei uns quasi ein Sport: Systemkritik, Merkelhass, Islam-Bashing, Forderungen nach mehr Migration, weniger Migration – alles darf hier diskutiert werden. Und wird es auch. Herrlich.

Trotzdem gibt es Leute in Deutschland, die finden, dass es bei uns genauso zugeht wie in Erdoganistan. Dass Merkel & Co. unsere Medien aus dem Kanzleramt steuern. Dass es einen geheimen Masterplan hinter der gesamten Berichterstattung gibt. Dass in Deutschland die Meinungsfreiheit faktisch abgeschafft ist. [...]

Der Lügenpresse-Vorwurf kommt entweder von Leuten, die nicht wissen, was Meinungsfreiheit ist. Oder von Leuten, die finden, dass alle Medien ihre Ansicht verbreiten müssen. Tun sie das nicht, ist das ein Beweis dafür, dass die Meinungsfreiheit unterdrückt wird.

Dabei ist Meinungsfreiheit keine Ansichtssache, sondern ein Grundrecht. In Artikel fünf im Grundgesetz steht:

Jeder hat das Recht, seine Meinung in Wort, Schrift und Bild frei zu äußern und zu verbreiten und sich aus allgemein zugänglichen Quellen ungehindert zu unterrichten. Die Pressefreiheit und die Freiheit der Berichterstattung durch Rundfunk und Film werden gewährleistet. Eine Zensur findet nicht statt.

Mit anderen Worten: Der Staat darf niemanden wegen seiner Meinung verfolgen und bestrafen. Meinungsfreiheit heißt nicht, dass jedes Medium jede noch so verdrehte Ansicht wichtig nehmen muss. Und schon gar nicht, dass jeder in den sozialen Medien jeden nach Lust und Laune beschimpfen darf. [...]

Das Absurde dabei: Nicht wenige von denen, die sich heute als Opfer angeblicher Zensur inszenieren, würden die ihnen unliebsame Presse am liebsten selbst zensieren. Oder zum Schweigen bringen. Wie in der Türkei.

© SPIEGEL.de, Ferda Ataman, 18.10.2018, www.spiegel.de/kultur/gesellschaft/meinungsfreiheit-dann-nennt-uns-doch-luegenpresse-a-1231818.html

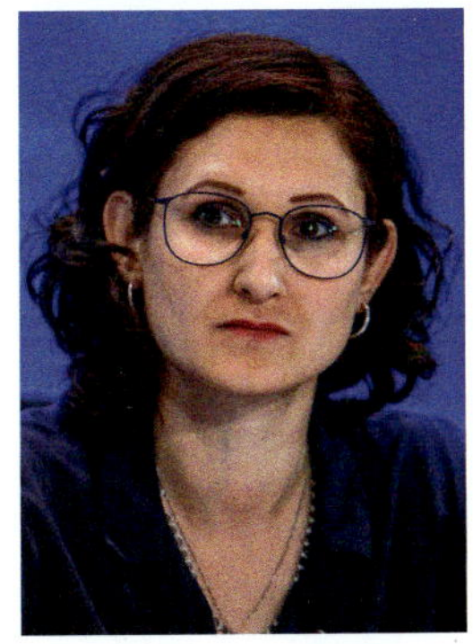

Ferda Ataman ist eine deutsche Journalistin. Sie ist u. a. für Spiegel Online und die Zeitung Tagesspiegel tätig.

Uwe Krüger ist Medienwissenschaftler. Er ist wissenschaftlicher Mitarbeiter am Institut für Kommunikations- und Medienwissenschaft sowie Forschungskoordinator des Zentrums Journalismus und Demokratie der Universität Leipzig.

b) „Verengung des Mediendiskurses"

„Systempresse", „Mainstream-Medien", „Gleichschaltung", „Lügenpresse" – die Begriffe sind überspitzt. Dennoch scheinen mir Abwehr und Verdrängung keine adäquaten Strategien zu sein, mit dieser Kritik umzugehen. Denn auch etablierte Publizisten und Politiker teilen bestimmte Eindrücke. Von „Selbstgleichschaltung im Zeitungswesen" sprach die Redakteurin der Süddeutschen Zeitung Franziska Augstein bereits 2005. Der damalige Wirtschaftswoche-Chefredakteur Roland Tichy nannte es 2008 „freiwillig gleichgeschaltete Presse", und [der damalige] Bundesaußenminister Frank-Walter Steinmeier wunderte sich 2014 auf einem Medienkongress über „Homogenität" und „Konformitätsdruck" in den Redaktionen.

Natürlich gibt es in Deutschland kein Propagandaministerium, das die Medienlandschaft per Vorzensur gleichschaltet. Es existieren dazu aber verschiedene Mechanismen, die im Zusammenwirken ähnliche Effekte haben und dazu führen, dass sich die Leser „von den etablierten Medien informationell übers Ohr gehauen fühlen", wie es der Soziologe Arno Klönne formuliert.

Zu diesen Faktoren gehört zum Beispiel die ökonomisch prekäre Situation, in der sich viele Redaktionen heute befinden. Eine Mischung aus Zeitdruck, PR-Abhängigkeit und Angst vor Stellenstreichungen führt zu einem Klima, in dem Journalisten wenig Anreiz haben, Themensetzungen und vermeintliche Selbstverständlichkeiten zu hinterfragen. Eine andere wichtige Ursache für die Homogenisierung von Weltsicht ist die Homogenität des Journalistenmilieus selbst. Nachwuchs rekrutiert sich vor allem aus einer westlich sozialisierten Oberschicht, und die außenpolitisch tonangebenden Journalisten verfügen meist über gute Kontakte zu USA, Nato und EU. Grundsätzlich glaube ich, dass sich die Medien in ihrer Themensetzung stark am Diskurs der politischen Elite orientieren. Nun haben sich die Parteien in ihren politischen Positionen immer mehr angeglichen. Auch das kann zu einer Verengung des Medien-Diskurses geführt haben. Wir haben in vielen Themenfeldern zudem beachtliche Gräben zwischen der Mehrheitsmeinung der Bevölkerung und dem Handeln von Eliten – wenn Nutzer dann die großen Medien auf Seiten der Eliten wahrnehmen und ihre eigenen Fragen nicht gestellt werden, kann das Vertrauen kosten.

Krüger, Uwe: „Verengung des Medien-Diskurses". In: Lüber, Klaus: Glaubwürdigkeitskrise der Medien: „Die eigene Rolle überdenken". Goethe-Institut e. V., www.goethe.de, Februar 2016

Aufgaben

1. Beschreiben Sie die Aufgaben der Medien in einer Demokratie (**M15**).
2. „Wer hier ‚Lügenpresse' ruft, hat nicht verstanden, was Meinungsfreiheit bedeutet." (**M16, Z. 2-4**)
   Erläutern Sie dieses Zitat mithilfe des Textes in **M16a**.
3. Gestalten Sie ein Streitgespräch zwischen einem Vertreter des Vorwurfs der Lügenpresse und der Autorin von **M16a**.
4. Ist die Kritik an den Medien berechtigt? Vergleichen Sie die beiden Positionen (**M16a und M16b**) und nehmen Sie anschließend Stellung zur Problemfrage.

5.1.5 Beleben soziale Medien unsere Demokratie?

Zum Thema: Politiker schreiben kurze Tweets, Studierende gründen Bürgerinitiativen online, Schüler erzwingen eine Änderung des Schulgesetzes per Online-Petition. Das Internet und insbesondere die sozialen Medien beeinflussen die Möglichkeiten der politischen Teilhabe und die Art der öffentlichen Diskussion. Was bedeutet das für unsere Demokratie?

M17 Zerstören oder beleben soziale Medien die Demokratie?

1 Unregulierte soziale Netzwerke zerstören Demokratie

www.netzpolitik.org, 01.08.2018

2 Neuland! Wie soziale Medien die kommunale Demokratie beleben

www.netzwerk-buergerbeteiligung.de, 18.12.2017

Einstiegsaufgabe

Welcher Schlagzeile stimmen Sie eher zu? Begründen Sie Ihre Meinung.

M18 (Wie) Verändern digitale Medien die politische Kommunikation?

Die technischen Merkmale und die damit verbundenen Funktionslogiken sozialer Medien haben die politischen Kommunikationsstrukturen massiv verändert. [...] Das Aufkommen neuer Anwendungen im Web 2.0 hat die Vernetzung noch sehr viel stärker vorangetrieben. Die Dynamik der technischen Entwicklung (drahtlose Netzwerke, Internet über mobile Endgeräte, Social Software, Social Media) hat die Formen der Online-Kommunikation und -Interaktion, aber vor allem auch der weitgehenden, nämlich unendlichen, und grenzüberschreitenden Vernetzung auf sozialen Plattformen erheblich erweitert. [...] Das technische Potenzial sozialer Medien hat mehrere Effekte auf die politischen Meinungsbildungs- und Entscheidungsprozesse: Erstens haben sich die Kommunikationsströme erheblich beschleunigt, was permanente Reaktionen der Politikerinnen und Politiker nicht nur auf Nachrichten, sondern auch auf Posts, Blogs etc. erfordert. Zweitens ist auf der anderen Seite die Nutzerin bzw. der Nutzer zum Content Provider geworden bzw. zum „Produser" in einer Doppelrolle als User und Producer. Dies hat dazu geführt, dass die Bürgerin oder der Bürger die politischen Akteure (und umgekehrt) direkt adressieren und somit ein direkter Bürger-Politiker-Dialog stattfinden kann. Politikerinnen und Politiker haben diese direkte Ansprache der Bürgerinnen und Bürger längst als wirkungsvolle Kommunikationsform für sich entdeckt und sind daher in Netzwerken wie Facebook präsent oder bedienen sich Microblogs wie Twitter. Damit ist drittens ein Bedeutungsverlust institutionalisierter Kommunikationskanäle verbunden. Klassische Medien stellen nicht mehr für alle Bürgerinnen und Bürger die zentrale Instanz für die Informierung über politische Vorgänge dar (dies trifft vor allem auf Jüngere zu) und üben nicht mehr in gleichem Maße ihre Filter- und Bündelungsfunktion für Nachrichten aus. Infolgedessen ist der Großteil an Botschaften inzwischen dadurch gekennzeichnet, dass sie sich ungefiltert im Kommunikationsraum bewegen. Eine wichtige Rolle für die Art der Kommunikation spielt, viertens, die Anonymität im Netz; einerseits senkt sie die Hürden zur Teilnahme an der Kommunikation, andererseits wird in ihr einer der Gründe für die zu beobachtende Senkung der Hemmschwelle (Stichwort: Hate Speech) gesehen.

Auf zwei weitere zentrale Charakteristika des Internets wies bereits früh der Netzwerktheoretiker Manuel Castells hin. Das Netz entwickelt und fördert nach ihm eher schwache denn starke Verbindungen zwischen den Nutzern und führt außerdem zu einer „Privatisierung von Soziabilität" [...]. [...] Weitergedacht lässt sich dies als neuen Typ von Öffentlichkeit konzipieren, nämlich die „persönliche" Öffentlichkeit im Sinne von Nutzerinnen und Nutzern, die sich „mit ihren eigenen Interessen, Erlebnissen, kulturellen Werten oder Meinungen für ein Publikum präsentieren, ohne notwendigerweise gesellschaftspolitische Relevanz zu beanspruchen" [...]. [...]

Schließlich folgt die Kommunikation größtenteils der Funktionslogik des Netzes, insofern sie dezentral abläuft. Zusammen mit dem Bedeutungsverlust institutionalisierter Kommunikationskanäle bedeutet dies für politische Akteure, dass einerseits die Setzung eigener Themen und deren „Karrieren" schwieriger berechenbar sind und nicht zuletzt auch die Adressierung einer strukturierten Öffentlichkeit immer schwieriger wird; andererseits werden Politikerinnen und Politiker von Themen, die das Netz hervorbringt, getrieben.

Kneuer, Marianne: Politische Kommunikation und digitale Medien in der Demokratie. In: www.bpb.de, 09.10.2017

M19 Demokratiegewinn oder Demokratieverlust durch das Internet? Eine Einschätzung des Philosophen Jürgen Habermas

Jürgen Habermas (*1929), Philosoph und Soziologe

Sie stiegen 1961 mit Ihrer Habilitationsschrift über den „Strukturwandel der Öffentlichkeit" in die intellektuelle Arena. [...] Wie lässt sich Ihr normativ imprägnierter Begriff von Öffentlichkeit auf die aktuellen Verhältnisse beziehen?

Heute kann man sogar im Westen beobachten, wie demokratische Verfahren und Einrichtungen ohne eine funktionierende Öffentlichkeit zu bloßen Fassaden verkommen. Und politische Öffentlichkeiten funktionieren nur unter anspruchsvollen normativen Voraussetzungen. Vor allem dürfen die öffentlichen Kommunikationskreisläufe nicht von aller inhaltlichen Substanz entleert und von den tatsächlichen Entscheidungsprozessen abgekoppelt werden. Diese beiden Aspekte ließen sich anhand der europäischen Krisenpolitik der letzten Jahre gut illustrieren.

Bedeutet das Internet Demokratiegewinn oder Demokratieverlust?

Weder, noch. Ich betrachte die Einführung der digitalen Kommunikation – nach den Erfindungen der Schrift und des Buchdrucks – als die dritte große Medienrevolution. Mit diesen jeweils neuen Medien haben immer mehr Personen zu immer vielfältigeren und immer dauerhafter gespeicherten Informationen einen immer leichteren Zugang gefunden. Mit dem letzten Schub hat auch eine Aktivierung stattgefunden – aus Lesern werden Autoren. Aber die Errungenschaften einer politischen Öffentlichkeit folgen daraus nicht automatisch. Im 19. Jahrhundert sind mithilfe des Zeitungsdrucks und der Massenpresse in großflächigen Nationalstaaten Öffentlichkeiten entstanden, in denen die Aufmerksamkeit einer unübersehbar großen Zahl von Personen zur gleichen Zeit auf dieselben Themen gelenkt worden ist. Das erklärt sich nicht von selbst aus den technischen Vorzügen der Vervielfältigung, Ausbreitung, Beschleunigung und verlängerten Haltbarkeit von Daten. Das sind die zentrifugalen Bewegungen, die wir nun auch im Web beobachten. Demgegenüber hat die klassische Öffentlichkeit eine Struktur, die die Aufmerksamkeit eines großen anonymen Publikums von Staatsbürgern auf wenige große, politisch wichtige und regelungsbedürftige Themen konzentriert. Das Netz bringt diese Leistung nicht aus sich selbst hervor, im Gegenteil: Es zerstreut. Denken Sie an die spontan auftauchenden Portale, sagen wir: für hochspezialisierte Briefmarkenfreunde, Europarechtler oder anonyme Alkoholiker. Solche Kommunikationsgemeinschaften bilden im Meer der digitalen Geräusche weit verstreute Archipele – vermutlich gibt es Milliarden davon. Den in sich abgeschlossenen Kommunikationsräumen fehlt das Inklusive, die alle und alles Relevante einbeziehende Kraft einer Öffentlichkeit. Für diese Konzentration braucht man die Auswahl und kenntnisreiche Kommentierung von einschlägigen Themen, Beiträgen und Informationen. Die nach wie vor nötigen Kompetenzen des guten alten Journalismus sollten im Meer der digitalen Geräusche nicht verloren gehen. [...]

Mitunter wird Ihnen vorgeworfen, Ihr Politikmodell verfehle, insofern es politische Entscheidungsprozesse nach dem Modell wissenschaftlicher Erkenntnis forme, wesentliche Dimensionen des „Politischen".

In einer kulturell und weltanschaulich pluralistischen Gesellschaft ist das demokratische Verfahren die einzige Quelle für Entscheidungen, die als legitim anerkannt werden. Dieses Verfahren gewährleistet grundsätzlich zwei Dinge: einerseits Inklusion, also die Einbeziehung aller Bürger, andererseits Deliberation, z. B. Wahlkämpfe und Parlamentsdebatten, die den politischen Entscheidungen von Wählern oder Gesetzgebern vorausgehen müssen. Das Ergebnis von politischen Wahlen, die über die Machtverteilung zwischen konkurrierenden Parteien entscheiden, unterscheidet sich von demoskopischen Umfrageergebnissen vor allem durch dieses Element vorangehender öffentlicher Debatten. Das hat nichts mit wissenschaftlicher Erkenntnis, aber viel mit der Erwartung zu tun, dass politische Probleme auf eine möglichst rationale Weise gelöst werden. Diese Rationalitätserwartung verlangt nämlich, dass zuverlässige Informationen und gute Gründe für relevante Vorschläge öffentlich auf den Tisch kommen. Dabei spielen normative Gründe oft eine viel wichtigere Rolle als empirische Feststellungen und wissenschaftliche Expertisen – aber es sind in jedem Fall Gründe, die zählen sollen. Diese kognitive Dimension der Willensbildung von Bürgern und Politikern ist umso wichtiger, je größer die Unsicherheit ist, unter der politische Entscheidungen gefällt werden müssen.

Schwering, Markus: Jürgen Habermas – Im Sog der Gedanken. In: www.fr.de, 13.06.2014, 13.06.2014

Deliberation
Deliberation beschreibt eine auf den Austausch von Argumenten angelegte Form der Entscheidungsfindung unter Gleichberechtigten. Das bessere Argument und nicht die Mehrheitsabstimmung soll die Entscheidungen prägen und zu besseren Entschlüssen führen, weil – im Idealfall – alle Argumente gegeneinander abgewogen werden und eine Einigung auf die „beste" Lösung möglich ist. Das Konzept der D. basiert u. a. auf der Diskurstheorie des Sozialphilosophen Jürgen Habermas (* 18.06.1929; „Theorie des kommunikativen Handelns", 1981).

Große Hüttmann, Martin/ Wehling, Hans-Georg: Das Europalexikon. 2. Auflage, Bonn: Dietz 2013, S. 82

Aufgaben

1. Stellen Sie dar, inwieweit die sozialen Netzwerke die Rolle der Medien in der Demokratie verändern (**M18**).
2. Erläutern Sie Habermas' Position zur Bedeutung der Medien für eine funktionierende Demokratie (**M19**).
3. Arbeiten Sie aus **M19** heraus, warum das Internet laut Habermas nur bedingt zu einem Demokratiegewinn führen kann.
4. Erörtern Sie die Leitfrage: Beleben die sozialen Medien unsere Demokratie?

H zu Aufgabe 1
Ordnen Sie die unterschiedlichen Auswirkungen, die in **M18** genannt werden, unterschiedlichen Akteuren zu.

URTEILSBILDUNG

Soll der Staat das Internet stärker regulieren?

M1 Bundestag verabschiedet Gesetz gegen Hasskommentare

Internetplattformen wie Facebook und Twitter müssen künftig konsequenter gegen Hasskommentare und Falschnachrichten vorgehen. Nach monatelanger Debatte verabschiedete der Bundestag dazu am Freitag mit den Stimmen von Union und SPD ein Gesetz, das die Betreiber von sozialen Netzwerken verpflichtet, offensichtlich strafbare Inhalte innerhalb von 24 Stunden nach Eingang der Beschwerde zu löschen oder zu sperren. Sonstige rechtswidrige Inhalte müssen „in der Regel" innerhalb von sieben Tagen gelöscht oder gesperrt werden.

Die sozialen Netzwerke können die Entscheidung auch an gemeinsame Einrichtungen der Plattformbetreiber abgeben, die unabhängig sein müssen. Diese müssen ebenfalls binnen sieben Tagen über die Strafbarkeit des gemeldeten Inhalts entscheiden. [...]

Wird ein Beschwerdemanagement nicht oder nicht richtig eingerichtet, droht eine Geldbuße. Diese kann fünf Millionen Euro gegen eine für das Beschwerdeverfahren verantwortliche Person betragen. Gegen das Unternehmen selbst kann die Geldbuße bis zu 50 Millionen Euro ausmachen.

Frankfurter Allgemeine Zeitung/Reuters: Bundestag verabschiedet Gesetz gegen Hasskommentare, www.faz.net, 30.06.2017

M2 Das Netzwerkdurchsetzungsgesetz (NetzDG) in der Debatte

a) Heiko Maas (SPD): Das Netzwerkdurchsetzungsgesetz war nötig und überfällig

Wer im Internet strafbare Inhalte verbreitet, muss zur Rechenschaft gezogen werden. Der wesentliche Zweck des Netzwerkdurchsetzungsgesetzes besteht darin, das bereits vorher geltende Recht wirksam durchzusetzen, sagt Heiko Maas.

Das Netzwerkdurchsetzungsgesetz war nötig und überfällig. [...]. Die Plattformbetreiber waren bereits lange vor dem Netzwerkdurchsetzungsgesetz dazu verpflichtet, strafbare Inhalte zu löschen, sobald sie davon Kenntnis erlangen. Dieser rechtlichen Verpflichtung sind sie allerdings nur sehr unzureichend nachgekommen: Twitter etwa hat nur 1% der strafbaren Inhalte gelöscht.

Nachdem wir die Netzwerkbetreiber monatelang vergeblich aufgefordert und gemahnt hatten, sich an geltendes deutsches und europäisches Recht zu halten, mussten wir auf die anhaltenden Rechtsverstöße reagieren. [...]

Das Netzwerkdurchsetzungsgesetz ist klar und eindeutig formuliert. Es schafft endlich mehr Transparenz. Die Netzwerke selbst sind jetzt erstmals verpflichtet, halbjährlich über ihre Praxis mit dem Umgang von Beschwerden zu berichten.

Es ist nicht neu, dass Netzwerke selbst darüber entscheiden, was auf ihren Plattformen verbreitet wird und was nicht. [...] Die Plattformbetreiber haben früher schon Inhalte gelöscht, allerdings nach ihren eigenen weitgehend intransparenten Regeln. Twitter hat erst im Dezember 2017 seine eigenen Standards verschärft. Es gab in den vergangenen Jahren immer wieder Inhalte, die als Verstoß gegen die jeweiligen Community-Regeln eingestuft und gesperrt worden sind. Und so hat auch die Anfang Januar beklagte Sperrung ganzer Accounts nichts mit dem Netzwerkdurchsetzungsgesetz zu tun. Das Netzwerkdurchsetzungsgesetz ver-

langt in keiner Weise, gegen Satire-Accounts vorzugehen und diese zu sperren. Völlig klar ist: Die Meinungsfreiheit schützt auch abstoßende und hässliche Äußerungen – sogar Lügen können von der Meinungsfreiheit gedeckt sein. Aber die Meinungsfreiheit endet eben da, wo das Strafrecht beginnt.
Das Netzwerkdurchsetzungsgesetz lässt die Verantwortung der Justiz und die strafrechtliche Aufarbeitung völlig unberührt. Unser Rechtsstaat bleibt gefordert: [...] Jedem sollte klar sein, dass man auch im Netz nicht straflos bedrohen oder zu Straftaten aufrufen kann.

Maas, Heiko: Das Netzwerkdurchsetzungsgesetz war nötig und überfällig. In: www.bpb.de, 16.03.2018

b) Ein Gesetz gegen Hass im Netz kann nicht helfen

Das NetzDG hat eine wichtige Aufgabe schlecht erledigt, entgegnet Theresa Martus.

Laut dem Gesetz, das seit dem 1. Januar [2018] vollumfänglich gilt, müssen soziale Netzwerke rechtswidrige Beiträge auf ihren Seiten innerhalb von sieben Tagen löschen, nachdem sie ihnen gemeldet wurden. Es sei denn, die Beiträge sind „offensichtlich rechtswidrig", dann muss das sogar innerhalb von 24 Stunden geschehen. Was unterscheidet diese Kategorien? Und wer trifft letztendlich die Entscheidung, was gelöscht wird und was nicht? Muss dieser Mensch juristisch qualifiziert sein? Muss das überhaupt ein Mensch sein?
Das Gesetz legt sich da nicht fest. Nur „wirksam und transparent" müsse das Verfahren sein, heißt es im Text. Das ist nicht nur unpräzise, sondern legt auch sehr viel Verantwortung in die Hände von Unternehmen, die sich bisher nicht gerade mit Transparenz einen Namen gemacht haben [...].
Die Netzwerke werden deswegen auch kein Problem damit haben, im Zweifel lieber zu viel zu löschen als zu wenig. Schließlich drohen ihnen hohe Geldbußen, wenn sie systematisch gegen das Gesetz verstoßen. Dass vor diesem Hintergrund auch Beiträge verschwinden können, die offensichtlich Satire waren [...], haben die ersten Tage unter dem NetzDG gezeigt.
[Die] Fehlschläge in der Regulierung durch das NetzDG sind Wasser auf die Mühlen derjenigen, die ohnehin nie wollten, dass Straftaten wie Volksverhetzung und Beleidigung online verfolgt werden. [...] Und Bundesjustizminister Heiko Maas? Verteidigt sein Projekt und tut, als gäbe es die Probleme nicht, die die Kritiker ansprechen, vom Deutschen Journalisten-Verband bis zum Digital-Branchenverband Bitkom. Ein Gesetz, das es de facto Konzernen überlässt, die Grenzen der Meinungsfreiheit zu definieren, ist ein schlechtes Gesetz – egal wie gut es gemeint war.

Martus, Theresa: NEIN, ein Gesetz gegen Hass im Netz kann nicht helfen. In: www.bpb.de, 16.03.2018

Aufgaben

1. Nehmen Sie spontan Stellung zum Netzwerkdurchsetzungsgesetz als Mittel gegen Hasskommentare im Internet (**M1**).
2. Stellen Sie dar, welche unterschiedlichen Akteure und Interessen das NetzDG betrifft (**M1, M2**).
3. Bewerten Sie das NetzDG mithilfe der Texte in **M2**. Berücksichtigen Sie hierbei besonders die unterschiedlichen Interessen der einzelnen Akteure sowie die Kriterien Effektivität und Legitimation.

ORIENTIERUNGSWISSEN

Der Zustand der Demokratie in der Bundesrepublik Deutschland
M1, M2, M6, M7

In den vergangenen Jahren ist eine zunehmende Unzufriedenheit mit der politischen Führung festzustellen, obgleich eine grundsätzliche Ablehnung der Demokratie als Staatsform nicht zu erkennen ist.
Ob der Ausdruck dieser Unzufriedenheit als Zeichen einer intakten Demokratie oder als Krise der Demokratie zu werten ist, ist umstritten.
Die Globalisierung der Finanzmärkte, die Digitalisierung und die damit verbundene Individualisierung der Gesellschaft sowie die wachsende sozioökonomische Ungleichheit stellen Herausforderungen an unser System dar, die eine Demokratie nur durch Anpassung und Weiterentwicklung der demokratischen Prozesse und Institutionen bewältigen kann.

Partizipationsmöglichkeiten der Bürger
M9-M13

Die Demokratie lebt von der Beteiligung überzeugter Bürgerinnen und Bürger. In einer repräsentativen Demokratie gibt es unterschiedliche Möglichkeiten, sich im politischen Prozess zu beteiligen und die eigenen Interessen einzubringen. Dies sind

- die Teilnahme an Wahlen und Abstimmungen,
- parteibezogene Aktivitäten,
- gemeinde-, wahlkampf- und politikerbezogene Aktivitäten,
- der legale Protest,
- der zivile Protest.

Hierbei kann zwischen konventionellen und unkonventionellen Formen der politischen Beteiligung unterschieden werden.

Aufgaben der Medien in einer Demokratie
M15

In der Demokratie erfüllen Medien vier zentrale politische Aufgaben, sie sich zum Teil überschneiden:

- Sie informieren die Bürgerinnen und Bürger über das alltägliche Geschehen in Politik, Wirtschaft und Gesellschaft.
- Sie stellen die unterschiedlichen Meinungen der Bevölkerung dar und tragen dadurch zur politischen Meinungsbildung bei.
- Sie kontrollieren und kritisieren die gesellschaftlichen Institutionen und deren Repräsentanten.
- Sie setzen Themen auf die politische Agenda.

Aufgrund dieser vielfältigen Aufgaben, die die Medien im politischen System einnehmen, werden sie neben der Legislative, Exekutive und Judikative auch als **„vierte Gewalt“** bezeichnet.

Neue Möglichkeiten der Teilhabe durch soziale Medien
M18, M19

Soziale Medien verändern die politische Kommunikation und erweitern die Beteiligungsmöglichkeiten der Bürgerinnen und Bürger. Durch die Möglichkeiten der digitalen Medien wird die Kommunikation beschleunigt und entgrenzt. Bürgerinnen und Bürger sind nicht mehr nur Nutzer und Adressaten der Medien, sie können diese nun auch als so genannte „Produser“ beeinflussen. Dies eröffnet viele Chancen der **Deliberation**, des gleichberechtigten Meinungsaustausches, bei dem sich das beste Argument durchsetzen kann. Gleichzeitig enthält die weitgehend unregulierte digitale Kommunikation auch viele Risiken, die vor allem mit der fehlenden Kontrolle der Inhalte und der Abhängigkeit von Algorithmen zusammenhängen.

5.2 Lebt es sich in einer Demokratie eigentlich besser?

5.2.1 Wie eine Diktatur im 21. Jahrhundert organisiert wird

Zum Thema: Der Schriftsteller George Orwell hat in seinem Roman 1984 eine Diktatur beschrieben, in der alle Bürgerinnen und Bürger permanent überwacht werden. Persönliche Freiheiten gibt es keine und der Staat weiß alles über seine Bürger. Orwell schuf ein Bild, das diesen Überwachungsstaat in einer Person verkörperte: den großen Bruder – Big Brother. Kommt der große Bruder heute zurück?

M1 „Himmelsaugen sehen alles"

Die Mittelschule Nr. 11 in Hangzhou fing sich 2018 begeisterte Presseberichte (in China) ein, als sie in sämtlichen Klassenzimmern „Himmelsaugen" installieren ließ: Überwachungskameras, die einen jeden Schüler unablässig im Blick haben. „Es sind allwissende Augen, denen nichts entgeht. Sobald einer einnickt oder aber mit den Gedanken abschweift, wird das auf der Stelle von der Gesichtserkennung erfasst", hieß es in einem Artikel auf Sina.com. Dem Artikel zu Folge erfassen die Kameras nicht nur auf die Minute genau, wie oft in den acht Schulstunden eines Tages ein Schüler nicht bei der Sache war, „sie analysieren auch Mimik und Gemütszustand, also ob einer fröhlich, traurig, ärgerlich oder widerwillig ist, und senden die Daten direkt ans Terminal, das dann die Lerneinstellung der Schüler analysiert. Das System hat wirklich Zauberkräfte."

Strittmatter, Kai: Die Neuerfindung der Diktatur. München: Piper 2018, S. 167

Einstiegsaufgabe

Sie sind vermutlich gerade in der Schule. Stellen Sie sich vor, dass an Ihrer Schule „Himmelsaugen" installiert wären. Wie bewerten Sie ein solches Projekt?

M2 Diktatur als Gegenmodell zur Demokratie

a) Merkmale von Diktaturen

Diktaturen sind gekennzeichnet durch das Fehlen der demokratischen Grundsätze, deren Missachtung, Nichteinhaltung oder Beschränkung, selbst wenn sie formal gelten sollten. Die Begriffe Autokratie und Diktatur werden häufig synonym verwendet. Sie bezeichnen generell Herrschaftsformen, in denen die Staatsgewalt bei einem Herrscher (Autokraten) liegt und selbstherrlich und unkontrolliert ausgeübt wird.

Diese Merkmale sind Diktaturen verschiedener Ausprägung gemeinsam:

- Eine Person oder Personengruppe hat das Machtmonopol.
- Gewaltenteilung kann formal installiert sein, bleibt in der Wirklichkeit jedoch ohne Bedeutung.
- Freiheits- und Mitwirkungsrechte sind abgeschafft. Auch wenn sie in einer Verfassung formuliert sind, sind sie nicht einklagbar.
- Oppositionelle Gruppen werden unterdrückt oder sind ausgeschaltet.
- Gesellschaftlicher Pluralismus wird zerschlagen, regimetreue Organisatio-

nen kontrollieren Gesellschaft und Öffentlichkeit.
- Eine Ideologie beherrscht alle privaten, gesellschaftlichen und staatlichen Bereiche. Sogenannte „Gottesstaaten" berufen sich auf religiöse Überlieferungen.
- Medien aller Art sind kontrolliert oder in der Hand des Regimes.
- Die Partizipation der Bürger in Form von Wahlen oder Abstimmungen bleibt, sofern überhaupt möglich, auf affirmative Akte begrenzt.
- Das Machtmonopol wird durch willkürliche Maßnahmen und Repression abgesichert.

Diktaturen können durch einen Putsch durch das Militär oder einen Staatsstreich einer Personengruppe entstehen. In manchen Fällen ergreifen Diktatoren die Macht, nachdem sie über legale Wahlen in die Regierungsverantwortung gekommen sind. Demokratische Prinzipien werden dann schrittweise ausgeschaltet und Freiheits- und Partizipationsrechte eingeschränkt. Die in Geschichte und Gegenwart zahlreichen Erscheinungsformen von Diktaturen unterscheiden sich:
- in der Zusammensetzung der Machthaber (Person, Gruppe, Partei, Militär);
- in der zugrundeliegenden oder vorgespiegelten Ideologie;
- im Ausmaß der Kontrolle des privaten und gesellschaftlichen Lebens;
- in der Skrupellosigkeit, mit der Terror, Gewalt und Repression eingesetzt werden.

Bearbeiter

b) Formen von Diktaturen

1 Totalitäre Diktaturen

Totalitäre Diktaturen rechtfertigen ihre Herrschaft mithilfe eines geschlossenen ideologischen Weltbildes, das für sich den Anspruch auf absolute Wahrheit erhebt. Seine Legitimation bezieht dieses Weltbild ganz oder teilweise aus einer wissenschaftlichen oder vermeintlich wissenschaftlichen Lehre (Kommunismus, Nationalsozialismus) oder einer dogmatisch verhärteten Glaubenslehre (z. B. fundamentalistischer Islam). Daraus folgt, dass abweichende Meinungen von Regimegegnern (Dissidenten) als falsch gelten und kontrolliert bzw. unterdrückt oder ausgeschaltet werden. Bei allen Unterschieden im Einzelfall gilt weiter, dass totalitäre Diktaturen:
- die gesamte Gesellschaft mit ihrem Wertesystem durchdringen (Gleichschaltung; Propaganda);
- erzieherische Maßnahmen und repressive Mittel zur Machtstabilisierung einsetzen;
- ihre Macht – häufig in Gestalt einer Führerpersönlichkeit – monopolisieren und zentralisieren;
- fundamentale Menschen- und Freiheitsrechte sowie rechtsstaatliche Grundsätze verletzen;
- pluralistische Meinungsvielfalt und zivilgesellschaftliches Engagement außer Kraft setzen und nach umfassender Informationskontrolle streben.

2 Autoritäre Diktaturen

Autoritäre Diktaturen haben ein eher vages politisches Programm ohne ideologischen Unterbau. Zentrales Ziel ist die Herrschaftssicherung der staatstragenden Führungsclique (Militärelite, Clan, Dynastie). Autoritäre Diktaturen weisen u. a. folgende Merkmale auf:
- Ruhe und äußere „Ordnung" gelten als Bürgerpflicht, kritisches politisches Engagement seitens der Zivilgesell-

schaft dagegen als Störfaktor.

- Pluralismus ist in begrenztem Umfang möglich, solange keine Kritik an den Herrschenden geübt wird und dadurch das Regime in Gefahr käme.
- Zur Machtstabilisierung nutzen autoritäre Systeme häufig vorhandene Ressentiments gegen gesellschaftliche Minderheiten – oder provozieren diese gezielt.
- Die Grundsätze der Rechtsstaatlichkeit sind eingeschränkt.
- Das Recht auf freie Wahlen und Partizipation kann nicht wahrgenommen werden.
- Die Gewaltenteilung ist eingeschränkt.

Bearbeiter

M3 Wie China den digitalen Überwachungsstaat aufbaut

In China ist das Himmelsnetz nur Teil einer viel umfassenderen „Polizei-Cloud", der die Organisation Human Rights Watch (HRW) einen Bericht gewidmet hat. [...] Polizeibehörden in verschiedenen Provinzen sammeln demzufolge seither sämtliche Daten über Hunderte Millionen Bürger, deren sie habhaft werden können: Krankheitsgeschichten, Essenbestellungen, Kurierlieferungen, Supermarkt-Kundenkartennummern, Methoden der Geburtenkontrolle, religiöse Neigungen, Online-Verhalten, Flug- und Zugreisen, GPS-Bewegungskoordinaten und biometrische Daten, Gesicht, Stimme, Fingerabdruck, und von 40 Millionen Chinesen auch schon die DNA. In der staatlichen Presse konnte man etwa lesen, wie sich die Polizei der Stadt Xuzhou in Jiangsu die Informationen auch von Privatunternehmen kauft [...]. „Früher gingen die Beamten von Haus zu Haus um Informationen einzuholen [...]. Heute sammeln die Maschinen unermüdlich den ganzen Tag." [...] Ziel der Big-Data-Anstrengungen der chinesischen Polizei ist es laut einer Notiz des Polizeiministeriums von 2014 ein „Frühwarnsystem" aufzubauen, das Alarm schlägt bei „unnormalem Verhalten" von Bürgern. [...] In Dokumenten des Ministeriums finden sich als vom System zu identifizierende und verfolgende Zielgruppe nicht nur vorbestrafte Kriminelle und Drogensüchtige, sondern auch „Petitionäre", „Störer mit psychischen Problemen" und Leute, die „die gesellschaftliche Stabilität" unterwandern. Jeder also, der der Partei auf die eine oder andere Art in die Quere kommt. Oder in die Quere kommen könnte, auch wenn er es selbst vielleicht noch gar nicht weiß. Gerade dann.

Strittmatter, Kai: Die Neuerfindung der Diktatur. München: Piper 2018, S. 169 ff.

Human Rights Watch
Human Rights Watch ist eine US-amerikanische, international tätige nichtstaatliche Organisation, die durch Untersuchungen und Öffentlichkeitsarbeit für die Wahrung der Menschenrechte eintritt.

Aufgaben

1. Vergleichen Sie autoritäre und totalitäre Diktaturen (**M2**).
2. Beschreiben Sie, wie die Freiheiten der Menschen in China durch digitale Überwachung eingeschränkt werden (**M3**).
3. Ordnen Sie den chinesischen Überwachungsstaat den Formen der Diktatur zu (**M2**, **M3**).
4. Stellen Sie sich vor, Sie sind Vertreter von Human Rights Watch. Gestalten Sie einen Flyer (→ Methodenglossar), der auf die Situation in China aufmerksam machen soll.
5. Diskutieren Sie, welche Folgen eine solche Überwachung für eine Gesellschaft und die darin lebenden Menschen hat. Kehrt der „große Bruder" zurück?

5.2.2 Was macht eine Demokratie aus?

Zum Thema: „Die perfekte Diktatur wird den Anschein einer Demokratie machen, einem Gefängnis ohne Mauern, in dem die Gefangenen nicht einmal davon träumen auszubrechen. Es ist ein System der Sklaverei, bei dem die Sklaven dank Konsum und Unterhaltung ihre Liebe zur Sklaverei entwickeln." Der britische Schriftsteller Aldous Huxley definiert die perfekte Diktatur – aber was zeichnet demgegenüber eine Demokratie aus?

M4 Demokratie heißt für mich, dass ...

1 „Demokratie heißt immer: die Bereitschaft, nicht nur eigene Interessen zu sehen, und die Fähigkeit zum Ausgleich und Kompromiss."

Frank-Walter Steinmeier, (geb. 1956), seit 2017 Bundespräsident

2 Demokratie ist auch gar nicht bequem, sie ist sogar anstrengend, manchmal sehr anstrengend. Der große Vorteil der Demokratie besteht jedoch darin, dass sie beständig die Chance zur Selbstkorrektur in sich trägt, nicht zuletzt die Chance, eine neue Regierung zu wählen.

Joachim Gauck (geb. 1940), zwischen 2012-2017 Bundespräsident

3 „Wenn es morgens um sechs Uhr an meiner Tür läutet und ich kann sicher sein, dass es der Milchmann ist, dann weiß ich, dass ich in einer Demokratie lebe."

Winston Churchill (1874-1965), 1940-1945 und 1951-1955 britischer Premierminister

4 „Demokratie: die Regierung des Volkes durch das Volk für das Volk."

Abraham Lincoln (1809-1865), 1861-1865 US-Präsident

5 „In einer Demokratie brauchen Entscheidungen Zeit. Nur die Diktatur ist schnell."

Rita Süssmuth (geb. 1937), zwischen 1988 und 1998 Bundestagspräsidentin

Gloe, Markus: Einstieg in das Thema Demokratie. In: Politik & Unterricht Heft 2/3-2018. Landeszentrale für politische Bildung Baden-Württemberg (LpB), S. 12

Einstiegsaufgabe

Lesen Sie sich die Definitionen durch und arbeiten Sie heraus, welche Aspekte von Demokratie jeweils betont werden.
Definieren Sie, was für Sie persönlich eine Demokratie ausmacht.

M5 Auf welchen Grundlagen ruht die Demokratie in Deutschland?

a) Strukturprinzipien des Grundgesetzes: „Verfassung in Kurzform"

„Die Bundesrepublik Deutschland ist ein demokratischer und sozialer Bundesstaat. Alle Staatsgewalt geht vom Volke aus. Sie wird vom Volke in Wahlen und Abstimmungen und durch besondere Organe der Gesetzgebung, der vollziehenden Gewalt und der Rechtsprechung ausgeübt. Die Gesetzgebung ist an die verfassungsmäßige Ordnung, die vollziehende Gewalt und die Rechtsprechung sind an Gesetz und Recht gebunden". Diese Sätze sind in den ersten drei Absätzen des Artikels 20 des Grundgesetzes (GG) für die Bundesrepublik Deutschland festgeschrieben. Sie werden als „Verfassung in Kurzform" bezeichnet, denn sie enthalten deren wichtigste **Strukturprinzipien**: Demokratie, Bundesstaatlichkeit sowie Rechtsstaatlichkeit und Sozialstaatlichkeit. Diese werden in Artikel 79 als unveränderlicher Teil des Grundgesetzes festgelegt und in anderen Artikeln des Grundgesetzes weiter ausformuliert. [...]

1 Demokratieprinzip

Das Demokratieprinzip besagt, dass alle Gewalt vom Volk ausgeht, dieses also der Souverän ist. In der repräsentativen Demokratie der Bundesrepublik werden die Interessen der Bürgerinnen und Bürger durch die gewählten Vertreter in den Parlamenten wahrgenommen, die nach dem Mehrheitsprinzip entscheiden.

2 Bundesstaatlichkeit

Die deutschen Länder blicken auf eine lange Geschichte der Unabhängigkeit zurück. Über weite Strecken der deutschen Geschichte waren sie eine nur lose durch Institutionen oder Herrscher verbundene Sammlung verschiedenster Einheiten. Darauf aufbauend haben sich die Mütter und Väter des Grundgesetzes für eine bundesstaatliche Republik entschieden. In dieser stehen den Bundesländern, die aus diesen alten Territorien hervorgegangen sind, viele Befugnisse im föderalen System zu. Nicht zuletzt trug die Erfahrung des totalitären Staates der Nationalsozialisten dazu bei, dieses System als Sicherung gegen eine erneute Machtkonzentration in den Händen einer Person oder des Zentralstaates zu installieren. Das Grundgesetz regelt die Aufgabenverteilung zwischen Bund und Ländern sehr genau. Eine Vielzahl von Gesetzen, die der Bundestag verabschiedet, bedarf der Zustimmung durch die Vertretung der Länder, des Bundesrates. Sie sind also in entscheidender Weise an der Gesetzgebung beteiligt. Zudem sind ihnen viele Aufgaben der öffentlichen Verwaltung zugeordnet.

3 Rechtsstaatlichkeit

Das Strukturprinzip der Rechtsstaatlichkeit bedeutet, dass die Gesetzgebung an die Verfassung gebunden ist und Gesetze nicht willkürlich verabschiedet werden dürfen. Auch die Politik ist an das Recht gebunden und steht nicht über ihm. Die nationalsozialistische Doktrin eines dem Recht übergeordneten Führerwillens oder Gesetze, die die Verfassung brechen, sind in der Bundesrepublik durch das Grundgesetz ausgeschlossen. Auch die vollziehende Gewalt, die Verwaltung und die Rechtsprechung sind an das geltende Recht gebunden. Dieses schützt die Bürger vor Willkürakten und garantiert zugleich auch die Gleichheit eines jeden Bürgers vor dem Gesetz. In einem Rechtsstaat wachen unabhängige Richter über die Einhaltung der Gesetze. Der Rechtsweg zu ihnen steht jedem Bürger offen.

4 Sozialstaatsprinzip

Dem Sozialstaatsprinzip sind im Grundgesetz nur wenige Worte gewidmet, durch die Erwähnung in Artikel 20 GG aber kommt ihm Verfassungsrang zu. Zusammen mit Artikel 1 GG, der die Würde des Menschen als unantastbar garantiert und deren Schutz zu einer Verpflichtung der staatlichen Gewalt erklärt, lassen sich für den Sozialstaat bestimmte Prinzipien ableiten. So geht man allgemein davon aus, dass sich daraus die Garantie eines bestimmten Existenzminimums ableiten lässt und das bestimmte Gruppen des besonderen Schutzes bedürfen. Diese Verpflichtung führt zusammen mit Artikel 3 GG, wel-

Republik
Das Wort „Republik“ kommt vom lateinischen Begriff „res publica“ („Gemeinwesen“) und gemeint war damit das Staatsvolk. Eine Republik ist [heute] eine Staatsform, in der das Staatsvolk die oberste Gewalt hat. [...] Der Gegensatz wäre eine [...] Monarchie.
Schneider Gerd / Toyka-Seid, Christiane: Das junge Politik-Lexikon von www.hanisauland.de. Bonn: Bundeszentrale für politische Bildung 2020

Offene Staatlichkeit
Das Grundgesetz bekennt sich an mehreren Stellen ausdrücklich zur Bereitschaft Deutschlands zur internationalen Zusammenarbeit. In der Präambel des Grundgesetzes ist von dem Willen des deutschen Volkes die Rede, „als gleichberechtigtes Glied in einem vereinten Europa dem Frieden der Welt zu dienen“. Konkret ermächtigt Art. 23 Abs. 1 GG den Bund dazu, Hoheitsrechte auf die Europäische Union zu übertragen. Das Grundgesetz ermöglicht darüber hinaus in Art. 24 Abs. 1 GG die Übertragung von Hoheitsrechten an weitere zwischenstaatliche Einrichtungen. Diese Öffnung des Staates für fremde Hoheitsgewalt wird als offene Staatlichkeit bezeichnet.
Bearbeiter

cher das Diskriminierungsverbot enthält, auch dazu, dass der Staat für eine Angleichung der Lebenschancen aller Bürger Sorge zu tragen hat. Das Ziel der Sozialpolitik ist die Schaffung von sozialer Gerechtigkeit.

Bundeszentrale für politische Bildung: Strukturprinzipien des Grundgesetzes. In: www.bpb.de, 02.11.2009

b) Die Strukturprinzipien des Grundgesetzes in der Übersicht

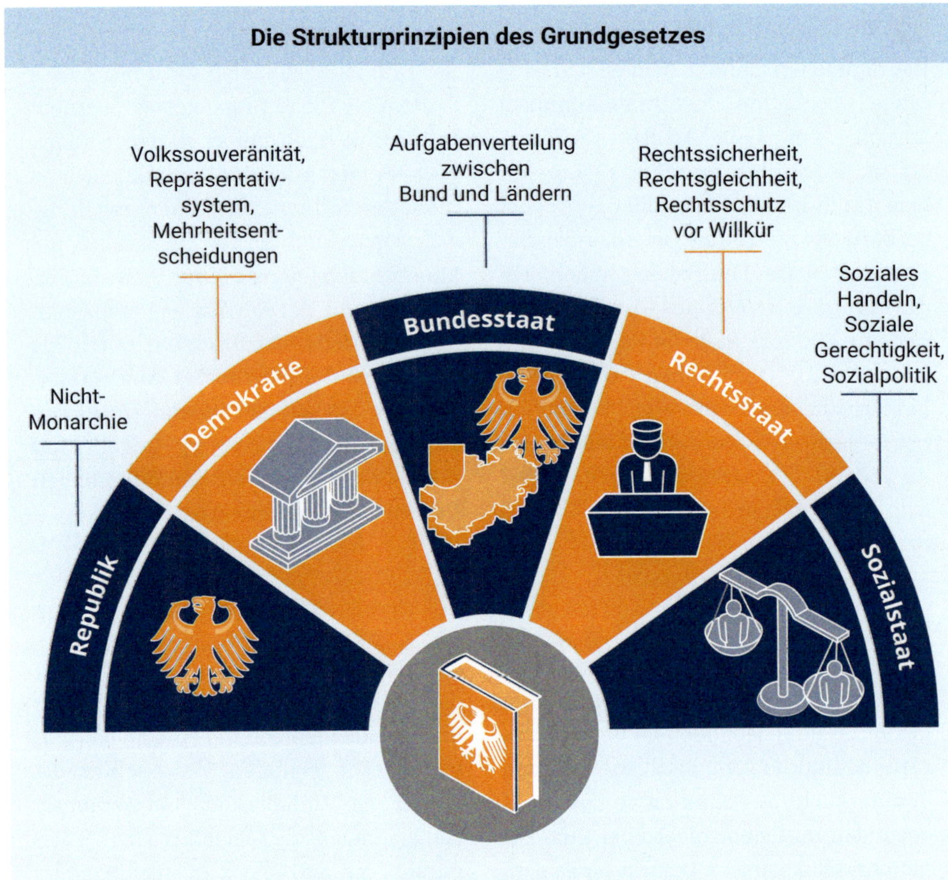

Nach: Bundeszentrale für politische Bildung: Strukturprinzipien des Grundgesetzes. In: www.bpb.de, 02.11.2009, Lizenz: cc by-nc-nd/3.0/de/

Aufgaben

1. Erläutern Sie die Strukturprinzipien des Grundgesetzes (**M5**).
2. Vergleichen Sie Ihre eigenen Ergebnisse aus **M4** mit den Vorgaben des Grundgesetzes (**M5**).
3. Vergleichen Sie das Leben in einer Diktatur mit dem Leben in einer Demokratie (**S. 179-181, S. 182-184**).

5.2.3 Welche Formen der Demokratie gibt es?

Zum Thema: Viele Menschen sprechen von der Demokratie – nur die eine Form der Demokratie gibt es nicht. Im Laufe der letzten Jahrhunderte haben sich unterschiedliche faszinierende Modelle von Demokratie in verschiedenen Ländern herausgebildet.

M6 Demokratie – eine vielfältige Herrrschaftsform?

„Die Verfassung, die wir haben [...] heißt Demokratie, weil der Staat nicht auf wenige Bürger, sondern auf die Mehrheit ausgerichtet ist." So definierte der griechische Staatsmann Perikles (circa 500-429 v. Chr.) die Demokratie im Athen seiner Zeit. Diese Bestimmung von Demokratie als einer Mehrheitsherrschaft scheint so klar und eindeutig zu sein, dass sie zu Beginn des 21. Jahrhunderts einem Entwurf einer Europäischen Verfassung als Motto vorangestellt wurde. Aber der Eindruck der Eindeutigkeit täuscht. Dass Demokratie eine Verfassungsform ist, in der es auf die Mehrheit ankommt, mag noch relativ unumstritten sein. Aber schon die Frage, wie diese Mehrheit die Herrschaft ausüben soll, führt zu sehr unterschiedlichen Auffassungen und Formen der Demokratie.

Vorländer, Hans: Demokratie – Geschichte eines Begriffs. In: www.bpb.de, 06.01.2014

Einstiegsaufgaben

1. Sammeln Sie in Partnerarbeit alle Formen von Demokratie, die Sie kennen.
2. Beschreiben Sie kurz, wie sich die Formen unterscheiden.

M7 Formen und Modelle der Demokratie

a) Parlamentarisches und präsidentielles System

Die moderne Demokratie hat zwei Grundformen ausgebildet, die sich in der Zuordnung der Institutionen von Parlament, Regierung und Staatsoberhaupt unterscheiden.

In der **parlamentarischen Demokratie** geht die Regierung aus dem Parlament hervor. Sie ist in Amtsführung und Amtsdauer vom Vertrauen des Parlaments bzw. seiner Mehrheit abhängig, was in der Regel zu einer engen Verbindung zwischen Regierung und Parlamentsmehrheit führt. Der Regierungschef wird vom Parlament gewählt und ist auf dessen Vertrauen angewiesen. [...]

Die präsidentielle Demokratie zeichnet sich durch eine strikte Trennung von Parlament und Regierung aus. Der Präsident, der die Funktionen des Regierungschefs und des Staatsoberhaupts in sich vereint, geht aus einer Volkswahl hervor. Er darf nicht dem Parlament angehören und ist, ungeachtet der parlamentarischen Mehrheitsverhältnisse, auch nicht vom Parlament absetzbar. Umgekehrt kann er aber auch nicht das Parlament auflösen.

Unabhängig von dieser grundlegenden Unterscheidung gibt es eine Reihe von Varianten in der Struktur der Repräsentationskörperschaften, die sich aus der historischen Tradition und der politischen Kultur des jeweiligen Landes erklären.

Vorländer, Hans: Strukturunterschiede und Herausforderungen. In: www.bpb.de, 06.01.2014; Hervorhebungen durch Bearbeiter

Erklärfilm Demokratie

Mediencode: 72068-09

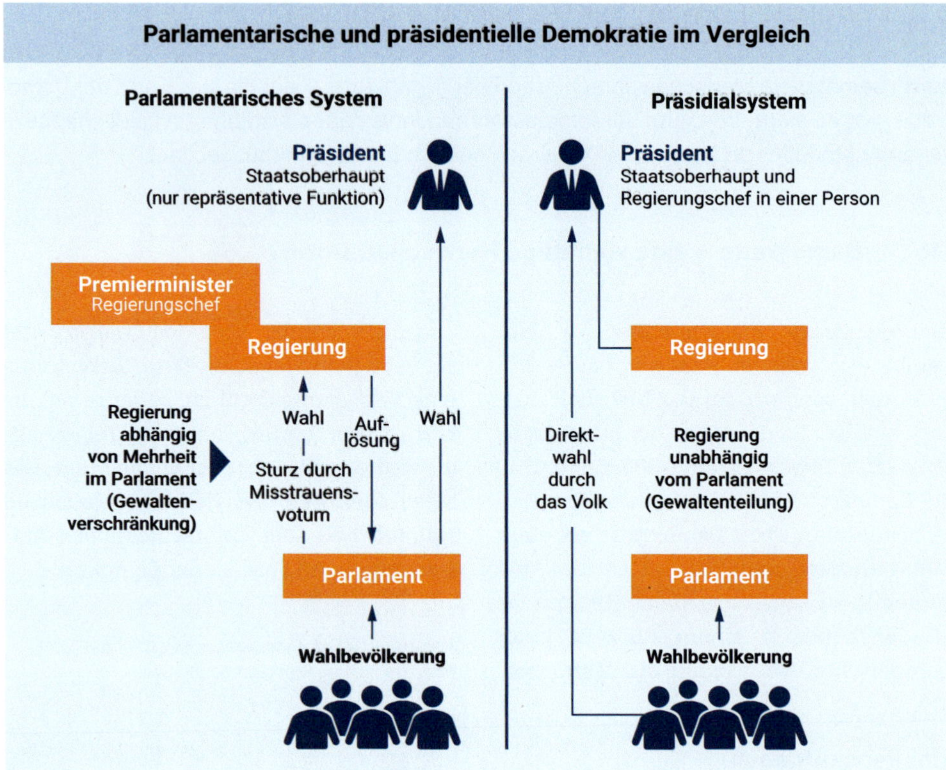

Nach: © Bergmoser + Höller Verlag AG; Zahlenbilder 95095

b) Konkurrenz, Konkordanz, Verhandlung

In modernen Demokratien können auch Entscheidungsprozesse und Regierungsstil unterschiedlich strukturiert sein.

In der **Konkurrenzdemokratie** werden Konfliktregelungen und Entscheidungen wesentlich vom Mehrheitsprinzip und vom Wettbewerb der politischen Parteien geprägt. Ausgangspunkt ist die Vorstellung, dass der Wettbewerb von Eliten bei Wahlen zu klaren Alternativen und zur Ausbildung eines Zweiparteiensystems führt. Ferner wird davon ausgegangen, dass eine stabile und effektive Mehrheitsregierung entsteht, der eine starke Opposition als Regierungsalternative gegenübersteht. [...] Vorteile der Konkurrenzdemokratie bestehen in der Struktur klarer Alternativen und der Chance effektiven Regierens. Nachteile sind in tiefgreifenden Politikwechseln und der Gefahr einer Dominanz von Mehrheiten über Minderheiten zu sehen.

In der **Konkordanzdemokratie** werden Konfliktregelungen und politische Entscheidungen weniger über den Wettbewerb, als vielmehr über Verhandlung, Kompromiss und Proporz gesucht. Alle wichtigen sozialen Kräfte und politischen Gruppen einer Gesellschaft sollen an der Willens- und Entscheidungsbildung beteiligt werden. [...] Ihre Vorteile bestehen in der Integration aller gesellschaftlichen (ethnischen, sprachlichen, kulturellen und religiösen) Gruppen, ihrer Repräsentation auf der politischen Entscheidungsebene und im Schutz von Minderheiten. Nachteile sind im langwierigen Aushandlungsprozess, im hohen Konsensbildungsbedarf und im Entscheidungsergebnis (Kompromiss auf kleinstem gemeinsamem Nenner) zu sehen.

Reine Formen der Konkurrenz- und Konkordanzdemokratie kommen in der politischen Wirklichkeit nicht vor: „Demokratien sind sämtlich von Konkurrenz und Konkordanz bestimmt und unterscheiden sich allein im Mehr oder Weniger an Wett-

bewerb und Aushandeln", so der Politologe Rainer-Olaf Schultze. [...]
In Verhandlungsdemokratien werden der Parteienwettbewerb und Mehrheitsverfahren überlagert durch ein auf Verhandlung und Konsensfindung abgestelltes Netzwerk von Entscheidungsträgern aus Politik, Verwaltung und Interessengruppen. Ziel der Bemühungen ist dabei, Verhandlungspakete so zu schnüren, dass alle Beteiligten den auf diesem Wege erarbeiteten Ergebnissen zustimmen können.

Ebd.; Hervorhebungen durch Bearbeiter

c) Repräsentative und direkte Demokratie

Die moderne Demokratie ist eine **repräsentative Demokratie**. Sie beruht auf einer Stellvertretung auf Zeit. Repräsentanten werden vom Volk in Repräsentativkörperschaften, in Parlamente und Versammlungen, gewählt, um dort die politischen Entscheidungen zu beraten und zu treffen. Der Volkswille drückt sich dabei vor allem in Wahlen aus.
Aber kann sich die Volkssouveränität auf diesen periodischen Wahlakt beschränken oder gibt es andere, direkte Formen der Einflussnahme der Bürgerinnen und Bürger? Hat das Volk neben der Wahl bei Personalentscheidungen auch eine Wahl bei Sachentscheidungen?
Formen **direkter Bürgerbeteiligung** finden sich in modernen Demokratien auf verschiedenen Ebenen, zunächst im kommunalen Rahmen in Gestalt von Planverfahren, Bürgerbegehren und Bürgerentscheiden. Hier haben sich bürgerschaftliche Elemente der stadtrepublikanischen Tradition erhalten. Sodann gibt es auf der mittleren Ebene föderalistisch organisierter Demokratien [...] Verfahren der direkten Beteiligung in sogenannten Volksinitiativen, Volksbegehren und Volksentscheiden. Hierbei handelt es sich um Instrumente der Volksgesetzgebung.
Mittels einer Volksinitiative kann eine bestimmte, in der Verfassung festgelegte Zahl von Wahlberechtigten eine Gesetzesvorlage beim Parlament einbringen. Beschränkungen hinsichtlich des Gegenstandes, etwa der Ausschluss finanzwirksamer Initiativen, hängen von den konkreten Verfassungsbestimmungen ab.
Durch ein Volksbegehren lässt sich sodann ein Volksentscheid herbeiführen, zum Beispiel, wenn das Parlament eine Gesetzesvorlage der Volksinitiative nicht beschließt. Volksbegehren und Volksentscheid bedürfen, wollen sie erfolgreich sein, der qualifizierten Mehrheit eines zuvor festgelegten Quorums von Wahlberechtigten. Neben diesen plebiszitären Instrumenten der Volksgesetzgebung finden sich als Formen der direkten Demokratie auch Volksbefragungen (Referenden), in denen Regierung und Parlament das Volk über wichtige Gegenstände und Themen befragen können. Zu unterscheiden sind bindende und konsultative Referenden, die nur beratenden Charakter haben. [...]
Direktdemokratische Verfahren erweitern die Beteiligungschancen der Bürgerinnen und Bürger, erhöhen die Integrationsfähigkeit und befördern die Legitimität des demokratischen Systems. Sachentscheidungen werden direkt von den Bürgerinnen und Bürgern getroffen, die damit in die politische Verantwortung eintreten und diese, auch im Fall des Scheiterns einer Initiative oder des Unterlegenseins bei einem Referendum, nicht auf ihre Repräsentanten abwälzen können. [...]
Die Praxis zeigt, dass direktdemokratische Verfahren vor allem in der Konkordanzdemokratie, in der alle wesentlichen Entscheidungen durch den Konsens nahezu aller relevanten politischen Gruppen getroffen werden, ein sinnvolles Korrektiv darstellen. [...] In Konkurrenzdemokratien mit einer starken Stellung des Parlamentes und zwei großen Parteiengruppierungen, die um die Mehrheit bei Wahlen werben, wie etwa in Großbritannien, sind direkte Formen der Demokratie dagegen selten.

Ebd.; Hervorhebungen durch Bearbeiter

M8 Demokratie ja – nur welche Form?

1 Die Kohlekommission hat ihre Vorschläge für den Ausstieg aus der Kohleverstromung vorgelegt. Der Kommission gehören Mitglieder aus Politik, Wirtschaft, Wissenschaft und Umweltverbänden an.

2

Abstimmung in der Schweiz

3

Präsident der USA wird vereidigt

4 Zauberformel nennt man die parteipolitische Zusammensetzung des siebenköpfigen Schweizerischen Bundesrates (Regierung) mit dem Verteilschlüssel 2:2:2:1: Die drei Parteien mit den größten Stimmanteilen erhielten zwei, die mit dem viertgrößten einen Sitz.

5

Parlamentarische Entscheidung in Deutschland: Bundestag stimmt ab

6

Parlament im Vereinigten Königreich (britisches Unterhaus)

7

Bundestag wählt den Bundeskanzler

Aufgaben

1. Charakterisieren Sie die unterschiedlichen Modelle der Demokratie (**M7**).
2. Ordnen Sie die Bilder und Texte aus **M8** den Modellen in **M7** zu und begründen Sie Ihre Entscheidung.

5.2.4 Warum wählen manche Menschen die Demokratie ab?

Zum Thema: Über Jahrhunderte hinweg haben Menschen für die Demokratie gekämpft. Das Eintreten für freie Wahlen und Menschenrechte war durchaus gefährlich. Viele von Ihnen haben diesen Kampf mit ihrem Leben bezahlt. Wieso können heute manche Politiker in Wahlen erfolgreich sein, die sich gegen die Grundsätze der Demokratie stellen?

M9 Geballte Macht – werden autokratische Politiker immer beliebter?

Donald Trump, Präsident der USA (2017-2021)

Recep Tayyip Erdoğan, seit 2014 Präsident der Türkei

Viktor Orbán, Ministerpräsident Ungarns (1998-2002, seit 2010)

Wladimir Putin, Präsident Russlands (2000-2008, seit 2012)

Einstiegsaufgabe

Weltweit erringen Politiker Erfolge, die für Härte, Volksnähe und nationale Größe stehen. Formulieren Sie Hypothesen, weshalb autokratische Politiker in Demokratien Erfolge erzielen können.

M10 Die Magie der starken Führer – warum haben autokratische Politiker Erfolg?

Die Republik ist in tödlicher Gefahr. Putschisten wollen die Macht ergreifen, um die verfassungsmäßige Ordnung zu beseitigen. In dieser Lage wird ein entschlossener Mann gebraucht, der unter den Verschwörern aufräumt und die Republik rettet. Dafür wird ihm zugestanden, vorübergehend als Diktator zu regieren. Die Rede ist hier noch nicht von der Republik Türkei und Recep Tayyip Erdoğan, sondern von der Römischen Republik und Lucius Quinctius Cincinnatus.

Die Geschichte der Menschheit lässt sich als Geschichte der Macht erzählen, in der sich zwei Lager gegenüberstehen. Das eine will Macht konzentrieren, oft mit der Begründung, so ließe sich am wirksamsten zum Wohle des Volkes regieren und für Sicherheit sorgen. Das andere möchte Macht beschränken, weil sie die Gefahr des Missbrauchs in sich trage und die Freiheit gefährde.

Die alten Römer schafften es, beiden Ansichten gerecht zu werden. In normalen Zeiten war die Macht verteilt auf den Senat, zwei Konsuln, Volkstribune, Richter. Wenn die Existenz der Republik auf dem Spiel stand, wurde dagegen ein dictator als Alleinherrscher eingesetzt. Sein Mandat war auf bestimmte Aufgaben begrenzt, etwa die Abwehr von Feinden, und auf höchstens sechs Monate befristet. Danach galten wieder die normalen Spielregeln der Republik. Das hat funktioniert? Zumindest lange Zeit. Dies lag auch am Verantwortungsbewusstsein der Diktatoren. Cincinnatus schlug 439 vor Christus als Diktator einen Aufstand nieder. Danach zog er sich wieder auf seine Felder hinter den Pflug zurück. Zum Dank ging er als Beispiel eines vir vere Romanus, eines echten Römers, in die Geschichte ein. Im Namen der Stadt Cincinnati in den USA lebt er weiter. [...]

Heute wirbt der ungarische Premier Viktor Orbán für einen Bastard namens „illiberale Demokratie“. Sein Bruder im Geiste, der polnische Defacto-Herrscher Jarosław Kaczyński, zertrümmert die Justiz und verhöhnt die EU, deren Fördergeld er nimmt. [...]

Für Europa besonders bedrohlich ist die Entwicklung in der Türkei, in Russland und in den USA. Der türkische Präsident Erdoğan wandelt sich vom demokratischen Reformer zum Diktator. Er stempelt Gegner – ob Soldaten, Abgeordnete, Richter, Lehrer, Journalisten oder Mitarbeiter von Turkish Airlines – als Terroristen und Putschisten ab, um sie gnadenlos verfolgen zu können. Auf den Rechtsstaat pfeift er ebenso wie auf Kritik aus dem Ausland. [...]

Ausgerechnet aus dem Westen des Westens, den USA, droht womöglich die größte Gefahr für Freiheit und Demokratie. Donald Trump [...] ist ein Mann, der sich zu Putin hingezogen und vom liberalen Europa abgestoßen fühlt; der gegen Mexikaner und Muslime hetzt. [...]

Die Frage aber stellt sich: Was macht die Putins, Trumps, Erdoğans, diese vom Cäsarenwahn umflorten National-Autoritären, so attraktiv?

Eine Antwort lautet: das Narrativ. Die große Erzählung also, in die sich die Welt packen lässt, um der Vielfalt der Erscheinungen Sinn und Identität abzugewinnen. Bibel und Koran enthalten solche Erzählungen,

Was ist eine illiberale Demokratie?

Der Begriff der illiberalen Demokratie ist nicht einheitlich definiert. In Sinne des auf S. 161 vorgestellten Modells der „eingebetteten Demokratie“ gilt die illiberale Demokratie als ein Typus der defekten Demokratie. Wird eines der fünf Teilregime (Wahlregime, Bürgerrechte, politische Rechte, effektive Regierungsgewalt und Gewaltenkontrolle) der eingebetteten Demokratie beschädigt, zerbricht auch die wechselseitige Einbettung der Teilregime, die für die Funktionsfähigkeit der Demokratie essenziell ist.
In illiberalen Demokratien werden die Teilregime der Gewaltenkontrolle und der Bürgerrechte verletzt: Die Kontrolle der Exekutive und Legislative durch die rechtsprechende Gewalt ist eingeschränkt. Regierungshandeln und die Gesetzgebung können sich so von verfassungsrechtlichen Normen abkoppeln. Ohne die Geltung rechtsstaatlicher Prinzipien sind zudem bürgerliche Freiheits- und Schutzrechte nicht in vollem Maße etabliert.
Der ungarische Ministerpräsident Viktor Orbán sieht die liberalen Elemente, die sich u.a. in individuellen Freiheitsrechten der Bürger spiegeln, nicht als zentrale Elemente einer Demokratie an. Ein Charakteristikum der illiberalen Demokratie in Ungarn ist die Betonung des sich in Wahlen ausdrückenden Mehrheitswillens, der als Volkswillen zu interpretieren ist. So verstanden dürfe diesem Volkswillen auch keine Einschränkung durch liberale Elemente wie Minderheitenrechte widerfahren.
Bearbeiter

die Odyssee, „Das Kapital“ von Karl Marx, die Geschichte des geeinten Europa als Friedensprojekt oder der sozialen Marktwirtschaft als Wohlstandsmaschine.

Diese beiden Erzählungen trugen die europäischen Demokratien durch die Nachkriegsjahrzehnte. Sie funktionieren nicht mehr. Die Schrecken der Weltkriege verblassen. Frieden in der EU gilt als selbstverständlich. Die soziale Marktwirtschaft steht unter Druck eines ungezügelten Global-Kapitalismus, der den Menschen ständig Veränderung abverlangt und den Wohlstand teilweise grotesk ungleich verteilt.

Das schafft Unsicherheit, Angst, Verbitterung. Damit arbeiten die Autoritären. Sie geben den Menschen ein Narrativ, das schon einmal, in der ersten Hälfte des 20. Jahrhunderts, zur Erfolgsgeschichte von Diktatoren wurde.

Diese Geschichte handelt vom Überlebenskampf der einfachen Leute, des Volkes, gegen ein elitäres, verschwörerisches, internationales System samt dessen gekauften Politikern und bestochener Lügenpresse. Das Volk erwählt sich einen starken Führer. Dieser räumt mit all den Institutionen, Gesetzen, Richtern und Oppositionellen auf, die zwischen Volk und Anführer stehen. Wer sich dem Erwählten widersetzt, verrät das Volk und muss genauso ausgeschaltet werden wie Sender oder Zeitungen, die das Volk mit Meinungsvielfalt verwirren. Wer sich dagegen dem Anführer unterordnet und als Individuum im Volk aufgeht, darf sich als Teil von etwas Großem fühlen. Er gibt seine Freiheit auf, bekommt dafür aber Sicherheit. Das ist verführerisch, nicht nur für Russen oder Türken, sondern auch für Franzosen, Briten, Tschechen und – aller Vergangenheits-Aufarbeitung zum Trotz – Deutsche. [...] Am Anfang einer Diktatur kann dabei durchaus eine demokratische Wahl stehen. Dann wird ein innerer Feind ausgemacht und das Volk gegen ihn mobilisiert. Staat, Medien, Militär und Wirtschaft werden nach und nach mit Gefolgsleuten des starken Mannes besetzt. Tun sich Schwierigkeiten auf, etwa weil das dem Volk versprochene Paradies ausbleibt, oder verliert die Bewegung an Schwung, muss als Nächstes ein äußerer Feind her. Mussolini etwa marschierte 1935 in Äthiopien ein, Hitler überfiel 1939 Polen. Die Mobilmachung eines Krieges hilft Autokraten, weiter an der Macht zu bleiben – bis zum Ende in der Katastrophe. [...] Nun sind Putin oder Erdoğan nicht mit Mussolini oder gar Hitler zu vergleichen. Sie benutzen jedoch Machttechniken, die auch faschistische Diktatoren des 20. Jahrhunderts gebrauchten. Insofern lässt sich aus der Geschichte lernen. Erstens: dass ein Zurückweichen vor Autokraten diese im Zweifel nicht besänftigt, sondern noch gieriger macht. Zweitens: dass Diktaturen allenfalls vorübergehend und nur für Anhänger des Diktators Sicherheit schaffen. Drittens: dass Freiheit immer wieder erkämpft und verteidigt werden muss.

Ulrich, Stefan: Magie der harten Führer. In: www.sueddeutsche.de, 06.08.2016

Aufgaben

1. Erläutern Sie die Gründe, weshalb autokratische Politiker Wahlerfolge in Demokratien erzielen können (**M10**).
2. Vergleichen Sie die Ergebnisse mit Ihre eigenen Hypothesen.
3. Kann man aus der Geschichte lernen? Wenn ja: wie denn?
4. Stellen Sie sich vor, Sie müssen auf einem Demokratiekongress einen Vortrag zum Erhalt der Demokratie halten. Erstellen Sie eine Hierarchie der Argumente und bereiten Sie Ihren Vortrag vor.

5.2.5 Ist die Demokratie auf dem Rückzug?

Zum Thema: Populistische und autoritäre Politiker konnten in einigen Ländern der Welt große Erfolge feiern. Manch ein Beobachter sieht darin ein erstes Anzeichen, dass es mit der Demokratie bergab gehe. Erleben wir momentan einen Wendepunkt in der Geschichte der Demokratie?

M11 Die Entwicklung der Demokratie seit 1800

Prozentanteil der Demokratien an allen Ländern der Welt (Stand: 2018)

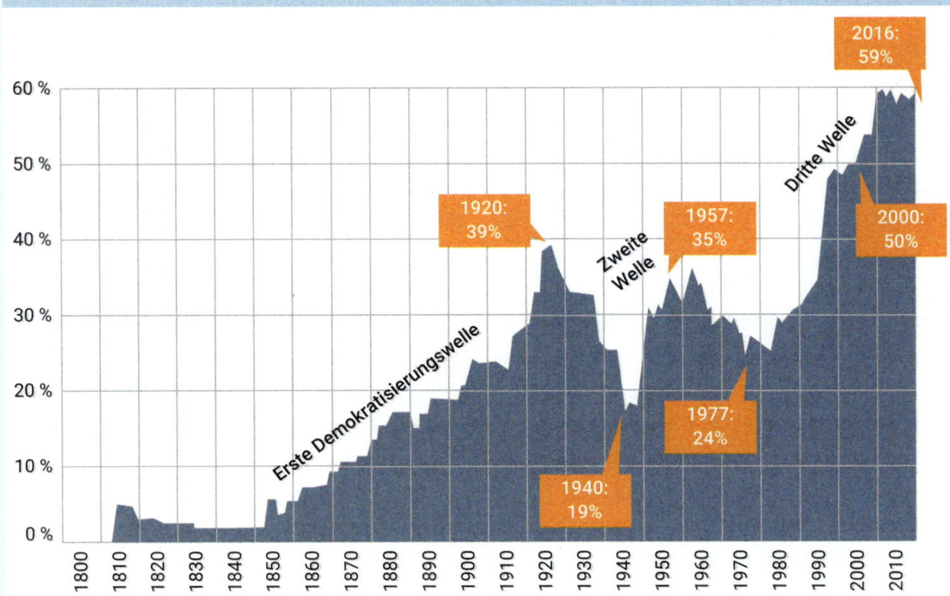

Nach: Schröder, Martin: Warum es uns noch nie so gut ging und wir trotzdem ständig von Krisen reden. Salzburg/München: Benevento 2018, S. 161

Einstiegsaufgaben

1. Analysieren Sie die Grafik **M11** (→ Methodenglossar).
2. Formulieren Sie eine Aussage zur Entwicklung der Demokratie.

M12 Wird sich die liberale Demokratie durchsetzen?

Es schien schon geschafft zu sein. Die selbstherrlichen Gestalten, sie stürzten einer nach dem anderen, damals in den Revolutionen von 1989/90: In Polen musste Präsident Wojciech Jaruzelski abtreten, der General mit der dunklen Brille; in der DDR Erich Honecker. [...] Wenige Monate später konnten die Bürger der einst realsozialistischen Länder Osteuropas frei wählen. [...] Die große Mehrheit wollte eine Demokratie nach westlichem Vorbild, Wohlstand, Bürgerrechte, Meinungsfreiheit. Sie wollten endlich ein „Leben in der Wahrheit", wie der damalige tschechoslowakische Regimekritiker und spätere Präsident Václav Havel sagte.

Das Modell westlicher Demokratien strahlte, so stark, dass der amerikanische Politologe Francis Fukuyama 1992 in seinem gleichnamigen Buch das „Ende der Geschichte“ ausrief: Nach dem Sieg über den Kommunismus sei das ewige ideologische Ringen um die richtige Regierungsform beendet. Die Demokratie westlicher Prägung verbreite sich nun allgemein als das endgültige Modell der Herrschaft.

Fukuyama, der heute an der Stanford University lehrt, knüpfte damit an den Philosophen Georg Wilhelm Friedrich Hegel an, dem nun plötzlich neue Wertschätzung zuteil wurde. Hegel hatte im 19. Jahrhundert eine Geschichtsphilosophie entworfen: [...] Der schwäbische Preuße Hegel blickte mit Fortschrittsoptimismus auf die Historie, so brutal und sinnlos sie auch erscheinen möge. „Die Weltgeschichte ist der Fortschritt im Bewusstsein der Freiheit“, so lautet sein Schlüsselsatz.

Im Hintergrund wirkt bei Hegel der „Weltgeist“, eine Art Aufsichtsratsvorsitzender des Weltgeschehens, der all das Chaos zu etwas Sinnvollem formt. In die Gegenwart übersetzt: Die Menschen werden die Freiheit einfordern und durchsetzen, wenn sie erst einmal von ihr wissen, wenn sie sich gelöst haben von abergläubischen, religiösen oder ideologischen Vorstellungen, wenn sie schmerzvoll erfahren haben, wie sie getäuscht werden.

Hatte er da nicht grundsätzlich recht? Ja, sagten Fukuyama und andere – mit dem feinen Unterschied, dass sie nicht wie Hegel den preußischen Obrigkeitsstaat als Modell ansahen, sondern die liberalen Demokratien. Auf der ganzen Welt schienen sie sich durchzusetzen, von Chile, wo die Bürger nach der Diktatur des Augusto Pinochet 1989 frei ihren Präsidenten bestimmen durften, über Russland, wo Boris Jelzin 1991 zum Präsidenten gewählt wurde, bis nach Südkorea, wo die Generäle ihren Griff lockerten und von 1987 an das Volk mitreden ließen. Diese Entwicklung gab den Optimisten recht, zumindest bis ins neue Jahrtausend hinein.

Die Demokratie westlicher Machart schien das Produkt des „Fortschritts im Bewusstsein“ zu sein [...]. Der Anteil der als wirklich frei bewerteten Länder stieg – wenn auch in Wellenbewegungen, weil die Zahl der Staaten in dieser Zeit ebenfalls zunahm, etwa durch den Zerfall der Sowjetunion. [...] Das Bild von der Freiheit im Westen, es war stets auch verknüpft mit dem Wohlstand dort. Wirtschaftlicher Erfolg verschafft einer Regierung neue Anhänger, aber er wirkt auch nach außen, als Vorbild. Doch auch dieses Image hat gelitten, seit der Finanz- und Schuldenkrise, die einigen Staaten wie Italien massenhaft Arbeitslose und harsche Sparprogramme bescherte. In autoritären Staaten wie China dagegen wuchs der Wohlstand munter weiter. [...] Francis Fukuyama glaubt trotz allem, dass sich das Muster liberaler Demokratien durchsetzen wird. Die Zukunft der Menschheit liege nicht in autoritären Staaten im Stile Russlands oder Chinas. Das Ende der Geschichte sei nicht aufgeschoben, sagt Fukuyama. Nur: „Wir gehen derzeit in die falsche Richtung.“

Preuß, Roland: Westliche Demokratien verlieren an Strahlkraft. In: www.sueddeutsche.de, 07.08.2016

Aufgaben

1. Die dritte Welle der Demokratisierung scheint ins Stocken zu geraten (**M11**). Erläutern Sie, weshalb es zu einer Stagnation der Demokratisierung gekommen ist (**M12**).
2. „Die Weltgeschichte ist der Fortschritt im Bewusstsein der Freiheit.“ (Georg Wilhelm Friedrich Hegel). Überprüfen Sie mithilfe von **M11** und **M12**, ob Hegel mit seinem Fortschrittsoptimismus im Recht war.

5.2.6 Führt mehr freier Handel zu mehr Demokratie?

Zum Thema: Lange Zeit gingen Wissenschaftler und Politiker davon aus, dass Marktwirtschaft und freier Handel automatisch die Verbreitung der Demokratie fördern würde. Ist dieser Optimismus auch heute noch gerechtfertigt?

M13 Freier Handel und Demokratie – eine Karikatur

Karikatur: Kostas Koufogiorgos, 01.02.2012

Einstiegsaufgaben

1. Erläutern Sie, welches politische Problem in der Karikatur dargestellt wird.
2. Nehmen Sie Stellung zur These: „Freier Handel fördert die Demokratie!"

M14 Freier Handel und Demokratie – das Fallbeispiel China

Irgendwann wird China demokratisch. Das geht gar nicht anders, denn in China gibt es eine Marktwirtschaft, und seine Grenzen sind offen. So lautete fast 40 Jahre lang die unterschwellige Hoffnung in den Regierungszentralen der demokratischen Industriestaaten. Eine sehr westliche und verständliche Perspektive. Heute weiß man, dass das ein Irrglaube war: Der jetzt zu Ende gegangene Nationale Volkskon-

gress in Peking, das chinesische Pseudoparlament, hat dem aktuellen Präsidenten Xi Jinping gerade eine Regentschaft auf Lebenszeit abgesichert.
Der Weg des politischen Systems in China führt also nicht von der Autokratie der herrschenden Kommunisten zu mehr Demokratie, sondern genau in die andere Richtung, in die Diktatur, in eine Personenherrschaft. China steht damit vor einem historischen Umbruch. Denn in Erinnerung an die Willkürherrschaft und das damit verbundene Chaos unter Staatsgründer Mao Zedong wurden 1982 Partei und Regierung getrennt und eine Nachfolgeregelung eingeführt, die alle zehn Jahre einen Generationenwechsel vorsah.
Xi hat diese Trennung wieder zurückgefahren, wichtige Kompetenzen in Militär, Wirtschaft und Sicherheit bei sich und der Kommunistischen Partei, deren Vorsitzender er ist, zentralisiert. Die Partei soll heute überall sein, in Politik und Wirtschaft, in den Medien und am besten auch inmitten der Gesellschaft. Dafür wird jetzt ein digitales Überwachungssystem aufgebaut, abweichende Meinungen werden immer weniger akzeptiert, die Repression wächst.
Früher konnte man solchen diktatorischen Mächten noch aus dem Weg gehen – Maos China oder die untergegangene UdSSR befanden sich in anderen, eigenen Räumen, es gab wenig Schnittstellen zu den westlichen Industriestaaten. Das ist heute komplett anders. China ist ein reicher Staat geworden, und mit der Globalisierung haben sich vor allem die Blöcke USA, Europäische Union und das wachstumsstarke China hochgradig miteinander verflochten. Exportstarke Nationen wie Deutschland, Japan oder Südkorea sind auf den chinesischen Markt angewiesen, umgekehrt machen Chinas Unternehmen gute Geschäfte mit liberalen, marktoffenen Staaten.
An China kommt also niemand mehr vorbei. Gleichzeitig ist die KP-Diktatur aus Sicht des Westens aber so etwas wie eine Bedrohung geworden. [...] Die Strategen der KP sind aktiv dabei, im Westen Politik und Wirtschaft zu unterwandern. Und ihnen hilft dabei die offene, liberale Gesellschaftsordnung der Europäer und Amerikaner. [...]
Chinas KP-Strategen verstehen [die] Vertrauenskrise des Westens für sich zu nutzen. Auf dem großen, alle fünf Jahre stattfindenden Parteitag im vergangenen Herbst nutzte Parteichef Xi dies, indem er anderen Staaten anbot, sie könnten ja an chinesischen Lösungen und Weisheiten teilhaben, wie zum Beispiel dem Infrastrukturprojekt Neue Seidenstraße. Die KP präsentiert ihre Diktatur dergestalt als Alternative zum liberalen Regierungsmodell: stabil, entscheidungsstark und nicht den Launen demokratischer Wahlen unterworfen. In EU-Ländern wie Ungarn oder Polen stößt das bereits auf Interesse. Dort ist man gegenüber Zwangsregimen entspannter und konterkariert bisweilen liberale Grundwerte wie zum Beispiel die Unabhängigkeit der Justiz. [...]
Wie aber sollen die liberalen Demokratien mit der Diktatur China zukünftig umgehen? Ein Weg, der in den USA und jetzt auch in Brüssel angegangen wird, ist, Investitionen aus Diktaturen zu kontrollieren und gegebenenfalls auch zu verbieten. Wenn sich chinesische Staatsunternehmen oder anderweitig parteistaatlich kontrollierte Investoren in landesweite Energienetze wie in Portugal einkaufen oder Anteile bei einem Stromnetzbetreiber wie jetzt in Norddeutschland erwerben, ist das problematisch. [...] Entscheidend wird dabei am Ende sein, die Attraktivität des liberalen Rechtsstaats herauszustellen, gegenüber der eigenen Gesellschaft wie gegenüber den Kadern in China. [...] Zu den Dingen, die die KP-Leute fürchten, gehört die unglaubliche Anziehungskraft westlicher Demokratien. Kein Visum ist in China so begehrt wie das der USA. Die Attraktivität der Systeme wird sich am Ende auch danach bemessen, wo die Menschen lieber leben wollen.

Richter, Steffen: China – Der große Irrtum. In: www.zeit.de, 20.03.2018

KP
= Kommunistische Partei, gemeint ist hier die Kommunistische Partei Chinas (KPCh)

M15 Wer sind Deutschlands Handelspartner?

Im Jahr 2019 wurden nach endgültigen Ergebnissen Waren im Wert von 206,0 Milliarden Euro zwischen Deutschland und der Volksrepublik China gehandelt [...]. Wie das Statistische Bundesamt (Destatis) mitteilt, war damit die Volksrepublik China im Jahr 2019 zum vierten Mal in Folge Deutschlands wichtigster Handelspartner. [...] Wichtigstes Abnehmerland deutscher Waren im Jahr 2019 waren wie bereits in den Vorjahren die Vereinigten Staaten. [...] Auf den Plätzen zwei und drei der bedeutendsten deutschen Exportländer lagen Frankreich (106,6 Milliarden Euro) und die Volksrepublik China (96,0 Milliarden Euro). Nach Deutschland importiert wurden die meisten Waren im Jahr 2019 aus der Volksrepublik China (110,1 Milliarden Euro). [...] Die höchsten Exportüberschüsse wies Deutschland im Jahr 2019 mit den Vereinigten Staaten (47,3 Milliarden Euro), dem Vereinigten Königreich (40,8 Milliarden Euro) und Frankreich (40,4 Milliarden Euro) aus. Mehr Waren importiert als dorthin exportiert wurden aus China. Für dieses Land wies der Außenhandel im Jahr 2019 einen Importüberschuss von 14,1 Milliarden aus.

Statistisches Bundesamt (Destatis): Die Volksrepublik China ist erneut Deutschlands wichtigster Handelspartner. In: www.destatis.de (Abruf am 19.11.2020)

Die größten Handelspartner Deutschlands 2019 (Stand: 2020)

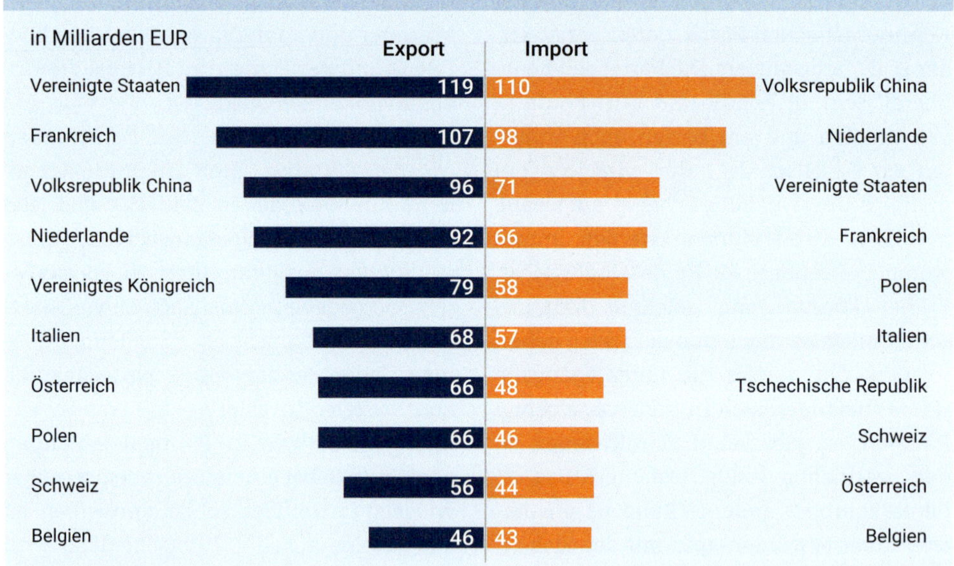

Nach: Statistisches Bundesamt (Destatis), 2020

Aufgaben

1. Überprüfen Sie am Fallbeispiel China, ob freier Handel die Verbreitung der Demokratie fördert (**M14**).
2. Stellen Sie Chancen und Risiken des Handels mit China dar (**M14**).
3. China ist einerseits einer der wichtigsten Handelspartner Deutschlands (**M15**), andererseits entwickelt sich die VR China nicht in Richtung einer Demokratie. Entwerfen Sie fünf Grundsätze, nach denen die deutschen Außen- und Außenwirtschaftspolitik gestaltet werden soll.
4. Diskutieren Sie, ob die Förderung der Demokratie ein Ziel der Außenpolitik sein soll.

Demokratie und Diktatur: Prinzipien und Formen
M2, M5, M7

Demokratie und Diktatur im Schaubild

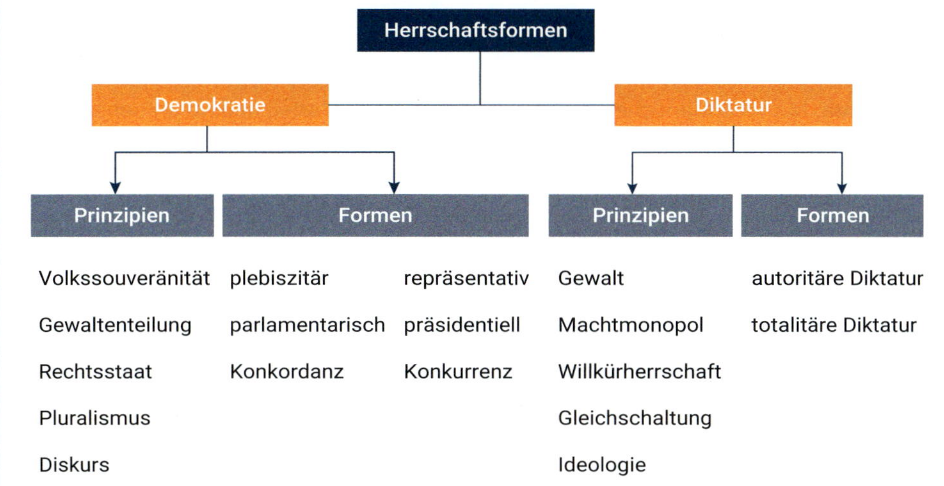

Bearbeiter

Demokratie im Vergleich zu autoritären und totalitären Systemen
M2, M5

Herrschaftsformen im Vergleich

Vergleichskriterien	Demokratie	Autoritäre Systeme	Totalitäre Systeme
Legitimation politischer Herrschaft	Volkssouveränität; Wahlen; Abstimmungen	Gewalt; Wahlen nur als „Scheinveranstaltung" zur Legitimation der Herrschaft	geschlossenes ideologisches Weltbild; Anspruch absoluter Wahrheit
Gesellschaftsbild	Pluralismus; Meinungsvielfalt; Zivilgesellschaft; politischer Diskurs	Pluralismus beschränkt möglich, solange keine Kritik am Regime erwächst	Gleichschaltung aller Einzelinteressen; Durchsetzung der Ideologie
Grund- und Freiheitsrechte	verfassungsrechtlich garantiert; Rechtsstaat	kritisches Engagement der Bürger ist unerwünscht; rechtsstaatliche Prinzipien stark eingeschränkt	Einzelne haben keine Rechte und müssen sich der Ideologie unterordnen
Herrschaftsprinzipien	Gewaltenteilung; Herrschaft auf Zeit	Gewaltenteilung stark eingeschränkt oder nur auf dem Papier vorhanden; Institutionen gleichgeschaltet	Informationskontrolle; Gleichschaltung der Medien; Kontrolle über digitale Medien; Machtmonopol; Repression

Bearbeiter

5.3 Zur Wahl gehen – reicht das noch aus?

5.3.1 Wer wählt wen und warum?

Zum Thema: Manche Menschen wählen immer dieselbe Partei, andere entscheiden sich bei jeder Wahl neu. Die Wahlforschung versucht, das Wahlverhalten der Menschen zu erklären und stößt dabei auf ganz unterschiedliche Motive der Wählerinnen und Wähler.

M1 Die Wahlentscheidung in einer Karikatur

Karikatur: Kostas Koufogiorgos, 19.09.2017

Einstiegsaufgaben

1. Beschreiben und interpretieren Sie die Karikatur (**M1**).
2. Entwerfen Sie Hypothesen, weshalb sich Wähler für eine Partei entscheiden.

M2 Wie kann das Wahlverhalten erklärt werden?

a) Der soziologische Erklärungsansatz

Ein erster klassischer Ansatz betont die verhaltensrelevante Bedeutung des sozialen Umfelds: Wahlverhalten ist Gruppenverhalten. [...] Weniger der ursprünglich angenommene Einfluss der Massenmedien oder der Wahlpropaganda als vielmehr die Zugehörigkeit zu verschiedenen sozialen Gruppen mit festen politischen Verhaltensnormen bestimmte demnach die individuelle Wahlentscheidung. Das Zusammenspiel der verschiedenen Gruppenzugehörigkeiten konnte mithilfe der Merkmale sozioökonomischer Status, Konfessionszugehörigkeit und Größe des Wohnorts in hohem Ausmaß nachgewiesen werden. Je gleichgerichteter die Wahlnormen der Gruppen waren, denen der einzelne Wahlberechtigte angehörte, desto geringer war die Wahrscheinlichkeit einer individuell abweichenden Wahlentscheidung. Überlagerten sich bei den Wahlberechtigten jedoch einander widersprechende Loyalitätsforderungen (cross-pressures), reagierten sie im Allgemeinen mit der Reduzierung des politischen Interesses und der zeitlichen Herauszögerung der Wahlentscheidung. In diesem Fall musste zuerst eine Entscheidung darüber fallen, welche Gruppenzugehörigkeit denn jetzt als wichtigste – und damit als verhaltensrelevant – angesehen werden sollte.

Bis zu den jüngsten Wahlanalysen konnten auch neuere Untersuchungen immer wieder den großen Einfluss des sozialen Umfelds auf den individuellen politischen Meinungsbildungsprozess nachweisen. Die Mitgliedschaft in einer Gewerkschaft, eine starke Bindung an die katholische Kirche oder auch eine Verwurzelung im protestantischen Selbstständigen- bzw. Handwerkermilieu haben auch heute noch – insbesondere bei Koppelung mehrerer Faktoren – einen hohen Vorhersagewert für die Wahlentscheidung.

Das Erklärungsmodell sieht das Individuum idealtypisch im Mittelpunkt konzentrischer, sich gegenseitig verstärkender sozialer Einflusskreise und veranschaulicht aus dieser Perspektive in besonderer Weise ein stabiles, über einen längeren Zeitraum hinweg konstantes Wahlverhalten. Kurzfristige Änderungen der Wahlentscheidung können auf diese Weise hingegen nur unzureichend erklärt werden.

Korte, Karl-Rudolf Korte: Wahlen in Deutschland. Grundsätze, Verfahren und Analysen. Bonn: Bundeszentrale für politische Bildung 2017, S. 105 ff.

b) Der individualpsychologische Erklärungsansatz

Einen deutlichen Perspektivenwechsel nimmt der zweite klassische Erklärungsansatz vor: Wahlverhalten ist Ausdruck einer individuellen psychologischen Beziehung zu einer Partei. [...] Sie wird erworben bei der politischen Sozialisation durch Elternhaus, Freundeskreis oder Mitgliedschaft in politischen Gruppen und beeinflusst – einmal ausgeprägt – die Wahrnehmung sowie die Bewertung politischer Ereignisse in hohem Maße. Neben dieser Langzeitvariable Parteiidentifikation existieren zwei weitere Einflussfaktoren: die Bewertung der Kandidatinnen und Kandidaten sowie die Einstellungen zu aktuellen politischen Streitfragen (die sogenannte Issue-Orientierung).

Die individuelle Wahlentscheidung resultiert nun aus dem spezifischen Zusammenspiel dieser drei Faktoren (Parteiidentifikation, Kandidatenorientierung, politische Streitfragen), das von den Autoren mit einem Entscheidungstrichter verglichen wurde. In der Regel erfolgt die Wahlentscheidung entsprechend der langfristig stabilen Parteiidentifikation. Allerdings kann es bei einzelnen Wahlen durchaus auch zu kurzzeitigen Dissonanzen zwischen den drei Variablen kommen. Subjektiv als entscheidend empfundene Personal- oder Sachfragen lassen dann unter Umständen die punktuelle Wahlentscheidung auch entgegen der langfristig wirksamen Parteiidentifikation ausfallen.

Das individualpsychologische Erklärungsmodell betont zum einen also ebenfalls die soziale Verankerung des politischen Meinungsbildungsprozesses [...]. Zum anderen werden im Vergleich zum soziologischen Modell zusätzlich aber auch situative Momente der Wahlentscheidung berücksichtigt, nämlich die Kandidatenbewertung und Einstellungen zu aktuellen politischen Streitfragen. Durch die Kombination dieser verschie-

Dissonanz
Unstimmigkeit, Differenz, Spannung

denen Variablen verfügt das individualpsychologische Modell über die notwendigen Voraussetzungen, die komplexen Vorgänge der Wahlentscheidung auf einem hohen theoretischen Niveau widerspiegeln zu können.

Ebd.

c) Das Modell des rationalen Wählers

Ein anderer Blick auf den Prozess der Wahlentscheidung kennzeichnet den dritten wichtigen Erklärungsansatz. [...] Die persönliche Wahlentscheidung wird bestimmt durch ihren maximal zu erzielenden politischen Nutzen. Ein „rationaler Wähler" entscheidet sich demnach für diejenige Partei, von deren Politik er sich den größten Vorteil verspricht. [...] In der wissenschaftlichen Wahlforschung wird rationales Wahlverhalten im Allgemeinen mit der Orientierung der Wählerinnen und Wähler an aktuellen politischen Streit- und Sachfragen (issue-voting) gleichgesetzt. Der „rationale Wähler" ermittelt seine Wahlentscheidung, indem er ein sogenanntes Nutzendifferential aufstellt. Hierzu vergleicht er die Arbeit der Regierung in der vergangenen Legislaturperiode mit dem vermuteten Ergebnis der Opposition, wäre diese an der Macht gewesen. Er entscheidet sich dann für diejenige Partei, von der er glaubt, dass sie seine individuellen Ziele am ehesten zu verwirklichen vermag.
Die Wahlentscheidung ist somit letztlich abhängig von den aktuellen politischen Problemen sowie von dem Erscheinungsbild von Regierung und Opposition, in hohem Maße also auch von wirtschaftlichen Indikatoren wie Inflationsraten, Arbeitslosenzahlen oder Wachstumsraten. Soziale Loyalitäten oder längerfristige emotionale Parteineigungen spielen aus dieser Perspektive nur eine untergeordnete Rolle.

Ebd.

M3 Wer wählt wen? Bundestagswahl 2017

a) Die Wähler der Parteien

CDU CSU

Parteipräferenz und soziostrukturelle Merkmale der Wahlberechtigten (Stand: 2017)

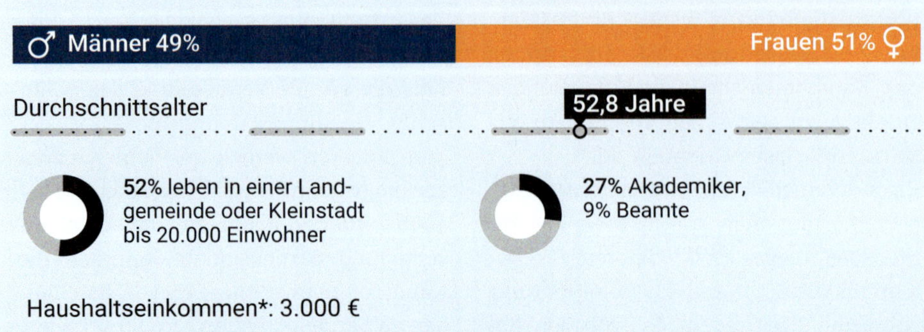

SPD

♂ Männer 49% | Frauen 51% ♀

Durchschnittsalter 52,8 Jahre

46% leben in einer Klein- oder Mittelstadt mit bis zu 50.000 Einwohnern

21% Akademiker, 17% Arbeiter

Haushaltseinkommen*: 2.700 €

BÜNDNIS 90 DIE GRÜNEN

♂ Männer 40% | Frauen 60% ♀

48,1 Jahre Durchschnittsalter

34% leben in einer Großstadt mehr als 100.000 Einwohnern

37% Akademiker (höchster Anteil aller Parteien), 10% Beamte

Haushaltseinkommen*: 3.000 €

Alternative für Deutschland

♂ Männer 69% | Frauen 31% ♀

Durchschnittsalter 51,4 Jahre

75% leben in einer Kleinstadt unter 50.000 Einwohnern

34% Arbeiter (höchster Anteil aller Parteien), 18% Akademiker

Haushaltseinkommen*: 2.600 €

DIE LINKE.

♂ Männer 56% | Frauen 44% ♀

Durchschnittsalter 50,1 Jahre

25% leben in einer Großstadt mehr als 500.000 Einwohnern

31% Akademiker

Haushaltseinkommen*: 2.391 €

Freie Demokraten FDP

♂ Männer 60% | Frauen 40% ♀

Durchschnittsalter 54,3 Jahre

52% leben in einer Klein- oder Mittelstadt mit bis zu 50.000 Einwohnern

32% Akademiker 15% sind selbstständig

Haushaltseinkommen*: 3.400 €

Nichtwähler

*Nach: Statista, 2017; * Median-Nettoeinkommen*

b) Welche Themen sind für die Wähler wichtig?

Die vollständige Übersicht mit allen von den Befragten genannten Themengebieten ist hier abrufbar:

Mediencode: 72068-10

Umfrage: Wichtigste Probleme für Deutschland (Auswahl; Stand: Juli 2020)

Themengebiet	Frühjahr 2018	Herbst 2018	Frühjahr 2019	Herbst 2019	Sommer 2020
Umwelt, Klimawandel	14 %	22 %	36 %	31 %	26 %
Wirtschaftliche Lage	3 %	3 %	5 %	5 %	25 %
Einwanderung	38 %	36 %	24 %	26 %	17 %
Bildungssystem	22 %	18 %	18 %	21 %	16 %
Staatsverschuldung	4 %	5 %	3 %	3 %	15 %
Steigende Preise/Inflation	10 %	14 %	13 %	16 %	15 %

Nach: Statista, 2020; Zahlen: Europäische Kommission: Standard Eurobarometer 93

c) Beeinflusst die Konfession die Wahlentscheidung?

Wahlentscheidung nach Konfession (Angaben in Prozent; Stand: 2018)

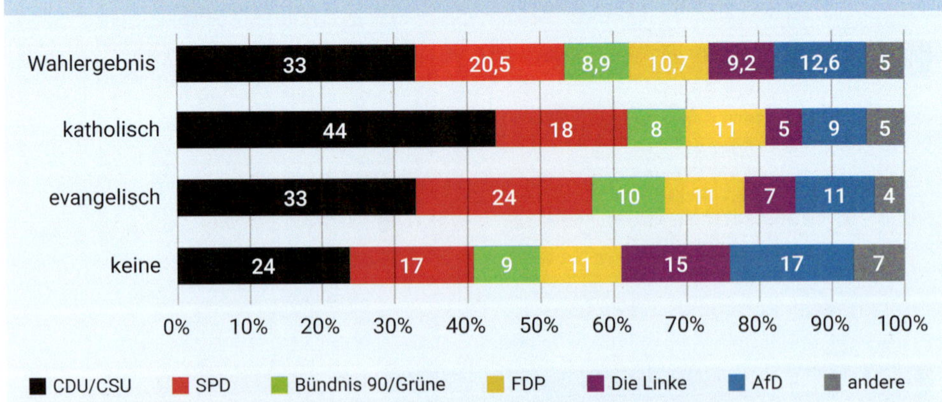

Bearbeiter; Datenquelle: Datenhandbuch des Deutschen Bundestages; Bundeswahlleiter

Aufgaben

1. Erläutern Sie die unterschiedlichen Ansätze, mit denen Forscher das Wahlverhalten erklären wollen (**M2**).
2. Vergleichen Sie diese Erklärungsansätze mit Ihren eigenen Hypothesen.
3. Erklären Sie die Ergebnisse aus **M3**.

5.3.2 Ist Nichtwählen ein Problem für die Demokratie?

Zum Thema: Nicht alle Menschen machen von ihrem Wahlrecht Gebrauch. Viele interessieren sich auch überhaupt nicht für Politik. Umstritten ist immer wieder, wie viel Mitbestimmung und Engagement eine Demokratie durch ihre Bürger überhaupt braucht.

M4 Schwindende Beteiligung – ja und?

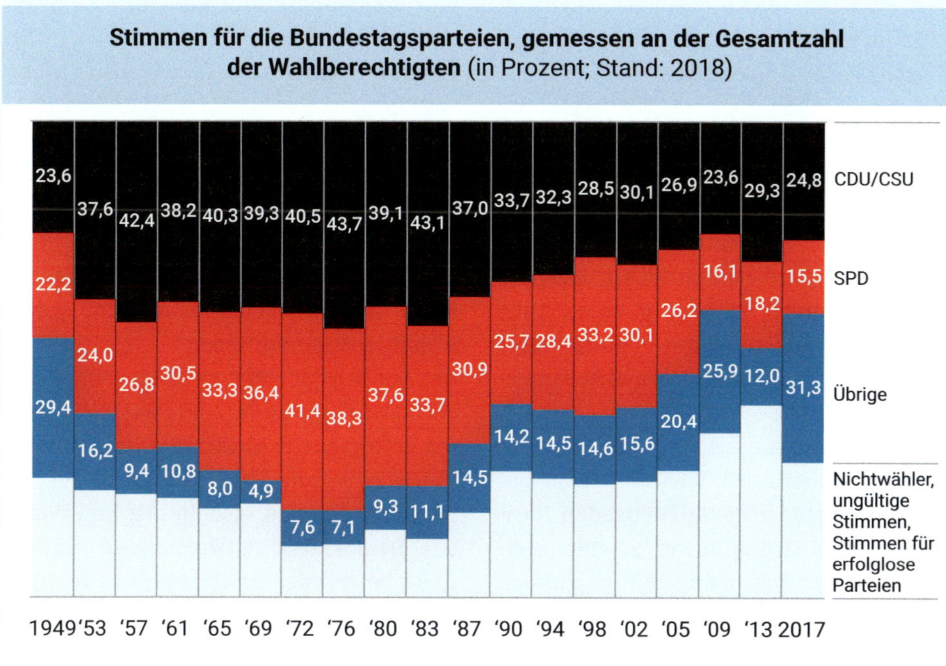

Nach: © Bergmoser + Höller Verlag AG; Zahlenbilder 88 608

Einstiegsaufgaben

1. Beschreiben Sie die Entwicklung der Wahlbeteiligung.
2. Sind die Nichtwähler aus Ihrer Sicht ein Problem für die Demokratie? Nehmen Sie persönlich Stellung.

M5 Warum gehen viele Bürgerinnen und Bürger nicht zur Wahl?

Die Beteiligung der Bürgerinnen und Bürger der Bundesrepublik Deutschland an den Wahlen hat seit 1949 auf allen Ebenen des politischen Systems tendenziell abgenommen: Seit der Bundestagswahl 1983 hat sich die Nichtwählerzahl nahezu verdreifacht. Im internationalen Vergleich ist die Wahlbeteiligung in Deutschland immer noch relativ hoch, für die deutschen Verhältnisse bewegt sie sich jedoch auf einem ungewohnt niedrigen Niveau. Bei der Bundestagswahl 2013 lag der Nichtwähleranteil bei 28,5 Prozent.

Die Diskussion um die Wahlbeteiligung ist in der Literatur keineswegs entschieden. Die einen sehen in der mäßig sinkenden

Quote eine zunehmende Delegitimierung der Parteien bzw. des gesamten politischen Systems. Sie interpretieren die sinkende Wahlbeteiligung in den alten Bundesländern als Ausdruck von Protest. Als Ursachen werden genannt:

- Parteien- und Politikverdrossenheit,
- Unzufriedenheit mit dem politischen System,
- soziale und wirtschaftliche Unzufriedenheit,
- wachsende Ungleichheit.

Wählen gilt nicht mehr als „Bürgerpflicht", Parteibindungen nehmen ab. Die Zahl derer, die sich unabhängig und kurzfristig entscheiden, steigt indes von Wahl zu Wahl. Für andere wiederum ist eine niedrigere Wahlbeteiligung ein Zeichen für Zufriedenheit. So gesehen, spiegelt die sinkende Wahlbeteiligung – nach dieser Argumentation – einen Normalisierungstrend wider.

Die demokratietheoretische oder normative Diskussion erschließt sich recht gut über die jeweils zugrundeliegenden Positionen. Zwei Grundmuster spielen hierbei eine Rolle: Zum einen geht es um den Grundkonflikt repräsentative oder direkte Demokratie, zum anderen um den Gegensatz reformorientiert (Grundstimmung eher unzufrieden) oder Status-quo-orientiert (Grundstimmung eher zufrieden). [...]

Die empirischen Befunde bewegen sich dabei auf zwei Ebenen. Zunächst zeigt der Vergleich mit der momentanen Situation in anderen Demokratien, dass die deutschen Beteiligungsquoten keineswegs in bedrohlicher Weise abgenommen haben. Im Allgemeinen wird vielmehr hervorgehoben, dass inzwischen auch die Deutschen ihre „Untertanenmentalität" der Fünfzigerjahre abgebaut und alte Werte hierbei an Bedeutung verloren haben. Dies gilt natürlich auch für die sogenannte Wahlpflicht. Die Modernisierungs- und die Individualisierungsprozesse schlagen auf das Wahlverhalten durch. Nichtwahl, Protestwahl und Parteienwechsel werden durchaus zu akzeptierten Alternativen. Wahlverhalten, Partizipationsverhalten und politische Kultur sind in einem Zusammenhang zu sehen.

Weiterhin gelang es inzwischen, Nichtwählertypen zu identifizieren und vorsichtig zu quantifizieren: Neben den Verdrossenen und mit der Politik Unzufriedenen existieren Gruppen, in deren Leben Politik kaum oder lediglich eine geringe Rolle spielt, etwa saturierte Mittelschichten, junge Individualisten oder auch gesellschaftliche Randgruppen.

Der Anstieg der Nichtwahl hat seine Gründe. So waren im Jahr 2010 zwar 89 Prozent der Befragten der Meinung, dass die Demokratie eine gute Regierungsform sei. Die Demokratiepraxis, also die Art und Weise, wie Demokratie in Deutschland funktioniert, bewertete mit 49 Prozent allerdings nur weniger als die Hälfte der Befragten positiv (Deutschland-Trend Juli 2010). Trotzdem kann von einem generellen Desinteresse der Gesellschaft an der Politik nicht die Rede sein. Die junge, heranwachsende Generation engagiert sich zwar weniger in politischen Parteien, dafür aber verstärkt bei Nichtregierungsorganisationen wie Attac oder Greenpeace. Das Politische stirbt nicht aus, aber es wandert aus.

Korte, Karl-Rudolf Korte: Wahlen in Deutschland. Grundsätze, Verfahren und Analysen. Bonn: Bundeszentrale für politische Bildung 2017, S. 117 ff.

Aufgaben

1. Erläutern Sie, weshalb die Wahlbeteiligung seit einigen Jahrzehnten abgenommen hat (**M5**).
2. Seit 2009 ist die Wahlbeteiligung bei der Bundestagswahl von 70,8% auf 76,2% gestiegen. Formulieren Sie Hypothesen, warum dieser Anstieg erfolgt sein könnte.

5.3.3 Ist soziale Ungleichheit ein Problem für die Demokratie?

Zum Thema: Das politische Engagement ist in unserer Gesellschaft ganz unterschiedlich ausgeprägt. Manche politischen Beobachter behaupten sogar, es gäbe einen Teufelskreis aus Bildungsabschluss und politischer Beteiligung. Stimmt das denn?

M6 Wer hat sich schon einmal an politischen Aktivitäten beteiligt?

Beteiligung an verschiedenen politischen Aktivitäten nach Bildungsabschluss (in Prozent; Stand: 2014)

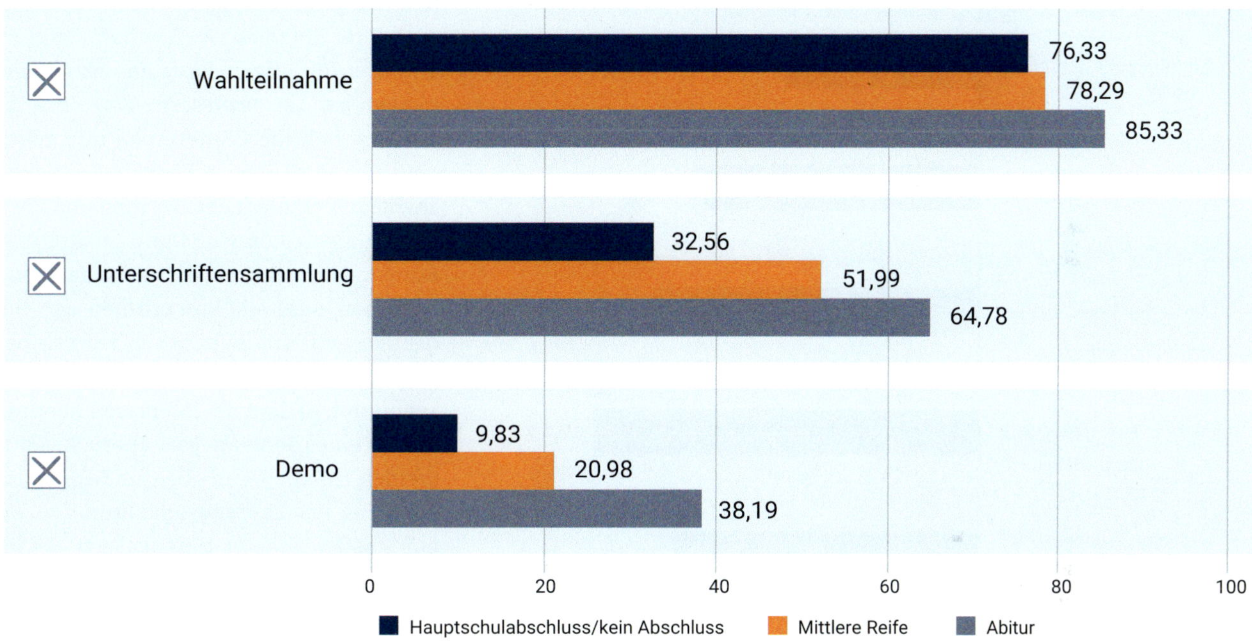

Nach: Bundeszentrale für politische Bildung / Wissenschaftszentrum Berlin für Sozialforschung, 2014, Lizenz: cc by-nc-nd/3.0/de/; Zahlen: ALLBUS 2008, Sebastian Bödeker (WZB)

Einstiegsaufgaben

1. Fassen Sie das Ergebnis aus **M6** zusammen.
2. Erörtern Sie die Frage, ob soziale Ungleichheit ein Problem für die Demokratie darstellt.

M7 Warum hängt die politische Beteiligung von Bildung ab?

„Decisions are made by those who show up." So lautet das Credo demokratischer Beteiligung, das dem amerikanischen Präsidenten Harry S. Truman zugeschrieben wird. Frei übersetzt bedeutet es: Entscheidungen werden von denjenigen getroffen, die sich daran beteiligen. So banal dieser Satz klingt, verweist er doch auf eine wesentliche Errungenschaft moderner Demokratien: Alle Bürgerinnen und Bürger eines Landes werden an den politischen Entscheidungen, die das Gemeinwohl be-

Politisches Interesse 2018 nach Bildungsstand auf dem ersten Bildungsweg und mit nachgeholtem Studienabschluss (Stand: 2018)

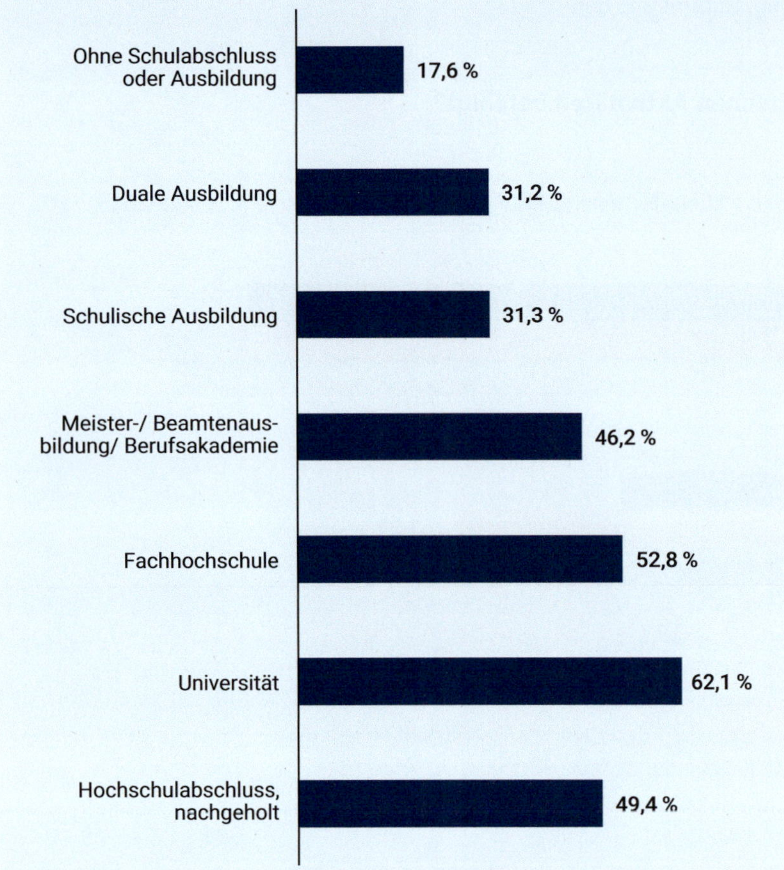

Dargestellt werden die durchschnittlichen vorhergesagten Wahrscheinlichkeiten (Predictive Margins) für das politische Interesse einer Person nach ihrem Bildungsstand. Der einfache Zusammenhang stellt die Beziehung zwischen dem Bildungsstand und dem politischen Interesse dar.

Nach: Autorengruppe Bildungsberichterstattung (Hg.): Bildungsbericht 2020. Bielefeld: wbv Media 2020, S. 314; Quelle: DIW Berlin, SOEP, v35, doi: 10.5684/soepcore.v35, n = 8.538, eigene Berechnungen

treffen, beteiligt: Sie haben das Recht, in freien Wahlen über die Zusammensetzung des Parlamentes oder der Regierung mitzubestimmen, die dann stellvertretend für sie die politischen Programme entwerfen und auf den Weg bringen. Dabei ist der Gang zur Wahlurne alle paar Jahre längst nicht die einzige Möglichkeit, Einfluss zu nehmen. Denn alle Bürgerinnen und Bürger können selbst Mitglied einer Partei werden und deren Wahlprogramme und politische Forderungen direkt mitbestimmen, vorausgesetzt, sie nehmen an den Sitzungen und Diskussionen der Partei teil. Über diese klassischen Formen der Beteiligung hinaus können sie aber auch politischen Verbänden und Initiativen beitreten, beispielsweise Umweltschutzverbänden oder lokalen Bürgerinitiativen. Oder sie engagieren sich eher temporär, etwa in Demonstrationen, Flashmobs oder Onlinekampagnen. [...]

[Die Bürgergesellschaft] bildet das Rückgrat einer liberalen Gesellschaft, denn mit all ihren Initiativen, Parteien und Vereinigungen ist sie gewissermaßen der „Ort", an dem sich die Bürgerinnen und Bürger eines Landes über politische Sachfragen sowie unterschiedliche Normen und Werte verständigen können. Die demokratische Bürgergesellschaft ist allerdings darauf angewiesen, dass alle Bürgerinnen und Bürger aktiv mitwirken können. Denn sie baut auf dem Prinzip der demokratischen Herrschaft auf, in dem die Interessen aller Mitglieder eines Gemeinwesens berücksichtigt werden sollen. Wenn aber die Bedürfnisse einzelner Bevölkerungsteile immer wieder auf Kosten anderer durchgesetzt werden oder die Hürden für die politische Beteiligung bestimmter Bevölkerungsgruppen zu hoch sind, dann wird das Prinzip der politischen Gleichheit verletzt. Über kurz oder lang entsteht daraus ein ernstes Legitimationsproblem für die Demokratie, denn die politischen Entscheidungen können nicht mehr auf die Herrschaft des Volkes, also prinzipiell aller Bürgerinnen und Bürger, zurückgeführt werden.

Gemessen an ihrem Ideal steht die Bürgergesellschaft in Deutschland heute vor großen Herausforderungen: Einerseits hat sich die Schere zwischen Arm und Reich seit den 1970er Jahren weit geöffnet und damit die soziale Ungleichheit zugenommen. Andererseits ist nach den Einwanderungswellen der letzten Jahrzehnte auch die kulturelle Vielfalt gewachsen. Dabei haben sich die sozialen und kulturellen Milieus teils stark auseinanderentwickelt und grenzen sich zunehmend voneinander ab. [...] Doch wie ist es aktuell um die politische Teilhabe in Deutschland bestellt? Hierzu kann die empirische Demokratie- und Partizipationsforschung einige Antworten geben. Die Befunde sprechen eine eindeutige Sprache: Politische Beteiligung hängt in hohem Maße von Bildung und Einkommen ab. Menschen mit niedrigem Bildungsniveau und geringem Einkommen sind im Durchschnitt deutlich seltener an politischen Entscheidungsprozessen beteiligt. Dieser Zusammenhang gilt grundsätzlich für alle Formen des politischen Engagements und lässt sich für alle westlichen Demokratien nachweisen. [...] Allgemein gilt: Je größer die soziale Ungleichheit in einem Land, desto weniger sind einkommens- und bildungsarme Schichten politisch beteiligt.

Seit den 1990er Jahren hat sich die Lage in Deutschland sogar noch verschärft: Das untere Fünftel der Gesellschaft zieht sich zunehmend aus der Bürgergesellschaft zurück. Hierzu zählen etwa Arbeitslose und Geringverdiener, aber auch viele Menschen mit Migrationshintergrund. [...] Kurz gesagt: Weite Teile der demokratischen Bürgergesellschaft sind heute eine Veranstaltung gut gebildeter und relativ einkommensstarker Bevölkerungsschichten, deren Interessen sich in der Regel erheblich von denen ärmerer Schichten unterscheiden.

Bildung ist in vielerlei Hinsicht entscheidend für die Lebens- und Teilhabechancen der Menschen in unserer Gesellschaft. Nicht nur die zukünftigen Berufsmöglichkeiten, das Einkommen oder etwa das Risiko, arbeitslos zu werden, hängen hierzulande stark vom erreichten Bildungsabschluss ab, sondern auch die Möglichkeit, am gesellschaftlichen Leben zu partizipieren – nicht zuletzt in politischen Belangen. [...] Ob sich ein Mensch politisch engagiert oder nicht, hängt von weiteren Faktoren ab. So wird die Bereitschaft des Einzelnen hierfür bereits früh im familiären Umfeld geprägt. Politisches Interesse – eine Grundbedingung für jegliches politisches Engagement – muss zunächst einmal geweckt werden. In weniger privilegierten sozialen Schichten ist die Wahrscheinlichkeit höher, dass es in der Familie bereits geringes Interesse an Politik gibt oder Vorbehalte bestehen. [...] Ebenso prägen die Schule oder der Freundeskreis das eigene gesellschaftliche und politische Engagement. Personen aus dem sozialen Umfeld können über Gelegenheiten zum Engagement informieren und zum Mitmachen motivieren. Wie die Forschung zeigt, erhöht sich die Wahrscheinlichkeit, an einer Demonstration teilzunehmen, um ein Vielfaches, wenn Menschen wissen, dass andere aus ihrem nahen Umfeld – etwa eine Freundin oder ein Freund – ebenfalls dabei sind. Auch in diesem Zusammenhang spielt Bildung eine Rolle: Denn erwiesenermaßen setzt sich der eigene Bekanntenkreis eher aus Personen zusammen, die einen ähnlichen Bildungshintergrund haben wie man selbst. [...] Politisches Handeln ist insofern keineswegs eine angeborene Fähigkeit, sondern das Ergebnis eines komplexen Sozialisationsprozesses, der in der Familie beginnt und sich im Verlauf des Lebens in der Schule, der späteren Ausbildungsstätte und dem weiteren sozialen Umfeld fortsetzt.

Bödeker, Sebastian: Die ungleiche Bürgergesellschaft – Warum soziale Ungleichheit zum Problem für die Demokratie wird. In: www.bpb.de, 13.08.2014

„Die soziale Frage der Demokratie" im Erklärfilm

Mediencode: 72068-11

Aufgaben

1. „Politisches Interesse und Engagement wird vererbt!" Überprüfen Sie die These mithilfe von **M7**.
2. Entwerfen Sie einen 5-Punkte-Plan, der zum Ziel hat, das politische Engagement bildungsferner Schichten zu erhöhen.

Bei der Analyse und Bewertung politischer Konflikte Wechselwirkungen berücksichtigen

Eine politische Entscheidung kann meist nicht isoliert betrachtet werden, sondern sie hat Auswirkungen auf andere Bereiche unserer Gesellschaft. Um eine politische Streitfrage bewerten zu können, ist es wichtig zu betrachten, ob die Entscheidung negative oder positive Auswirkungen (Wechselwirkungen) auf einen anderen Bereich hat. Gibt es diese unerwünschten Nebenwirkungen, dann muss man sich nochmals überlegen, ob die politische Entscheidung wirklich so klug ist.

Ein klassisches Beispiel für Wechselwirkungen zwischen unterschiedlichen Bereichen ist der Konflikt zwischen wirtschaftlichem Wachstum und der damit verbundenen Schaffung von Arbeitsplätzen sowie der Erhaltung der natürlichen Lebensgrundlagen – sprich dem Umweltschutz.
Wird beispielsweise eine große Fabrik gebaut, dann hat dies positive Auswirkungen auf die Wirtschaft. Es entstehen neue Arbeitsplätze und die Menschen, die dort arbeiten, können mit dem Geld, das sie dort verdienen, ihren Konsum steigern und so andere Branchen unterstützen. Das ist eine positive Wechselwirkung zwischen den Bereichen Gesellschaft und Wirtschaft.

Nehmen wir an, dass die Fabrik aber Abwässer in einen Fluss einleiten würde, dann sieht die Bilanz ganz anders aus. Dies wäre ohne Zweifel eine negative Wechselwirkung. Aus der Wahrnehmung dieser Wechselwirkungen ist in den letzten Jahrzehnten die Umweltpolitik entstanden, die zum Ziel hat, den Wohlstand der Menschen zu vergrößern und gleichzeitig die natürlichen Lebensgrundlagen zu schützen.
Bei der Analyse und Bewertung von politischen Streitfragen bzw. Entscheidungen müssen wir demnach intendierte und nicht-intendierte Folgen berücksichtigen:

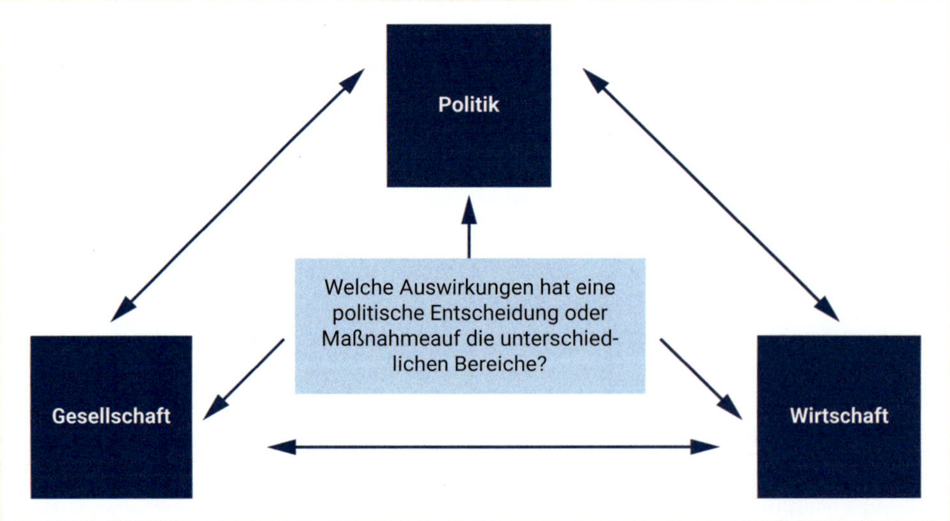

Bearbeiter

M1 Wahlbeteiligung und soziale Struktur eines Stimmbezirks

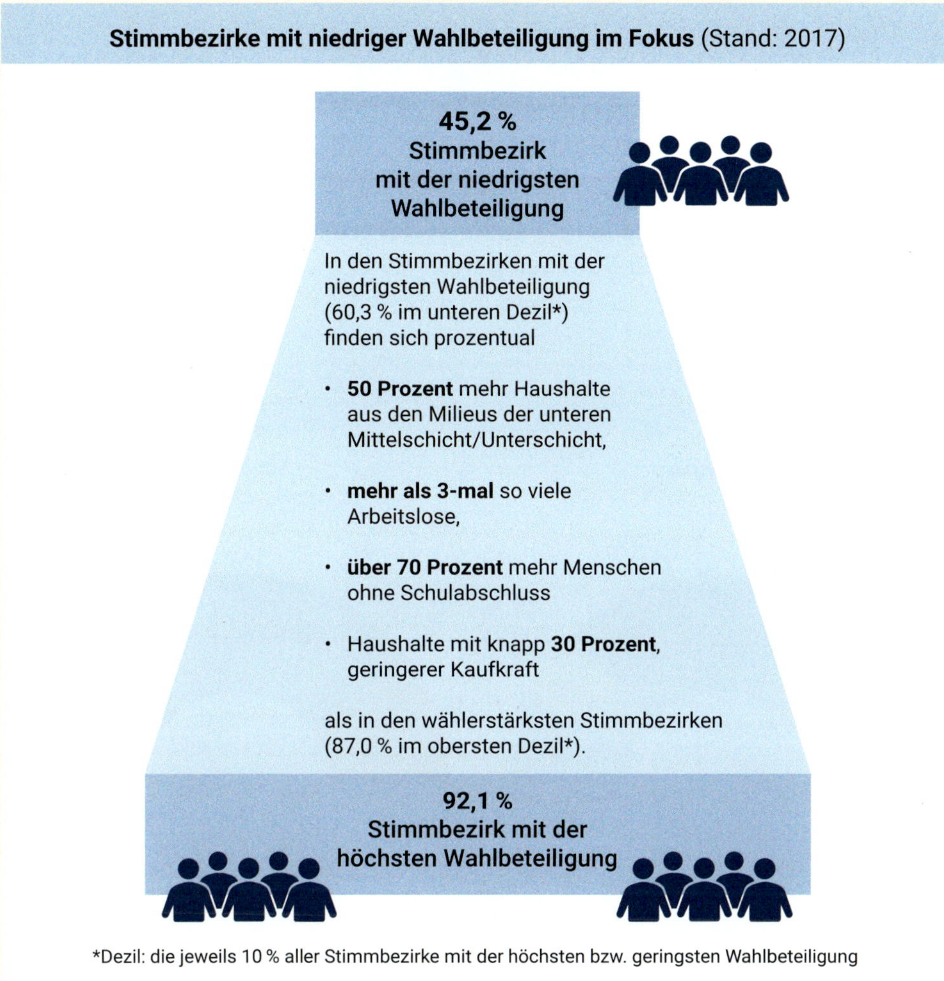

Vehrkamp, Robert: Populäre Wahlen. Mobilisierung und Gegenmobilisierung der sozialen Milieus bei der Bundestagswahl 2017. Gütersloh: Bertelsmann Stiftung 2017, S. 16

Aufgaben

1. Analysieren Sie das Schaubild **M1**.
2. „Decisions are made by those who show up." (US-Präsident Harry S. Truman) – Wer sich nicht beteiligt, ist selbst schuld? Diskutieren Sie die These.
3. Stellen Sie ausgehend von **M1** die Wechselwirkungen zwischen den Bereichen Politik, Gesellschaft und Wirtschaft bei der Frage der politischen Partizipation in einem Schaubild dar.
4. Soll der Staat das Engagement bildungsferner Schichten fördern? Diskutieren Sie, inwieweit die Analyse der Wechselwirkungen zwischen den Bereichen ihr politisches Urteil beeinflusst.
5. Überprüfen Sie anschließend Ihren 5-Punkte-Plan (→ S. 207, Aufgabe 2) mithilfe der Ergebnisse.

5.3.4 Kann ein Wahlrecht politisch sein?

Zum Thema: „Das Heil der Demokratien, von welchem Typus und Rang sie immer seien, hängt von einer geringfügigen technischen Einzelheit ab: vom Wahlrecht. Alles andere ist sekundär.“ (José Ortega y Gasset, spanischer Philosoph und Soziologe, 1956). Wenn das stimmt, dann ist das Wahlrecht hoch politisch. Warum denn?

M8 Gleiche Stimmverteilung – andere Sitzverteilung: eine Simulation zur Bundestagswahl 2017

Erklärung zur Simulation des Mehrheitswahlrechts
Es wird angenommen, dass lediglich die in den 299 Wahlkreisen nach der relativen Mehrheitswahl direkt gewählten Abgeordneten einen Sitz im Parlament erhalten. Um die Zahl der Abgeordneten vergleichen zu können, werden diese Sitze doppelt gezählt. Unberücksichtigt bleiben muss, dass auch das Wahlsystem die Wahlentscheidung der Wähler beeinflusst.

Sitzverteilung im Bundestag nach personalisiertem Verhältniswahlrecht und nach Mehrheitswahlrecht (Simulation) (Stand: 2017)

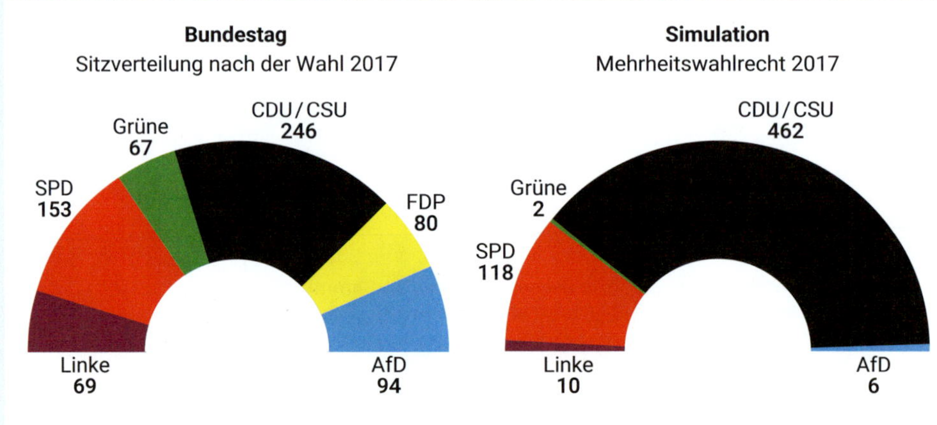

Bearbeiter; Zahlen zur Sitzverteilung nach personalisiertem Verhältniswahlrecht: Bundeswahlleiter, 2020

Einstiegsaufgaben

1. Beschreiben Sie die unterschiedlichen Ergebnisse der beiden Wahlsysteme.
2. Sammeln Sie Vor- und Nachteile der beiden Wahlrechtssysteme.

M9 Welche Wahlsysteme gibt es?

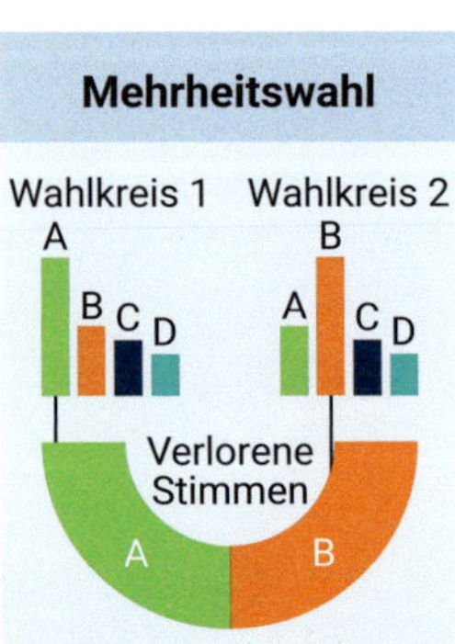

1 Bei der **relativen Mehrheitswahl** wird das Wahlgebiet in so viele Wahlkreise unterteilt, wie Abgeordnete zu wählen sind. Jeder Wahlkreis wählt eine/-n Abgeordnete/-n. Man spricht daher von Einpersonenwahlkreisen. Der Wähler bzw. die Wählerin hat eine Stimme pro Kandidat oder Kandidatin. Wer von diesen mehr Stimmen als jede/-r andere der Mitbewerber/-innen (das heißt die relative Mehrheit) auf sich vereinigt, zieht in das Parlament ein. Die Stimmen für die unterlegenen Kandidaten / Kandidatinnen gehen verloren (es gilt also das „The winner takes it all“-Prinzip). Die Zusammensetzung des Parlaments ist leicht durchschaubar, da sich in der Regel klare Mehrheiten bilden. Die relative Mehrheitswahl hat insofern einen „mehrheitsbildenden Effekt“.

2 Bei der **absoluten Mehrheitswahl** wird wie bei der relativen Mehrheitswahl in Einpersonenwahlkreisen gewählt. Ein Kandidat oder eine Kandidatin schafft im ersten Wahlgang den Einzug ins Parlament allerdings nur, wenn er oder sie die absolute Mehrheit (also mehr als 50 Prozent der Stimmen) erringt. Da dies selten gelingt, fällt gewöhnlich ein zweiter Wahlgang an. In ihm ist dann die relative Mehrheit der Stimmen ausreichend. Im zweiten Wahlgang kommt es meist zu Wahlabsprachen. Parteien, deren Chancen von vornherein gering sind, empfehlen ihrer Wählerschaft die Wahl eines ihnen genehmen und aussichtsreichen Kandidaten oder einer Kandidatin. Die Wahlempfehlungen signalisieren meist, welche Parteien miteinander koalieren würden. In Frankreich sind zum zweiten Wahlgang nur Kandidaten bzw. Kandidatinnen zugelassen, denen im ersten Wahlgang mindestens 12,5 Prozent der eingeschriebenen Wählerinnen und Wähler ihre Stimme gegeben haben. Die absolute Mehrheitswahl soll wie die relative Mehrheitswahl zu klaren Mehrheiten im Parlament führen. Der mehrheitsbildende Effekt ist in diesem Fall aber nicht so stark wie bei der relativen Mehrheitswahl.

3 Die Grundvorstellung der **Verhältniswahl** ist, dass im Parlament alle gesellschaftlichen Gruppen gemäß ihrem Anteil an Wählerstimmen vertreten sind. Es soll die „Landkarte" der Gesellschaft sein. Deshalb verhält sich die Anzahl der Sitze, die jede Partei erhält, proportional zu der Anzahl ihrer Stimmen. So gehen nicht wie bei der Mehrheitswahl Stimmen verloren. Sie zählen alle gleich und haben den gleichen Erfolgswert. Obwohl die Verhältniswahlsysteme in diesem Punkt übereinstimmen, gibt es „das" Verhältniswahlsystem nicht. Verschiedene Regelungen können dazu führen, dass kleine Parteien ausgeschlossen werden, große Parteien Vorteile haben, die größte Partei Vorteile hat, ein konzentrierender Effekt auf das Parteiensystem eintritt [und] die parlamentarische Mehrheitsbildung durch eine Partei gefördert wird.

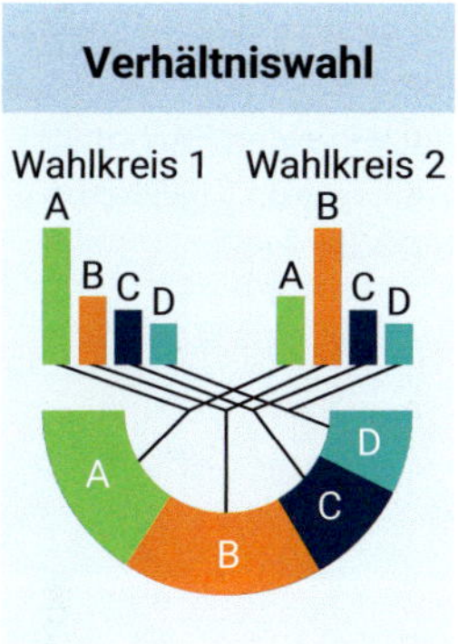

Korte, Karl-Rudolf: Wahlen in Deutschland. Grundsätze, Verfahren und Analysen. Bonn: Bundeszentrale für politische Bildung 2017, S. 21 ff.

M10 Wie wirken sich Wahlsysteme auf die Politik und das politische System aus?

Ob Mehrheitswahl oder Verhältniswahl: Das jeweilige Wahlrecht bestimmt, ob und wie die Wählerstimmen in Mandate umgewandelt werden. Damit beeinflusst es die Wahlentscheidung der Wählerinnen und Wähler. [...] Wahlsysteme wirken grundsätzlich in zwei Richtungen:

a) im Nachhinein („mechanischer Faktor"): Die Regelungen des Wahlrechts bestimmen, ob und wie die Stimmen der Wählerinnen und Wähler in Mandate umgewandelt werden. Beispiele:

- Die FDP scheiterte bei der Bundestagswahl 2013 an der Fünfprozenthürde. Sie erhielt daher keine Sitze im Bundestag.
- Die Liberal Democrats gewannen bei den Wahlen zum britischen Unterhaus am 6. Mai 2010 insgesamt 23 Prozent der Stimmen. Da sie eine Stimmenmehrheit nur in 57 Wahlkreisen erreichten, stellten sie mit 57 Abgeordneten nur 8,8 Prozent der Mitglieder des Unterhauses.

b) im Voraus („psychologischer Faktor"): Bestimmte Regelungen des Wahlrechts führen dazu, dass kleine Parteien bei der Vergabe von Mandaten unberücksichtigt bleiben. Die Stimmen, die sie erhalten haben, gehen verloren. Doch Wählerinnen und Wähler verschenken normalerweise ungern ihre Stimme. Sie entscheiden sich für aussichtsreichere Kandidaturen. Das Wahlrecht formt die Wahlentscheidung mit: So würden etwa die Liberal Democrats in Großbritannien bei einer Verhältniswahl mit ziemlicher Sicherheit wesentlich höhere Stimmenanteile erzielen.

Korte, Karl-Rudolf: Wahlen in Deutschland. Grundsätze, Verfahren und Analysen. Bonn: Bundeszentrale für politische Bildung 2017, S. 35ff.

Hinweis zu den Auswirkungen
Die Angaben sind zur Vereinfachung verallgemeinert bzw. sie bilden eine Tendenz ab. So ist es nicht ausgeschlossen, dass eine Partei in einem Verhältniswahlsystem eine parlamentarische Mehrheit erlangt. Ebenso kann es vorkommen, dass auch in einem Mehrheitswahlsystem Koalitionen gebildet werden.

Auswirkungen des Wahlverfahrens im Überblick

tendenzielle Auswirkungen	Mehrheitswahl	Verhältniswahl
Zweiparteiensystem	ja	nein
parlamentarische Mehrheit einer Partei	ja	nein
stabile Regierungen	ja	nein
Disproportionalitäten/Bias	ja	nein
Koalitionsregierungen	nein	ja
Begünstigung des Regierungswechsels	ja	nein
Politische Verantwortung kann eindeutig zugerechnet werden.	ja	nein
gerechte Repräsentation	nein	ja
Chancen für neue politische Strömungen	nein	ja

Nach: Korte, Karl-Rudolf: Auswirkungen von Wahlsystemen. In: www.bpb.de, 02.06.2017

M11 Wie funktioniert das deutsche Wahlrecht?

Das bei den Wahlen zum Deutschen Bundestag angewandte Wahlrecht lässt sich nach seinen entscheidenden Merkmalen als „personalisiertes Verhältniswahlrecht" bezeichnen. Es verbindet Elemente der Personen- und der Listenwahl, der Mehrheits- und der Verhältniswahl zu einem Mischsystem, das die beiden Ziele demokratischer Wahlen – dem Bürgerwillen unverfälschten Ausdruck zu verleihen und die Bildung handlungsfähiger Regierungsmehrheiten zu ermöglichen – recht gut miteinander in Einklang bringt. Es hat damit wesentlich zur politischen Stabilität der Bundesrepublik beigetragen.
Bei der Bundestagswahl verfügt jeder Wähler über zwei Stimmen. Mit der Erststimme entscheidet er sich für einen der Bewerber, die in seinem Wahlkreis persönlich kandidieren. Gewählt ist in jedem Wahlkreis der Kandidat oder die Kandidatin mit der größten Stimmenzahl (relative Mehrheitswahl). Auf diese Weise wird in den 299 Einer-Wahlkreisen die Hälfte der gesetzlich vorgesehenen 598 Bundestagsmandate direkt vergeben.
Für die endgültige Sitzverteilung zwischen den Parteien und damit für das politische Kräfteverhältnis im Bundestag ist jedoch die Zweitstimme ausschlaggebend. Mit ihr unterstützt der Wähler die Landesliste einer politischen Partei. Liegt das Wahlergebnis vor, werden die im jeweiligen Bundesland zu vergebenden Mandate (ihre Anzahl entspricht der doppelten Zahl der Wahlkreise) im Verhältnis der Zweitstimmen auf die Landeslisten aufgeteilt. Um eine Zersplitterung der politischen Kräfte zu vermeiden, kommen bei der Mandatsverteilung allerdings nur diejenigen Parteien zum Zuge, die mindestens 5 Prozent der bundesweit abgegebenen gültigen Zweit-

stimmen oder aber drei Wahlkreismandate (Direktmandate) errungen haben. Nur die Parteien nationaler Minderheiten sind von dieser Sperrklausel ausgenommen.
Auf die Zahl der Sitze, die einer Partei in einem Land nach dem Zweitstimmenanteil zufallen, werden die Direktmandate angerechnet, die von den Kandidaten der Partei in diesem Land erobert wurden. Die dann noch zu vergebenden Sitze werden aus der Landesliste in der dort festgelegten Reihenfolge besetzt. Erhält eine Partei in einem Bundesland mehr Direktmandate, als ihr nach der Verteilung der Zweitstimmen zustünden, bleiben ihr diese so genannten Überhangmandate erhalten. Die übrigen Parteien erhalten dafür in einem komplizierten Verfahren so viele Ausgleichsmandate zugewiesen, dass die Zusammensetzung des vergrößerten Bundestages insgesamt wieder dem Verhältnis der Zweitstimmen auf Bundesebene entspricht.

© Bergmoser + Höller Verlag AG, Zahlenbilder 86010

Überhang- und Ausgleichsmandate nach der Bundestagswahl 2017
Nach der Bundestagswahl 2017 verfügt der Bundestag über 46 Überhang- und 65 Ausgleichsmandate

Erklärfilm Bundestagswahl

Mediencode: 72068-12

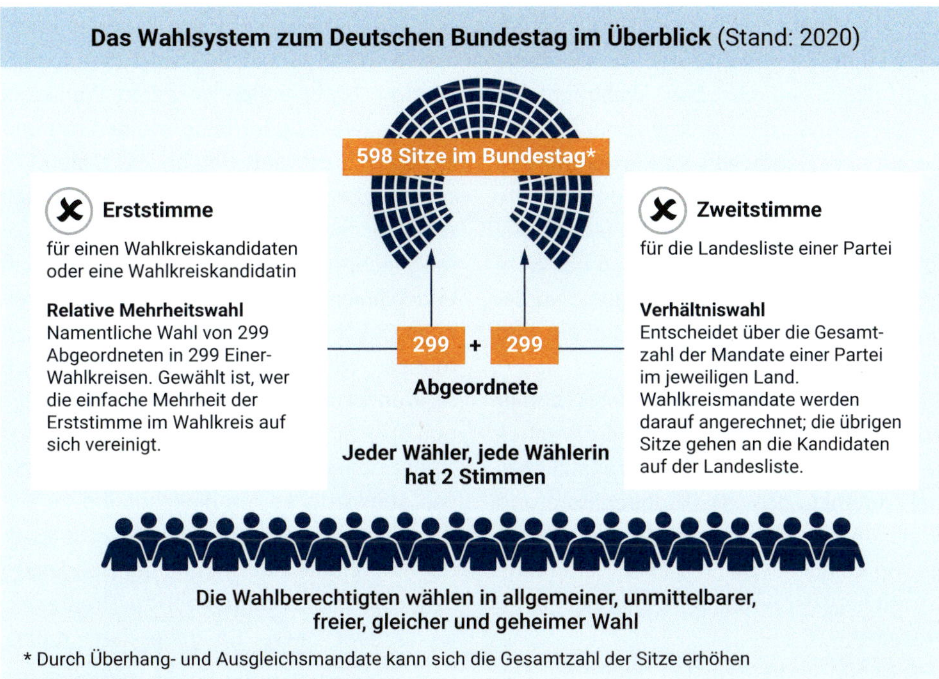

Nach: © Bergmoser + Höller Verlag AG, Zahlenbilder 86010

Aufgaben

1. Erklären Sie das Ergebnis der Simulation (**M8**) mithilfe von **M9**.
2. Erläutern Sie die Auswirkungen des Wahlsystems auf ein politisches System (**M10**) und vergleichen Sie diese Ergebnisse mit Ihren Annahmen aus Einstiegsaufgabe 2.
3. Erklären Sie, weshalb kleine Parteien oft sogenannte „Zweitstimmenkampagnen" im Wahlkampf betreiben.
4. Stellen Sie sich vor, Sie sind Mitarbeiter der Europäischen Union und Sie beraten ein Land, das gerade erstmals freie Wahlen durchführen will. Welches Wahlsystem würden Sie empfehlen. Bereiten Sie dazu einen Vortrag vor. Achten Sie dabei auf die Kriterien Legitimation, Repräsentation und die Befähigung zur Regierungsbildung (Effektivität).

URTEILSBILDUNG

Soll das Bundestagswahlrecht reformiert werden?

Der Deutsche Bundestag ist in den vergangenen Jahren deutlich größer geworden. Bis zur letzten Wahl gab es 630 Abgeordnete, derzeit sind es 709. Und wenn man die aktuellen Umfragen zur Grundlage nimmt, könnten es im nächsten Bundestag sogar mehr als 800 sein. [...] Unter dem Vorsitz [des Bundestagspräsidenten] Schäuble – und unter Ausschluss der Öffentlichkeit – berät zwar seit vielen Monaten eine „Arbeitsgruppe Wahlrechtsreform". [...] Vorzeigbare Ergebnisse gibt es aber immer noch nicht. Die Gruppe hat es allerdings auch nicht einfach. Das Wahlrecht ist komplex. Außerdem würde eine Reform, die zu einer deutlichen Verkleinerung des Bundestags führt, alle Fraktionen Mandate kosten. Vor allem aber rechnet jede Partei sofort durch, wem ein Vorschlag bei Wahlen stärker helfen oder schaden würde. Eine einvernehmliche Lösung, und die wird angestrebt, ist da schwierig. [...]

[Das] Ziel ist ambitioniert. Denn immer lauter wird inzwischen neben der Verkleinerung des Bundestags ein zusätzliches Ziel verlangt, das die Wahlrechtsreform erreichen soll: ein ausgeglichenes Verhältnis von Männern und Frauen im Parlament. Derzeit liegt der Frauenanteil nur bei gut 30 Prozent.

SPD-Chefin Andrea Nahles nutzte die Feiern zu 100 Jahre Frauenwahlrecht in der vergangenen Woche für ein Versprechen. Ihre Partei wolle „mit einer Wahlrechtsreform jetzt erkämpfen", dass die Hälfte der Bevölkerung auch die Hälfte des Parlaments stelle, erklärte sie. Ähnlich äußerten sich Spitzenpolitikerinnen von Grünen und Linken. Aber auch Yvonne Magwas, die Vorsitzende der Gruppe der Frauen in der Unionsfraktion, forderte: „Die Steigerung des Frauenanteils muss bei der Wahlrechtsreform mitdiskutiert werden." Doch AfD, FDP und – zumindest bisher – die Mehrheit der Union lehnen gesetzliche Vorgaben zum Frauenanteil ab.

Bundestagsvizepräsident Thomas Oppermann (SPD) hat trotzdem bereits ein Modell vorgeschlagen, mit dem der Bundestag kleiner und weiblicher werden würde. Oppermann plädiert dafür, die Zahl der direkt gewählten Abgeordneten von 299 auf 240 zu reduzieren. Die Zahl der Wahlkreise soll sogar von 299 auf 120 reduziert werden. Dafür sollen in jedem Wahlkreis künftig zwei Abgeordnete – eine Frau und ein Mann – gewählt werden. Bei denen, die gesetzliche Vorgaben zum Frauenanteil ablehnen, stieß Oppermann damit naturgemäß nicht auf Begeisterung. „Wählerinnen und Wählern vorschreiben zu wollen, welches Geschlecht ihre Abgeordneten haben müssen, wäre eine Beschränkung der freien Wahl", klagte etwa Stefan Ruppert (FDP) aus der Wahlrechtsarbeitsgruppe.

Oppermanns Vorschlag zeigt aber auch, wie schwierig es ist, eine Lösung zu finden. Denn mit seinem Modell würde zwar der Frauenanteil erhöht und der Bundestag verkleinert. Das führt aber zu Problemen an anderer Stelle. Es gäbe dann dauerhaft deutlich weniger direkt gewählte Abgeordnete als über Parteilisten gewählte Abgeordnete. Außerdem müssten alle Wahlkreise neu zugeschnitten werden, und sie würden alle mehr als doppelt so groß. Dabei gibt es bereits jetzt Bundestagswahlkreise, die mehr als 6000 Quadratkilometer groß sind – und damit mehr als doppelt so groß wie das Saarland.

Roßmann, Robert: Bundestag – Kleiner, feiner, weiblicher. In: www.sueddeutsche.de, 20.01.2019

Aufgabe

Bewerten Sie ausgehend von dem Text das Bundestagswahlrecht in Deutschland.

5.3.5 Ist Demokratie doch nur Ökonomie?

Zum Thema: Meist betonen Vertreter der politischen Theorie die Unterschiede zwischen Demokratie und Wirtschaft. Joseph Schumpeter allerdings behauptet, dass die beiden Systeme nach einer ähnlichen Logik ablaufen würden. Ist der Gang zur Wahlurne also vergleichbar mit dem Gang in den Supermarkt?

M12 Passt hier etwas zusammen?

Politiker

Parteien

wählen

Unternehmen

Demokratie

Wahlkampf

kaufen

Bürger

Konsumenten

Marktwirtschaft

Wettbewerb

Einstiegsaufgaben

1. Bilden Sie aus den Begriffen Paare und beschreiben Sie jeweils Gemeinsamkeiten und Unterschiede der Begriffspaare.
2. Nehmen Sie kurz Stellung: Ist der Gang zur Wahlurne also vergleichbar mit dem Gang in den Supermarkt?

M13 Die Wahldemokratie – Joseph Schumpeters Demokratiebegriff

Reguläre, freie und faire Wahlen, unterschiedliche Parteien, aus denen eine Auswahl getroffen werden kann, und die Abwahlmöglichkeit von Regierungen sind wesentliche Merkmale, gleichsam Mindestanforderungen an eine Demokratie. Nur durch Wahlen sind Regierungen in Demokratien legitimiert, Entscheidungen zu treffen und diese auszuführen. Wo gewählt wird, müssen Alternativen zur Auswahl gestellt werden, d. h. Kandidierende oder Gruppen von Kandidierenden als Parteien oder Wählergemeinschaften.

Joseph Schumpeter hat eine solche Minimaldefinition von Demokratie wie folgt formuliert: „Die demokratische Methode ist diejenige Ordnung der Institutionen zur Erreichung politischer Entscheidungen, bei welcher Einzelne die Entscheidungsbefugnis mittels eines Konkurrenzkampfes um die Stimmen des Volkes erwerben."

Vorländer, Hans: Erfolgs- und Risikofaktoren für Demokratien. In: Informationen zur politischen Bildung Nr. 332/2017. Bundeszentrale für politische Bildung, S. 56

M14 Alles nur Ökonomie? Joseph Schumpeter: Kapitalismus, Sozialismus und Demokratie

Der Ökonom Joseph Schumpeter lebte von 1883-1950.

Im vierten Teil seines Werkes „Kapitalismus, Sozialismus und Demokratie" hat [...] Joseph Schumpeter den Grundstein für eine „realistische" Demokratielehre gelegt. Im Gegensatz zu vorigen normativen klassischen Demokratielehren hat Schumpeter seine Elitentheorie aus der empirisch erfahrbaren Realität im Kontext des krisenhaften Zustands der Demokratie heraus entwickelt. Demokratie wird von Schumpeter in starker Abgrenzung zur „klassischen" Demokratielehre nicht als [...] Lebensform, sondern als demokratisches Verfahren verstanden, das sich allein darauf konzentriert, politisches Führungspersonal innerhalb eines Wettbewerbs auszuwählen [...]. In seiner minimalistischen Demokratietheorie konzentriert sich Schumpeter auf die politische Führung und betont den marktwirtschaftlichen Wettbewerb. Er vergleicht die politische Führungsschicht mit wettbewerbsfähigen und innovationsorientierten Unternehmern, die Spielregeln und Schwankungen des Marktes unterliegen und von den Bürgern (Konsumenten) dazu ausgewählt werden, um für sie Entscheidungen mit gesamtgesellschaftlicher Bedeutung zu treffen.

In Schumpeters Demokratieansatz werden Bürger keine weiteren Partizipationsmöglichkeiten eingeräumt. Er begründet diesen minimalistischen Demokratieansatz mit einem pessimistischen Bild der Wähler, die er als selbstsüchtig, wankelmütig, irrational, infantil beschreibt. Wähler und Regierung streben primär ihren eigenen Interessen, Machterwerb und -erhalt nach. In seiner Argumentation grenzt sich Schumpeter somit deutlich von der normativen, von ihm so genannten „klassischen Lehre der Demokratie" ab, die sich auf Vorstellungen von Gemeinwohl und Gemeinwillen (volonté générale: Jean-Jacques Rousseau) stützt. Diese Vorstellungen entsprechen nach Schumpeter aber nicht der Realität einer zunehmenden Individualisierung in der Gesellschaft.

In Schumpeters Demokratielehre sind Wähler mit Konsumenten gleichzusetzen. Schumpeter belegt seine Lehre vom „unmündigen Bürger" mit zeitgenössischen Theorien wie der Massenpsychologie oder Lehre der fehlenden Konsumentensouveränität. Bürger sind aber nicht nur affektgesteuert und manipulationsanfällig, sie sind in der Politik hoch beeinflussbar. Schumpeters Wähler werden folglich nicht als urteilsfähige Subjekte verstanden, sondern als markt- und werbungsabhängige Konsumenten. Somit ist nach Schumpeter der Gemeinwille endogener Natur, „Erzeugnis und nicht die Triebkraft des politischen Prozesses". Der Wille des Volkes bzw. der Mehrheit ist somit keine feststehende und unabhängige Größe (exogen), sondern entwickelt sich erst innerhalb des politischen Prozesses (endogen). Indem er die Prämisse des „mündigen Bürgers" im politischen Bereich ablehnt, wird den Bürgern nur noch die Funktion der Wahl und Abwahl der politischen Elite zugestanden.

Demokratiezentrum Wien: Elitendemokratie. In: www.demokratiezentrum.org (Abruf am 01.06.2021)

Aufgaben

1. Erläutern Sie die Demokratiedefinition von Joseph Schumpeter (**M13**).
2. Vergleichen Sie Ihre Ergebnisse zur Frage „Ist Demokratie doch nur Ökonomie?" mit den Aussagen von Joseph Schumpeter (**M14**).

5.3.6 Alle vier Jahre wählen – reicht das für eine Demokratie?

Zum Thema: Die Menschen haben sich über Jahrhunderte das Recht erkämpft, politische Herrschaft durch freie Wahlen zu bestimmen. Doch reicht das alleine aus, um in einer modernen Gesellschaft politische Entscheidungen zu legitimieren?

M15 Proteste gegen Stuttgart 21 – Forderungen nach einem Volksentscheid

Im August 2010 protestieren Demonstranten gegen das Bauprojekt Stuttgart 21.

Gegen den Bau des unterirdischen Bahnhofs Stuttgart 21 hat sich früh sehr großer Widerstand in der Bevölkerung gebildet. Die Menschen zweifelten am Nutzen des Projekts und wollten eine Volksabstimmung über das Bauprojekt durchsetzen. Und dies obwohl der Stuttgarter Stadtrat, der Landtag von Baden-Württemberg und der Deutsche Bundestag dem Projekt zugestimmt haben. Der Volksentscheid fand 2011 statt. Die Bürgerinnen und Bürger stimmten mehrheitlich für das Projekt.

Bearbeiter

Einstiegsaufgabe

Diskutieren Sie, ob die Forderung nach einem Volksentscheid legitim war und wie die Regierenden solche massiven Proteste von enttäuschten Bürgerinnen und Bürgern im Vorfeld verhindern könnten.

M16 Welche dialogorientierten Beteiligungsformen gibt es in Baden-Württemberg?

1 Bürgerhaushalt

Meist via Internet durchgeführtes Verfahren der informellen Bürgerbeteiligung auf kommunaler Ebene (auch: partizipativer Haushalt oder Beteiligungshaushalt). Bürgerinnen und Bürger können sich zur Verteilung der verfügbaren Mittel und Ressourcen ihrer Gemeinde äußern, indem sie online nach Registrierung und Anmeldung verschiedene Schwerpunkte in Diskussionsforen kommentieren, konkrete Förder- oder Einsparvorschläge bewerten, eigene Vorschläge einbringen und weitere aus der Bürgerschaft eingebrachte Vorschläge unterstützen oder ablehnen. Die Ausgestaltung des Verfahrens kann sich stark unterscheiden. In Deutschland sind Bürgerhaushalte konsultativ, also beratend; der Gemeinderat muss die Vorschläge nicht umsetzen. Zudem stehen Pflichtausgaben nicht zur Diskussion. In jedem Fall aber führt ein Bürgerhaushalt zu mehr Transparenz.

2 Beteiligungsscoping

Gemeinsames Erarbeiten eines Fahrplans für den Beteiligungsprozess. Das per Verwaltungsvorschrift geregelte Instrument soll Vorhabenträger langfristig entlasten und absichern, da sie sich mit Verwaltung, Bürgerschaft und Zivilgesellschaft auf ein gemeinschaftlich festgelegtes Verfahren berufen können. Bestehende Interessen und Positionen lassen sich frühzeitig einbeziehen, die Beteiligung wird zielgruppengerechter, transparenter und präziser ausgestaltet. Das Scoping findet am besten vor Beginn eines Raumordnungs- oder Planfeststellungsverfahrens statt. Die am Scopingprozess beteiligten Akteure müssen die Schritte der informellen Beteiligung nachvollziehen können. Ergebnis des Prozesses ist ein gemeinsam entwickelter Beteiligungsfahrplan, der die Methoden und Zeitpunkte der Beteiligung im Verlauf der jeweiligen Umsetzungsstufe des Vorhabens festlegt, die Ziele der Beteiligung wie auch deren rechtliche Grenzen und Rahmenbedingungen benennt und den Gestaltungsspielraum der Bürgerinnen und Bürger klar definiert. Ergebnis kann aber auch sein, dass man die frühe formelle Beteiligung als ausreichend einstuft und von weiteren, informellen Beteiligungsformen absieht.

3 Zukunftswerkstatt

Ein vor allem auf regionaler und kommunaler Ebene eingesetztes Verfahren der informellen Bürgerbeteiligung. Die vom Zukunftsforscher Robert Jungk begründete, bis heute übliche Form der Zukunftswerkstatt soll Phantasie und Kreativität anregen, um mit neuen Ideen und Visionen Lösungen für aktuelle und künftige Probleme zu finden. In einem größeren Plenum und mehreren Kleingruppen arbeiten Bürgerinnen und Bürger in der Regel ein bis drei Tage lang zusammen. Dabei entwickeln sie gemeinsame Vorstellungen, etwa über Leitbilder, Entwicklungsszenarien oder konkrete Projekte. Neben Bürgerinnen und Bürgern können außerdem Interessengruppen, Fachleute des jeweiligen Aufgabengebiets wie auch Vertreterinnen und Vertreter aus Politik und Verwaltung teilnehmen. Ähnliche Beteiligungsverfahren sind Zukunftskonferenzen, Planungswerkstätten und Kreativworkshops.

4 Mediation

Verhandlungsbasiertes und konsensorientiertes Konfliktlösungsverfahren mit freiwilliger Beteiligung und unter Vorsitz eines neutralen Mediators, geregelt im Mediationsgesetz vom 21.7.2012. Der Mediator vermittelt zwischen den Konfliktparteien. Er besitzt keine Entscheidungskompetenz und formuliert in der Regel auch keine Lösungsvorschläge.

Beteiligungsportal Baden-Württemberg: Glossar – Begriffe zur Bürgerbeteiligung. In: beteiligungsportal.baden-wuerttemberg.de (Abruf am 01.06.2021)

M17 Wie können die Bürgerinnen und Bürger in der Bundesrepublik auf Bundesebene mitentscheiden?

Das Grundgesetz sieht eine direktdemokratische Mitwirkung des gesamten deutschen Volkes nur bei einer Neugestaltung des Grundgesetzes (Art. 146 GG) sowie bei der Neugliederung des Bundesgebietes (Art. 29 Abs. 2 ff. GG) vor. Letzterer Artikel bestimmt, dass es sich nicht um eine bundesweite Abstimmung, sondern lediglich um ein Territorialplebiszit in den betroffenen Bundesländern handelt. Dabei können die Landesvölker den Zusammenschluss oder die Aufteilung ihrer Länder in einem Volksentscheid bestätigen oder ablehnen. Bislang wurden nur zwei Volksentscheide mit Blick auf den Zuschnitt von Bundesländern durchgeführt:

- Nach einem Volksentscheid ging 1952 aus den eigenständigen Bundesländern Baden, Württemberg-Baden und Württemberg-Hohenzollern das Bundesland Baden-Württemberg hervor.
- 1996 fand in Brandenburg und Berlin ein Volksentscheid über die Fusion beider Länder statt. Der Volksentscheid scheiterte daran, dass in Brandenburg weniger als 25 Prozent der Bürgerinnen und Bürger an der Abstimmung teilnahmen.

Bearbeiter

Erklärfilm Volksentscheid

Mediencode: 72068-13

M18 Wie in der Schweiz politische Entscheidungen getroffen werden

Besondere Merkmale der politischen Ordnung der Schweiz sind der föderative Aufbau des Landes, die direkten Mitwirkungsrechte des Volkes, das streng gewaltenteilige Regierungssystem und die institutionell vorgeprägte Neigung zum politischen Kompromiss. Nach Art. 1 der Bundesverfassung bilden das Schweizervolk und die 26 Kantone den Gesamtstaat, die Schweizerische Eidgenossenschaft. Die Kantone handeln souverän, soweit ihre Zuständigkeit nicht durch die Bundesverfassung begrenzt ist. Sie wirken über den Ständerat an den politischen Entscheidungen auf Bundesebene mit.

Gesetzgebendes Organ des Bundes ist die aus zwei gleichberechtigten Kammern, dem Nationalrat und dem Ständerat, bestehende Bundesversammlung. Die 200 Abgeordneten des Nationalrats werden von den Bürgerinnen und Bürgern nach dem Verhältniswahlrecht auf vier Jahre gewählt. Im Ständerat [...] sind 20 Kantone durch je zwei Abgeordnete, die 6 früheren Halbkantone durch je einen Abgeordneten vertreten.

Bundesgesetze bedürfen der Zustimmung beider Kammern. Acht Kantone oder 50.000 Bürger können verlangen, dass über ein Gesetz im Nachhinein vom Volk abgestimmt wird. Änderungen der Bundesverfassung können von 100.000 Bürgern beantragt werden (Volksinitiative) und müssen in jedem Fall durch Volksabstimmung gebilligt werden; für ihre Annahme ist sowohl die Mehrheit aller gültigen Stimmen (Volksmehr) als auch die Mehrheit der Kantone (Ständemehr) erforderlich.

Der Bundesrat, die aus sieben Mitgliedern bestehende Regierung, wird durch die Vereinigte Bundesversammlung auf vier Jahre gewählt. Er setzt sich nach der so genannten Zauberformel aus Vertretern der vier größten Parteien zusammen. [...] Staatsoberhaupt ist der aus der Reihe der Bundesräte für jeweils ein Jahr gewählte Bundespräsident.

© Bergmoser + Höller Verlag AG, Zahlenbilder 812510

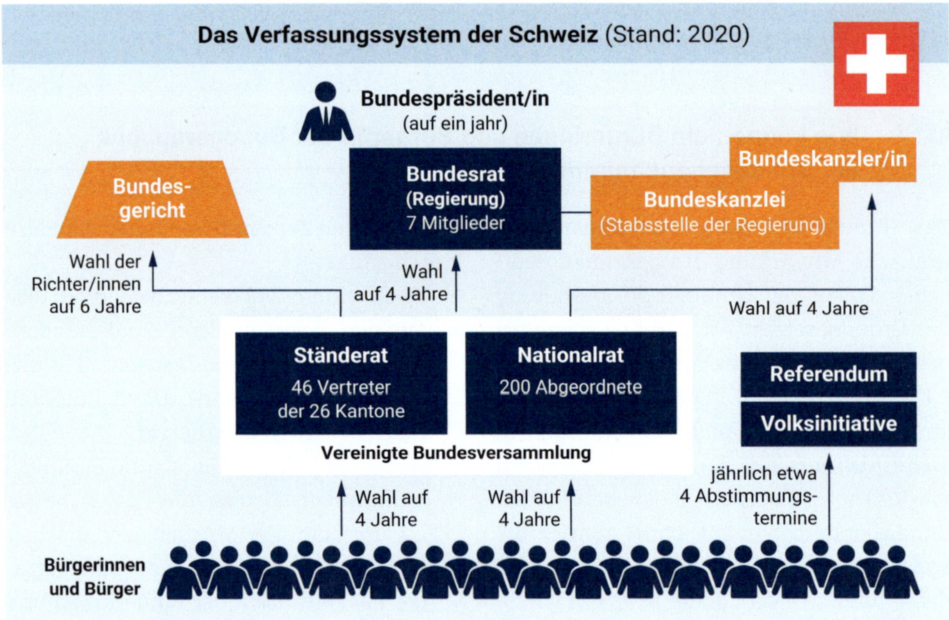

Nach: © Bergmoser + Höller Verlag AG, Zahlenbilder 812510

Aufgaben

1. Viele politische Konflikte können durch eine verstärkte Bürgerbeteiligung entschärft werden. Erläutern Sie, welche Formen der Bürgerbeteiligung es gibt (**M16, M17**).
2. Recherchieren Sie unter „beteiligungsportal.badenwuerttemberg.de", welche Beteiligungsprojekte in Ihrer Region durchgeführt werden. Stellen Sie sich die Ergebnisse im Plenum vor.
3. Erläutern Sie, weshalb die Schweiz als „halbdirekte Demokratie" bezeichnet wird (**M18**).
4. Vergleichen Sie das politische System der Schweiz mit dem politischen System der Bundesrepublik Deutschland (Formen der Entscheidungsfindung, Bedeutung des Parlaments, Legitimation politischer Entscheidungen).

Soll das repräsentative System der BRD um plebiszitäre Elemente erweitert werden?

Eines eint Theresa May und ihre Opponenten in Brüssel: die Ratlosigkeit über das britische Parlament. Die Abgeordneten haben diese Woche zwar klargestellt, was sie nicht wollen – den von May mit der Europäischen Union ausgehandelten Brexit-Deal –, nicht aber, was sie wollen. [...] Der moderne Parlamentarismus, als dessen Wiege das englische Parlament gilt, durchlebt ausgerechnet in London eine finstere Stunde. Und das ist nur ein Beispiel für die Krise, mit der die repräsentative Demokratie weltweit kämpft. Parlamente und klassische Parteien werden von Populisten als Teile einer volksfernen Kaste verächtlich gemacht. Mehr oder weniger charismatische Führungsfiguren umgehen unter reger Nutzung von Facebook und Twitter jene Instanzen, die sich zwischen sie und „das Volk" stellen könnten: Neben Abgeordneten und Parteien sind dies Medien, Gewerkschaften, unabhängige Richter und Experten. Sie stehen im Ruch, Teil einer globalen Elite zu sein, die die „normalen Bürger" verachtet. [...]

Das Chaos im House of Parliament scheint diese Kräfte zu bestätigen. Wird da nicht gerade der reine Volkswille verwässert, wie er im Brexit-Referendum zum Ausdruck kam? Zeigt sich nicht wieder, dass es „denen da oben" egal ist, was „die da unten" wollen? Der Frust über die klassischen liberalen Demokratien, die den Westen prägten, sitzt tief. [...] Als Ausweg fordern viele: mehr direkte Demokratie wagen. Bürgerbegehren, Volksentscheide, Wahlplattformen und Protestbewegungen werden als Heilmittel empfohlen. Und ist es nicht richtig, die Menschen zu ermächtigen, direkt zu bestimmen, wie sie leben wollen? Die Erfahrung lehrt Skepsis. [...] Ja, Volksentscheide können geboten sein, zum Beispiel, wenn sich ein Volk ein neues Staatswesen gibt. Sie können hilfreich sein, wenn über lokale Themen entschieden wird, über die die Wähler gut informiert sind, zum Beispiel über eine Olympia-Bewerbung. Oft aber ist direkte Demokratie gefährlich. Sie lässt auf komplexe Fragen nur zwei simple Antworten zu: Ja oder Nein. Sie spaltet das Volk, weil die Sieger alles und die Verlierer nichts bekommen. Sie begünstigt Populisten, die den Leuten das Blaue vom Himmel herunter versprechen und behaupten, alles könnte so einfach sein. Und sie umgeht all jene – Parteien, Berufspolitiker, Experten – die Macht verteilen, Debatten versachlichen, Kompromisse schmieden, Argumente wägen und differenzierte Antworten auf schwierige Fragen finden können.

Das Gebot der Zeit lautet daher: mehr Parlamentarismus, mehr indirekte Demokratie wagen. Die Parlamente müssen gestärkt, das Europaparlament zu einer machtvollen Volksvertretung der Europäer ausgebaut werden. [...]

Und das Volk? Soll es nur alle paar Jahre Kreuzchen auf Wahlzetteln machen dürfen? Keineswegs. Zu den Vorzügen des Internets gehört es, dass die Bürger ihre Wünsche und Kritik leicht, schnell und ungefiltert ausdrücken können. Sich nur zu empören und auf Eliten zu schimpfen, ist allerdings arg wenig. Und es kann zu Kurzschlüssen wie dem Brexit führen, der nun Volk, Regierung und Parlament der Briten gleichermaßen überfordert.

Ulrich, Stefan: Stärkt die Parlamente. In: www.sueddeutsche.de, 19.01.2019

House of Parliament
Sitz der beiden Kammern des britischen Parlaments (House of Commons und House of Lords)

Aufgabe

Bewerten Sie ausgehend von dem Text, ob das repräsentative System der Bundesrepublik durch plebiszitäre Elemente erweitert werden soll.

ORIENTIERUNGSWISSEN

Wahlverhalten
M2

Eine spannende Frage der Wahlforschung ist: Wie treffen Menschen eine Wahlentscheidung? Ein Erklärungsansatz fokussiert sich auf das soziale Umfeld der Wähler (soziologischer Ansatz), der individualpsychologische Ansatz betrachtet die individuelle Beziehung eines Menschen zu einer Partei, während das Modell des rationalen Wählers davon ausgeht, dass sich eine Wahlentscheidung am individuellen Nutzen für das Individuum orientiert.

Nichtwähler
M5

Eine hohe Anzahl an Nichtwählerinnen und Nichtwählern wird oftmals als Problem für die Legitimation politischer Entscheidungen angesehen. Als Ursachen des Nichtwählens werden Protest und Politikferne genannt. Kritiker dieser Position entgegnen, dass auch die Zufriedenheit mit den politischen Bedingungen zur Nichtwahl führen kann. Neben der geringeren Legitimation politischer Entscheidung wird auch befürchtet, dass sich wahlaktive Minderheiten besonders stark durchsetzen können.

Sozialer Status und Partizipation
M7

Die Forschung hat gezeigt, dass es einen engen Zusammenhang zwischen dem sozialen Status der Menschen und der Intensität ihrer politischen Partizipation gibt. Je höher der Bildungsgrad ist, desto mehr engagieren sich Menschen politisch. Dies führt dazu, dass v. a. gebildete Menschen politischen Einfluss nehmen und mit ihren Interessen überrepräsentiert sind. Menschen aus bildungsfernen Schichten fühlen sich ausgegrenzt, was zu einer noch geringeren Beteiligung führt. Da sich die beiden Faktoren (Beteiligung – sozialer Status) gegenseitig verstärken, wird auch von einem Teufelskreis gesprochen.

Wahlsysteme
M9, M10

Wahlverfahren im Vergleich

Mehrheitswahl	Verhältniswahl
Parteikonzentration: Zweiparteiensystem	Repräsentation aller gesellschaftlichen Strömungen, Mehrparteiensystem
stabile Mehrheiten, Einparteienregierung	keine künstlichen Mehrheiten, Koalitionsregierungen
Konkurrenz der Parteien	gesellschaftliche Integration durch Aushandeln
Begünstigung des Regierungswechsels	keine extremen Umschwünge
stabiles Parteiensystem	keine Zementierung des Parteiensystems

Nach: Korte, Karl-Rudolf: Auswirkungen von Wahlsystemen. In: www.bpb.de, 02.06.2017

Wahldemokratie
M13, M14

Schumpeter entwickelt mit seiner „Wahldemokratie" eine radikale Demokratietheorie, die sich an ökonomischen Bedingungen orientiert und sich stark von anderen Demokratietheorien – z. B. der Theorie von Rousseau – abgrenzt. Er fordert nur freie Wahlen, unterschiedliche Parteien sowie die Abwahlmöglichkeit der Regierung.

Neue Formen der Partizipation
M16

Neben der klassischen Möglichkeit, durch Wahlen am politischen Prozess zu partizipieren, werden immer mehr dialogorientierte Beteiligungsformen angewandt. Dabei sollen die betroffenen Menschen frühzeitig eingebunden werden, um Konflikte zu entschärfen und politische Lösungen auszuhandeln.

Auslosen statt Abstimmen – Schaden Wahlen der Demokratie?

Wenn die westlichen Demokratien weitermachen wie bisher, schaffen sie sich selbst ab: Der belgische Historiker David Van Reybrouck warnt in seinem neuen Buch vor einem politischen „Weiter so". Sein zentraler Verbesserungsvorschlag ist indes überraschend: Statt Wahlen abzuhalten sollen wir künftig Lose ziehen.

Es ist David Van Reybrouck völlig ernst: Wahlen seien wie der fossile Brennstoff der Politik. Sie hätten historisch zunächst einen enormen Antrieb und Aufstieg der Demokratie ermöglicht – inzwischen zeige sich aber, dass sie neue kolossale Probleme verursachten. [...] Er schreibt: „Wir verachten die Gewählten, aber vergöttern die Wahlen." Und weckt im Verlauf des Buches durchaus Zweifel, ob Wahlen wirklich in jeder Situation zwingend das zentrale und beste Instrument sind, um Demokratie zu garantieren. [...]

Sicherlich: Im Athen des fünften Jahrhunderts vor unserer Zeit kam die Demokratie weitgehend ohne Wahlen auf die Welt. Die Ratsmitglieder wurden ausgelost, die meisten Magistrate auch, und die Volksgerichte sogar jeden Tag aufs Neue. Aber warum sollte das heute ein Vorbild sein? Reybrouck käme niemals auf die Idee, den heutigen Frauen ihre politische Teilhabe nehmen zu wollen unter Verweis auf das damalige Athen. Die Idee des Losverfahrens aber hat es ihm angetan.

Doch während sein Essay im Titel und in den ersten Kapiteln noch recht radikal daherkommt, kippt er im Verlauf ins Milde. [...] Und so wird aus der Forderung, Wahlen durch Losverfahren zu ersetzen, die kompromissbereite Forderung nach einem dualen System aus Wahlen und Losverfahren. [...] Erst einmal will Reybrouck aber (und steht damit nicht alleine da) eine neue, zusätzliche Kammer etablieren, deren Mitglieder ausgelost werden. Viele Länder experimentieren seit geraumer Zeit mit Bürgerversammlungen, mit Conventions, mit Zukunftsräten. Und die Erfahrungen – das beschreibt nicht nur Reybrouck, das sagen viele Politikwissenschaftler, die solche Projekte beobachten und begleiten – die Erfahrungen sind meist sehr gut.

Die Bürger werden wie in Stichproben aus den verschiedensten Bevölkerungsgruppen ausgelost, um ein breites Spektrum abzubilden. Sie nehmen ihre Aufgabe meist sehr ernst, arbeiten sich gründlich ein, erarbeiten differenzierte, ausgewogene Ideen. Das Problem: weil sie ausgelost sind, gelten sie als nicht legitimiert, also wird anschließend per Referendum über ihren Vorschlag abgestimmt. Und da passiert dann oft, was Reybrouck mit der Redensart „If you don't know, say no" zusammenfasst: Die kluge Arbeit der Bürgergremien landet durch eine Augenblicksentscheidung der Masse im Papierkorb.

Deshalb, fordert Reybrouck, müssten die Vorteile der ausgelosten Räte mit der Verbindlichkeit der gewählten Parlamente zusammengeführt werden: in einer neuen, dritten Kammer. Und dafür spricht einiges: Die Tatsache, dass die Bevölkerung wesentlich breiter beteiligt wäre. Die guten internationalen Erfahrungen mit ausgelosten Gremien. Dass sie keine Zeit für Parteiarbeit und Wahlkampf bräuchten und deshalb mehr Zeit für die inhaltliche Arbeit hätten. Der Plan, den ausgelosten Laien (genauso wie bisher schon den gewählten Parlamentariern) wissenschaftliche Mitarbeiter an die Seite zu stellen. Und schließlich die Frage: Warum nehmen wir den Einfluss von Think Tanks und Lobbyisten hin, erschrecken aber bei dem Gedanken, dass ganz normale Bürgern mitsprechen?

Rabhansl, Christian: Auslosen statt Abstimmen. Schaden Wahlen der Demokratie?. In: www.deutschlandfunkkultur.de, 30.07.2016

David Van Reybrouck, geb. 1971 in Brügge, ist Historiker, Ethnologe, Archäologe und Schriftsteller.

Aufgabe

Bewerten Sie den Vorschlag, politische Institutionen nicht mehr nur durch Wahlen, sondern auch per Losentscheid zu besetzen.

6

Der Politikzyklus: Modell zur analytischen Strukturierung des Politikprozesses

Blick in den Plenarsaal des Bundestages

2 **Europäische Datenschützer zeigen Grenzen für Videoüberwachung auf**

Datenschutz und Videoüberwachung – geht das zusammen? Ja, aber nur in engen Grenzen, sagen die europäischen Datenschutzbehörden und legen Leitlinien vor. Eine der Erkenntnisse: Ein Hinweisschild mit einer Kamera darauf reicht als Warnung bei weitem nicht aus.

Quelle: www.netzpolitik.org, 23.07.2019

3 **Schleichend zum Überwachungsstaat**

BND-Gesetz, Vorratsdatenspeicherung, verschlüsselte Dienste wie WhatsApp knacken: In den vergangenen Monaten wurden in Deutschland teils drastische Überwachungsmaßnahmen auf den Weg gebracht.

Quelle: www.spiegel.de, 27.11.2016

Videoüberwachung eines öffentlichen Platzes

Gesetzgebung und Regieren in Deutschland

In der Politik steht ein Ziel im Mittelpunkt: Wie soll das Zusammenleben der Menschen gestaltet werden?

Regieren heißt, die politischen Konzepte, über die die Bürgerinnen und Bürger bei Wahlen abgestimmt haben, in konkretes Regierungshandeln in Form von Gesetzen umzuwandeln. Dies läuft nach klaren Regeln und definierten Verfahren der Gesetzgebung ab (**Basiskonzept: Ordnung und Struktur**). Wie die politischen Institutionen bei der Gesetzgebung zusammenwirken, ist im Grundgesetz geregelt (**Basiskonzept: Regeln und Recht**).

Aufgrund der zunehmenden europäischen Integration kommt es im Bereich des **Basiskonzepts Macht und Entscheidung** zu einer interessanten Erweiterung, denn die Frage, welche Instanzen mit welchen Verfahren politische Entscheidungen treffen, kann nur mit dem Blick auf europäische Institutionen beantwortet werden.

Kompetenzen

Am Ende dieses Kapitels sollten Sie Folgendes wissen und können:

- die Mitwirkung des Bundesrats an der Gesetzgebung erläutern.
- die Europäisierung der Gesetzgebung erläutern.
- die Entscheidungsfindung im föderalen System Deutschlands mit der Vielzahl an Mitregenten und Vetospielern bewerten.

Aufgaben

1. Gesetzgebung und Regieren in Deutschland? Notieren Sie sich Ihre ersten spontanen Gedanken zu den beiden Schlagworten.
2. Betrachten Sie die Kästen 1-4 auf der linken Seite und überlegen Sie, was diese mit Gesetzgebung und Regieren in Deutschland zu tun haben.
3. Überprüfen Sie Ihre anfangs geäußerten spontanen Gedanken und formulieren Sie vorläufige Erklärungen dafür.
4. Überprüfen Sie am Ende des Kapitels **Aufgabe 1** und **3**.

6.1 Braucht Deutschland mehr Videoüberwachung? Mit dem Politikzyklus einen Gesetzgebungsprozess analysieren

6.1.1 Das Problem: Was ist wichtiger – Freiheit oder Sicherheit?

Zum Thema: Spätestens seit dem Anschlag auf den Berliner Weihnachtsmarkt 2016 werden auch in Deutschland verstärkte Überwachungsmaßnahmen für öffentliche Plätze gefordert. Befürworter sehen darin einen wichtigen Beitrag zur Kriminalitätsbekämpfung (Sicherheit), während Kritiker vor einem Überwachungsstaat warnen und in dem Streben nach noch mehr Sicherheit eine Gefahr für die Freiheit erkennen.

M1 Sicherheit oder Freiheit?

Karikatur: Thomas Plaßmann

Einstiegsaufgaben

1. Analysieren Sie die Karikatur (→ Methodenglossar). Positionieren Sie sich zur Aussage.
2. Was ist Ihnen wichtiger: Freiheit oder Sicherheit?

Politikzyklus: Phase 1

M2 Mehr Videoüberwachung – was ist das und warum gerade jetzt?

Bereits seit vielen Jahren schon dient die Videoüberwachung öffentlicher Räume in vielen Ländern, auf der Basis von Polizeigesetzen auch in Deutschland, sowohl der Prävention von Straftaten als auch der Strafverfolgung. [...]

Besonders wirksam ist der CCTV-Einsatz Studien zufolge in Parkhäusern mit deutlichen Hinweisen auf die Videoüberwachung, sodass Diebstähle aus Fahrzeugen bis 40 % reduziert werden können. Allerdings zeigen etliche Studien auch, dass Videoüberwachung z. B. in Stadtzentren und Wohngebieten, aber auch im öffentlichen Nahverkehr kaum Auswirkungen auf die Kriminalitätsrate hat.

Mögliche Wirkmechanismen der Videoüberwachung sind demzufolge Abschreckung, effiziente Strafverfolgung durch verbesserte Beweislage, aber auch eine Hilfe zur Selbstkontrolle potentieller Täter. [Das] Vorhandensein von Videokameras im öffentlichen Raum [kann] auch unerwünschte Nebeneffekte haben [...]. So kann den Bürgerinnen und Bürgern z. B. ein falsches Gefühl von Sicherheit vermittelt werden, sodass sie gegebenenfalls auf eigene Sicherheitsvorkehrungen verzichten. Zudem besteht [...] die Gefahr, dass sich die Orte der Kriminalität verlagern an Plätze, die eben nicht überwacht sind. [...]

Ein Gesetzespaket des Bundesinnenministers zur Ausweitung der Videoüberwachung war zwar bereits vor dem Anschlag [auf den Berliner Weihnachtsmarkt 2016] erstellt worden, kam aber nun zum richtigen Zeitpunkt. Er soll dazu beitragen, die Sicherheit der Bevölkerung zu erhöhen. Zudem scheinen Meldungen wie die, dass ein rascher Durchbruch der Ermittlungen nach einem schweren Angriff auf einen schlafenden Obdachlosen in Berlin auf Bilder einer Überwachungskamera zurückzuführen ist, weil sie veröffentlicht worden waren und sich die mutmaßlichen Täter daraufhin selber stellten, die Effektivität von Videoüberwachung grundsätzlich zu bestätigen. Zwei von vielen Delikten in Berlin, ein signifikanter Unterschied: anders als Berliner U-Bahnhöfen sind öffentliche Plätze wie z. B. der Breitscheidplatz bisher nicht mit Kameras überwacht. Derzeit laufen zudem Modellversuche zur sogenannten intelligenten Videoüberwachung am Berliner Bahnhof Südkreuz. Durch diese automatisierte Gesichtserkennung wären Behörden in der Lage, Gesichter anhand biometrischer Daten aus einer Menschenmenge herauszufiltern und eindeutig zu identifizieren. Bei Fahndungen könnten dann z. B. potentielle Attentäter oder andere Straftäter schneller gefasst werden. Für die Testphase wurden Porträtfotos von Freiwilligen in eine Datenbank eingepflegt. Nach Aussagen des Bundesinnenministeriums liegt die Erkennungsrate, die in dem Versuch anhand dieser Fotos erprobt wird, bei 70 Prozent. [...] Das Problem: es handelt sich hier um eine anlasslose und flächendeckende Videoüberwachung.

Laut dem Deutschen Richterbund bedarf der Einsatz der biometrischen Gesichtserkennung einer weiteren, speziellen Rechtsgrundlage. Diese muss den Eingriff in das Grundrecht auf informationelle Selbstbestimmung konkret regeln und datenschutzrechtliche Schranken für den Einsatz festlegen. Der Kern der aktuellen Debatte besteht also zunächst in der Antwort auf die Frage, ob eine verstärkte Videoüberwachung auf öffentlichen Plätzen für mehr Sicherheit sorgen kann. Des Weiteren muss geprüft werden, ob dieser starke Eingriff in die Grundrechte, [...] gerechtfertigt ist.

Hecht, Dörthe / Reiter-Mayer, Petra: Gesetzgebung: Soll es auch in Deutschland mehr Videoüberwachung auf öffentlichen Plätzen geben?. In: Politik betrifft uns 4/2018, S. 5

CCTV
Closed Circuit Television CCTV ist ein englischer Begriff für Videoüberwachungsanlagen, die als ein geschlossenes System angelegt sind, d.h. die Übertragung der Bilder erfolgt an eine begrenzte Zahl von Empfangsgeräten und sie ist nicht öffentlich.

Terroranschlag auf dem Berliner Breitscheidplatz 2016
Bei dem Anschlag auf den Berliner Weihnachtsmarkt auf dem Breitscheidplatz steuerte der Terrorist Anis Amri am 19. Dezember 2016 einen Sattelzug in eine Menschenmenge auf dem Weihnachtsmarkt an der Kaiser-Wilhelm-Gedächtniskirche. Zuvor hatte er den polnischen Fahrer des Sattelzugs erschossen und das Fahrzeug geraubt. Durch die Kollision mit dem Lkw starben elf Besucher des Weihnachtsmarktes und weitere 55 Besucher wurden verletzt. Anis Amri konnte zunächst entkommen.

Aufgaben

1. Analysieren Sie das Problem der Videoüberwachung (**M2**) mithilfe folgender Aspekte: a) Warum soll die Videoüberwachung eingeführt werden?, b) Wie soll Videoüberwachung umgesetzt werden? und c) Welche Kritikpunkte werden geäußert?
2. Führen Sie in Ihrem Kurs eine Umfrage zu den Aspekten durch und werten Sie diese aus zu:
   a) Videoüberwachung bedeutet Sicherheit!
   b) Die Videoüberwachung auf öffentlichen Plätzen soll ausgeweitet werden!
3. Vergleichen Sie Ihre Entscheidung aus **M1** mit der aus **Aufgabe 2**.

6.1.2 Auseinandersetzung/öffentliche Debatte: Was sind die Argumente im Streit?

Zum Thema: Die Vorteile und Nachteile der Videoüberwachung werden viel und oft diskutiert. Es gibt unbestreitbaren Nutzen der Videoüberwachung. Doch der Preis, den eine Gesellschaft für diesen Nutzen zahlen muss, ist hoch – vielleicht zu hoch?

M3 Umfrage zur Videoüberwachung: Was sagen die Bürgerinnen und Bürger?

Nach: Statista 2020; Quelle: Focus/TNS Emnid

Einstiegsaufgaben

1. Beschreiben Sie einen möglichen, von Kameras überwachten Alltag. An welchen Stellen/in welchen Situationen würden Ihre Freiheitsrechte eingeschränkt werden und wo würden Sie mehr Sicherheit erhalten?
2. Ergänzen Sie Ihre Kursumfrage von **Aufgabe 2** auf S. 227 um den Aspekt des Eingriffs in die Freiheitsrechte und vergleichen Sie Ihr Ergebnis mit der obigen Umfrage.

M4 Videoüberwachung im öffentlichen Raum – ein Streitgespräch

Mehr Kameras, weniger Kriminalität – eine einfache Gleichung? Eher nicht. Zwei Autoren der Zeitschrift „Fluter", Nik Afanasjew und Maria Timtschenko, streiten darüber.

Lieber Nik,
wer wie ich in Ostdeutschland aufgewachsen ist, kann eigentlich nur schwer für Videoüberwachung an öffentlichen Plätzen sein. Beim Wort „Überwachung" horchen nicht nur meine Eltern auf. Zu sehr erinnert es an die DDR, in der Überwachung häufig mit dem Drang nach Sicherheit erklärt wurde. Letztendlich führte sie aber zur allumfassenden Beobachtung und Denunziation Unschuldiger durch die inoffiziellen Mitarbeiter der Staatssicherheit.
Aber: Die Zeiten haben sich geändert. Außerhalb von Diktaturen können öf-

fentliche Orte durch mehr Kameras sicherer werden. In der Debatte „Videoüberwachung: ja oder nein?“ geht es meist um zwei Aspekte: Sicherheit versus Freiheit. Das sind Begriffe, die emotional total überladen sind. Die Diskussion darüber wird deswegen auch viel zu sehr aus den eigenen Erfahrungen gespeist, und Gefühle spielen eine zu große Rolle. Wir müssen wieder rationaler argumentieren. Die nackten Zahlen zeichnen übrigens ein klares Bild: Die Kriminologen Brandon Welsh und David Farrington analysierten 44 Studien zu Videoüberwachung. Sie kamen zu dem Schluss, dass die vielen Kameras für 51 Prozent weniger Verbrechen in Parkhäusern sorgen. Außerdem führten sie zu 23 Prozent weniger Delikten im öffentlichen Nahverkehr und zu immerhin sieben Prozent weniger in Stadtzentren. Und ich bin für weniger Verbrechen.
Viele Grüße,
Maria

Politikzyklus: Phase 2

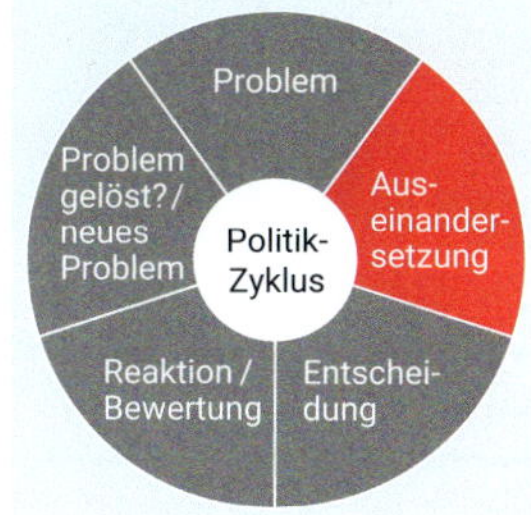

Liebe Maria,
da haben sich ja die Richtigen zum Streitgespräch gefunden. Ich stamme aus der Sowjetunion – in der mein Vater drangsaliert wurde, weil er „verbotene Bücher“ las – und habe auch ein spezielles Verhältnis zum „Horch & Guck“-Staat. Aber es liegt nicht nur an meiner Herkunft, dass ich gegen mehr Videoüberwachung bin. Ich stimme dir zwar zu, dass die Zeiten sich geändert haben. Aber das Gleiche gilt noch viel mehr für die technischen Möglichkeiten.
Am Berliner Bahnhof Südkreuz soll demnächst eine „intelligente Videoüberwachung“ getestet werden. Dabei geht es um Kameras, die Gesichter erkennen und Verhaltensmuster deuten sollen. Wer wird unbefangen bleiben, wenn er weiß, dass jede seiner Bewegungen beurteilt wird? Früher wären solche Ideen noch als verschwörungstheoretische Hirngespinste abgestempelt worden. Nun wird all das wohl Realität – und es gibt noch nicht einmal einen ordentlichen Aufschrei.
Die Zahlen aus der Studie wirken beeindruckend, allerdings weißt du bestimmt auch, dass die meisten Statistiken darauf hindeuten, dass Kameras zwar zur Aufklärung von Verbrechen beitragen können, bisher aber selten zu deren Vorbeugung. Findest du nicht auch, dass wir erst eine erweiterte gesetzliche Zusicherung der Freiheitsrechte brauchen, eine Art Schutzbrief, der auflistet, was und wie nicht überwacht werden darf, bevor auch nur eine weitere Kamera aufgehängt wird?
Beste Grüße,
Nik

Lieber Nik,
du hast recht, Videoüberwachung dient auch laut Welsh und Farrington eher der Abschreckung bei kleineren Vergehen wie Diebstahl oder Sachbeschädigung. Selbstmordattentäter – ja, ich komme jetzt mit den härtesten Fällen – werden sich aus naheliegenden Gründen nicht durch ein paar Kameras aufhalten lassen. Im Nachhinein können jedoch schwere Verbrechen schnell aufgeklärt werden, wie das Bombenattentat beim Boston-Marathon. Kleine Straftaten werden also verhindert, große schneller aufgeklärt. Klingt doch gut, oder?
Im technischen Fortschritt sehe ich keine Gefahr, sondern eine Chance. Eine Studie des Sozialwissenschaftlers Dominic Kudlacek zur Akzeptanz von Videoüber-

wachung hat gezeigt, dass die Bevölkerung viel aufgeklärter über die Wirkung von Kameras ist, als wir vermuten. Eine plötzliche Angst vor ihnen und Zurückhaltung in ihrer Gegenwart scheinen mir unlogisch. Außerdem entstehen zurzeit transparente Überwachungssysteme, zum Beispiel am Fraunhofer-Institut: Über sein Handy soll jeder Interessierte herausfinden können, welche Daten eine Kamera erfasst und wer sie betreibt. So soll die Nützlichkeit verbessert und das Missbrauchsrisiko minimiert werden. Deinen Schutzbrief für Freiheitsrechte finde ich gut, aber zu einfach gedacht. Jetzt schon regeln das Grundgesetz mit den allgemeinen Persönlichkeitsrechten und das Bundesdatenschutzgesetz, was nicht gefilmt werden darf. Dazu zählen unter anderem Umkleidekabinen, Duschen, Saunen, Toiletten, die meisten Arbeitsplätze und das Nachbargrundstück. Doch für viele ist diese Reglementierung nicht genug. Wo also die Grenze ziehen, was in diesen Schutzbrief aufgenommen wird und was nicht?
Fragt:
Maria

Liebe Maria,
so wie ich das sehe, ist der Nutzen von Videoüberwachung keineswegs belegt. Die Berliner Verkehrsbetriebe (BVG) beispielsweise weisen zwar stets darauf hin, dass es wegen der Kameras weniger Vandalismusschäden gebe. Aber Studien zu diesem Thema sind rar, obwohl viele sie fordern, zuletzt die Piraten. Als die Forscher Leon Hempel und Christian Alisch 2006 feststellten, dass die Kameras keine erhebliche Verbesserung der Sicherheitslage auf den untersuchten Linien des öffentlichen Nahverkehrs erbringen würden, stellte die BVG die laufende Studie der beiden ein.
Für mich ist unsere Streitfrage aber tatsächlich keine, die mit Statistiken und Zahlen vollständig zu beantworten wäre. Ja, es ist ein emotionales Thema – und auch in gewissem Sinne eine Glaubensfrage. Gerade die Terrorangst sowie der gesetzliche Flickenteppich in Deutschland sorgen dafür, dass wir in großen Schritten immer mehr in Richtung Überwachungsstaat marschieren. Wenn dem BND bei der Affäre um die Überwachungsmaschine NSA möglicherweise verbotene Praktiken nachgewiesen werden sollten [...], dann werden Gesetze angepasst, die diese Praktiken legitimieren. [...]
Ich vermisse ein Stoppschild. Das Bundesdatenschutzgesetz und andere Regelungen wirken für mich wie mobile Aufsteller, die nach Belieben weiter nach hinten geschubst werden auf dem Weg zu George Orwells Roman „1984".
Skeptisch:
Nik

Afanasjew, Nik / Timtschenko, Maria: Videoüberwachung im öffentlichen Raum. In: www.fluter.de, 28.04.2017

Aufgaben

1. Vergleichen Sie die Argumentationen zur Videoüberwachung (**M4**).
2. Ordnen Sie die in **M4** aufgeführten Kriterien den Kriterien der (kategorialen) Urteilsbildung zu (→ S. 167).
3. Welcher Wert ist ihnen wichtiger: Sicherheit oder Freiheit?
4. Positionieren Sie sich erneut zur Problemfrage „Braucht Deutschland mehr Überwachung?".

6.1.3 Politische Auseinandersetzung: Gesetzesvorschlag und Prozess – ein langwieriges und kompliziertes Verfahren?

Zum Thema: Das Grundgesetz schreibt im formellen Sinn ein festgelegtes förmliches Verfahren zum Erlass von Gesetzen fest. Bundestag und Bundesrat beschließen Bundesgesetze, die in ganz Deutschland gelten. Nach Einbringen einer Vorlage beginnt ein umständlicher Weg durch die Gremien – zu umständlich?

M5 Auszug aus dem Gesetzesentwurf: Warum ist eine Gesetzesänderung nötig?

Entwurf eines Gesetzes zur Änderung des Bundesdatenschutzgesetzes

a) Problem und Ziel

Terroristen und Straftäter nehmen für Anschläge auch hochfrequentierte öffentlich zugängliche Anlagen in ihren Fokus, um größtmöglichen Schaden anzurichten und öffentliche Aufmerksamkeit zu erlangen. [...] Der 2001 eingefügte § 6b des Bundesdatenschutzgesetzes (BDSG) verpflichtet u. a. nicht-öffentliche Stellen, die optisch-elektronische Einrichtungen (Videoüberwachung) einsetzen möchten, eine Abwägungsentscheidung zwischen den berechtigten Betreiberinteressen und möglichen gegenläufigen schutzwürdigen Interessen von betroffenen Personen zu treffen. Die Videoüberwachung durch nicht-öffentliche Stellen ist nach § 6b Absatz 1 Nummer 3 BDSG nur zulässig, wenn sie zur Wahrnehmung berechtigter Interessen für konkret festgelegte Zwecke erforderlich ist und keine Anhaltspunkte bestehen, dass schutzwürdige Interessen der betroffenen Person überwiegen. [...]

Es ist insoweit notwendig, eindeutigere Vorgaben hinsichtlich der Abwägungsentscheidung zu machen und der Sicherheit und dem Schutz der Bevölkerung ein größeres Gewicht beizumessen. [...]

b) Lösung

Änderung des § 6b Absatz 1 und 3 BDSG mit dem Ziel, bei einem Einsatz von Videoüberwachungsmaßnahmen in Einrichtungen und Fahrzeugen des öffentlichen Schienen-, Schiffs- und Busverkehrs und öffentlich zugänglichen großflächigen Anlagen, wie Sport- und Vergnügungsstätten, Einkaufszentren und Parkplätze, ausdrücklich festzuschreiben, dass der Schutz von Leben, Gesundheit oder Freiheit von dort aufhältigen Personen als besonders wichtiges Interesse gilt. [...] Mit dieser gesetzlichen Wertung soll zur Erhöhung des Sicherheitsniveaus in Deutschland insgesamt beigetragen werden.

Deutscher Bundestag (Hg.): Drucksache 18/10941. In: www.bundestag.de, 23.01.2017

Einstiegsaufgaben

1. Nennen Sie Gründe für die Gesetzesänderung.
2. Beschreiben Sie, welche Aspekte in § 6b Abs. 1 und 3 verändert werden sollen.
3. Fällen Sie ein Spontanurteil zu den geplanten Änderungen

Politikzyklus: Phase 2

M6 Auszug aus dem Gesetzesentwurf: Was genau soll geändert werden?

§

Artikel 1
Änderung des Bundesdatenschutzgesetzes

§ 6b des Bundesdatenschutzgesetzes [...] wird wie folgt geändert:

1. Dem Absatz 1 wird folgender Satz angefügt:
   „Bei der Videoüberwachung von
   1. öffentlich zugänglichen großflächigen Anlagen, wie insbesondere Sport-, Versammlungs- und Vergnügungsstätten, Einkaufszentren oder Parkplätzen, oder
   2. Fahrzeugen und öffentlich zugänglichen großflächigen Einrichtungen des öffentlichen Schienen-, Schiffs- und Busverkehrs

   gilt der Schutz von Leben, Gesundheit oder Freiheit von dort aufhältigen Personen als ein besonders wichtiges Interesse."
2. Nach Absatz 3 Satz 1 wird folgender Satz eingefügt:
   „Absatz 1 Satz 2 gilt entsprechend."

Artikel 2
Inkrafttreten

Dieses Gesetz tritt am Tag nach der Verkündung in Kraft. [...]

V. Vereinbarkeit mit dem Recht der Europäischen Union und völkerrechtlichen Verträgen

Der Gesetzentwurf ist mit dem Recht der Europäischen Union vereinbar.

Deutscher Bundestag (Hg.): Drucksache 18/10941. In: www.bundestag.de, 23.01.2017

Erklärfilm Gesetzgebung

Mediencode: 72068-14

M7 Gang der Gesetzgebung

Schritt 1: Die Gesetzesinitiative

Nach Artikel 76 Abs. 1 GG werden „Gesetzesvorlagen durch die Bundesregierung, aus der Mitte des Bundestages oder durch den Bundesrat eingebracht".
Bringt die Bundesregierung den Vorschlag ein, bedeutet dies, dass die jeweils zuständigen Fachministerien einen Entwurf oder eine Gesetzesvorlage erarbeiten. Soll dabei ein Gesetz neue Regelungen treffen oder ein neues Gesetz eingeführt werden, muss dem Bundesrat der jeweilige Entwurf durch den Bundeskanzler zugeleitet werden. Dann hat der Bundesrat sechs Wochen Zeit, um zu diesem Entwurf Stellung zu nehmen. Auch die Bundesregierung kann sich hierzu nochmals schriftlich äußern. Gemeinsam mit der Stellungnahme des Bundesrats wird der entsprechende Gesetzesentwurf dann an den Bundestag weitergeleitet. Einzige Ausnahme: das Haushaltsgesetz; hier werden Gesetzentwürfe zugleich an Bundesrat und Bundestag gesendet.
Gesetzesvorlagen aus der Mitte des Bundestages müssen entweder von einer Fraktion oder mindestens von fünf Prozent der Abgeordneten eingebracht werden.
Vor der Beratung im Bundestag wird der Gesetzesentwurf dem Bundestagspräsidenten zugeleitet, von der Verwaltung registriert und gedruckt. Diese Bundestagsdrucksache wird allen Mitgliedern des Bundestages und des Bunderates sowie den Bundesministerien zugeleitet. Sobald der Gesetzesentwurf auf der Tagesordnung des Bundestages (Plenums)

erscheint, wird über ihn öffentlich und offiziell verhandelt.
Weil Entwürfe, die direkt aus dem Bundestag hervorgehen, nicht dem Bundesrat vorgelegt werden müssen, werden besonders dringliche Gesetzesvorlagen der Bundesregierung über die sie stützenden Bundestagsfraktionen eingebracht.
Eine Gesetzesvorlage des Bundesrates wird der Bundesregierung zugeleitet, die innerhalb von sechs Wochen dazu Stellung bezieht, ehe der Entwurf dem Bundestag zugeleitet wird.

Schritt 2: Erste Lesung

Wenn mindestens fünf Prozent der Abgeordneten oder wenn es im Ältestenrat vereinbart wurde, findet eine erste Lesung als Aussprache statt. Dies ist bei besonders umstrittenen oder für die Öffentlichkeit interessanten Gesetzgebungsvorhaben die Regel. Nun wird ein Ausschuss bestimmt, der für den Fortgang des Gesetzgebungsverfahrens verantwortlich ist (bei mehreren zuständigen Ausschüssen: federführender Ausschuss). Da das deutsche Parlament ein Arbeitsparlament ist, findet die Detailarbeit der Gesetzgebung in den ständigen Ausschüssen statt. Diese sind mit Abgeordneten aller Fraktionen besetzt. Die Ausschussmitglieder machen sich sachkundig und können ggf. Interessenvertreter und Experten zu öffentlichen Anhörungen einladen.
In der Ausschussarbeit nähern sich die Fraktionen oftmals an, sodass die Gesetzesentwürfe hier mehr oder weniger stark überarbeitet werden.
Parallel dazu erarbeiten sich die Bundestagsfraktionen jeweils eigene Positionen in fraktionsinternen Arbeitsgruppen.
Nach Abschluss der Beratungen legt der federführende Ausschuss dem Plenum einen Bericht über den Verlauf und die Ergebnisse der Beratungen vor. Seine Beschlussempfehlungen sind die Grundlage für die nun folgende zweite Lesung im Plenum.

Schritt 3: Zweite Lesung

Vor der zweiten Lesung erhalten alle Abgeordneten die Beschlussempfehlung des verantwortlichen Ausschusses in gedruckter Form. Die Fraktionen stimmen sich vor der zweiten Lesung über ihre Positionen ab. Änderungsanträge, die im Plenum dann direkt behandelt werden, können von jedem Mitglied des Bundestages eingebracht werden. Wird durch das Plenum eine Neufassung des Gesetzesentwurfs beschlossen, muss dieser zunächst gedruckt und allen Abgeordneten vorgelegt werden. Stimmen allerdings zwei Drittel der Anwesenden einer Verkürzung des Verfahrens zu, folgt unmittelbar die dritte Lesung.

Schritt 4: Dritte Lesung mit Abstimmung

Hier findet eine erneute Aussprache nur dann statt, wenn dies von einer Fraktion oder von mindestens fünf Prozent der Abgeordneten verlangt wird. Ähnlich verhält es sich mit Änderungsanträgen. Diese sind in der dritten Lesung nur

Initiativrecht und Ministerialbürokratie

Die Ministerialbürokratie umfasst auf Bundesebene die in den Ministerien Beschäftigten der öffentlichen Verwaltung sowie deren vielfältige Funktionen.
An der Spitze der Ministerialbürokratie steht ein „beamteter" Staatssekretär, in der Regel ein Verwaltungsfachmann.
In größeren Ministerien gibt es zwei oder drei Staatssekretäre. Jedes Ministerium ist in mehrere Abteilungen gegliedert, diese wiederum in Unterabteilungen mit mehreren Referaten. Arbeitseinheit ist das Referat, das jeweils für ein bestimmtes Fachgebiet zuständig ist. Große Ministerien haben bis zu 100 Referate.
Die Hauptaufgabe besteht in der Umsetzung und Ausführung von Gesetzen. In der gesellschaftlichen Wirklichkeit dominieren jedoch die gesetzgeberischen Funktionen. So gehen die vom Parlament zu beratenden und zu ratifizierenden Gesetze heute mehr denn je auf Entwürfe der Regierung und damit auf Vorlagen aus den Ministerien zurück.
Bearbeiterin

dann zulässig, wenn sie von Fraktionen oder von mindestens fünf Prozent der Bundestagsmitglieder gefordert werden. Zudem dürfen sie sich nur noch auf Entwurfsänderungen aus der zweiten Lesung beziehen. Am Ende der dritten Lesung erfolgt die Schlussabstimmung. Hat der Gesetzesentwurf die notwendige Mehrheit im Bundestag gefunden, wird er als Gesetz dem Bundesrat zugeleitet.

▼

Schritt 5: Zustimmung des Bundesrates

Zwar kann der Bundesrat keine Änderungen an einem vom Bundestag beschlossenen Gesetz vornehmen. Aber stimmt er dem Gesetz nicht zu, kann ein Vermittlungsausschuss angerufen werden. Im Vermittlungsausschuss sitzen in gleicher Anzahl Mitglieder des Bundestages und des Bundesrates.

Die Zustimmung des Bundesrates ist bei sogenannten Zustimmungsgesetzen zwingend. Dies betrifft zum Beispiel Gesetze, die die Finanzen und Verwaltungszuständigkeit der Länder betreffen. Ebenso zustimmungsbedürftig sind verfassungsändernde Gesetze.

Handelt es sich um Einspruchsgesetze, kann der Bundestag ein Gesetz auch dann in Kraft treten lassen, wenn sich die Mitglieder des Vermittlungsausschusses nicht geeinigt haben. In diesem Fall muss im Bundestag erneut über das Gesetz abgestimmt werden. Bei Zustimmung einer absoluten Mehrheit ist das Gesetz angenommen.

▼

Schritt 6: Inkrafttreten des Gesetzes

Das beschlossene Gesetz wird gedruckt und dem Bundeskanzler sowie dem zuständigen Fachminister zur Gegenzeichnung zugeleitet. Sofern der Bundespräsident keine verfassungsrechtlichen Bedenken hat, unterzeichnet er anschließend das Gesetz und lässt es im Bundesgesetzblatt veröffentlichen. Das nennt man „Verkündung des Gesetzes". Ein neues Gesetz gilt, falls kein Datum des Inkrafttretens im Gesetz genannt ist, ab dem 14. Tag nach der Ausgabe des Bundesgesetzblattes.

Bearbeiterin

Aufgaben

1. Erläutern Sie, in welchen Bereichen § 6b Absatz 1 und 3 BSDG verändert werden soll (**M6**).
2. Welche Auswirkungen hätte diese Änderung auf Ihren Alltag? Überprüfen Sie, inwiefern Sie sich sicherer fühlen würden (**M5, M6**).
3. Erläutern Sie die Bedeutung der Exekutive für die Gesetzgebung in Deutschland (**M7** und **Randspalte zu M7**).
4. Stellen Sie das Gesetzgebungsverfahren in Deutschland grafisch dar (**M7**).
5. Formulieren Sie Hypothesen, bei welchen Etappen die Gefahr des Scheiterns eines Gesetzes höher ist.

6.1.4 Entscheidung und Beschlussfassung I: Akteure und Interessen im parlamentarischen Verfahren

Zum Thema: Das komplexe Gesetzgebungsverfahren Deutschlands bietet gesellschaftlichen und politischen Akteuren viel Raum, Einfluss zu nehmen, damit die politischen Entscheidungen (Gesetze) ein hohes Maß an Legitimation erreichen. Konsens im Konflikt?

M8 Tagesordnung des Innenausschusses

Mitteilung

Berlin, den 23. Februar 2017

Die 105. Sitzung des Innenausschusses findet statt am
Montag, dem 6. März 2017, 13:00 Uhr
im Paul-Löbe-Haus, Raum E 200
10557 Berlin, Konrad-Adenauer-Str. 1

Sekretariat
Telefon: +49 30 227-32858
Fax: +49 30 227-36994

Sitzungssaal
Telefon: +49 30 227-30269
Fax: +49 30 227-36295

Achtung!
Abweichender Sitzungsort!

Tagesordnung - Öffentliche Anhörung

Tagesordnungspunkt

a) Gesetzentwurf der Bundesregierung

Entwurf eines Gesetzes zur Änderung des Bundesdatenschutzgesetzes – Erhöhung der Sicherheit in öffentlich zugänglichen großflächigen Anlagen und im öffentlichen Personenverkehr durch optisch-elektronische Einrichtungen (Videoüberwachungsverbesserungsgesetz)

BT-Drucksache 18/10941

Hierzu wurde/wird verteilt:
18(4)702 Stellungnahme
18(4)729 Stellungnahme
18(4)772 Gutachtliche Stellungnahme

Federführend:
Innenausschuss

Mitberatend:
Ausschuss für Recht und Verbraucherschutz
Ausschuss für Verkehr und digitale Infrastruktur
Ausschuss Digitale Agenda

Gutachtlich:
Parlamentarischer Beirat für nachhaltige Entwicklung

Berichterstatter/in:
Abg. Stephan Mayer (Altötting) [CDU/CSU]
Abg. Sebastian Hartmann [SPD]
Abg. Martina Renner [DIE LINKE.]
Abg. Dr. Konstantin von Notz [BÜNDNIS 90/DIE GRÜNEN]

Deutscher Bundestag (Hg.): Innenausschuss – Tagesordnung der 105. Sitzung. In: www.bundestag.de, 23.02.2017

Einstiegsaufgabe

An welcher Stelle des Gesetzgebungsprozesses findet die Sitzung des Innenausschusses statt? Ordnen Sie begründet die öffentliche Anhörung an entsprechender Stelle ein.

M9 Wirksamkeit von Videoüberwachung aus Sicht der Experten

Professor Dr. Thomas Feltes, von 2006-2019 Inhaber des Lehrstuhls für Kriminologie, Kriminalpolitik und Polizeiwissenschaft an der Ruhr-Universität Bochum, gab in der öffentlichen Anhörung im Innenausschuss am 06.03.2017 folgende Stellungnahme ab:

a) Wirksamkeit von Videoüberwachung zur Verhinderung von Straftaten

Nach dem Stand der kriminologischen Forschung ist Videoüberwachung zur Verhinderung von Straftaten nur eingeschränkt geeignet. Ein Rückgang der Kriminalität ist lediglich für den Bereich der Eigentumskriminalität feststellbar. Der Bereich der Eigentumsdelikte ist aber vom Wortlaut des § 6b Abs. 1 S. 2 BDSG-E nicht erfasst.

Der Gesetzentwurf stellt explizit auf den Schutz von Leib und Leben der Bevölkerung ab. In diesem Bereich muss nach dem gegenwärtigen Stand der Forschung aber von einer weitgehenden Wirkungslosigkeit der Videoüberwachung ausgegangen werden. Videoüberwachung ist demnach nicht – wie in der Begründung zum Gesetzentwurf (BT-Drs. 18/10941, S. 4 und 8) suggeriert – geeignet, Vorfälle wie in Ansbach und München zu verhindern. Im Gegenteil belegen vergangene Anschläge wie in Nizza (Juli 2016), Boston (April 2013) und Berlin (Dezember 2016) auf fast schon tragische Weise die nicht vorhandene Wirksamkeit staatlicher Videoüberwachung. An den Tatorten fand zumindest punktuell Videoüberwachung statt, die den Anschlag filmen, aber gerade nicht zu seiner Verhinderung beigetragen konnte. [...].

b) Wirksamkeit von Videoüberwachung zur Verfolgung von Straftaten

Videoüberwachung kann die Identifikation und Überführung von Tatverdächtigen erleichtern. Dies gilt insbesondere dann, wenn sie zu rascher Intervention führt, das heißt wenn Polizeibeamte unverzüglich vor Ort sein können. [...] Videoüberwachung ist gleichwohl kein Wundermittel zur Erhöhung polizeilicher Aufklärungsquoten oder zur Verbesserung der Strafverfolgung. Die Bilderflut muss gesichtet, systematisiert und ausgewertet werden, was angesichts der nach wie vor fehleranfälligen Systeme zur Detektion von Personen in vernetzten Kamerasystemen mit einem hohen Personaleinsatz verbunden ist.

Deutscher Bundestag (Hg.): Innenausschuss – Ausschussdrucksache 18(4)785C. In: www.bundestag.de, 06.03.2017, S. 6.

Politikzyklus: Phase 3

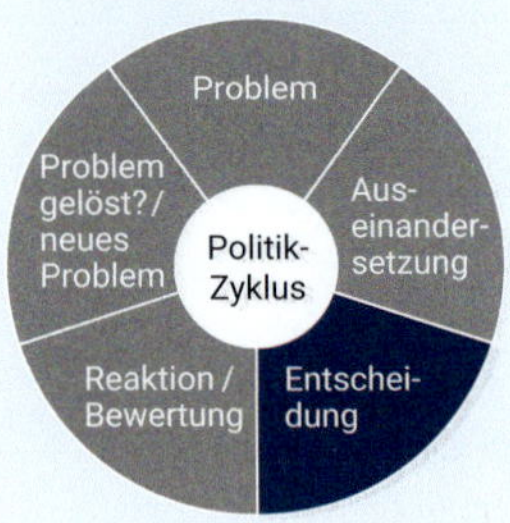

M10 Juristische Bedenken

Der Deutsche Richterbund äußerte sich in seiner Stellungnahme vom November 2016 zum sogenannten Videoüberwachungsverbesserungsgesetz wie folgt:

„Es erscheint fraglich, ob § 6b Abs. 1 Satz 2 BDSG-E einer Überprüfung am Maßstab des Grundrechts auf informationelle Selbstbestimmung der jeweiligen Betroffenen standhält. Mit der geplanten Maßnahme werden ganz überwiegend Personen überwacht, die selbst keinen Anlass dafür geben. Das Vorhandensein einer Vielzahl von Videoüberwachungsanlagen führt zu einem diffusen Gefühl des permanenten Überwachtwerdens, was bereits einen Eingriff in grundrechtliche Belange der Betroffenen darstellt. Regelungen zur Gefahrenabwehr und zur Strafverfolgung gehören systematisch nicht in das Bundesdatenschutzgesetz.

Für die Gewährung der öffentlichen Sicherheit und zur Gefahrenabwehr sollten keine privaten Stellen in die Pflicht genommen werden, es handelt sich um Kernaufgaben des Staates, die er zum Beispiel durch eine höhere Polizeipräsenz an Kriminalitätsschwerpunkten wahrzunehmen hat."

Deutscher Richterbund (Hg.): Stellungnahme Nr. 20/16. In: www.drb.de (Abruf am 01.06.2021)

M11 Stellungnahmen der Abgeordneten im Bundestag

Stephan Mayer,
(CDU/CSU)

Es geht darum, dass wir §6b des Bundesdatenschutzgesetzes dahin gehend ändern, dass in Zukunft in privaten Einrichtungen, beispielsweise in Einkaufszentren, aber auch in Versammlungs-, Vergnügungs- und Sportstätten, unter erleichterten Bedingungen Videoüberwachung stattfinden kann, dass die Themen „Freiheit", „Schutz des Lebens" und „Schutz der Gesundheit" von besonderem Interesse sind, wenn es darum geht, abzuwägen, ob im konkreten Einzelfall Videoüberwachung zulässig ist oder nicht. Das ist aus meiner Sicht vollkommen maßvoll und verhältnismäßig und entspricht überhaupt nicht dem, was teilweise seitens der Opposition daraus gemacht wird.

Deutscher Bundestag (Hg.): Stenografischer Bericht. 216. Sitzung. Plenarprotokoll 18/216. In: www.bundestag.de, 27.01.2017

Martina Renner
(Die Linke)

Es geht hier nicht um den Einsatz der Technik zur Überwachung von Kriminalitätsschwerpunkten. Es geht darum, Videoüberwachung tatsächlich flächendeckend einzuführen und auch zu nutzen. Der grauenhafte Terroranschlag auf dem Breitscheidplatz hat der Frage nach öffentlicher Sicherheit traurige Aktualität verliehen. Der vorgelegte Gesetzentwurf ist jedoch die falsche Antwort auf diese Frage. Er bedeutet ein Mehr an Überwachung, aber nicht ein Mehr an Sicherheit.

Ebd.

Konstantin von Notz
(Bündnis 90/Die Grünen)

Nach der Anhörung in dieser Woche gibt es aber überhaupt keinen Zweifel: Keine einzige dieser Maßnahmen hätte auch nur eines der schrecklichen Vorkommnisse, die wir letztes Jahr erlebt haben, verhindern können, weder den Anschlag auf den Breitscheidplatz, noch Ansbach, noch den Amoklauf von München. Denn die Videoüberwachung [...] hat eben keine Präventivwirkung, insbesondere nicht auf salafistische Terroristen wie Anis Amri. Vielmehr zelebrieren es diese sogar noch, wenn ihre Taten auf Video aufgenommen werden. Deswegen helfen Ihre Gesetze bei diesen Problemen überhaupt nicht weiter. Videoüberwachung kann natürlich – das sage ich ganz deutlich für meine Fraktion – an neuralgischen Punkten im öffentlichen Raum helfen, Straftaten aufzuklären, wie das jüngst bei dem Angriff auf den Obdachlosen in Berlin der Fall war. Aber die Terrorismusbekämpfung und Mittel zur Strafverfolgung auf Dritte, auf Private zu übertragen, das führt auf die schiefe Bahn.

Deutscher Bundestag (Hg.): Stenografischer Bericht. 221. Sitzung. Plenarprotokoll 18/221. In: www.bundestag.de, 09.03.2017

Aufgaben

1. Arbeiten Sie die jeweilige Argumentation für oder gegen das Gesetz heraus (**M9-M11**).
2. Ordnen Sie die herausgearbeiteten Argumente jeweils den Kriterien der politischen Urteilsbildung zu (Legalität, Legitimität, Effizienz).
3. Wie würden Sie bei einer Abstimmung entscheiden? Positionieren Sie sich und ordnen Sie Ihr stärkstes Argument den Kriterien politischer Urteilsbildung zu.

6.1.5 Entscheidung und Beschlussfassung II: Der Bundesrat – Teamplayer oder Konkurrent im Prozess?

Zum Thema: Der Bundesrat ist eines der fünf Verfassungsorgane des Bundes. Als zweite Kammer des Parlaments nimmt er die Interessen der Länder in der Bundesrepublik wahr. Werden Bundesgesetze, die in ganz Deutschland befolgt werden müssen, verabschiedet, nimmt der Bundesrat eine wichtige Rolle ein, denn Bundesgesetze werden gemeinsam von Bundestag und Bundesrat beschlossen.

M12 Ist der Bundesrat eine hohe Hürde im Gesetzgebungsprozess?

Karikatur: Heiko Sakurai, 12.05.2012

Einstiegsaufgaben

1. Analysieren Sie die Karikatur (→ Methodenglossar). Welche Rolle nimmt der Bundesrat nach Ansicht des Karikaturisten beim Gesetzgebungsprozess ein?
2. Fällen Sie ein spontanes Urteil zur Aussage und begründen Sie Ihre Position.

M13 Die verfassungsrechtliche Stellung des Bundesrates

Politikzyklus: Phase 3

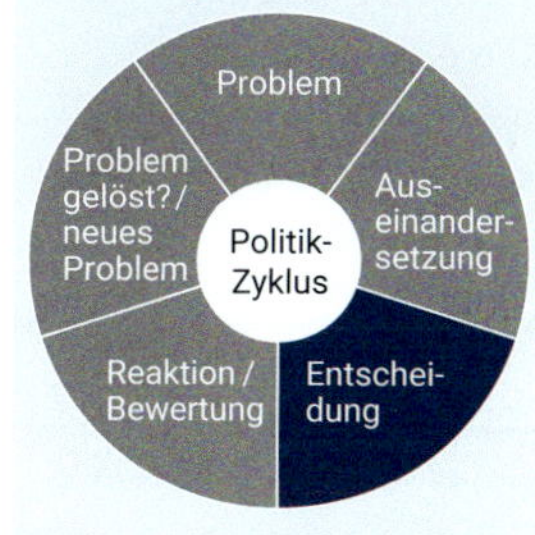

Artikel 70 Absatz 1 des Grundgesetzes verleiht den Ländern das „Recht der Gesetzgebung, solang dieses Grundgesetz nicht dem Bunde Gesetzgebungsbefugnis verleiht". Das hat zur Folge, dass dem Bund überwiegend die Kompetenzen im Bereich der Gesetzgebung obliegen, so dass in der eigenen Zuständigkeit der Länder nur noch wenige Bereiche, wie zum Beispiel die Bildung, die Kultur und das Polizei- und Ordnungsrecht verbleiben. In diesen Bereichen können die jeweiligen Landesparlamente eigene Gesetze erlassen. Von besonderem Gewicht ist die Mitwirkung des Bundesrates im Gesetzgebungsverfahren (Artikel 50 GG). Kein Bundesgesetz kommt zustande, ohne dass der Bundesrat damit befasst war.

Unterscheiden lässt sich dabei zwischen einer beratenden, initiierenden und einer beschlussfassenden Mitwirkung. Nach Art. 76 Abs. 2 GG müssen Gesetzesentwürfe der Bundesregierung erst dem Bundesrat zur Stellungnahme, dem sogenannten „ersten oder politischen Durchgang", zugeleitet werden. Hat der Bundesrat mögliche Einwände und Gegenvorschläge, muss die Bundesregierung diese mit ihrem Gesetzesentwurf dem Bundestag zuleiten. Nach Art. 71 Abs. 1 GG besitzt der Bundesrat auch das Recht zur Gesetzesinitiative, macht jedoch nur selten davon Gebrauch. Landesregierungen bringen zwar regelmäßig Gesetzesentwürfe in das Plenum ein – diese finden dort jedoch nur in wenigen Fällen eine Mehrheit.

Je nach Gesetzesbeschluss des Bundestages unterscheidet sich die Mitwirkung des Bundesrates. So bedürfen nach Art. 72 GG verfassungsändernde Gesetzesbeschlüsse der Zustimmung von 2/3 der Stimmen des Bundesrates. Der Bundesrat hat dabei also ein absolutes Veto.

Einer Zustimmung mit absoluter Stimmenmehrheit bedürfen Gesetzesbeschlüsse, die u. a. die Finanzen der Länder beeinflussen können, deren Verwaltungshoheit berühren oder Gemeinschaftsaufgaben nach Art. 91a GG zum Gegenstand haben (zustimmungspflichtige Gesetze). Verweigert der Bundesrat die Zustimmung, kommt das entsprechende Gesetz nicht zustande. Der Bundesrat hat auch hier ein absolutes Veto.

Bei den sogenannten Einspruchsgesetzen, also Gesetze, die nicht zustimmungsbedürftig sind, besitzt der Bundesrat einen geringeren Einfluss. Er kann seine abweichende Meinung dadurch zum Ausdruck bringen, dass er Einspruch gegen das Gesetz einlegt. Der Einspruch des Bundesrates kann durch den Deutschen Bundestag überstimmt werden.

Beschließt der Bundesrat mit der absoluten Mehrheit (Mehrheit der Mitglieder) seiner Stimmen Einspruch einzulegen, kann der Einspruch nur mit der absoluten Mehrheit im Bundestag (Mehrheit der Mitglieder = Kanzlermehrheit) überstimmt werden. Legt der Bundesrat den Einspruch mit einer Zwei-Drittel-Mehrheit ein, müssen für die Zurückweisung des Einspruchs im Bundestag zwei Drittel der abgegebenen Stimmen zusammenkommen, mindestens jedoch die Stimmen der Hälfte aller Mitglieder des Bundestages.

Bearbeiterin

M14 Wie sind die Bundesländer im Bundesrat vertreten?

In die Sitzungen des Bundesrats entsenden die Regierungen der Bundesländer ihre Ministerpräsidenten/Regierenden Bürgermeister und/oder zuständige Minister. Je nach Bevölkerungszahl hat jedes Bundesland zwischen drei (z. B. Hamburg) und sechs (z. B. Bayern) Stimmen. Jedes Land kann seine Stimmen nur einheitlich abgeben.

Bearbeiterin

Hinweis zur Grafik
Die dargestellten Zusammensetzungen der Landesregierungen können sich nach jeder Landtagswahl verändern. Gleichbleibend ist jedoch die Anzahl der Stimmen der einzelnen Bundesländer im Bundesrat.

Die Zusammensetzung des Bundesrates (Stand: Mai 2021)

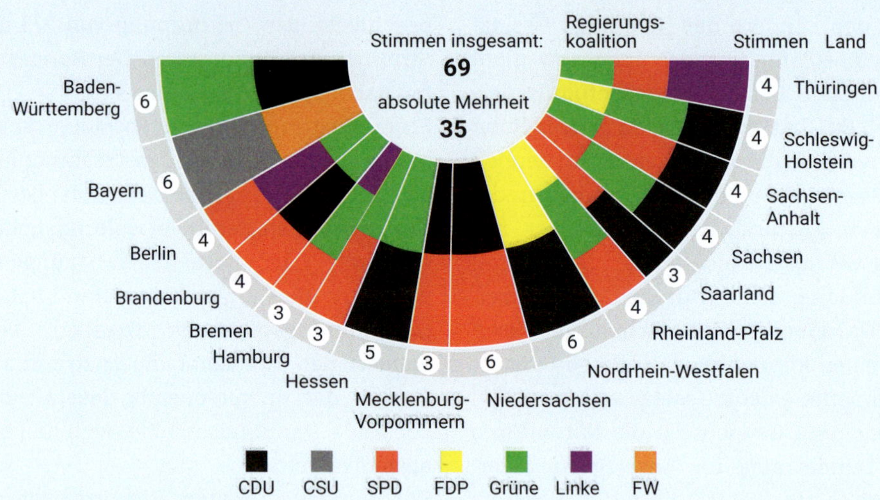

Nach: © Bundesrat, 2020, Stand: Mai 2021

M15 Ist der Bundesrat ein Störenfried?

Über den Bundesrat werden die Länder bzw. die Landesregierungen am Gesetzgebungs- und Regierungsprozess des Bundes beteiligt. Der Bundesrat soll dabei nicht nur ein Gegengewicht zum Bundestag bilden, sondern auch machthemmend gegenüber der Bundesregierung wirken. Eben diese Funktion trägt dazu bei, dass der Bundesrat das wohl politisch umstrittenste der fünf Bundesverfassungsorgane im Regierungssystem der Bundesrepublik Deutschland darstellt. Je nach den Mehrheitsverhältnissen in Bundestag und Bundesrat loben die einen, dass der Bundesrat eine sehr wirksame Kontrolle ausübe und die Regierungsmehrheit im Bund immer wieder zu Zugeständnissen an die Mehrheit der Landesregierungen zwinge. Andere wiederum beklagen, dass die Rücksichtnahme auf die Mehrheitsverhältnisse im Bundesrat die Handlungsmöglichkeiten der Regierungsfraktionen im Bundestag beeinträchtige und dadurch sogar der Auftrag der Wählerinnen und Wähler auf Bundesebene unterlaufen werde.

Münch, Ursula. In: www.bpb.de, 27.05.2008

Aufgaben

1. Stellen Sie die Rechte des Bundesrates bei der Gesetzgebung (grafisch) dar (**M13**).
2. Erläutern Sie mögliche Probleme, die aus der Zusammensetzung des Bundesrates resultieren (**M14**).
3. Bewerten Sie die Stellung des Bundesrats im Gesetzgebungsprozess mithilfe der Kategorien Legitimation und Effizienz
4. Nehmen Sie Stellung zu folgender These: „Der Bundesrat ist ein Störenfried, der den Bundestag in der Ausübung des Wählerwillens hindert." (**M15**).

6.1.6 Bewertung: Problem gelöst?

Zum Thema: Der Bundestag hat gegen die Stimmen von Bündnis 90/Die Grünen und Die Linke den Weg für mehr Videoüberwachung durch private Betreiber freigemacht und das entsprechende Gesetz verabschiedet. Dazu erhält die Bundespolizei automatische Kennzeichen-Scanner und Bodycams. Können damit Verbrechen aufgehalten und die öffentliche Sicherheit verstärkt werden?

M16 Gesetz zur Videoüberwachung: Problem gelöst oder neues Problem?

Karikatur: Kostas Koufogiorgos, 10.03.2017

Einstiegsaufgaben

Der Karikaturist hat nach Verabschiedung des Videoüberwachungsverbesserungsgesetzes diese Karikatur gezeichnet. Welches Problem sieht er im neuen Gesetz?

1. Analysieren Sie die Karikatur (→ Methodenglossar).
2. Benennen Sie das Problem.
3. Positionieren Sie sich spontan zu dem Problem.

M17 Der schmale Grat zwischen Terrorabwehr und Überwachung

Bisher waren Klagen gegen Videoüberwachung oft erfolgreich, weil die Datenschutzbehörden die Grundrechte der Bürger gefährdet sahen. Das Gesetz schreibt nun vor, dass die Behörden bei einer Abwägung die Sicherheitsbelange der Bevölkerung stärker berücksichtigen müssen. Der Schutz von Leben und Gesundheit könnte in Zeiten von Terrorgefahr stärker zählen als das Recht auf informationelle Selbstbestimmung. [...] Angekündigt ist zunächst ein Pilotprojekt am Berliner Bahnhof Südkreuz noch in diesem Jahr. Hier will das Bundesinnenministerium in Zusammenarbeit mit der Bundespolizei und dem Bundeskriminalamt intelligente Videotechnik testen, die selbstständig Gesichter erkennen kann. Die Idee ist, die Aufnahmen mit einer Datenbank abzugleichen. Findet die Software eine Person aus der Kartei auf dem Bahnhof, schlägt sie Alarm. [...] In der Datenbank stehen vorerst nur Personen, die ihr Foto freiwillig hergegeben haben. [...] Sollte sich das Projekt jedoch als vielversprechend herausstellen und die neue Software tatsächlich eingeführt werden, wäre das kein kleiner Schritt. Bürger würden dann nicht einfach nur gefilmt, sie würden analysiert. [...]

Politikzyklus: Phase 4

Politikzyklus: Phase 5

Die meisten Bereiche des öffentlichen Lebens sind unbewacht. So etwa der Berliner Breitscheidplatz, auf dem Anis Amri im Dezember unbeobachtet einen Terroranschlag verüben konnte. [...] Konkrete Verbrechen können mit dieser Methode zwar aufgeklärt, aber in der Regel nicht verhindert werden. Kriminelle können höchstens von weiteren Taten abgehalten werden, wenn sie mithilfe von Videoaufnahmen schnell identifiziert werden. Mit Kameras, wie sie nun am Südkreuz getestet werden, will die Polizei in die Lage kommen, eine gefährliche Situation zu erkennen, bevor sie eskaliert. Idealerweise würden Terroristen aus der Menge der Reisenden gefischt, indem zur Fahndung ausgeschriebene Gesichter erfasst und der Polizei gemeldet würden. Theoretisch geht es aber noch um viel mehr. Die Software soll auch Kriminalität im weiteren Sinne verhindern, indem sie Verhaltensmuster erkennt, die als problematisch gelten. So könnte die Technik bestenfalls etwa wahrnehmen, dass sich ein Menschengrüppchen über Stunden am Bahnhof aufhält und sich womöglich immer wieder an unterschiedlichen Stellen trifft – laut der Polizei ein möglicher Hinweis auf Taschendiebe. [...] Schließlich könnte sie auch Alarm schlagen, wenn ein Gegenstand abgestellt und längere Zeit nicht bewegt wird – ein wichtiger Aspekt, um mögliche Kofferbomben frühzeitig zu erkennen.

Für die Polizei könnte der Einsatz der intelligenten Videotechnik eine wichtige Entlastung darstellen, sagt Jörg Radek, der stellvertretende Bundesvorsitzende der Gewerkschaft der Polizei. [...] Die durch diese Technik freiwerdenden Beamten könnten verstärkt an Brennpunkten eingesetzt werden, so Radek. Die nun geplante Erprobung der Gesichtserkennungssoftware befürwortet er dennoch nicht vorbehaltlos. „Es ist für uns wichtig, dass die Verfahren konform mit den Persönlichkeitsrechten sind." Genau in diesem Punkt gibt es allerdings deutliche Meinungsunterschiede. In der Kritik steht dabei weniger die neuartige Technik als solche, sondern das als gefährlich empfundene Potenzial, das sie in sich trägt. „Mit dieser Technik kann eben auch die Totalüberwachung einer Gesellschaft organisiert werden", sagt der stellvertretende Fraktionsvorsitzende der Grünen, Konstantin von Notz. Sie habe nicht nur das Potenzial, Gesichter zu erkennen, sondern auch, die Mimik algorithmisch auszulesen und einzuordnen, in welchem Gemütszustand sich ein Mensch befindet. Schließlich könne das Verhalten analysiert und daraus Schlussfolgerungen über den Charakter gezogen werden. „Wenn Technik das macht, dann hat das nichts mehr mit Videoüberwachung zu tun, sondern es geht um die anlasslose technische Ausforschung des Menschen", sagt von Notz. Jan Korte, der stellvertretende Fraktionsvorsitzende der Linken, sieht durch die intelligente Software gar das Gesellschaftssystem gefährdet. „Wenn Menschen sich nicht mehr unbeobachtet und unidentifizierbar fühlen, ändern sie sich und ihr Verhalten", befürchtet er. „Das würde die gesellschaftliche Kontrolle verstärken und unsere Demokratie im Kern bedrohen."

Breyton, Ricarda: Der schmale Grat zwischen Terrorabwehr und Überwachung. In: www.welt.de, 11.03.2017

Aufgaben

1. Erläutern Sie die Ansicht Jan Kortes, intelligente Software würde unser Gesellschaftssystem gefährden und „unsere Demokratie im Kern bedrohen" (**M17**).
2. Bewerten Sie ausgehend von der Aussage der Karikatur **M16** den Einsatz intelligenter Software zur Verbrechensbekämpfung und zur Terrorabwehr.
3. Problem gelöst oder neues Problem? Positionieren Sie sich zur letzten Etappe des Politikzyklus.

Politikzyklus

Politik befasst sich immer mit Problemen. Dabei müssen politische Systeme – auch Demokratien – beweisen, dass sie politische Probleme lösen können. Daran wird unter anderem auch der Erfolg von Politik gemessen.
Der Politikzyklus stellt ein Modell dar, in dem der Prozess, also der zeitliche Ablauf, veranschaulicht wird.
Handlungsdruck entsteht, wenn gesellschaftliche relevante Probleme öffentlich diskutiert und somit auf die politische Tagesordnung gelangen (Agenda Setting). Dies gelingt dann, wenn viele Menschen und/oder starke Interessengruppen, die von diesen Problemen betroffen sind, – häufig mit Unterstützung der Medien – das Problem thematisieren. Die Politik sieht sich nun zum Handeln veranlasst und formuliert Politiken, die auf eine Lösung des definierten Problems abzielen und im Anschluss in formalen und informellen Aushandlungsprozessen durchgesetzt werden sollen. Nachdem eine Entscheidung gefallen ist, wird diese einerseits von der öffentlichen Verwaltung umgesetzt und andererseits von gesellschaftlichen Gruppen bewertet. Manchmal ist das Problem gelöst, oftmals aber muss die Politik nach einer neuen Lösung suchen, da das Problem entweder nicht gelöst wurde oder aus der Lösung ein neues Problem entstanden ist. Aus diesem Grund wird Politik auch als eine (endlose) Kette von Versuchen zur Bewältigung politischer Probleme verstanden.

Die Bedeutung der Exekutive für die Gesetzgebung
M7, Randspalte zu M7

Gesetze setzen nicht nur politische (Partei-)Programme um, sondern können auch von einzelnen Bürgern, Verbänden und Petitionen ihren Ausgang nehmen. In erster Linie regelt jedoch Artikel 76 Abs. 1 unseres Grundgesetzes die Gesetzesinitiative, indem ein Gesetzentwurf durch die Bundesregierung, aus der Mitte des Bundestags oder durch den Bundesrat eingebracht werden kann. Mehrheitlich werden die Gesetze durch die Bundesregierung eingebracht, was sich dadurch erklären lässt, dass die Bundesregierung über den dafür notwendigen bürokratischen Apparat (Ministerialbürokratie) verfügt, dessen Mitglieder Experten darin sind, komplizierte Vorhaben in Gesetzesvorlagen umzuwandeln. Ministerialbürokratien haben daher eine Schlüsselstellung im Konsens- und Konfliktregelungssystem der Bundesrepublik Deutschland inne. Die Vermittlung von Wünschen und Forderungen gesellschaftlicher Gruppen an Regierung und Parlament sowie umgekehrt die Mitteilungen politischer Entscheidungsträger an Interessenverbände laufen im Wesentlichen über die einschlägigen Stellen der Ministerialbürokratie.

Die Mitwirkung des Bundesrats an der Gesetzgebung
M13-M15

Der Bundesrat hat neben Bundestag und Bundesregierung ein Initiativrecht in der Gesetzgebung (Artikel 76 Abs. 1 GG). Die vom Bundesrat eingebrachten Gesetzesentwürfe werden zunächst der Bundesregierung zugeleitet. Sie kann innerhalb von sechs Wochen – in besonderen Fällen innerhalb von drei oder neun Wochen – eine Stellungnahme dazu abgeben. Danach ist der Gesetzesentwurf an den Bundestag weiterzuleiten.
Der Bundesrat erfährt im Gesetzgebungsprozess eine besondere Bedeutung durch Artikel 50 GG. Kein Bundesgesetz kommt zustande, ohne dass der Bundesrat damit befasst war. Viele Gesetze können sogar nur dann in Kraft treten, wenn der Bundesrat ihnen ausdrücklich zustimmt. Welche dies sind, ist abschließend an unterschiedlichen Stellen im Grundgesetz festgelegt. Bei den übrigen Gesetzen handelt es sich um sogenannte Einspruchsgesetze. Der Einfluss des Bundesrates ist hier geringer als bei zustimmungsbedürftigen Gesetzen. Er kann seine abweichende Meinung in diesen Fällen nur dadurch zum Ausdruck bringen, dass er Einspruch gegen das Gesetz einlegt. Dieser kann durch den Deutschen Bundestag im Normalfall mit der sogenannten Kanzlermehrheit jedoch überstimmt werden.

6.2 Der Einfluss nicht-staatlicher Akteure auf die Politik

6.2.1 Machen Medien Politik?

Zum Thema: Medien haben einen bedeutenden Einfluss auf die öffentliche Meinungsbildung. Sie wählen die Themen aus und sie entscheiden damit, worüber öffentlich diskutiert wird. Welche Auswirkungen hat das auf die Gesellschaft und auf die Politik?

M1 Wer informiert sich wo?

Einstiegsaufgaben

1. Analysieren Sie die Grafik (→ Methodenglossar).
2. Führen Sie eine Umfrage durch und vergleichen Sie Ihre Kursergebnisse mit denen der Grafik.
3. Ergänzen Sie die Umfrage zur Onlinenutzung, indem Sie die Wege „Online“ und „Social Media“ ausdifferenzieren.

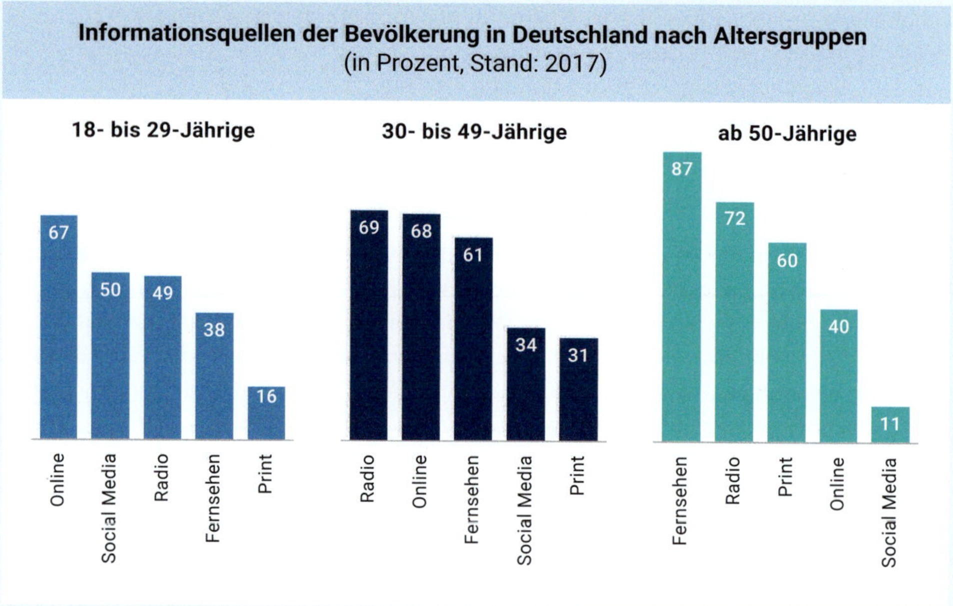

Nach: Globus Grafik 12889; Quelle: Pew Research Center (2018)

M2 Agenda Setting in der (digitalen) Medienwelt

Ausgehend davon, dass Medien in modernen Gesellschaften einen bedeutenden Einfluss auf die öffentliche Meinung haben, versteht man unter Agenda Setting einen Begriff, der zum Ausdruck bringt, dass die Tagesaktualität von den Medien gestaltet wird: Sie berichten über bestimmte Themen und über andere nicht.

Die Theorie des Agenda Setting basiert auf folgenden Annahmen:

1 Massenmedien bilden die Realität nicht vollständig und in ihrer gesamten Komplexität ab. Vielmehr selektieren sie, über welche Themen wie häufig und wie intensiv berichtet wird.

2 Häufigkeit, Platzierung und Umfang der Berichterstattung vermitteln eine Idee der Wichtigkeit von Themen. Weil unterschiedliche Medien nach den gleichen oder ähnlichen Auswahl- und Produktionsprinzipien arbeiten, entsteht eine konsistente Medienagenda.

3 Im Vergleich zu direkten Erfahrungen (z. B. Kontakt zu Politikern) und/oder interpersonaler Kommunikation (z. B. mit Freunden und Bekannten) sind die Medien die wichtigste Quelle für politische Information.

4 Rezipienten lernen die Themen aus den Massenmedien kennen und übernehmen diese relativ unverändert (Publikumsagenda). Die „Belohnung“ dafür sind soziale Integration (Mitreden) und Kontrolle der Umwelt.

5 Themen, die häufig in den Medien vorkommen, werden vom Publikum als relevant und wichtig erachtet. Sie sind den Rezipienten leicht zugänglich (Accessibility-Prinzip) und bestimmen, worüber die Menschen nachdenken.

Demzufolge präsentieren Medien einen Ausschnitt der objektiven Realität und beeinflussen die Öffentlichkeit bereits durch die gesetzten Themenschwerpunkte – ein Aspekt, den der viel beachtete Agenda-Setting-Ansatz (auch „Thematisierungsansatz“ genannt) hervorhebt. Grundgedanke des Konzepts ist, dass die Massenmedien zwar keinen großen Einfluss auf das haben, was die Menschen denken, sehr wohl aber auf das, worüber sie sich Gedanken machen. Indem die Medien einzelne Themen auf ihre Tagesordnung setzen (Media Agenda) und diese durch Publikationshäufigkeit, Aufmachung und Platzierung unterschiedlich gewichten, geben sie nicht nur die Themen vor, mit denen sich die Menschen auseinandersetzen (Public Agenda), sie beeinflussen auch nachhaltig die gesellschaftliche Relevanz von Themen.

Nach: Gleich, Uli: Agenda Setting in der digitalen Medienwelt. In: Media Perspektiven 3/2019, S. 126-140

M3 Die getriebene Republik? Welchen Einfluss haben Medien auf die Politik?

Die Welt tickt im globalisierten Takt. Was vor einer Stunde in China passiert ist, kann in diesem Augenblick schon Europa erschüttern. Facebook und Twitter treiben die Geschwindigkeit des Nachrichtenflusses ins Unermessliche. So erzeugt man Handlungsdruck und sorgt dafür, dass die Politik rastlos von Ereignis zu Ereignis getrieben wird. Morgens, schon vor Sonnenaufgang, werden die ersten Nachrichtenmeldungen der Kanzlerin zugeschickt. Und rund um die Uhr beobachten Twitterprofis im Auftrag der Regierenden, was sich auf den relevanten Accounts abspielt. [...]

Nichts verpassen, nur nicht doof dastehen, wenn Trends gesetzt werden oder die eigene Person im Fadenkreuz erscheint. Das ist die Herausforderung moderner Politik. Oder sollte man lieber sagen: Das ist ihre Geißel? Die Geschwindigkeit kann über die Karriere von Politikern in einer einzigen Sekunde entscheiden, kann Zeitungen wie Altpapier aussehen lassen, schon morgens, wenn ihre Leser am Kiosk vorbeigehen.

Und sie drängt den Demokratien ganz neue Fragen auf: Wie nachhaltig sind die politischen Prozesse? Wer eigentlich entscheidet noch legitimiert, wer ist der Souverän, wenn Twitterschwärme aus lokalen Ereignissen im Handumdrehen gesellschaftliche Bewegungen inszenieren und Parlamentarier wie Statisten aussehen [...]? [...]

Natürlich werden sich Akteure und Beobachter des politischen Geschäfts gegen den Befund wehren, dass ihre Arbeit in früheren Jahrzehnten ein Spaziergang war. Und

Bundespressekonferenz
Die Bundespressekonferenz ist ein eingetragener Verein aus über 900 Journalisten, die über die Bundespolitik berichten. Die Bundespressekonferenz ist somit organisatorisch eigenständig und agiert unabhängig von der Bundesregierung. Montags, mittwochs und freitags sind Vertreter der Bundesregierung als Gäste der Bundespressekonferenz geladen, um von der Arbeit der Regierung zu berichten und um sich den Fragen der Journalisten zu stellen.

sie hätten damit ja auch recht. [...] Die Anforderungen an Regierung und Parlament setzten die Handelnden in jeder Zeit unter enormen Druck. [...]
Dem politischen Diskurs, dem Ringen um die Entwicklung des Landes, tat [die frühere] Langsamkeit keinen Abbruch. Die Menschen verfolgten ihn an Radio- und Fernsehempfängern, politische Journalisten sammelten ihre Informationen in Gesprächskreisen mit wichtigen Politikern, den einschlägigen rheinischen Restaurationen und nicht zuletzt in den regelmäßig stattfindenden Bundespressekonferenzen. [...]
Heute ist diese traditionsreiche Institution [der Bundespressekonferenz] einem beispiellosen Legitimationsdruck ausgeliefert [...]. [...] Mit der enorm angewachsenen Zahl der Medien, dem Wettbewerbsdruck, dem sie ausgeliefert sind, und der damit einhergehenden Pflicht zu permanenter Exklusivität und Sprengkraft einer Nachricht gibt es immer weniger Bedarf, sich montags, mittwochs und freitags mit dem Regierungssprecher über die politischen Ereignisse und das Regierungsgeschehen auszutauschen.
Was wirklich wichtig ist, haben Facebook und Twitter im Zweifelsfall ohnehin schon verbreitet und die Spitzen der deutschen Politik zu Reaktionen veranlasst. Das „Diktat der Geschwindigkeit in der Mediendemokratie", stöhnte einst der EU-Parlamentspräsident Martin Schulz (SPD), zwinge ihm und allen anderen Politikern permanent und „unbarmherzig" Kommentierungen ab. Zeit zum Denken, Gelegenheit zur Debatte im vertraulichen Raum bleibe dabei nicht mehr. [...]
Beispielhaft für die Auswirkungen der Turbopolitik auf die Demokratie und die Fragen, die sich ihr aufdrängen, sind zweifellos die Finanzmarkt- und die aus ihr hervorgegangene Eurokrise. [...] [Sie stellte] die gewählten Politiker in Berlin vor ein schier unlösbares Dilemma: Entweder konnten sie die Auswirkungen und politischen Konsequenzen daraus in einem ordentlichen demokratischen Verfahren diskutieren und bewerten – also verhandeln und Kompromisse finden – oder ohne viel Federlesen durchregieren.
Sie taten Letzteres, weil sie die Gefahr eines Zusammenbruchs des deutschen Wirtschaftssystems, das untrennbar im Netz des globalen Systems verwoben ist, fürchteten. In nur drei Tagen wurde das sogenannte Finanzmarktstabilisierungsgesetz durch Bundestag und Bundesrat gepeitscht, ein Verfahren, das sonst monatelang dauert. [...]
Ist die Politik also Opfer von Globalisierung und Technisierung, wird in Zukunft per Twitterentscheid über gesellschaftliche Entwicklung abgestimmt? [...] Die Politik hat keine Zeit, darüber nachzudenken, sie muss Eilgesetze erlassen. Sie muss handeln, um sich nicht dem Vorwurf der Untätigkeit auszusetzen, der wiederum in Windeseile im Netz anschwellen und neuen Handlungsdruck erzeugen könnte.

Sirleschtov, Antje: Die getriebene Republik. In: www.tagesspiegel.de, 27.09.2015

Aufgaben

1. Erläutern Sie den Begriff „Agenda Setting" an einem Beispiel Ihrer Wahl (**M2**).
2. Überprüfen Sie, inwiefern Sie selbst durch Agenda Setting in der digitalen Medienwelt beeinflusst werden.
3. Arbeiten Sie aus **M3** die Argumentation der Autorin zum Titel „Die getriebene Republik" heraus.
4. Machen Medien Politik? Positionieren Sie sich zu der Frage und begründen Sie Ihre Entscheidung. Welche Kriterien legen Sie Ihrem Urteil zu Grunde?

6.2.2 Die Europäisierung der Gesetzgebung: Bestimmt die EU über uns?

Zum Thema: Europäisierung bezeichnet in einem engeren Sinn den Prozess der Anpassung von Staaten an die Standards und Normen der EU und die damit einhergehenden Veränderungen und Reformen von nationalen Strukturen, Politikfeldern und Verfahren. Die in den EU-Verträgen niedergelegten Ziele werden mit Hilfe unterschiedlicher Rechtsakte verwirklicht. Einige dieser Rechtsakte sind verbindlich, andere nicht. Manche gelten für alle EU-Länder, andere nur für bestimmte Länder.

M4 Wie viele deutsche Gesetze haben ihren Ursprung in der EU?

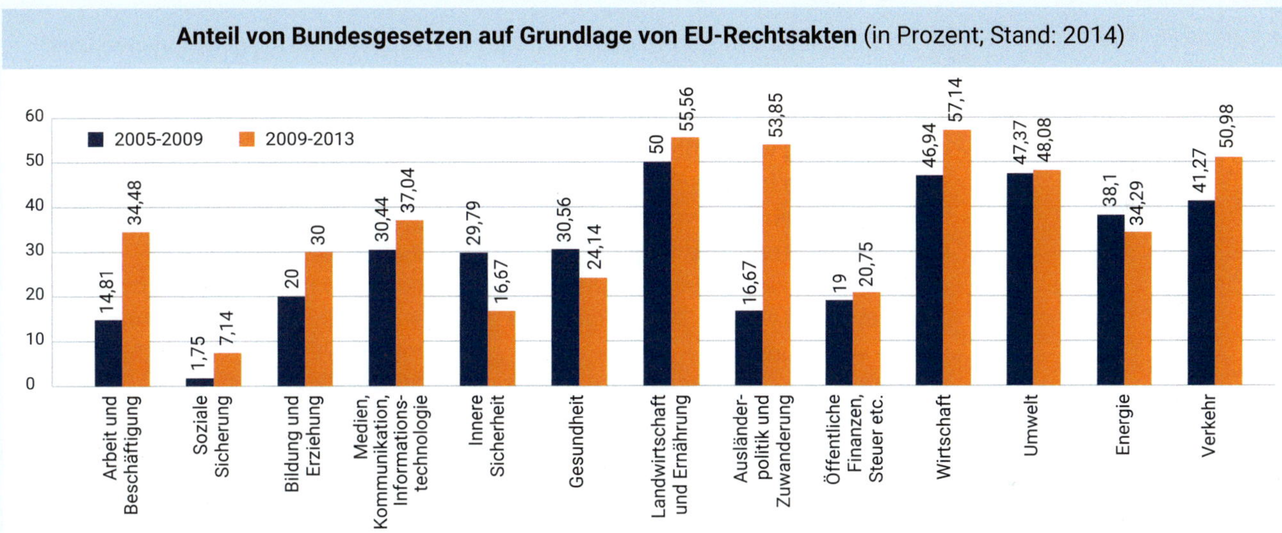

Bearbeiter; Datenquelle: Töller, Annette Elisabeth: Europäisierung der deutschen Gesetzgebung. Wissenschaftliches Kurzgutachten. Hagen 2014, S. 9

Einstiegsaufgaben

1. Analysieren Sie den Einfluss der EU auf die Gesetzgebung der Bundesrepublik.
2. Sammeln Sie Hypothesen für die unterschiedliche Prozentverteilung in einzelnen Bereichen.

M5 Europäisierung der Gesetzgebung durch Rechtsakte der EU

1 Verordnungen
Eine Verordnung ist ein verbindlicher Rechtsakt, den alle EU-Länder in vollem Umfang umsetzen müssen. [...]

2 Richtlinien
Eine Richtlinie ist ein Rechtsakt, in dem ein von allen EU-Ländern zu erreichendes Ziel festgelegt wird. Es ist jedoch Sache der einzelnen Länder, eigene Rechtsvorschriften zur Verwirklichung dieses Ziels zu erlassen. [...]

3 Beschlüsse
Beschlüsse sind für diejenigen verbindlich und unmittelbar anwendbar, an die sie gerichtet sind (beispielsweise ein EU-Land oder ein einzelnes Unternehmen). [...]

Rechtliche Grundlage der EU
Die EU stützt sich auf zwei Gründungsverträge: den **Vertrag über die Europäische Union** (EUV) sowie den **Vertrag über die Arbeitsweise der Europäischen Union** (AEUV). Der AEUV erläutert die Funktionsweise der EU-Organe und legt fest, in welchen Bereichen die EU mit welchen Kompetenzen tätig werden kann. EUV und AEUV bilden das sogenannte Primärrecht. Die in **M5** genannten Rechtsakte werden Sekundärrecht genannt.
Bearbeiterin

4 Empfehlungen
In einer Empfehlung können die Institutionen ihre Ansichten äußern und Maßnahmen vorschlagen, ohne dass dies für diejenigen, an die sich die Empfehlung richtet, rechtlich bindend wäre. [...]

5 Stellungnahmen
Eine Stellungnahme ermöglicht den EU-Institutionen, eine Aussage ohne Auferlegung rechtlicher Verpflichtungen in Bezug auf deren Gegenstand zu treffen. Stellungnahmen sind nicht rechtsverbindlich.

© Europäische Union: Verordnungen, Richtlinien und sonstige Rechtsakte. In: www.europa.eu (Abruf am 01.06.2021)

M6 Wann wird der Europäische Gerichtshof aktiv?

a) Die EU-Kommission startet ein Vertragsverletzungsverfahren gegen Deutschland

Deutschland hat am 8. Juni 2015 das Gesetz zur deutschen Pkw-Maut verabschiedet. Gleichzeitig wurde ein Gesetz erlassen, das Haltern von in Deutschland zugelassenen PKW die Befreiung von der Kfz-Steuer in Höhe der Straßennutzungsgebühr garantiert. Somit werden in Deutschland zugelassene PKW von der Straßennutzungsgebühr ausgenommen.
Die hauptsächlichen Bedenken der Kommission betreffen den Aspekt der indirekten Diskriminierung auf Basis der Staatsangehörigkeit. Diese Diskriminierung findet auf zwei Ebenen statt: Zum einen werden deutsche Nutzer die Straßennutzungsgebühr nicht zahlen, weil ihre Kfz-Steuer um den exakten Betrag der Gebühr gesenkt wird. Zum anderen sind die Preise für Kurzzeitvignetten, die typischerweise für ausländische Nutzer vorgesehen sind, überproportional teuer. Bei entsprechenden Straßennutzungsgebühren im EU-Ausland (z. B. in Österreich und in Slowenien) ist eine solche Diskriminierung nicht festzustellen, was auch auf Interventionen der Kommission zurückzuführen ist.
Seit der politischen Ankündigung dieser Maßnahme 2013 ist die Europäische Kommission in intensivem Kontakt mit den deutschen Behörden über die Vereinbarkeit der Maßnahme mit dem Europarecht. Auf Basis einer gründlichen rechtlichen Analyse hat die Kommission mehrmals ihre Bedenken sowohl auf Expertenebene als auch auf politischer Ebene gegenüber dem zuständigen Bundesminister geäußert. Nach Bekanntgabe des endgültigen Gesetzestextes musste die Kommission feststellen, dass die grundsätzlichen von der Kommission bislang vorgetragenen rechtlichen Bedenken wegen der Diskriminierung auf Basis der Staatsangehörigkeit unverändert fortbestehen.
Nach der Veröffentlichung der deutschen Gesetze am 11. Juni 2015 hat die EU-Kommission den deutschen Behörden das entsprechende Mahnschreiben übermittelt.

Diskriminierungsverbot innerhalb der Europäischen Union
In Art. 18 des Vertrages über die Arbeitsweise der Europäischen Union (AEUV) ist der Grundsatz der Nichtdiskriminierung innerhalb der EU festgelegt:
„Unbeschadet besonderer Bestimmungen der Verträge ist in ihrem Anwendungsbereich jede Diskriminierung aus Gründen der Staatsangehörigkeit verboten.
Das Europäische Parlament und der Rat können gemäß dem ordentlichen Gesetzgebungsverfahren Regelungen für das Verbot solcher Diskriminierungen treffen."

Europäische Kommission: Verkehr: Kommission leitet bezüglich der Einführung einer Straßennutzungsgebühr für private Kraftfahrzeuge („Pkw-Maut") Vertragsverletzungsverfahren gegen Deutschland ein. In: https://ec.europa.eu, 18.06.2015

Aktueller Stand des Verfahrens
Urteil des EuGH zur deutschen Pkw-Maut am 18.06.2019: Die Maut bewirke in Verbindung mit der Kfz-Steuerentlastung eine mittelbare Diskriminierung aus Gründen der Staatsangehörigkeit und verstoße gegen die Grundsätze des freien Warenverkehrs und des freien Dienstleistungsverkehrs. Durch die gleichzeitige Entlastung, die den inländischen Autofahrern zugutekomme, liege die wirtschaftliche Last praktisch ausschließlich auf den Haltern und Fahrern von in anderen Mitgliedstaaten zugelassenen Fahrzeugen.

b) Was passiert, wenn man sich nicht einigt

Wenn die Europäische Kommission einen möglichen Verstoß gegen EU-Recht feststellt oder durch eine Beschwerde Kenntnis davon erhält, wird versucht, das Problem mit dem betreffenden EU-Land möglichst rasch auszuräumen. [...] Das Ziel dieses Vorgehens ist, möglichst schnell eine mit dem EU-Recht konforme Lösung zu finden. Damit kann ein Vertragsverletzungsverfahren vermieden werden. Sind sich EU-Kommission und Mitgliedstaates uneinig und die mutmaßliche Vertragsverletzung wird nicht beseitigt, kann die Kommission ein förmliches Verletzungsverfahren einleiten. Das Verfahren läuft in mehreren Schritten:

1 Aufforderungsschreiben
Die Kommission ersucht die Regierung des betreffenden Landes, innerhalb von maximal zwei Monaten zu dem Problem Stellung zu nehmen.

2 Mit Gründen versehene Stellungnahme der EU-Kommission
Falls die Antwort ausbleibt oder nicht zufriedenstellend ausfällt, erklärt die Kommission, warum ihrer Ansicht nach ein Verstoß gegen EU-Recht vorliegt. Die nationalen Behörden haben maximal zwei Monate Zeit, um Rechtskonformität herzustellen.

3 Klage beim Europäischen Gerichtshof
Erfolgt keine oder eine nicht zufriedenstellende Antwort, strengt die Kommission beim Gerichtshof ein Verfahren an. So weit kommt es jedoch meistens nicht. In den letzten Jahren wurden über 85 % der Fälle vor Einleitung eines gerichtlichen Verfahrens geklärt. Falls ein Mitgliedstaat es versäumt, Maßnahmen zur Umsetzung einer Richtlinie mitzuteilen, kann die Kommission in dieser Phase beim Gerichtshof die Auferlegung einer pauschalen Strafzahlung oder eines Zwangsgelds beantragen.

4 Urteil des Gerichtshofs
Nach durchschnittlich zwei Jahren fällt der Gerichtshof eine Entscheidung darüber, ob ein Verstoß gegen EU-Recht vorliegt. Das betreffende Land muss dann seine Gesetze oder Verfahren anpassen und damit die ursprüngliche Streitigkeit so rasch wie möglich beenden.

5 Erneute Befassung des Gerichtshofs
Kommt das Land dem Urteil nicht nach, sendet die Kommission erneut ein Aufforderungsschreiben. Kommt keine oder eine nicht zufriedenstellende Antwort, kann die Kommission den Gerichtshof erneut mit dem Fall befassen und die Auferlegung einer pauschalen Strafzahlung oder eines Zwangsgelds beantragen.

Nach: Europäische Kommission: Vertragsverletzungsverfahren. In: https://ec.europa.eu, 20.11.2014

Der Europäische Gerichtshof (EuGH)
Der EuGH mit Sitz in Luxemburg ist das oberste Rechtssprechungsorgan der EU. Er hat mit seiner Auslegung der EG- und EU-Verträge ein europäisches Gemeinschaftsrecht begründet, das Vorrang vor dem nationalen Recht der Mitgliedstaaten hat.

Wichtigste Aufgaben des EuGH:
- Prüfen der Rechtmäßigkeit der Handlungen in der EU
- Gewährleisten einer einheitlichen Auslegung und Anwendung des EU-Rechts in den Mitgliedstaaten
- Klärung von Streitigkeiten zwischen den EU-Organen
- Prüfen von Bürgerklagen gegen Verwaltungsakte der EU-Behörden und Grundrechtsschutz

Aufgaben

1. Stellen Sie die Auswirkungen der europäischen Standards und Normen für die deutsche Gesetzgebung (grafisch) dar (**M5**).
2. Erläutern Sie den Begriff „Europäisierung der Gesetzgebung“ (**M5**, **M6**).
3. Bewerten Sie die Entscheidung des EuGH zur Pkw-Maut (**Randspalte zu M6**).

ORIENTIERUNGSWISSEN

Der Einfluss der Medien
M2, M3

Medien sind wichtige Akteure in Politik und Gesellschaft. Sie informieren einerseits die Bürgerinnen und Bürger und tragen zum Prozess ihrer Meinungsbildung bei. Jeder kann sich über Zeitungen, Zeitschriften, Radio, Fernsehen oder Internet über aktuelle Debatten, Entscheidungen und Geschehnisse Kenntnis verschaffen. Andererseits vermitteln die Medien die Interessen der Bürgerinnen und Bürger in die Politik.
Medien tragen mit der Auswahl und Aufbereitung der Themen Verantwortung und verfügen über Macht im politischen Prozess. Die Agenda-Setting-Theorie bietet einen Erklärungsansatz, wie Medien Einfluss auf die öffentliche Meinungsbildung nehmen. Zunächst einmal selektieren Medien, über welche Themen wie häufig berichtet wird. Die Medien bieten demnach einen Ausschnitt der objektiven Realität an und beeinflussen die Öffentlichkeit durch die Setzung und Gewichtung der Themen. Da die unterschiedlichen Medien nach den gleichen Auswahlkriterien arbeiten, ähneln sich die Häufigkeit, Platzierung und der Umfang der Berichterstattung zu bestimmten Themen. Die so entstehende Medienagenda lässt die gewählten Themen beim Publikum als gesellschaftlich relevant und wichtig wirken.
Die Medien beeinflussen demnach vor allem, worüber sich die Menschen überhaupt eine Meinung bilden – und weniger, was sie zu dem Thema denken.

Europäisierung der Gesetzgebung
M4-M6

Mit Europäisierung der Gesetzgebung ist die Anpassung der EU-Mitgliedstaaten an die Standards und Normen der EU gemeint. Davon sind die Bereiche der nationalen Gesetzgebung unterschiedlich stark betroffen: Die Themenkomplexe Agrarwirtschaft, Umwelt oder Verkehr sind wesentlich häufiger durch Vorgaben der EU geprägt als die Innenpolitik. Im Vertrag über die Arbeitsweise der Europäischen Union (AEUV) ist festgelegt, in welchen Bereichen die EU mit welchen Kompetenzen tätig werden kann.
Den EU-Institutionen stehen verschiedene Rechtsakte zur Verfügung:

- Verordnungen (verbindlich für alle EU-Staaten),
- Richtlinien (Zielvorgabe durch die EU, rechtliche Umsetzung durch die EU-Staaten),
- Beschlüsse (verbindlich für den Adressaten, z. B. ein EU-Staat oder ein Unternehmen),
- Empfehlungen (rechtlich unverbindliche Vorschläge für Maßnahmen),
- Stellungnahmen (nicht rechtsverbindliche Aussagen zu einem Gegenstand).

Neben dem nationalen System der Gewaltenteilung und dem Einfluss zahlreicher Akteure auf den Gesetzgebungsprozess gibt es solche Mechanismen auch auf EU-Ebene. Die Europäische Kommission als sogenannte Hüterin der Verträge überwacht, ob die Gesetzgebung der Nationalstaaten im Einklang mit EU-Recht steht. Ist dies nicht der Fall, kann sie ein Vertragsverletzungsverfahren gegen den oder die betroffenen EU-Mitgliedstaaten in Gang setzen. Kommt es hierbei nicht zu einer Einigung, wird der Europäische Gerichtshof aktiv, der sowohl die Rechtmäßigkeit der Handlungen der EU prüft als auch die einheitliche Auslegung des EU-Rechts in den Mitgliedstaaten gewährleistet.

Mit der Vetospielertheorie Entscheidungsfindung und -prozesse bewerten

Die Vetospieler-Theorie von George Tsebelis analysiert politische Systeme hinsichtlich ihrer Steuerungsfähigkeit und erklärt, unter welchen Bedingungen eine signifikante Abkehr vom politischen Status quo erfolgt (z. B. ein größerer Kurswechsel der Regierungspolitik) oder ein Politikwechsel blockiert wird. Hierbei werden die politischen Akteure unterschieden, die für eine bestimmte politische Entscheidung (Gesetz) ihre Zustimmung geben müssen, um den Status quo zu verändern. Diese Akteure nennt Tsebelis Vetospieler. Er definiert diese als „A veto player is an individual or collective actor whose agreement is required for policy decision". Vetospieler sind demnach alle die Akteure, welche politische Reformen (Gesetze) direkt verhindern können.

Karikatur: Heiko Sakurai, 25.09.2010

Tsebelis teilt dabei die Vetospieler in drei Gruppen ein: institutionelle, parteipolitische und sonstige Vetospieler.
Institutionelle Vetospieler sind die Akteure, deren Vetorechte in der Verfassung gesichert sind. Dazu gehören unter anderem (zweite) Parlamentskammern und Präsidenten, in Deutschland sind dies der Bundesrat und der Bundespräsident. Zu den parteipolitischen Vetospielern zählen Parteien, die Mitglieder der Regierungskoalitionen sind. Während die Anzahl der institutionellen Vetospieler durch die Verfassung festgeschrieben ist, kann die der parteipolitischen Vetospieler je nach Parteiensystem und Regierungskoalition in den jeweiligen Ländern variieren.
Als sonstige Vetospieler nennt Tsebelis unter anderem (mächtige) Interessenverbände wie Gewerkschaften und Wirtschaftslobbys, das Militär, Zentralbanken und Gerichte – in Deutschland das Bundesverfassungsgericht. Die Relevanz dieser Akteure ist jedoch von der jeweiligen Thematik der politischen Auseinandersetzung abhängig.
Eine Bewertung der Vetospieler kann höchst unterschiedlich ausfallen: Aus der Perspektive von Institutionen garantieren Vetospieler die Demokratie und den Konsens, während Vetospieler aus der Perspektive des Gesetzgebungsprozesses eine mögliche Ursache für politischen Stillstand und Reformstau sein können.
Bearbeiterin

Aufgaben

1. Überprüfen Sie den Gesetzgebungsprozess der Bundesrepublik Deutschland mithilfe der Vetospielertheorie. Bestimmen Sie dazu die jeweiligen Vetospieler-Typen und erklären Sie, worin die jeweilige Vetomacht besteht. Berücksichtigen Sie auch die EU (Europäisierung der Gesetzgebung) und das Bundesverfassungsgericht.
2. Erklären Sie mithilfe der Vetospielertheorie die Sichtweise und Aussage des Karikaturisten.
3. Bewerten Sie die Entscheidungsfindung (Gesetzgebungsprozess) in Deutschland.

Methoden zur Bearbeitung der Aufgaben

Zur Bearbeitung der Aufgaben werden an vielen Stellen nachfolgende Bearbeitungsmethoden angeboten. Diese sind hier ausführlich erklärt.

Eine Concept Map erstellen

Mit einer Concept Map können Sie Ideen und Aspekte zu einem Thema gut gegliedert und übersichtlich in einem Netzwerk darstellen. Einzelne Begriffe, die zum Thema gehören, werden durch Linien oder Pfeile verbunden. Auf die Linien und Pfeile werden Kommentare und Hinweise geschrieben, die anzeigen, wie die Begriffe zusammengehören.

1 Text oder Material bearbeiten und das Thema bestimmen

1. Lesen Sie den Text(-teil) oder das Material, zu dem Sie eine Concept Map erstellen wollen.
2. Notieren Sie die wichtigsten Begriffe.
3. Formulieren Sie das oder die zentrale Frage: Was soll die Concept Map beantworten?

2 Die Concept Map erstellen

1. Schreiben Sie das Thema in den oberen Teil eines Blattes Papier.
2. Verteilen Sie die Begriffe auf dem Papier.
3. Stellen Sie sich die Frage, wie die Begriffe zusammenhängen und verbinden Sie sie mit Pfeilen und/oder Linien.
4. Beschriften Sie die Pfeile/Linien.

Eine Concept Map könnte wie folgt aussehen:

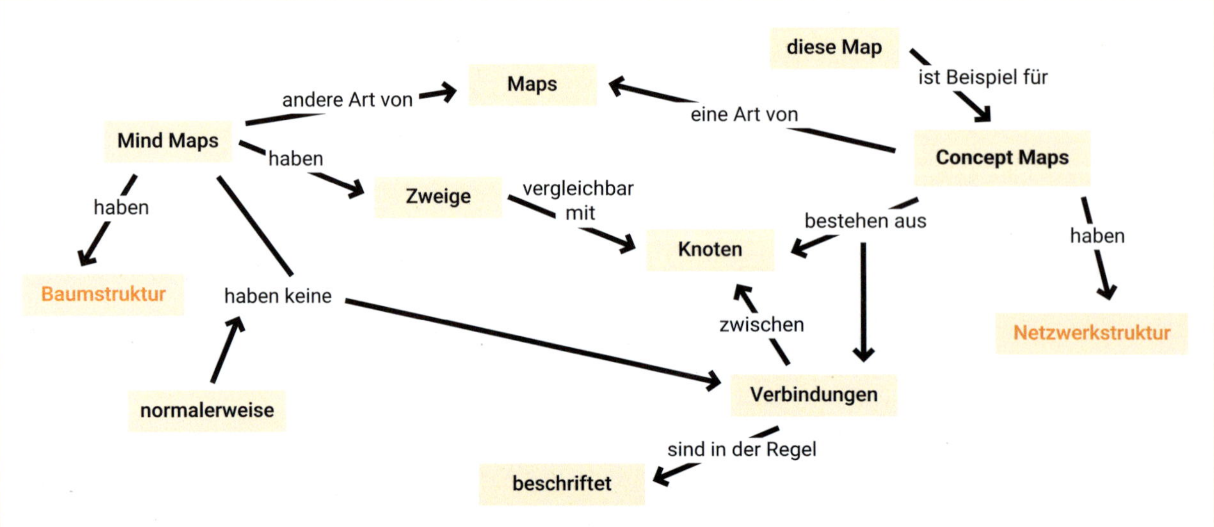

Bearbeiter

Diagramme/Grafiken/Schaubilder analysieren

Statistiken helfen uns in vielen Alltagssituationen. Es gibt kaum einen Lebensbereich, der nicht statistisch erfasst wird. Eine Statistik ist die systematische Sammlung und Ordnung von Informationen in Form von Zahlen. Diese Zahlen werden entweder in Tabellen oder optisch aufbereitet als Diagramme, Grafiken und Schaubilder ausgewertet und dargestellt. Diese gilt es, zu analysieren.

1 Fragestellung/Thema bestimmen

Was ist das Thema des Diagramms/der Grafik/des Schaubilds?

2 Darstellungsform bestimmen

Es gibt verschiedene Arten von Diagrammen:

a) in Balken- und Säulendiagramm lassen sich verschiedene Zahlenwerte gut miteinander vergleichen,

b) durch Linien- und Kurvendiagramm können zeitliche Entwicklungen gut dargestellt werden,

c) Kreis-/Kuchen-/Tortendiagramme lassen die jeweiligen Anteile an der Gesamtmenge gut erkennen.

3 Diagramme und Schaubilder beschreiben

- In welcher Maßeinheit sind die Zahlenwerte angegeben? Handelt es sich um absolute Zahlen?
- Dann steht dort z. B. „in Tausend" oder „in Millionen". Oder sind relative Zahlen dargestellt? Diese Angaben erfolgen in Prozent (%).
- Welcher Zeitpunkt oder Zeitraum ist dargestellt?
- Woher kommen die Zahlen, was ist als Quelle der Darstellung angegeben?

4 Diagramme und Schaubilder analysieren

- Was zeigen die Zahlen und Daten?
- Gibt es Besonderheiten oder Auffälligkeiten?

5 Diagramme und Schaubilder kritisch beleuchten und erklären

- Ist die Form der Darstellung korrekt? Passen die Abstände im Koordinatensystem?
- Wie ist die Aussage des Diagramms/der Grafik/des Schaubilds in das Thema einzuordnen?

a)

Balkendiagramm

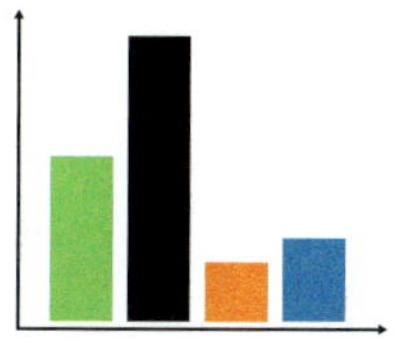

Säulendiagramm

b)

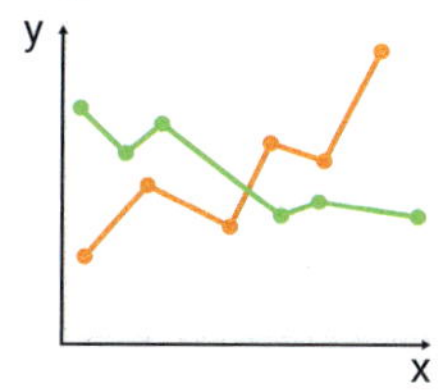

Liniendiagramm

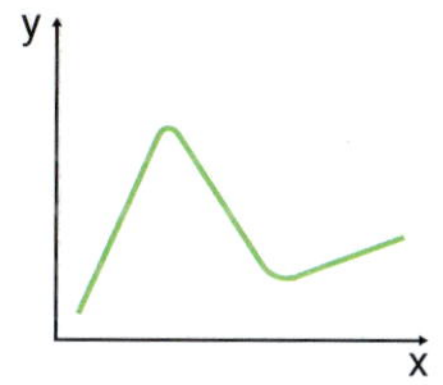

Kurvendiagramm

c)

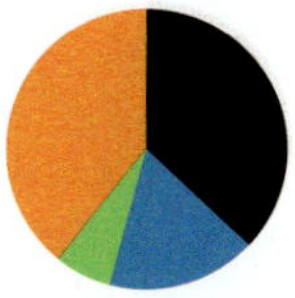

Kreis-/Kuchen-/
Tortendiagramm

Bearbeiter

Einen Flyer erstellen

Flyer (auch „Handzettel", „Flugblätter") dienen in der Regel der Werbung bzw. der Öffentlichkeitsarbeit von Firmen, Organisationen und Institutionen. Sie werden kostenlos verteilt oder liegen zur Mitnahme aus. Obwohl sie nur aus einem, meist gefalteten Blatt Papier bestehen, zählen sie zu den Printmedien. Die Aufgabe, im Unterricht einen Flyer herzustellen, fordert dazu heraus, das Gelernte knapp, präzise, adressatenbezogen und werbewirksam zu formulieren. Sie ist daher auch sinnvoll, wenn Handzettel nicht „in echt" hergestellt werden sollen, wie z. B. bei dem Auftrag, einen Flyer zum Thema „Scientology" für Jugendliche zu entwerfen.

1 Vorbereitung

Konzentrieren Sie sich auf wenige Kernaussagen und formulieren Sie diese präzise und knapp. Um das Kommunikationsziel zu erreichen, sollten die Assoziationen, die zentrale Begriffe des Textes wecken (können), genau bedacht werden. Auch auf die emotionale Wirkung kommt es an. Nicht legitim ist es allerdings, bei der Kritik an anderen Meinungen, Personen und Gruppen den sachlichen Grundton zu verlassen. Im Hinblick auf das Layout empfiehlt sich im Allgemeinen die Konzentration auf ein zentrales Symbol anstelle von vielen kleinen Grafik-Elementen [...].

2 Durchführung

- Bei der Entscheidung für oder gegen einen farbigen Druck (2- bzw. 4-Farben-Druck) sind neben der Wirkung auch die Kosten zu bedenken. Auch ein Schwarz-Weiß-Druck kann sehr wirkungsvoll sein. In diesem Fall empfehlen Grafik-Experten in der Regel ein Layout in klaren Kontrasten.
- Bei der Erstellung und Verbreitung von Flyern sind auch rechtliche Fragen zu bedenken, z. B. muss bei der Verwendung von Bildern und Grafikelementen darauf geachtet werden, dass diese auch (kostenlos) veröffentlicht werden dürfen (Urheberrechte, Persönlichkeitsrechte ...).
- Beim Verteilen von Flyern sowohl in der Öffentlichkeit als auch auf Privatgelände ist eine Genehmigung einzuholen und zu klären, ob ein Impressum notwendig ist.

Nach: Gojny, Tanja u. a. (Hg.): Flyer erstellen. In: Ortswechsel 8. München: Claudius-Verlag 2010, S. 128

Grundlayout für DIN A4-Papier

Einklappseite	Rückseite	Titel
Inhaltsseiten	Inhaltsseiten	Inhaltsseiten

Galerierundgang

Ein Galerierundgang oder auch Galeriespaziergang dient der Präsentation und Auswertung von Arbeitsergebnissen. Ähnlich wie in einer Ausstellung werden die Arbeitsergebnisse der Schüler meist in Form von Plakaten oder Postern präsentiert.

1 Überblick verschaffen

In einem ersten Rundgang verschaffen sich die Schüler einen Überblick über alle Arbeitsergebnisse der Lerngruppe. Während dieser Phase sollten sich nach Möglichkeit alle Schüler ruhig verhalten und nicht miteinander ins Gespräch kommen.

▼

2 Vorstellung der Arbeitsergebnisse

In einem zweiten Rundgang versammeln sich die Schüler in Kleingruppen an den verschiedenen Pinnwänden, jedoch nicht vor der eigenen. Dort stellt ihnen jeweils ein Mitglied der Gruppe das Arbeitsergebnis vor, während die Mitschüler der anderen Gruppen die Möglichkeit haben, Nachfragen zu stellen und so miteinander über das Arbeitsergebnis ins Gespräch zu kommen. Diese Phase kann beliebig oft wiederholt werden.

Als Alternative könnte der 2. Schritt auch in Form einer schriftlichen Rückmeldung erfolgen. Dazu sollte neben dem Arbeitsergebnis ein Rückmeldebogen liegen, der z. B. folgende Aspekte umfassen könnte:

a) **Zum Inhalt:**
Die zentrale Aussage für mich lautet...
Dieser Punkt hat mich besonders überrascht...
Das habe ich noch nicht gewusst...
Darüber möchte ich gern mehr erfahren...
Dazu habe ich noch eine Nachfrage...

b) **Zur Gestaltung:**
Dieser Sachverhalt fiel mir als erstes ins Auge...
Das hat mir gut gefallen...
Das hätte ich anders gemacht...

▼

3 Bewertung der Arbeitsergebnisse

In einer dritten Phase erfolgt die Rückmeldung zu den Arbeitsergebnissen. Dies sollte kriteriengeleitet erfolgen. Mögliche Kriterien für die Bewertung könnten sein:

- Das hat mich an der visuellen Darstellung überzeugt.
- Das hat mich an den Ausführungen / Erklärungen überzeugt.
- Das habe ich nicht verstanden / nachvollziehen können.
- Das hätte ich anders gemacht.

Nicht zuletzt können die Schüler sich untereinander auf dieser Grundlage auch einen Notenvorschlag erteilen.

Bearbeiter

Gruppenpuzzle

Diese Methode arbeitet mit zwei Gruppenformen, der Stamm- und der Expertengruppe. Die Mitglieder eines Kurses werden dabei in Gruppen eingeteilt. Jede Gruppe bearbeitet das Gesamtthema, jedoch jedes Mitglied in Einzelarbeit einen anderen Teil.

1. Schritt: Stammgruppen

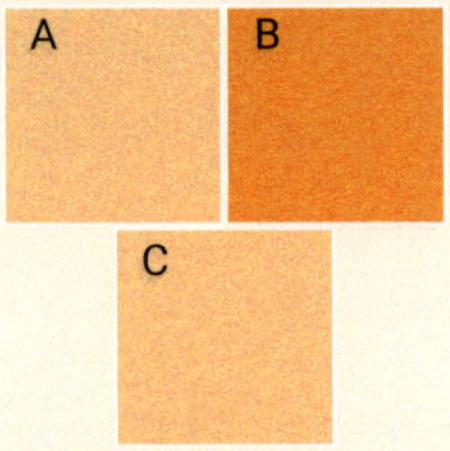

2. Schritt: Expertengruppen

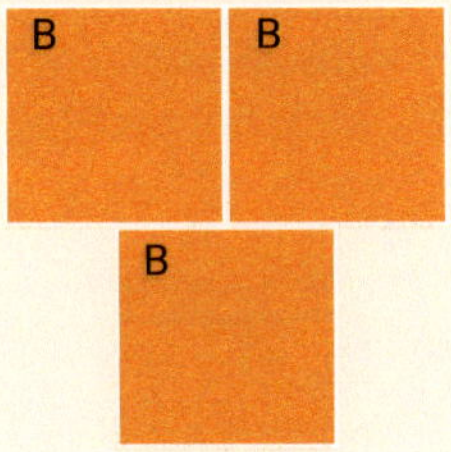

3. Schritt: Stammgruppen

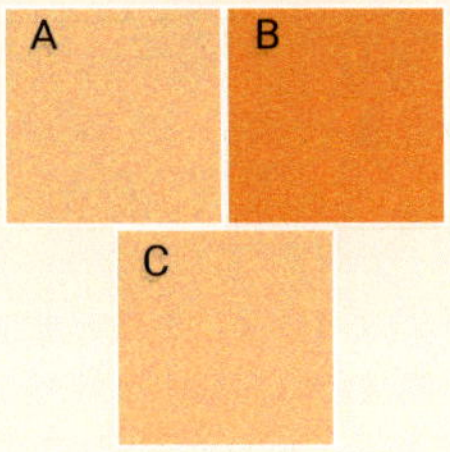

1 Vorbereitung

Teilen Sie die Klasse in Stammgruppen von drei bis sechs Personen auf. Teilen Sie jedem Mitglied einer Stammgruppe eine Teilaufgabe zu. Jedes Gruppenmitglied wird somit zum „Experten“ eines Themas. Geben Sie sich ausreichend Zeit, damit Sie sich in Ihrem Gebiet einarbeiten können.

▼

2 Bildung von Expertengruppen

Bilden Sie nun „Expertengruppen“, indem sich Mitglieder des gleichen Themengebiets treffen und ihre Ergebnisse vergleichen.

▼

3 Rückkehr der Experten in die Stammgruppe

Kehren Sie als „Experten“ anschließend in Ihre ursprünglichen Gruppen zurück. Vermitteln Sie als „Experten“ Ihren anderen Gruppenmitgliedern, was Sie über Ihr Themengebiet erarbeitet haben.

Bearbeiter

Eine Karikatur analysieren und interpretieren

Das Wort Karikatur stammt ursprünglich aus dem Italienischen (caricare) und meint „überladen“ oder „übertreiben“. Karikaturen sind „gezeichnete Meinungen“, sie beziehen kritisch und polemisch Stellung zu einem politischen, gesellschaftlichen oder ökonomischen Sachverhalt, kommentieren Ereignisse oder das Handeln von Personen. Sie wollen den Betrachter nicht nur unterhalten, sondern ihn bewusst zum Nachdenken anregen. Der Karikaturist bedient sich dabei unterschiedlicher gestalterischer Mittel, die bei der Analyse und Interpretation berücksichtigt werden müssen. Deshalb sollten Karikaturen in einem ersten Schritt sehr genau beschrieben werden, um sie darauf aufbauend interpretieren zu können. Der folgende Leitfaden soll dabei helfen:

1 Orientierung

- Was ist das Thema der Karikatur?
- Welche Informationen lassen sich über den Karikaturisten, den Veröffentlichungsort und das Datum finden? (Wichtig bei nicht tagesaktuellen Karikaturen)

2 Beschreibung

- Wie ist die Karikatur aufgebaut? Welche Text- und Bildelemente enthält sie? Wie sind Vorder- und Hintergrund gestaltet?
- Wen oder was zeigt die Karikatur?
- Welche Symbolik und Metaphorik haben einzelne zeichnerische Elemente? (Personifikationen auflösen, Symbole deuten, Mensch-Tier-Vergleiche untersuchen, natürliche Erscheinungen deuten, politische Metaphern deuten)
- Welche Gestaltungsmittel fallen auf? (ggf. Farbgebung, Schattierungen, Verzerrungen usw.)

3 Deutung

- Auf welchen politischen, gesellschaftlichen, ökonomischen usw. Sachverhalt bezieht sich die Karikatur?
- Welche Ziele verfolgt der Karikaturist?
- Wogegen wendet er sich, was verteidigt er? Welchen Standpunkt nimmt er ein?
- An wen wendet sich die Karikatur? (Adressatenbezug)
- Was sind die Kernaussagen?

4 Bewertung

- Wird die Aussage der Karikatur präzise vermittelt?
- Sind die darstellerischen Mittel (z. B. Elemente der Verzerrung, Symbolik, Metaphorik, Farbgebung, räumliche Bildgestaltung) geeignet, die Ziele zu erreichen?
- Passen Bild und Text zusammen?
- Worin ist dem Karikaturisten zuzustimmen?
- Was kann man ihm entgegenhalten?

Bearbeiter

METHODENGLOSSAR

Kartenabfrage

Eine Kartenabfrage ist eine Methode, mit der zu einem Thema, einem Begriff, einer Frage, etc. möglichst viele Ideen, Assoziationen, Meinungen, Vorschläge, Anregungen, etc. gesammelt, strukturiert und visualisiert werden können. Ein Vorteil der Methode ist, dass alle Schülerinnen und Schüler aktiv beteiligt sind und ihre Meinung und Perspektive in den Unterrichtsprozess einbringen können. Auf die Ergebnisse einer Kartenabfrage kann später ggf. zurückgegriffen werden.

1 Impuls geben

Die Lehrperson stellt eine Frage oder gibt einen Impuls in Form eines Begriffes, einer Thematik, einer Aussage, etc.

▼

2 Karten schreiben

Die Schülerinnen und Schüler beschäftigen sich in Einzelarbeit mit der Aufgabe und notieren ihre Ideen/Begriffe/Antworten auf großen Karteikarten. Dabei ist es wichtig, groß und deutlich zu schreiben und nur einen Aspekt pro Karte zu notieren.

▼

3 Gruppieren

Die Karten werden nach thematischen Schwerpunkten sortiert. Karten zum gleichen Teilaspekt können untereinander, Karten zu unterschiedlichen Aspekten nebeneinander angeordnet werden. Je nach Größe der Lerngruppe empfiehlt es sich, das Vorgehen entsprechend anzupassen:

- Bei kleinen Gruppen können die Karten direkt an der Wand oder der Tafel gesammelt und gemeinsam geclustert werden.
- Bei größeren Gruppen kann auch zunächst in Kleingruppen geclustert werden. Auf diese Weise wird die Fülle an Karten in der Gruppenphase bereits vorgefiltert. Doppelte Antworten/Begriffe/Ideen werden aussortiert.

▼

4 Oberbegriffe finden

Zu den einzelnen Teilaspekten sollten schließlich Oberbegriffe bzw. Überschriften gefunden werden.

Nach: Klippert, Heinz: Kommunikationstraining. Übungsbausteine für den Unterricht II. Weinheim und Basel: Beltz Verlag 1995, S. 67

Eine Meinungslinie/Positionslinie bilden

Mithilfe einer Meinungslinie/Positionslinie können Einstellungen körperlich zum Ausdruck gebracht werden. Dies kann in jedem größeren Raum geschehen, z. B. in Ihrem Kursraum.

1 Vorbereitung

Auf einer gedachten oder durch einen Klebestreifen auf dem Boden markierten Linie positionieren sich die Schüler zu einer Frage oder zu einem Problem.

▶

2 Durchführung

Die Enden dieser Linie stellen alternative Pole (ja/nein; stimmt/stimmt nicht), der Abstand zwischen diesen Punkten entsprechend abgestufte Positionen dar.

▶

3 Reflexion

Die Schüler werden dann aufgefordert, ihre Positionen zu begründen und sich auch argumentativ aufeinander zu beziehen.

Nach: Busch, Matthias u. a.: Methode 3 – Positionslinie. In: www.sn.schule.de (Abruf am 16.02.2018)

Eine Mindmap erstellen

Eine Mindmap (englisch: mind map; auch: Gedanken[land]karte, Gedächtnis[land]karte) erstellen, ist eine Technik, die für das Erschließen oder das visuelle Darstellen eines Themengebietes oft zum Einsatz kommt. Hierbei sollen Gedanken freien Lauf erhalten und so die Fähigkeit des Gehirns zur Kategorienbildung genutzt werden.

Beispiel für eine Mindmap zum Thema „Ich"

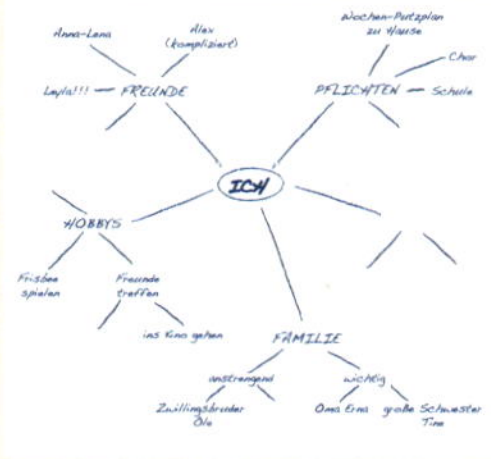

1 Vorbereitung

Verwenden Sie ein unliniertes Blatt DIN A4 (oder größer und legen es quer. Beginnen Sie in der Mitte des Blattes und schreiben Sie hier das Thema Ihrer Arbeit auf.

▶

2 Gestaltung

a) Schreiben Sie nun Oberbegriffe in Großbuchstaben auf die Hauptäste, die direkt vom Kern abgehen. Mit diesen Oberbegriffen strukturieren Sie das Thema grundlegend, überlegen Sie hier also genau, welche Begriffe Sie wählen.
b) Ergänzen Sie nun Nebenarme mit einer zweiten (und evtl. dritten) Gedankenebene.
c) Nun erweitern Sie Ihre Mindmap: Sie können an jedem Arm Begriffe und Ideen ergänzen, gerade wo Ihnen etwas einfällt.

Nach: Gugel, Günther: Methoden-Manual I: Neues Lernen. Tausend Praxisvorschläge für die Schule und Lehrerbildung. Weinheim: Beltz 1999, S. 80 f.

Eine Pro- und Kontra-Diskussion führen

Die Pro- und Kontra-Diskussion hilft, konträre (gegensätzliche) Meinungen auszutauschen. Es handelt sich dabei um eine Methode, unterschiedliche Meinungen bzw. Positionen zwischen zwei Parteien zu einer Thematik sichtbar zu machen.

1 Grundlegende Entscheidungen und Festlegung des Szenarios

Bei der Planung einer Pro-Kontra-Diskussion sollte zunächst die grundlegende Entscheidung getroffen werden, ob man eine simulative oder nicht-simulative Diskussion durchführen will, denn dies bedingt die Auswahl der Problem- oder Entscheidungsfrage. Es sollte sich zudem um eine bedeutungsvolle, konkret formulierte und in den Auswirkungen für Viele spürbare Frage handeln. Die Frage sollte sinnvoll mit Ja oder Nein zu beantworten und zu begründen sein. Im Anschluss daran gilt es, ein Szenario festzulegen:

- Auswahl der Akteure,
- die Gestaltung des (Klassen-) Raumes,
- Verständigung über den Ablauf.

2 Auswahl der Akteure

- Ein/e Moderator/in: Sie/Er führt die Abstimmung durch und achtet darauf, dass Spielregeln und Zeitvorgaben eingehalten werden. Er bzw. sie trägt Prozessverantwortung, nicht die Inhaltsverantwortung.
- Zwei Anwälte (Pro und Kontra): Sie halten das Eingangs- und Schlussplädoyer und befragen die Sachverständigen.
- Zwei bis vier Sachverständige: Sie artikulieren keine eigene Position, sondern sie bieten nur Informationen, Erfahrungen und Wissen zu Begründungen für einzelne Positionen. Die Rollen der Sachverständigen müssen in Arbeitsgruppen intensiv vorbereitet, sowie durch Rollenkarten und zusätzliches Material gestützt werden.
- Das Publikum darf die Beobachtungsrolle nicht vernachlässigen. Denn indem die vorgetragenen Argumente gesammelt werden und deren strategischtaktische Relevanz für den Debattenverlauf beurteilt wird, kann ein Perspektivenwechsel zur Innenansicht aller Akteure gelingen. Dies erfolgt aber nur bei konkreten Beobachtungsaufgaben und nicht bei einer eher passiven Adressatenhaltung.

Bearbeiter

Eine strukturierte Kontroverse führen

Eine strukturierte Kontroverse dient der intensiven Vorbereitung einer Urteilsbildung. Zu einer kontroversen Frage werden Argumente gesammelt und abgewogen. Charakteristisch ist dabei, dass die Schülerinnen und Schüler in der Diskussion nicht nur eine Position vertreten, sondern abwechselnd auch die entgegengesetzte Meinung einnehmen. Dieser Perspektivwechsel gibt der Diskussion die Struktur. Nach einer solchen Kontroverse sind die Schülerinnen und Schüler durch die intensive Auseinandersetzung mit den Argumenten der unterschiedlichen Sichtweisen fähig, einen eigenen Standpunkt herauszubilden.

1 Phase 1

Materialgebunden werden zu einer politischen Entscheidungsfrage Argumente (inkl. Belegen, Beispielen) für die eigene Position erarbeitet. Zudem wird (in Partner- oder Kleingruppenarbeit) eine möglichst überzeugende Argumentationsstrategie entwickelt.

▼

2 Phase 2

Ein (ggf. moderiertes) Streitgespräch zwischen Pro- und Kontra-Gruppen wird mit wechselseitigem Rederecht durchgeführt.

▼

3 Phase 3

Die entgegengesetzte Position wird, allerdings ohne erneute Materialauswertung, eingenommen und aus dieser wird vor dem Hintergrund der ersten Diskussion eine geeignete Argumentationsstrategie gegen die eigene Meinung entwickelt.

▼

4 Phase 4

Ein erneutes Streitgespräch wird – in der neuen Rollenverteilung – durchgeführt. Die ungewohnte Fremdposition sollte mit Ernsthaftigkeit vertreten werden. Im Anschluss werden die Rollen verlassen, die Teilnehmer können sich kurz über die Erfahrungen innerhalb des Settings austauschen und es wird zur Urteilsbildung übergeleitet.
Die Argumente und Strategien sollten (ggf. durch Protokollanten) festgehalten werden, um sie in der anschließenden Urteilsbildung ggf. klären und gewichten zu können.

Bearbeiter

Register

Bildnachweis

AdobeStock / REUTERS, Arnd Wiegmann – S. 188; - / Uros Petrovic – S. 122; Alamy Stock Photo / Guy Corbishley – S. 122; - / Peter Cavanagh – S. 53; Baaske Cartoons / Harm Bengen, Müllheim – S. 48; - / Gerhard Mester – S. 134; Bayerisches Innenministerium – S. 102; Bergmoser + Höller Verlag, Aachen – S. 14, 49, 59, 186, 203, 213, 220; © Bundesrat – S. 240; Bundesregierung / Steffen Kugler – S. 157; Deutscher Bundestag / Achim Melde – S. 158, 188, 224, 237 (3); dpa Grafik /dpa-infografik GmbH – S. 40; dpa-infografik – S. 29, 65, 165, 244; - / Globus-Grafik – S. 58; dpa-infografik GmbH – S. 166; - / dpa-Grafik – S. 29; dpa Picture-Alliance / ASSOCIATED PRESS, Saul Loeb – S. 188; - / ASSOCIATED PRESS, ©Maxar Technologies – S. 143; - / Jens Büttner – S. 171; - / Consolidated / UPI, Pat Benic – S. 134; - / dieKLEINERT.de, Kostas Koufogiorgos – S. 198; - / Effigie, Leemage – S. 223; - / Marc Eich – S. 154; - / empics, House of Commons – S. 188; - / Eventpress Stauffenberg – S. 104; - / Andreas Gebert – S. 138; - / Sebastian Gollnow – S. 154; - / Ho – S. 16; - / Sven Hoppe – S. 132; - / imageBROKER, Philipp Hympendahl – Cover; - / JOKER, Alexander Stein – S. 138; - / Ferenc Kalmandy – S. 174; - / Michael Kappeler – S. 84; - / Franziska Kraufmann – S. 217; - / Daniel Naupold – S. 169; - / Photoshot – S. 30; - / REUTERS, STRINGER – S. 84, 104; - / Peter Steffen – S. 84; - / Bernd von Jutrczenka – S. 188; - / Ingo Wagner – S. 120; - / Sebastian Willnow – S. 172; - / www.picturedesk.com, Atlantic – S. 216; - / ZB, Arno Burgi – S. 135; Getty Images Plus / iStock Editorial, Sybille Reuter – S. 23; - / iStockphoto, ALEKSA – S. 54, 61, 63; - / iStockphoto, asantosg – S. 146, 147; - / iStockphoto, Cartarium – S. 61, 62; - / iStockphoto, ChiccoDodiFC – S. 122; - / iStockphoto, GA161076 – S. 54; - / iStockphoto, gladder – S. 54; - / iStockphoto, gorbachlena – S. 122; - / iStockphoto, horizon2531 – S. 61, 63; - / iStockphoto, lantapix – S. 61, 62; - / iStockphoto, M.Kaercher – S. 138; - / iStockphoto, Marcio Isensee e Sa – S. 138; - / iStockphoto, tacktack – S. 53, 61, 62; - / iStockphoto, Terroa – S. 224; - / Photos.com – S. 70; Human Rights Watch / © Yinjang Bureau of Justice WeChat Account – S. 23; iStockphoto / GAPS – S. 78; Jürgen Janson, Landau – S. 53; © Alexander Kobusch – S. 152; Kostas Koufogiorgos, Stuttgart – S. 194, 241; Mauritius Images / Alamy Stock Photo, Alliance Images – S. 23; - / Alamy Stock Photo, Martin Thomas Photography – S. 57, 122; - / Alamy Stock Photo, Pacific Press Agency – S. 59; - / Alamy Stock Photo, Panther Media GmbH – S. 103; - / Alamy Stock Photo, Can Sengunes – S. 119; - / Alamy Stock Photo, Colin Waters – S. 27; National Maritime Museum Cornwall – S. 18; Thomas Plaßmann, Essen – S. 226; Heiko Sakurai, Köln – S. 238, 251; Shutterstock.com / Before i Go – S. 138; - / Rich Carey – S. 138; - / cemT – S. 189; - / Evan El-Amin – S. 189; - / Everett Collection – S. 104; - / Foto-berlin.net – S. 130; - / Frederic Legrand – S. 189; - / Ph-oto – S. 73; - / photocosmos1 – S. 189; Statista GmbH, Hamburg – S. 64, 200, 201, 202 (2), 228; Statistisches Bundesamt (Destatis), 2020 – S. 196; taz Verlags u. Vertriebs GmbH, 1./2.09.18 – S. 154; Silvan Wegmann, www.swen.ch – S. 72.